纪念蒲松龄诞辰380周年

聊斋俚曲论集

王清平　主编

齊魯書社

图书在版编目（CIP）数据

聊斋俚曲论集 / 王清平主编. -- 济南：齐鲁书社，2020.12
ISBN 978-7-5333-4438-2

Ⅰ. ①聊… Ⅱ. ①王… Ⅲ. ①《聊斋志异》-小说研究②古代戏曲-戏曲语言-研究-中国-清代 Ⅳ. ①I207.419②I207.37

中国版本图书馆CIP数据核字(2021)第041586号

责任编辑：张　超
装帧设计：赵萌萌

聊斋俚曲论集
LIAOZHAI LIQU LUNJI

王清平　主编

主管单位	山东出版传媒股份有限公司
出版发行	齊魯書社
社　　址	济南市英雄山路189号
邮　　编	250002
网　　址	www.qlss.com.cn
电子邮箱	qilupress@126.com
营销中心	（0531）82098521　82098519　82098517
印　　刷	日照日报印务中心
开　　本	720mm×1020mm　1/16
印　　张	28.5
插　　页	3
字　　数	492千
版　　次	2020年12月第1版
印　　次	2020年12月第1次印刷
标准书号	ISBN 978-7-5333-4438-2
定　　价	98.00元

序 言

陈玉琛先生是聊斋俚曲音乐、曲牌研究专家，其所著《聊斋俚曲》一书，在经过一番综合考量之后，给"聊斋俚曲"下了这样一个定义：

> 聊斋俚曲，是蒲松龄利用流传于当时的时调俗曲作曲牌，用白话及淄川一带的方言俚语填词创作的长篇讲唱叙事故事。①

如果说，蒲松龄创作的《聊斋志异》，与《红楼梦》以一文言一白话、一短篇一长篇的形式共同构筑了中国古典小说的高峰；那么蒲松龄创作的聊斋俚曲，则是以当时百姓喜闻乐见的形式，用通俗的白话和方言写成的通俗文学作品，构筑了中国俗文学发展的又一座高峰。

现代科学的聊斋俚曲研究，已经走过了百年左右的历程。在整个聊斋学研究中，聊斋俚曲研究一向被认为是较为薄弱的，其早期的情况也确实如此。但我们欣喜地看到，近二三十年以来，聊斋俚曲研究已经取得了长足的进步。

为了让研究者和广大读者了解和熟悉聊斋俚曲研究的历史与现状，蒲松龄纪念馆组织人手编选了这部《聊斋俚曲论集》。在此之前，我应蒲松龄纪念馆焦伟馆长之邀做了一个《聊斋俚曲论著索引（1906—2019）》，供他们编选论文时参考。《索引》编成之后，结果是令人振奋和惊讶的。可以毫不夸张地说，作为聊斋学重要一翼的聊斋俚曲研究，已经走在了聊斋学研究的前列。

就聊斋俚曲文本的整理而言，可以说已经做了较多的工作。在路大荒先生整

① 陈玉琛：《聊斋俚曲》，山东文艺出版社 2004 年版，第 3 页。

理的《聊斋全集》本[①]、《蒲松龄集》本[②]和盛伟先生编校的《蒲松龄全集》本[③]之外，早期曾有上海鸿宝斋代印、周村叁益堂发行的《聊斋志异补编》[④]，日照叶春墀自印的《慈悲曲》[⑤]，路大荒编注的《聊斋志异外书磨难曲》[⑥]，关德栋先生选注的《聊斋俚曲选》[⑦]，刘阶平先生选注的《聊斋通俗戏曲选注》[⑧]等版本发行，二十世纪九十年代以后，又有蒲先明整理、本人校注的《聊斋俚曲集》[⑨]，蒲松龄纪念馆编《聊斋俚曲集》[⑩]，张泰先生校注的《〈聊斋俚曲集〉校注》[⑪]先后出版。对于广大读者而言，不同版本的《聊斋俚曲集》已经是较为易见的出版物了。

到目前为止，出版的聊斋俚曲研究专著已经有11部之多，它们是：(1)《三百年遗响——蒲松龄俚曲音乐研究》，刘晓静著，上海三联书店2002年11月出版；(2)被收入"汉语史专书语法研究丛书"的《〈聊斋俚曲〉语法研究》，冯春田著，河南大学出版社2003年8月出版；(3)《写鬼写妖　刺贪刺虐——〈聊斋俚曲〉新论》，蔡造珉著，台北万卷楼图书股份有限公司2003年10月出版；(4)被收入"齐地音乐丛书"的《聊斋俚曲》，陈玉琛编著，山东文艺出版社2004年4月出版；(5)《从〈志异〉到"俚曲"——蒲松龄新解》，邵吉志著，齐鲁书社2008年8月出版；(6)《明清山东方言词汇研究——以〈金瓶梅词话〉〈醒世姻缘传〉〈聊斋俚曲〉为中心》，殷晓杰著，中国社会科学出版社2011年11月出版；(7)《聊斋俚曲论

---

① 〔清〕蒲松龄撰，路大荒、赵苕狂编辑：《聊斋全集》，世界书局1936年版。此书收录《幸云曲》(即《增补幸云曲》)、《禳妒咒》、《磨难曲》、《翻魇殃》、《富贵神仙》、《姑妇曲》、《墙头记》、《慈悲曲》、《寒森曲》、《俊夜叉》、《蓬莱宴》，共11种聊斋俚曲。

② 〔清〕蒲松龄著，路大荒整理：《蒲松龄集》，中华书局1962年版。

③ 盛伟：《蒲松龄全集》，学林出版社1998年版。

④ 〔清〕蒲松龄：《聊斋志异补编》，上海鸿宝斋代印，周村叁益堂发行，1919年石印出版。此书收录《磨难曲》与《行云曲》(即《增补幸云曲》)两种聊斋俚曲。

⑤ 〔清〕蒲松龄：《慈悲曲》，日照叶春墀自印石印本，1928年。

⑥ 〔清〕蒲松龄著，路大荒编注：《聊斋志异外书磨难曲》，东京文求堂书店1936年版。

⑦ 关德栋：《聊斋俚曲选》，齐鲁书社1980年版。此书收录《穷汉词》、《千古快》(即《快曲》)、《墙头记》3种聊斋俚曲，以及戏曲《闹馆》和不能确定作者的《除日祭穷神文》《穷神答文》《学究自嘲》。

⑧ 〔清〕蒲松龄原著，刘阶平选注：《聊斋通俗戏曲选注》，台湾中华书局1970年版。此书收录聊斋俚曲《姑妇曲》、戏曲《钟妹庆寿》与不能确定作者的《学究自嘲》《逃学传》等。

⑨ 〔清〕蒲松龄著，蒲先明整理，邹宗良校注：《聊斋俚曲集》，国际文化出版公司1999年版。

⑩ 〔清〕蒲松龄：《聊斋俚曲集》，齐鲁书社2018年版。

⑪ 张泰：《〈聊斋俚曲集〉校注》，九州出版社2020年版。

纲》,刘秀荣、刘婷婷著,齐鲁书社2016年11月出版;(8)《〈聊斋俚曲集〉方言俗语汇释》,张泰著,九州出版社2015年12月出版;(9)《〈金瓶梅词话〉〈醒世姻缘传〉〈聊斋俚曲集〉语言词典》,徐复岭编著,王永超助编,上海辞书出版社2018年4月出版;(10)《蒲松龄白话作品语言研究》,张树铮著,山东大学出版社2018年11月出版;(11)《聊斋俚曲曲牌唱腔100首》,陈玉琛编著,济南出版社2019年1月出版。这些研究专著,研究的内容涵盖了音乐、曲牌、语言、思想、创作、综论等众多方面,在在显示了聊斋俚曲研究的深入。

截止到2019年,已经发表的聊斋俚曲研究论文,粗略统计达到600篇左右,其内容涉及以下方面:(1)聊斋俚曲综论;(2)聊斋俚曲创作研究;(3)聊斋俚曲思想阐释;(4)聊斋俚曲艺术研究;(5)聊斋俚曲人物研究;(6)聊斋俚曲音乐研究;(7)聊斋俚曲语言研究;(8)聊斋俚曲校勘与注释研究;(9)聊斋俚曲分篇研究;(10)聊斋俚曲传播与接受研究;(11)聊斋俚曲改编研究;(12)聊斋俚曲文化研究;(13)聊斋俚曲文本整理与出版研究。就论文的研究深度而言,虽然有些方面深厚丰实,有些方面尚属初探;但从内容上说,已经涵盖了聊斋俚曲研究的方方面面。

这里不妨就其中两个重要研究方向的情况作一介绍,即聊斋俚曲的音乐研究和语言研究。

聊斋俚曲是用曲白相间的形式写成的文学作品,其中有大量的以曲牌的形式出现的唱段,也有插入各个曲牌之间的大量的宾白文字。

从演唱的角度来说,聊斋俚曲是一种可以说唱或扮唱的艺术形式。它所使用的曲牌,如〔呀呀油〕〔黄莺儿〕〔憨头郎〕〔房四娘〕〔耍孩儿〕等等,都是蒲松龄在世时流行的民间曲调,其总数达到50个。这50个曲牌的曲调和唱法,只有少量的通过淄川一带的民间传唱保存了下来;随着时间的流逝,其中90%以上的曲牌及其唱法,则失传已久。

在继承前人研究的基础上,以陈玉琛先生为代表的一批俚曲音乐研究者,通过几十年来对音乐文献的考证、辨伪、发掘和追寻,找寻到了45个曲牌的曲调,从而使得可以传唱的聊斋俚曲曲牌达到了90%。

早在2006年,聊斋俚曲就被收入国务院批准的第一批国家级非物质文化遗产名录,在蒲松龄的故乡淄博市,也一直活跃着数个聊斋俚曲艺术团。就聊斋俚曲的音乐研究而言,对聊斋俚曲曲牌的整理与发掘,则为作为非物质文化遗产的聊斋俚曲的传唱打下了坚实基础,作出了重要贡献。

聊斋俚曲的语言是以山东方言为基础的淄博方言，主要是淄川方言。与明清时期那些在官话系统中使用山东方言语词的文学作品如《金瓶梅》《醒世姻缘传》等不同，聊斋俚曲的语音、语法、词汇系统，使用的都是地地道道的淄川一带的方言。就性质而言，聊斋俚曲可以说是明末清初淄川方言乃至山东方言的“活化石”。也正因如此，它的语言受到了语言研究者的特别关注。

除了前面提到的冯春田先生的《〈聊斋俚曲〉语法研究》、殷晓杰先生的《明清山东方言词汇研究——以〈金瓶梅词话〉〈醒世姻缘传〉〈聊斋俚曲〉为中心》、张泰先生的《〈聊斋俚曲集〉方言俗语汇释》、徐复岭先生的《〈金瓶梅词话〉〈醒世姻缘传〉〈聊斋俚曲集〉语言词典》、张树铮先生的《蒲松龄白话作品语言研究》等专著，聊斋俚曲语言研究的论文可谓独树一帜，数量甚夥，包括方言语音、声调、儿化现象，方言音韵，曲牌的用韵、格律，各种句式、语法特点，方言语词的类别、性质，等等，都进入了语言研究者的研究视野。

值得注意的是，在视野开阔、数量众多的语言学研究论文中，博硕士学位论文占了较大比重。我做了一下相关统计，截至 2019 年，聊斋俚曲语言研究的论文约有百篇，占全部论文的 1/6 左右；而在语言学研究的论文中，博硕士学位论文有 28 篇，占语言学论文的近 30%。预计今后数年，博硕士学位论文的比例还有进一步增长的空间。

可以这样说，聊斋俚曲研究已经渐入佳境。对聊斋俚曲的版本、创作、思想、艺术、人物、语言、校勘、注释、辨伪、分篇、传播、接受、改编、文化、文学价值等方面的研究都存在着较大的研究空间，聊斋俚曲研究将迎来一个百花齐放的春天。

编辑出版《聊斋俚曲论集》，对于研究者全面了解聊斋俚曲研究的历史与现状，深入开展聊斋俚曲各个方面的研究，进一步确认聊斋俚曲的文学价值和文学地位，无疑都是一个巨大的推动。据我所知，早在几年之前，蒲松龄纪念馆的焦伟馆长就在筹划此书的编选工作。在出版社一方，齐鲁书社昝亮社长、刘玉林副总编辑对此书的出版给予了大力支持，责任编辑张超则为此书的编辑付出了大量的劳动。

在此书即将出版之际，焦伟馆长命我弁序于前，作为一个聊斋俚曲研究的参与者，我因为知晓此书出版的意义与价值，所以不敢告劳，黾勉从事。

是为序。

邹宗良

辛丑年新正既望于山东大学五宿舍之望云轩

目 录

聊斋俚曲艺术研究

聊斋俚曲人物研究

聊斋俚曲音乐研究

聊斋俚曲语言研究

聊斋俚曲校勘与注释研究

聊斋俚曲综论

蒲松龄的聊斋俚曲

周贻白

聊斋俚曲的发见，还是近年的事，作者就是作《聊斋志异》的蒲松龄。蒲为山东淄川人，字留仙，一字剑臣，别号柳泉居士。聊斋似为其书室名。生于明崇祯十三年(1640)，入清后曾以童试第一，补博士弟子员，旋以棘闱不售，弃举子业，肆力于古文。《聊斋志异》，即其借以自见之作，虽多谈狐鬼，而文采斐然，各体咸备，久成家弦户诵之书。其古文造诣既如是精深，但尚有余力旁及通俗文学。如《醒世姻缘》小说、《东郭外传》、《逃学传》、《孔夫子鼓儿词》等，都是拿山东土语，写成俚俗的散文或韵文。其中尤以《聊斋俚曲》一集，或为叙述体，或为代言体，完全是用杂牌曲调写成，且插入表白。计有《幸云曲》《禳妒咒》《磨难曲》《翻魇殃》《富贵神仙》《姑妇曲》《墙头记》《慈悲曲》《寒森曲》《俊夜叉》《蓬莱宴》等十一种，中除《富贵神仙》为《磨难曲》之初稿外，差不多每一篇都具有流畅、细腻而又极为雄浑的风致，其最长的一篇为《磨难曲》(衍《聊斋志异》张鸿渐事)，共三十六回。其不分回者仅有《俊夜叉》一篇(衍一赌徒事)。除用〔西江月〕起首结尾，并于将结束时插入〔劈破玉〕一曲外，全部用〔耍孩儿〕铺叙之。又《寒森曲》八回，《墙头记》四回，《幸云曲》(明正德私行事)二十八回，亦全部为〔耍孩儿〕，兹以《磨难曲》为例，录其所用曲调如次：

〔耍孩儿〕〔倒扳桨〕〔桂枝香〕〔西调〕〔憨头郎〕〔皂罗袍〕〔银纽丝〕〔叠断桥〕〔跌落金钱〕〔黄莺儿〕〔玉娥郎〕〔金纽丝〕〔太平年〕〔劈破玉〕〔楚河秋〕〔呀呀油〕〔还乡韵〕〔罗江怨〕〔西江月〕〔边关调〕〔哭笑山坡羊〕〔清江引〕〔平西调〕〔对玉环〕〔房四娘〕〔干荷叶〕〔雁儿落〕〔收江南〕〔香柳娘〕〔侥侥令〕

〔园林好〕〔沽美酒带太平令〕〔哭皇天〕(《富贵神仙》内)

以上共三十三种,全部聊斋俚曲所用曲调当然尚不止此,但重复者多,且不关俚曲,兹不赘引。至其曾见诸《霓裳续谱》者,颇有音同字异之处,特再列举如下:

〔西调〕、〔南叠落〕(即〔跌落金钱〕)、〔银纽丝〕、〔劈破玉〕、〔呀呀哟〕(哟即油)、〔玉娥郎〕、〔倒搬桨〕(搬即扳)、〔边关调〕、〔园林好〕、〔耍孩儿〕、〔桂枝香〕、〔清江引〕、〔山坡羊〕、〔叠段桥〕(段即断)、〔罗江怨〕、〔雁儿落〕

其相同者共十六调。按蒲松龄卒于康熙五十四年(1715)(见路大荒编《蒲柳泉先生年谱》——中华书局出版《蒲松龄集》)较《霓裳续谱》刊行早八十年。而蒲氏已开使用杂牌曲调叙述故事之先河,则以后岔曲之夹入杂曲,不过是循其故辙而已。更何况所用曲调,一半相同,其中或且有一种直接的渊源亦未可知。至于蒲氏这种俚曲,其采用杂牌联缀成文还是取法于民间原有的一种形式,抑或完全为自己的创体,事实虽未确知,其间似不无蛛丝马迹可寻。明沈德符《野获编》云:

元人小令,行于燕赵,后浸淫日盛,自宣正至成弘后,中原又行〔锁南枝〕〔傍妆台〕〔山坡羊〕之属……今所传〔泥捏人〕及〔鞋打卦〕、〔熬鬏髻〕三阕,为三牌名之冠。……自兹以后,又有〔耍孩儿〕〔驻云飞〕〔醉太平〕诸曲,然不如三曲之盛。嘉隆间,乃兴〔闹五更〕〔寄生草〕〔罗江怨〕〔哭皇天〕〔干荷叶〕〔粉红莲〕〔桐城歌〕〔银纽丝〕之属……比年以来,又有〔打枣竿〕〔挂枝儿〕二曲,其腔调约略相似……其谱不知从何来……

按〔泥捏人〕〔鞋打卦〕二曲,为〔锁南枝〕;〔熬鬏髻〕,则为〔山坡羊〕(俱见中华书局出版《词谱》)。此云"为三牌名之冠",似以一曲为〔傍妆台〕,实误。至于所叙各调,除已见上引者外,其见诸《霓裳续谱》者,有〔锁南枝〕(万寿庆典内)、〔驻云飞〕、〔寄生草〕、〔粉红莲〕、〔银纽丝〕。明王骥德《曲律》卷四:"小曲〔挂枝儿〕,即〔打枣竿〕,是北人长技,南人每不能及。"今之单弦中有此调(《大鼓书词汇编·全德报〈别女,骂女〉》)。此外无着落者,仅〔傍妆台〕〔醉太平〕〔闹五更〕〔桐城歌〕四调而已。

据此，明代旧曲，仍多传至清代。聊斋俚曲所用者，亦非全无来历的东西。但我们所欲知的事实，则为此类杂曲，在蒲氏之前，是否曾经联缀地叙述故事，可惜这种迹象已不能明显地找到，虽然〔沽美酒带太平令〕是由两种牌调合并起来，而在前也曾有过，但那是属于南北曲的一种牌调，与这类没有宫调的杂牌曲全然无关。蒲氏以之杂入俚曲，亦系另成一套，决不能促成联缀杂牌的一种动机。

在蒲氏之前，这种俚曲的联缀例子，我们虽然无法找出，但我们相信，纵令是蒲氏的创举，也必有其他方面的依据。如宋金元的诸宫调，便是把各种曲调联缀起来，咏叙一件故事的初祖。在当时，那些曲子虽然各有宫调，但并未正式成为套数的组织，事实上也等于把杂牌曲子联缀起来一样。蒲氏的俚曲，是否取得于此，已无确切证据。但两者情形很相近，这是可以断言的。因此，我疑心当蒲氏撰作俚曲时，在北方的民间，也许有一种相近的形式在流行着，不过没有人把它记载下来，故不易为我们所知。这情形，蒲氏在他的《姑妇曲》的开首，似乎给了我们一点可供想象的暗示，《姑妇曲》衍《聊斋志异·珊瑚》事，开场是一首七绝诗，然后唱〔西江月〕及〔劈破玉〕，说明婆媳之间，最难融洽，因而笔头一转，引珊瑚故事，于是说：

这有个故事，也是说婆婆，也是说媳妇，编了一套“十样锦”的曲儿，名为《姑妇曲》……

“十样锦”本为南曲〔仙吕宫〕一个牌调，系犯调（即集曲）以十个有“锦”字的牌名，各集二三句不等，共成一曲，计为〔叠字锦〕〔窣地锦裆〕〔锦法径〕〔锦衣香〕〔昼锦堂〕〔字字锦〕〔锦上花〕〔一机锦〕〔摊破地锦花〕〔锦腰儿〕等（见《九宫大成谱》）。照犯调的规律，只能以同一宫调的牌子相接合，但〔十样锦〕却超出了这个范围，如〔叠字锦〕为仙吕入双调过曲，而〔摊破地锦花〕却为中吕过曲，〔锦腰儿〕则为高平调过曲。由此推知，所谓“十样锦”，其曲调的联缀，即系杂凑成章。又如明无名氏杂剧《十样锦诸葛论功》，是把十三个不同朝代的开国武臣联在一起，故名“十样锦”。又《雍熙乐府》卷十六亦有“十样锦”一曲，较仙吕入双调集曲，多出三分之二，似亦犯调，惜未分别注明，不知所犯究为哪十个牌调。而且有尾声，容或是十个短调的全文，故与普通集曲不同。然则以杂曲联缀成文，在民间的俗曲里，或早有是项体制，而民间的文学，又为最不容易为规律所束缚的，所以，蒲氏所谓“编了一套‘十样锦’的曲儿”，当必有其张本，不宁唯是，即当时的流行小曲，蒲氏也在《幸云曲》的开首，作过一点叙述，其词云：

〔耍孩儿〕世事儿若循环，如今人不似前，新曲一年一遭换。〔银纽丝儿〕才丢下，后来兴起〔打枣杆〕，〔锁南枝〕半插〔罗江怨〕，又兴起《正德嫖院》，〔耍孩儿〕异样的新鲜。

《正德嫖院》，就是《幸云曲》的本事，这当然是借叙流行小曲而衬出他所撰作的故事，而《幸云曲》也就是全用〔耍孩儿〕写成。又《俊夜叉》曲里也有这类的话：

这个曲儿，是用时兴的〔耍孩儿〕调儿编成，能开君子的笑口，也能发俗人的志气。待我唱起来，给列位听。

〔耍孩儿〕本来是旧有的牌名，南北曲俱有此调，但彼此不同，蒲氏所用，则为北曲，兼入般涉、正宫、中吕、双调，为一有普遍性的牌子。其所谓“时兴的〔耍孩儿〕调儿”，似其时已用该调叙述故事而为人竞唱，到了蒲氏手里，则大规模撰作长篇俚曲，而“十样锦”之以杂牌相间成文，则为全用〔耍孩儿〕的一种变化，其早兴起于民间，亦属可能。虽然如是，而蒲氏能以莫大的勇气，去采取这种不为人所注意的体制，居然撰成多篇洋洋洒洒的大文。即此一点，也是够使那些自命圣人之徒望而却步。即令这体制不是蒲氏所创明，仍将不失其伟大的。

有人说：现在的牌子曲，就是宋金元诸宫调的末流。这话是不错的，但其径行的路线，却是拿明代的俗曲作为基本，经过一番联缀。直到清初，才有蒲松龄用为长篇故事的叙述，然后又退缩成为岔曲，再由岔曲衍变为现在的牌子曲。因其本源尚在，故统称八角鼓。

蒲松龄的《聊斋俚曲集》

柳文英

蒲松龄的《聊斋志异》，情节动人，设想奇妙，清新典雅，文采斐然，具有高度艺术价值，是唐宋传奇以后最优秀的文言短篇小说。但他自己却似乎并不满足于《聊斋志异》的艺术成就，反而觉得这种用文言体裁写的小说只能供读书人欣赏，不能深入民间，为下层民众所接受，于是便运用流行于山东地区的"柳子腔"（民歌小调的唱腔），以家喻户晓的方言土语，写成十四种通俗易懂的俚曲，完成了文人文学和民间文学的交流。

俚曲也是戏剧形式的一种，它是用民歌小调的曲牌组成的整本大套的牌子曲。中国戏剧的唱腔，在元人院本以后，清代皮黄剧未兴起以前，有"南昆""北弋""东柳""西梆"四大类别。"南昆"是昆山腔，就是昆曲。"北弋"是弋阳腔，就是高腔，其中在北京的有一部分演变为京腔。"东柳"是山东的柳子腔，所谓"柳子"，就是唱小曲的嗓音，它在中国戏剧唱腔中原为一大系统，但因少在通都大邑活动，所以知道的人较少。"西梆"就是梆子腔，又叫乱弹，流行于山西、陕西一带，陕西人唱的叫秦腔，音多商声，所以要用竹木调节乐器，和昆曲用绰板定眼的略有不同。因为配合唱腔用的乐器是弦索，所以又叫弹戏，一名丝弦。

山东的"柳子腔"起源很早，它是以明代流行的小曲曲牌如〔山坡羊〕〔耍孩儿〕〔罗江怨〕〔银纽丝〕等作基础的。到了清初，这些小曲曲牌被串连起来，组成整本大套的牌子曲，是否出于蒲松龄的创造，虽不可知，但从蒲氏以前并没有长篇俚曲作品发现这一点上看，至少蒲松龄在这方面是起过开路作用的。当时还没有"柳子腔"这一名词，但流行于北京和山东一带的小曲，早已成为家弦户诵的东西，街头巷尾，到处都可听到〔劈破玉〕〔倒扳桨〕〔跌落金钱〕等小调，就像江南一带的爱唱〔四季相思〕一样。蒲松龄用当时流行的小曲曲牌，写成戏剧形式的长篇俚曲,可能只是为了便于俗唱,并没有创新的意图,因为当时除了昆腔以外,被视为雅音的南北曲都已掺杂了里巷歌谣,蒲松龄的俚曲所用的曲牌中也有一部分出自南北曲,不过已经通俗化、口语化,和一味追求辞藻典雅声调铿锵的文采派分道扬镳了。如果蒲氏后继有人,他的用戏剧形式写成的长篇俚曲能够“蔚为大国”,则正不必等到通俗易懂为大众所爱好的“梆子腔”兴起才和高雅的“昆腔”相对抗。可惜在蒲松龄以后,这种连接各种不同曲牌用戏剧形式写成的俚曲便成为绝响,仍旧散为民歌小曲,如《霓裳续谱》《白雪遗音》所收一类,不能不说是件憾事。

这十四篇俚曲,有一半取材于《聊斋志异》,如《富贵神仙》《磨难曲》二篇就是《志异》中的《张鸿渐》,《姑妇曲》就是《志异》中的《珊瑚》,《慈悲曲》就是《志异》中的《张诚》,《翻魇殃》就是《志异》中的《仇大娘》,《禳妒咒》就是《志异》中的《江城》,《寒森曲》则是糅合《志异》中的《商三官》《席方平》二篇而成。不同的是《志异》用文言写,每篇不过二三千字,敷演成口语化的俚曲,字数竟增加到十余倍。在艺术技巧方面,二者各有不同的特点,《志异》文笔简练,以情节奇诡胜,俚曲篇幅较长,以渲染人物性格注重细节描写胜,都具有吸引读者的艺术魅力。

《聊斋志异》全书共有四百多篇,蒲松龄单单选取其中的七篇改写成俚曲,可见这七篇故事的题材是他所喜爱的。但也许因为这七篇故事中的人物形象和生活现象是当时社会中一般人民所习见常闻的,因此选出来改写成俚曲也未可知。不管是前者还是后者,既然他自己选出《聊斋志异》中的七篇故事改写成俚曲,而且增饰了故事情节,加强了细节描写,我们不妨就根据蒲松龄在这七篇故事题材中对人物的性格、行为、思想、感情、愿望所作出的判断和评价,来研究分析一下他对当时的社会现象和生活现象的看法,从他的爱什么,憎什么,同情什么和反对什么中,可以窥见他对当时的时代特征、伦理道德、社会风尚所抱的态度。同时还可就《志异》和俚曲同一题材不同写法的对照中,了解蒲松龄的创作思想、艺术构思的演变过程。

《张鸿渐》在《聊斋志异》里是不大被人注意的一篇,但蒲松龄似乎特别喜爱这篇故事的题材,他曾先后两次把它改写成俚曲,最初写《富贵神仙》时完全按照《聊斋志异》的情节安排,除了增加张妻方氏入狱出狱等情节外,没有多大改动;后来写《磨难曲》时改动就大了,他在开头就描写了众百姓遭受旱灾纷纷逃荒的悲惨场面,从而更显得贪官马台的不认灾情照旧拷打勒逼按地亩交粮打死范秀才的令人发指。《聊斋志异》在合学生员动了公愤请张鸿渐写状上告部院后,原只有县令

“以巨金纳大僚,诸生坐结党被收”二语,但在《磨难曲》中却增添了众秀才被发配辽阳充军,途遇三山大王任义,路见不平,杀了解差,放众秀才回家等情节。这里值得注意的是蒲松龄在《聊斋志异》里从没有塑造过农民起义的英雄形象,间有涉及谢迁、于七等起义领袖的地方,也都把他们处理成反面人物,何以在俚曲里竟会出现举起反抗封建王朝旗帜的三山大王任义,而且把他的性格写得那样侠义豪爽?这种创作思想方面的变化,无疑和他的接近下层民众,思想感情和他们打成一片有关。《聊斋志异》的读者多半是文人,文人中敢于反对封建王朝的不多,所以不可能在书中出现农民起义的英雄形象;俚曲的听众则是下层民众,他们在贪官污吏的残酷压迫下,生活痛苦万分,渴望有一位农民领袖出来替天行道,除暴安良,把他们拯救出火坑。蒲松龄在俚曲里塑造了这一英雄人物形象,并把同情放在他身上,正代表了人民的要求和愿望。不仅如此,他在《磨难曲》后半部增饰的许多情节中,还竭力丑化统治阶级的人物,如写尚书毛义坚主征讨三山,结果被杀得大败,都督杨蕃妄自尊大,想屈服任义,结果反被任义压倒,这种抬高英雄人物丑化统治阶级的描写,显示蒲松龄思想感情方面的爱憎是和人民一致的,他所肯定的是农民起义的英雄,否定的是统治阶级的贪官污吏;虽然他笔下的英雄人物后来毕竟还是接受了“招安”,仍不脱统治阶级的思想影响,但这是时代的局限,连《水浒》作者也不能免,我们不应过分苛求蒲松龄,至少他能够接近下层民众,塑造《聊斋志异》里所没有的英雄形象,表现《聊斋志异》所没有表现的内容,就值得我们对他这篇俚曲给予高度的评价。同时他在这篇俚曲里还表现了反清思想,为了避免触犯清朝统治者的忌讳,他巧妙地把故事背景放在明代,用鞑王影射清朝统治者,北兵影射清兵,对清兵的滥杀人民表示深恶痛绝,而以任义的杀退北兵捍卫边境表达了当时一般人民的共同愿望。这种写法,虽然颠倒错乱了时代,却仍旧迂回曲折地忠实地反映了现实。

在当时社会里,和贪官污吏同样虐害人民,使善良民众遭受家破人亡惨祸的,还有地方上的豪绅恶霸,他们倚仗财势,勾结官府,巧取豪夺,草菅人命,加深了民众的苦难。蒲松龄在《聊斋志异》里写商三官父亲的死亡,是“以醉谑忤邑豪,豪嗾家奴乱捶之,舁归而死”。但到把这题材改写成俚曲《寒森曲》时,似乎觉得这“醉谑”二字有咎由自取的意味,改为恶霸因他见了自己不下驴,喝令家奴把他掀下驴来乱打,抬回家中毙命,这样的处理就更显得恶霸平时妄自尊大横行无忌的可恨。俚曲因为篇幅较长,可以加强人物性格和细节描写,不像《聊斋志异》那样要压缩人物行动和故事情节，这是它在形式上的优点，因此《商三官》篇里写到苦主告状的结果，仅有“两兄讼不得直，负屈归”九个字，而在俚曲里便生发出商二官用石头打伤恶霸的耳朵，以及恶霸行贿，贪官代为开脱等许多情节。不但把当时官场的黑暗暴露无遗，而且突出了商二官敢于和贪官斗争的坚强性格。也许这种坚强性格使蒲松龄联想到和《聊斋志异》里的席方平相同，他便在写商三官女扮男装随优伶混入恶霸家里刺杀恶霸以后，运用巧妙的艺术构思，增饰出恶霸在地下行贿，商三官父亲受难，商二官绝食入冥等情节，凑合到《席方平》故事上去，把席方平这个人物形象和性格改塑到商二官身上，于是《商三官》的故事便和《席方平》的故事糅合了起来，而商二官也就带着席方平的性格去和象征阳世贪官污吏的城隍、判官、阎罗斗争了。席方平的不屈不挠斗争到底的坚强性格，是曾博得不少人赞美的，但文言小说受了语言、形式的限制，毕竟不如俚曲绘声绘影，使人物形象更为鲜明生动，斗争气氛更为强烈浓厚。蒲松龄显然想通过这篇俚曲代一般负屈含冤的民众吐一口不平之气，如果他在《寒森曲》的情节安排上能够写到商二官得灌口二郎神之助，斗争获得最后胜利为止，艺术效果一定更好，但他偏偏画蛇添足，又加上商三官父亲复活，到琉球国去封王，在海上遇见风暴，商三官显灵救父，以及恶霸儿子饥寒求乞等情节，向民众宣扬因果报应的封建迷信思想。虽然在他所处的时代，这样写是符合很大一部分人的精神世界状态的，同时“善有善报，恶有恶报”也是当时一般民众的愿望，不过用今天的眼光来看，这一段尾巴实在是不必要的封建糟粕、落后观点。

蒲松龄对生活有敏锐的观察，犀利的分析。他在《聊斋志异》里表现了各式各样的人物，刻画了各方面的人情世态，不仅对贪官污吏豪绅恶霸抨击不遗余力，就是对那些社会渣滓也没有放松他的鞭挞。他在《仇大娘》篇里描写了一个损人不利己的恶棍魏名，施展种种阴谋诡计，陷害仇家。一计不成，又施一计，结果害人自害，仇家家道反而日益兴旺。故事内容未必完全出于虚构，至少魏名这个人物在当时社会里就是一个典型的存在。蒲松龄在把这一故事题材改写成俚曲《翻魇殃》时，对原作的主题思想、情节安排、人物性格，都尽量保持原状，只有最后一段写魏名的下场和《聊斋志异》不同。这一故事的主题虽是写恶棍的害人自害，但也从侧面反映了清初的民族矛盾。当时把汉人俘虏作为奴隶买卖的情况十分普遍，而对藏匿逃人的处罚更为严酷，甚至被逃人诬扳，官府也往往不问情由，发配口外充军。魏名就是利用逃人来陷害仇禄的，仇禄的因祸得福，在口外遇见父兄，合家团聚，只是偶然的幸运，其他沉沦在暗无天日的地狱里永世不得翻身的人大概不知有多少。蒲松龄通过对这一事实的揭发，控诉了当时民族压迫的严重，人民的生命财产时刻处在危险之中，毫无保障，是富有正义感的。同时写恶棍害人阴谋的逐一失败，被害人每次都是因祸得福，也富有戏剧性的效果，能够大快人心。不过在人物描写方面，不论是《聊斋志异》或是俚曲，都不免有些脸谱化，缺少个性，对恶棍魏名的腐朽的灵魂也没有深刻地揭露，只有仇大娘的性格写得比较成功，读来使人觉得仿佛有一个刚烈的女性跃然纸上。但仇大娘的性格也是前后矛盾的，魏名派人去招她来时是动之以利，希望她到娘家来争家产；仇大娘之所以闻招即来，主要也是因为她性格方面有缺点："每归宁，馈赠不满其志，辄迕父母，往往以愤去。"这样一个女性，对娘家显然存有想占些便宜的念头。来了以后，出于魏名意外，反帮着娘家，状告赌棍，追还田产，重兴家业。这还可以说是不忍病母弱弟受人欺凌，挺身出而扶持，并不十分违背她那刚烈的性格。但到仇福败子回头，从岳家迎回妻子以后，她却把田产簿籍完全交出，说是"我苦争者，非自利也……我以一身来，仍以一身去耳"。这和当初魏名"歆以家之可图""欲招之来而启其争"时的来意未免距离过远，也过分违背她的性格逻辑了。尽管有这种前后不统一的性格矛盾，不过从整个作品说来，毕竟是大醇小疵，在二百多年前的小说俚曲里，能有这样的艺术手法，可说是很难得的了。

在封建社会里，后母虐待前妻的儿子，婆婆讨厌媳妇，是很普通的现象。蒲松龄在《慈悲曲》《姑妇曲》里极细致地描写了这一情况，显示他对生活的态度，他所憎恨鞭挞的对象无疑是在后母、婆婆一方面，但他所塑造的张讷、珊瑚、安大成等一系列人物形象未免太逆来顺受了，这些人物的性格并不是懦弱的，如张讷在弟弟被虎衔去后用利斧刎颈，珊瑚在被丈夫休出后用剪刀刺喉，都显示他们并不怕死，在逆境前有把生命孤注一掷的勇气，那么他们为什么不像席方平、商二官那样起而反抗斗争呢？这是因为封建社会三纲五常的奴隶道德具有至高无上的威权和约束力，做小辈的反抗尊长，是被目为大逆不道的事。蒲松龄在他所处的历史条件下，虽然深感封建道德的不合理，把同情放在儿子媳妇一方面，但不可能举起反抗封建道德的旗帜，只好让后母自己死去，婆婆受悍媳虐待后自动悔悟，这样处理他所憎恨鞭挞的对象，正符合儒家所谓"怨而不怒""婉而多讽"的温柔敦厚的诗教。在他所处的时代，除此也别无更好的处理方法了。这两篇俚曲情节动人，人物形象性格描写都非常生动，尤其是《慈悲曲》里张诚对张讷的手足友爱，写得朴素而又使人感动,笔端充满了感情,张讷的舍死忘生出外寻找弟弟,并不是不堪后母的责备,实在还是难忘弟弟对他的情谊。《姑妇曲》里的安大成一味顺从母亲的愚孝固无足取,但他也并不是不分是非曲直,当他在族婶家里见到珊瑚对他哭出血来时,他也止不住一阵心酸,几乎掉下泪来,可见他还是爱着珊瑚的,他的休妻并非出于本心,只是迫不得已。蒲松龄对这个人物并不明显地表示肯定或否定,他只从人物的行动和感情的矛盾中进行批判,这是一种值得学习的艺术手法。

《聊斋志异》里有几篇以惧内为题材的作品,其中以《江城》一篇写得最好,俚曲《禳妒咒》就是根据《江城》改写的,情节毫无更动。有人因为蒲松龄描写惧内情况惟妙惟肖,仿佛亲身经历,疑心这是他夫子自道,其实蒲松龄的妻子刘氏是个典型的贤妻良母式人物,他在《述刘氏行实》里说她"入门最温谨,朴讷寡言,不及诸宛若慧黠"。像这样一位温良的女性,是不可能虐待丈夫的。不过蒲松龄写这篇作品也并不完全是凭空想象,他所选取的模型是他朋友王鹿瞻的夫人。王鹿瞻在蒲松龄的朋辈中以惧内著称,甚至父亲客死在外,他也惧内不敢前去奔丧。蒲松龄在《与王鹿瞻》中曾以大义责他:"兄不能禁狮吼之逐翁,又不能如孤犊之从母,以致云水茫茫,莫可问讯,此千人之所共指!而所遭不淑,同人犹或谅之;若闻亲讣,犹俟棋终,则至爱者不能为兄讳矣。"蒲松龄因为和王鹿瞻过从很密,对他惧内的情况印象很深,所以写来才会那样真实生动。由此可见作家要写好某一人物或表现某一生活的横断面,他对那人物和生活必须极为熟悉,否则便不免要流于漫画化、概念化。

《聊斋俚曲集》是我国民间文学的一宗宝藏,艺苑中的一朵奇葩,它和《聊斋志异》的价值不相上下,如果说前者是"文采派",那么后者就是"本色派"。历代的大作家固然都是文采、本色兼备的,但像蒲松龄那样不论文言、口语都能运用自如,在艺术技巧上都达到高度成就的,却不多见。现在大家都很重视民间文学的搜集整理,我觉得出于古代作家笔下的民间文学作品也应同样受到重视。过去许多文学史中很少提到蒲松龄的俚曲,所以我在这里略作评介,以期引起大家的注意。(《聊斋俚曲集》中的人名,很多与《聊斋志异》不同,如《张鸿渐》中的卢龙令赵某,《磨难曲》中作马台,其他各篇也多有改动,恐引起误会,附此声明。)

关于“聊斋俚曲”

关德栋

蒲松龄是我国十七世纪时的伟大作家,他的《聊斋志异》在我国文学史上有着很大的影响,这不仅是对汉语文学,即对少数民族语文学也比较显著,并且早在十八世纪已经介绍给国外。但在他遗留下来的大量文学遗产中,还有一部分是他利用人民喜闻乐见的民间俗曲的民族形式创作的“通俗俚曲”,从它们的思想艺术价值看,较之《聊斋志异》这部优秀的古典短篇小说集,也无多逊色;而这部分通称为“聊斋俚曲”的曲艺、戏曲作品,在国外也早有人曾作介绍。无疑,它们作为我国文学宝库中的珍品,我们应该予以重视。

蒲松龄所创作的通俗俚曲,据公元1725年(清雍正三年)张元撰写的《柳泉蒲先生墓表》碑阴列载,有:

> 戏三出:《考词九转货郎儿》《钟妹庆寿》《闹馆》。
>
> 通俗俚曲十四种:《墙头记》《姑妇曲》《慈悲曲》《翻魇殃》《寒森曲》《琴瑟乐》《蓬莱宴》《俊夜叉》《穷汉词》《丑俊巴》《快曲》各一册,《禳妒咒》、《富贵神仙》后变《磨难曲》、《增补幸云曲》各二册。

这些作品,都是采用民间曲调,并用口语由叙事或移作代言的牌子曲或杂调戏曲,形式非常新颖;而写作年代已不易考见。这些作品内容的思想成就,总的说来,还是能够比较深刻地反映封建社会末期的许多特点:它们对于封建社会的黑暗邪恶作了揭露,对于封建社会世道人心的险恶、道德的窳败作了鞭挞;在对当时生活的悲愤控诉中,对于淳朴、正直善良的人们,寄予了深厚的同情。而在艺术成就方面,由于它们既系使用了人们熟悉的俗曲写成,组织形式上又有所创新,这在清代前期，无论当时说唱演出的情况如何，却是应该给予较高的评价。

“聊斋俚曲”艺术形式上最为明显的特点，主要表现在它们说唱时歌唱部分曲调的使用。这些作品每篇虽是长短不一，但每回（或“联”）的歌唱部分以乐曲组成，只用三四种曲调，同调数曲重头联章，并不是套曲。乐曲所采用的曲调，多数为明清以来的民间时调歌曲；少数来自南北曲的，也往往是突破了定格而经过通俗化的。综合它们曾使用过的曲调名目，有：

西江月　清江引　耍孩儿　劈破玉　倒扳桨　银纽丝　叠断桥　罗江怨　房四娘　对玉环　一剪梅　呀呀油　怀乡韵　憨头郎　黄莺儿　采茶儿　皂罗袍　哭皇天　黄沥调　山坡羊　香柳娘　闹五更　鸳鸯锦　刮地风　虾蟆曲　玉娥郎　桂枝香　浪淘沙　北黄莺　四朝元　鹧鸪天　平西歌　楚江秋　幸幸令　收江南　园林好　莲花落　金纽丝　太平年　边关调　干荷叶　雁儿落　跌落金钱　哭笑山坡羊　棹歌　西调　满调　罗江怨带清江引　梆子腔　沽美酒带太平令　陕西调　对玉环带清江引

很明显，这里一部分曲调时至今日还可以在一些曲艺或地方戏曲里看到，这也正是明清以来人们传唱的时调歌曲。明沈德符《万历野获编》卷二十五“时尚小令”条说：

元人小令，行于燕赵，后浸淫日盛，自宣正至成弘后，中原又行〔锁南枝〕〔傍妆台〕〔山坡羊〕之属。李崆峒先生初自庆阳徙居汴梁，闻之以为可继《国风》之后；何大复继至，亦酷爱之。……自兹以后，又有〔耍孩儿〕〔驻云飞〕〔醉太平〕诸曲，然不如三曲之盛。嘉隆间，乃兴〔闹五更〕〔寄生草〕〔罗江怨〕〔哭皇天〕〔干荷叶〕〔粉红莲〕〔桐城歌〕〔银纽丝〕之属。……又〔山坡羊〕者，李、何二公所喜，今南北词俱有此名，但北方惟盛，爱〔数落山坡羊〕，其曲自宣、大、辽东三镇传来。

顾启元《客座赘语》卷九“俚曲”条也说：

里弄童孺妇媪之所喜闻者，旧惟有〔傍妆台〕〔驻云飞〕〔耍孩儿〕……后又有〔桐城歌〕〔挂枝儿〕〔干荷叶〕〔打枣干〕等。

上举二书所记明代流行的时调歌曲名目，为“聊斋俚曲”所采用的有八种。

明代俗文学中一些说唱文学作品，其歌唱部分除用七字句的诗赞，往往也间用乐曲，曲调就多是采用当时的时调歌曲。例如，明刊本舜逸山人杜蕙新编增补评林《庄子叹骷髅南北词曲》，这是一部取材于庄子故事的“道情”，它在叙写时，除用诗赞、散说外，歌唱亦用乐曲，曲调名目有〔鹧鸪天〕〔清江引〕〔耍孩儿〕〔浪淘沙〕〔锦上花〕〔黄莺儿〕〔折桂令〕〔朝天子〕〔皂罗袍〕〔西江月〕〔沽美酒〕〔得胜令〕〔雁儿落〕〔山坡羊〕〔桂枝香〕〔醉太平〕，等等；这里采用时调歌曲以外的南北曲，也是经过了通俗化的。再例如，明代“宝卷”里，有些作品在说唱故事用散说、诗赞的同时，往往也用“唱〔叠落金钱〕”“听唱〔耍孩儿〕”之类的词句引起接唱乐曲，今据十种明刊本“宝卷”所插用的曲调统计，曲调名目为“聊斋俚曲”采用过的，就有〔耍孩儿〕〔西江月〕〔劈破玉〕〔跌落金钱〕〔银纽丝〕〔罗江怨〕〔对玉环〕〔清江引〕〔黄莺儿〕〔皂罗袍〕〔山坡羊〕〔闹五更〕〔桂枝香〕〔浪淘沙〕〔四朝元〕〔楚江秋〕〔干荷叶〕等十七种。① “道情”和“宝卷”这类俗文学的说唱形式，在明清之际流行的地区是十分广泛的，当时山东一带亦风行。《聊斋文集》卷六蒲松龄写的《请禁巫风呈》曾说：

淄邑民风，旧号淳良，二十年来，习俗披靡，村村巫戏。商农废业，竭资而为会场；丁户欠粮，典衣而作戏价。沸心聒耳，王武子之所乐闻；乱吠齐喧，介葛庐之所能喻。

这里所谓“巫戏”，实际就是指当时乡村城镇流行的说唱“道情”“宝卷”的活动。蒲松龄既然注意到这一情况②，不难设想，这对他创兴通俗俚曲会有一定的影响。明代传唱的“时尚小曲”，入清以后仍然流行，除旧曲之外，复出新声。清初刘廷玑

① 根据近人的研究，在明正德年间才有以“宝卷”为名的作品刊本行世，至万历、崇祯等年代遂蔚为极盛时期。不过现在传世者较少，连同佚书目录约百数十种。这里选用的是：《销释白衣观音菩萨送婴儿下生宝卷》《弘阳至理归宗思乡宝卷》等十种（详见抄《时代宝卷中的时调歌曲》稿）。

② 蒲松龄研究文献资料中现存《聊斋随手抄道情》抄本，亦可资旁证。

《在园杂志》卷三说：

> 小曲者，别于昆弋大曲也。在南则始于〔挂枝儿〕……一变为〔劈破玉〕，再变为〔陈垂调〕，再变为〔黄鹂调〕。始而字少句短，今则累数百字矣。在北则始于〔边关调〕，盖因明时远戍西边之人所唱，其辞雄迈，其调悲壮……今则尽儿女之私，靡靡之音矣。再变为〔呀呀优〕。〔呀呀优〕者，〔夜夜游〕也，或亦声之余韵〔呀呀哟〕。如〔倒扳桨〕〔靛花开〕〔跌落金钱〕，不一其类。

李斗《扬州画舫录》里也说：

> 小唱以琵琶、弦子、月琴、檀板合动而歌，最先有〔银纽丝〕〔四大景〕〔倒扳桨〕〔剪靛花〕〔吉祥草〕〔倒花篮〕诸调，以〔劈破玉〕为最佳。……又有黎殿臣者，善为新声，至今效之，谓之〔黎调〕，亦名〔跌落金钱〕。

现存的清乾隆时所辑刻的《万花小曲》、《西调黄鹂调集钞》、《霓裳续谱》和《丝弦小曲》四种俗曲总集中，共收录四十四种曲调，其中如〔跌落金钱〕〔呀呀油〕〔西调〕〔刮地风〕〔玉娥郎〕〔边关调〕等十六种，已见于“聊斋俚曲”。根据地方戏曲发展史的文献资料看，山东地区流行的历史悠久的“柳子戏”，原是由元明“弦索”系统演变而来，它的组织主要系由“曲子”和“柳子”两部分构成，而唱“曲子”的部分所占比重较大；“曲子”部分也是在明清时调歌曲的基础上发展起来的。现存柳子戏传统剧目中使用的曲牌，如〔清江引〕〔黄莺儿〕〔香柳娘〕〔桂枝香〕〔耍孩儿〕〔园林好〕等十几种曲调，就是“聊斋俚曲”里经常采用的，可见蒲松龄通俗俚曲的创作，实际上与当时民间流行的地方戏曲的关系，也是比较密切的。

蒲松龄所创作的通俗俚曲，除张元《柳泉蒲先生墓表》碑阴列载的，他所撰《农桑经》蒲立德写的跋里说：

> 大父讳松龄，字留仙，柳泉则别号也。有诗集、文集、四六集、《聊斋志异》等书，又有通俗劝世游戏词，亦不下数十种，皆可以行世。

这里说的“数十种”“通俗劝世游戏词”，就是地方所传“聊斋遗稿”的通俗俚曲部分,不过现今所能搜集到的那些传抄本,情况非常复杂,还需要进一步研究考订。

现在确知为蒲松龄所创作的通俗俚曲,其题材大致可分作三类:

一、缘于现实生活事件的创作,如《穷汉词》《学究自嘲》等。

二、取材于过去的小说、戏曲而改编使之更为通俗化的作品,如《千古快》(《快曲》)、《增补幸云曲》①等。

三、根据《聊斋志异》的故事加以翻编的作品,如《姑妇曲》《磨难曲》等。

蒲松龄之所以如此取材并努力从事这类通俗俚曲的写作,在他儿子蒲箬写的《清故显考岁进士、候选儒学训导柳泉公行述》里,曾扼要地有所叙述。《行述》中说:

如《志异》八卷,渔搜闻见,抒写襟怀,积数年而成,总以为学士大夫之针砭;而犹恨不如晨钟暮鼓,可参破村庸之迷,而大醒市媪之梦也。又演为通俗杂曲,使街衢里巷之中,见者歌,而闻者亦泣,其救世婆心,直将使男之雅者、俗者,女之悍者、妒者,尽举而匋于一编之中。呜呼!意良苦矣。

从这里所提供的材料,可见蒲松龄"聊斋俚曲"的创作动机,是同他写作《聊斋志异》的意图一样,显见绝非"游戏"笔墨,而是含有愤世嫉俗的深刻用意。所以,今天在我们对蒲松龄的艺术成就进行全面、深入细致的研究工作时,对他这一宗别具风格的作品加以重视、研讨,是很有意义的。

---

① 《增补幸云曲》是根据明代杂调戏曲《嫖院记》即《正德记》传奇改编的。《嫖院记》传奇未见诸家曲目著录,已佚。现存明刊本《新刊徽板合象滚调乐府官腔摘锦奇音》一书,卷五下栏选录了两出该传奇作品:"出游投宿萧庄"和"周元曹府成亲"。这两出的内容,相当于《增补幸云曲》的第五回。明代时调歌曲里现存一首写《嫖院记》传奇全剧梗概的"劈破玉",原文是:"赛观音佛动心,生得如花貌,王公子闻知道也来嫖,朱皇帝闻说亲来到。君臣来斗宝,半步不相饶;倒运的王龙,倒运的王龙,剥皮去楦草。"这与蒲松龄所作《增补幸云曲》的内容是完全一致的。

论聊斋俚曲

汪玢玲

素以《聊斋志异》称著于世、蜚声中外的清初伟大作家蒲松龄，不仅是我国文学史上的杰出小说家，而且在诗、词赋、俚曲创作方面都有重大成就。蒲松龄晚年看到自己据民间故事改编创作的《聊斋志异》，由于文字的障碍，难为一般劳动者所接受，于是，采用白话写了大量的俚曲。这对于三百年前封建社会里的一般作家来说，实在是难能可贵的。因为当时像蒲松龄那样的知名人物，用民间俚语创作，不仅有损于自己的身份，甚至会影响因《聊斋志异》所获得的声誉。然而，科场失意，一生过着贫困的塾师生活的蒲松龄，因长期接触下层劳动人民，深切了解他们的疾苦和要求，终于决心排除世俗偏见，运用民间喜闻乐见的艺术形式创作了俚曲十四种，以醒"村庸""市媪"之迷。蒲松龄虚心学习民间文学，躬身倡导通俗化的工作，在我国古典文学史上确是一个伟大的创举，应该引起我们足够的重视。

张元《柳泉蒲先生墓表》碑阴所记蒲氏著作的俚曲十四种是:《墙头记》、《姑妇曲》、《慈悲曲》、《翻魇殃》、《寒森曲》、《琴瑟乐》、《蓬莱宴》、《俊夜叉》、《穷汉词》、《丑俊巴》、《快曲》、《禳妒咒》、《富贵神仙》后变《磨难曲》、《增补幸云曲》。路大荒先生整理的《蒲松龄集》中所收的十四种，实际是十三种，把《富贵神仙》和《磨难曲》算作两篇，而缺《琴瑟乐》一种。按《琴瑟乐》一曲至今国人未见，但在日本却有抄本保存。近读《蒲松龄研究集刊》(第一辑)日本学者前野直彬和山东大学马瑞芳同志文章，得知《琴瑟乐》见于日人平井雅尾《笔者所收藏之聊斋遗书》一文，说是出自"天山阁王氏所传抄本一册"。按平井氏三十年代曾来中国，在淄川行医，从当时任淄川图书馆馆长的路大荒及蒲氏后裔手中，搜集到大量蒲氏遗著，现存日本庆应大学。平井氏已成为蒲松龄研究专家，著有汉文《聊斋研究》(1940年出版)，前文即此书中之一篇。而一生全力整理《蒲松龄集》的路大荒先生却为

“四人帮”迫害致死，未印待考资料亦所存无几。在蒲松龄的祖国，反而不得窥其著作之全豹，令人曷胜浩叹！

据关德栋同志六十年代转录的平井雅尾的《聊斋小曲》书目，得知聊斋俗曲有多种形式，除已见的十四种外，竟达七十多种(当然其中未必都是蒲氏之作)，被辑录到《白雪遗音》中的有十五种之多。路大荒《蒲松龄集·编订后记》中指出中华人民共和国成立前出版的《聊斋全集》所收的《东郭外传》《问天词》《孔夫子鼓儿词》等已证明不是蒲氏所著。这些现象说明：一，有些蒲氏所辑录的民间无名氏作品，被认为是他的创作了；二，有些原是蒲氏根据民间曲调创作的新词流入民间，成为民间文学了；三，也可能有一少部分是后人慕名伪托的。这些都说明作者和人民的密切关系。他既辑录了不少民间曲子、民歌，也创作了不少民间俚曲；何为民间的，何为蒲氏创作，已难分辨。从这点看，古代作家中蒲松龄是唯一可以取得民间文学家的资格的。

俚曲写作背景不见于任何蒲氏传记材料，年代无考。但从作品本身来看，大致可以推知写于晚年六十岁到七十三岁期间的居多。这些作品有七篇是取材于《聊斋志异》的。《富贵神仙》和《磨难曲》取材于《张鸿渐》；《姑妇曲》取材于《珊瑚》；《慈悲曲》取材于《张诚》；《翻魇殃》取材于《仇大娘》；《寒森曲》取材于《商三官》；《禳妒咒》取材于《江城》。都是富有戏剧性，作者认为有现实教育意义的。唯一有内证的一篇是《俊夜叉》，曲中有“康熙爷，已卯年”字样，已卯是康熙三十八年(1699)，作者六十岁。《蓬莱宴》结尾有“等老头儿有了兴致再说那富贵神仙”句，可见这两篇又都是蒲氏晚年作品。《磨难曲》当更晚于《富贵神仙》。若以诗文比较，《磨难曲》中“百姓逃亡”的描写和《康熙四十三年记灾前篇》完全相似，这一年的诗中亦有“壮者尽逃亡”“流民满道路”的咏叹，此年蒲松龄六十五岁，《磨难曲》至少是六十五岁以后的作品。而被张元排在最前面的《墙头记》写作年代可能更晚。《墙头记》的原型《老翁行》一诗是辛卯年之作，辛卯为康熙五十年，作者七十二岁。故推知《墙头记》之作最早不早于七十二岁之前，不晚于七十三岁之后。此后作者连着妻丧、孙折，加上自己的重听、病惫，到七十六岁逝世，这三年间不可能再从事长篇俚曲的创作。除《琴瑟乐》及《穷汉词》有旁证材料可能写于中年，其他诸篇也不会是中年以前的作品。按一般情理讲，蒲氏壮年致力于科考，中年集全力于《聊斋志异》的创作，俚曲的写作当在晚年。就其思想内容说，只有在诗文的写作基础上，作者对世事阅历更深，迫切向人们宣传其“救世之婆心”的消闲的晚年才有可能。

俚曲反映的内容，大体可分为以现实生活为题材和以神话传说为题材的两大类。前者以据《聊斋志异》改写的七篇为主。《富贵神仙》和《磨难曲》是写知识分子为民请命，遭到残酷迫害的主题。作品有较深的揭露意义。特别是在第一稿《磨难曲》中，作者正面歌颂了农民起义军解救了充军秀才的危难，具有较高的思想性。我们把《磨难曲》和《富贵神仙》加以比较，就可以看出作者创作态度的严肃性和世界观上的显著变化。一稿《富贵神仙》写了十四回，反映作者通过主人公张鸿渐的苦难斗争，追求富贵神仙的思想。二稿《磨难曲》增到三十六回，主旨在写"磨难"。第一回就用了大量篇幅写百姓逃亡，交代了官贪吏酷、民不聊生的背景。第五回又加进落难秀才发配辽阳，被三山大王解救回家一段。作品反映了知识分子对农民革命较客观的认识：在和封建统治者斗争中，寄希望于"仙人救难"是渺茫的；实际上是要靠三山大王的武力解决。说明知识分子只有依靠人民才有出路。作者正面歌颂了农民起义英雄。他们侠义豪爽，见义勇为，受到人民欢迎，"不伤天理人心顺""胸中兵法又如神"；写农民领袖任义的抱负也不小："如何四海不清宁？只为奸臣日日生。对众发下洪誓愿，要将海河尽奠平！"他们那种疾恶如仇的斗争精神，和封建官府腐败贪酷、穷凶极恶的反动本质，形成鲜明的对比。可见作者爱憎分明，在客观上通过俚曲形式，把农民斗争的火种引向人民。虽然结局还是张鸿渐中举当官，向皇帝献"招安"之策，有其历史、阶级的局限性，但比之《聊斋志异》中之反对农民起义态度大不相同。可以看出作者由于长期接触下层人民，思想感情乃至世界观上的深刻变化。

俚曲中特别值得重视的一篇是《墙头记》。这是一出讽刺不孝子虐待老子的喜剧。蒲氏有一首七言古诗《老翁行》，也是写这个题材的。故事说张老汉八十多岁，耳聋目暗，须人照顾；但是他"受了无穷辛苦，挣了个小小家当"，都叫儿子骗去。两个儿子大怪和二怪，"知养妻孥不养老，分养尤争月尽小"，十冬腊月老大把饥寒交迫的父亲送到老二家，老二不开门；他把父亲"撮上墙头"，"扯腿开交"走了。老汉叫门没人开，扒在墙头上，落了一丝游游气，上不去下不来。后来被他的老友王银匠看见，把他从墙头上救下来，给他买碗饺子吃，才活转过来。然后王银匠"计赚双枭"分别到两家去讨他们父亲化银子的火钱。这样一来，两个儿子认为父亲一定有银子埋在哪里，"家里财神不供养，把他简慢又蹬开"，于已不利，于是争着"养"老子，哄出银子，终于把老汉活活折磨死了。作品结构严密，戏剧冲突贯彻始终，便于上演。故事来自民间传闻，人物语言生动幽默，许多喜剧场面既夸张又真实，富有性格特点。作者所揭示的社会问题比较深刻，至今在河南、山东还保留这个地方传统剧目，一直上演不衰，仍有现实教育意义。

其他从伦理关系方面取材的有《姑妇曲》——批判恶婆，歌颂孝妇的；《寒森曲》——揭露豪强杀人，歌颂侠女为父报仇的；《慈悲曲》——批判“后娘折掇前窝子”，歌颂“异母兄弟反痛哥”的；《翻魇殃》——写出嫁女儿为继母兄弟抱不平，与恶人斗争，重振家业的；《禳妒咒》——批判妒妇的；还有《俊夜叉》——描写妻子和赌棍丈夫作斗争的。作者不惮辛苦衍述了大量的俚曲，无非想针对人民生活中存在的大量现实问题，痛加针砭，宣传作者认为正常的伦理道德。

俚曲中还有一部分是写下层知识分子——农村塾师的贫困生活和士子“闹窘”之苦的。如《闹馆》《学究自嘲》《逃学传》《穷汉词》《除日祭穷神文》等，都是作者自我揶揄的小品，是研究蒲松龄生活思想的重要资料。

《学究自嘲》是用十二月小调唱三家村冬烘先生景况，单道为师之苦的。从正月坐馆，到十二月辞馆，一年吃长斋，好似长老学坐禅，刻画冬烘先生抛妻闪子、馆舍孤寂的凄苦生活，端东家的饭碗，要和东家、学生、乡民各种人打交道，发生各种矛盾。作者写道：“课少东家嫌懒惰，工多子弟结冤仇。”要应酬各种文债，请帖通启要写，休单冤单也来麻烦，“有心不与人写，惹的人骂穷酸，一旦俱要应承，何日是个清闲？外人不知苦楚，反说那世修的周全，安坐无点事事，逐朝每日三餐。殊不知：一字思想不来，极(急)的两眼棒钻！”由于作者有几十年坐馆的生活体验，他笔下的农村塾师生活及其精神面貌是相当真实的。

值得注意的，在这一组俚曲里还反映了作者对“万般皆下品，唯有读书高”的传统观念的怀疑和否定。认为“四民士农工商，独学究堪嗟”，后悔“当初念诗书错了一念，到不如要手艺还挣吃穿”(《闹馆》)。并详细地写了皮匠、木匠、铁匠、锡匠等小手工业者的生活，对劳动人民充满钦羡之情。而且在《穷汉词》《除日祭穷神文》里更以劳动者的贫困生活入曲，写做梦拾得一锭，也只是温和温和，“如火燎毛，烘然一淬完之”。对财神、穷神极尽揶揄之能事。这些通俗的穷汉词无论从内容上和语言上都是“一起满床光腚”的赤贫劳动者的生活写照，完全可以和劳动人民自己的作品“乱真”了。

俚曲中另一组作品《蓬莱宴》《快曲》《幸云曲》等皆取材于神话、传说。

《蓬莱宴》是通过吴彩鸾和文箫恋爱故事，写人间哀乐六七年，蓬莱御宴还未散的神仙思想。富有浪漫主义特色，是俚曲里受民间文学影响最深的一篇。这故事自唐代开始流传，但蒲松龄之前，似乎尚未搬上舞台。传说唐代书生文箫遇仙女吴彩鸾于洪州西山，因与俱归。箫贫，彩鸾抄《唐韵》[1]鬻以度日，历十载，各跨一虎仙去。楼钥《攻媿集》卷五、《南昌县志·人物志》及俞樾《茶香室丛钞》（卷十四、卷十七）都有片断记载，叙唐女仙吴彩鸾于洪州紫极宫抄《唐韵》事。传洪州有写韵轩。但以元林坤《诚斋杂记》记载最详：

> 钟陵西山有游帷观。每至中秋，车马喧阗。……太和末，有书生文箫往观，睹一姝，甚妙，其词曰："若能相伴陟仙坛，应得文箫驾彩鸾。自有绣襦并甲帐，琼台不怕雪霜寒。"生意其神仙，植足不去。姝亦相盼……相引，至绝顶坦然之地。后忽风雨裂帷覆机。俄有仙童持天判曰："吴彩鸾以私欲泄天机，谪为民妻一纪。"姝乃与生下山归钟陵为夫妇。[2]

不论洪州或钟陵的西山，皆在南昌，原故事似和西王母瓜葛不大。蒲松龄把它放在王母到蓬莱开御宴，中途派彩鸾去西岳华山取玉藕，与文箫相会。这样又引出华山许多风物传说，把彩鸾文箫恋爱故事放在典型环境之中来描写更富于浪漫主义色彩。作品第一回写神仙大会，从"河无头，海无边"的俗谚谈起，传说每八千年大海干一次，每到海干时，王母娘娘就下天宫到蓬莱大会群仙。写得有声有色，十分热闹。如写彩鸾到华山一段：

> 娘娘正行，忽然吩咐仙女吴彩鸾："你去西岳华山，取两枝藕来。"彩鸾领命去了。这藕哪处没有，怎么只上华山去取？原来华山上有玉井莲花，开十余丈高，那藕就像一支小船一般，原是神仙家的至宝。

这场戏的安排都是传统传说中有据可查的，并非杜撰。《说郛》卷四说："华山高岩四合，重岭秀起，上有石池，北有石鼓，老父相传尝闻其鸣。山顶池中生千叶

---

① 《唐韵》为隋唐间韵书。隋陆法言撰《切韵》五卷，至唐天宝年间孙愐复加刊正，更名为《唐韵》。

② 据《古今图书集成》第五一一册，"博物汇编·神异典"第二百七十卷"神仙部"引。

莲,服之羽化。”韩愈《古意》诗中写华山:

> 太华峰头玉井莲,开花十丈藕如船。
> 冷比霜雪甘比蜜,一片入口沉疴痊。

从这些诗文中可以看出作者写神仙大会一场构思的脉络。他对华山的名胜传说和前代诗人题咏是熟知的。同时参考了福、禄、寿三星和上八仙、中八仙、下八仙各路神仙的传说和戏曲如《蟠桃会》等大量材料。作品写在蓬莱顶上造下七十里水晶宫殿,柳斗大明珠照得海上通明;然后仙乐缭绕,娘娘从空中降下凤辇,群仙乘鸾鹤的,骑虎、牛的,一齐到场。柳怪垂荫,桃仙献寿,献上“枣大如瓜样,梨似胡芦摘下棚”,八百座席,一瞬时安排好,一一祝寿,连东海的小龙王见了娘娘都“浑身鳞甲皆生动”。写得笔墨飞舞,瑰丽豪华而有气魄,完全是民间传统手法。有人说《聊斋志异》是文采派,俚曲是本色派,读《蓬莱宴》得不出这个结论。俚曲中也有蒲松龄自己文采的特点。再看彩鸾和文箫初见时的唱词,更能说明蒲曲文采派的风格特点。

第二回《两地相思》写文箫初见吴彩鸾时所唱的〔银纽丝〕:

> 哪里的神仙下九也么霄,俊脸儿好象芙蓉子苗。美娇娇,一派风流在眉梢。身子软窈窕,一捏杨柳腰,走将来看着她影也俏。蝴蝶儿被狂风飘,花枝儿趁月影摇。我的天,引吊(掉)魂,教人把魂引吊(掉)!

写仙女体态轻盈,秀美迷人,语言清新,词藻华丽,完全是一派民歌色调!

再把文箫相思一段和明清民歌加以比较,更能看出作者所受民间传统手法的影响。文箫唱道:

> 运气低,就合那冤家相见,魂灵儿飞上半天。恨不能把身子变上一变:爱你的鬅头,好变一对凤头簪,变一块螺黛,画你的春山;变一瓶胭脂,近你的舌尖;变一根银丝,穿你的耳环;变一个菱花,照你的娇颜;变一个荷叶,遮你的香肩;变一条腰带,缠你的腰间;变一幅罗裙,罩你的金莲;又情愿变上一双凌波,随着你那脚步儿转。

《白雪遗音》所辑明清民歌：

变对蝴蝶，在你的鞋尖上落，轻把凤头咬。

变条汗巾，缠着你的腰，满满围一遭。

变个竹夫人，常在你的怀中抱，肉儿贴着。

变面镜，常对你的面儿照，实在爱煞。

…………

在"爱而不见，搔首踟蹰"的情况下，恋爱的一方，想象把自己变成一种饰物，附在情人身上的某一部位，得以亲近，这是很自然的一种联想，是对情人朝思暮想的结晶。这种民歌惯用的传统手法，早在陶渊明的《闲情赋》里就采用了。如"愿在眉而为黛，随瞻视以闲扬""愿在丝而为履，附素足以周旋"。蒲松龄这支曲子比民歌更细腻，更有词采了，简直就是白话的《闲情赋》！

在传说中文箫原是玉帝书童，因在月宫调戏了彩鸾，被贬下凡。因有仙根，十七岁便成了名士，如今独到华山，见了前世情人，如何不动心。因此作者写彩鸾二次奉娘娘旨意，到洪州栖贤山去找文箫借书时，两人全出意外，又在情理之中，写得逼真、传神！

同样写彩鸾和文箫婚后抄写孙愐《唐韵》一段，既有动作性又有人物思想活动。文箫羞于靠妻子抄书度日，不免有求取功名的想法。彩鸾却说："休说你中不的；就是中了，那富贵也是草头之霜，何必看在眼里？""那纱帽不值榆钱重，我还没有正眼看！"语言既形象又现成，这种淡泊的心情，超脱的精神，正是民间妇女的语言，也是仙家本色！

值得注意的，蒲松龄所塑造的王母娘娘的形象与传统故事中专门破坏人家婚姻的恶婆不同，她是参透机关，揣知各人心事，想法成全她侍女的婚事的。这个"天随人愿"的《蓬莱宴》里的王母娘娘很有权威，是神话中十分开明的远古时代的女皇的投影，而不是人间魔王的化身。这大约和作者的民主思想有关。在艺术处理上，吴彩鸾、文箫虽终于又回到天上去做神仙，也与原传说"各跨一虎仙去"的写法不同。大约作为猛兽"虎"的形象，对于一般情侣和神仙，并不十分协调。所以作者改文箫为科场失利，没脸回家，为吕洞宾强行度脱升天的。彩鸾等了几年，不见丈夫回来，已有归仙之意。恰好王母娘娘派仙女董双成（传说中王母的侍女）送来能作燕飞的一双仙履，给彩鸾穿上，飞天而去。这样处理既符合传说神仙的思想，也富有戏剧性。彩鸾回到天上，夫妻相见。但以后还冒着被贬三年的代价，回来看望留在人间的幼子韵哥。作者写这个女主人公充满人情味，很有生活气息。她热爱人间，追求爱情，自食其力，创造生活。完全是人间女儿的优秀品质。

原故事除恋爱主题之外，本来有神仙道士思想，但要看到，这类传统故事中，仙境总是被描写为一种理想的乐园，正像贾宝玉眼里的太虚幻境一样，文箫和彩鸾的去处是蓬莱仙境。修道求仙不过是到达极乐世界的一种手段。作品里的男女主人公并不是此中的忠实信徒。作者说得明白："若要离别到底，那神仙好说煞谁听。"所以升天也要夫妻团圆。因此作者所追求的神仙世界，应理解为对自由幸福生活的向往和浪漫主义艺术方法的表现形式。

通过以上介绍，可见蒲松龄的大量俚曲写得酣畅尽致，具有一定的人民性，寄寓了人民的美好理想，产生了很好的社会效果。正如他的长子蒲箬在《柳泉公行述》中所写的："如《志异》八卷，渔搜闻见，抒写襟怀，积数年而成，总以为学士大夫之针砭；而犹恨不如晨钟暮鼓，可参破村庸之迷，而大醒市媪之梦也，又演为通俗杂曲，使街衢里巷之中，见者歌，而闻者亦泣，其救世婆心，直将使男之雅者、俗者，女之悍者、妒者，尽举而匋于一编之中。呜呼！意良苦矣！"

当然这大量俚曲中也有不少糟粕，如杂有迷信、轮回思想，维护封建道德，渲染市民庸俗情调等，文字上也有的存在芜杂漫漶、结构不严等缺点。如天假以年，使他有修改机会，当不至此。凡此都应本着历史唯物主义的原则予以批判继承。

聊斋俚曲是运用民歌、小调演唱的一种通俗鼓词和戏曲底本，也可以说是用民歌曲牌组成的联套牌子曲说唱叙事诗。这是蒲松龄受民间文艺的启发，在民歌及地方小戏基础上的一种创造。这种特殊体制一向为文学史所忽视，很少有人研究。最近才在周贻白先生遗著中看到较为公正的评价，他指出蒲氏俚曲"开拓了清代戏剧的另一境界"。那便是向民间学习，"打破以往只知用南北曲作剧的陈套，而于戏剧的撰作上另辟一条蹊径"①。这对清初地方戏曲的兴起和发展具有重要意义。蒲氏俚曲中虽也不无南北曲的运用，但他都是用民间已经接受了的大众化的〔山坡羊〕〔哭皇天〕之类，而避其雅调。他有意识地采用长期在民间传唱而未被运用到戏剧声腔里的"时尚小令"入曲，扬弃其雕琢典雅的作家戏文，而代之以

① 周贻白：《中国戏曲发展史纲要》，上海古籍出版社 1979 年版，第 369~370 页。

生动活泼的山东地方方言。体制上更接受了宋元以来讲唱文学的影响。如用开场诗(〔西江月〕)、说楔子、讲故事等引入正题,不像戏剧的"自报家门",不分场而用章回标题,等等。这种俚曲有代言体,也有角色化了的剧中人物出场,正是曲艺向戏剧过渡的阶段。这种形式既是案头读物,也可以略加改动即可上演。这种形式的产生有它的时代背景。自元明以来民间盛行俗曲小令,宣德、正统年间尚〔锁南枝〕〔傍妆台〕〔山坡羊〕;嘉靖、隆庆间又兴〔闹五更〕〔寄生草〕〔罗江怨〕〔哭皇天〕〔银纽丝〕等;明末清初〔耍孩儿〕〔山坡羊〕〔银纽丝〕〔挂枝儿〕又特盛。正如蒲松龄在《增补幸云曲》中一支〔耍孩儿〕写道:"世事儿若循环,如今人不似前,新曲一年一遭换。〔银纽丝儿〕才丢下,后来兴起〔打枣杆〕,〔锁南枝〕半插〔罗江怨〕,又兴起《正德嫖院》,〔耍孩儿〕异样的新鲜。"

在蒲氏十四种俚曲中共用过〔西江月〕〔耍孩儿〕〔哭皇天〕〔银纽丝〕〔叠断桥〕〔呀呀油〕〔跌落金钱〕等五十种曲牌。用曲牌最多的作品为《磨难曲》三十四支,次为《禳妒咒》三十支,再次为《富贵神仙》二十八支。《翻魇殃》《磨难曲》《禳妒咒》都以〔耍孩儿〕为主。《墙头记》《寒森曲》《幸云曲》从始到终都用〔耍孩儿〕一曲。〔耍孩儿〕的用次,在全部三百多支曲子中占半数以上。这也是"〔耍孩儿〕异样的新鲜"的明证。其他大多是"十样锦"型曲子,各种曲牌杂用。由于内容需要,有的曲牌连用几次,也很少有重复拖沓的感觉。特别在抒情的地方,连用反而会收到反复咏叹的效果。如〔闹五更〕一曲,连唱五遍,每个更次都有人物不同的思绪,便不觉絮烦。由于汉语自然音节的变化,曲中多用七言、五言、六言、十言句式(主要是七言)谐韵交错使用,形成各种曲调的独特风格。加上蒲松龄驾驭语言的卓越才能和杂以衬字、讲说,有很多支曲子(如前面所举《蓬莱宴》中的唱段)给人以清新朴素的美感享受,达到很高的艺术水平。这在四十年代初平井雅尾的著作里就已经指出:"就中俚曲一类足为近代中国文艺作品之精华。"如果我们把蒲松龄的创作实践和与他同时的沈德符《野获编》(卷二十四)所留下的"时尚小令"的材料相比较,恰好相映生辉,成为俚曲的重要文献。沈氏书中记录了十九种曲牌,其中有六种(〔山坡羊〕〔耍孩儿〕〔罗江怨〕〔哭皇天〕〔干荷叶〕〔闹五更〕)是蒲松龄用过的。两人提到或用过的曲牌不下七十种,至今还有十余种仍在民间传唱!

蒲氏以古稀之年为什么有这么大兴趣和毅力,去从事这种并不轻易的浩繁的写作呢?除了归于作家崇高的责任感和人民需要的动力外,俚曲在民间的魅力也是个重要因素。沈德符在"时尚小令"中写道:比年以来,"则不问南北,不问男女,不问老幼良贱，人人习之，亦人人喜听之，以至刊布成帙，举世传诵，沁入心腑。其谱不知从何来，真可骇叹！”谈到〔山坡羊〕的盛行情况，致使“教坊所隶筝纂等色及九宫十二，则皆不知为何物矣。俗乐中之雅乐，尚不谐里耳如此，况真雅乐乎？”这很能说明风靡一时的民歌小曲怎样排挤了雅乐的生动事实，也是研究蒲松龄为什么热衷于这种民间喜闻乐见形式的重要旁证。总之，这是时代的产物，人民的需要。它也正是明末清初资本主义萌芽时期，早期民主主义思想向封建传统势力猛烈冲击，在文学形式上的一种表现。它打破了民歌曲牌只局限于抒情短唱的局限，而联套运用于长篇故事的说唱、演出，囊括了广泛的社会生活。它的特点是形式活泼，语言通俗，为群众所喜闻乐见。因此蒲松龄在俗文学上的开创工作，便和他的《聊斋志异》和俚曲内容上的民主要求、反封建压迫一样，对清代小说、戏曲、曲艺的繁荣发展有着极为重要的影响，也是研究作家文学与民间文学关系的重要课题。

蒲松龄的俚曲

雷群明

蒲松龄的《聊斋志异》，表明他不愧为运用文言文的大师，而他的大量俚曲创作又让我们看到了他驾驭白话通俗文学的高超水平。在中国文学史上，像蒲松龄这样文言文、白话文兼擅的作家可以说是凤毛麟角。

据日本平井雅尾《聊斋小曲》书目记载，蒲松龄一生所写的各种通俗曲目达七十多种，现在一般认为比较可靠属于他的作品有戏三出：《闹馆》《钟妹庆寿》《闹窘》附《南吕调九转货郎儿》。俚曲十五种：《墙头记》《姑妇曲》《慈悲曲》《翻魇殃》《寒森曲》《蓬莱宴》《俊夜叉》《穷汉词》《快曲》《丑俊巴》《禳妒咒》《富贵神仙》《磨难曲》《增补幸云曲》《琴瑟乐》（前十四种均见于中华书局的《蒲松龄集》下册，其中《丑俊巴》为未完成作品。后一种，存日本东京庆应义塾大学，1986 年首次发表于《聊斋佚文辑注》，有较多删节；1989 年，在《蒲松龄研究》第一辑发表时，删节较少）。

这些通俗俚曲除《琴瑟乐》作于作者三十五岁，《穷汉词》作于三十七岁，《俊夜叉》作于六十岁以后，《磨难曲》作于六十五岁以后略有可考之外，其余均无具体创作时间，一般认为是蒲松龄中晚年的作品，尤其以西铺坐馆后期所作的可能性为大。因这时他的《聊斋志异》已基本完成，但是他的精神仍未完全得到解脱，他的“孤愤”并未得到彻底解决，他的“救世婆心”随着年岁的增长变得更加强烈。也许他已认识到自己精心结撰的《聊斋志异》由于受到文言的限制，无法进入广大下层劳动人民中间，所以希望借助于俚曲这种通俗易懂而又为劳动人民喜闻乐见的形式来开始他的新的尝试。他的儿子蒲箬在《柳泉公行述》中有一段话透露了其中消息：

> 如《志异》八卷，渔搜闻见，抒写襟怀，积数年而成，总以为学士大夫之针砭；而犹恨不如晨钟暮鼓，可参破村庸之迷，而大醒市媪之梦也，又演为通俗杂曲，使街衢里巷之中，见者歌，而闻者亦泣，其救世婆心，直将使男之雅者、俗者，女之悍者、妒者，尽举而匋于一编之中。呜呼！意良苦矣！

从这段话可以看出，蒲松龄创作俚曲的目的十分明确，就是要让它们成为唤醒村庸市媪的“晨钟暮鼓”。蒲松龄知道，生硬的说教不但无教育效果，还会惹人生厌，必须用一种寓教于乐的文艺形式来达到目的，于是，他选择了流行于当地的俚曲。他在《慈悲曲》开头的〔西江月〕中写道：

> 别书劝人孝弟，俱是义正词严，良药苦口吃着难，说来徒取人厌。惟有这本孝贤，唱着解闷闲玩，情真词切韵缠绵，恶煞的人也伤情动念。

为达到此目的，他也曾费尽心血：“词句曾经推敲，编书亦费钻研，闲情闲意须留传，儿孙后日好看。”这些话，可说都体现了他写作俚曲的心思和宗旨。

除了“有心”之外，大约这段时间他也比较“有闲”，所以才有时间写出近百万字的俚曲。蒲氏自康熙十八年四十岁时到毕家课馆，他的学生是毕家的八个孙子，当时大的已近弱冠，小的也有数岁。试想，十年二十年之后，他们都先后成人，纵使科举无成，大约也不会要蒲氏教什么八股了。毕家大约后来也绝了让子孙读书做官之念，留着蒲松龄大概做些“秘书”之类的工作，对他是既尊重又宽容的，所以，他有较多的时间从事俚曲的创作及做其他的工作。

在十五种俚曲中，有七种是根据《聊斋志异》的故事改编而成的，它们的来源分别是：《姑妇曲》来自《珊瑚》；《慈悲曲》来自《张诚》；《翻魇殃》来自《仇大娘》；《寒森曲》来自《商三官》与《席方平》，并吸取了《续黄粱》的部分内容；《禳妒咒》来自《江城》；《富贵神仙》《磨难曲》来自《张鸿渐》。

《聊斋志异》中脍炙人口的名篇很多，为什么蒲松龄挑中这几篇作品来改编成俚曲？这是与他的“救世”目的分不开的。中国的知识分子，有太强的社会责任感。即如蒲松龄这样可说是被官场所排斥和遗弃的人，仍然不忘以匡济天下为己任。所谓“身无半文，心忧天下”，写出了他们可怜又可敬的形象。这七种据《聊斋志异》小说改编的俚曲，主要是两大主题：一是针对官府，抨击和反对贪官污吏，寄希望于清正廉明的统治者给人民带来安定和富足的生活;一是针对社会不良风气,充分展示了封建社会里人与人之间种种丑恶现象并给予了不同程度的批判,寄希望于人心向善、风气变好。总之是要"救世",希望通过俚曲的传播改变人心,移风易俗,其功利目的十分明显。尽管他的想法未免过于天真幼稚,但他的动机的确是值得钦敬的。

《富贵神仙》与《磨难曲》均是演化《张鸿渐》的故事,写秀才张鸿渐仅仅因为代人写了一张状纸而被迫流亡在外数十年。俚曲较之小说,弱化了张鸿渐与狐仙舜华的爱情纠葛而大大加强了对封建社会贪官污吏与恶势力的揭露。如小说写秀才范生被贪暴的卢龙令赵某打死,只有"被杖毙"三字,《富贵神仙》写知县"老马""异常的贪酷",认定"打官司就是财神到",仅仅因为范秀才只交了七分钱粮请求宽限,觉得"梗"了他的"公令",便"丢下六支签",把秀才当场打死。到了《磨难曲》,作者更是敷衍成《百姓逃亡》和《贪官比较》两出,淋漓尽致地刻画了天灾人祸下的百姓苦况以及丧尽天良的贪官污吏暴行。大旱之年,麦子颗粒无收,新种的谷子又被蚂蜡吃光了。上面派来的查勘官员受了贪官的贿,便瞪着眼说胡话,硬说"有八分年景";于是贪官大板子追逼,丧心病狂地说是"这班生意真真好,板上皆生银子钱",就这样活生生把范秀才给打死了。

值得注意的是,作者在《磨难曲》中不再把贪官污吏看成是个别人的罪孽,而揭示了其普遍性。对于严重的天灾,"下头知县不肯报,上头大官不肯言",以至于老百姓感叹:"怎么就大小官员,都没有摊着一个爱民的?"有时偶尔报给皇帝知道了,得到大赦,但老百姓仍沾不到半点恩泽:"没封的就便宜了那滑户,封了的就便宜了那县官,那好百姓沾甚么恩来?""赈济赈的是衙役家狗,赈济赈的是州县官,饥民饿死了勾千千万!"在这种情况下,"故乡难离"的老百姓只有两条路:一条是逃荒,"成群逃难向他乡,泪流千行与万行";另一条就是造反。俚曲中写了一个三山大王任义,占山为王,"只杀赃吏与贪官","要将海河尽奠平",认为只有杀尽贪官污吏,换上一大批忠臣良将,"八十万存孝,二十万张良,天下人民才有个太平望"。他与官府为敌,对被压迫的老百姓则尽力救济,因此被称为有"圣贤之心"。很明显,这个任义,就是"仁义"的化身,是《水浒传》中宋公明式的人物。作者晚年大胆肯定这种起义的农民英雄,是他思想趋向进步的重要标志。后来,虽然让任义受了招安,成为"国家栋梁之臣",但给了他一个荣封重任、镇守边关的光明结局,避免了宋江式的悲剧下场。这是作者当时所能设想的最好结果,是不能苛求的。

《磨难曲》还引人注目地把故事背景安排在明代，公开地歌颂明朝皇帝，特别赞扬明太祖对贪官剥皮楦草的严厉手段，说那些贪赃害民的官吏，“若遇着洪武皇帝，剥的皮堆积有如山！”任义受了招安之后，也以“不作明朝化外民”自居，并作为明朝将军北征“蒙古鞑子”，明显表现了以明朝为正统的思想。对所谓的“蒙古鞑子”，俚曲中多以“北兵”称呼，实际指的是清兵，作者也给予了大胆的抨击，指出“那北兵甚凶顽，掳妇女杀小孩”，“杀人多，贼人到处血成河”。在清初这样写，是要有点勇气的。

《寒森曲》是据《聊斋志异》的两个名篇改写的，突出了受压迫民众至死不屈的反抗精神。商员外被恶霸赵恶虎无故打死，他的两个儿子去告状，但“做官的贪似贼，见了钱魂也飞”，被恶虎“东一千西二千，都买的蜜溜转”，从县里直告到府里、司里、院里，仍无作用，兄弟俩还想进京上刑部再告。这时，妹妹商三官看透了“天下官走的是一条路”，对她的哥哥说道：“哥们好胡突，告了遭子不过是如此，也就知这世道了。老天爷待为咱敬生出一个包文正来哩么？”她嘴里说“打听着有了好官再讲”，心里早已定下了舍身复仇的计划，并终于化名梨园子弟吴孝混入赵家用计杀了仇人然后自杀。小说《商三官》到此结束，但俚曲却又从此生出波折，写赵恶虎魂归阴司仍然继续作恶，欺侮商父之灵，商二官绝食而死到阴间去打官司。谁知“阴曹地府，就还似阳世三间”，同样是“如今成了钱世界，上下都受枉法赃，杀了好人全没帐”，连阴间天子阎王“也为钱财丧良心”，不但不准二官的状，反而将他油炸、锯解，企图逼他就范。在两个小鬼的帮助下，他终于告到了灌口二郎神那儿，二郎神将阎王等一干鬼物一一惩治，特别是让阎王也受油炸、锯解之苦，再打入阴山背后，真是大快人心。俚曲虽然宣扬了善有善报、恶有恶报的“阴阳报”思想，但对恶势力的揭露与惩罚，对商三官兄妹报仇的赞扬，仍是值得称道的。这里面，寄托了他向往清廉政府和人民丰衣足食、安居乐业的理想。

批判恃强凌弱、尔虞我诈、自私自利、悍妒不孝等不良社会风气，向往和睦友爱、团结互助、尊老爱幼、洁身自好等伦理道德关系，是蒲松龄据《聊斋志异》改编的俚曲的第二个重要主题。根据《珊瑚》改编的《姑妇曲》，讲的是婆媳关系，通过好媳妇珊瑚与恶媳妇臧姑与婆婆于氏之间的关系变化，借助于天意，使为善的得到好报，作恶的回头是岸，建立起团结和谐的家庭关系。希望天下的媳妇“孝顺公婆敬哥又敬嫂”，纵使如臧姑般的恶媳妇，“若是他早回头，还有荣华报”。这个俚曲虽然夹杂了一点迷信,却是有着极普遍的现实意义的。尤其是中国农村,婆媳关系普遍紧张。蒲松龄着眼于此,正是"救世婆心"的鲜明体现。

《慈悲曲》反映的后娘问题,也是封建社会中一个处理得不好的家庭矛盾。作者前面颇为后娘说了些好话,如说:"我想普天下做后娘的,可也无其大数,其间不好的固多,好的可也不少。"又〔一剪梅〕形容那后娘,颇有抱不平的意思:

> 世界两种最难当:一是偏房,二是填房。天下恶事几千桩,提起来是后娘,说起来是后娘。你看那有刺的就叫做"后娘拄棒",有钩的就叫做"后娘匙子",不壮的就叫做"后娘麻线",尖底的就叫做"后娘罐子":一旦做了后娘,天下之恶皆归焉了。

但作品中的后娘李氏却仍然是一个万恶皆归的人物,只是用她作衬托,着力刻画了一对王祥、王览式的同父异母兄弟——张讷与张诚,为旧式冷酷的家庭关系增添了几分暖色。作品结尾为张家设计了一种没有李氏的大团圆结局,归结为"因贤孝弟,好心肠感动青天",目的仍是要做出"这一个样子"给有兄弟的人家"看"。其中虽有一点果报迷信思想,但总的来看,宣传的是兄弟友爱互助,客观上批判了蛮不讲理虐待前妻儿子的后娘,还是有一些移风俗、正人心的功能的。

根据《仇大娘》改编的《翻魇殃》比较复杂,但主要讲的是邻里关系。"土条蛇"魏名因嫉恨仇氏一家,千方百计想要加害于人,先是引诱仇福嫖赌败家,后又害仇禄充军边境,最后竟想引山贼来残害仇氏全家,但因他心术不正,往往弄巧成拙,最后是"机关算尽太聪明,反误了卿卿性命",落得个"全家诛戮"的可悲下场。作者的本意是:"劝人生莫弄歪,休嫉妒休卖乖,头上自有青天在。万事不由人计较,一生都是命安排,害别人反把自己害。若自己不寻苦恼,哪里有苦恼寻来?"宿命论味道颇浓,但具体描写的,却全部来自生活实践,部分揭示了邻里关系中不光彩的一面,具有警世作用。另方面,着力刻画了仇大娘不顾社会对女性的严重歧视,毅然代父亲管理兄弟,上公堂告状,夺回家产的侠义形象,是同类作品中少有的。

《禳妒咒》是根据小说《江城》改编的,讲的是夫妻关系。这也是封建社会中家庭关系中的一个大题目。封建社会里,男尊女卑,做丈夫的可以三妻四妾再加妓女作补充,而妻子却被要求三从四德,不许同其他男子有任何接触。这种畸形的夫妻关系造成了许多畸形的心态。所谓的丈夫"怕老婆",妻子"妒",就是这种畸形心态之一。正确表现与处理好夫妻关系是协调家庭、安定社会的重要内容,可惜作者没能表现好,把一对自由恋爱结婚的夫妻之间的失和归结为果报,糟蹋了一个好的题材。

非《聊斋志异》改编的八则俚曲,表现的内容比较驳杂:《蓬莱宴》写王母娘娘在赴蓬莱宴途中,故意差遣仙子吴彩鸾去华山采藕,有意成全她与意中人文箫的爱情,表达了"早知人间这样欢,要做神仙真是错"这样的积极主题,但最终仍脱不了富贵神仙的俗套。《丑俊巴》只写了个开头,并未完成,似乎要把最"俊"的潘金莲与最"丑"的猪八戒"撮合"在一起,写一出荒诞剧。开头的〔西江月〕写道:

> 一个说金莲最妙,一个说八戒极精;我遂及他撮合成,那管他为唐为宋。净坛府呆仙害病,枉死城淫鬼留情;酆都城畔喊一声,就成了一双鸾凤。

按惯例,这就是全剧的剧情梗概。大概是作者看了《金瓶梅》与《西游记》之后,想要借题发挥,编个俚曲,终因缺乏生活而写不下去。这两个神话传说题材的俚曲,颇有无病呻吟、游戏文字的味道。

《快曲》与《增补幸云曲》属历史题材,但作者似乎并非严格地按历史事实来写,而多半只是借题发挥。《快曲》写曹操败走华容道被关羽放走又被张飞杀死的故事。该曲对曹操极尽丑化之能事,从曹操被"杀死"后,还要安排士兵射头以及割下耳朵烧来吃的描写,联系到《聊斋志异》中的《曹操冢》《甄后》等,可见作者对曹操是恨之入骨的。《增补幸云曲》从结构看,比较完整,里面描写正德嫖妓的许多细节也很有生活气息,不像是山村穷学究所能为的。我怀疑蒲松龄是在别人的《幸云曲》基础上加以润饰、修改、加工、增补而成,所以叫作《增补幸云曲》。俚曲虽然对于皇帝与妓女的艳情津津乐道,显得庸俗不堪,但其中以调侃的笔法把封建时代至高无上的皇帝写成一个"贪花恋酒"的嫖赌老手、流氓无赖,甚至借别人之口当面大胆地骂皇帝是"只管他闲游闲耍,那知道百姓遭殃"的"精混帐",骂皇帝是"狗头""驴耳朵"。同时作品中还描写了下层劳动人民的苦难,揭露了各级统治者的贪婪腐朽,有一定认识价值。

《俊夜叉》《墙头记》《穷汉词》《琴瑟乐》反映的是现实生活,大都比较单薄,其中《墙头记》较有特色。它反映了旧社会普遍存在的老人弃养问题,做父母的"养儿养女苦经营",但"到老来无人奉养,就合那牛马相同"。俚曲写张老汉自丧妻之后，由两个儿子轮流供养，吃的是冷糊突，穿的是旧衣烂衫，受着非人待遇。当供养时间到了时，老大在大冷天将老汉送到老二家，老二则装死不开门，丧心病狂的老大竟然将八十二岁的老父搁在墙上扬长而去。恰逢王银匠路过，救下老汉，一面批评老汉自己惯坏了儿子，一面又施小计，对他的两个儿子说，老汉分家前还铸了许多银子藏着，使两个只认银钱不认人的不孝儿子又争着侍奉老汉，直至老汉寿终安葬之后，才说出真相。当两个不孝子急着问银子下落时，银匠哈哈大笑说："二位待要银子？甚么银子？桃仁子？杏仁子？"并承认是自己用的"牢笼计"。二人听了大怒，银匠又笑着说："我虽老的无正经，哄杀人从来不偿命。不曾哄着你敬俺老，又不曾哄着你跳枯井，这一哄略略通人性。"两人与各自老婆先是要打银匠，后又要求见官，结果男的每人被打三十六板，女的每人一拶子一百撺，落得个自作自受，真是大快人心。当张大的儿子嫌脏不肯给他擦血并说是向他学的时，张大才略有醒悟，说出了"望上看有双亲，往下看有儿孙，我不好后代越发甚"这样有点忏悔的话。俚曲的警世作用是十分明显的。值得注意的是，作者表现老而弃养这一社会现象时，已经准确地把握了它的经济原因与教育因素，指出不孝子的产生与父母的娇惯大有关系：

> 五十多抱娃娃，冬里枣夏里瓜，费了钱还怕他吃不下。惹的恼了掘坟顶，还抱当街对人夸，说他巧嘴极会骂。惯搭的不通人性，到如今待说甚么！

张老汉这番话可谓击中要害。另外写老人手头没有经济实力就要吃亏，有了银子就受尊敬，虽然表现了张家兄弟的势利，但的确也说出了经济是基础这个真理，从而使俚曲摆脱了单纯伦理说教的不良倾向。

《俊夜叉》写赌徒在夫人的严厉监督下终于戒赌学好的故事，在农村也有很强的教育意义，不过因情节简单，人物显得苍白，说教味较明显。《穷汉词》写一个穷汉大年初一向财神祷告，自诉穷苦，盼望发财的事，类似快板的一个段子，不成其为故事，自诉穷状也多为泛泛而谈，并无个性。

最后值得一提的是《琴瑟乐》。这则俚曲见之于蒲松龄墓表的碑阴，但《聊斋俚曲集》及《蒲松龄集》均未收录。是无意失落还是有意疏漏？从它的内容看，是很可以深究一番的。俚曲写一个十八岁的姑娘思春，急着嫁人，成亲后沉浸于新婚的幸福之中，满月回门的日子里，急着要回家，以及回家后小夫妻琴瑟之乐的情状。它把青年男女对爱情的渴望和向往的生理与心理都做了细致的刻画。尤其引人注目的是，十分大胆地描写了男女新婚之夜肉体结合的全过程，较之《西厢记》中张生、莺莺幽会的描写还要具体和详细，甚至还原封不动地抄录了《金瓶梅词话》中有关性描写的一些文字。这些在今天仍被认为是犯忌的东西在当时肯定会受到一些人的非议。高念东的跋文中就说"有怪此词剥尽女儿面皮者"，并为之辩护说"此弗思之甚也"。认为"写到交欢之际，难得如此饱满，又难得如此雅训"，并说："人之大欲，纵复急于结缡，亦自无伤风化，非终不可告人者也。"

蒲松龄的《琴瑟乐》有人说是作于三十五岁，因为科举一再不利，心情不快，大概正好刚看过《金瓶梅》，便想着写这么一个俚曲来消愁解闷，让自己"快活一霎"。他说这个俚曲是："信口胡诌，不俗也不雅；写情描景，不真也不假。男儿不遇时，就像闺女没出嫁。时运不来，谁人不笑他；时运来了，谁人不羡他?"一方面表明他对此曲的评价，同时似乎又有着某种寄托。人生际遇，真是难以预料！

蒲松龄还有三出小戏，题材虽然各异，但都是以知识分子的怀才不遇作为共同主题。《钟妹庆寿》借神话题材着力写钟馗"才能吐凤，气可吞牛。诏试金銮，群惊海内无双士；名通玉笋，曾折蟾宫第一枝。不料朝廷不选文章，铨司只择像貌……只为着面目不扬，复丢落九霄之外"。因此，撞死金阶，被上帝封为九幽三曹都判官，专门捉吃魑魅魍魉。实是借鬼写人，恨不能以钟馗自况，食尽天下作祟的邪鬼，以解心头闷气。《闹窘》把举子在考场的种种窘况及不安不平、自怨自艾、自安自慰的心理，刻画得惟妙惟肖，似是从《王子安》一篇点化而来。《闹馆》则以喜剧的手法表现了一个教书先生求食无门的悲剧，读来令人心酸泪落。训蒙先生和为贵在饥荒年景，无书可教，到处吆喝，希望能找到一个坐馆之处，大字不识的礼之用想为儿子请先生但又怕花钱，结果两人讨价还价，礼之用提出了种种苛刻条件，和为贵都一一答应，最后甚至对礼之用许诺："放了学饭不熟我把栏垫，到晚来我与你去把水担，家里忙看孩子带着烧火，牲口忙无了面我把磨研，扫天井抱柴伙捎带拾粪，来了客抹桌子我把菜端。"这哪是什么"先生"，分明是个廉价的长工！和为贵的"应聘"过程，让我们看到了"君子受艰难，斯文不值钱"的世道，也看到了作者面对这种不公而生的愤懑和痛苦之情。

蒲松龄的俚曲和小戏写作上的最大特点是语言的通俗化、口语化、地方化。他的《聊斋志异》可以说是雅到了极点，而他的俚曲小戏则可以说是俗到了极点。

他的俚曲,以淄川方言为基础加以提炼,融入了大量的口语、谚语、歇后语,使得整个语言形象、生动、准确、传神,且能因人而异,注意个性化。如《闹馆》,先生和为贵的口语中不忘"掉书袋",夹杂一些书面语,而文盲东家礼之用则是纯粹的大白话。两人"交易"过程中,东家步步紧逼,先生一再忍让,严肃中夹杂调侃味,令人忍俊不禁的同时又止不住心酸。譬如两人谈到铺盖问题:

(丑白)且住且住。夜晚铺盖不好,听我道来:(唱)小村庄无有许多铺盖,况我是贫寒家甚是作难,有一床破被子又窄又短,土炕上无有席半截破毡,也无有压脚被衣服几件,要枕头自己找一块破砖。愿只愿和先生包涵小弟,咱东西便就千里有缘。(外白)依贤弟说来是铺盖不好,不妨不妨。我必有寝衣,我岂无衣乎?况有被哉?孔夫子有云:"曲肱而枕之,乐也在其中矣。"何况有砖乎?待先生如此,其忠且敬也。快入学罢。……

试看二人用语是何等通俗,又何等个性鲜明!又如《墙头记》写张二怪出场时:

(张二上说)做儿也罢了,琐碎在养老。亏了老兄乖,跟好就学好。自家张二怪便是。家达有五十亩好地,留着养老。我合家兄哄法了哄法,便就分了,情着吃穿。起初时,耸着蛇头实落去做衣买帽,傻着脖子当真的称肉杀鸡,恐怕不如家兄,我先讨愧。谁想家嫂他就极乖,好的留着自己穿,热了只给他破袄;好的留着自己吃,饿了只叫他刮饭盆。我才恍然大悟:一个达是公夥的情受的东西,我何苦都费了?省了点子给那老婆孩子吃了穿了,他还叫声达达;没有说叫人达达,还贴上吃穿的。草蛤蜊缝至行头里,这不成了个憨蛋么?

你看写这种不孝儿子不愿养老的心理是何等传神,何等通俗如话!

又譬如《慈悲曲》里李氏与赵姑指桑骂槐斗嘴一场,大量使用歇后语。两个妇人,一个是有理不让人,一个是无理枉逞强,真是活灵活现,在戏台上演出,一定是精彩之极。虽然迄今研究者并没有发现俚曲上演的确证,但有些剧本的演出,其受欢迎的程度当不会下于元明戏曲。周贻白先生称赞蒲松龄"居然打破一般文人墨客只用南北曲作剧的这个旧规，而采用这种不为人注意的土戏唱腔来写他的《禳妒咒》及其他俚曲，至少在昆山腔和弋阳腔仍在流行的清代初年，在剧本的撰作上，他已经另树一帜"，"他的作品，却开拓了清代戏剧的另一境界"。(《中国戏曲发展史纲要》)周先生的这种评价，应该说是很高又很公允的。

聊斋俚曲及其研究

杨海儒

聊斋俚曲，是蒲松龄著作中很重要的一个组成部分，它是采用淄博地方方言俚语，利用民间流传的时调曲牌形式写成的演唱作品。在清雍正三年张元撰《柳泉蒲先生墓表》碑阴所附著作目录中，有“通俗俚曲十四种”。其篇目为:《墙头记》《姑妇曲》《慈悲曲》《翻魇殃》《寒森曲》《琴瑟乐》《蓬莱宴》《俊夜叉》《穷汉词》《丑俊巴》《快曲》（以上各一册）；《禳妒咒》《富贵神仙后变磨难曲》《增补幸云曲》（以上各二册）。

上述十四种聊斋俚曲，除《琴瑟乐》一种外，其余十三种均被收入路大荒所编《蒲松龄集》中。路先生在其《编订后记》中称:“通俗俚曲……只有《琴瑟乐》一种没见到。（另有一种《闺艳秦声》，据说就是《琴瑟乐》，但无依据，难以考定是否蒲氏作品，且内容黄色，故不列入。）”

据考，《琴瑟乐》又名《闺艳秦声》。蒲松龄纪念馆存有两种不同形式的新抄本:一为朱丝格十行稿纸（书口上印“聊斋遗著整理稿笺”字样），用毛笔竖抄，封面竖题《琴瑟乐》（下书:聊斋俚曲），但首叶书题却为“闺艳琴声”，第二行紧接正文；一为方格稿纸用钢笔横抄，封面横题“志异外书闫（闺）艳秦声”“淄川蒲留仙著，一九八一年六月据田庆顺本重抄（闺艳秦声、琴瑟乐全传）”。从内容看，除毛笔抄本加了词语注释外，两抄本基本相同，似同出一源。最近，笔者拜访了其收藏者田庆顺先生，通过交谈证实了二者皆抄自其家藏本。经与日本庆应义塾大学所存《琴瑟乐曲》抄本复印件（封面除题名外，另有“蒲松龄遗作”和“在淄川城内文化街天山阁藏”字样，并钤有“天山阁藏”与“丰之”印样）相对照，可以认定《闺艳秦声》即蒲氏墓碑所指《琴瑟乐》无疑。蒲松龄纪念馆藏田庆顺抄本已被删节后收入《聊斋佚文辑注》一书，日本藏王丰之抄本亦经整理刊布于《蒲松龄研究》上。

另外,所见民间传抄的署名为蒲松龄所著的《逃学传》《群残闹瞎传》《问天词》《东郭外传》《求荣曲》等,以及日本庆应义塾大学所存有关蒲松龄的文献资料中除《聊斋志异》与其诗、词、文、杂著、俚曲以外的“歌曲、鼓词、韵文”类的《聊斋闲情十种》《四时子夜歌》《聊斋十反歌》《聊斋秘本五更合欢曲》《聊斋秘本新婚宴曲》等近百种百余件作品,其中虽有冠以“聊斋俚曲”者,但因蒲氏墓碑及其著作目录中均无确切记载,故其真伪不辨,尚难认定。

聊斋俚曲自蒲松龄在世至清末全靠民间传抄保存下来,其间还未见有刊本。虽传说有乾隆年间刊刻的“带斜行工尺谱的聊斋俚曲《正德嫖院》”(即《幸云曲》),然至今尚未得见,故难知其有无。目前所能见到的最早刊本是民国八年(1919)夏的线装石印本《磨难曲》,亦仅见其四卷中的第一卷。该书高 19.8 厘米,阔 13.2 厘米,封面题签已失,从痕迹看为竖题。其首叶左为小字“磨难曲”,中为大字“聊斋志异补编”,右为小字“上海鸿宝斋代印”。背面书为“民国己未年夏月周村叁益堂发行”。书口上有“聊斋志异补编磨难曲”字样,单鱼尾,下为卷次、叶码。半叶十四行,行三十字,共三十叶。有四明人袁智根(韬壶)所撰六百余字的序文一篇。全书目录共四卷三十六回,经与路编《蒲松龄集》(以下简称《集》)对照,不同处有:第十三回愤杀恶少(《集》为“徒”),第十五回仙人救难(《集》为“泼妇骂门”),第十七回闺中教子(《集》为“钝刀斩佞”),第十八回钝刀斩佞(《集》为“仙人救难”),第十九回再会重逢(《集》为“逃”),第二十九回初封(《集》为“讨”)三山。正文前有图两幅:其一题“百姓逃亡”,其二题“大王打围”。正文页题“聊斋志异补编磨难曲卷一”,下为“古般阳蒲留仙编著”。因未见该书二至四卷,故其全部情况难以详述,至于《磨难曲》序言中所称“是书分为两种:一曰《磨难曲》,为贪官污吏摧残士类而作也;一曰《行云曲》,为明代正德帝微服出京,行乐图欢而作也”。但《行云曲》版本如何,至今仍一无所知。

继石印本《磨难曲》与《行云曲》后,日照叶春墀又于民国十七年出了线装石印的《慈悲曲》单行本。是书高 26.1 厘米,阔 14.5 厘米,封面题签《慈悲曲》。首叶序云:

> 吾鲁蒲松龄先生著《聊斋志异》一书,久已家传户诵,脍炙人口。友人谷君岱峰,原籍淄川,家藏有先生未刊《慈悲曲》一编,即《志异》中《张诚》一节,作为传奇体,加以演义者。春墀拜读之余,钦仰文词之妙,实不让《志异》独美

于前。兹特付梓,以广流传,俾阅者知种善因必获善果,未始非世道人心之一助也。

书口上刻"慈悲曲"三字,单鱼尾,下为叶码。共三十四叶,半叶十二行,行三十字,单框,无格,曲牌用黑字。与路编《蒲松龄集》对照,段落题名仅有一处不同:第二段是逃生(《集》为"命")计。

1936年,日本东京文求堂出版了路大荒注解的《聊斋志异外书磨难曲》。同年,上海世界书局出版了包括俚曲在内的《聊斋全集》。1962年,中华书局上海编辑所出版了路大荒编的《蒲松龄集》。1968年,台北正中书局出版了刘阶平辑的包括聊斋俚曲在内的《清初鼓词俚曲选》。1980年,济南齐鲁书社出版了关德栋选注的《聊斋俚曲选》。1980年,山东人民出版社出版了载有牟仁钧、王川昆记录整理的聊斋俚曲曲牌音乐的《山东民间歌曲选》。后来,上海唱片厂还专门录制了今人演唱的八支聊斋俚曲曲牌。

对于聊斋俚曲的改编、演出,兴盛于50年代。1959年春,淄博市五音剧团的老艺人鲜樱桃(邓洪山)与赵云生、张举珍等将《墙头记》改编为五音戏《二子争父》进行演出,后经《群众艺术》杂志发表。1961年,山东人民出版社出版了地方戏剧本《墙头记》。1983年6月在京举办的"第二届华夏之声古谱寻声音乐会"上,加演了由牟仁钧搜集记谱、姜嘉锵与彭丽媛演唱的〔玉娥郎〕(《磨难曲》第十二回《闻唱思家》)和〔叠断桥〕(《磨难曲》第十三回《愤杀恶徒》)曲牌。傅冠明等根据聊斋俚曲《磨难曲》改编整理的曲艺说唱作品《旷野逢仙》被收入《中国曲艺音乐集成·山东卷》。

聊斋俚曲的研究,自清初至今经历了一个从无到有、从小到大的发展进程。最早的研究者,当推曾为《聊斋志异》作序的高珩。高珩,淄川人,字葱佩,又字念东,号紫霞道人。明万历四十年(1612)生,崇祯十六年(1643)进士,授翰林院庶吉士。入清后为秘书院检讨,历任国子监祭酒、詹事府少詹事、吏部左侍郎、太常寺少卿、都察院左副都御史、刑部左侍郎职,康熙三十六年(1697)卒于家。其一生著述颇富,除《栖云阁诗文集》等数种外,另有通俗俚曲集《醒世戏曲》。蒲松龄与高珩多有往来,两人还沾点族亲。高珩是第一个为《聊斋志异》作序者,时在康熙十八年己未(1679)。从日本庆应义塾大学所存《琴瑟乐曲》抄本看,康熙三十四年乙亥(1695)八十四岁的高珩又为聊斋俚曲《琴瑟乐》撰写了两千字的跋语。

高珩跋语对《琴瑟乐》的写作技法乃至用语，作了极高的评价。其开篇即云："文字论理，不论皮毛。即如此卷《琴瑟乐曲》，固皆家人儿女常设，若论其结构之法，有步骤、有起伏、有照应关锁。慧思绮语，时时点注，渲染补衬，处处勾连。时而冷间传神，时而妍热合态。波委云屡，穿经度纬，一气宕折，中章法精，色浓味永，骨秀韵圆。此是松龄作赋之才小试于香奁一脉，必传何疑？"继而分析人物，论其结构，称曰："篇中起伏顿挫，呼应关锁，绝似《水浒传》；摹景写情，杂用方言，绝似《金瓶梅》；至其镂心刻骨，秀雅绝伦，则兼《西厢》《牡丹亭》之长，而能自出机杼，不肯抄袭一笔，食古而化，乃有斯文。"再次归纳其篇中所用笔法："有正笔，有反笔，有偷笔，有补笔，有暗渡笔，有宜擒故纵笔，有似断笔实连笔，有轻逗笔，有极冷笔，有略点笔，有大落笔，有对照笔，有及形笔，有缩脚笔即藏针，真乃无法不真。"

后又有四明人袁智根在为民国石印本《磨难曲》（包括《幸云曲》）所撰序言中对聊斋俚曲作评，说："其间，可叹可感、可泣可歌、可惊可骇、悲欢离合、慷慨淋漓，跃跃然形诸纸上，有大足以感动人心者。"最可贵之处，是他对于那种认为"是书善则善矣，惜通篇均用鲁省方言，风气不同，言语不通，恐外省人士读之不甚了了，殊不足以唤起阅者精神，斯诚缺点耳"之论调给予了回敬，答曰："否，否。近世吾国通人，恒注意于社会教育，凡戏剧、歌曲，靡不改良编演，况于小说乎？推当日作者之意，或因其事堪风世，特以淄川土音编为歌词，以期通俗，亦未可知。不然，才如蒲翁，岂不能如《聊斋志异》纯以文义出之耶？至书中词意折曲、情节支离，而笔墨又足以达之，阅者苟能寻其旨趣、味其意义，自可默会而贯彻之，初无格格不入之弊，虽方言不同，庸何伤乎？"

自20年代末，国内开始有报刊如《新晨报副刊》等登载有关《聊斋白话韵文》的文章。30年代的天津《国闻周刊》曾刊登刘阶平与路大荒等人有关蒲氏遗著及其补考的文章。至40年代的《大晚报·通俗文学》第五期上，才刊登了周贻白的专类文章《蒲松龄的聊斋俚曲》。从50年代到60年代中，陆续出现了少量专谈聊斋俚曲的文章，如路大荒的《整理蒲松龄诗文杂著俚曲的经过》、柳文英的《蒲松龄的〈聊斋俚曲集〉》等。真正从多种角度来研究聊斋俚曲的文章，是自70年代末，特别是1980年全国第一次蒲松龄学术讨论会以后才开始涌现。如马瑞芳的《蒲松龄俚曲的思想成就和语言特色》、严薇青的《聊斋俚曲的山东方言词语和歇后语》、牟仁钧的《聊斋俚曲音乐浅谈》等。

纵观聊斋俚曲研究的整个进程，前后 200 余年间，大大小小的有关文章总共才有几十篇。因此说，聊斋俚曲研究目前尚处于初级阶段，亟待开发与深入，还需赖有志于这方面研究的新老学者共同努力，将聊斋俚曲的研究推向一个新的高度。

《聊斋俚曲集》序

袁世硕

蒲松龄的名字在人们心目中是与《聊斋志异》联系在一起的。蒲松龄正是以谈鬼说狐的这部半笔记半小说的书而名扬四海,名著文学史册的。

蒲松龄并不只是创作了一部《聊斋志异》。他在中国古代雅、俗文学的各个领域里,都曾试其身手,都做出了不寻常的成就。除了《聊斋志异》,令人注目的是他用当时当地流行的民间曲调和方言土语作成的十几篇俚曲作品。

蒲松龄少年时期受到乡村文艺的熏陶,会唱民间小曲,读书识文后也曾自撰新词,早年就写过小戏、俚曲作品,当地名流唐梦赉写的《七夕宿绰然堂,同苏贞下、蒲留仙》诗中,有"乍见耆卿还度曲,同来苏晋复传觞"一联,上句用宋代词人柳永之字指代号柳泉的蒲松龄,"还度曲"三字便说明他早有此好,并且颇为人所知。但是,名载蒲松龄墓碑背面、足证确实为他所编写的十几篇俚曲作品,却大部分是他在《聊斋志异》的创作基本结束之后创作出来的。近世中外研究者的考证,结论大体上是一致的。

蒲松龄作《聊斋志异》,虽然早年曾受到友好的或不友好的非议,他也产生过"平生所恨无知己,纵不成名未足哀"(《偶感》)的苦恼,但后来情况却逐渐发生了变化,文名日起,先是受到当地名流乃至国内诗坛大家王渔洋的称赏,曾"点志其书",不久有省里的官员喻成龙慕名相邀,做了几日济南臬台署中的座上客。随后,又出现了一位极热诚的崇拜者,济南高门名士朱缃为之倾倒,想方设法与之结交,在数年间执着地借阅并抄录了《聊斋志异》全书。这种种迹象表明,《聊斋志异》是具有极大的文学魅力的,蒲松龄也曾为此感到颇为欣慰,意识到自己的创作是成功的。

蒲松龄何以又在年及花甲之时在创作上改弦易辙,大作起通俗之至的俚曲来呢？他的儿子蒲箬在《柳泉公行述》中说："如《志异》八卷，渔搜闻见，抒写襟怀，积数年而成，总以为学士大夫之针砭；而犹恨不如晨钟暮鼓，可参破村庸之迷，而大醒市媪之梦也，又演为通俗杂曲，使街衢里巷之中，见者歌，而闻者亦泣，其救世婆心，直将使男之雅者、俗者，女之悍者、妒者，尽举而匌于一编之中。"

蒲箬这段话非常中肯，确实道出了乃父写的这两类作品本质的差别。从文体方面说，《聊斋志异》语言古雅，行文简洁，中间还用了许多典故，读书不多的人难于读通，更难识其中滋味。俚曲作品语言通俗鲜活，可以演唱，即便不识字的农妇市媪也是完全可以听得懂的，倒是别的地方的文人学士不大能懂得其中的许多方言土语。从内容方面说，《聊斋志异》是"渔搜闻见，抒写襟怀"，前者多奇闻逸事，后者假狐鬼故事，出脱的多是失意文人遭遇的悲哀与向往，篇中的主人公多是像蒲松龄一样的文人，其中虽然不乏针砭现实的内容，但关乎百姓生活内部的问题的却比较少。蒲松龄晚年写的俚曲作品，不少是根据《聊斋志异》中的故事改编的，主题趋于集中，内容更加实际，不外乎反映百姓间由黑暗官府的压榨、家庭关系中的不伦所造成的不幸。联系上述两个方面则可以看出，蒲松龄由大半生执着创作《聊斋志异》到晚年大写俚曲作品，表明他的文学思想发生了很大的变化，由假谈鬼说狐以抒孤愤，完全倒向为民众而创作了。

蒲松龄文学思想的这种变化并非偶然。他生长于贫困的农村，虽为农家子，但家境贫寒，在科举中挣扎了大半生，最终未能博得一第，进入仕途。这对他说来，未免是一大憾事，一大不幸。然而，正是由于他未能进入仕途，也就没有改变其原来的平民百姓的社会地位，生活上没有与普通民众拉大距离，思想感情没有割断与普通民众的联系，考虑问题没有丢开百姓的立场和眼光。这在他的言行、诗文，以及《聊斋志异》里，都有所反映。

蒲松龄文学思想和创作的这种转变，发生于他年届花甲之际，与当时淄川一带地方发生的一场特大灾荒，更有着直接的关系。那场水旱交错的灾荒，持续了三四年之久，庄稼不收，百姓断粮，纷纷逃亡，饿死者遍于道路中，曝尸省城济南街头，卖儿鬻女者自不必说，甚至出现卖人肉、食人油的现象。蒲松龄身为大缙绅之家的西宾，没有受到饥饿的威胁，但也不能不忧心如焚，情不自禁地关注着处在死亡线上的黎民百姓，将所耳闻目睹的种种惨状，形之于诗，写下了大量的记灾诗篇；记之以文，写有《记灾前篇》《记灾后篇》等文章，给后世留下了关于那场灾荒的翔实记录。正是那场灾荒强烈地触动了他的神经，促使他更加关注劳苦大众，要为他们写作通俗易懂、喜见乐闻的作品。与此同时，他还写了《日用俗字》《药祟书》《农桑经》等文化科技普及读物，以便于民众识字、治病、种田、植桑养蚕，证明他晚年确实是倾心于为民众写书。从这个角度说，蒲松龄最堪称是人民作家。

既然如此，蒲松龄何以是以《聊斋志异》著称于后世，其影响远胜于他的俚曲作品？我想，这原因与俚曲这种文体有关，供演唱的作品不便于阅读，大量的曲文没有了音乐的效果，在叙事作品中反倒变成了累赘，至少是延缓了情节的进展速度。喜欢读小说的人众多，喜欢读剧本的人就少得可怜，就是这个道理。蒲松龄的俚曲作品用的淄川方言土语，当地读起来、听起来，鲜活生动，而对外地人就成为一种障碍，难明一些方言语词的含义，领会不到其鲜活生动之趣。这便限制了聊斋俚曲的流传，也造成后世操品评之权的文人对它们的冷漠，辜负了蒲松龄为民众而创作的苦心。

淄川蒲氏后裔蒲先明，也是淄川人并多年潜心研究蒲松龄的著作饶有成就的邹宗良，二人携手对聊斋俚曲进行整理、注释，不言而喻，先天条件是非常优越的，这部《聊斋俚曲集》的出版，一定能够使今天的读者顺利地阅读、欣赏这部古代俗文学的珍品，有补它已往流传不广的遗憾。

是为序。

《聊斋俚曲集》前言

邹宗良

一

大俗与大雅，这两种看觉如同水火，似乎全然不能相容的东西，往往会和谐统一地出现于同一位文学大师的笔下。这是真正意义上的文学大师，他们用自己的生花妙笔工描意绘，挥洒点染，往往可以把俗之趣、雅之韵抒写到文学表现的极致。

试看金庸笔下的武侠世界，那些由武林秘笈的争夺、宝刀利器的争抢、门派帮会的争斗和刀光剑影的争杀构成的故事，不可言其不俗。加之情节的峰回路转，悬念的扣人心弦，细节的引人入胜，使得每一位喜爱武侠的社会读者读起金庸的小说都欲罢不能，甚至拥书达旦，彻夜不眠。单从小说的故事和由此产生的这一阅读现象而言，金庸的小说可以说是俗之至的了，它适合一切喜爱武侠的读者（不管他具有何等文化水准，属于哪一个社会阶层）的胃口，在中国文化圈内拥有最广大的社会读者群体。

金庸的小说同时又体现着大雅。文化层次高一些的人读金庸的小说，不仅欣赏构成小说的一个个故事，欣赏其中的情节与悬念，他们更陶醉于小说深层那浓郁可掬的中国文化的意蕴与氛围之中。金庸笔下的世界，从哲学人生到社会百态，从儒释道侠到三教九流，从琴棋书画到医药卜筮，从金戈铁马到儿女情长，从历史的真实到艺术的真实，可以说，作者以他的如椽之笔为我们描绘了一幅波澜壮阔的社会历史的长卷，一幅多棱多面的中国文化的立体的图画。也正是在这种意义上，有论者把金庸的小说与《红楼梦》相提并论。我们看到，雅与俗，这生活中、文学作品中似乎是可以标榜不同的人生与艺术品位的相反的两极，在金庸的小说中是那样水乳交融、如胶投漆地结合在了一起。

在文学史上，能写出大俗大雅、俗而能雅的作品的文学家是为数不多的，而出现于三百多年前的蒲松龄就是这样一位文学的巨匠。他的《聊斋志异》几百年来在文人阶层的读者中流传甚广，这已经是一个客观存在的显见的事实。然而，即使是在社会的一般读者那里，《志异》的故事仍然表现出了其极强的艺术生命力。笔者小时候生活在淄博农村，就曾听那些并不识字的村中长者津津乐道地讲述过聊斋故事。时至今日，《聊斋志异》的各种印本、选本、注本、今译本、改写本迭出不穷，其品种之多、数量之夥，远远地超过了另一部古典名著《红楼梦》。迄今为止，《聊斋志异》起码已被译成了 18 种不同国别的文字流传到世界各地，拥有了大量的异国的读者群，成为他们了解与认识中国文化和中国故事的一个艺术宝库。

我们说，一部《聊斋志异》，已经足以使蒲松龄历千载而不朽了。但作为一名杰出的文学大师，这并不是他惟一的文学成就。同《聊斋志异》一样，蒲松龄用通俗文学体裁写成的十五种聊斋俚曲[①]，则代表了明清以来俗文学发展的又一座高峰。

需要指出的是，长期以来，我们的教科书对俗文学或曰民间文学作品范围的界定存在一些偏颇。如郑振铎先生在《中国俗文学史》中认为俗文学具有以下六个“特质”：一、大众的；二、无名的集体的创作；三、口传的；四、新鲜的，但是粗鄙的；五、想象力往往是很奔放的；六、勇于引进新的东西。[②] 钟敬文先生主编的《民间文学概论》同样对民间文学作了如下界定：

> 民间文学是劳动人民的口头创作，它在广大人民群众当中流传，主要反映人民大众的生活和思想感情，表现他们的审美观念和艺术情趣，具有自己的艺术特色。[③]

如果以此作为衡量取舍的标准，那么郑著《中国俗文学史》所列的赵令畤《元微之崔莺莺商调蝶恋花词》、王伯成《天宝遗事诸宫调》、董解元《西厢记诸宫调》、贾凫西《木皮鼓词》等作品概当被拒之于“俗文学”之外，因为它们都是有主名的文

---

① 张元《柳泉蒲先生墓表》碑阴记为“通俗俚曲十四种”，其中“《富贵神仙》后变《磨难曲》”并为一种。按《磨难曲》是在《富贵神仙》的基础上增订而成的，与《富贵神仙》各为一种。

② 郑振铎：《中国俗文学史》，上海书店 1984 年复印商务印书馆 1938 年版，第 4~6 页。

③ 钟敬文：《民间文学概论》，上海文艺出版社 1980 年版，第 1 页。

人的作品。不仅如此,即以元杂剧而论,在整个元代,杂剧的创作与演出几乎都是在社会下层的文人与艺人间进行的,而且绝大多数的杂剧都以“俗”为基本特征且为广大人民群众喜闻乐见,我们似乎没有理由将其摈诸俗文学之外。由此看来,我们今天对俗文学、民间文学实有重新认识的必要,因为在以前的认识中不仅将其与雅文学、正统文学相区别,而且与作家文学对立起来了。

据郑著《中国俗文学史》,今所知见最早的明代俗曲为成化年间金台鲁氏刊印的《四季五更驻云飞》。而据郑先生所举的例文,可知在当时即已形成了带情节性的〔驻云飞〕一曲的叠唱形式。此后,《南宫词纪》里出现了〔黄莺儿曲〕,《摘锦奇音》里出现了〔耍孩儿歌〕,《玉谷调簧》有〔劈破玉歌〕,《词林一枝》有〔罗江怨〕〔急催玉〕〔闹五更〕〔哭皇天〕诸曲。入清以后,这种传自明代的时尚小曲更是迭出新声。清初刘廷玑的《在园杂志》卷三记载:

> 小曲者,别于昆弋大曲也。在南则始于〔挂枝儿〕……一变为〔劈破玉〕,再变为〔陈垂调〕,再变为〔黄鹂调〕。始而字少句短,今则累数百字矣。在北则始于〔边关调〕,盖因明时远戍西边之人所唱,其辞雄迈,其调悲壮……今则尽儿女之私,靡靡之音矣。再变为〔呀呀优〕。〔呀呀优〕者,〔夜夜游〕也,或亦声之余韵〔呀呀哟〕。如〔倒扳桨〕〔靛花开〕〔跌落金钱〕,不一其类。

特别值得注意的是,冯沅君先生在《中国诗史》中曾经言及,明代的文人如朱瞻基(即明宣宗)、刘效祖、赵南星、沈仕、梁辰鱼、王骥德、施绍莘等已经在模仿民间流行的俗曲从事创作。[①] 这种文人染指民间俗曲的情况,可以说正是蒲松龄俚曲创作的先声。

蒲松龄从事俚曲的创作,还与明代中后期以来文人重视民间文学的风气有关。明代嘉靖年间,李开先直称“真诗只在民间”(《市井艳词序》),并将为“士大夫所不道”的市井艳词搜集成帙[②];万历年间,袁宏道赞誉“今闾阎妇人孺子所唱〔擘破玉〕〔打草竿〕之类”为“真人所作,故多真声”(《序小修诗》);启祯时期,冯

---

① 陆侃如、冯沅君:《中国诗史》,山东大学出版社 1996 年版,第 655~657 页。按陆、冯两人的分工,《中国诗史》中的“近代诗史”由冯沅君先生撰写。

② 李开先所辑的《市井艳词》,共收录明正德、嘉靖间广为流行的〔山坡羊〕〔锁南枝〕两种俗曲,凡 103 首。

梦龙称吴中山歌为“民间性情之响”(《叙山歌》),并编辑了俗曲集《挂枝儿》《山歌》等,文人们推许、激赏民间时尚小曲逐渐形成了一种社会风气。蒲松龄之所以欣赏并创作“俚曲”这种俚俗的民间文学作品,也可以说是这样一种社会风气使然。

二

关于聊斋俚曲写作的年代,曾有学者进行过认真探考。1964 年,日本汉学家藤田祐贤先生在《聊斋俗曲考》①中对以下三种作品的写作年代作了推考:

(一)《琴瑟乐》 藤田先生据其内容与日本庆应义塾大学藏淄川王丰之抄本所附的高珩、李尧臣二跋,推其作于清康熙十三年(1674)蒲松龄三十五岁(此按中国传统的虚岁计,下同)前后。

(二)《穷汉词》 庆应义塾大学藏淄川毕子俊旧藏抄本末署“康熙十五岁次丙辰下浣”,藤田先生据以推其为清康熙十五年(1676),蒲松龄三十七岁时作。

(三)《俊夜叉》 正文中有“康熙爷已卯年,宗亓人四十三,婆子大他一年半。住着楼房骑大马,官宦都合他有往还,这几年全把人家变”一段曲词,已卯为清康熙三十八年(1699)。藤田先生据此认为俚曲作于是年左右,时蒲松龄六十岁上下。

1985 年,在山东淄博召开的第二次全国蒲松龄学术讨论会上,高明阁先生提交了《蒲松龄俗曲创作篇第考》的长篇论文。该文除对藤田祐贤先生的推考作了首肯之外,还对以下数种俚曲作品的写作年代进行了考证:

(四)《磨难曲》 据其中所写的灾情与康熙四十三年(1704)的淄川灾情相同,派盐正道勘灾与康熙四十七年(1708)派盐运使到淄川勘灾的事实相合的情况,推其作于康熙四十七年,蒲松龄六十九岁之后。

(五)《禳妒咒》 据文中所写的童生进学的情况与聊斋诗《试后示篪、笏、筠》相对照,认为应作于康熙四十一年(1702),蒲松龄六十三岁前后。

(六)《墙头记》 据情节与聊斋诗《老翁行》相似的情况,推其作于康熙五十年(1711),蒲松龄七十二岁时或稍后。

(七)《姑妇曲》 据其“二十余年老友人,买来蒙婢乐萱亲:惟编姑妇一般曲,

---

① 载日本庆应义塾大学《艺文研究》1964 年第 18 号,译文载山东大学蒲松龄研究室编《蒲松龄研究集刊》第四辑,齐鲁书社 1984 年版。

借尔弦歌劝内宾”的开场诗及康熙四十一年为馆东毕盛钜之母八十寿辰，其时蒲松龄在毕家设馆授徒达 23 年的情况，推此曲作于康熙四十一年，蒲松龄六十三岁时。

笔者以为，以上所列七种聊斋俚曲的写作年代，除《琴瑟乐》一种外，都云可信。《琴瑟乐》的庆应义塾大学藏抄本末附高珩、李尧臣二跋，分署甲戌（康熙三十三年，1694）、乙亥（康熙三十四年，1695），均与康熙十三年无涉，藤田先生的《琴瑟乐》作于康熙十三年前后之说，当是据庆应所藏的聊斋小曲[①]类推而得出的结论。由于目前尚无确凿史料证实《琴瑟乐》必作于康熙十三年前后，故我们仍笼统地视其为蒲松龄青壮年时期的作品。

除上述有具体年代可考的作品外，高明阁先生还从聊斋俚曲中〔耍孩儿〕曲的运用、曲牌联套的形式、某些曲牌的定格与泛声（和声）、曲牌用字的不同、开场的繁简及作者的生活、创作情况等不同角度全面地考察了其创作的篇第（顺序）。今结合我们对《琴瑟乐》写作年代的修订将高明阁先生推定的聊斋俚曲创作篇第列为下表：

创作篇第	写作年代	作者年龄	有关说明
《琴瑟乐》			据其艳情内容推知作于青壮年时期
《穷汉词》	康熙十五年（1676）	37 岁	据毕子俊旧藏抄本所署的日期
《快曲》			由曲牌的写法推定
《丑俊巴》			由《快曲》联类推测
《俊夜叉》	康熙三十八年（1699）或稍后	60 岁或稍后	有曲词内证
《慈悲曲》			在《姑妇曲》之前，由形式推定
《姑妇曲》	康熙四十一年（1702）	63 岁	由开场诗及作者诗文、生平推定

① 关于聊斋小曲及相关考证，可参见马振方辑校《聊斋遗文七种》，北京大学出版社 1998 年版。

（续表）

创作篇第	写作年代	作者年龄	有关说明
《蓬莱宴》			在《富贵神仙》之前，有曲词内证
《富贵神仙》			由《蓬莱宴》联类推测
《增补幸云曲》			由开场的写法推定
《寒森曲》			由《增补幸云曲》联类推测
《翻魇殃》			由曲牌用字推定
《禳妒咒》	康熙四十一年（1702）前后	63岁前后	有作者诗文中的时事
《磨难曲》	康熙四十七年（1708）之后	69岁之后	有作者诗文中的时事
《墙头记》	康熙五十年（1711）或稍后	72岁或稍后	有作者诗文中的时事

根据以上对聊斋俚曲创作篇第与写作年代的考察，可以将其创作分为前后两个阶段：第一个阶段是作者运用这种通俗的民间文学形式进行创作的探索时期，时间为作者青壮年时代至60岁以前，创作的俚曲作品有《琴瑟乐》《穷汉词》《快曲》《丑俊巴》四种；第二个阶段是创作走向成熟的时期，时间为作者60余岁至72岁前后，创作的作品有《慈悲曲》《姑妇曲》《蓬莱宴》《富贵神仙》《增补幸云曲》《寒森曲》《翻魇殃》《禳妒咒》《磨难曲》《墙头记》，共十种。《俊夜叉》介于前后两个阶段之间，可以视其为蒲松龄的俚曲创作由不成熟走向成熟的标志。

比较一下蒲松龄前后两个阶段的俚曲创作，我们可以发现这样一个显见的事实：第一个阶段的创作还处在探索的阶段，作者对俚曲只是偶有所作，它只是蒲松龄进入后一阶段创作的一个必要的准备。我们知道，蒲松龄《聊斋志异》的创作大约起始于清顺治末年至康熙初年①，至康熙十八年（1679）前后进入创作的盛期，作

① 清康熙三年（1664），蒲松龄的挚友张笃庆写有《和留仙韵》七律二首，中有句云："司空博物本风流，涪水神刀不可求。君向黄初闻正始，我从邺下识应侯。"袁世硕先生考察认为，张笃庆的诗表明了一个重要的事实，即蒲松龄从二十多岁起就开始了《聊斋志异》的创作。参见袁世硕著《蒲松龄事迹著述新考》，齐鲁书社1988年版，第17~18页。

者的创作热情自此长期不减，一直保持了近二十年。由于在长达近四十年的时间里，蒲松龄一直专注于《聊斋志异》的创作，故他在这一阶段虽然喜爱俚曲这种民间文学的形式并时有试笔之作，但既没有在这方面投入较多的精力，也没有将这种创作视为自己的一项使命去做。

这种状况的改变出现在康熙三十六年(1697)之后。实际上，创作于康熙三十八年(1699)前后的俚曲《俊夜叉》既是俚曲创作第一个阶段的结束，同时又是其第二个阶段的发端。据笔者考证，在康熙三十六年的时候，蒲松龄已经完成了他的《聊斋志异》原稿十六册中的前十五册的创作，他的主要创作兴趣也由《聊斋志异》转到了聊斋俚曲上来。① 考虑到在蒲松龄一生一千余万字的全部作品中，能够代表其文学创作最高成就的无疑是他的《聊斋志异》和聊斋俚曲，故我们以为，以《俊夜叉》的出现为标志，蒲松龄一生的创作活动也可以划分为前后两个时期：第一个时期是以《聊斋志异》的创作为主的时期，时间为康熙初年至康熙三十八年前后；第二个时期是聊斋俚曲创作的全盛期，时间为康熙三十八年前后至康熙五十年或稍后。

三

就思想表现而言，聊斋俚曲中的大部分作品所反映的都是现实世界中的社会问题，蒲松龄通过俚曲对他生活的那个时代的世风世象作了毫不留情的社会批判。这样一种创作思想的确立发生在作者俚曲创作的第二个阶段。我们看到，在第一个阶段创作的俚曲中，《琴瑟乐》写新婚艳情，《快曲》写三国故事——表现为一种基于作者正统史观的对历史的反动，《丑俊巴》编排猪八戒与潘金莲的艳事，这些作品概为一时的适情任性之作，并没有形成一个统一的创作思想。《穷汉词》写穷汉生活的困窘之状，抱怨天地不公，这其中自然透露着作者对自己所经历的困苦生活的感受，但作者同样没有把反映下层劳动人民的困苦生活升华为一种文学上的自觉，从而对产生这一现状的社会作一番形象化的剖析。然而，从《俊夜叉》的创作开始，聊斋俚曲的创作思想发生了突变，蒲松龄开始密切地关注现实的社会问题，尤其是封建时代的家庭和人伦关系问题。蒲松龄的长子蒲箬后来曾这样记述乃父这一时期创作思想上发生的变化：

---

① 参见拙作《初稿本〈聊斋志异〉考》，载《山东大学学报》(哲学社会科学版)1992 年第 2 期。

如《志异》八卷，渔搜闻见，抒写襟怀，积数年而成，总以为学士大夫之针砭；而犹恨不如晨钟暮鼓，可参破村庸之迷，而大醒市媪之梦也，又演为通俗杂曲，使街衢里巷之中，见者歌，而闻者亦泣，其救世婆心，直将使男之雅者、俗者，女之悍者、妒者，尽举而匋于一编之中。呜呼！意良苦矣！[①]

是一种什么样的"良苦"之"意"，使蒲松龄产生了文学创作上的自觉意识，毅然决然地把自己作品的接受主体由他熟悉的"学士大夫"转向了那些"村庸""市媪"？我们循着蒲箬所指示的方向，从由《聊斋志异》改编的俚曲作品入手，或可以见其端倪。在蒲松龄的俚曲作品中，取材于《聊斋志异》的共有七种，其对应关系为：

《慈悲曲》——《张诚》
《姑妇曲》——《珊瑚》
《富贵神仙》《磨难曲》——《张鸿渐》
《寒森曲》——《商三官》《席方平》
《翻魇殃》——《仇大娘》
《禳妒咒》——《江城》

这七种俚曲作品，按其创作思想可以分作两类。一是反映封建社会的家庭、人伦关系的，如《慈悲曲》写后母与儿子的关系、兄弟间的"友于"关系，《姑妇曲》写婆媳关系，《禳妒咒》写女性的悍妒。蒲松龄晚年写成的《墙头记》其实也可以归入此类，它反映的是封建社会中的父子关系。在第二类作品中，《富贵神仙》《磨难曲》写下层知识分子在黑暗社会中的人间磨难，《寒森曲》写封建社会法律制度的腐败，《翻魇殃》写弱肉强食的社会给平民百姓带来的苦难，其所反映的无一不是带有强烈现实性的社会问题。尽管在这一时期的俚曲创作中也有《增补幸云曲》那样描写皇帝风流昏庸的游戏笔墨，有《蓬莱宴》那样"看破世情"的神仙道化之作，但它们毕竟不是蒲松龄俚曲创作的主流，而且即使在这样的作品中，也同样贯穿着对封建皇权和科举制度弊端的揭露和批判。由此而言，在蒲松龄倾其全副精力

① 蒲箬：《清故显考岁进士、候选儒学训导柳泉公行述》，见〔清〕蒲松龄著，路大荒整理《蒲松龄集》，上海古籍出版社 1986 年版，第 1818 页。

创作经营聊斋俚曲的这段时间里，其倡导人类文明的教化，揭露社会黑暗不平的精神始终是一以贯之的。如前所述，由于聊斋俚曲中的优秀之作集中出现于康熙三十八年之后的这段时间，而这一时期又是《聊斋志异》之后蒲松龄一生创作活动中一个相当重要的阶段，故我们有理由认为，这部分聊斋俚曲集中体现了蒲松龄晚年思想的发展与升华，其中某些方面甚至达到了超出《聊斋志异》的高度。下面，我们就这些问题谈一点粗浅的认识。

在漫长的中国封建社会中，皇权思想是封建统治阶级统治思想的核心内容。历代的统治者，都把“君权神授”的思想作为维护他们专制统治的重要思想基础。汉武帝时，儒学大师董仲舒提出了“天子受命于天”的天人合一说，天命观进而成为封建统治者对人民实行精神统治的工具。至东汉，班固纂成《白虎通义》一书，把传统经学和谶纬迷信合为一体，将董仲舒提出的“三纲五常”的伦理观念理论化、具体化，进一步神化了封建皇权。宋代以后，程朱理学家们更将客观唯心主义的“天理观”作为封建统治者绝对皇权的理论依据，“天子”“天命”之说成为世世不易的封建统治之定“理”。直到17世纪，杰出思想家黄宗羲、唐甄等人对封建专制主义作了尖锐批判，才如霹雳闪电，冲破了统治中国社会达一两千年之久的封建皇权的思想禁锢。黄宗羲明确提出了“为天下之大害者，君而已矣”（《明夷待访录·原君》）的进步思想。唐甄更进一步地提出“自秦以来，凡为帝王者皆贼也”（《潜书·室语》）、“天子之尊，非天帝大神也，皆人也”（《潜书·抑尊》）的鲜明主张，对君权神圣的思想作了否定。受同时代进步思想家的思想影响，蒲松龄在他的聊斋俚曲中，以形象化的语言和形式表现了同样的反封建皇权的思想倾向。

蒲松龄反皇权的思想，首先表现在对唯心主义“天命观”的态度上。《增补幸云曲》重在揭露封建皇帝的荒淫无耻，同时也在一定程度上否定了封建社会“真龙天子”统治天下的神权观念。在第一回里，作者说明武宗朱厚照是“上方鮝火猴临凡，光好贪耍”，“武宗爷正德年，鮝火猴来临凡，性情只像个猴儿变。无心料理朝纲事，只想天下去游玩，生来坐不住金銮殿”。把一个封建社会的至尊说成是上方的“鮝火猴”临凡，不仅否定了儒学家们宣扬的“真龙天子”的传统成说，且实际上是把这位昏庸的帝王放在了由“异类”变成的流氓无赖的地位。蒲松龄不仅用一种玩笑笔墨写出了明武宗“贪花恋酒”“天生下只好玩”的昏庸面目，并借作品中人物之口对他私离京都，到山西大同嫖妓的荒淫行为作了鲜明的贬责。在第一回里，作者即通过奸臣江彬的口，直称朱厚照为“昏君”。第四回中，借梅岭送水的云魔女的话斥责明武宗“既读孔孟诗书字,不达周公礼半篇,涎皮涎脸把奴看”,“吃了水胡思乱想,你是个混账朝廷!”第六回借修路民工的口,道出了人民愤怒的心声:“北京城里浪荡皇,听说他要出来撞……这个朝廷精混帐,只管他闲游闲要,哪知道百姓遭殃!”在作品的第四回,作者更以客观的态度指出“这皇帝是个酒色之徒”,直接站出来对人物作了评价。蒲松龄笔下的正德皇帝,不是什么“至圣至明”的贤君明主,而是一位不惜江山的浪荡君王,用作品中明武宗的话说:“我是天下头一条好光棍。”在清封建专制集权高度发展,对文化思想实行严酷控制的时期,蒲松龄敢于这样痛快淋漓地揭露昏庸帝王的风流话柄,并且采取了毫不含糊的批判态度,这就比元代的〔般涉调·哨遍〕《高祖还乡》等同类作品具有了更为深广的社会批判意义。

蒲松龄对封建社会最高统治者的批判,还表现在对君主极权的认识上。《增补幸云曲》中塑造的正德皇帝,是一个把封建国家视为自己的家天下的专制君王。他与纨绔子弟王龙比较自己的富有:“把你银钱尽数拿来,河内常船、南京铺子、地土宅子、老婆孩子,尽情算了,敌不上我一个庄子上的杂粮”,“我的庄子十三处,管庄的小厮都威武。个个门口竖大旗,炮响三声谁不惧?吹鼓手掌罢大号,小小厮给大小厮作揖”。据明嘉靖间的内阁首辅夏言统计,明武宗朱厚照在继位的第一个月内,就设立皇庄七处,以后又扩充到三十余处。至正德九年,朱厚照的皇庄占地已达三万七千五百余顷。(《勘报皇庄疏》)“终明之世……为布政使司者十三。”(《明史·地理志》)明武宗不仅从广大农民那里兼并了大量土地作为自己的皇庄私产,并且把全国的土地都看作自己的“庄子”,把十三省的各级官吏都视为自己“十三处庄子”上的奴仆“小厮”,这实际上是把全国的地土钱粮都当成了自己的私有财产。蒲松龄还通过朱厚照的口揭露他挥霍民财的罪状:“我虽人家不大大(山东方言:不十分大),生平赌博不疼钱”,“就嫖上一年半载,能使(山东方言:用)我几布政司金银?”活画出了一个横暴专制的无赖皇帝的面目。黄宗羲在揭露封建君王专制之害的时候说:“敲剥天下之骨髓,离散天下之子女,以奉我一人之淫乐,视为当然,曰:‘此我产业之花息也。’”(《明夷待访录·原君》)在《增补幸云曲》中,蒲松龄对明武宗朱厚照的批判描写,在实质上已经接触到了封建社会君主极权的问题,与当时社会上最先进的思想家黄宗羲反封建专制主义的思想实有异曲同工之妙。

皇帝是封建社会最大的官,为了维护以他为首的整个统治集团的利益,封建皇帝可以随意卖官鬻爵，贪赃枉法。在聊斋俚曲中，蒲松龄即通过以阴骂阳的方式，对封建皇帝的徇情枉法作了批判。《磨难曲》第二十三回，作者称阎王的儿子为“大子”，并让阎王娘娘呼阎王为“万岁”，蒲松龄实是把冥界中的阎罗视为人间的至尊。“阳间不能皆圣朝，阴间哪得尽神尧?”由于文字狱和思想统治的严酷，蒲松龄对封建皇帝的揭露也采取了这种折光的方式。《寒森曲》里那位“权印”的冥王，就是人间帝王的化身。他受了城隍等一万两黄金的贿赂，不但翻了赴阴曹为父伸冤的商三官之兄商礼的原告，并且油炸锯解，对前往二郎神处告状的商礼横加掠楚。作者一针见血地指出：“阴间他既为天子，也为钱财丧良心。”作者写二郎神不仅在阴司的森罗殿上惩治了人间贪赃枉法的新泰知县，并且判罚了那位作为阴间天子的冥王：“又叫阎王上去。二郎爷指着便大骂：‘官既高福也长，只该求姓名香，如今全把良心丧。四季搜求州县礼，自己又受枉法赃，小官尽描你的样。斧打凿凿又入木，遂叫那百姓遭殃！’”“盖阴之有诸神，犹阳之有守令也。”作者笔写冥中阎罗，实刺人间帝王，寓意是十分明显的。在《志异》的原作《席方平》中，作者写受到二郎神审判的只是冥王、郡司、城隍、羊某等冥界中人；到《寒森曲》，则增入了二郎神惩治新泰知县，勾去山东司院、军门福寿的情节，并且指明冥王贪赃枉法的结果是使“百姓遭殃”。作者以春秋之笔合写阴间阳世，锋芒直指那些“四季搜求州县礼”的世上阎罗——封建社会的最高统治者。

值得指出的是，作者的认识，并没有停留在揭露封建统治者聚敛民财、徇私枉法的表面现象上，而是更深一层地触及了封建社会阶级剥削的实质性问题。在《志异·席方平》篇中，作者在冥王的判词中写道：“斧敲斫，斫入木，妇子之皮骨皆空；鲸吞鱼，鱼食虾，蝼蚁之微生可悯。”对统治阶级层层剥削造成的民生困苦表示了深切同情。到《寒森曲》，蒲松龄更加深切直接地写出了那位“阴间天子”对人民的剥削压迫：“斧打凿凿又入木，遂叫那百姓遭殃！”蒲松龄从他“卖文为活，废学从儿；纳税倾囊，愁贫任妇”①的下层生活经历和对社会现实的深刻观察中，悟出了这样一个深刻的道理：那些直接骑在人民头上施展威福、敲诈勒索的州县官吏们，不过是些在封建专制的斧头敲击之下的“入木之凿”，而那把施压力于木凿之上的“斧头”——封建社会的最高统治者和他那欲将“天生有限之物力，民间易尽之脂

① 《呈石年张县公俚谣序》，见〔清〕蒲松龄著，路大荒整理《蒲松龄集》，上海古籍出版社1986年版，第95页。

膏”尽归其囊的贪心，才是广大群众受苦受难、饥寒交迫的根本原因。蒲松龄意识到了，广大人民的穷困和苦难，是由于阶级间的剥削造成的。正是这个有着无上权力的专制统治者，把他的权力作了在阶级压迫基础上的层层分配，在全国上下形成了一张至细至密的封建统治的网，“在各地方分设官职以掌兵、刑、钱、谷等事，并依靠地主绅士作为全部封建统治的基础”（毛泽东《中国革命和中国共产党》）。

马克思说：“政府当局的存在正是通过它的官员、军队、行政机关、法官表现出来的。如果撇开政府当局的这个肉体，它就只不过是一个影子，一个想象，一个虚名。”①老大沉重的清帝国，是中国封建社会的最末一个王朝。作为一种处于末世的腐败的社会制度，清政府在通过它的官员、军队、行政机关、法官等对人民实行官僚地主阶级专政方面所显露出来的腐朽、没落和反动性，就比以往的任何朝代都显得突出和明显。康熙年间山东巡抚钱珏在莅任后下达全省官吏的《严饬守真檄》中说：“今闻山左藩臬而下，州县以上，以及佐贰杂职、幕卫教职等官，洁己自好者固多，而贪黩败检者亦复不少。……倘或怙终不悛，毫无顾忌，阳奉阴违，贪庸溺职者，定当特简题参，尽法惩治。”（《［乾隆］淄川县志》卷七《艺文志》）透过所谓的“洁己自好者固多”的遮饰之辞，钱珏的这道檄文十分真切地为我们描画了一幅上至藩、臬、州、县官吏，下至佐贰、教职、卫所直至幕客等山左百官的群丑图。这种官吏的贪黩败检，集中反映了有清一代社会政治的黑暗和吏治的窳败。在聊斋俚曲中，蒲松龄正是通过封建社会的“官员”和行政机关这个“肉体”，为我们展示了一幅清初社会黑暗腐朽的历史画面。

封建社会中的州县官，所谓的“民之父母”，是最接近民众的下层统治者。缘此，他们对广大人民的剥削和压迫，与上层统治者相比，就显得更直接、更明显和更残酷。聊斋俚曲对封建政治和官场的揭露和批判，首先把矛头指向了这些骑在人民头上作威作福的“食民之猱”。在《磨难曲》第十四回，作者通过作品中人物方仲起对这些封建社会的“牧民之官”作了如下的解释：“牧是养，譬如人家喂羊，同是爱惜他，也望他孳生，也望他肥大，却也要杀他吃。托给那牧羊的，他也要偷着杀他。……那县官就合（和）那牧羊的一样，岂有全然不杀百姓的？”《磨难曲》用了大量的笔墨集中揭露卢龙知县老马对广大农民无所不用其极的敲比剥削。卢

① 《马克思恩格斯全集》第六卷，人民出版社 1961 年版，第 320 页。

龙县旱灾无麦，又继以蝗灾，赤地千里，颗粒无收，县官老马因自己贪囊不足，竟不许百姓报灾。众百姓告了上官，前来勘灾的盐运使却受了老马的赃银，与县官勾结一路，“合县里四万顷多地，成了二百顷灾”。传说朝廷下蠲免钱粮的赦书，实际是下了百姓的催命符。贪官闻信后，为了把钱粮打起来“一并上腰”，比较倍于平时，“不出一月，打死了一百多人！”“听说有赦着实打，打死了欠户四百名！”与《志异·潞令》篇中那位“莅任百日，诛五十八人”的潞令相比，横酷贪暴有过之而无不及。万般无奈，众百姓只得外出逃荒避祸。“逃在他乡就饿死俺，善人埋在俺乱三岗，胜如打死公堂上！”这是蒲松龄代人民发出的血泪控诉：贪官比较之祸，实过于旱蝗之灾！

清代初年，由于连年战争、三藩之乱和治河等巨大耗费，统治阶级加在人民身上的赋税是十分沉重的。蒲松龄俚曲的深刻之处，还在于真实地揭露了封建官吏在正赋之外对人民进行的层层额外剥削。康熙时官吏征粮，要以鼠噬、雀吃为借口多征一部分“折耗”；征收银两，则以铸成整块要伤损为由，多征一部分“火耗”。实际上则是各级官吏们做了公开啄粮噬银的鼠雀。蒲松龄的友人，以古文名重山左的安丘人张杞园在给淄川致仕官僚高珩的一封信中说：“今之守令，谁无家室？谁无使令？谁无交游？服食器用，月俸所入实不足以办。此所资者，止此羡金耳。……盖羡金其利散而人不觉。”（《上高念东先生论地方利弊书》）一语道破了封建官吏们致富生财的隐秘。蒲松龄笔下的这位卢龙知县，对人民的盘剥更是远远超出了正常羡金的范围。张鸿渐代众秀才写的呈状说：“具呈入阖学生，只为着贪酷情，加三火耗钱粮重。”北直按院在提审马知县时这样揭露他的贪状：“你有十万枉法赃，况且是库里又欠三万账；加二加三收大粮，拿短少的票子几千张！”在蒲松龄写作《磨难曲》的康熙四十几年，各省征银的“耗羡”明文的不过每两多征一钱[①]，而这位贪酷的卢龙知县已经在“加三火耗”了。他不仅“科派众百姓”，“加二加三收大粮”，并且将库中的“正税”入了私囊。值得指出的是，这些描写并不是蒲松龄对现实生活进行的艺术夸张。“州县有司……催科则重加火耗；支放则私自扣克。或因公科敛，杂派差徭；或枉法纳贿，违例滥征。种种朘削，不可枚举。”（钱珏《严饬守真檄》）在马知县上场时，作者就借他的道白道出了封建官吏做官的秘诀：“为甚人人望做官？三梆响罢面朝南。这般生意真真好，板上皆生银子钱。”蒲

① 《中国古代史》（下），人民出版社 1979 年版，第 463 页。

松龄笔下的卢龙知县，是他按照生活的本来样子塑出一个封建社会州县贪官的典型。马知县这一封建社会中的贪官形象，有着概括整个清初封建官场的典型意义。

“天下的大害，固是州县不肖，也是那司院贪求。”聊斋俚曲对封建社会黑暗吏治的揭露和批判，是通过对封建官僚机构作层层剖析的方式表现的。他的笔触，不仅十分真实地描绘了封建社会下层官吏的不法，而且进一步揭示了封建社会中上层官吏的贪黩。《寒森曲》写山东新泰一个恶霸地主赵恶虎，为争霸田产打死了人，因为知县贪赃枉法，原告告到“府里、司里、院里”。但这位有钱有势、交结上下衙门的赵恶虎“差人到京，求的都察院的书信给了军门，又送上银子三千两”，公道情理也就因之大变了。主管一省司法、刑狱的提刑按察使把一干人“一个个叫上去，问了问，又把赵家家人每人打了二十板”即算了事。“审完了原告叫屈，按察司全然不听。”主揽一省军政大权的山东巡抚，则只把赵家家人夹了一个。原告商礼要求断赵恶虎偿命，那“军门只是摇头”，“一群赶出”。通过对卢龙知县、山东巡按等一个个实在的“肉体”的剖析，蒲松龄不但用他的犀笔证明了黑暗腐朽的“政府当局”这个“存在”，并且进一步对当时社会作了全面否定。当商三官的哥哥告状回来“大骂不公道的官府”，商量要上刑部告状时，作者借商三官的口表述了对当时社会情状的评判：“告了遭子不过是如此，也就知这世道了。”

由于清醒地认识到封建官府不能主持公道，为民伸冤，蒲松龄在《寒森曲》中塑造了商三官和商礼两个惊天地、泣鬼神的个人反抗的典型。作者在《寒森曲》开头的〔西江月〕中写道：“一头撞到九重天，直踢倒森罗宝殿！”正表现了作者想借理想人物与黑暗世道抗争的愤郁不平之气。但在强大的黑暗势力面前，个人反抗的最终理想，不过是惩杀个别豪强和贪官而已。作为一个清醒的现实主义作家，蒲松龄在后来写成的《磨难曲》中进一步肯定了“官逼民反”的社会反抗。《磨难曲》写道：“明知世上无公道，本领又不如宋公明，一条棍子闸了口，满心冤屈对谁明？”在作品中，他更明确地把自己理想中的农民起义领袖任义比作上了梁山的宋江。马克思和恩格斯指出：“人们的观念、观点和概念，一句话，人们的意识，随着人们的生活条件、人们的社会关系、人们的社会存在的改变而改变。”[①]随着对社会现实认识的不断加深，蒲松龄由揭露整个社会的黑暗到歌颂个人的反抗，最终发展到

---

① 《马克思恩格斯选集》第一卷，人民出版社 1972 年版，第 270 页。

对“官逼民反”的社会反抗的肯定。聊斋俚曲的写作,反映了蒲松龄的思想不断发展的过程。而正是这些反映了蒲松龄晚年的思想变化的俚曲作品,表现出了超出《聊斋志异》的思想高度。

吏治的黑暗,带来了中国封建社会中法律制度的腐败。《聊斋志异》中的冤狱,官绅勾结欺压百姓,不法官吏的草菅人命、贪赃枉法等描写,都是作者所处的现实社会政治生活的真实反映。在聊斋俚曲中,作者以通俗的形式和更加犀利的语言,对封建社会法律制度的腐败作了淋漓尽致的揭露。

“法律就是取得胜利、掌握国家政权的阶级的意志的表现。”①在中国封建社会中,封建制法律的制订和实施,则集中体现了官僚地主阶级的阶级意志。在封建专制主义的长期统治下,有法不依和在虚伪的法律制度掩盖下的官僚地主阶级的横行不法,是中国封建社会法制史上一个突出的特点。顺治三年(1646),清王朝向全国颁布了所谓“详译明律,参以国制”的《大清律集解附例》,这虽是照明律依样画葫芦,但颁布后并没有得以认真施行。这种有法不依的法制状况,使得统治者阶层利用了被封建国家所认可的法律关系的强制力,断案可宽可严,任意而为,“让完全不法的状态代替了‘法治状态’”②。蒲松龄的俚曲《富贵神仙》,特别是后来据同一题材写成的《磨难曲》,较集中地反映了这一情况。贪酷暴虐的卢龙知县老马,在重灾之年重加敲比,滥施酷刑,为追比钱粮打死了四百名欠户,并把一位已交了七分粮的生员范子廉活活打死在公堂上。在卢龙知县的淫威之下,众百姓被迫背井流离,远走他乡,却不能利用法制的力量惩治视民命如草芥的贪官污吏。作者在《磨难曲》中写了众秀才阖学公愤,央张鸿渐写了呈状,告到北直军门衙前的情节。这位“官至二品,位至八抬”“上马管军,下马管民”的封疆大吏,对此事的是非曲直是十分清楚的。“卢龙知县被那秀才们告他贪酷。我岂不知他贪酷?但他送了一万两银子,要俺把这些人砍头充军,不得不敬从尊命。”一张呈状,不但使卢龙县的众秀才招致绞杀充配之祸,连那位动笔写了呈状的张鸿渐,也被迫远走他乡。在封建社会的法律制度下,蚩蚩之民只有向统治阶级交赋纳税的“义务”,并无半点受到法律保护的反抗剥削压迫的权利。张杞园在《上高念东先生论地方利弊书》中说:“言讼狱于今日,变态可谓极矣。即

① 《列宁全集》第十三卷,人民出版社 1959 年版,第 304 页。
② 《马克思恩格斯全集》第一卷,人民出版社 1956 年版,第 702 页。

覆盆向隅,多若屠羊在肆,噤不能发一声。其得自达于上台者,十才一二。”民间讼狱“自达于上台者,十才一二”,正是在当时黑暗的法律制度下广大人民有冤难诉的真实状况。而封建统治者为了维护他们的专制统治和对广大人民的阶级压迫,对于能够达于上官的“一二”民隐之事,也大多是采取了极其残酷的镇压手段。蒲松龄在《磨难曲》中反映的这一社会现象,正是在封建法律保护之下的封建社会阶级关系的真实反映。如列宁所说:“如果国家政权操于这样的阶级之手,其利益与多数人的利益互相分歧,则一切对于多数人的管理,必然变为对这种多数人的欺骗或镇压。”①

18 世纪法国著名资产阶级启蒙思想家孟德斯鸠在提出立法、行政、司法三权分立说的时候,曾经说过这样一段名言:“当立法权和行政权集中在同一个人或同一个机关之手,自由便不复存在了;因为人们将要害怕这个国王或议会制定暴虐的法律,并暴虐地执行这些法律。如果司法权不同立法权和行政权分立,自由也就不存在了。如果司法权同立法权合而为一,则将对公民的生命和自由施行专断的权力,因为法官就是立法者。如果司法权同行政权合而为一,法官便将握有压迫者的力量。如果同一个人或是由重要人物、贵族或平民组成的同一个机关行使这三种权力,即制定法律权、执行公共决议权和裁判私人犯罪或争讼权,则一切便都完了。”②在中国封建社会中,这三种权力作为封建专制主义的突出特点,被不可分离地结合在一起。封建皇帝是最高的立法者,他的意志就是法律,他所发布的诏令、谕诰是具有绝对权力的法律形式。封建皇帝执掌着至高无上的国家权力,并且享有最高司法审判权。在这种专制制度下,权臣势要直至各级官吏,实际都掌握着大小不同的这样三种权力。各级官吏都可以利用手中的行政权力制定一些法律之外的成文或非成文之法。并且,由于行政和司法权集于官吏一身,司法只是行政权力的附庸,所以封建社会的官吏大多都利用手中的权力,贪酷害民,肆行无忌,超脱于封建法律的约束之外。《磨难曲》中的马知县就是这样一个典型。众秀才官衙呈告,是无法使马知县受到法律惩治的。张鸿渐的妻兄方仲起为了给被马知县收监的妹子报仇,拼命爬进了统治者阶层,但方仲起阶级地位的变化,也

---

① 《列宁全集》第二十二卷,俄文版,第 52 页。转引自王勇飞编《法学基础理论参考资料》第一册,北京大学出版社 1981 年版,第 143 页。

② [法]孟德斯鸠著,张雁深译:《论法的精神》上册,商务印书馆 1961 年版,第 156~158 页。

并不能治卢龙知县的贪酷之罪。方仲起中举之后，马知县有这样一段言语："你虽是中了魁，管不着我马知县。待他明年，待他明年，破上登第中状元。就做了大翰林，也没有敕封的剑！"第二年，方仲起果然殿试二甲，中了进士。但仍如马知县说的，"我在卢龙做知县，方兴辖管着我甚么！破着行看他把我雌？从今后咱就踢弄，一天事有我不差。"报仇无门，方仲起只好去走权臣严世蕃的关节。"我想那严公子，待杀个州县官，只像碾杀（山东方言：捻死）个蚁蛘（山东方言：蚂蚁），有何难哉！"结果，严世蕃只轻描淡写地说了一句"可杀"，北直按院就仰息拟了马知县的斩罪，定为秋后处决。这里需要说明的是，俚曲《磨难曲》是一部反映清初社会黑暗现实的杰出作品。作者把背景放在权臣严嵩父子弄权的明代嘉靖年间，不过是一种反映现实的曲笔。在《志异·成仙》篇中，蒲松龄曾借周生之口发过这样的议论："邑令为朝廷官，非势家官……何至如狗之随嗾者？"在俚曲中，作者更进一步地向我们说明了，由于封建专制本身的弊病和朝廷官吏的执法不公，姑息纵容，封建国家空洞的法律条文并不能治贪官之罪，而操纵朝政的权臣势要，杀死一两个州县官吏竟比捻蚁还易。惩贪除暴，为民伸冤竟也要奔走依附于势要之门，封建法律制度腐败到何种程度，由此亦可想象而知了。

蒲松龄是一个出身于下层地主阶级的知识分子。他少年得志，十九岁以县、府、道三第一补博士弟子员，但此后却屡试不第，偃蹇终生。坎坷不平的科举经历使他深切感受到了封建科举制度的腐朽和对知识分子残酷的精神戕害。作为一个站在时代前列的现实主义作家，他对封建科举制度所作的批判，不仅极其深刻地揭露了科举制度的种种弊端，而且直接触及了科举制度本身的问题。这些内容，构成了聊斋俚曲对封建社会批判的一个重要方面。

科举制度的腐朽，是封建社会政治黑暗的副产品。到蒲松龄生活的时代，老大沉重的中国封建社会经过一两千年的缓慢发展和衰败，已经逐渐接近于它的历史的终点。金钱势力统治了社会的各级机构和各个部门，也造成了科举制度上的腐朽和败落。整个清初社会的科场上，关节通融，嘱买纳贿，弊端层出，相习成风。顺康间的科考舞弊大案，较著名的就有顺治丁酉顺天乡试案、江南乡试案，康熙己卯、乙酉顺天乡试案，康熙辛卯江南乡试案、福建乡试案，康熙丁酉浙江乡试案等数起之多。顺治十四年顺天乡试案发，顺治帝除处斩了舞弊的考官之外，又谕示新举人二百余人于顺治十五年正月到太和门复试，开科举史上一科两试的纪录。康熙五十年，江南乡试副主考赵晋贿卖举人，士子大哗，将财神抬到府学明伦堂上，连康熙皇帝也觉得此事“纷纷议论，京中早已闻知，可羞之极矣”①。聊斋俚曲对这种认钱不认才的试官作了尖锐讽刺。《蓬莱宴》中那位本是“玉皇面前管书的童子”贬谪下界的秀才文箫，“凭着满腹文章”到了京里，进了三场，又极得意，“看着状元无有不是姓文的”。谁知那“试官糊涂，试官糊涂，银子成色认的熟；纵有好文章，也未必念开句”。放榜之日，这位谪仙文士竟至名落孙山。在《禳妒咒》中，作者更深刻地揭露了这伙只认钱财不辨真才的瞎试官的根底：

> 怨不的（山东方言：怪不得）宗师大称也么称，他下的本钱也不轻。好营生，至少也弄个本利平。既然做生意，只望交易成，下上本谁不望利钱重？

试官们靠贿赂前任试官获取了功名，上任后又大秤收取金银，像商贾一样捞本逐利，贿买贿卖。蒲松龄深刻地认识到，黑暗的科举制度不过是一种钱财与功名的恶性循环：有了钱财，即可以获取功名；得到功名，又可以捞回更多的钱财。社会政治的黑暗促成了这种循环，循环的结果又加深了科场的黑暗，在这样的科举制度下，黄钟毁弃而瓦釜雷鸣，登科及第的多是靠钱财取中的庸碌之辈。正是这种钱财与功名的恶性循环，形成了“贿赂公行，照等定价，督学之门，竟同商贾”的恶劣风气，造成了“仕途黑暗，公道不彰，非袖金输璧，不能自达于圣明”②的黑暗局面。蒲松龄对封建科场的这些讽刺和揭露表现了强烈的针对性和现实性。

在聊斋俚曲中，蒲松龄还写出了科举制度下的读书人潦倒终生的悲惨命运，揭露出科举制度是一种摧残、坑害知识分子的制度。封建科举制度诱使大批知识分子走了追求功名富贵的道路，但真正能凭才学获得功名的只是极少数侥幸的人，绝大多数的知识分子却被科举时艺耗尽了一生的精力、青春和智慧，成为科举制度下可怜而又可悲的牺牲品和殉葬品。在《禳妒咒》中，作者以同情的笔触写一位六十五岁的老童生刘太和，因为“没钱奉上大宗师”，竟一生不得进学，“熬成天下童生祖”的悲惨经历。那些爬到宝塔尖顶的状元、会元们，正是踏着这些一生挣扎在科场底层，“八十衣巾告不中”“到老胡须白满腮”的童生的身躯进入统治者阶

① 故宫博物院明清档案部：《李煦奏折》，中华书局1976年版，第98页。

② 《与韩刺史樾依书，寄定州》，见〔清〕蒲松龄著，路大荒整理《蒲松龄集》，上海古籍出版社1986年版，第134页。

层的。而在延续了上千年的封建科举制度的祭品坛上，像刘太和这样的牺牲品又何止万千！从蒲松龄的《禳妒咒》到吴敬梓的《儒林外史》、鲁迅的《孔乙己》《白光》，在中国文学史上出现了一系列被科举制度窒息而死、赶上祭坛的下层知识分子形象。而蒲松龄笔下的刘太和，则是这类形象在文学史上的嚆矢。

有人表述过这样一种看法：蒲松龄"（《聊斋志异》）所揭露的只是科举制度实施中的一些弊端，至于科举制度的本身，它不只没有贬词，而且是赞扬的"①。结合蒲松龄的全部作品作一考察，这种评价恐怕是偏低了。在俚曲《禳妒咒》和《磨难曲》中，作者都明确提出八股取士制度不过是那些庸碌之辈探取进士功名的"敲门砖"。《志异·于去恶》篇对这一观点作了进一步阐发。"得志诸公，目不睹坟典，不过少年持敲门砖，猎取功名；门既开，则弃去。再司簿书十数年，即文学士，胸中尚有字耶？"蒲松龄对这一问题的见地是深刻的。被士子们当成"敲门砖"的八股制艺之文，不仅与知识分子的文化学识无涉，而且与官吏们的公务文牍无关。作者在《禳妒咒》中写道，那些昏庸的试官都是"使银钱也把好缺也么挑，当日的文章未必高。甚操淖，敲门砖把进士唠。再坐十年官，满眼尽蓬蒿，破题儿也忘了怎么造。酒色养的那脾胃娇，那厌气时文也不待瞧"。这种把八股文章当成"敲门砖"的情况，正是清代社会那些获取了功名的官吏中普遍存在的现象。清中叶的诗人袁子才在给一位未及第举人的信中说："时文之病天下久矣！欲焚之者岂独吾子哉？……仆科第早，又无鉴衡之任，能决弃之，幸也！足下未成进士，不可弃时文。"②在比袁枚早半个世纪的时候，蒲松龄就已经认识到科举制度是知识分子进入仕途的敲门砖，产生了八股时文"病天下"的深刻认识了。如鲁迅先生所说："希望做官的人，都是读'四书'和'五经'，做'八股'，别一些人就将这些书籍和文章，统名之为'敲门砖'。这就是说，文官考试一及第，这些东西也就同时被忘却，恰如敲门时所用的砖头一样，门一开，这砖头也就被抛掉了"（《且介亭杂文二集·在现代中国的孔夫子》），"因为得到功名，就如打开了门，砖即无用"（《准风月谈·吃教》）。蒲松龄虽然还不能如后来的吴敬梓那样对科举制度作出否定，但这些揭露已经不仅仅是在指责其中弊端，而是深深触及科举制度本身的问题了。

---

① 魏克明：《〈聊斋〉揭露了科举制度吗？》，《解放日报》1981年2月25日。

② 袁枚：《答袁蕙纕孝廉书》，见陈汝衡著《吴敬梓传》，上海文艺出版社1981年版，第132页。

与吴敬梓不同，蒲松龄没有能够在科举道路上停步，而是在封建统治阶级的科举之彀中陷得很深。这除了社会经济、时代的影响之外，蒲松龄自身的生活条件是一个极其重要的原因。他出身于一个农村的书香之家，从父受过极好的教育，他的热衷功名，有着保持门楣的光荣，继承先世儒业的一面，而更为重要的，还在于他一生处于贫困之中。只要停止了谋生，他一家的日常生计都难以维持。他一生中参加乡试达十数次之多，但科举场上的黑暗现实无情地粉碎了他跻身仕途的梦，这在他的思想上产生了深刻的矛盾。一方面，他以唐代的名臣郭子仪自期，希望像张鸿渐那样步入仕途，爬上统治阶级的宝座。《富贵神仙》第一回的"楔子"和《磨难曲》最后一回《八仙庆寿》反映了蒲松龄对富贵功名的追求和向往。但另一方面，屡困场屋的试士经历又使他深刻体察到科场的黑暗和科举制度的弊害，使他把一腔"孤愤"寄于笔端，写出《聊斋志异》和聊斋俚曲中那些深刻揭露科举制度的作品。在中国文学史上，明嘉靖间的散曲作家冯惟敏已经在作品中接触到科举取士这一题材。他的杂剧《不伏老》通过梁颢一生耽于科举场中，"天福三年来应举，雍熙二载始成名"，八十二岁始得中状元的经历，反映了科举制度对知识分子的毒害。但他以《不伏老》名其剧作，赞扬这位"奔驰客路三千里，鏖战文场五十秋"的梁状元"当时若更登科早，那得芳名万古留？"表现了对科举功名的醉心与执迷不悟。尤侗的《钧天乐》传奇也较深刻地写出了科场的腐败与试官的昏庸贪财，但作者认为主人公沈白的沦落不偶、屡试不第是因为二十年来有五鬼缠身，"弄得他七颠八倒，九死十生"，在一定程度上削弱了批判的力量。在中国文学史上，首先把揭露的笔触指向科举制度本身的是蒲松龄。马克思主义的经典作家多次谈到评价历史人物要采取历史主义的观点。对蒲松龄在中国文学发展史上的这一贡献，我们也应当予以历史主义的肯定。

聊斋俚曲对封建社会的揭露和批判是广泛而深刻的。除我们上面论到的之外，蒲松龄在作品中还对因私欲的膨胀而导致的道德沦丧进行了痛斥，对封建军队的腐败及其残害人民的罪行作了揭露，对封建家庭婚姻制度对妇女的戕害作了抨击。聊斋俚曲写出了封建社会形态中各个方面的黑暗和腐朽。有的研究者曾分析《红楼梦》中对封建皇帝的诸多微词，如贾元春把皇帝的宫院说成是"见不得人的去处"，等等。但比起聊斋俚曲反皇权态度的鲜明性来，总觉略逊一筹。蒲松龄不仅激烈地批判了封建社会的吏治与法律制度，并且更深一层地揭示了产生这些现象的社会原因。他对于吏治清浊的认识，并不像有些同志说的那样，是"在于当位者品德与才能各不相同"[①],而是体察到了上至皇帝、下至州县有司的整个官僚机构的彻底腐败。"斧打凿凿又入木,遂叫那百姓遭殃",封建专制制度是社会腐败的总根源。"为甚人人望做官?……板上皆生银子钱。"像贪赃的山东臬司一样,做官的"人人都有昧心病",贪财爱物正是封建社会大小官吏的通病。蒲松龄一生科场失意,他既没有像冯惟敏那样中举选官,对科举制度怀有一种甜蜜的依恋之情,也不像尤侗那样先穷而后达,以博学宏词科选授翰林院检讨后,科举失意的激愤之情也随之消灭。由热衷功名到失望激愤的坎坷经历,使他对科举制度弊害的认识达到了新的高度。虽然没有像吴敬梓那样直接指出"这个法却定得不好",但蒲松龄对那些无文无才的昏庸试官的讽刺已经涉及了知识分子的"文行出处"问题。蒲松龄通过聊斋俚曲全面地否定、批判了当时社会。他通过《磨难曲》中方仲起的口表明了自己的看法:"当今之世,甚么公道?""世间公道不分明,惟只钱财最有灵。"对他所处的黑暗社会的批判并不带任何惋惜之情。他向我们展示的是一个处在封建专制的浓夜中的黑暗世界。"在这个黑暗世界里,没有神圣,没有纯洁,也没有真理;统治着这个世界的是野蛮的、疯狂的、偏执的专横顽固,它把一切正直和公正的意识都从这个世界里驱逐出去了。"[②]蒲松龄为我们描绘的是一幅"一切都烂透了,动摇了,眼看就要坍塌了,简直没有一线好转的希望"[③]的中国封建社会腐败没落的形象历史画面。用马克思的话说,他是有意识地"让受现实压迫的人意识到压迫",从而使受压迫者感到"现实的压迫更加沉重"[④]。正是在这一点上,蒲松龄超出了同时代的作家,达到了可与当时的进步思想家齐观的思想高度。

有位评论者发现,武侠小说家古龙对刀有一种偏爱。他笔下的侠客,用的兵器多是各种各样的刀。古龙对此有自己的解释,他说:"剑是优雅的,是属于贵族的;刀却是普遍化的,平民化的","剑有时候是一种华丽的装饰,有时候是一种身份和地位的象征。在某一种时候,剑甚至是权力和威严的象征。刀不是"。[⑤]

---

① 毛庆其、郭小湄:《"聊斋"二解》,载《文史哲》1981 年第 5 期。

② 《黑暗的王国》,见辛未艾译《杜勃罗留波夫选集》第一卷,新文艺出版社 1954 年版,第 182 页。

③ 《马克思恩格斯全集》第二卷,人民出版社 1957 年版,第 634 页。

④ 《马克思恩格斯全集》第一卷,人民出版社 1956 年版,第 455~456 页。

⑤ 曹正文:《古龙创作思想中的平民意识》,见《武侠世界的怪才——古龙小说艺术谈》,学林出版社 1990 年版,第 133 页。

打一个比喻,《聊斋志异》和聊斋俚曲,那便是文学大师蒲松龄的剑与刀。我们知道,《聊斋志异》用的是极考究的文言,它是一种典雅的面向“学士大夫”的文学。对于平民大众来说,它是贵族化的,文人化的。对于封建时代的正统文学而言,正是《聊斋志异》使蒲松龄名闻海内,由它建构而成的文学大厦使蒲松龄跻身中国古代最优秀的小说家之列。《聊斋志异》,多少年来它一直是蒲松龄的作家身份和文学地位的象征。

然而聊斋俚曲不是。聊斋俚曲是蒲松龄立意为俗、面向大众的作品,它也是“普遍化的,平民化的”。因为它俚俗,过去时代的文人们恐怕从这里沾染了“俗气”,对它视而不见,或根本就不把它当成“文学”。多少年来,聊斋俚曲一直是属于平民百姓的,它是平民百姓的文学。

如前所述,聊斋俚曲中的优秀作品,都完成于《聊斋志异》基本写成之后。对蒲松龄来说,他是先铸剑而后打刀。作为同一个创作主体,从典雅的《聊斋志异》到通俗的聊斋俚曲,蒲松龄经历了一个由雅而俗、逐渐过渡的过程。

在俚曲创作的最初阶段,立意为俗的俚曲作品其实是难以尽脱雅气的,这其中最典型的作品是《琴瑟乐》。试举藤田祐贤先生在《聊斋俗曲考》中曾经引录过的一段曲词为例:

> 把俺温存,把俺温存,灯下看的十分真。冤家甚风流,他与奴家真相近。搂定奴身,搂定奴身,低声不住的叫亲亲,他仔(山东方言:只)叫了我一声,我就浑身麻一阵。

藤田先生称这种“颇有蒲氏风味的闺房描写,洋溢着浓艳而娇痴的聊斋风味”,这可以视为对其艺术风格的归纳。这里,我们借用清人俞樾对《聊斋志异》的评价,赠其“古艳”二字,《琴瑟乐》庶可当之。这样一种“古艳”的讲唱作品,如果置诸文人的案头,或者不乏称赏赞叹者,但若拿到场圃间去讲唱,则其俚俗似还不够。我们注意到,在聊斋俚曲创作的过程中,由雅而俗是一个渐变的过程。同属第一个阶段的作品,《穷汉词》《快曲》的语言便觉比《琴瑟乐》更为通俗。再看下面《俊夜叉》中的这段说白:

> 三姐凑凑腆起脸,骂声强人你瞎了眼!这番劝你是好意,你倒反把粗气

喘。我说道你不敢,给你把钢刀也雌不着俺。

这可以说已是地地道道的百姓话语,不过比日常的口语更为精炼集中,更富生活气息。

大部分的聊斋俚曲在语言的运用上都具有通俗化、大众化的特点。蒲松龄一生生活在山东农村,熟悉山东方言和民间的俗语、谚语、歇后语、歌谣、酒令、笑话、民间故事等等,他把这样一些语言和民间生活内容经加工提炼运用在俚曲作品之中,形成了聊斋俚曲简洁生动、活泼风趣、充溢着生活气息的语言特色。这可以说是聊斋俚曲通俗性的一个重要成因。

十五种聊斋俚曲中,除历史或神话题材的《快曲》、《丑俊巴》、《蓬莱宴》和《增补幸云曲》外,其所反映的生活无一不是民间大众生活的写照。这里的民间色彩、乡间色彩是十分真实而浓郁的:有新婚"过门"的礼仪,有乡村中穷汉的自嘲,有婆媳间、夫妻间的争吵打斗,也有乡邻间、亲朋间的数说议论。甚至历史或神话题材的作品也已经全然民间化了,我们不说《增补幸云曲》中打柴的周元用母鸡换媳妇的故事是怎样地应和着百姓的欣赏趣味,《快曲》中那位刘皇叔,因曹操被杀除却了心头大患,竟至乐得醉倒在地,爬不起身,这情境难道不绝像一位因多收了五谷而乐得颠三倒四的富家村翁?因为笔者有在山东农村生活过的一段经历,故而对聊斋俚曲中洋溢着的农村风情感受殊深。有人称蒲松龄为"农民作家",笔者是深有同感的。我甚至觉得聊斋俚曲中的许多人物,他们似乎就生活在数百年前我们祖辈的身边。

如果仍以刀作为喻象,刀,这种由史前初民使用的砍砸器、刮削器演进而来的工具,实用性自然是其最基本的特征,但仅仅具有实用性,再应手的刀也难以进入艺术品之列。对于通俗文学而言,通俗性、民间色彩是其最基本的艺术特点,惟其如此,它才能自然无饰地反映人民大众的生活和思想感情,适应普通大众的欣赏习惯,为广大群众喜闻乐见并能在他们中间广为流传。然而,对于那些可置之于文学艺术珍品之林而毫不逊色的通俗作品而言,仅有通俗性和民间色彩便远远不够了。它还应具备一些其他的艺术特质,就像宝刀不仅实用,而且可以供人们欣赏,有它自身的价值一样。

历来的武生宗匠,成功的秘诀不在打斗的精彩,而在于武戏文唱。鲁迅所说的铁头老生连翻多少个跟斗之类的表演,那是初出道的武生都可以做到的,真正的武生宗匠并不一味地蛮打。盖叫天有“活武松”之誉，他塑造的武松，一举手、一投足都呈现出一种造型的美，他的表演，注重的是人物性格的刻画和精神世界的展现。聊斋俚曲以俗为本，却又能俗中见雅，可以说，俗而能雅，出入于雅俗之间是其艺术上最大的成功之处。

俗文学作品，由于多出自民间艺术家之口、之手，情节的紧张动人为其所擅长，但描画人物的性格与内心世界往往流于粗率。蒲松龄有深厚的文学艺术修养，又有多年从事文学创作的成功经验，故他在不失俚曲之“俗”的前提下，能把人物的性格和内心世界刻画得呼之欲出，鲜明突出。如《禳妒咒》第九回写长命与江城婚后在闺中下棋：

〔跌落金钱〕拂拂灰尘放下檠，四下里将棋子安。江城说：呀！咱可就把高低见，还让奴家一着先，不敢占腹只争边。长命呀，你这意思极不善，辘轳却打到明年，你虽没眼到相连。江城呀，这一着就把你行来断。江城唱：满檠只是这一递间，他的活了我的难。长命呀，这一个子儿俺不算。

江城说：“我不依你下这个子。”公子又只是安上，说：“在我，你怎么不依的？”江城红了脸说：“我只是不依！”公子说：“就让你。”又下几着，数了数：“一五，一十，十五……江城你赖了块，还输二十着，你支过钱来罢。”江城说：“再一檠着。”

长命长命你过来，侥幸一檠就卖乖。长命呀，我合你两檠分胜败。长命唱：公平休得要拿歪，我赢的你吊了红绣鞋。江城呀，咱可赌赢不赌赖。江城唱：屎棋屎棋不成才，一着跑倒在尘埃。长命呀，你看我杀你这一块！长命唱：不用踌躇不用猜，我这个子儿妙哉妙哉！江城唱：一递打你全局坏。

江城看了看，把棋推了推说：“我心绪不佳，不下了。”公子说：“好赖好赖！既不下了，拿钱来。”江城说：“没有钱给你。”公子说：“好小家子！”江城恼了，说：“你既嫌我小家子，就不该合俺做亲！”

这里写的是房中的游戏，一双小儿女的可哂情态毕露无遗。通过人物的言语、动作，长命的自负、忍让，江城的悔棋、虚荣和小家碧玉涵养不深、耍小性儿的性格俱明白如见。

戏剧家武戏文唱，最怕的是“瘟”。所谓瘟，即表演的文戏沉闷而无生气，不仅文唱倒人的胃口,武戏的特点也因之尽失。而聊斋俚曲的俗中见雅,却能达到雅而不瘟的艺术效果。这是因为,在经历了走向大众、返璞归真的大俗之后,这里的雅已变为对通俗作品的艺术的升华,而不再是徒具文人作品特征的华赡典丽。如上面所说的长命和江城下棋的描写,人物的性格随着情节的发展自然而然地得到展示,而充分生活化的情节不惟使人觉得无丝毫瘟气,反而感到情趣盎然。《慈悲曲》第一段中,惧内的张炳之做生意回到家中,看到五六岁的儿子张讷被后妻李氏折磨得瘦骨伶仃、堪堪待死的样子,饭也没吃就倒头睡了。他在炕上长吁短叹,千思万想,想出了一条让张讷去他姑姑家逃生的路,却又怕李氏怒嗔,不敢明明地去做。颇费了一番苦心之后,"把张讷叫了那无人处,说:'你知道您(山东方言:你)姑家么?'张讷说:'我知道他那庄,他是路东里头一个瓦门楼。'又问他:'能自家去么?'张讷说:'我能自家去。待叫我做嗄的?'他老说:'我看你待会子再死了,你上那里逃生的罢。'那孩子点了点头,扑簌簌吊下泪来"。此处描述张炳之内心情感的变化,悔恨、自责、心疼、无奈、为难,种种复杂的感情俱一时出之。由于作者紧紧围绕着张讷的命运来写张炳之的心理变化,融雅入俗,文而不瘟。这是俗文学中的大手笔,因而也使俗文学的创作别开了生面。

俗文学作品流传于民间,往往夹杂一些恶谑。有时作品多有可称之处,但恶谑的存在却使其难登大雅之堂。聊斋俚曲的整体风格以幽默风趣为主,这与一般的俗文学作品并无多大差别。但蒲松龄即使在开玩笑的时候也总能掌握一个艺术的"度",这使他的俚曲作品通俗耐读但绝不流于粗俗。蒲松龄一生最恨衙役,他在《寒森曲》的第四回就写到这样一群衙役,他们奉新泰知县的差遣去抬商三官的棺材,却被沉重的棺材压折了腰。蒲松龄写道:

> 都说道吃横亏,一个个哐哼成堆,快头先行又被屁骨坠。蝻蝻凉凉都乱动,好似夹了一群贼,又像当的锅腰子会。人都说黄河干了,爬出来一群乌龟。

作者对衙役的恨自然是真恨,但他对衙役的这番丑化却极有分寸感,所谓嬉笑怒骂皆成文章,因而能俗中见雅。举一个不雅的例子,臧克家先生回忆他的童年生活,谈到家乡的集市"吕标集",集上有一个说书艺人娄小苇说书。一次娄小苇说《武松醉打蒋门神》的段子道:"不叫你姓蒋你偏姓蒋,你再姓蒋我日你娘。"结果被一个姓蒋的人砸了书场。[①] 笔者以为，这里所反映的正是旧时代一般民间俗文学的一个突出的特点。因粗骂而堕入恶趣，清新的泥土之香就变成了粗俗。这种俗，与聊斋俚曲的雅俗共赏是不可同日而语的。

聊斋俚曲是一把刀，它是蒲松龄向中国文学珍品库献上的一把宝刀。

最后，将本书的整理、校注情况向读者作一下说明。

收入本书的十五种聊斋俚曲，是依据在蒲松龄的家乡淄川一带流传的一些旧抄本整理过录的，从事这一工作的是淄川蒲家庄的蒲氏后裔蒲先明先生。先明先生是蒲松龄的十二世孙，自幼对其先祖的著述珍爱有加，早年在村中读私塾时，他就从塾师蒲英棠先生那里抄录过部分聊斋俚曲。近二十年来，他的亲朋好友如淄博市供电局退休干部田庆顺先生、淄川区寨里镇寨里村张恩增先生等，或友情提供借阅，或慨然以旧本赠与，使先明先生得以睹见大量的聊斋俚曲旧抄。在此基础上，蒲先明先生穷数年之功，将这些抄本一一用工楷过录，得凡二十余巨册。此为本书底本的由来。

如前所述，蒲松龄的聊斋俚曲本来就是面向大众的作品。为了使今天的读者更好地欣赏、阅读这部文学艺术珍品，国际文化出版公司和蒲先明先生又共同约我对此书进行点校、注释。作为淄川后学，又有多年从事蒲松龄生平、著述研究的经历，我本人深以能膺此大任为幸。本书的校勘，参用了蒲先明先生提供的《墙头记》《富贵神仙》等数种俚曲的旧抄本或原过录底本，藤田祐贤先生赠山东大学蒲松龄研究室的日本庆应义塾大学《琴瑟乐》藏本复印本，盛伟先生的《琴瑟乐》校点本，路大荒先生整理的《蒲松龄集》本俚曲十四种（缺《琴瑟乐》），关德栋先生整理的《聊斋俚曲选》本的《穷汉词》、《千古快》（即《快曲》）和《墙头记》。注释则侧重于山东方言、典章制度和用典几个方面。为便于读者阅读，对每一种俚曲都撰写了题解，分置于各篇的正文之前。

我的导师、著名蒲松龄研究专家袁世硕先生为本书撰写了序言，国际文化出版公司的李正堂、杨华、张正、陈杰平等先生在本书的编辑、出版工作中花费了大量心血，先明先生的长子蒲伟业兄为本书的出版、联络付出了大量的劳动。在此，我谨代表蒲先明先生和我本人，向为本书的出版提供过帮助与支持的师长和朋友致以最深挚的谢意！

---

① 臧克家：《乡土情深》，山东大学出版社 1985 年版，第 425 页。

聊斋俚曲创作研究

聊斋俗曲考

[日本]藤田祐贤

一

中国戏曲研究家周贻白先生在所著《中国戏剧史》中提到了《聊斋志异》作者蒲松龄碑阴所刻题为“通俗俚曲十四种”[①]的俗曲。这件事极为引人注目,因为周先生该书很有权威性。周先生主要对《禳妒咒》一篇,着重于从曲调方面进行研究,指出蒲松龄俗曲在中国戏曲史上具有重要价值,肯定了蒲松龄作为戏曲作家的卓见及创作能力。该书出版后,何满子先生发表了专门探讨聊斋俗曲的论文《几种以聊斋故事衍化的俗曲》[②]。何先生专门对取材于《聊斋志异》的七种俗曲,从创作方法方面进行研究,探求作品的思想性,特别推崇《磨难曲》为成就最高之作。周先生文章中不少地方使我受到启示,或能够表示同意。但对何先生的研讨方法,却不能表示全面的赞同。可是,除这篇论文之外,还未出现聊斋俗曲研究的可观成果。幸亏现在已刊行了路大荒先生长年心血的结晶《蒲松龄集》[③],该书在遗稿整理编订方面可靠性较强,所收俗曲数目从周、何两位所参看的《聊斋全集》[④]

---

① 见于1953年3月中华书局出版《中国戏剧史》第七章《清初的戏剧》491~497页。又见于对该书进行修订增补的1960年1月人民文学出版社《中国戏剧史长编》406~410页。周先生据碑阴所记《富贵神仙》后变《磨难曲》,将这二曲算作一种,共计十四种。我认为应按曲的实际数量计算。

② 何满子《蒲松龄与聊斋志异》(1955年1月上海出版公司出版)所收,见于该书41~72页。

③ 1962年8月中华书局出版,上下两册。

④ 1936年10月世界书局出版,共四册。该书所收《聊斋鼓词集》《醒世姻缘》,后被认为“来源不详”,未能考定是否蒲松龄撰作,因此《蒲松龄集》不予收录。

所收的十一种曲增加到十四种。此外,该集未收《琴瑟乐》[①]一种,重钞本[②]收藏在庆应大学。根据这些本子可以了解碑阴所记俗曲共十五种。庆应大学还藏有与俗曲创作关系甚密的聊斋小曲数十种,以及珍贵的十五种曲钞本。我将在下面从形式与内容两方面探讨全部俗曲,一面评论周、何二位的研究,一面对蒲松龄的俗曲创作态度及作品的艺术价值等问题聊表管见。

二

蒲松龄儿辈用"通俗杂曲""通俗之曲""俚曲"这三种名称[③]表示其父所作的俚曲,而现在一般使用"俗曲"一词。这些称呼均为通俗易懂的曲词的意思。周先生使用这词时,包括鼓词而言,但这一词与中国俗文学体裁分类上的名称"俗曲",在其涵义上并不一致。后者用以指一般称为"小曲""小词"或"时曲""时调"等等的韵文,前者则是权宜性泛称,除这"小曲"外,还包括"鼓词""弹词"等配乐讲唱文艺在内。可是,蒲松龄碑阴刻名"通俗俚曲",其实是"地方戏"性质的戏剧及讲唱文艺。除了现在仅存"小曲"性曲词的未成稿《丑俊巴》,其他作品都是配合着蒲松龄在世时的种种"小曲"来创作的韵文,以及与散文部分互相错综的作品。这种形式仿照着古来流行于中国北方的牌子曲,是与柳子戏属于同一类型的。首先从表现方法上区分为如下两种:

叙述体——《姑妇曲》、《快曲》、《慈悲曲》、《蓬莱宴》、《寒森曲》、《翻魇殃》、《俊夜叉》、《富贵神仙曲》(下面略称为《富贵神仙》)、《增补幸云曲》(下面略称为《幸云曲》)。

代言体——《墙头记》《禳妒咒》《磨难曲》《穷汉词》《琴瑟乐》。

---

① 据《蒲松龄集》下册路大荒先生《编订后记》说,有人以为路先生所见《闺艳秦声》即此《琴瑟乐》。路先生并说:"但无依据,难以考定是否蒲氏作品,且内容黄色,故不列入。"

② 山东济南府淄川县内文化街天山阁所藏钞本重钞本。内题《琴瑟乐曲》,并云蒲松龄遗作。第一首诗后面《山中乐》末尾写"柳泉醉后作于聊斋南窗下"。曲末"打油诗"(参看后78页注②)后面有"留仙自题"一文,抒发作者感怀。其后又有高念东跋(写于康熙三十四年)与蒲松龄好友李希梅诗跋(写于康熙三十三年)。综观以上记载和作品内容,以及俚语使用,可以考定无疑是蒲氏作品。

③ 长子蒲箬所写《清故显考岁进士、候选儒学训导柳泉公行述》一文,记述《聊斋志异》后,并云:"又演为通俗杂曲,使街衢里巷之中,见者歌,而闻者亦泣,其救世婆心,直将使男之雅者、俗者,女之悍者、妒者,尽举而匋于一编之中。"《蒲箬等祭父文》说:"间摘其中之果报不爽者演为通俗之曲,无不脍炙人口。""俚曲"一词则见于墓碑。

代言体中,《墙头记》《禳妒咒》《磨难曲》这三曲有戏剧体制,都以数幕至数十幕组成,具有“唱”“科”“白”。《穷汉词》从内容上看,可知是效仿丑角演唱的戏剧体制,而它只具备“唱”和“白”,没有“科”,是独幕之作。《琴瑟乐》用一个女性口吻的独白和唱词来组织,它不适于场上表演,还是案头之作。《禳妒咒》“科”的写法是效仿完整的戏曲体裁,而《墙头记》《磨难曲》的“科”写法却大为简略了。

十五种曲体制各有不同,如果一一赘言,未免过于烦冗。现在为读者的方便起见,整理成下图表示。(图中符号表示相当形式,半圆符号表示其相当形式没有统一地出现在曲全段。)

下图中《慈悲曲》全曲开首的〔西江月〕放在前面,起到“开场”性的作用。《幸云曲》第一回前面附加“开场”,这以〔西江月〕、散文及诗组成。《禳妒咒》第一回题为“开场”,由丑角表演〔西江月〕、说白和唱。《富贵神仙》第一回名为“楔子”,由三种曲调的曲词和〔清江引〕组成。《穷汉词》开首有长短不齐的八句韵文,虽没有写明曲调,但可以推测是〔西江月〕。

叙述体

		整个曲的开首				整个曲的结尾						曲各段					
												开首		结尾			
	各曲段数	西江月	诗	曲词	散文	清江引	西江月	诗	清江引后有诗	清江引后有散文	西江月后有散文	散文(以话说、且说开始)	诗或歌	散文(以且听下回分解结束)	清江引	曲词	诗
姑妇曲	3 段		○							○			○			○	
快曲	4 联				○			○				○					○
慈悲曲	6 段	○									○		○		○		
蓬莱宴	7 回	○							○			○		◗			○
寒森曲	8 回	○							○			○		○			
翻魇殃	12 回	○				○						○		○			
俊夜叉	(不分回)										○						
富贵神仙	14 回			○					○			○					
幸云曲	28 回	○					○					○					

代言体

		整个曲的开首			整个曲的结尾				曲各段		
									开首	结尾	
	各曲段数	西江月	诗	说白	清江引	诗	清江引后有诗	曲词	说白	诗	说白
墙头记	4回			○					○	☽	☽
禳妒咒	33回	○				○			○		
磨难曲	36回			○			○			☽	☽
穷汉词	（不分回）	○			○						
琴瑟乐	（不分回）		○			○					

再下面就是“数来宝”①，接着是先有说白后有唱词。未成稿《丑俊巴》题为“山坡羊段”，是以〔西江月〕、一个只有很长一支曲词的段和一个以曲词开始加上一行未完散文的段而组成的。表现方法则采取叙述体。

曲中重要部分的曲词所用曲调（曲牌），有以下四十五种（这里不包括曲调不明的《穷汉词》《琴瑟乐》。各曲调名后加数字表示该曲调所出现的数目。有底线者为出自南北曲）：

耍孩儿12　银纽丝8　叠断桥7　呀呀儿油（又称呀呀油）7　跌落金钱7　倒扳桨6　房四娘5　皂罗袍（又称皂罗衫）4　<u>黄莺儿</u>4　还乡韵（又称怀乡韵）4　<u>罗江怨</u>4　<u>山坡羊</u>4　玉娥郎3　桂枝香3　憨头郎3　西调3　香柳娘3　楚秋江2　收江南2　平西调（又称平西歌）2　<u>侥侥令</u>2　<u>园林好</u>2　<u>沽美酒</u>2　<u>太平令</u>2　<u>刮地风</u>2　<u>哭皇天</u>2　虾蟆歌（又称虾囊曲）2　<u>对玉环</u>2　莲花落1　金钮丝1　太平年1　<u>干荷叶</u>1　<u>雁儿落</u>1　鹧鸪天1　一剪梅

---

① 一种曲。来源是北京乞丐在家门口、商店前面作即兴曲而歌唱的唱词。这曲名是“列举吉祥话”之义。例如，对老人说“老头儿福气好”，对年轻女子则说“姑娘长得好”，因此产生这一称呼。也用来指此类乞丐。这曲似乎很久以前就有。《穷汉词》中之数来宝如下：“大年初一，烧炷名香，三盏清茶，磕了一万个响头，就把财神爷爷来祝赞祝赞。忙祝赞，忙磕头，财神在上听缘由；听我从头说一遍，诉诉穷人肚里愁。”

1 鸳鸯锦1 采茶儿1 棹歌1 满词1 浪淘沙1 北黄梦1 四朝元1 黄泥调1 梆子腔1

此外,还有用在曲的开场或煞尾的西江月10,清江引9。

〔西江月〕曲调在样式上酷似〔叠断桥〕。对于出自南北曲者,周先生指出:“似乎都曾经过俗化了。”关于其他曲调,在参照周先生①和杨荫深先生②的调查加以研究后,可以推测:〔银纽丝〕〔罗江怨〕〔叠断桥〕〔西调〕〔跌落金钱〕〔玉娥郎〕〔呀呀儿油〕〔倒扳桨〕九种曲调是流行于明末清初的曲调。除此之外的曲调,可能是周先生所说那样“或为限于一地的俗唱”。〔耍孩儿〕〔罗江怨〕〔银纽丝〕〔叠断桥〕四种曲调和〔黄莺儿〕〔山坡羊〕〔桂枝香〕三种曲调,现在还在使用。③

对“耍孩儿”来说,蒲松龄自己在《俊夜叉》开首称之为“时兴的”,又在《幸云曲》第一回第一支中说:“世事儿若循环,如今人不似前,新曲一年一遭换。〔银纽丝儿〕才丢下,后来兴起〔打枣杆〕,〔锁南枝〕半插〔罗江怨〕,又兴起《正德嫖院》,〔耍孩儿〕异样的新鲜”,可知是当时流行的曲调。同时可以明白,他对时兴曲调何等敏感,又何等感兴趣。各曲中,〔耍孩儿〕的使用远比其他曲调多,至于《幸云曲》《寒森曲》《墙头记》三种俗曲,就全回通用这一曲调。

下面以数字表示各种所用曲调(除〔西江月〕〔清江引〕外)。

《磨难曲》30 《禳妒咒》26 《富贵神仙》24 《姑妇曲》10 《慈悲曲》10 《翻魇殃》10 《蓬莱宴》7 《快曲》6 《俊夜叉》2 《寒森曲》1 《幸云曲》1 《琴瑟乐》1 《墙头记》1 《穷汉词》1 《丑俊巴》1

以上不同的数字表示作者在曲调使用方面对各曲进行了多种多样的探索。现在把分段的十一种俚曲每段所用曲调(除〔西江月〕〔清江引〕外)种类的数量计

① 所据资料是明沈德符《野获编》(“时尚小令”条)、清李斗《扬州画舫录》、王廷绍《霓裳续谱》(卷头序言)。

② 周先生所用诸本外,还用明无名氏《词林一枝》、清华广生《白雪遗音》、刘廷玑《在园杂志》诸资料(参看杨荫深《中国俗文学概论》第四章)。

③ 前四种曲调,据周先生所记,可以知道北方牌子曲中有留存。后三种曲调的留存,查阅《中国地方戏曲集成》(中国戏剧出版社发行)中《山东省卷》而得知。

算出来，用汉字数字表示，然后再用阿拉伯数字表示相当于各项汉字数字而使用的曲调在各曲中都在多少段里使用。其结果整理成图（见下）。

周先生就《禳妒咒》说：“其每回的组织，虽只二三种曲调。”下图表示此说是不合乎实际的。此种曲使用的曲调种类少至一种多至五种，而用三种曲调的回最多，占全部回数的三分之一。

周先生对连用同一曲调的问题，就《禳妒咒》说：“每调常接连用至六七支。”这话是没有错的，但这次数却不一定适合于其他俗曲。例如《幸云曲》少至六支多至十七支、《寒森曲》十九至三十八支。这次数在聊斋俗曲中，与各段的内容或者散文部分的比率有关，特别是根据作者的游戏性态度——使用他所擅长的体裁“五更”歌咏体（参看后面所述），或者表示他对物品的渊博学识——而出现和有所增减的。

	分段	曲调种类数									
		一	二	三	四	五	六	七	八	九	十
姑妇曲	三段										3
快曲	四联	1	1	1	1						
慈悲曲	六段										6
蓬莱宴	七回	2	4	1							
寒森曲	八回	8									
翻魇殃	十二回	3	1	6	2						
富贵神仙	十四回	4	4	2	2						
幸云曲	二十八回	28									
墙头记	四回	4									
禳妒咒	三十三回	4	10	11	5	3					
磨难曲	三十六回	6	14	4	6	3	2	1			

各俗曲都有各自不同的曲调组织法。上图十一曲中有九曲的曲调组织法没有一定的系统性。而《慈悲曲》第二段到第六段，各段都使用〔耍孩儿〕〔呀呀儿油〕〔倒扳桨〕〔银纽丝〕〔怀乡韵〕〔跌落金钱〕〔罗江怨〕〔叠断桥〕〔劈破玉〕九曲

调,并且没有改变这次序,各段末尾又附加〔清江引〕。只是第一段有点特殊,〔耍孩儿〕前面附加〔一剪梅〕,而没有使用〔跌落金钱〕。这样,《慈悲曲》在十五曲中体制最为完整。这是作者自己在开首〔西江月〕里所表明的创作态度"词句曾经推敲,编书亦费钻研"的一个表现。《姑妇曲》第一段里作者说"编了一套'十样锦'的",于是按照〔劈破玉〕、〔倒扳桨〕、〔跌落金钱〕、〔银纽丝〕、〔叠断桥〕、〔罗江怨〕、〔叠断桥〕(再开)、〔房四娘〕、〔耍孩儿〕、〔对玉环〕的次序进行了曲调组织。第二、三段有几个地方缺少曲调名,但在这前面却和第一段采用了同一次序的同一曲调,那么现在就假定这两段都用九种曲调,排列次序又接近于第一段,大概也不会太脱离实际。不过,在第三段,〔罗江怨〕是第九个曲调。还有,前面的曲调种类数字上,该曲数目为十,是因为第二段中还有〔呀呀儿油〕。

"五更"歌咏体的曲调使用法极为引人注目。这个歌咏体出现在《幸云曲》《禳妒咒》《富贵神仙》《磨难曲》这四曲中八个地方,所用曲调也比较多样,有〔耍孩儿〕〔银纽丝〕〔叠断桥〕〔楚江秋〕〔鸳鸯锦〕〔乱地风〕,共六种。这八个地方所唱的内容有夫妻离情等,均是呈现出凄凉的气氛。这一歌咏体在聊斋小曲中也有九曲,配合着一至四种曲调的使用,进行丰富多彩的探索。其内容除了在《新婚宴曲》《五更合欢曲》二曲描述男女情交的娇痴而引起浓艳情感之外,都与上面所说的俗曲中的例子具有同一倾向。看来,这体制分为五段,最适合于进行男女心情的细致描写,作者也尽可能很好地利用它的优点,发挥他所擅长的精细文笔。

聊斋俗曲的特点之一是词句中使用俚俗方言。而在使用量上,各曲、各段有所不同。周先生非常赞扬作者的手腕和功夫,说"不用典故,纯重白描","便是初期宋元南戏的那种质朴的风味","且亦打破历来剧作家渲染词藻的习惯"。我们欣赏这充分活用俚俗方言的聊斋俗曲时,实在不能不对这种语言表现法所产生的效果感叹不已。

上面,从形式上研究了十五种俗曲,结果给人留下深刻印象的是,作者积极而又奔放的剧作态度。

三

蒲松龄什么时候开始写作俗曲,至今尚无定论。何满子先生对写作年代,根据作者生平和作品推测是晚年之作,对《磨难曲》根据作品中反映的灾害情况考虑,认为是作者六十五以后之作。我认为何先生对《磨难曲》写作年代的推测基本是准确的。除这一种曲外,《俊夜叉》根据结尾曲词的记述[①],可看作六十岁前后之作。《穷汉词》据毕子俊旧藏钞本[②],可以推测是三十七岁时作。《琴瑟乐》是三十五岁前后之作。[③] 从以上四种俗曲写作年代来看,聊斋俗曲的成书如同《聊斋志异》成书,不是短时间内集中地写完,而是起码经过长达三十年的时间。又看小曲的写作年代:《夜雨思夫曲》写于二十七岁,《新婚宴曲》写于二十八岁,《尼姑思俗曲》为三十四岁,《露水珠儿曲》为三十五岁,《狐女闹学》为六十四岁。这样,其写作年代跨度也长达四十年。《春景曲》《秋景曲》《一群雁曲》《奇怪奇怪曲》《凄凉两字曲》《哈叭儿曲》《大雪纷纷曲》《细细雨儿曲》八小曲,是蒲松龄如实记录民间小曲而成。[④] 可是,聊斋小曲的特点还是明显地表现在一些采取蒲松龄所喜好的题材来进行创作的小曲中。康熙六年(作者二十八岁)仲春,一日出游王村古城,正和朋友闲谈时,恰好遇到隔壁的世家举行婚礼,于是感到人生极乐在于新婚夜晚,久久感慨不穷,兴致涌上心头,拿笔写下小曲《新婚宴曲》。早在这一作品中就已出现了颇有蒲氏风味的闺房描写,洋溢着浓艳而娇痴的聊斋风味。至于写作年代待考的《五更合欢曲》,聊斋风味已经达到极点。十五种俗曲中《琴瑟乐》也具有同样的特色。使用多达四十一支曲调和散文,缠绵地描述了一个女人的变化过程。她十八岁过门后逐渐了解了夫妇之间真正的欢乐。有时也用诙谐幽默的笔调,细致描绘了一个姑娘在成长为成熟女人这一过程中的具体行动和心理活动。特别是描绘闺房恩爱的曲词展现了娇痴的境界。请看下面的例子:

> 把俺温存,把俺温存,灯下看的十分真。冤家甚风流,他与奴家真相近。搂定奴身,搂定奴身,低声不住的叫亲亲,他仔叫了我一声,我就浑身麻一阵。

在曲的开头有一首《老夫少妻不合阴阳感慨诗》,接着在下面《山中乐》唱词中说,即便是王渔洋先生也无法欣赏远离世俗,面向自然,晴耕雨读,乐于酒杯的生

---

① 指“康熙爷己卯年,宗亓人四十三,婆子大他一年半。住着楼房骑大马,官宦都合他有往还……”这段曲词。开头说己卯年(1699 年——作者六十岁)主人公四十三岁云云,也就是从别的角度表明这个曲的写作时期。这样分析,可能比较合适。

② 该旧钞本末尾记载“康熙十五岁次丙辰下浣”。

③ 参看第 71 页注②。据高念东跋与李希梅诗跋撰写年代推定。

④ 刘复、李家瑞等编《中国俗曲总目稿》收录的与这八种小曲同题,而且内容字句亦有相同者。以此推定。

活，又把人生乐趣总结为五言四句“久旱逢甘雨，他乡遇故知，洞房花烛夜，金榜题名时”。再往下〔清江引〕后面第一段散文里说道：“无可奈何时候，偶然谱就新词，非关闲处费心，就里别藏深意。借喜笑为怒骂，化臭腐作神奇。男儿心事几人知，且自逢场作戏。”①

曲的结尾里写道：“信口胡诌，不俗也不雅；写景描情，不真也不假。男儿不遇时，就像闺女没出嫁，时运不来，谁人不笑他；时运来了，谁人不羡他。柳泉我无事编成《琴瑟乐》小曲，闲玩耍都是些精胡话，且即解愁怀，好歹凭他罢。闷来时歌一阕，我且快活一霎。”再下面有“打油诗”②（夹杂着通俗语言赋咏的诙谐诗），最后自题道：“富贵功名由命不由俺，雪月琴瑟无拘又无管，清闲即是仙，莫怨身贫贱，好月初圆，新刍倾几盏，好花初开，奇书读一卷，打油歌儿将无遣，就里情无限，留着待知音，不爱俗人看，须知道识货的另是一双俊眼。”依这些文字来看，可知蒲松龄是为了解除心中忧闷而创作这曲，而他的忧闷是从不幸遭遇来的。所谓不幸遭遇，不外是指科场潦倒而言。③ 当我们通观《新婚宴曲》《五更合欢曲》《琴瑟乐》时，眼前仿佛看到作者采用夫妻合欢的题材，正在如痴如醉、一心一意地演化成小曲。《穷汉词》诙谐有趣地画出了一个穷人，他穷得除了夫妇生活之外不能有别的乐趣，于是向财神倾诉了贫穷之苦。未成稿《丑俊巴》则以长篇曲词描写了入迷于潘金莲的好色猪八戒。这两曲的创作态度，也是与《琴瑟乐》相同的。

何满子先生认为，取材于《聊斋志异·张鸿渐》的《富贵神仙》《磨难曲》，是比《张鸿渐》更广阔地展开社会面，费尽了同样取材于《聊斋志异》的《姑妇曲》《慈悲曲》《翻魇殃》这些宣扬伦理道德的作品所没有的烦杂剪裁功夫，也显示了作者很高的艺术力量。何先生特别赞赏《磨难曲》，认为是聊斋俗曲中的一部优秀作品。何先生是针对作品中反对官府的盗贼的行动与贪官污吏的强暴而进行评论的。的确，那种“水浒”式盗贼的行迹是《张鸿渐》《富贵神仙》所没有的，加之《富贵神仙》故事情节比《张鸿渐》更加复杂得多。但决不能由此而断定《富贵神仙》《磨难曲》的艺术性更高于《姑妇曲》《慈悲曲》。何先生认为，取材于《聊斋志异》中《商

① 本论文原为日文，在正文中将蒲氏原文译成日文提示。此处是引原文。下面一段引文，同此。

② 这诗歌咏男女生殖器。与《金瓶梅词话》第四回所见者基本一致，不过字句有些出入。似乎并非蒲松龄创作，而是记录山东民间流传者。

③ 参看拙著《聊斋志异研究序说》，《艺文研究》第三期，1954 年 1 月发行。

三官》《席方平》的《寒森曲》更加突出了在《商三官》《席方平》中反映的旧社会不平等现象以及被压迫者的反抗情绪，作品表现出作者非凡的艺术构思和创作能力。我也可以理解：强调阶级斗争的内容，何先生肯定会这样进行评论的。但依我看，《富贵神仙》《磨难曲》之所以为通俗戏曲，其最要紧的是张鸿渐一家悲欢离合的故事情节，作者想要通过美好的夫妻恩爱、父子夫妻几经周折后奇妙团圆的欢乐，精心描写人的最高幸福。《寒森曲》的重点就在于描写少女三官进行复仇的悲壮形象以及商臣（三官之兄）为正义不怕一切残暴、勇往奋斗的形象，而不在于揭露社会矛盾。蒲松龄自己的思想里包含了宿命论的因果思想，他肯定想描写好人终究能够获得幸福。《翻魇殃》主要线索是主人公女中英雄仇大姐勇猛排除她软弱的胞弟一家所面临的灾难，描写了仇家人历尽分离苦难后终能团圆的欢乐，而坏人则终究灭亡。何先生把这篇取材于《聊斋志异·仇大娘》的作品和《姑妇曲》《慈悲曲》一概而论，说："因为故事本身的传奇性强，可以稍加掇撮即成为戏曲的。"这种说法未免牵强附会。传奇性强的不止是这三篇的原作。何先生自己认为《禳妒咒》的成就更高于这三曲，但《禳妒咒》所根据的惧内故事《江城》，不能说其传奇性不强。《江城》篇里那世所罕见的悍妻变成贤慧妻子，也可以说传奇性更加浓厚了。何先生分析《禳妒咒》，断言悍妻的强横凶暴与门户观念所产生的猜忌有关系；又说："这种破裂的因果具有深刻的社会关系的内容。"我认为何先生这观点又曲解了作品的重点所在，因而没有说服力。这俗曲耐人寻味之处在于描写一个悍妻百般折磨丈夫，也在于描写丈夫对其他妇女不得不感兴趣，又向妻子尽情央求女性特有的温柔。我曾经分析过《聊斋志异》的论赞性随感"异史氏曰"，特别指出了这里表现的蒲氏思想中值得一提的三种感想①，即有关人的愚昧性的、有关女人的和针对当时官吏的不正当行为的。这些都是蒲松龄对人作了深刻观察的结果，是表现对女人的爱情、兴趣和厌恶，是替老百姓鸣不平。更进一层地说，这些思想是从蒲松龄这位读书人的敏锐感觉和正直所发出的。他只是作为一个人揭露了官吏的不正当行为，这种揭露就不会有强烈的社会内容。他虽在《寒森曲》《富贵神仙》《磨难曲》的描写中弹劾过贪官污吏和恶棍歹徒，但这些都是从他的正直感发出来的。《姑妇曲》取材于《聊斋志异》的孝顺女人故事《珊瑚》，这俗曲在刻画着原作已有的女主人公可爱可敬的真情时，更加细致地与心眼狠毒的婆婆及

① 拙著《论赞与随感的传统》，《艺文研究》第十四、十五期合刊，1963年1月发行。

骄悍的弟妇作了形象对比。这样演化成戏曲后,使印象更加鲜明了。想必在作者心目中,这个珊瑚才是理想的女人。《禳妒咒》细腻地描述江城等悍妇的语言、行动,巧妙地挖掘出隐藏在女人本性中的嫉妒心理,充分显示了作者对女人心理的深刻洞察以及优秀的艺术创造力。并且这一篇在戏曲表演方面也比别的俗曲高出一等。何满子先生对于此篇从开场转入正文的创作技巧,非常称赞地说:“何等自然,何等机巧。”我也完全同意这一点。周先生也指出:“用丑色开场,固然是少有的事。”又说:“用丑角上念〔西江月〕引子,并以〔字字双〕调作‘内场问答’,然后以〔山坡羊〕及〔皂罗袍〕等略述‘怕老婆’一般情形,且引入笑话一则及戚继光惧内事,仿佛宋元话本的‘入话’。”周先生同时又指出:“蒲氏对于‘惧内’这件事,似乎有一种深切的隐痛,不然,当不至使用各项体裁的文章来作穷形尽相的表现。”(《中国戏曲史》第七章)这句话准确说破了关系到《禳妒咒》成书的重要因素,与我的看法是完全一致的。

《慈悲曲》如同《禳妒咒》,是应受注意的作品。单单从前面所讲过的曲词使用法、组织法等体裁方面来看,也可以大略知道它在聊斋俗曲中的重要地位。不仅在体裁方面,即便在内容方面,或在作者创作态度方面,也应受到注意。故事来源是《聊斋志异·张诚》,内容交融着继子受气的民间传闻和一家人的悲欢离合故事。作者听到这故事后极为激动,受到很大的刺激,于是写成作品。《张诚》的“异史氏曰”里,蒲松龄透露了自己听取故事时的异乎寻常的感动。这里我所感觉到的,与其说是作者普通的人性,还不如说是一个温暖的人性。《慈悲曲》第一段中,作者稍带偏激地说:“世间两种最难当:一是偏房,二是填房。天下恶事几千桩,提起来是后娘,说起来是后娘。”第一段到第三段演化了《张诚》篇虐待继子的部分,描绘了后娘的刻薄和继子的悲酸。这绝不是单纯地为劝善惩恶而下笔的。这里流露出作者怎样痛恨后娘虐待继子的狠毒。这种痛恨产生于作者对女人的邪恶进行的严厉批判。再说,中国文学史上常见的一家人悲欢离合的故事,是特别富有戏剧性的,对此不用赘言。除这曲外,蒲松龄写过前面所提到的《翻魇殃》《富贵神仙》《磨难曲》这三个同样取材于悲欢离合故事的作品。应该注意,这类作品竟占了十五种俗曲的四分之一。这一类故事容易使作者激动。换言之,作者从悲欢离合的故事中强烈地感觉到命运的奇妙,又感到人的感情美好的升华。可以说,《慈悲曲》是以作者喜爱的这类情节与主题为中心线索,从而表现了他对女人之邪恶的观察。看一下可以看作“开场”的〔西江月〕词,不难发现作者怎样集中精力地创作了这篇作品,也可以知道作者本来打算出版。

具有贵人放浪故事这一文学类型的《幸云曲》,是十五篇俚曲中长篇小说式风味最强的作品。故事情节是好色君主明正德帝远游寻求佳人,上天保佑他克服种种困难,诛灭坏人,使他能得到他所心爱的女人佛动心。第十一回有“怨怨”曲,第十七回作者对床表露渊博学识,第十九回有酒令游戏,这样,这个作品显然是作者以绰然有余的游戏态度写成的。这篇俗曲很有通俗小说趣味,引人注目的是通篇只用时行曲调〔耍孩儿〕。与这一篇一样通篇只用〔耍孩儿〕的《墙头记》,描绘儿子和媳妇围绕着老父亲暴露出他们卑鄙不堪的性情,运用俚语达到很好的效果,不失为一篇充分显示作者对世情的深刻揭露的讽刺手腕的佳作。同样只用“耍孩儿”的《俊夜叉》,画出一个悍妻使入迷于赌博的丈夫改变成正经人的少见行为,也表现了作者对悍妻的兴趣。《蓬莱宴》取材于仙女吴彩鸾的故事,主题是描写仙女像凡人一样热情服侍丈夫。《快曲》则取材于三国时代关羽放走曹操的故事。这两篇的创作与其他俗曲一样,和作者蒲松龄对世俗人情的兴趣及观察有关,但由于篇幅的限制,在这里不能多谈。

以上,从内容方面研究了十五种俗曲,我们可以发现一个重要的倾向,就是说,虽然采取了各种各样的题材,但最多的还是合乎蒲松龄口味的故事材料,而在这里他对人的兴趣远比对怪异深刻而且强烈。

附:撰写这篇论文时,曾蒙受庆应义塾外国语学校讲师水世嫦女士对曲形式方面的亲切教导。在此谨表感谢。

论蒲松龄的俗曲创作

高明阁

一

《聊斋志异》的作者蒲松龄，迟至十七世纪中叶，在我们的小说史上，长短篇白话小说早已奠定了其无可动摇的基础之日，执笔作为传奇体的小说，而能与之相抗衡，成为雄视百世的杰作，已经不能不说是奇迹的存在了；而在他已经留下了大量的诗文、小说之后，至于暮齿，又转而向民间文学学习，运用明清俗曲的形式，撰写讲唱文学与剧本，其总字数多达六十余万字，假如不是我们直接读到了它们，甚至是难于令人置信的惊人的业绩。

蒲松龄的十四部俗曲创作，所使用的曲牌是明清两代的"时尚小令"的俗曲。本来继明王朝后期，昆曲以临川、吴江两派为代表，风靡一时，在社会上层学士文人只知道有昆剧，然而对于更广大的人民群众来讲，他们所喜闻乐见的"乱弹"的不同声腔，是始终与之对峙的。虽然当时还没有形成后来的"花""雅"两部互争雄长之局，但各地方剧种已经成为不可忽视的势力了。蒲松龄正是当此之际，匠心独运，利用山东当地人的口头俗曲，来创作自己的讲唱文学与剧本的。

周贻白在《中国戏曲发展史纲要》里，对这部分创作，给以很高的评价，他说，"清代初年，因为北方一带流行的是弋阳腔，或由弋阳腔衍变而来的其他声调，关于南北曲的戏剧撰作，知名的作家不多"，这自然指"南洪北孔"的两部杰作演出之前的期间而言。从蒲松龄个人来讲，他抛开了熟悉的传奇体的小说《聊斋志异》的形式，也不顾学士文人们听歌的癖好，选择了民间俗曲的形式，写自己的叙事诗的作品，确如周贻白所说，他"虽然不是专事戏剧撰作的作家，但他的作品，却开拓了清代戏剧的另一境界"[①]。

---

① 该书是上海古籍出版社 1979 年版；引文见第二十章《各地方剧种的繁兴》。

周氏还提到,他能开南北曲的范围来写俗曲,"这就应当看作他是有意识地要打破以往只知用南北曲作剧的陈套,而于戏剧的撰作上另辟一条蹊径"。作为证据,他举出《禳妒咒》"开场"中的丑角,等于传奇的"付末开场"而又有所不同。我同意这看法,因为我们看到作者在撰写后来几部鸿篇巨制的俗曲创作之前,无可置疑,是熟谙南北曲的规律的。它的证据在于"戏三出"和《富贵神仙》改写为《磨难曲》的不同联套上。

为了谈清楚这问题,我们有必要首先谈谈"戏三出"。"戏三出"当然是蒲松龄的作品,这有张元《墓表》碑阴的著录为证。它们是《考词·九转货郎儿》《钟妹庆寿》《闹馆》。然而在路大荒整理《蒲松龄集》时,他却认为《考词·九转货郎儿》"并不是戏";又因为从中山大学图书馆所藏旧钞本中,发现了未著录的《闱窘》,因此他怀疑《考词》和《九转货郎儿》应该分开。他说《考词》即《闱窘》,《九转货郎儿》则是《闱窘》的附录。如此,它们和《钟妹庆寿》《闹馆》并列,成为"戏三出"。实际上,这一系列的臆测都错了。

首先,我们认为《考词·九转货郎儿》是一不是二,不能无依据地分开。〔九转货郎儿〕的标题是《考词》,用的是〔九转货郎儿〕这北曲曲牌,自然是戏。至于抄本上所谓〔南吕调·九转货郎儿〕也并不错,后来的《九宫大成谱》正是沿袭这习惯对北曲的"宫"也改称为"调"的。〔九转货郎儿〕本来属〔南吕宫〕,然而它一般地不在本宫联套,经常被〔正宫〕借走,所以《太和正音谱》把它列入〔正宫〕,而又注上"本系南吕宫曲"。

其次,后来发现的《闱窘》与《考词》同是科举制下的儒生应试的写照,只不过有级别上的不同,《考词》写的是童生的"岁试",《闱窘》写的则是庠生们的"乡试"。把它们合订在一起,只不过因为页数都不多,为了避免散失。两者虽然同是北曲,但宫调不同,联套的规律也不同,谁也不能是谁的附录。至于在碑阴所著录的三出之外,又增多了一种,决不能拘泥于已著录的三出,而硬指派某一种应是"附庸"。

从这些剧本的创作中,可以看出作者曾作过南北曲、地方剧的多方面尝试:《钟妹庆寿》和《闱窘》相同,都是〔双调〕的"南北合套"①;《考词》,如前所述是北

---

① 《闱窘》中最后有一支〔醉太平〕,疑讹。理由是:1.〔醉太平〕不属于〔双调〕,不能在这一套曲中联套;2. 这支曲牌的定格八句八韵,字数是七七七七二二二七,是〔北太平令〕,而不是〔醉太平〕。又因为两支独立的北曲曲牌,不能在南北合套中蝉联,它仍是〔沽美酒带太平令〕。

曲〔正宫〕中的一套;而《闹馆》却是地方戏的〔梆子〕腔。[1] 关于作者这些使用南北曲、地方戏的曲牌,除了"梆子腔"在《快曲》中已经使用过之外,其他几出都撰写于何时,我们还不知,然而从几种曲牌在俗曲作品中的应用和修改,我们却可以推断,在作者撰写《富贵神仙》时,早已掌握了南北曲的规律,确是无可置疑的事实。理由如下:

《富贵神仙》第十四回,除了开场与煞尾之外吸收了来自南北曲的曲牌,首先用〔桂枝香〕(十支)、〔香柳娘〕(四支),然后用〔侥侥令〕〔收江南〕〔园林好〕〔沽美酒带太平令〕四种曲牌各一支联套。这四种曲牌如此联套,是在元中叶以后以至明清传奇中的"南北合套"中,它是和作者此外使用的明清俗曲不同的两个系统。而且这四种曲牌如此联套,也仅见于此回以及由它所增改的《磨难曲》第三十一、第三十六两回。如果从作者使用南北曲的几部短剧中找更完整的例子,是前述的《钟妹庆寿》和《闹窘》,它们在同于《富贵神仙》十四回中所用的四种曲牌之前,还有五种,它们是〔新水令〕(北)、〔步步娇〕(南)、〔折桂令〕(北)、〔江儿水〕(南)、〔雁儿落带得胜令〕(北)。这说明什么呢?说明作者只有熟悉了这类南北曲如此联套的规律,才有可能部分地吸收入俗曲的撰写之中。我们不是说,《钟》《闹》两剧的撰写,必然在《富》曲之前,而是说有这种可能。至于它们两出又谁在前呢?我看应该是《钟》剧,因为它明白地冠以"南""北"的字样,到了《闹》剧可能感到不必要,把它们取消了,而又为《富》曲等所因袭。

作者熟谙南北曲的联套,不只反映在撰写剧本和吸收入俗曲中,还反映在修改这些联套上。把他在《富》曲等中的应用比勘一下,大致如下表:

富贵神仙第十四回 磨难曲第三十六回	磨难曲第三十一回	曲牌及其联套
耍孩儿		俗曲开场
桂枝香 香柳娘	桂枝香	南曲 南曲

① 排印本标题"梆"字缺,从曲调推断当是"梆子腔",这同一腔调作者在《快曲》第四联中曾经使用过,可作为旁证。

（续表）

富贵神仙第十四回 磨难曲第三十六回	磨难曲第三十一回	曲牌及其联套
耍孩儿		俗曲开场
	雁儿落	北曲
侥侥令	侥侥令	南曲
收江南	收江南	北曲
园林好		南曲
沽美酒带太平令		北曲
	香柳娘	南曲
清江引	清江引	俗曲煞尾

我们知道《富》曲的撰写在前，《磨》剧第三十六回是在《富》曲第十八回《八仙庆寿》的基础上修改的，而《磨》剧第三十一回《再征三山》却是新增入的章回之一。正是这新增入的一回。在联套上不再沿袭《富》曲，而是有移动、有增删。

为什么要这样做，我们有理由作如下的推度。即第一，作皆创作《富》曲时，除按俗曲联套惯例加上开场与煞尾之外，在〔桂枝香〕〔香柳娘〕之后。吸收了〔侥侥令〕以下的〔双调〕南北合套的四种曲牌。不仅在《富》曲中如此，而且到了把它修改为《磨》剧第三十六回时，仍旧因袭下来。附带说明一下，"《富贵神仙》后变《磨难曲》"是无可置疑的事，不仅张元《墓表》这样写在碑阴，以此二回相比勘，在《富》曲的基础上修改、增补的痕迹也历历可见，而不是相反，这问题后面还要述及。

第二，在增补进来的第三十一回，又利用这四种曲牌联套时，才发现在它们和〔桂枝香〕〔香柳娘〕之间出现了问题。众所周知，包括这几种曲牌在内，俗曲中有部分曲牌来自南北曲①，但无论它们和原有南北曲在定格之间有无变化，一般地正如周贻白所说，"实际上这些曲调早已流行民间而成为大众所传唱的东西，因此，才能和〔闹五更〕〔银纽丝〕等调相掺和，也便是沈德符所谓'渐与词曲相远'"②。

---

① 藤田氏《聊斋俗曲考》曾记出蒲松龄俗曲所用曲牌之来自南北曲者（曲牌名下画线），但只记十六种，此外尚有〔耍孩儿〕〔皂罗袍〕〔桂枝香〕〔香柳娘〕〔楚江秋〕〔鹧鸪天〕〔一剪梅〕〔浪淘沙〕等八种；又藤田氏所记〔虾蟆歌〕〔采茶儿〕二种，不见于旧南北曲谱，不知何据，俟考。

② 该书是上海古籍出版社 1979 年版；引文见第二十章《各地方剧种的繁兴》。

但在这一套中却有些不同,它们无一不来自南北曲,〔侥侥令〕以下的四种是一南一北的,而〔桂枝香〕〔香柳娘〕却同是南曲,恰恰和南北合套的惯例相矛盾。作者大约不愿意全部重填,于是作了部分调整,把〔香柳娘〕(南)移在〔沽美酒带太平令〕(北)之后,在它原来的位置上补进〔雁儿落〕(北),这样就符合了南北合套的惯例。不过尽管作了调整,仍旧说不到恢复南北曲之旧,虽然我们不知道它们的联套规律,但看那些旧例,无一不是北曲在前(确切地说,是一北一南),蒲松龄不会不知道的。

那么第三十一回的增补和第三十六回的修改,又谁在前呢？这问题我回答不出。总之,在由《富》曲改为《磨》剧的过程之中,增补第三十一回时,蒲松龄意识到了这惯例,作了调整;至于对第三十六回,虽然也作了细致的修改,但联套却没有动,我们只看到了这一点。

作者明明早在撰写《快曲》时已经尝试过运用地方戏的声腔,在写《富贵神仙》之前掌握了南北曲的规律,而到了晚期写讲唱文学与剧本时,却运用明清俗曲,这不只像周贻白所说"另辟蹊径",实在也是作者世界观的飞跃的一个重要标志,这问题只从他的俗曲创作看还不明显,假如能从他的其他文化活动来观察,会更加全面,也更加明显。从作者的"杂著"的编纂,更会帮助我们了解这一过程。

作者在漫长的坐馆生活中,借助于毕氏的丰富的藏书,先后编辑了十三种资料,张元《墓表》碑阴著录只五种,其中三种未见,刊在《蒲松龄集》中只有两种。好在其中绝大部分资料的序、跋,都保存在作者《文集》之中,使我们可以看到作者搜集、编选的企图。现在参考路大荒《蒲柳泉先生年谱》所记,列表于下:

编号	书名	成书年代	存佚	
1	婚嫁全书	康熙二十二年(1683)		
2	帝京景物选略	二十三年(1684)		
3	省身语录	二十三年(1684)	墓表著录	
4	怀刑录	三十五年(1696)	墓表著录	
5	小学节要	三十六年(1697)		
6	宋七律诗选	三十六年(1697)		
7	庄列选略	三十六年(1697)		《路谱》未载

（续表）

编号	书名	成书年代	存佚	
8	日用俗字	四十三年(1704)	存	
9	农桑经	四十四年(1705)	存	
10	药祟书	四十五年(1706)		
11	家政外编	?		
12	家政内编	?		
13	观象玩占	五十三年(1714)		依据《路谱》

从这表的排列上除了不知编年的两种以外，一眼可以看出蒲松龄所针对的读者对象，有很大的转变：康熙三十六年以前，都是为读书人，像作者自己似的士大夫、文人，无论是对法令、伦理道德、社会习惯的恪守，或是诗文的鉴赏；到了康熙四十三年以后，便是为广大的农民群众而编写的了。

譬如今天还保存下来的《农桑经》，作者认为"居家要务，外惟农而内惟蚕"，尽管作者对生产、技术都十分外行，而且不免夹杂一些传统迷信的附会，正月"枯焦在辰，天火在子，地火在戌"之类，但结合山东地区的特点，把农耕、养蚕的经验收集成书也已不易。还由于封建社会末期读书人的知识面的狭隘，作者写《农桑经》的"农经七十一则，蚕经二十一则"以及"蚕祟书、种桑法"，等等，成书于康熙四十四年，直到四年之后，康熙四十八年，作者才初次读到《齐民要术》，他的自志手稿记载："己丑初夏，偶阅《齐民要术》，见其树畜之法，甚有条理，乃手录成册，以补家政之缺。"他之所谓"家政"，分内外编，按《序》的概括是把农桑以外的烹调，文化生活方方面面的知识，分别按男女的职分，集辑成书的，这在当时读书人只知揣摩"制艺"，连对经、史知识都极贫弱的情况下，自然是难能的。

作者深感蝗虫灾害的严重，他把有关"御灾"的几条，分别写在"飞蝗""打蝻""虸蚄"，以及"豆虫""蜚虫"等专节，在灾害严重的康熙四十二三年的《记灾前、后篇》中对蝗害的描写极细致，说明观察的深入。今天的文科高等学校学生，读《文集》这两篇，通读不下来，大家往往说，"我对昆虫学没兴趣，写得太详细了"。其实作者本人何尝是学生物的，就因为蝗害使他吃不成饭，他才和老农同样关心这害虫的成长变化，以及防治的经验教训。

《日用俗字》也有类似情况。作者踏上的不是清代汉学家们治文字、音韵学的道路，而是考虑语、文相脱离的实际，要把这过程拉近一下。过去的语文工作者很少有人做过这样的努力，虽然作者没有考虑汉字的简化，但在把文字教给更多的人这个方向性问题上，与古代其他研究者相比，反而同我们今天的“大众的”方向更接近。

突出地反映了作者群众观点的，是他的《药祟书·序》。虽然这部书我们已经看不到了，而且按他在《农桑经》里的《蚕祟书》，动不动就要烧纸钱，向某个方向祭祀，又要在蚕室里贴上符来推想，这类方法也一定会用在人的身上，那疗效如何，值得怀疑，不过那序里所说的，当地群众的医疗条件，一旦患病，“山村之中，不惟无处可以问医，并无钱可以市药”，作者为此“思集偏方，以备邻之急”，所以他“不取长方，不录贵药”，应该说会使天地、鬼神为之感泣。与作者的“杂著”的撰写对象相印证，假如我们的推断不错，《姑妇曲》撰写于康熙四十一年，而篇幅最长的《禳妒咒》《磨难曲》，都在编撰《日用俗字》的康熙四十三年之后，这恰好说明，俗曲的撰写，是作者思想的飞跃在文风上的反映。不论它们质量如何，这创作意图已经值得我们给以高度评价了。在这问题上，蒲箬在《行述》里，把继《志异》针对学士大夫之后，写俗曲是为了“犹恨不如晨钟暮鼓，可参破村庸之迷，而大醒市媪之梦”，才把它们“演为通俗杂曲，使街衢里巷之中，见者歌，而闻者亦泣，其救世婆心，直将使男之雅者、俗者，女之悍者、妒者，尽举而匋于一编之中，呜呼！意良苦矣！”他倒也抓住了他父亲的主要精神，只不过理解成普救众生的菩萨心肠，而没有窥透这一转变过程而已。

传统的南北曲，明代盛行，在作者撰写俗曲时仍旧未衰，然而它早已成为社会上层所爱好的“雅”曲，群众感到很隔阂了；在北方广大地区，弋阳腔、梆子腔在各地广泛流行，但淄川是偏僻的山城，作者试写的梆子腔，大约群众也很漠然，我们可以确凿地断定，群众喜闻乐见，是作者之所以采用当地俗曲的唯一理由，不然是无法解释的。

把一向作为抒情小曲的抒情诗，改变为叙事诗的手段，从讲唱文学的形式改变为演出的戏剧的形式，是在偏僻的城镇乃至农村有地方特色的演唱产生的一般规律。就山东地区来讲，在作者之前，以菏泽为中心的柳子腔，在作者之后，以广饶一带为中心的吕剧，无一不是如此。作者向民间学习之路，从抒情诗到叙事诗，从讲唱文学到戏剧，正是它的合乎规律的发展。我们没有理由一定推蒲松龄为某种声腔的首创者，因为它是向民间学习的结果。从一个熟悉正统诗文乃至传奇体的小说的儒生来讲，这通俗化的努力，已经值得我们敬仰与学习了。

二

把蒲松龄所撰写的俗曲中成熟的十部作品和《聊斋志异》相对比，从题材到主题都发生了显著的变化。从题材这一侧面看，《志异》的最大特点，是“喜人谈鬼”，所以才被称为“鬼狐传”；然而到了俗曲，虽然不免仍有宿命论因果报应、迷信鬼神的色彩，但绝大部分已是现实题材了。连《富贵神仙》里的施舜华的形象，也已不占主要地位了。

从作品的主题这一侧面来看，这变化更加显著。《志异》中约达五百篇的作品，一般地说，它们的主题有三种类型：第一种，暴露当时的黑暗政治、官贪吏虐，豪绅横行的；第二种，抨击八股取士的科举制的弊害的；第三种，指斥封建婚姻制度，反映青年争取自主婚姻的。[①] 至于到了写作俗曲的成熟作品的暮年，除了第一种在《磨难曲》仍旧是它的主题之外，第二、三两种，已经不再作为主要内容，而是代之以浓厚的伦理道德色彩了。我们甚至可以说，这些作品无一不是围绕伦理道德方面的内容。试看一下：《慈悲曲》《寒森曲》《墙头记》是对亲子间的道德的正反两方面形象的歌颂与暴露；《姑妇曲》是婆媳间的正反两种做媳妇的样板与对婆婆的不同态度的批评与教育；《翻魇殃》超越了家庭，更推广到邻里间的道德；《禳妒咒》是对“悍妇”的暴露，而较早的《俊夜叉》又指出了在特殊情况下它的“有用性”；等等。甚至在主要暴露黑暗政治给儒生带来的苦难之中，也刻画了贤妻良母型的形象。总之，除了神话题材的《蓬莱宴》和写流氓皇帝的狎邪游的《增补幸云曲》之外，无一不具有封建伦理道德方面的说教味道。自然，它们的题材绝大部分来自《志异》，然而选取或丰富与发展的是这些篇章而不是其他，就更足以说明他的主题重点所在了。

同时，我们还可以看到作者思想的变化。尽人皆知，作者是疾恶如仇的。他在仅有的史论中，留下了《灌仲孺论》，歌颂的是他的使酒骂座；作者自述一向不读宋之问诗，由于鄙其为人（《读唐人诗集》）。到了俗曲创作，无论是讲唱文学或剧本，从所选择的形象中，我们仍旧可以体会到作者垂老不变的热烈的爱与憎的感情。但与之同时，我们也可以看到，六七十岁高龄的作家，由于一生历尽沧桑，心境变得宽容多了。这表现在很多细节上，本来《志异·珊瑚》里的臧姑，最后儿女

---

① 参考中国社会科学院文学研究所《中国文学史》第三册《清代文学》第三章第二节。

都死了。封建社会的习俗最怕“绝嗣”，可见这报应是惨重的。到了《姑妇曲》中，最初她生十胎都不育，到了五十上，才生了一子，进了学。《志异》里的江城，悔过之后，除了纳婢，对当年的歌妓“芳兰”不再提起，大约作者感到这是遗憾的，到了《禳妒咒》，竟由江城主动地为“兰芳”赎身，当作自己的闺中良友和丈夫的姬妾，说明她真的“不妒了”。《寒森曲》虽然仍继续写《仇大娘》中的冤家，向他们馈送礼品带来灾祸，不能不加以提防，然而孝义夫人使赵歪子拾到银子，免得饥饿，商员外还照顾他的生活。《墙头记》中的张老，是《老翁行》中的老人，由于友人的计谋，在两三年中饱食暖衣，而且最后去当官判断，还使两个儿子挨了打，“挨哼”下场，都是明证。

蒲松龄的俗曲创作，思想内容的深度与广度都较之《聊斋志异》加深了，从他的《禳妒咒》《磨难曲》都可以看得很清楚。现在试以前者为例，作一点简单分析。严格来讲，这篇作品产生于三百年前，它的主题不是没有问题的。它除了一般地把封建社会夫妇间的不睦，归咎于前生的宿业之外，找不出社会原因。实际是在男女两性的社会地位如此悬殊的当时，夫妇间自然不是东风压倒西风，就是西风压倒东风，这种长期养成的敌对状态的戒备心理，使某些性格泼辣的女性，成为“悍妇”，当然也是事实；然而以妇女对丈夫的虐待为主要内容，是《志异》中的《马介甫》的思想局限的继续。然而本篇中最令人满意的是，在《志异》的《江城》的基础上，增加进来江城所受的教养、封建婚姻的弊害，以及表现在婆媳之间的伦理道德乃至法律的不合理，等等，无论作者是否明确地自觉，它们确给作品增加了光彩。

譬如高蕃之所以选择江城做自己的妻子，是由于她的漂亮，“画中人也不过这么妙”（第六回），竟为此害病；他母亲最后的让步，同样因为“江城貌美如花，城北城南谁似他”（第七回）的缘故。后来高蕃后悔了，她的性格太泼悍了，往往为一点小事，“登时就把娇容变”（第九回）。这里决不能得出自主婚姻会出毛病的结论，而是由于彼此对性格、癖好都无理解，只凭容貌而轻率结婚所致；更根本的还在于封建社会对青年男女的有意禁锢，造成毫无互相了解的可能，像他们这样有偶然见面的机会，已经是绝无仅有的了。

从对子女的教育问题看，江城这独生女，实在是被她父亲惯坏了。第二回写江城和长命（高蕃）翻交儿，江城输了不让打，一个女孩子何以从幼就养成这脾气？在第三回《迁居》里能看到那原因。搬家时［江城哭介］：“俺跟不上呢！”于是父亲就叫她和妈妈慢走;休息一会之后[脚夫要走,江城哭了说]“俺还待歇歇”。父亲只好说,“咱就再坐坐”。再过一会问,“咱可走罢?”[江城摇头说]“俺不!”父亲只好先走。父亲到了新居,打发走了脚夫来迎,说“过来,我背着你走吧!”“[江城笑说]:‘将将着吧。’[子正说]:‘就依着你。’[江城又说]:‘俺在这肩膀上站着吧。’”爹爹只能慨叹:“这身材几乎一歪,到被他啕煞爷娘,丫头还把小孩装,脚儿踩在肩膀上。……”今天父母对孩子无此“将”法,看来江城这姑娘有杂技演员的天才,不然跌下来可不是闹着玩的。

这样的姑娘嫁给个高门,触着“小家”的伤疤时,就使夫妇失了和睦。第九回《闺戏》,高蕃提到他们幼年在一起玩,“六年的瓜子没还账”,江城说:“我给你这胳膊,你还不敢打哩。”公子说:“你拿过来咱试试。”[……公子拿过来轻轻的打了一下,江城恼了,劈脸一掌]:“贼强人太揸煞,俺今日到您家,难说济你揉搓罢?……你打我我也还你,我主意不受你掐把!”这里确是一个泼辣的青年女性的歪缠;然而同时它也未尝不是在男权社会中,女性受压抑的郁闷,不甘于被压迫的控诉和争取平等地位的渴望,把它只看成泼妇的凶悍,是对我国后期封建社会的无知。

高蕃迁就她,一场不愉快总算过去了。青年人闲不住,两个人又下棋。第一盘江城输了,第二盘眼看又要输:“江城看了看,把棋推了推说:‘我心绪不佳,不下了。’公子说:‘好赖好赖!既不下了,拿钱来。’江城说:‘没有钱给你。’公子说:‘好小家子!’”一下子触犯了她的忌讳,认真争吵起来:“江城恼了说:‘你既嫌我小家子,就不该合俺做亲。’〔耍孩儿〕‘小杂种太欺心,开开口就销撇人,有两钱就撑他娘那棍!岂不知俺是小家子,怎么合俺做了亲?我只待掘他娘一阵!既嫌俺班配不上,退了婚我就起身’。”

作者塑造的是明清两代社会的“快嘴李翠莲”式的女性。作者在这一点上,认识不那么自觉,所以让高蕃走出来时,自我解嘲地说:“生来不幸遭狮吼,不免身为陈季常。”其实这不是他自已个人和江城的不幸,而是整个社会舆论加给他们的。在这之前作者已经写得笔酣墨饱了,为什么只把它归结为个别女性的性格问题呢?

还是在他们成婚之前,江城的父亲曾租住在高蕃家的房子里,两家的友谊还算不错,然而高蕃的父母在为他择配时,听到他属意江城,夫人首先哈哈大笑:“这就奇了!”〔叠断桥〕“……只待向叫化子,去把爹爹叫。……多少好主都辞了。若临了就了他，才笑的牙儿吊！”父亲听到之后：“哈哈哈哈，奇哉怪哉！你真果待合他么?”原因是：“他无片瓦与根椽，领打着老婆孩，搬遍了峡江县。论那老樊，论那老樊，为人还在德行间。但没个屋子顶，怎么成体面?”（第六回）“门不当户不对”，不是已经把后来的不幸的真正原因，说得一清二楚了吗！

这也不是什么个别的老脑筋，它早已形成了可怕的习惯势力。娶亲时，高家的势派是满够意思的，群众都来瞧热闹，“欣羡他那荣华”，“不知谁是他丈人家”；后来听说是樊家，“一个听的撇嘴呲牙”，“这些人去，怎么打发？不用说那赏钱，馍馍也是难拿”。当然也有人替他们解释，那女儿是漂亮的：“听说江城，一貌如花”，“真似一尊活菩萨，若不然，除了这个图他嗄?”（第八回）

那做丈人的也尴尬透了，再三对新郎歉疚地表示，“草庵茅舍，亲家不嫌”，人家抬来了两间屋子的礼品，大家都不认识，“你猜是在水，我猜是在山”，而自己的女儿，却是“赤条条个人儿，并无一点妆奁，一回想想一个通身汗！”（第八回）从公公、婆婆，街坊邻居，直到自己的父亲，这整个社会环境，就会理解这“悍妇”为什么一听“小家子”就大发雷霆了。

这里还有“七出之条”的不合理和因此做公婆的对待媳妇的歧视，不是息事宁人地劝解青年夫妇争吵，成为促使悲剧发生的不小的原因。

读过《姑妇曲》的读者都替珊瑚不平。早晨梳洗好来伺候婆婆，嫌她“扎挂的合妖精似的”，换了衣妆，服侍她洗脸，她又认为是有意地和她赌气，怒冲冲地夺过毛巾。说实在的，对待这种婆婆，只有像二成的媳妇臧姑，才能“治服”她。

那么江城的婆婆呢？当然不像于氏，然而婆婆总是婆婆，绝不是“妈妈”，她看到“自己”的儿子受气，不满意地说：“〔银纽丝〕……年纪也不小，身量一样齐，怎么全没点汉子气?”“他若再掘你，一样就照着，他有甚么降人药？你就是个脓包哥，尽他怎么去揉搓。”（第十回）好，做指挥官还是合格的，明白地叫他“以眼还眼，以牙还牙”，对待媳妇分明是对敌人。话被江城听到了，“〔闹五更〕我说你满家心儿就不平，挑唆儿家夫妇去相争”。她说对了，然而她也太激烈得过火了，在当时，敢于拉着公公衣领怒骂“你不说说您那老祸害呀”，又推倒了公婆，已经构成离婚条件了。那时的时兴说法叫“休妻”，根据是“七出”之条，她“不事舅姑”，或者叫“不顺父母”，当然要回娘家的，自古以来都如此，从《孔雀东南飞》的时代不就已经开始了吗?

总之作者到了晚年，创作长篇俗曲，认识确比《志异》更加深了，然而由于时代、阶级的局限，也不能要求比这些作品再高。例如《慈悲曲》处理后娘虐待前妻留下的子女，本来它主要是继承权问题在作祟，这里既没触及，弟弟和哥哥之间为什么反而那样友爱，作者自己也无法交代，只好归之“圣贤”，叫他后来享福。

在这些俗曲创作之中，大约要以《增补幸云曲》为糟粕最多的失败之作。其中的宿命论色彩十分严重，这一个流氓皇帝所到之处，真所谓“圣天子百灵相助”，所有的神祇都来保护；而且他聪明睿智，又是梦兆灵应，还蛇钻七窍，这些和刘智远的故事相似，大约渊源于民间文学。作者清楚地声明自己是在“增补”它，看来明清两朝对这流氓皇帝的传说确是很流行的，作者从民间文学中学来，撰写成以听众为对象的俗曲创作。

三

《磨难曲》和《禳妒咒》同是蒲松龄的俗曲创作中的鸿篇巨制，而且它的题材较之后者更广阔。本来作者是在《志异·张鸿渐》的基础上，先改写为讲唱文学《富贵神仙》，后来又将它改写为剧本《磨难曲》的。现在既然留下了前后两次改写的原作，把它们互相比勘一下，看看作者是怎样惨淡经营，修改自己的作品的，倒很有必要。

《磨》剧在《富》曲的基础上，增进了官吏酷虐与贪污的关系问题，酷吏和贪官是两回事，但贪官没有不酷虐的。这部作品里的老马，为了逼交钱粮，打死生员，在灾荒之中，他惟恐遇赦不得贪污，才加紧了拷打。在这之前加上一场群众的场面，把社会秩序的不安，历来赦免钱粮以及赈济粮食的积弊，都写进了作品里。后面又增进了为对付农民起义统治阶级的剿、抚的争议，以及农民义军与官兵的战争场面，等等。关于这些内容的评述，这里就省略了，把它们在技巧上的得失，试作分析。从它的各回来看，作者的改写大致可分为以下三种情况：

种类	各回(《磨难曲》)	总计
接近原作	12、13、15、16、21、22、25、36	8 回
扩大原作	2、3、6、7、8、9、10、11、19、20、26、27	12
增　补	1、4、5、14、17、18、23、24、28、29、30、31、32、33、34、35	16

从这表格中可以想象，从接近原作，到扩大了原作，以至新增补情节，难度逐步加大了，然而从回数的统计又可以看出它们的比是 2∶3∶4，也就是说，难度越大的，作者的功夫下得也越多。这足以说明，姑不论它们的成就高低，以作者的垂

暮之年，既写成了讲唱文学，又想改写为剧本，绝不是随随便便，而是作为一生的事业的组成部分对待的。

我们还可以进一步研究一下，难度比较小的接近原作的各回，作者是怎样修改的。把《富》曲的第十二回《闱中认父》改为《磨》剧第二十五回的《春闱认父》，从标目开始，把泛指乡、会试的“秋闱”与“春闱”更进一步点出，这已是参加“会试”的“春闱”了。

这一回的全部情节，大致可以分为三个段落。就《富》曲原作来看，它是用三十五支〔平西歌〕写成的：从第一至第十三支是第一段，叙述在会试试场中，父子相认的经过；从第十四至第二十九支是第二段，描写答试题从起草到誊录的情况；最后，从第三十支至篇末的第三十五支，是出了试场以后，仆人接场时的欢欣。在这三段之中，第三段的改动最少，它说明作者对这一段是满意的。它的作用在于对第一段所叙述父子在应试的匆忙之中，意外地相遇，进一步用家中的奴仆们的欢欣，来烘托这气氛，也给全曲(剧)所描述张鸿渐夫妇半生的苦难遭遇以慰藉，并且用马上把这消息告知家中的急切心情来作补充。这种写法已经恰到好处，所以除了字句的修改就没作更动。

其他两段中修改的地方就多了。第一段删去了原来第二、三两支。它们本来是写张得聚接卷入号以及找山西籍的举子未能找到，这里前一支是举子生活，后一支是徒然繁忙的铺叙。删去之后，把力量集中在遇到张鸿渐询问中的惊喜的过程，不蔓不枝地来写意外喜悦之情。

第二段写在试场中作文章，改动的地方就更加细致了。列表如下：

《富》曲	原有情节	修改的结果	曲白
14支	题纸发下，张鸿渐讲解		未改
15	张得聚将第一篇给父亲看		未改
16	父亲指出前半要修改	父亲代他修改	
17	又作完二、三篇，开始第五篇		未改
		第五、第六两篇完稿	增入俗曲
18	第七篇不了解		未改
19	看到父亲的第二篇知道自己的错了	看到父亲所作，知道自己第六篇错了	删俗曲
20	父亲认为略加修改即可		未改
21	看到父亲所作自己已能作		删俗曲
22	父亲嘱以誊录要仔细		未改

从这些修改的地方看，故事情节就更有条理、合乎情理了。按它们出现的先后顺序来看这些修改之处：第一，原作中张鸿渐指出第一篇文章的缺点，在那样匆忙的试场中，不如代为修改更合乎情理；第二，原作只说第五篇的开始，五、六篇完全未及，以一支曲子补入，就不失于草率；第三，原作是五、六篇已完，才发现第二篇的瑕疵，似乎太晚，又令人担心其余各篇，改为第六篇，没这种毛病；最后是曲牌的修改，《富》曲本来是用三十五支〔平西歌〕一气写下来的，到了《磨》剧，对曲牌作了部分修改，到了第二十三支以后，包括科场应试之夜和出场后的家人的欢欣，才用抒情味道很浓的牌子来加强它，正如古代战争所说的"一鼓作气"，在这高潮的前后才更显得笔酣墨饱，而不至成为强弩之末呢。

从作者的创作历程来看，半生运用的是诗词骈散各体，只有晚年才创作俗曲，就中剧本较之讲唱文学为更少，时间也更晚，因而取得以上内容、技巧两方面的成就，已属不易；与之同时，还杂有失败教训，自然也难免。这正是为什么俗曲只在作者的故乡一带，长期传唱不衰，而不能像《志异》那样影响更为广泛；《志异》中不少篇什，曾经改编为各不同剧种①在舞台上演出，然而这些剧本却很少有蒲松龄自己改写的俗曲，恰好从反面说明了这问题。以《寒森曲》为例，它集中了《志异》中的席方平、商三官的情节，却没能在原有的形象上，刻画得更丰满，增加的一些超现实的迷信的因素，读者、观众看得很清楚，不过出之于作者的"福善祸淫"的好心。因此各地方剧种，宁可自己动手，重新改编《张诚》《江城》《张鸿渐》《仇大娘》《珊瑚》等题材，而很少有人移植现成的蒲松龄的俗曲创作。

严重地影响了俗曲作为叙事作品、讲唱文学特别是剧本的质量提高的，还有以下两种因素。第一个是俗曲对抒情因素的重视。讲唱文学自来有个传统，它是叙事的，同时也是抒情的；蒲松龄继承了这传统，把那些宋元以来本来用作抒情诗的四季、五更、十二月之类统统地吸收到叙事的俗曲中来。以《富贵神仙》为例，大致如下表所列：

---

① 据纪根垠同志研究："清代道光、咸丰年间，就有黄燮清改编的《脊令原》传奇（演《曾友于》故事）。"嗣后有皮黄剧、评剧、河北梆子、莆仙戏、川剧等各个地方剧种改编《聊斋志异》某些作品演出。"四川省川剧艺术研究所就保存了六十种'聊斋戏'完整资料。"（依据1980年蒲松龄学术讨论会上所发资料《蒲松龄著作与地方戏曲》）

回次	所咏	曲牌	支数	备考
5	十二月	玉娥郎	4	
5	五更	银纽丝	7	未标曲牌,在本文中交代
5	四季	金纽丝	4	未标曲牌,在本文中交代
5	四季	叠断桥	4	未标曲牌,在本文中交代
7	四季	平西歌	4	
9	五更	楚江秋	5	
10	四季	虾蟆歌	4	
11	十二月	哭皇天	12	
12	五更	平西歌	5	

比这更具抒情特点的是第七回,李鸭子的妈妈,听到讹传张鸿渐已回家,来到张家"骑门大骂",用〔倒扳桨〕七支,写"骂只骂你……"这行为激怒了张春,张春殴打她,又同样用这曲牌七支写"打也打你……"还有第八回,方氏因孩子贪玩、不肯读书责打他,也先后用〔皂罗袍〕从"一恨"写到"五恨",再从"一劝"写到"五劝",充分说明作者学习的是曲艺讲唱的方式,对篇幅较长的叙事作品已经不完全适应,至于到了改写为剧本作为供舞台表演的《磨难曲》时,除了极个别的〔虾蟆歌〕,由于情节的变更而删除之外,仍旧全部写入,简直完全不适应,甚至影响到作品的质量了。

我们推想,作者既然也熟悉南北曲,很有可能对有名的《汉宫秋》《梧桐雨》乃至《贬黄州》之类的长长的抒情的唱段,曾经鉴赏过,而在这些俗曲里正是把同类的手法有意或无意地运用出来。然而正是那些"名作"作为舞台艺术原来是不可以为训的败笔,作者由于没有舞台实践的经验,又不曾和深于此道的朋友交往,始终对此并无体会。

另一个是增加进来作者所不熟悉的生活,形成了费力不讨好的失败的章节。如前所述,把《富》曲改成《磨》剧时,作者曾作了大量的增补,在这些增补的新的情节之中,作者写进了农民起义军及其首领的形象,官府对待起义军的剿、抚不同的两种态度,以及官军对起义军的战斗过程,等等。我看这些章节,不但没有给作品增加光彩,反而影响了它作为完整的作品的质量。

本来文艺作品是人们的社会生活的图画,这就决定了一个作者只能写自己熟悉的生活,当然并不排斥他听到的或从书籍中读到的间接的题材。然而假如没有达到同自己耳闻目睹、亲身阅历相似的熟谙程度,往往难免给读者以不真实乃至概念化的感觉。蒲松龄对于农民义军官府剿、抚的题材的熟悉程度,实践证明是远远不足的。我们可以承认,作者反映在《公孙九娘》《野狗》等篇,也可以说,对这类题材,不完全陌生,所以才真实感人。不过它们仍旧是从与农民起义队伍本身距离很远的良民,至多包括落荒而走的个别战士惨遭屠杀的这一侧面反映的,它们代替不了官兵对起义队伍的剿、抚的交涉或直接交锋的火线上的场面。作者所熟悉的是前者,而现在企图反映的是后者,因而失败了。

而且如果我们再向前引申一步,作者从创作意图开始,已经有了问题:因为这里所增进的这部分情节,作者既不想写水泊梁山,又不想写瓦岗寨中的生活,而是张鸿渐在半生受到磨难之后,作者想叫他晚年度过位极人臣的生涯。怎样才能奠定这基础呢?叫他在起义的农民领袖之中,也有着崇高的威信,主剿的将领碰壁之余,一筹莫展,而他出马则马到成功。这企图本身虽然还不像文素臣式的人物那样完全出于幻想,但也失于和现实生活有距离,因此,这失败是无法避免的。至于再增加进来整回的插科打诨:“二瞽作笑”(第二十三回),“二姬歌舞”(第二十四回),就和明传奇中惯用的给江湖十二脚色各个设有演出的专出一样蛇足,只是使作品变得臃肿,没有另外的作用。

四

一般地说,长期中国封建社会的作家,即使是思想先进博得了广大读者爱戴的,在他们的作品中,也往往存在着不同程度的局限性,这是普遍的现象;然而在蒲松龄身上,却表现为矛盾异常突出。在他的《聊斋志异》里,读者们已经看到,先进的反封建的要求,与落后的封建宗法观念之间的矛盾相当明显;到了他的俗曲创作,这矛盾就更为集中更为突出了。

譬如说,在《寒森曲》中,作者反映了当时社会官贪吏虐、豪绅横行的强梁世界的景象,然而到了曲终奏雅,它不是走向必然溃灭的命运,而是商员外“富贵三十年,临终彩云到”的从人到神的生活。这里刻画的二相公、商三官对恶势力的反击,坚毅感人,但作者又时时不忘,他们是孝亲的百善之首的化身,才克臻此。又譬如《磨难曲》,张鸿渐半生所受的折磨,说明了即使是受到社会尊重的儒生,也有其特有的苦痛的遭遇,然而后来他们父子参加会试,不仅他自己官到吏部尚书,“进士还生进士子,翰林又产翰林男”。《禳妒咒》也有与此相类的内容,张三疯预言高蕃的孩子,“肚内文章有万千,比他尊公还长业,一十六岁做高官”。作者决不忘怀功名奕世，倒是它们的共同规律。

这种思想上的矛盾，更为突出地表现在婚姻、妇女问题上。作者是肯定自主婚姻和爱情生活的，它反映在《禳妒咒》里，也反映在神话题材的《蓬莱宴》里，这是一方面；另一方面作者又肯定一夫多妻制，所以在《禳妒咒》里，江城悔悟之后，积极主动地为丈夫"纳婢""买妓"。特别是对女性的伦理道德的要求，江城泼悍得出奇，已经超越了现实生活的可能；《姑妇曲》里的珊瑚，对婆婆的虐待毫无怨言，也不符合情理之常。至于为了写女性的贞操，在《增补幸云曲》中，竟至适用于娼妓佛动心，简直好像是海外奇谈了。

为什么会出现这现象？社会意识依赖于社会存在，不同阶级的意识形态如此，阶级社会中的个人自然也如此。我们只有从蒲松龄所遭逢的时代、社会、交游与阶级地位来理解。

从当时的历史条件来看，在作者生活的前代，后期封建社会孕育了资本主义萌芽。众所周知，关于资本主义生产关系的萌芽的产生，在研究者之间还持有不同的看法，但迟至明代中叶，嘉、隆、万、泰以后，在手工业、商业繁荣的地区，个别行业中间，已经稀疏地存在，这是大部分研究者可以同意的。它在文学史上的反映是，除了以明末拟话本"三言""二拍"为代表的俗文学之外，在部分士大夫、读书人之间，也出现了不少俗文学的爱好者。有的给它们以一席地位，有的加以评点，有的更给予极高的评价。

如何看待这部分士大夫、读书人对俗文学的爱好？我认为，尽管在他们之间，出身阶层不尽相同，生活经历不同、社会地位不同，但蒲松龄有一定的代表性。也就是说，他们对当时社会生活的总的态度是，在某些细枝末节上，可以"让步"，但对更根本的封建等级制度、封建礼教、封建秩序，并未产生怀疑。以蒲松龄的具体生活遭遇为例，首先可以从他生活的顺康两朝的社会生产情况得到解释。作者幼年生活在陕北农民大起义，明王朝覆灭，清兵入关，各地人民反抗，阶级斗争与民族矛盾都十分激烈的历史时期，明代后期长江中下游东南沿海出现的稀疏存在的资本主义萌芽，在这长达四十余年的破坏与不安中，已经斫丧殆尽了。作者壮年曾经一度在孙蕙幕下客居于宝应、高邮大约整整一年，然而一般地说，清初的生产情况，"康熙二十年以后……海内始有起色"[①]，而此时却是刚在恢复中的康熙十

① 陆陇其：《论直隶兴除事宜书》，收入《皇朝经世文编》卷二十八。

年。他们薄游扬州,“沽三白酒”,“携岕山茶”(《元宵后与树百赴扬州》),为孙蕙祝寿招歌姬侑酒,但在日常目击的是淮扬水灾哀鸿遍野,不得不留漕粮赈济(路大荒《蒲柳泉先生年谱》“康熙十年”条),清水潭决口“徒竭民力靡金钱”(《再过决口放歌》),距离生产的恢复与发展还十分遥远。

其次是作者长期生活的地方,资本主义萌芽大约还不存在。作者从高、宝倦游归来,足迹再没有走出山东地区。经常往来的只有济南。济南与鲁西滨河的济宁、临清、德州虽然也是当地繁荣的城市,然而和长江中下游、东南沿海不能相比,所以总的看来,生产是落后的,直到明代后期,商品经济已经成为城乡人民的需要,商品的互市,据当时人记载,主要靠的不是仅少的城镇,而是“集”,“每集则百货俱陈,四远竞凑,大至骡马牛羊,奴婢妻子,小至斗粟尺布,必于其日聚焉”[①]。这当然不是说人们安土重迁,过的是安定的生活,反之,由于自然灾害的频繁,人口外流的现象也极为严重。《东华录》卷八载,康熙四十六年上谕“今巡行边外,见各处皆有山东人,或行商或力田,至数十万人之多”;五十一年“谕大学士等,山东民人往来口外垦地者,多至十万余”。它在客观上提供了摆脱人身依附关系的“自由”劳动者自然也是事实,但同时不能不影响到当地的生产发展。作者长期生活于这样的社会环境,对资本主义萌芽,从而对反映它的市民意识无理解、无感受,不是完全可以理解的吗?

更主要的是作者的阶级局限。蒲松龄出身于没落的小地主家庭,又终生作为接近社会上层的读书人,他的短期作幕和长年坐馆,赏识他的文笔的是当地的官绅、世家,而这些人的教养与趣味,又是与体现市民意识的俗文学格格不入的,这就决定了他长时期采用的必然是诗、赋、骈散的形式,偶然作为遣兴之作的诗余(词),至于他酷嗜的传奇体的小说《志异》,纵有很高的造诣,也只能是文人茶余酒后的消遣,是没有人当成可以传世的立言的手段的。从蒲松龄留下的诗文、《志异》中的行文,可以了解到作者博览群书,然而它们主要是汉唐以前的载籍,很少有宋元以来民间文学的迹象,《水浒传》《三国演义》《西游记》等等的影响,已经是绝无仅有的了。[②]

---

① 引自谢肇淛《五杂俎》卷之三。

② 有关传统小说戏曲,涉及以下各作品:1.《三国演义》(改写为《快曲》);2.《水浒传》(《丑俊巴》提及潘金莲,不易断定,但《磨难曲》第十七回提及张叔夜可证);3.《西游记》(续作猪八戒的形象)。此外,提及民间文学的王魁(《磨难曲》第九回),李三娘、目莲、王昭君(俱见《禳妒咒》第二十一回),张解元(珙)(《禳妒咒》第二十三回)。

从他的交游中也可以看出同样的问题。他从少年开始的好友张笃庆、李尧臣，都是通不过乡试的老秀才；同邑的相识有中了举人的毕世持，在毕家坐馆时结识了袁藩；他所仰慕的乡先生，有先后归老林下的高珩、唐梦赉和王士禛。总之都是循规蹈矩的圣人之徒，或乡党的缙绅。作者到了将近五十之年，张笃庆和他临别，殷切地劝他“此后还期俱努力，聊斋且莫竞谈空”，可见从他们的眼睛看来，只有百无聊赖，才撰写这种谈鬼说狐的无用长物，已经老大不小，早就应该迷途知返了。假如知道他过了十年之后，竟“每况愈下”，撰写起俗曲来，可能和他割袍断义也未可知；所以，我们完全可以推想，当他听到那位新贵的翩翩公子朱缃赞颂他说“书著山中老更勤”（路大荒《蒲柳泉先生年谱》“六十三岁”条）时，他感到的到底是喜悦还是悲哀？骄傲还是耻辱？受到的是朋友们的鼓励呢，还是生活在陌生的人间的孤独之感呢？该是一言难尽的啊！

正是这些条件作用的结果，实践表明，蒲松龄虽然敢于同当时的贪官污吏、豪绅地痞站在对跖的地位，甚至是挑战的态度，也敢于大胆地揭露当时社会的黑暗面，然而从他的更根本的思想倾向来看，对以儒学为代表的封建礼教、封建社会秩序拳拳服膺，毫不怀疑，自然也无从反抗起。

我们如果从作者的部分俗曲中的主要形象看一下，问题就更清楚。兹简单概括《慈悲曲》以下各部（见下表）。从这里所看到的是：第一，从反映的生活看，一般是中小地主、小土地所有者、自耕农的生活，只有《禳妒咒》里生活比较富裕，在这些题材中已是绝无仅有的了；第二，主人公的出身，大部分是儒生，秀才、学童、商人、手工业者，也曾摄取为形象；第三，妇女的形象很鲜明，往往比男主人公更起作用，更占地位。

然而我们把它们和作家自身的生活情况相比附，从家庭到主人公，虽然不能说是作者的自叙传，但大部分是作者熟悉的，与自身生活相似的这一阶层，是十分明显的事。在视野比较狭的作者一向如此，蒲松龄自然不可能例外。它们绝大部分是《聊斋志异》题材的改写，正说明是作者的选择和有进一步丰富起来的可能。

编号	标题	家庭生活	主人公	妇女	备考
6	慈悲曲	商人	张讷、张诚		
7	姑妇曲	小土地所有者	安大成(秀才)	珊瑚	
8	蓬莱宴	小土地所有者	文箫(书生)		神话题材
9	富贵神仙	小土地所有者	张鸿渐(儒生)	方氏	
10	增补幸云曲	/	/		宫廷生活
11	寒森曲	中小地主	商臣、商礼(秀才)	商三官	
12	翻魇殃	自耕农	仇福、仇禄	仇大娘	
13	禳妒咒	地主	高蕃(儒生)	江城	
14	磨难曲	/	/	/	《富贵神仙》改写
15	墙头记	商人	张老(商人)		

在这里,值得特别提出讨论的是其中的商人和妇女的形象。商人的形象张炳之、张老,手工业者的形象王银匠,都规模狭小,只不过是小商人、小手工业者,他们“兴家”后就不再经商,而且这“家”也不过仅能糊口,这岂能谈到资本主义萌芽中的商人?如果有人问作者为什么如此写,我的回答是,来自他的生活经验与对他的父亲蒲槃的了解,应试不中,“遂去而贾,数年间,乡中称为素封”有关,尽管如此,“然权子母之余,不忘经史”,这与商人的附庸风雅根本不同,仍旧是读书人的本色。妇女的形象尤其如此,作者尊重女性是事实,刻画了商三官、仇大娘之类的女英雄,然而这里和婚姻自由、尊重个性不是一回事,从江城的形象看得最明显,作者说的恰恰相反,贤妻良母型的女性,才会受到人们的尊敬,与资本主义萌芽之在意识形态上的反映,更没法联在一起。

也许有人怀疑,蒲松龄的《聊斋志异》作出了卓越的贡献,在小说史上获得了不朽的地位,为什么在思想实质上,反而落在了以明末短篇白话小说为代表所反映的时代思潮的后面?其实这问题不难解释,作为新兴的市民等级的思想意识是反封建的,而长期中国封建社会的农民意识,从来就是反封建的,蒲松龄是接近农民、了解农民、关心农民命运的作家,是他的作品中的醇厚的人民性,博得了世世代代的读者们的传诵,惟其有农民质朴、淳厚的一面,同时又有农民狭隘保守的一面,竟与当时新的时代思潮绝缘,归根结底,是时代阶级加给他的桎梏,过多地归咎于作者蒲松龄个人,是没有理由的。

蒲氏碑阴俚曲十四种顺序考

盛 伟

蒲氏《墓表》碑阴“通俗俚曲十四种”顺序为:《墙头记》《姑妇曲》《慈悲曲》《翻魇殃》《寒森曲》《琴瑟乐》《蓬莱宴》《俊夜叉》《穷汉词》《丑俊巴》《快曲》各一册;《禳妒咒》《富贵神仙后变磨难曲》《增补幸云曲》各二册。路大荒编《蒲松龄集》之《聊斋俚曲集》所列顺序为:《墙头记》《姑妇曲》《慈悲曲》《翻魇殃》《寒森曲》《蓬莱宴》《俊夜叉》《穷汉词》《快曲》《丑俊巴》《禳妒咒》《富贵神仙》《磨难曲》《增补幸云曲》。

顺序上,高明阁先生在其《作者晚年的俗曲创作》一文中说:“至于到了张元《墓表》碑阴,又把这些俗曲的顺序完全搞乱了。是按创作先后?不是,《墙头记》很明显,年代很晚,却列在最前面;是按质量高低有无代表性吗?也不是,《丑俊巴》未完,却列在中间。只有一个理由,‘各一册’的列一起,‘各二册’的列在一起,为了好数,防止佚失。《蒲松龄集》中的《聊斋俚曲集》,基本也是按顺序编排的。”

分类上,高明阁先生将现存的《俚曲》十四种,“从形式上看”,“分两大类”:“即讲唱文学与剧本。剧本比较少,只有《禳妒咒》《磨难曲》《墙头记》三种,其余十一种都是讲唱文学。”这又是一种分类之法。

张元在蒲氏碑阴,所列“通俗俚曲十四种”所编排的次序,亦并不是无规律可循。俚曲十四种,可分为三个大的部分:《墙头记》《姑妇曲》《慈悲曲》《翻魇殃》《寒森曲》为第一部分;《琴瑟乐》《蓬莱宴》《俊夜叉》《穷汉词》《快曲》为第二部分;《禳妒咒》《富贵神仙后变磨难曲》《增补幸云曲》各二册,为第三部分。这三大部分(下文称之为三组),一不是按作品形式,二亦不是简单地按其一册本与二册本,去组合排列。这其中,有一种传统思想观念存在。因为,如果我们只简单地按一册或二册区分，那么，第二组的《琴瑟乐》《蓬莱宴》《俊夜叉》《穷汉词》《丑俊巴》《快曲》，无论就其创作时间，抑或“册”的规模大小都应放于第一组的位置。张元为什么又如此打乱其原有的时间顺序与“册”的规模大小去重新排列呢？其原因，我认为张元将碑阴的第一组放于此，是他基于封建伦理的“孝、悌”观念，其中寓“劝善惩恶之心”。蒲箬在《柳泉公行述》中，谈到蒲松龄为什么将其《聊斋志异》中某些篇章改写为俚曲时说：“而犹恨不如晨钟暮鼓，可参破村庸之迷，而大醒市媪之梦也，又演为通俗杂曲，使街衢里巷之中，见者歌，而闻者亦泣，其救世婆心，直将使男之雅者、俗者，女之悍者、妒者，尽举而匋于一编之中。”张元写《墓表》时，自然是看到这篇《行述》。古人为先人立碑及其对先人碑文的写作是极为讲究的，所以，其碑阴所列“通俗俚曲十四种”，张元不可能将蒲氏早期所创作的艳情俚曲列于篇首。现在，我们先看看列于蒲氏碑阴第一组中的俚曲所包含的内容：《墙头记》，是据康熙五十年辛卯（1711）诗《老翁行》改编，其内容抨击其不孝之子；《姑妇曲》，是演《聊斋志异》中《珊瑚》，其内容为反映孝妇之孝行；《寒森曲》，是演《聊斋志异》中《商三官》与《席方平》，其内容亦是反映“孝”行的；《慈悲曲》，是演《聊斋志异》中《张诚》，其内容是反映“善兄弟”之“悌”；《翻魇殃》，是演《聊斋志异》中《仇大娘》，其内容亦是反映“善兄弟”之“悌”（当然，此为姊弟间）。在十四种聊斋俚曲的排列顺序上，如果张元将第二组与第一组位置对调，无论是从作品创作时间，抑或就其作品内容，都比较接近作者写作时间顺序的原貌。若是顺序如是变动的话，就有两个重要问题提供我们参考、研究：（一）是《琴瑟乐》《蓬莱宴》《俊夜叉》《穷汉词》《丑俊巴》《快曲》是作者早期创作的作品，而且不是据《聊斋志异》故事改编的；同时，这个阶段的创作，反映了作者正处于苦闷寻觅探索时期。（二）其他八种：《墙头记》（作于康熙五十年以后）除外，《姑妇曲》（作于康熙四十一年）、《慈悲曲》《翻魇殃》《寒森曲》《禳妒咒》（作于康熙四十一年）、《富贵神仙后变磨难曲》（作于康熙四十七年以后）、《增补幸云曲》，都是《聊斋志异》中故事的改编与发展，也是蒲松龄晚年为广大乡亲、百姓服务的一种创举。

以下就第二组中所列俚曲所包含作品的内容及其所处地位的特殊性，谈谈我的看法。

《琴瑟乐》曲的写作时间，藤田祐贤先生将其定于康熙十三年甲寅（1674）前后，我认为是可取的。若据高念东《跋》所署“时康熙岁次乙亥清明中浣”，即康熙三十四年，来定《琴瑟乐》的创作时间，那是不当的。这时的蒲松龄已经是五十六岁了。其作品内容与后边的《蓬莱宴》《丑俊巴》，都是写男女情爱，或性爱的。《俊夜叉》，是写女子管教赌徒丈夫，非《聊斋志异》中故事的改编。《穷汉词》，是写穷汉的困窘，亦非源于《聊斋志异》中的故事。《丑俊巴》与《快曲》（又名《千古快》）的创作意向，是比较清楚的，即蒲氏欲改编历史名著《西游记》、《水浒传》与《三国演义》。《丑俊巴》写了两节即告终（虽然路大荒先生所搜集的抄本后署"全稿至此完，似是未成稿"）。但是，在我看来，此书无法再续下去，就是续下去，也无意义——可称之为半途而弃之。这种改编历史名著之举，是蒲松龄早期受明末清初"续书"之风的影响，也是蒲松龄初期创作的一种尝试。《快曲》就其内容而言，是一部以"反三国"（此指某个情节）改编的俚曲。所以，这第二组的作品，就其内容与创作方法而论，都是比较复杂的。它反映了作者早期俚曲创作的里程；这其中，有成功，亦有失败。

下边，根据史料对这个问题分别加以阐释。

《琴瑟乐》，又名《闺艳秦声》，蒲氏碑阴所列"通俗俚曲十四种"的第二组第一种（总排第六种）。关于聊斋俚曲《琴瑟乐》，我已写过《聊斋艳情俚曲〈琴瑟乐〉与〈金瓶梅〉》《谈聊斋艳情俚曲〈琴瑟乐〉的写作》《谈聊斋艳情俚曲〈琴瑟乐〉的内部结构》《〈琴瑟乐〉曲国内藏本与日本藏本校释》诸文章。所以，在该文中欲重点探讨《琴瑟乐》曲的写作时间，以及形成该曲写作过程中一些原始资料的补充。

十余年前，读藤田祐贤先生的《聊斋俗曲考》时，对先生在文中说"《琴瑟乐》，是三十五岁前后之作"即指康熙十三年甲寅（1674），还怀有疑义。当然，藤田先生所说的这个康熙十三年的时间概念，并非是由《琴瑟乐》曲本文中的记载，而是根据蒲松龄前期的生平经历，及其创作过程所反映出的迹象推断出来的。但是，我认为藤田先生的这一结论是可以接受的。因为，当我们读过蒲松龄前期的小曲创作时——那些有时间可考的作品，它向我们提示：蒲松龄俚曲创作时至康熙十二三年，已经进入《琴瑟乐》创作的时间范围中。一切事物的形成和发展，都是由它内在的规律与外部的条件决定的，蒲松龄亦不例外。下边，就让我们看一下，蒲松龄在写《琴瑟乐》之前一段时间所写的艳情小曲，来论证这个问题。康熙五年（1666），蒲松龄为生活所迫，应邀到王村设馆授徒时，邻村有一位贤妇，其丈夫素有韩寿之癖，作者闻之，有感于是而写了《夜雨思夫曲》：

夜雨思夫曲

小引：难消日影偏迟迟，窗外好鸟唱唧唧。

双眉不待情君扫，自点胭脂自整衣。

〔雁过声调〕 谯楼一鼓敲，谯楼一鼓敲，佳人忙把银灯挑，不住地往外瞧。盼不到好瞧，愁锁双眉泪珠抛。愁锁双眉泪珠抛。

〔前调〕 谯楼二鼓急，谯楼二鼓急，忽听窗外雨淋漓。不住地泪眼迷，风愈紧雨愈急。梧桐叶落草萋萋。梧桐叶落草萋萋。

〔前调〕 谯楼三鼓过，谯楼三鼓过，争奈愁思往事何。冷清清风飒飒，幽怨长灯花落。凄风凉雨长夜何。凄风凉雨长夜何。

〔前调〕 谯楼四鼓交，谯楼四鼓交，无限伤心被他挑。听铃淋雨声遥，疏还密低复高。几阵窗前人惊搅。几阵窗前人惊搅。

〔前调〕 谯楼五鼓初，谯楼五鼓初，纷纷泪点如雨珠。半壁残灯离迷，雨中因想更凄。声声默默动人思。声声默默动人思。

该曲之后，作者自己写了一个《跋》语："康熙五年秋月之初，有邻村之贤妇者，但伊夫素嗜韩寿之癖，如适其性，恒终夜不归；而是妇辄于风宵雨夜而伺之，以为常。兹以素悉其概，故作是曲以志。松作。"

康熙六年（1667）又写了聊斋风味更浓郁的《新婚宴曲》。在曲后，作者写了一则《特志事略》，给我们研究该曲提供了极大方便。其《志》曰："康熙六年，仲春之月，适在王村，课蒙为业。有村古城，偶往游焉，访故人耳。作席地谈。某之比邻，素亦望族，吉期合卺。新婚之夜，交杯换盏，情爱异常。人生极乐，孰比于斯？岂吾慕之，人人慕之。故作此曲，永久志之。"其《新婚宴曲》如下：

新婚宴曲

小引：胧明春月照花枝，始是新承恩泽时。

长倚玉人心自醉，年年岁岁乐干期。

〔叠断桥〕 一更鼓儿敲，一更鼓儿敲，孔雀屏开银灯照。借灯光，细把佳人瞧。轻点朱唇，淡把蛾眉扫。轻点朱唇，淡把蛾眉扫。面庞儿，自来带笑。面庞儿，自来带笑。

〔前调〕 二更乐声喧,二更乐声喧,陈设酒筵色色鲜。有侍婢,双双把杯盏。玉液琼浆,珍味盛大盘。玉液琼浆,珍味盛大盘。果品儿,样样新鲜。果品儿,样样新鲜。

〔前调〕 三更肴羹萃,三更肴羹萃,交换金樽调美味。互相劝,各尽两三寻。迥饮千杯,也是不能醉。迥饮千杯,也是不能醉。并肩儿,玉人一对。并肩儿,玉人一对。

〔前调〕 四更酒兴阑,四更酒兴阑,双携玉手并香肩。剪灯花,仔细来相看。玉体亭亭,金莲又纤纤。玉体亭亭,金莲又纤纤。轻盈儿,一双臂腕。轻盈儿,一双臂腕。

〔前调〕 五更星月稀,五更星月稀,同入罗帏同解衣。早现出:那珠辉玉丽,明霞般骨,似沁雪般肌。明霞般骨,似沁雪般肌。尽力儿,拥抱偎依。尽力儿,拥抱偎依。

如果我们将《新婚宴曲》中所反映的新婚之夜情景,与《琴瑟乐》中所反映的女子独白相思情景相互对照,就会发现二者是何其相似乃尔。我们是否可以说,这《新婚宴曲》是《琴瑟乐》曲写作的序曲?时到康熙十二年(1673),作者又写了《尼姑思俗曲》,亦是用一尼姑独白相思的口吻,书写身处空门中的年轻少女思念情郎的炽热之恋情。因为该曲的写作,与同时期所写之《蓬莱宴》情景很相近,故我将其放在探讨《蓬莱宴》时再作研究。但是,同一时期作者所写的另一支小曲《夜雨鳏夫思妻曲》,其中所描绘的思念之情,亦堪称道。

夜雨鳏夫思妻曲

小引:半壁残灯闪闪明,雨中因想雨淋零。
伤心一觉兴凶梦,直欲裁书问杳冥。

〔霜天晓角〕 黄昏初更交,独将银灯照。愁深梦杳,白发添多少!最苦佳人逝早。伤独夜,恨闲宵。不堪闲夜雨声频,一念重泉一怆神。挑尽灯花眠不得,凄凉南内更何人。

〔小桃红〕 忽听二鼓敲,冷风冷雨战长宵。听点点,都向那梧桐梢。萧萧飒飒,一齐乱把暗愁敲。才住了,又还飘。那堪是:空帏空串烟消。入独坐，厮凑着孤灯照。恨同听没个娇娆。猛想起旧欢娱，止不住泪痕交。

〔下山虎〕 三更又来报，风雨仍不消。万山古道，峰岭岩□，急雨催林杪。檐铃乱敲，似怨如愁，碎聒不了。响应空山魂暗消。一声儿忽慢搦，一声儿忽紧摇。无限伤心事，被他们挑。写入清商传恨遥。

〔五韵美〕 四更鼓声高，听淋淋，伤怀抱。凄凉万种新愁绕。把愁人禁虐得，十分恼。天荒地老！这种恨，谁人知道。你听窗外雨声，越发大了。疏还密，低复高，才合眼，又几阵窗前把人惊搅。

〔山麻秸〕 五更报，鸡鸣了。才蒙眬，猛听喊声娇。细认如花貌。犹原自现在人间，当面堪邀。忙教潜出了书斋内，夹城裼道。顾不得夜深人静，露凉风飘，月黑途遥。清冷冷荒郊远郊，飒刺刺风摇树摇。猛然一声，全不见了。叫不出花娇月娇，料多应形消影消。我只道谁惊残梦飘，原来是乱雨萧萧。只隔着一个窗儿，直滴到晓。

最后，我们再看看蒲松龄在此稍后所写之《五更合欢曲》：

五更合欢曲

小引：斗画长眉翠淡浓，远山移入镜当中。

晓窗日射胭脂颊，一朵红酥旋欲融。

〔念奴娇〕 初更新合欢，沉吟半晌。怕庸姿下体，不敢陪从椒房。受宠承爱，一霎时，身判人间天上。唯愿取：恩情美满，地久天长。

〔古轮台〕 二更月上窗，下金堂，笼灯就月细相量。庭花不及娇模样，轻偎低傍。这鬓影衣光，掩映出丰姿千状。此夕欢娱，风清月朗，笑他梦雨暗高唐。

〔前调〕 三更月，月高仙掌，今宵占断好风光。红遮翠障，锦云中一对鸾凤。瑶花玉树，夜月春江，声声暗唱，月影过墙。搴罗幌，好扶残醉入兰房。花摇烛月映窗，把良夜欢情细讲。

〔字字锦〕 四更月，花影重。恩从天上浓，缘向前生种。金笼花下开，巧赚娟娟凤。烛花红，只见弄盏传杯；传杯处，蓦自语儿唧哝。匆匆不容宛转，把人央入帐中。帐中欢如梦，绸缪处两心同。绸缪处，两心暗同。

〔前调〕 五更月落西，奈朝来背地，有人在那里，人在那里，装模作样，言言语语，讽讽讥讥。咱这里，羞羞涩涩，惊惊惕惕。犹忆：夜来旖旎。回看处，恰似鸳鸯对宿。白头偕老，今日伊始。

由以上引录的蒲松龄早期所写作的几支艳情小曲的内容及写作时间上所反映出的前后过程，就不难得出，此时《琴瑟乐》曲的写作，已是万事俱备了。故藤田先生所说之"《琴瑟乐》是三十五岁前后之作"是可信的。

《蓬莱宴》，蒲氏碑阴所列"通俗俚曲十四种"第二组之第二种（总排第七种）。我所见到的传抄本有两个：蒲松龄纪念馆藏旧抄本与"蒲松龄遗著稿纸"抄写本。《蓬莱宴》在其作品本身，我们仍然找不到有关写作时间方面的记载。所以，我们也只能用同一种考察的方式来研究、探讨这个问题。

康熙十二年癸丑（1673），蒲松龄写了《尼姑思俗曲》，在该曲后，作者附了一段说明，这为我们研究该曲，提供了极大方便。其附文曰："康熙十有二年，暮春之初，寂寞无聊，与高念东徒步而游。偶至邑城东北之故有莲花庵，即同入随喜。上方佛殿遍览既毕，径憩于禅堂。俄一小尼蹀躞献茶，窥其意旨，颇有思俗之念。偶成此曲，兹志之。不无世有小补焉。柳泉氏作。"在这段附言中，作者将该文的写作过程及缘起，向我们说得很清楚。旧社会尼姑，她们的身份，一般认为是欲修炼成仙，不同于世间世俗的女子。但由于她们也生活在人烟嘈杂的世间，也难脱其凡胎及世俗之情。这儿女之情，往往引诱她们走上"邪路"，违背道门清规。《尼姑思俗曲》就是写了这样一位日夜苦念还俗的典型。这与《蓬莱宴》中，西王母侍女吴彩鸾在华山遇到文箫后的相思同一情怀。

尼姑思俗曲

小引：尼姑睡蒙眬，梦见一书生。
二人恩和爱，铁马响一声。
惊醒南柯梦，翻身是个空。
叫声小情郎，影儿无了踪。

〔叠断桥〕 一更里，独坐禅堂。一更里，独坐禅堂。手拿着木鱼儿，一阵好悲伤。手拿着木鱼儿，一阵好悲伤。落了发，去修行，离了家乡。最可怜，奴在青春未配那少年郎。最可怜,奴在青春未配那少年郎。算小奴,活不过三、六、九岁,因此上,二爹娘将小奴舍在庙堂。因此上,二爹娘将小奴舍在庙堂。恨只恨,老爹爹行事太错;想当年做此事,二老并未商量。想当年做此事,二老并未商量。

二更里,珠泪两行。二更里,珠泪两行。山门外,走进来美貌女红妆。山门外,走进来美貌女红妆。穿着红,挂着绿,多么好看;怀抱着小孩童,口口叫声娘。怀抱着小孩童,口口叫声娘。黑真真,乌云发犹如墨染;鬓边上,斜插着花儿秋海棠。鬓边上,斜插着花儿秋海棠。有闲事合无事,山门外看;看一看众黎民,都比我出家强。看一看众黎民,都比我出家强。

三更里,睡正蒙眬。三更里,睡正蒙眬。山门外,走进来美貌一书生。山门外,走进来美貌一书生。走上前,拉住了袍和衣袖。他言说:同入帏房,叙叙想思情。他言说:同入帏房,叙叙想思情。我二人,正在那爱恋之处,忽听得铁马儿,嗳,当啷响了一声。忽听得铁马儿,当啷响了一声。这才是惊醒了南柯一梦;翻翻身,叫情郎,搂抱一场空。翻翻身,叫情郎,搂抱一场空。

四更里,打扫禅堂。四更里,打扫禅堂。开山门,人进来,还愿又烧香。开山门,人进来,还愿又烧香。也有男,也有女,也有老少;也有那好夫妇,男女好情肠。也有那好夫妇,男女好情肠。有姑娘共学生,成双配对;最可恨作小尼,苦守在禅堂。最可恨作小尼,苦守在禅堂。见妇女,怀抱着小小婴孩;可叹我当尼姑,一世也白来。可叹我当尼姑,一世也白来。

五更里,泪流如雨。五更里,泪流如雨。眼看着月色歪,天到发了明。眼看着月色歪,天到发了明。清晨起,到禅堂,蒲团打坐。洗洗手,漱漱口,奴好去念真经。洗洗手,漱漱口,奴好去念真经。有小尼,正把那真经来念,猛听得,半空中呼唤一声。叫一声小尼姑洗耳敬听,叫一声小尼姑洗耳敬听:我本是上方界普化三通,奉上神,来点化,你且记心中。奉上神,来点化,你且记心中。从今后切不可思念红尘事,小心着造下祸,五雷又来轰。小心着造下祸,五雷又来轰。训话罢,一阵风,无了踪影。有小尼才知道上神把话明。从今后,回禅堂苦苦去修行。从今后,回禅堂苦苦去修行。

康熙十三年(1674),作者又写了《露水珠儿曲》,其文如下:

露水珠儿在荷叶上转，颗颗滚圆，颗颗滚圆。姐儿一见忙用线穿。喜上眉间，喜上眉间。恨不能一颗颗穿成串，排成连环。要成串，要成串，谁知珠儿也会变，不似从前。这边散了，那边去团圆。改变心田，闪杀奴，偏偏又被风吹散。被风吹散，被风吹散，落在河中间。后悔迟，当时错把宝贝看。叫人心寒，叫人心寒。附后：康熙十有三年仲夏，阴雨连朝，水流如注。欲出游而不得，寂寞殊甚。偶作闲散短曲，借以驱睡魔耳。

这两则小曲，是写成于康熙十二年与十三年，特别是《尼姑思俗曲》的附言，使我们进一步了解到《琴瑟乐》曲与《蓬莱宴》的写作背景，以及高念东情有独钟地评批《琴瑟乐》之深入肌理，阐发幽微，是有其内在原因的。

《俊夜叉》，蒲氏碑阴所列"通俗俚曲十四种"第二组的第三种（即总排第八种）。《俊夜叉》，我所见到的有两个抄本。蒲松龄纪念馆藏"聊斋遗著整理稿纸"抄本（简称蒲馆本），这个本子基本同于路大荒先生在《蒲松龄集》中所使用的本子，只是在传抄中出现了一些差异。譬如这个抄本开头的〔开场西江月〕，结尾的两支曲牌〔调寄劈破玉〕与〔西江月煞尾〕。我所读到的第二个《俊夜叉》的本子，是中国社会科学院图书馆所藏之三畏堂本《聊斋遗集》（简称中科院本）。这个本子的第八册，第一篇为《赌博词》，其正文题《聊斋外书·赌博词》，其实际内容为《俊夜叉》。这个本子与路编《聊斋俚曲集》中的《俊夜叉》（简称路本）和蒲松龄纪念馆所藏之《俊夜叉》相比，有许多独具的特点，是以上两种本子所无的。首先，该抄本使用了全套曲牌，都直接在每支曲词前标明。如〔西江月〕〔耍孩儿〕〔打叉〕〔银纽丝〕〔淄口令打叉〕〔淄口令〕，其煞尾是用〔清江引〕。其次，这个抄本在第二段的道白中与路本和蒲馆本明显不同的是"这山东济南府历城县。有一人，姓宗，名亓人，号是三宝"。中科院本为"就在山东济南府淄川县。有一人，姓宗，名亓人，号是三宝"。三者为"历城县"与"淄川县"之差别。再次，该俚曲结尾的倒数第三支曲子，中科院本与蒲馆本为"〔耍孩儿〕康熙爷，乙卯年，宗亓人，四十三"（蒲馆本无〔耍孩儿〕），而路本为"康熙爷己卯年，宗亓人四十三"。将"乙卯"误写成"己卯"，这一字之差，给研究《俊夜叉》造成很大的错误。高明阁先生就据路本，将该俚曲的写作时间误定为"康熙己卯，是三十八年，作者六十岁"。藤田祐贤先生在其《聊斋俗曲考》中对《俊夜叉》补注的说明中亦说："开头说己卯年（1699年——作者六十岁）主人公四十三岁云云，也就是从别的角度表明这个曲的写作时期。”也得出同样的结论,即《俊夜叉》是写于康熙三十八年“己卯”(1699)。而正确的时间当为“乙卯”,为康熙十四年(1675)。如果我们根据这一时间去研究《俊夜叉》,就可解决研究中的许多困难与疑团。据这个“乙卯”的时间概念推断:《琴瑟乐》与《俊夜叉》写成于同一时间范围内,它完全合乎蒲氏一生思想的发展过程与蒲氏整个聊斋俚曲创作的规律。

现在,我们回过头来研究《俊夜叉》的创作过程。在《俊夜叉》俚曲之前,作者曾有韵文之作《赌博词》:

> 天下之倾家者,莫速于博;天下之败德者,亦莫甚于博。入其中者,如沉迷海,将不知所底矣。夫商农之人,具有本业;诗书之士,尤惜分阴。负耒横经,固成家之正路;清淡薄饮,犹寄兴之生涯。尔乃狎比淫朋,缠绵永夜;倾囊倒箧,悬金于崄巇之天。呵雉呼卢,乞灵于淫昏之骨。盘旋五木,似走圆珠;手握多张,如擎团扇。左觑人而右顾己,望穿鬼子之睛;阳示弱而阴用强,费尽魍魉之技。门前宾客待,犹恋恋于场头;舍上烟火生,尚眈眈于盆里。忘餐废寝,则久入成迷。舌敝唇焦,则相看似鬼;夫迨全军尽没,热眼空窥。视局中,则叫号浓焉,技痒英雄之臆;顾橐底,而贯索空矣。灰寒壮士之心。引颈徘徊,觉白首之无济,垂头萧索,始元夜之方归。幸交谪之人眠,恐惊犬吠;苦久虚之腹饿,敢怨羹残。既而鬻子质田,冀还珠于合浦。不意火灼毛尽,终捞月于沧江。及遭败后,我方思,已作下流之物。试问:赌中谁最善,群推无裤之公。甚而枵腹难堪,遂栖身于暴客;搔头莫度至,仰给于香奁。呜呼,败德丧行,倾产亡身,孰非博之一途致之哉!

作者在这首韵文中,开宗明义,说:“天下之倾家者,莫速于博;天下之败德者,亦莫甚于博。入其中者,如沉迷海,将不知所底矣。”下边,作者就以“呵雉呼卢”迷于赌博,对赌徒在赌场的丑态进行描写。最后告诉我们:“赌中谁最善,群推无裤之公。”此人将自己的裤子都赌掉了。

当时赌博为害,使许多人家破人亡,所以作者又写成了《赌博五更曲》,进一步揭露与批判了这使人“败家”“丧德”的丑恶行为。因为此是用〔五更调〕写成,所以曲中有了人物与情节。但因其曲短(亦称小曲)而思想表达受到限制。就其内容而言,它已经成为一个比较完整的故事。现引录于下,以印证《俊夜叉》俚曲的形成,是经过如此的创作过程。

赌博五更曲

一更里,黑了天,打伙子商量去赌钱。坐下就把端阳弄。叫了个幺六,输了半千。不打一更天,输了八柱钱。人家坐红,俺掷十三。两吊铜钱输了个净,到吃了局家七八袋烟。赌博场里闲打蹭,坐下就把端阳弄,四、五、六点都拷盆,一心却还不足兴。时气低,运气蹭,坐下点子照着蹦。抓起骰来热了盆,一输输了个净打净。

二更里,月转高。借了贰百文输了。那里诳借再来赌,借了一遭无曾借着。这钱极好捞,就是无了捎。极瞪着俩眼好似肉边,埋怨自己无主意,最不该一回都输净了;埋怨自己无身分,平日和乜胡打混。抓耳挠腮借不着,明日还人也不信。暗暗恼,心发恨,好似交了死绝运。手里无个低小毫,这待怎么着光打棍。

三更里,半夜多。手里无钱看歪博,人家吃饼卷鸡蛋,馋的俺嘴里光咽唾沫;急的俺把脚跺,躁的俺把手撮,不住旁里瞎咕弄。人家拉俺睡了觉,睡了多时无曾睡着。赢家走,输家求,站在旁里闲多口。使心劳,点一着,除不承情骂不休。闲多口,无良斗,局家好似呲拉狗。揪着耳朵摔出去,无颜搭撒往家走。

四更里,眼正花。扒叉起来转还家。推开门往家走,老婆炕上她又骂。骂了声"贼强人",骂了声"强人杀",无白无黑做的甚么,恼恼性子不合你过,不是投井就是吊杀。不怨别人怨自己,前世命薄摊着你。哪时烧了断头香,摊着你乜赌博癖。孩子哭全不理,跳将起来把皮起。吃穿二字受操劳,看看谁来不强似你。

五更里,大天明。婆子咕哝只推聋。埋怨自己做的错,忍气吞声不做声。疲困浑身疼,发花眼难睁。翻来覆去又受用,一头扎在炕头上;回头朝里推害汗马,抓毛竖空炕上爬。做梦又把骰来抓,幺了就是七星剑,八九就是一枝花。赶着赢,赶着叉,趴叉起来转还家。炕上使了一身汗,醒来还是平铺塌。

《赌博五更曲》原稿后附"此曲《俊夜叉曲》附后",这就向我们提示:作者在写完《赌博五更曲》后，又将之扩展写成《俊夜叉曲》。自然，到《俊夜叉》，就已经形成一篇结构完整的俚曲了。它对迷于赌博的赌徒的批判就更深刻，对赌徒的形象描绘也更鲜明，故事的情节更曲折，思想活动也更复杂；特别应该引起我们注意的，是那位被称为“夜叉”的妇人，性格突出，行为果断，她顶着世俗的非议与偏见，把这浪子丈夫管教过来，其功德真莫大焉！所以，中科院本在该曲的末尾多了一句“赌博词成为浪子回头”。这可能就是在因袭的世俗面前，作者大胆地给该妇人的平反。

《穷汉词》，在张元撰《墓表》所刻蒲氏碑阴“通俗俚曲十四种”中为第二组第四种（总排第九种）。《穷汉词》，传抄本比较多，因其文短，所以差异并不大。《穷汉词》，藤田祐贤先生研究认为“《穷汉词》据毕子俊旧藏抄本，可以推测是三十七岁时作”。藤田先生的推测，是据毕子俊旧抄本末尾题“康熙十五年岁次丙辰下浣”。康熙十五年丙辰（1676），蒲松龄三十七岁。

《丑俊巴》，在张元撰《墓表》所刻蒲氏碑阴的“通俗俚曲十四种”中为第二组第五种（总排第十种）。《丑俊巴》，我们现在所能见到的只有路大荒先生在《聊斋俚曲集》中所收录的本子；所以，我们对《丑俊巴》的研究，也只能限定在路先生所给我们提供的本子范围内。《丑俊巴》是一未完稿，作者共写了两个章节，即〔山坡羊段〕之《净坛府八戒害相思》与《枉死城金莲成双对》。可惜，《枉死城金莲成双对》亦只写了〔山坡羊〕一曲。关于《丑俊巴》的内容，作者在此曲开头的〔西江月〕中，开宗明义地说：“一个说金莲最妙，一个说八戒极精；我遂及他撮合成，那管他为唐为宋。净坛府呆仙害病，枉死城淫鬼留情；酆都城畔喊一声，就成了一双鸾凤。”应该说，该俚曲是沿袭了古典小说《水浒传》《西游记》《金瓶梅》之后改编的“续书”性质。《水浒传》自第二十四回《王婆贪贿说风情 郓歌不忿闹茶肆》至第二十六回《郓哥大闹授官厅 武松斗杀西门庆》是写潘金莲与西门庆行奸共谋杀死武大郎。最后，武松杀死潘金莲为兄报仇。《金瓶梅》的作者，就是节选了这几回演化为百回长篇小说。后至明末清初的山东诸城人丁野鹤（号紫阳道人）又《续金瓶梅》共六十四回。其宗旨，在其《续金瓶梅后集 · 凡例》中说得很清楚：“故借金莲、春梅后身说法，每回中略为敷演，旋以正论收结，使人动心而生悔惧。”其实，这种“续书”之风，自明中叶以来就很盛行。黄霖先生在其《〈金瓶梅〉漫话》中说：关于潘金莲死后，魂化之事，再给以报应，历代有之，袁中郎说，续书“与前书各设报应因果：武大后世化为淫夫，上烝下报；潘金莲亦作河间妇”。蒲松龄的《丑俊巴》亦是在这种风气的影响下,在自己早期文学创作之路上的一种尝试。

《丑俊巴》(未完稿)的内容及其作者续《金瓶梅》的创作意向,我已在《〈金瓶梅〉对蒲松龄创作的影响》一文中,作了详细的阐述,这里不再重复。只想对蒲松龄写作《丑俊巴》的时间及早期创作,在这篇俚曲中所留下的痕迹,加以探讨。关于《丑俊巴》的写作时间,作者在作品中,并未给我们留下可供我们确认的事例及其写作时间的记载。所以,现在还没有引起人们对该俚曲写作时间的争论。但是,这个问题迟早是要提到议事日程上来的。藤田祐贤先生在《聊斋俗曲考》一文中,在谈到《丑俊巴》时,有这样一段话:"未成稿《丑俊巴》则以长篇曲词描写了入迷于潘金莲的好色猪八戒。这两曲的创作态度,也是与《琴瑟乐》相同的。"这说明,藤田祐贤先生在对聊斋俚曲的研究中已经发现,不明写作时间的《丑俊巴》的写作风格、创作态度类同于《琴瑟乐》;再者,据《丑俊巴》所写的内容和蒲松龄一生创作的规律,我们基本可以断言:《丑俊巴》的写作时间范围,当在康熙十二年至康熙十七年间。这段时间,蒲松龄无论在生活上,抑或在创作上,都仍然处于一个彷徨探索时期。《丑俊巴》是对《水浒传》与《西游记》的创作性改编,抑或称之为"续书"。但无论是从哪一方面来说,蒲松龄的这一尝试是失败的。所以,后来我们就再也没有见到这类作品的出现。到晚年,他就致力于对自己《聊斋志异》中故事的改编了。

《快曲》,又名《千古快》。蒲氏碑阴"通俗俚曲十四种"第二组的第六种(总排第十一种)。《快曲》是作者据历史小说《三国演义》中"战夷陵"与"华容道"等情节改编的。但就其内容而言,这是一部"反三国"的创作(指其所采用之情节,不是言其对全书)。自明清以来,在文人学士中形成一种风气,又有以写"反书"者为业。所以,就不断地出现了反《水浒传》者,《荡寇志》《新水浒》;反《三国演义》者,《新三国》;反《聊斋志异》者,《反聊斋》;反《石头记》者,《梅花碑》。蒲松龄写《快曲》的目的及宗旨,他在《快曲》之煞尾〔清江引〕中说:"天下事不必定是有,好事在人做。杀了司马懿,灭了曹操后,虽然捞不着,咱且快活口。"后题:"华容一事千秋闷,未斩奸臣老贼头;不是一矛快千古,万年犹恨寿亭侯。"故在其《快曲》中,作者反其道而行之,以使天下人千古之快。《快曲》是《如是观》一类的作品。《快曲》的第三联《庆功》,将胜败、荣辱及各种矛盾集中表现出来。〔耍孩儿〕第五支曲写道:"关云长太不通,放曹操走华容,把江山只当人情送。百计千方把他趁,趁到网里落场空。恨的恨来牙根痛! 休说有赌头令状,按军法断断难容!"这段唱词，是作者对寿亭侯关羽错误举动的批评与惋惜，致使留下千古之恨。故作者为之补过，而写此“千古快”。曲文中，写到张翼德在“庆功”会上，将矛盾推向顶峰：“却说：翼德挑着头，直到中军，便问那把门的：‘里边吆喝什么？’军人说：‘军师因着二爷放了曹操，要行刑哩！’翼德把得胜鼓乱打，提头直入，大叫：‘军师！曹操贼头在此。饶了二哥罢！’满堂都说：‘可喜，可喜！’孔明说：‘既然斩了曹操，大家贺喜。把罪人释放，罚他不得入席。把头挂起，鼓吹饮酒。’”《快曲》与《丑俊巴》都是对古典文学作品的改写，也是作者早期创作道路上的一种尝试。故它们当属作者早期作品。

通过以上对诸俚曲的考察，我们可以得出如下的结论：

这第二组聊斋俚曲，由《琴瑟乐》至《快曲》，在碑阴刻列时，基本是按时间顺序排列的。其写作时间，就其自身所记载的时间及同类小曲创作所署时间旁证，可以推断：这组俚曲的写作时间，当为康熙十二年癸丑（1673）至康熙十七年戊午（1678）五年间。

《琴瑟乐》，写于康熙十三年前后。

《蓬莱宴》，写于康熙十三年前后。

《俊夜叉》，写于康熙十四年。

《穷汉词》，写于康熙十五年。

《丑俊巴》，写于康熙十五年至十七年。

《快曲》，写于康熙十五年至十七年。

以上，是我在研读这部分俚曲时所得出的初步认识，是否正确，还有待于进一步实践验证。

聊斋俚曲的创作及其成就

于天池

在中国文学史上，蒲松龄是为数极少的既在传统文学的领域中，又在通俗文学的领域中都取得了巨大成就的作家之一。他不仅给我们留下了丰富的诗词文赋及杰出的文言短篇小说集《聊斋志异》，而且给我们留下来璀璨的通俗文学巨著聊斋俚曲。

按照学术界的一致意见，聊斋俚曲大部分创作于作者的晚年。但是，为什么蒲松龄在晚年突然对俚曲发生兴趣，并以极大的热情连续写下五十多万字的十几种俚曲呢？为什么聊斋俚曲大多数题材直接取自《聊斋志异》，而内容大都是描写家庭生活，反映家庭道德，主人公大都为妇女呢？

原来，在1702年，即蒲松龄六十三岁的时候，蒲松龄教馆的东家毕盛钜为了给自己的母亲庆八十大寿，买来了一个说唱俚曲的瞎女替她解闷。① 盛钜的母亲王夫人是一个非常喜欢听故事的人，据蒲松龄在《毕母王太君墓志铭》中讲，她“喜夜坐瀹茗谈往迹，或遣诸孙子灯下读野史，正襟坐听之”。她的兴趣很高，以至于“更阑，侍儿头触屏风，作鼾声，呼之频，犹喃喃呓应之”。说唱瞎女的到来，满足了老太太消闲解闷的需要，同时，也给蒲松龄创作俚曲以刺激和契机。

因为俚曲同一般诗文小说的创作不同，它不仅依赖于作家文学方面的修养，还依赖于作家对曲艺音乐和戏剧音乐的熟悉，依赖于对独特创作规律的掌握。同时，俚曲的大量创作又必须有演出条件，也就是说，只有在有演员，有舞台，有观众的情况下，作家的创作激情才能够持续下去，它们的大量创作才成为可能。

蒲松龄的家乡淄川一带在明末清初一直流行着民间小唱，这在小说《醒世姻

① 见《姑妇曲》：“二十余年老友人，买来蒙婢乐萱亲，惟编姑妇一般曲，借尔弦歌劝内宾。”老友人即指毕盛钜。

缘传》及作者的《聊斋志异》和聊斋俚曲中都有所描写。这使爱好文艺的蒲松龄从小就耳濡目染。当蒲松龄去江南宝应县结识了歌妓顾青霞之后，他对于说唱艺术和曲艺音乐有了更进一步的了解。顾青霞是一个很有文学修养，爱吟诗，会唱曲，在声腔吐字上很有造诣的歌妓。蒲松龄赞扬她，“曼声发娇吟，入耳沁心脾。如披三月柳，斗酒听黄鹂”（《听青霞吟诗》），“篇篇音调麝兰馨，莺吭啭出真双绝”（《为青霞选唐诗绝句百首》）。可见她说唱吟诵的才能确是高超。顾青霞和蒲松龄交谊也很深，蒲松龄写诗引她为“千秋知己”，在她去世后，写了《伤顾青霞》一诗来哀悼她：“吟音仿佛耳中存，无复笙歌望墓门。燕子楼中遗剩粉，牡丹亭下吊香魂。”可见两人感情深厚。顾青霞对蒲松龄后来创作俚曲及曲艺方面的见解都给予了很深的影响。像《慈悲曲》中提出的“词宜音调清，白宜声色像”的曲艺美学原则，就同顾青霞的影响有关。

蒲松龄南游归来后，俚曲的创作即已开始。据日本学者藤田祐贤的转述，现在日本所藏俚曲抄本《琴瑟乐》作于蒲松龄三十五岁，《穷汉词》作于蒲松龄三十七岁。[①] 不过蒲松龄这时期俚曲的创作一定是时作时辍，只是消遣游戏，到后来干脆停笔了。因为从现存资料看，相传为这时期的创作实在成绩寥寥：《琴瑟乐》国内无藏本，《穷汉词》只是抒情的短篇，它们在俚曲十四种中实在不足道。这可能是南游归来后，蒲松龄进取功名的心情依然强烈，正像他在《遣怀》诗中说的“生涯岁岁拥寒缸，落拓无成鬓欲庞。清兴可怜因病减，壮心端不受贫降”。因此，这时他的主要精力依然集中在科举上，集中在更能表达此时孤愤精神的《聊斋志异》上。

到了蒲松龄晚年，情况发生了一些变化。这时，随着子女“以次析炊，岁各谋一馆”，他的生活逐渐温饱，“瓮中始有余粮”。特别是随着年岁增高，尽管蒲松龄“五十余尚希进取”（《柳泉公行述》），时间却终于使他在科举上的幻想彻底破灭。他那种怀才不遇、郁愤不平的心境也逐渐平和。但蒲松龄的性格又天然是热情的，他把这热情逐渐转向了对世俗的劝惩和日用农桑知识的普及，“甄匋一世之意，始托于著述”（《柳泉公行述》）。而他宣传教育的对象也由原来的士大夫转向了村农市媪。

瞎女的到来，重新激起了蒲松龄创作俚曲的激情，因为这使他有了创作方面的切磋者，有了固定的演唱者；又由于毕母的爱好和祝寿的需要，聊斋俚曲有了演

① 见日本庆应大学藤田祐贤教授《聊斋俗曲考》。

唱的舞台,有了稳定的观赏群众,而这正是大量创作俚曲的重要条件。在这种刺激下,蒲松龄终于选择了俚曲作为表达晚年思想的艺术形式,而他也就在通俗文学领域中,同样向世人表现出不愧是中国文学史上熠熠的彗星。

然而,这给蒲松龄的俚曲创作在内容和形式上同时也就带来了不可忽视的影响:

(一)聊斋俚曲的长篇大凡都带有祝寿色彩,主人公最后福禄寿考的结局都有着毕家光荣历史的影子。像《翻魇殃》:"到了后来,仇家老爷官做到尚书,儿殿了翰林……"《寒森曲》:"后来商老爷升了尚书,大相公又中了进士,选了翰林。"《富贵神仙》:"太老爷在朝三十年,做到兵部、吏部二部尚书,少老爷从侍读学士起,做到吏部天官。"尤其是《磨难曲》:"做官做了三十多年,虚度六十五岁。自从六十上就不愿做官了,上了七八疏,皇上不允。又因循五六年,才准许致仕归家。官到了吏部尚书也就罢了。何况三个儿子,大的到了祭酒,二儿中了进士,三儿中了举人。五个孙子,一个刑厅,一个翰林,其余都是名士。大曾孙也进了学……"如果对照《明史·毕自严传》和《淄川县志》里有关毕家的记载就会发现,俚曲虽然有夸张和虚构的成分,但基本上同毕家鼎盛荣耀的门楣相吻合。聊斋俚曲中祝寿性质明显的剧目有《姑妇曲》《翻魇殃》《寒森曲》《蓬莱宴》《禳妒咒》,以及《富贵神仙》后变《磨难曲》共七种,占了聊斋俚曲总数的一半!从1702年毕母庆八十大寿到1710年蒲松龄从毕家撤帐归家的九年中,几乎每年都有为祝寿而创作的俚曲问世。

(二)由于聊斋俚曲演唱的对象是"内宾",是以毕母王夫人为首的妇女群众,因此,聊斋俚曲的内容大都是描写家庭生活,表现妇女道德的。采用的语言不仅是白话,而且方言性极强,这是由偏僻山村听众的特点所决定的。又由于蒲松龄同毕家的关系很密切,作者的《聊斋志异》基本上是在毕家坐馆时写成的,其中的故事不仅为毕家所熟悉,有些甚至就同毕家有关(如《狐梦》)。因此,在为毕母祝寿时用通俗的形式把聊斋故事加以改编敷演,并在此基础上掺杂上毕家发迹的行状轶事,对于讨得老寿星毕母的欢心是再方便不过了。

(三)聊斋俚曲的创作既然是以祝寿为契机的,那么,它在当时就应当是演唱的脚本,而非案头之作。为什么呢?俚曲中的"二十余年老友人,买来蒙婢乐萱亲,惟编姑妇一般曲,借尔弦歌劝内宾"(《姑妇曲》),"词宜音调清,白宜声色像;止有一分曲,借尔十分唱"(《慈悲曲》),以及"等老头有了兴致,再说那富贵神仙"

(《蓬莱宴》),都证明它们是演出用的脚本。因此,刘大杰先生在《中国文学发展史》中怀疑“这些鼓词,当日究竟演唱过没有,就无从知道了”,是不确的。

聊斋俚曲同《聊斋志异》不同。《聊斋志异》主要是作者中年和壮年时期的作品,那时作者对功名科举充满热望和理想,由于现实的冷酷和黑暗,他不得不在鬼狐花妖中寻找知己,寻找慰藉。因此,作者“集腋为裘,妄续幽冥之录;浮白载笔,仅成孤愤之书”,充满了孤愤和寂寞感。《聊斋志异》尽管也不乏劝惩之作和游戏之笔,但内容主要是宣泄孤愤之情的,因此在表现上就具有浓烈的情感和浪漫的笔调。俚曲就不同了,由于这大都写于作者的晚年,他已经把早年经世致用的热情转到了日用农桑知识的普及和伦理道德的劝惩上。因此,表现在俚曲中,那感情是幽默超脱的,笔调是偏近于现实主义的。俚曲中虽然间亦有抒写情怀的《快曲》《穷汉词》和游戏之作《丑俊巴》,但内容主要是“警发薄俗”“扶树道教”了。正如蒲箬在《柳泉公行述》中所指出的:通俗俚曲是要“参破村庸之迷,而大醒市媪之梦”,是出自蒲松龄的“救世婆心”。

聊斋俚曲同《聊斋志异》的另一不同点是,《聊斋志异》由于“自鸣天籁,不择音”,作者在瑰奇的浪漫世界中“遄飞逸兴,狂固难辞;永托旷怀,痴且不讳”,敢笑,敢骂,自抒襟怀,毫无顾忌。而俚曲由于大部分是为毕母祝寿演唱用的,就带有一定的应酬性质。虽然还不完全像蒲松龄在《戒应酬文》中感叹的“无端而代人歌哭,胡然而自为笑啼”,然而,毕竟在题材的选择上,在语言的运用上,在思想内容的发挥上,都受到了一定的限制。

二

在国内现存的十三种俚曲中,除《增补幸云曲》是根据原有民间唱本改编,写正德皇帝逛妓院的故事,《富贵神仙》和《磨难曲》写张鸿渐夫妻离合故事,《寒森曲》写商三官兄妹为父报仇的故事,《蓬莱宴》写仙女彩鸾和书生文箫相恋故事,另外,《穷汉词》《丑俊巴》《快曲》等或属于抒情短篇或为民间传说,其他俚曲全是作者从农村家庭实际情况出发,针对当时道德风俗沦丧衰败的情况有所为而发的;《姑妇曲》批评婆媳不正常关系并连及兄弟妯娌如何相处,《慈悲曲》批评后娘虐待前房子女并树立异母兄弟友爱的典型,《翻魇殃》批评坏邻居,《禳妒咒》批评泼妇虐待丈夫,《俊夜叉》又从另一方面赞扬了泼辣妇女对不走正道男人的严格正当的约束,《墙头记》则批评子女不奉养老人的现象,这些都是蒲松龄那个时代农村家庭中极其尖锐、亟待解决的问题，内容极现实，极有针对性。

有人认为古典文学作品中凡正面反映家庭道德问题的题材都是宣传封建道德观念，因此都应该摒弃，这是一种误解。道德伦理是协调人与人、人与社会关系的一种规范，作为精神文明，它是人类在长期进化过程中的产物。封建社会的道德伦理，较之奴隶社会不仅是一种进步，而且也是人类社会达到一定历史阶段人与人之间关系的反映。同封建时代的其他精神产品一样，它有腐朽的、反动的一面，同时也有合理的一面，可以继承的一面。对待它，我们同样也要分清哪些是属于剥削阶级的，哪些是属于劳动人民的，哪些是封建社会陈腐的说教，是适应封建社会经济基础的上层建筑，哪些是人类社会长期发展积累的共同的精神文明遗产。对于反映封建社会伦理道德观念的聊斋俚曲，我们也应该从这一立场出发去分析。

在俚曲所反映的社会问题面前，蒲松龄首先表现了他极丰富的人生经验和敏锐的观察力，此如，对于婆媳关系，蒲松龄认为"家中诸人好做，惟有婆婆极难：管家三日狗也嫌，惹的人人埋怨。……儿孙是自己生的，还要七拗八挣的；何况媳妇是四山五岳之人，相逢一处？若着那爷娘从小教诲，那里有天贤的呢？还有四句歪诗：'媳妇从来孝顺难，婆婆休当等闲看；自此若有豺狼出，方识从前大妇贤"（《姑妇曲》）。这就把婆媳之间的矛盾放在广阔的社会背景下考察了，认为婆媳之间的矛盾是由于两代人有着年岁的距离，有着性格气质和环境上的差异，又是由教育方面的不同造成的。因此婆媳应该互相体贴谅解。

对于后母同前房子女的关系，蒲松龄也表现了他犀利的眼光："世间两种最难当：一是偏房，二是填房。天下恶事几千桩，提起来是后娘，说起来是后娘"，"后娘冤屈也难明，好也是无情，歹也是无情。譬如有一个前窝儿，若是打骂起来，人就说是折蹬；若是任凭他做贼当忘八，置之不管，人又说是他亲娘着，他那有不关情的：谓之左右两难"。这较之《聊斋志异》中"再娶者，皆引狼入室耳"（《黎氏》），对后娘一概攻击的偏激态度客观多了。

蒲箬在《柳泉公行述》中说蒲松龄晚年道德声望极高："凡族中桑枣鹅鸭之事，皆愿得一言以判曲直，而我父亦力为剖决，晓以大义，俾各帖然钦服以去。虽有村无赖刚愎不仁，亦不敢自执己见，以相谆謑，盖义无偏徇，则坦白自足以服众也。"这赞颂自然是事实，不过，除了蒲松龄"义无偏徇"外，能使族人"各帖然钦服以去"，当也由于蒲松龄极富于人生经验，有着洞幽烛微的判断。

蒲松龄对于人伦关系的理解并没有脱离儒家的道德范畴，俚曲的创作宗旨正如他所说的是“劝人孝悌”。但是俚曲确也比较深刻地揭露批判了封建社会家庭关系的窳败，批判了人伦道德的堕落。他所针砭的丑恶社会现象，如子女不奉养父母的晚年，婆婆虐待儿媳，儿媳欺侮婆婆，后娘虐待前房子女等，都是人类社会中当然被唾弃的不道德的行为，这种针砭具有正义性和进步性。同样，俚曲所反映的父母子女之间、婆媳之间以及兄弟妯娌之间的义务和基本道德，也是人类社会生活中普遍应该遵守和坚持的。特别是其中一些男女主人公的优秀品质，在一定程度上体现了那个时代劳动人民的道德理想，表现了农村劳动人民的可贵品格。比如《姑妇曲》中的珊瑚，作者歌颂她“好一个俊媳妇风流不过，穿上件粗布衣就似蝉娥；又孝顺又知礼，一点儿不错。不说他为人好，方且是活路多：爬灰扫地，洗碗刷锅，大裁小铰，扫碾打罗；喂鸡喂狗，喂鸭喂鹅，冬里餵猪五口，夏里养蚕十箔；黑夜纺棉织布，白日刺绣绫罗；五更梳头净面，早早伺候婆婆”，就特别强调了她勤劳吃苦的性格。《姑妇曲》又有意写了和她全然相反、好吃懒做的臧姑形象。两者的好坏，真是判然分明。由于作品同时对恶婆婆于氏进行了批判，对大成不近情理的愚孝也有微词，因此《姑妇曲》并不同于一般的宣传“三从四德”的作品。珊瑚的善良、柔顺，能够团结人的品格也不能简单地被视为封建道德的表现。俚曲中的珊瑚实在是应该基本肯定的我国古代优秀妇女的形象。

尤其使我们感兴趣的是，俚曲所刻画的妇女形象除珊瑚外，都是极泼辣的妇女，而且除臧姑、于氏、江城、李氏等，又都是作者所歌颂的正面人物。像《富贵神仙》《磨难曲》中的方娘子，《翻魇殃》中的仇大娘，《慈悲曲》中的赵大姑，《姑妇曲》中的何大娘，特别是《俊夜叉》中的张三姐，作者写她“为人极有本领，管的他那汉子回了头，从新成了人”。蒲松龄评论说：“泼妇名头甚不香，有时用他管儿郎；管的败子回头日，感谢家中孩子娘。”这篇俚曲不啻是为旧社会所攻击的“悍妇”写了一篇大胆的翻案文章。在中国描写家庭生活的文学作品中，正面妇女形象向来是温柔和顺、闲淑贞静的，而泼辣的性格，几乎与“悍妇”“泼妇”为同义语。这里，蒲松龄对泼辣妇女的歌颂，表现了他对妇女独立人格的尊重，表现了他对传统的“三从四德”信条的蔑视，有着强烈的反封建的战斗性。

蒲松龄做了一辈子教育工作，他在俚曲中还表现出一个教育家对社会道德问题的敏感。他否认人的道德品质是天生的，认为道德都是后天学习的结果。在《姑妇曲》中，他说：“若着那爷娘从小教诲，那里有天贤的呢？”他写珊瑚勤劳能干，尊敬婆婆，强调这是由于“是个秀才的女儿，又知礼，又孝顺”。而臧姑之所以好吃懒做，脾气暴戾，却因为她出生在一个“生意人家”，又得到母亲娇惯纵容的缘故。集中体现蒲松龄对道德与教育关系看法的是《墙头记》。《墙头记》写张老汉在王银匠的帮助下使刻薄而又贪财的两个儿子奉养晚年的故事。儿子为什么变坏不奉养父母？作者借张老汉的口说，这是从小疏于教育的结果：“五十多抱娃娃，冬里枣夏里瓜，费了钱还怕他吃不下。惹的恼了掘坟顶，还抱当街对人夸，说他巧嘴极会骂。惯搭的不通人性，到如今待说甚么！”同时，蒲松龄认为这也是受坏环境影响的结果。张老汉的二儿子刚分家时还不错，对老人“耸着蛇头实落去做衣买帽，傻着脖子当真的去称肉杀鸡，恐怕不如家兄，我先讨愧”。但当哥嫂做出坏榜样后也就变坏了，表示“跟好就学好”“他乖觉俺也不憨”。尤其发人深思的是，当大怪和二怪受到官府的谴责，被打了板子，作者安排了这样一个情节来结束全剧：

> （张大说）小瓦瓯子，给我擦擦腿上这血。（瓦瓯子说）俺不，怪脏的。（张大说）小杂羔子气煞我！我到家可打你！（瓦瓯子说）俺爷爷长疮霎，叫你给他看看，你就嫌脏，正眼不理么。怎么这个就待打人？（张大哐哼着说）我做下样子了。我对你说，休学我了，我这就不是样子么？望上看有双亲，往下看有儿孙，我不好后代越发甚。指望他到家服事我，谁想他事事要学人……

这就非常明确地指出了不侍候老人给儿童心灵带来的毒害，指出了上行下效、恶性循环的恶果。在这里，蒲松龄提出了教育问题，提出了第二代的问题，观点是相当卓越的。

中国许多古典作家经过坎坷的人生，接受了佛教思想后，晚年便走向消极，失去了对人生的热情。但蒲松龄似乎是一个例外。蒲松龄出生在一个笃信佛教的家庭中，他在三十岁左右即对佛教思想有了研究，并以居士自居。虽然他一生对佛教研究得并不深，不过是些世俗的轮回报应观念，但毕竟成为《聊斋志异》创作思想的重要组成部分。从“文化大革命”中蒲松龄坟墓被盗掘所发现的殉葬念珠看，晚年的蒲松龄对佛教仍然是信仰着的。可惊异的是，晚年蒲松龄所作的俚曲却看不到丝毫消极避世的痕迹，始终洋溢着人生的欢乐和追求。《蓬莱宴》是俚曲中唯一的神话故事，具有元人度脱剧的形式，却又充满对人生的歌颂和眷恋。它写仙女彩鸾对人生幸福的热爱：“早知人间这样欢，要作神仙真是错，要作神仙真是错！”写彩鸾对度脱后的文箫埋怨说：“我为你神仙都不做，怎么舍我去求仙?”剧中还对热心度脱的吕洞宾进行了尖锐的嘲笑：“不亏你殷勤省着，天上神仙全无。”最后，“吴彩鸾上了天，忘不了儿女缘，一心偷着来家看。娘娘又罚三年整，才把仙家踪迹传”。总是执着地向往着人生，讴歌着人生，可以说是《蓬莱宴》的主要精神所在，也是整个聊斋俚曲思想内容的一大特色。

同《聊斋志异》相比，俚曲所反映的社会面毕竟狭窄了，对现实社会的揭露和批判相对地削弱了。但蒲松龄毕竟是一个面对现实的作家，他厌恶应酬文学，他保有着独立的人格和创作精神，从《富贵神仙》后变《磨难曲》的改写，可以见出蒲松龄努力使俚曲摆脱祝寿文学的努力。

《富贵神仙》和《磨难曲》都是根据《聊斋志异·张鸿渐》改编的。《富贵神仙》在故事情节上改动不大，写张鸿渐出逃的原因也很简略，不过是《张鸿渐》篇的扩大和通俗化，并在一前一后增加了祝寿的内容。但《磨难曲》就不同了，《磨难曲》把张鸿渐的故事放在一个极悲惨的背景下，作者详尽地描写了卢龙县老百姓如何遭到灾荒，如何衣食无告，县官老马如何勾结上司匿荒不报，拷打百姓；如何打死了秀才引起公愤。最后，才引出张鸿渐写状子被迫害的情节。

《磨难曲》的第一回就是百姓逃亡的场面：

〔莲花落〕万民造孽年景荒，田地焦干麦枯黄。共总种了十亩麦，连根拔了勾一筐！……大家没法干瞪眼，饿的口干牙又黄。一窝孩子吱吱叫，老婆子拖菜插粗糠；老头子不济瘟着了，出不下恭来绝气亡。大家告灾到了县，知县不肯报灾伤；众人又望上司告，差下盐正道老黄。知县怕他实落报，送上厚礼哀哀央；他轿里底头麻瞪眼，合县报了几个庄。百姓跟着号啕痛，摇吠怒喝脸郎当；一溜飞颠扬长去，骂声空在耳边厢。军门照着起了本，按庄赦了三分粮；哭的哭来笑的笑，人人祝赞那公道娘。路上行人多凄凉，暂时不知死合亡；乡里人民都散尽，城里大板大比粮。近日相传有大赦，越发狠打苦难当！一限抬出好几个，庄庄疃疃出新丧。与其临死臀稀烂，不如囫囵死道傍；今日还能沿地走，运气极低算命长。俺也不指望逢大赦，指望出门逢善良；一路无灾又无难，安安稳稳到汴梁。天爷睁眼不杀死，他日还能返故乡；贪官拿去年成好，正纸大锞又烧香。莲花落哩溜莲花。

这把农民在天灾人祸面前的惨状写得真是沉痛极了。对照《淄川县志》和《蒲松龄集》的有关记载就会发现,《磨难曲》所写的百姓逃亡场面完全是淄川县甲申年和戊子年的真实写照。作者是把对家乡人民不幸的同情,把对贪官的愤怒,写进了他的俚曲。甲申那年,蒲松龄曾写了一首《流民》诗:"男子携筐妻负雏,女儿卖别哭呜呜。郑公迁后流民死,更有何人为画图。"《磨难曲》就是蒲松龄为家乡人民勾画的生动真实的"流民图"。

可以想象,这样大场面地写百姓逃亡,让这么一大群叫化子上场,显然并不适合为毕母祝寿时演出。这就是同一《张鸿渐》题材编写了两种俚曲的原因。可能是蒲松龄为毕母祝寿时先写了《富贵神仙》,觉得意犹未尽,为了抒泄胸中的积蕴,又写了《磨难曲》。

值得指出的是,《磨难曲》还塑造了一个"只杀赃官与贪官,那官兵谁敢正着眼看"的绿林好汉任义的光彩形象。作品写任义占山为王,立志要"一匹马扫清那金銮殿"。后来虽然接受招安,却又英勇地杀退外族的入侵,保卫了人民的生命财产,受到老百姓的衷心爱戴。戏的结尾写张鸿渐保荐三山大王任义进京做官,老百姓听说后一起哭了起来,唱道:"多亏了三大王,给俺百姓除灾殃。大王若还从此去,俺尽死在山沟喂虎狼!"张鸿渐告诉百姓说:"朝廷家有的是人,不许另有极好的来么?何必定是任老爷呢?"百姓却回答:"张老爷说话差,有人可中做甚么?都督杨爷不救难,倒纵着兵丁害人家。官兵合贼无两样,强劫奸淫乱如麻。"这一情节的设计,反映了蒲松龄对这个农民英雄的赞颂和对官兵的鄙夷,爱憎是非常分明的。

一般说来,《聊斋志异》很少直接反映农民生活的疾苦,很少反映农民同地主阶级政权之间的直接矛盾和斗争,但在《磨难曲》中这些问题却得到了充分而深刻的表现,同样,《聊斋志异》虽然也侧面描写过于七和谢迁的农民起义,却不仅描写粗略而且是站在统治阶级立场去污蔑他们的,顶多带有人道主义的同情。然而,《磨难曲》中三山大王任义的形象,却是作者用重彩勾画的农民起义英雄。这表明晚年的蒲松龄在同情人民的疾苦上,在对人民反抗统治阶级斗争的看法上,思想有了新的提高,有了新的发展。

三

毫无疑问,聊斋俚曲最大的特点是通俗。然而,蒲松龄不像一些古代作家采用通俗的民间文学形式只是猎奇、消遣、自我表现，也不是仅满足于文化低的大众能够看懂、听懂，而是从"救世""劝世"的严肃目的出发，从故事内容到曲调语言，乃至俚曲的全部细微技巧都做了精心安排，从而达到了艺术性与通俗化的高度统一。

聊斋俚曲的内容是由三部分即根据《聊斋志异》改编的故事、其他广泛流传的民间故事，原有民间俚曲故事组成的。它们绝大部分都同农民的家庭生活有关。凡是与此无关的题材，都被蒲松龄摒弃了。比如，关于科举制度的不合理，这是蒲松龄终生都耿耿于怀，并且曾是《聊斋志异》着重表现的题材。但俚曲除《禳妒咒》随带加以讽刺外，很少触及。这是什么原因呢？这当是蒲松龄考虑到"村庸""市媪"对此不仅不熟悉，也不会十分关心，因而舍弃了。再比如，有关书生同鬼狐花妖的浪漫恋爱故事，俚曲也很少表现，因为那浪漫气息不仅与俚曲的劝惩教育精神不合，也为村农市媪所不理解，因此俚曲也改变了《聊斋志异》写少男少女相悦相爱的主题，而以表现夫妇家庭生活为主。俚曲中女主人公的身份同《聊斋志异》也不同，不仅很少鬼狐花妖，也很少士大夫的闺秀，更没有吟着"幽情苦绪何人见，翠袖单寒月上时"(《连琐》)那种弱不禁风的女性。作者所表现的是"又洗碗又刷锅，赶着驴儿去推磨"的那种农妇。这一方面反映了蒲松龄晚年美学思想的变迁，也反映了蒲松龄为了使俚曲更易为农民群众接受，有意识地减少士大夫气息和浪漫气息所做的努力。

俚曲是用淄川的方言土语写成的，凡是阅读过俚曲的人都会为蒲松龄土语词汇之丰富，运用之高超而赞叹。可以说不管什么难以描摹的情态，难以阐明的道理，难以叙述的复杂事情，蒲松龄都能用淄川土语惟妙惟肖、生动活泼地表达。对于民间特有的修辞格式，像谚语、俗话、歇后语、数子歌、绕口令等，蒲松龄也都能随手拈来，而且总是同人物性格、当时的情态气氛有机结合在一起。《墙头记》中的张大怪在一出场等待岳父光临时念了一段绕口令："他的达强及俺达，他那达俊及俺达，他达就比俺达大。他达合俺达一堆站，俺达矮了勾一揸，叫他达教人不支架。不因着情受他那地土，俺只说俺是他达。"这段调侃性质的绕口令不仅贴合张大怪的卑劣灵魂，也起到了调剂戏剧气氛，避免冷场的作用。《慈悲曲》里当赵大姑指桑骂槐痛斥李氏虐待自己侄子时有一段"数子"的修辞格式："'……那科子是以前来的，这孩子不是后窝里么？那科子把那孩子朝打夕骂，昨日跳了井里，几乎死了。有人说，就该骂那科子；有人说，不止骂，就该打那科子；有人说，不光打，就该杀那科子;依我说,不光杀,还该油锅里煎那科子,刀山上扎那科子,吊在树上凹那科子,一刀一块刮那科子!'赵大姑骂到兴头子上,便就摇起棹子来了。”这段“数子”就把赵大姑借题发挥倾泻对李氏的仇恨表达得淋漓尽致,那语言几乎可以让我们看到赵大姑愤激的面部表情。

聊斋俚曲最善写泼辣妇女,而每个泼辣妇女又各有不同的泼辣方式。《姑妇曲》中的于氏软的欺负硬的怕,《慈悲曲》中的张大姑疾恶如仇,有正义感。后娘李氏则显得刻薄琐碎,心胸狭窄了,《翻魇殃》中的仇大娘同《磨难曲》中的方娘子同样正气凛然、有魄力。仇大娘的泼辣带有农民的精细,方娘子的泼辣就显示出受过教育的人那种决断和干练。蒲松龄写泼辣妇女的对话,又很善于运用歇后语。这也可以说是俚曲刻画泼辣妇女的一个特点。像《姑妇曲》中何大娘嘲骂哄赶于氏就连用了三个歇后语:“秕芝麻上不的锅炒,——歇了还无了油水。”“裤裆里钻出个丑鬼来,——你唬着我腚垂子哩。”“铁鬼脸满地拌,——看丢出那丑来了。”语言很鄙俚粗俗,但不如此如何表现何大娘的泼辣性格!蒲松龄语言的民间性正是同他所描写的人物,所表现的农民生活一致!

在中国明清文学史上,完全采用白话创作曲子词的作家并不少见,然而像蒲松龄这样不是使用市井俗语,而是采用地地道道我国北方农村的农民语言来进行创作,具有那么浓烈的地方色彩和民间气息,却是很罕见的。俚曲的通俗性同明清以来其他作家所创作的杂曲的区别,主要的并不在纯粹白话的使用上,而是它从内容到语言的农民性上。

蒲松龄俚曲语言的风格又是极丰富的。他可以根据所写的内容和人物自由地变换语言的色彩。《蓬莱宴》写仙女吴彩鸾和书生文箫恋爱故事,语言就甜净工丽。像第二回《两地相思》写文箫对彩鸾的思念:“运气低,就合那冤家相见,魂灵儿飞上半天。恨不能把身子变上一变:爱你的鬅头,好变一对凤头簪;变一块螺黛,画你的春山;变一瓶胭脂,近你的舌尖;变一根银丝,穿你的耳环;变一个菱花,照你的娇颜;变一个荷叶,遮你的香肩;变一条腰带,缠你的腰间;变一幅罗裙,罩你的金莲;又情愿变上一双凌波,随着你那脚步儿转。”这语言多么缠绵旖旎,简直是一篇通俗的《闲情赋》!

俚曲在体制上并不统一,大部分是叙事的说唱文学,小部分是代言的戏剧。但无论是哪种形式,蒲松龄都能够从演出出发,熟练地运用民间特有的技巧来丰富创作。比如民间演出是相当注意开场的,聊斋俚曲也极重视开场,而且写得有声有色。像说唱型的《慈悲曲》前面就有类似于“入话”或“得胜头回”的长段落。一开始先是诗赞，然后评论做后娘的苦衷，接着讲小燕子遇到后娘的童话，再接下来讲古代王祥同后娘及异母弟王览的故事，最后才进入正题，极有层次。而戏剧型的《禳妒咒》开场又是这样的：

(丑笑上)〔西江月〕诸样事有法可治，惟独一样难堪：画帘以里绣床边，使不的威灵势焰。任凭你王侯公子，动不动怒气冲天；他若到了绣房前，咦，汉子就矮了一半！

家家房中有个人(一堆)，戴着鬏髻穿着裙(祸根)；仰起巴掌照着脸(瓜得)，(内问云)是你打他么？(哭云)那里，是他打我。(作介)我只雄赳赳的闯进门(扑嗵)。(内问云)这是怎么？(笑云)扑嗵一声，我就跪下了。(内问云)你就这么怕老婆么？(丑云)列位休笑，天下那一个不是怕老婆的呢？

接着，小丑从他父亲惧内的故事说起，说到一般怕老婆的原因和规律，然后又说到明朝大将戚继光怕老婆的民间趣闻。最后：

(内云)这没根子瞎话，我就不听。(丑云)说起来你不信，如今就现有一个哩。你看那不是怕老婆的他达来也？(下)

这样的开场是何等有趣！经过这么畅足的铺垫，在正戏开始前观众自然就静下来，急切地盼望故事的正式开始了。

在戏剧型的俚曲中，蒲松龄还很注意民间特有的切末道具和表演形式的运用。像《墙头记》中张大怪把他的父亲撮弄到墙头上，使张老汉“过不去回不来，手合脚瞎蹬歪”，就很富于民间特有的滑稽色彩。《禳妒咒》第三回写江城一家搬家，小江城喊累不肯走，场面是这样的；

(子正上云)脚夫打发去了。娘儿两个如何还不到？不免迎他迎去。呀！还在那檐下坐着哩。坐会子就不去了么？(徐氏说)正在这里弄鬼哩。(子正说)过来，我背着你走吧。(江城笑说)将将着罢。(子正说)就依着你。(江城又说)俺在这肩膀上站着罢。(上在肩膀上介)

…………

怪丫头站的牢壮，大立碑好似秦王。不怕翻了往下张，走来好似天仙降。一心似箭，奔走慌忙，来到家门才把孩儿放。（下）

这一细节安排得很巧妙。不仅写出了小江城娇惯的性格，为她以后悍泼性格的发展埋下伏笔，而且小江城在父亲肩膀上站着又具有浓郁的舞台戏剧效果，使带有过场性质的平淡的搬家气氛活跃起来了。我们可以想象，当日扮演樊江城和樊子正的演员一定又可以在这种造型下做各种身段来赢得观众的许多掌声。可见蒲松龄对农村的民间戏剧歌舞演出技艺是多么熟悉，掌握运用得又是多么精到！

蒲松龄不仅在俚曲的演出通俗化方面下了很大功夫，而且为了使识字的"村庸""市媪"直接阅读脚本，"词句曾经推敲，编书亦费钻研"（《慈悲曲》）。像戏剧型的俚曲脚本凡是科白，蒲松龄全用"说"来代替，凡是动作，全用白话直接描叙而不用"介"。这就使没有阅读过杂剧、传奇等正统戏剧剧本的人也能便当地阅读。蒲松龄为他的教育对象设想得真是周到极了，可以说俚曲从创作到演出，直到脚本的阅读流传都闪烁着为"村庸""市媪"服务的精神。

正是由于通俗，聊斋俚曲在当时就受到蒲松龄家乡人民的广泛喜爱，"脍炙人口，可歌而□□"（《蒲箬等祭父文》）。据现在年近八十的蒲松龄十二世孙讲，以前每年正月十五日，蒲家庄的人便装扮成大怪、二怪，装扮成仙姑彩鸾、狐精施舜华到城里和乡镇轮番演出。每到一处，东道主都端上大食盒饷以酒肉。演出时人山人海，台上唱，台下和。一九八〇年首届蒲松龄学术讨论会在淄川召开时，与会者亲耳听到了蒲松龄家乡人民大段大段地演唱俚曲，那音调真是优美动听极了。

蒲松龄的俚曲创作及其经验

张稔穰

蒲松龄是文学史上一位极有特点的作家:在雅文学领域他不仅写下了一千多首诗词,更在白话小说已相当成熟,文言小说历经晚唐、五代、宋、元、明而没有出现可以比并唐传奇之作的情势之下,创作出了文言小说的巅峰之作《聊斋志异》,成为文言小说领域成就最高的作家;在俗文学领域他也卓有建树,各种形式的俗文学作品近百万字,徜徉于两个文学领域且都成就斐然,在文学史上蒲松龄可谓最为突出;他终生居于农村,除一年的宝应作幕生涯外,足迹不出山东,其地位之卑微与文学成就反差之大,在文学史上也是屈指可数的。

乾隆十二年(1747),蒲氏族人编订梓行蒲松龄的杂著《日用俗字》时,其孙蒲立德在《跋》文中说:"又有通俗劝世游戏词,亦不下数十种,皆可以行世。"[①]这类通俗文学作品,仅著录于蒲氏墓碑碑阴的,就有戏三出[②],通俗俚曲十四种(实为十五种)[③]。此外,二十世纪三十年代,日本医生平井雅尾趁在淄川任职之便,多方搜求蒲松龄遗稿,他所编辑的《聊斋小曲》集,收录小曲 61 题 63 首,其中可以确定为蒲氏所作的有 7 首。[④] 另外,戏曲《草木传》,俚曲《逃学传》《学究自嘲》《除日祭穷神文》《穷神答文》,路大荒所编《蒲松龄集》以及近年盛伟所编《蒲松龄全集》都作为附录收录,很可能也是蒲松龄的作品。上述作品,少数写于青壮年时期,例如小

① 盛伟:《蒲松龄全集》,学林出版社 1998 年版,第 2230 页。

② 戏三出:《考词九转货郎儿》《钟妹庆寿》《闹馆》。

③ 通俗俚曲十四种:《墙头记》、《姑妇曲》、《慈悲曲》、《翻魇殃》、《寒森曲》、《琴瑟乐》、《蓬莱宴》、《俊夜叉》、《穷汉词》、《丑俊巴》、《快曲》、《禳妒咒》、《富贵神仙》后变《磨难曲》、《增补幸云曲》。

④ 马振方:《是否蒲松龄所作——庆应大学所藏十五种抄本真伪考议》,载《蒲松龄研究》1995 年第 3、4 期合刊。

曲中有四首缀以附记，注明写作年代分别是康熙五年、六年、十二年、十三年，其时作者为27～35岁；俚曲《琴瑟乐》大约作于35岁时，《穷汉词》作于37岁时。蒲氏俗文学著作中最重要的是俚曲，其中大部分作品作于60岁之后，此时《聊斋志异》的创作已基本结束。可以说蒲松龄的创作历程，前期是雅俗并举，以雅为主，后期则是由雅入俗。

蒲松龄的十五种俚曲，形式并不严整统一。其结构单位有八种为“回”，两种为“段”，一种为“联”，四种篇幅较短的不分“回”“段”“联”，《墙头记》《禳妒咒》《磨难曲》三种有人物上、下及白、唱、科、介等舞台提示，类似于剧本，但这种戏剧形式皆不太严格，不时出现作者的叙述语言。其余十二种皆是由一人讲、唱到底。后十二种是用时曲俗调以及作者的叙述语言组合成的讲唱文学，前三种可能既可供舞台演出，又可供一人讲唱。

蒲氏十五种俚曲中有七种是据《聊斋志异》中的作品改编的，但它们和小说原作不仅仅是形式不同，语言不同。《聊斋志异》属于文人士大夫的雅文学，追逐的是作家本人生活感受、情感体验、艺术表现的个体特色，以诗、骚、史、汉和唐人传奇作为创作的楷模，运用的主要是面向经典的艺术思维方式。而聊斋俚曲属于为下层民众，具体来说是为淄川农民服务的俗文学，表现的是农民群体普遍感兴趣的生活内容、思想情趣，运用的主要是面向现实、面向民众的世俗的艺术思维方式。一个作家的创作由雅入俗，不仅要变换文体、语言，而且要完成这种艺术思维方式的转变，才有可能取得成绩。蒲松龄既是一个饱读诗书、学养深厚的文人，又终身村居，生活也要仰靠田园稼穑，岁时丰歉，可以说是农民中的特殊的一员，因此当他自觉地为农民创作俚曲时，比较顺利地完成了艺术思维方式的转变。阅读聊斋俚曲，我们可以不时感到蒲松龄是站在农民的立场上，思考的是广大农民共同关心的问题，表现的是农民群众的世俗情趣，并自觉地运用着农民的语言。这是聊斋俚曲取得成功的最根本的原因，也是蒲松龄留给我们的最重要的艺术经验。

在题材方面，《聊斋志异》十分宽泛，描写知识分子爱情生活的作品又尤为突出。而俚曲除《琴瑟乐》写爱情，《增补幸云曲》《快曲》写历史，《蓬莱宴》写神仙道化，《丑俊巴》是游戏之作外，其余十种从题材上说只有两类：一是农村家庭内部的伦理关系和邻里关系，其中《墙头记》写父子关系，《姑妇曲》写婆媳关系，《慈悲曲》写后母与儿子以及异母兄弟之间的关系，《禳妒咒》《俊夜叉》写夫妻关系，《翻魔殃》写邻里关系。二是封建官府、土豪劣绅给人民群众带来的无穷灾难以及下层民众的贫苦生活、反抗斗争，这方面的作品有《富贵神仙》《磨难曲》《寒森曲》《穷汉词》。这两个方面最为农民所关心，俚曲以鲜活的人物和故事，告诫人们应建立起合乎道德规范的敦厚友善的伦理关系和邻里关系，以泼辣犀利的笔触揭露了封建官府官贪吏虐的虎狼本质，倾诉农民的苦难，歌颂下层民众的反抗斗争，足见蒲松龄是从农民的角度思考现实生活、撷取创作题材的。

在具体的叙述、描写上，聊斋俚曲呈现出来的也往往是只有农民才看得见想得出的生活图景，只有农民才能体验到的生活感受，只有农民才可能有的价值评判。如《墙头记》写张老汉的两个儿子大怪、二怪不孝敬父亲，使得张老汉衣食无着，睡觉是“炕上铺着席头子，头枕着块半头砖”，穿的是“上下一堆破铺衬”，“身上衣服没人洗，虱子虮子都成条，一双鞋穿的底儿吊”。[①] 吃饭是一个儿子管半月，而农历大尽每月三十日，小尽二十九日。俚曲所写的这年十一月是小尽。十二月初一日一大早，大怪因月尽而将张老汉送往二怪家，而二怪因张老汉只在大怪家吃了十四天饭而闭门不纳，大怪便将张老汉“撮”到了墙头上，使得张老汉“过不去回不来，手合脚瞎蹬歪，似上竿又把解来卖。落了一口游游气，墙头就是望乡台”。多亏张老汉的老友王银匠看见后扶了下来，银匠并定下巧计，制造张老汉曾在他那里加工过许多银子暗中储存的假象，哄得两个儿子争相为父亲养老送终。上述生活图景和故事，如果没有农民的眼光，是看不到、想不出的。《穷汉词》写穷汉哀叹自己的生活境况：“墙又塌，屋又倒，大风刮了屋上草。又少裤，又少袄，孩子哭，老婆吵，都说不如死了好！”“到年来，拜不的节，上不的庙。又清锅，又冷灶，哭的哭，叫的叫，有心只待上一吊！这样苦楚谁知道?”这样的苦楚，也只有一个农民才能深切体验到。《姑妇曲》是据《聊斋志异·珊瑚》改编的，在小说中，对珊瑚的评价是“性娴淑”，而在俚曲中，这样评论珊瑚：“不说他为人好，方且是活路多：扒灰扫地，洗碗刷锅；大裁小铰，扫碾打罗；喂鸡喂狗，喂鸭喂鹅；冬里牖猪五口，夏里养蚕十箔；黑夜纺棉织布，白日刺绣绫罗；五更梳头净面，早早伺候婆婆。亲戚朋友听着，邻舍百家看着，都说道这么个媳妇，就是那扬州的琼花，真正是找遍天下无二朵！”很明显，“性娴淑”是文人眼中的珊瑚，俚曲所写的则是农民视野中的珊瑚。

---

① 本文引述聊斋俚曲原文，皆据蒲先明整理、邹宗良校注《聊斋俚曲集》，国际文化出版公司1999年10月版。

以农民的视点看待和评论人、事，不仅会产生特殊的民间情趣，有时还会因视角的独特而使思想具有极强的鲜明性和深刻性。如《增补幸云曲》讲唱明代正德皇帝去山西大同宣武院嫖妓的故事，第一回便说：这万岁是“上方觜火猴临凡，光好贪耍”，“性情只像个猴儿变，无心料理朝纲事，只想天下去游玩，生来坐不住金銮殿”。把正德贪玩归因于他是“猴儿变”，这只能是农民及下层民众的见解，由此产生了巨大的讽刺力量，并在客观上否定了君权的神圣。《磨难曲》是据《聊斋志异·张鸿渐》改编的，但增加了大量的贪官酷吏摧残敲诈百姓的内容，作者借人物之口解释“牧民之官”说：“牧是养，譬如人家喂羊，同是爱惜他，也望他孳生，也望他肥大，却也要杀他吃。托给那牧羊的，他也要偷着杀他。那县官就合那牧羊的一般，岂有全然不杀百姓的？”这里的解释也明显带有农民的特点，似不经意之间便把牧羊的县官和羊的主人——县官以上的各级官吏直至皇帝——牧民是为了宰民、食民的本质揭示出来了。

从艺术趣味上说，《聊斋志异》表现出来的是带有作家个人色彩的雅趣，俚曲用农民的眼睛看世界，表现出来的则是农民的世俗情趣。一个突出表现是，在《聊斋志异》中，故事的结局不时让人感受到作家面对明清易代之初的现实所产生的感伤情绪、忧愤心理，如《公孙九娘》写莱阳生与在清初镇压于七之乱的大屠杀中含愤而死的公孙九娘的爱情，九娘嘱莱阳生将其骨殖归葬母亲墓侧，而莱阳生“忘问志表”，无法迁葬，再一次与九娘在“鬼火狐鸣，骇人心目”的丘墓间相见时，九娘竟“色作怒”，“若不相识”。《婴宁》篇塑造了一个爱花爱笑、纯真爽朗的少女的形象，最终却因这种性格不容于现实而“矢不复笑”。《晚霞》写晚霞、阿端在江南的斗龙舟之戏中溺水而死，在龙宫又因相爱惧谴死而复死，二人鬼魂虽又回到世间，但晚霞为逃避官府的征召不得不以龟溺毁容，二人不得不声明“夫妇皆鬼”。这些作品，都在美丽的故事的结局流露出淡淡的哀伤，给人以余音袅袅、意蕴绵绵之感。而聊斋俚曲中虽有作者对官府及世情的辛辣批判，作品中的人物虽历经磨难坎坷，但结局无不是花团锦簇，一片亮色。《富贵神仙》和《磨难曲》都是据小说《张鸿渐》改编的，小说的结局是：逃避官府追捕十余年的张鸿渐在儿子中了举人后，回到家乡，狐仙施舜华则不知所终。而在《富贵神仙》中，张鸿渐父子同时中了进士，父亲殿试探花，儿子“拉了翰林”，“太老爷在朝三十年，做到兵部、吏部二部尚书。少老爷从侍读学士起，做到吏部天官”。张鸿渐告老回家后，施舜华约下了八洞神仙，为张庆寿。在《磨难曲》中，张鸿渐做了大官后，还收抚了起兵造反的三山大王,结局也是“七子上玉堂,八孙朝金殿”。《寒森曲》是综合小说《席方平》《商三官》的情节改编的,在《商三官》中,三官假扮优伶刺杀了邑豪,自经而死。《席方平》中席方平魂入地府为父伸冤,虽最终获得胜利,父亲复活,结局也只是“家日益丰,三年间,良沃遍野”,“席父九十余岁而卒”。而在《寒森曲》里,商三官死后被封为“管十帝阎罗”的神灵,商礼在地府取得斗争胜利后回到阳世中了进士,官至御史,商臣在刨树根时发现了一大瓮元宝,商员外复活后活到九十三岁被三官接了去,“拉上天街”,进入了神灵世界。其他俚曲的结局也都是十分圆满的。在演唱三国故事的《快曲》里,甚至让张飞将关羽在华容道放走的曹操一矛刺死,刘备与其将士一边以曹操的首级赌箭,一边喝酒庆功。这种大团圆的结局虽然为封建社会里的许多读者、听众所喜闻乐见,但此种接受心理实质上是生活境况不怎么好的下层民众建立在“善有善报,恶有恶报”宗教思想基础上的自我慰藉,表现出来的是包括农民在内的下层民众的世俗情趣。《聊斋志异》中有不少爱情小说,多数作品写的是在“爱”的基础上的两情相悦,即爱情,或通过爱情故事表现出美好的人性。而俚曲中的《琴瑟乐》则写一个少女结婚前对夫妻生活的憧憬、好奇以及婚后的“性”的感受,“情”的内容是十分淡薄的。《聊斋志异》中的《江城》和据以改编的俚曲《禳妒咒》,都是写男子惧内的故事。《江城》中描绘高蕃为逃脱江城的挞楚是“奔避父所,芒芒然如鸟雀之被鹯殴者”。而《禳妒咒》则加了一个小丑“开场”:“丑笑上:……‘家家房中有个人,一堆(按:即一起生活);戴着鬏髻穿着裙,祸根;仰起巴掌照着脸,瓜得(按:象声词,掌打脸上的声音);内问云:‘是你打他么?’哭云:‘哪里?是他打我!’作介:我只雄赳赳的闯进门,扑哧(按:象声词,跪地的声音);’内问云:‘这是怎么?’笑云:‘扑哧一声,我就跪下了。’”并讲述了下至八家店的八个男人,上至戚继光戚元帅,全都怕老婆的可笑的故事。像《琴瑟乐》这样的作品和《禳妒咒》中小丑的开场,表现出来的也完全是世俗的情趣。

《聊斋志异》的语言,典雅、精炼,而俚曲运用的完全是淄川农民的土语方言,方言词汇、歇后语、谚语可谓俯拾即是。例如据小说《张诚》改编的《慈悲曲》写张讷、张诚的姑母赵大姑讽刺、教训张讷后母李氏的情况:“赵大姑三句甜,两句酸,可是小粜粮的生意快,——只见不住下。那李氏一阵红,一阵白,可是卖馓子的折了本,——也就炸挣不的了。”用精心结撰的对句分写赵大姑和李氏,而组成对句的又纯是方言土语、歇后语。即使写历史的《快曲》,诸葛亮、曹操使用的也是淄川农民的方言。诸葛亮让糜竺埋伏在夷陵道上准备火烧从赤壁败走的曹操时,唱:

"老杂毛由此经过……纵然能逃,连头带腰,也起个大燎泡!"曹操逃到乌林时,看到没有兵马埋伏,哈哈大笑,说:"我笑得诸葛亮。人都说他用兵如神,看来也是虚名。若是会的着(按:淄川方言,等于说善于用兵的),这里安下一队人马,不罢了(按:相当于今之俗语'玩完了',《水浒传》所谓'结果了')咱么?"唱:"若是这里埋伏下兵和马,咱爷们逃向何方?"历史人物语言的农民化,给作品增加了许多谐趣、俗趣。有时,作者又在方言土语中,加进去少量通俗易懂的文言词语,如《墙头记》第一回写张老汉对着儿子送给他的饭——一碗用红高粱面做的稀粥,唱:"你大号红粘粥,你名突你姓胡(按:粘粥又叫胡突),原来你是高粱做。热了烫人嘴巴子,蒲了(按:即凉了之后,因稀薄而面粉沉淀下去)照出行乐图,老来相处你这桩物!摸了摸,呀,老盟兄你几时死了,一点儿温气全无?""行乐图""老盟兄"两个文言词语与整段唱词融合无间,很好地表现出张老汉无可奈何的自嘲。《磨难曲》第五回,写"解子"押送因告发县令而被判充军辽阳的秀才们,到了一座山前,说:"看前边这座大山里有一伙强盗,要杀人吃了哩,你可合(和)他摔之乎,弄焉哉!"文言虚词接续在普通的生活语词之后,本是不伦不类,却恰切地表现了"解子"通过模仿秀才语言而对秀才们的不满的发泄和幸灾乐祸的嘲讽。从《聊斋志异》到俚曲语言体式的巨变,作家主观上并不是创立另一种风格(虽在客观上形成了独特的风格),而完全是为了更好地表现俚曲特定的内容、特定的情趣,即根源于面向世俗的创作思维。

蒲松龄从上述几个方面实现了创作思维方式的转变,因而他的俚曲创作取得了巨大成功。据《姑妇曲》改编的戏曲《孝妇羹》,分别见于京剧、秦腔、川剧、河北梆子等剧种,1922年,商务印书馆活动影戏部又将之拍为电影。[①] 新中国成立后,《墙头记》先后被改编为山东的地方戏——五音戏、山东梆子等,并被拍摄成戏曲片在国内放映。

俚曲(或曰俗曲)这种民间艺术形式早在蒲松龄之前就已产生,据郑振铎先生《中国俗文学史》,"最早的明代俗曲,为我们今日所见到的,有成化间金台鲁氏所刊的:(一)四季五更驻云飞、(二)题西厢记咏十二月赛驻云飞、(三)太平时赛赛驻云飞、(四)新编寡妇烈女诗曲四种;这四种都是薄薄的册子"[②]。至明末,俗曲

① 据《聊斋俚曲集·姑妇曲》题解,国际文化出版公司1999年版,第53页。
② 郑振铎:《中国俗文学史》,东方出版社1996年版,第433页。

更为流行，沈德符《万历野获编》称："不问南北，不问男女，不问老幼良贱，人人习之，亦人人喜听之，以至刊布成帙，举世传诵，沁入心腑。"[1]但蒲氏之前的俚曲，内容多写"淫媟情态"，多为抒情之作，是"痴男怨女的心声，是《子夜》《读曲》的嗣音"[2]，表现对象和服务对象主要是市民群众、士人妓女，在形式上多是散曲。而蒲松龄的俚曲主要以农民为表现对象和服务对象，在形式上则采用多种曲牌、多支散曲，联套组合成具有较长篇幅的叙事文学作品，可以说这是蒲松龄的一大创造，在俗文学史上独树一帜。

聊斋俚曲取得了极高的成就，但也并不是没有令人遗憾之处。蒲松龄在《慈悲曲》的开头曾声称"词句曾经推敲，编书亦费钻研"，但一些作品特别是篇幅较长者，对故事提炼不够，存在着铺叙过甚、冗长琐屑的弊病。如《富贵神仙》，叙事过程中插入的五更曲、四季曲、十二月曲竟有七八支之多，《磨难曲》对朝廷征讨三山的过程写得至多至烦。郑振铎先生谈到弹词的冗长时说："弹词为妇女们所最喜爱的东西，故一般长日无事的妇女们，便每以读弹词或听唱弹词为消遣永昼或长夜的方法。一部弹词的讲唱往往是须要一月半年的，故正投合了……妇女们的需要。"[3]聊斋俚曲是为农民创作的，农村冬日长闲，俚曲有讲有唱，敷衍愈久可能会愈受欢迎，但作为阅读的文本便不那么精粹了。聊斋俚曲表现世俗情趣，自然会受到农民的欢迎，但往往屈迎胜于引导，有时不免流于庸俗，如《增补幸云曲》虽暴露了皇帝的荒淫，但也流露出对皇权的艳羡，对得到皇帝恩沐的佛动心、六哥、胡百万的欣慕。《富贵神仙》的第一回"楔子"曾写到一个祷告上天、祈求富贵的人所得到的老天爷的恩赐：祷告罢"老天爷开口就问，那福神一路表直奏天门，说这人极清廉又极本分。天爷笑了笑，吩咐那手下人，你把那用不着的玉带，丢给他一大捆"。表现了对富贵难得的清醒认识以及对妄求富贵的揶揄。但该俚曲和《磨难曲》的终极旨趣是对张鸿渐一家富贵的称羡，对其富贵景象的描写有时让人觉得俗不可耐。写男女关系从《聊斋志异》重"情"降到《琴瑟乐》的重"性"，而在仅存一节多的《丑俊巴》残篇里，更写了猪八戒在鬼门关与被武松杀死的潘金莲的艳情，猪八戒看到潘金莲后，"恨不的搬过头来做过嘴……恨不的即时脱裤上床

---

① 〔明〕沈德符：《万历野获编》，中华书局1959年版，第647页。

② 郑振铎：《中国俗文学史》，东方出版社1996年版，第433页。

③ 郑振铎：《中国俗文学史》，东方出版社1996年版，第517~518页。

眠”，潘金莲看到猪八戒“模样虽丑汉子大，心里想到所以然，回头看着笑一笑，传情只在眼角边”。虽是游戏之作而不免过于粗俗。聊斋俚曲使用淄川方言，自然会受到当地农民的欢迎，清代也有用吴语创作的通俗小说，如《何典》《海上花列传》，也有丑角说唱用吴语的弹词，如《玉蜻蜓》《珍珠塔》等。但吴语使用范围较广，而聊斋俚曲中的多数作品特别是纯写农村生活的《慈悲曲》《姑妇曲》等，过多地运用了基本上只流行于淄川农村的方言词汇，有的连淄川之外的山东人都很难看懂，这必定会限制它的流传。聊斋俚曲上述美中不足之处，归结起来可以说是蒲松龄的创作由雅入俗、实现创作思维方式的转变时，顺利地做到了对面向世俗的艺术思维方式的沉潜，而没能很好地做到对它的超越。沉潜与超越应是对立统一的关系，正像今天的党的干部，既应深入群众，做群众的代言人，又应引导群众，带领群众前进一样。“成也萧何，败也萧何”，聊斋俚曲创作中正反两方面的经验，都是与创作思维方式的转变联系在一起的。在许多文化人涉足于市场文学、商品文学创作的今天，蒲松龄的经验也许会有一定的启示意义。

聊斋俚曲思想阐释

蒲松龄俚曲的思想成就和语言特色

马瑞芳

一

蒲松龄是我国十七世纪杰出的文学家。他一生著作丰富,除《聊斋志异》外,尚有文集四卷、诗集六卷、杂著五种、戏三出、通俗俚曲十四种。他长于诗词古文,对俗文学亦复功夫精湛。

据张元《柳泉蒲先生墓表》载,蒲松龄的十四种俚曲是:《墙头记》、《姑妇曲》、《慈悲曲》、《翻魇殃》、《寒森曲》、《琴瑟乐》、《蓬莱宴》、《俊夜叉》、《穷汉词》、《丑俊巴》、《快曲》、《禳妒咒》、《富贵神仙曲》后变《磨难曲》、《增补幸云曲》。路大荒先生整理的《蒲松龄文集》收了十三种。《琴瑟乐》见于平井雅尾所写《笔者所收藏之聊斋遗书》,为"天山阁王氏所传抄本一册"。

俚曲写于什么年代?

一、《磨难曲》写于康熙四十三年以后,蒲松龄六十五岁或稍晚。根据是《磨难曲》"百姓逃亡"中描写的天灾景况,和《聊斋文集》中《康熙四十三年记灾前篇》的灾情实录,完全一致。如:

> 家数亩麦,男子出行乞,姑妇生拔之,篮而归,庭而晒,捣杵其敛具也。
>
> (《康熙四十三年记灾前篇》)①
>
> 万民造孽年景荒,田地焦旱麦枯黄……共总种了十亩麦,连根拔了勾一筐。
>
> (《磨难曲·百姓逃亡》)②

---

① 〔清〕蒲松龄著,路大荒整理:《蒲松龄集》,上海古籍出版社 1986 年版,第 48 页。

② 〔清〕蒲松龄著,路大荒整理:《蒲松龄集》,上海古籍出版社 1986 年版,第 1374 页。

二、《俊夜叉》的末尾有“康熙爷己卯年”(1677)字样，当作于蒲松龄六十岁以后。

三、据毕子俊旧藏抄本，《穷汉词》作于蒲松龄三十七岁时；据天山阁所藏抄本内题，《琴瑟乐》作于三十五岁时。①

四、有七种俚曲取材于《聊斋志异》，其对应关系是：

《姑妇曲》——《珊瑚》；

《慈悲曲》——《张诚》；

《翻魇殃》——《仇大娘》；

《寒森曲》——《商三官》《席方平》；

《禳妒咒》——《江城》；

《富贵神仙》后变《磨难曲》——《张鸿渐》

《聊斋》成书于蒲松龄中年，但他直到康熙丁亥年(1707)六十八岁时，还在进行创作和修订。取材于聊斋故事的俚曲，在反映社会黑暗和人民灾难方面，较同一内容的文言故事更为广泛深刻，说明作者对社会有了更长时间的观察和更加成熟的思考。俚曲较多地反映中下层人民的生活和习俗，而很少像聊斋故事那样讴歌青年男女的热恋，说明作者和下层人民有了较长时间的接触，对于社会问题有了更深刻的探讨。因此可以推测，以聊斋故事为蓝本的七种俚曲，应当写于作者的晚年，至少不早于中年。

五、脱胎于三国故事的《快曲》、来源于神话传说的《蓬莱宴》、汲取了民间传闻的《墙头记》，以及《丑俊巴》《增补幸云曲》较难确定写作年代。

俚曲的体裁：

《禳妒咒》是完善的戏剧体裁。《墙头记》《磨难曲》也初具戏剧形式。其余各篇都有异于戏剧之处，是谓“鼓词”。它们往往以作者的描绘、叙述、议论，杂以牌子曲，展开戏剧冲突；以第三者的“介绍”替代剧中人的“道白”；结构上，不像戏剧那样分场、分出，却像小说般分“回”。如《翻魇殃》第一场第一回“仇尚廉贿卖侄妇，土条蛇造言诬良”。标题几于章回小说。

但是，三四个牌子曲重复叠用，却是俚曲各篇的共同特点。尤应注意的是，在遣词用字上，蒲松龄打破了宋元杂剧家堆金砌玉、雕章琢句的习惯，完全采用淄川

① 日本庆应大学藤田祐贤教授《聊斋俗曲考》。

口语写成。古奥艰涩的典故一概不用,群众生动活泼的俚语、俗语俯拾皆是,老妪能解。

蒲松龄俚曲中所用的曲调,或是俗化了的流传于明末的南北曲,或采自市井俗唱。日本汉学家藤田祐贤曾对《穷汉词》《琴瑟乐》以外的俚曲,进行过曲调方面的详细考证,兹转引如下(共四十五种,各曲调附采用的次数,其中南北曲以底线标明):

耍孩儿 12　银纽丝 8　叠断桥 7　呀呀儿油 7　劈破玉 7　跌落金钱 7　倒扳桨 6　房四娘 5　皂罗袍 4　黄莺儿 4　还乡韵 4　罗江怨 4　山坡羊 4　玉娥郎 3　桂枝香 3　憨头郎 3　西调 3　香柳娘 3　楚江秋 2　收江南 2　平西调 2　侥侥令 2　园林好 2　沽美酒 2　太平令 2　刮地风 2　哭皇天 2　虾蟆歌 2　对玉环 2　莲花落 1　金纽丝 1　太平年 1　干荷叶 1　雁儿落 1　鹧鸪天 1　一剪梅 1　鸳鸯锦 1　采茶儿 1　棹歌 1　满词 1　浪淘沙 1　北黄梦 1　四朝元 1　黄泥调 1　梆子腔 1

另外,还有开头、煞尾用过的西江月 10、清江引 9。这些曲调的相当一部分,至今被地方戏曲采用着。

就戏剧形式而言,俚曲有其不够完备或稍嫌粗糙之处;就作者而言,聊斋先生并非以戏曲名世;但由于以俚俗方言、以戏剧形式表现广泛的社会现实,俚曲在中国戏剧史上占有不容忽视的位置。

俚曲的影响:

剧本社会影响的大小,取决于是否搬上了舞台。蒲松龄的俚曲是否上过舞台?刘大杰先生的《中国文学发展史》说:"这些鼓词,当日究竟演唱过没有,就无从知道了。"①周贻白先生的《中国戏剧史》说:"《禳妒咒》既为戏剧,且系用俗曲写成,在乱弹腔还未完全抬头的清代初年,不管此项作品是否上演,单论曲调的组织,其形式,已颇值得注意。"②都未能确定俚曲上过舞台。

去年秋天,笔者赴蒲松龄故居考察得知,俚曲不仅保存在文人的传抄、梓行

① 刘大杰:《中国文学发展史》,上海古籍出版社 1982 年版,第 1235 页。

② 周贻白:《中国戏剧史》,中华书局 1953 年版,第 495 页。

中,而且保存在群众的口头传唱中。一位年近八十的蒲松龄十二世孙,向我们介绍了俚曲的演出盛况:每年正月十五,村人便装扮成大怪、二怪、银匠,装扮成仙姑彩鸾、狐精施舜华,到城里、乡镇轮番演出。每到一处,东道主都端上大食盒飨以酒肉,酒盖了脸,黑塔似的汉子也扮起二八姣娃登台表演。观者人山人海,台上唱,台下和。至于蒲松龄以〔耍孩儿〕〔银纽丝〕〔呀呀油〕等常用曲调写的俚曲、小曲,田间路途、街头巷尾,童叟尽晓,随时可闻。这位不识字的蒲氏后裔还亲自大段大段唱《磨难曲》中的〔五更调〕、《蓬莱宴》中的〔银纽丝〕,音韵铿锵,朗朗上口。他把〔鸳鸯锦〕叫作〔铺地锦〕。从他的随意清唱中,我们竟发现了《蒲松龄集》中的几处错误。如《蓬莱宴》吴彩鸾到华山的唱词"华山的景致尽堪也么夸"后,《蒲松龄集》载:"左是玉女石莲花。"老人唱作:"左是玉女右莲花。"孰对孰误,是一目了然的。

俚曲雅俗共赏,为人民群众喜闻乐见,在民间广泛传唱。它对后世文学、戏曲的发展也有深远影响。《墙头记》作为山东梆子剧团的保留剧目,盛演不衰,便是一个明显例证。

二

蒲松龄的《聊斋志异》说狐谈鬼,多以狐仙神鬼为主角,以爱情为主题。俚曲的优秀篇章虽亦涉神涉鬼,但写青年男女自由相爱的内容,如《蓬莱宴》中彩鸾与文箫者,却很少见。作者的笔触转向广阔的社会生活,或者揭露黑暗的统治,或者抨击腐朽的科举,或者嘲笑封建道德的虚伪,思想内容是丰富而深刻的。

揭露封建统治的黑暗,讴歌人民的反抗。这类作品主要有《寒森曲》、《翻魇殃》、《富贵神仙》后变《磨难曲》、《增补幸云曲》。

《寒森曲》对于贪官蠹役、土豪劣绅压迫人民的暴行,进行了触目惊心的揭露。有钱有势的赵恶虎横行乡里,因霸商家的田地不遂,唆使恶奴将商员外打死。商氏兄弟告状伸冤,县、府、司、院全受贿枉法,审案时原告下跪,杀人犯却"赐了个座儿坐在旁"。商三官清醒地认识到"上下全成钱世界""天下官走的一条路",女扮男装,手刃仇敌后,县官又借此讹诈商氏兄弟。而赵恶虎又以金钱买通了阴间的判官阎王,以致杀人凶手在阴间仍逍遥法外,原告却被钢锯解、油锅烹。在作者笔下人间豺狼当道,民不聊生,阴间恶鬼横行,正义难伸。蒲松龄还愤怒地借二郎神之口痛骂贪官污吏:

受人钱丧良心……人间善恶全不论……权印官狠似狼，该剥皮楦麦穰……阴间自从你掌教，地狱竟有善人藏，恶人反在金桥上。把一个花花世界，真弄的日月无光！①

《寒森曲》取材的两个聊斋故事，本就是聊斋先生鞭挞黑暗统治的名篇，改编为俚曲后，统治阶级的残暴和人民的反抗被描写得更加细致深刻。《商三官》写到商父被邑豪害死，就转入对复仇的描写。《寒森曲》却增加了对商氏兄弟告状的详尽描述，把封建社会贪官上下其手、贪赃枉法的丑态写得淋漓尽致。

《磨难曲》代表蒲松龄俚曲的最高成就，与它所取材的《张鸿渐》相比，俚曲要深刻和成熟得多。聊斋故事不过描述张鸿渐个人的悲欢离合，《磨难曲》却广阔地反映社会矛盾。在"百姓逃亡""贪官比较""按台公断"中，展现了处于天灾侵袭、贪官盘剥，水深火热中人民的悲惨生活。卢龙县因旱灾虫灾，颗粒无收，百姓"老婆孩一齐捱饿，瞪着眼乱叫皇天"。马知县却匿灾不报，追比钱粮，以便"见了赦一并上腰"。灾民或者被贪官几十板打死，或者离乡逃亡，灾民哀叹："怎么给真（这）个年景，还给真么个官儿！"人民的苦难是贪官污吏敲骨吸髓造成的，卢龙的马知县逼催钱粮，打死的无辜百姓不可胜数；贪赃六百两白银，就买放杀人犯，将原告活活打死；他还唆使蠹役借捕盗而鱼肉人民，私抢民女。这个贪官名为百姓的"父母官"，实为百姓的催命官。蒲松龄从人民的愿望出发，在剧中安排马知县被"秋后处决"，并用幽默的笔在他脸上画上最后一笔油彩：

（马知县大哭问：）"不知买口快刀得多少钱？"禁子说："马老爷不必忧虑，情管比别人少使二两银子。"②

佛面刮金的贪官即使买口处决自己的快刀，也比别人少使二两银子。讽刺得真是鞭辟入里，入木三分。

特别值得注意的是，《磨难曲》以满腔热情歌颂了农民起义，这是《聊斋志异》

① 〔清〕蒲松龄著，路大荒整理：《蒲松龄集》，上海古籍出版社1986年版，第1061～1063页。

② 〔清〕蒲松龄著，路大荒整理：《蒲松龄集》，上海古籍出版社1986年版，第1437页。

所没有表现过的内容。蒲松龄重笔着力塑造了铤而走险的农民起义军首领三山大王任义的英雄形象。他路见不平杀了恶人，扯旗造反占据三山，“只杀赃吏与贪官，那官兵谁敢正着眼看!”官兵数次“进剿”，都被他打得落花流水。作者还有意将“毛贼”同朝廷官兵对比地描写:清兵入侵，都督杨蕃被杀得丢盔卸甲;清兵遇见任义却望风而逃。恶贯满盈的军门被朝廷“问罪”时，以十万白银贿赂上司，免了死罪;充军途中遇到任义，却再不能混过去，任义怒斥他的罪行，立命小喽啰:“给我砍了头来!”相比之下，“毛贼”是何等英勇无敌、公正无私，而官兵又多么腐败无能、贪枉虏掠！这位草莽英雄对遇难的秀才拔刀相助，将可恶的解差立刻处死，还怒斥“那朝廷太尊”，立志“一匹马扫清金銮殿”，英雄性格十分鲜明。后来他虽被“招安”，却又英勇地抵抗了清兵入侵，保卫了人民的生命财产。任义的英雄形象刻画十分成功，这表明经过长期乡居，蒲松龄同情人民的疾苦、赞扬人民对封建统治的反抗，思想有了新的飞跃。

衙役如虎，县官似狼，军门枉法，司院贪赃。蒲松龄在描述黑暗官场时，塑造了一系列凶残、贪婪、荒淫、卑鄙的贪官污吏、土豪劣绅反面形象。如《寒森曲》中的县官老王、恶霸赵恶虎、阎王、判官;《翻魇殃》中的土豪赵阎罗、地痞土条蛇;《磨难曲》中的马知县、军门;在《增补幸云曲》中还以春秋笔法刻画了最高统治者的形象:荒淫无耻，不问国事，挥霍无度，花天酒地。这位武宗皇帝自称“我是天下头一条好光棍”，他弃朝政不问，千里迢迢去嫖妓院，还厚颜无耻地说:“就嫖上一年半载，能使我几布政司银?”作者对这些统治者是深恶痛绝的。

在深刻揭露统治者的残暴面目的同时，蒲松龄笔歌墨舞雕塑了一大批英雄形象，这些形象充满着正义勇敢的斗争精神，体现着人民群众对统治者的鲜明仇恨，体现着民族和阶级的优秀品质。《寒森曲》中和压迫者进行寸步不让的斗争，宁折不弯、大义凛然的商礼，对统治者不抱任何幻想、智勇双全为父复仇的商三官;《翻魇殃》中豪迈老练、巧斗地痞的仇大娘;《磨难曲》中不畏强暴、正直善良的张鸿渐和聪慧机智的方娘子。这些富有反抗精神的形象都塑造得栩栩如生、优美动人。

抨击腐朽的科举制度。蒲松龄是我国文学史上第一个广泛接触科举制度题材的重要作家。对八股取士科举制的腐朽和虚伪进行揭露控诉的俚曲，主要是《禳妒咒》、《富贵神仙》后变《磨难曲》。

庸俗利禄之徒借八股文为敲门砖，一朝权在手，便把文柄作为攫取个人私利、榨取钱财的手段,“银子成色认的熟;纵有好文章,也未必念开句”①,埋没大批有真才实学的人才。《禳妒咒》辛辣地讽刺了这种丑恶现象:

点着名学道笑也么开,喜的原不是求真才。心暗猜,必定是大包封进来。只求成色正,不嫌文字歪,把天理丢靠九霄外,那管老童苦死捱,到老胡须白满腮。②

蒲松龄虽然十九岁便考县、府、道第一名,但到五十岁也未能中举。穷读书人受科举制度压抑、摧残,他深有体会。剧中写到一个名叫刘太和的童生,六十五岁还去考秀才,他吟一首打油诗自嘲:“从那来了个春风鼓,童生考到六十五。没钱奉上大宗师,熬成天下童生祖!”在嬉笑怒骂中带着对科举制度的血泪控诉。试官见钱眼开,出身寒微的知识分子因无钱行贿,终老为“童”;纨绔子弟高蕃却很快中举中进士做高官。“瞎学道”录取“文字歪”的庸才,恶性循环下去,科举制的腐朽益发不可收拾。这些章节和《聊斋》中《司文郎》《王子安》《于去恶》等揭露科举制的名篇,有异曲同工之妙。

《磨难曲》集中笔墨写读书人的典型形象张鸿渐,特别是将他中进士做高官前后截然不同的处境做鲜明的对比。身为一介寒士时,张鸿渐写了一张告卢龙知县的状子,就被知县追捕,弃家出逃,数载不敢归家。妻子还被抓入牢中。他偷偷还家时,又愤杀调戏妻子的恶徒,自首后被充军,途中受尽差人李虎、张龙凌辱。待张鸿渐父子中了探花,选了翰林衣锦还乡时,非但杀人罪名不翼而飞,司道军门州县官还设宴接风;恶徒李鸭子的妈非但再不敢来拦门叫骂,还到张家贺喜磕头;那两个凶神恶煞般押解过张鸿渐的公差,也连忙赶来“双膝跪下”,磕头求饶。张鸿渐逃难时,家中门可罗雀;高官荣归后,门外“竖大旗,挑长幡;人声喧,枪刀剑戟并矛镰”,“彩旗一片红,人人欣喜来承奉,今日才得相逢,袍带一身耀眼明”。蒲松龄借张鸿渐的遭遇说明,科举制度虽已是枯木朽株,但对于出身寒微的读书人,仍有极大的吸引力,因为科举是穷读书人一步登天、跻身统治者行列的捷径。蒲松龄

① 《蓬莱宴》,〔清〕蒲松龄著,路大荒整理《蒲松龄集》,上海古籍出版社 1986 年版,第 1093 页。

② 〔清〕蒲松龄著,路大荒整理:《蒲松龄集》,上海古籍出版社 1986 年版,第 1158 页。

还进一步说明了这样一个道理：科举不仅是读书人的青云路，还是他们的护命符。张鸿渐就是借功名为“安全之路”的，他虽然认识到科举制度的腐朽：“试官有几个不瞎的？”仍然不遗余力地追求功名，因为如果他不做比县太爷更大的官儿，县官对他的追捕迫害便永无休止；如果他不“衣锦还乡”，他就和妻儿永无团圆之日。因而他刚中探花，便对官场心灰意懒，剧中有这样一段对话：

(张鸿渐：)想我祸从天上来，险些儿路丧泉台……做几桩好事传九垓，便归林壑去朝阶。

(方仲起：)贤弟谓之将相大任，前程万里，怎么说到遁呢？

(张：)屡受颠险，心中甚淡，只借功名为安全之路罢了。①

张鸿渐对科举的失望，和《贾奉雉》中对科举的绝望，从不同角度表现了蒲松龄对功名的幻灭。

揭露地主阶级的虚伪奸诈、狠毒狼贪的丑恶本质，反映下层人民的困苦生活，是俚曲的又一重要思想成就。这类作品主要有《墙头记》《穷汉词》。

《墙头记》中的大怪、二怪是两个认钱不认爹的狗地主。他们千方百计地哄骗了老父的财产后，让老人吃高粱粘粥，穿破布衫，铺席头子，枕半头砖，两兄弟还因“养老”而互相推诿，把老父推在墙头上，谁也不管。待他们中了王银匠巧计，误认老父有钱时，马上争着孝顺，供张老早晨肉面，中午鸡汤，冬月丝棉，夏日葛布，实际都是在打“银子”的主意。作者绘形绘声地描摹了这“两个不孝的奴才”见钱眼开的丑态，以极经济的笔墨给这两个丧尽天良、泯灭人性的狗财主以鞭挞和嘲弄。

与此相对立的，作者在《墙头记》中歌颂了劳动者王银匠的崇高品质。他见义勇为，路见张老冻饿交加，毅然表示：“情管我着他两个争着事奉你。”他机智深谋，针对两个财迷心窍地主的心理，煞有介事地埋怨张老要赖他的火钱，暗示大怪、二怪张老尚有大宗银两。那两个家伙果然上了当，为张老养老送终。待为张老送完葬，大怪、二怪要王银匠帮着找银子时，王银匠先是辛辣地嘲弄他们：

“二位待要银子？甚么银子？桃仁子？杏仁子？……”“我虽老的无正

① 〔清〕蒲松龄著，路大荒整理：《蒲松龄集》，上海古籍出版社1986年版，第1506页。

经,哄杀人从来不偿命。不曾哄着你敬俺老,又不曾哄着你跳枯井,这一哄略略通人性。”①

又大义凛然地痛斥大怪、二怪只要金银不养老爹的禽兽行为:

把个老子搁墙头,浑身都是烂流丢,一家全是真禽兽!若不将银钱打动他,好言怎能劝回头?②

王银匠朴素正直、机智侠义的典型性格和地主阶级人物道德的堕落形成了鲜明的对比。

《穷汉词》细致地描述了穷苦农民的困苦辛酸生活:终年血汗暴流,扭筋拔力,仍然是少油无盐,少柴无米,“粮食粜的没一石,衣裳当的没一件”。造成这种悲惨生活的根源何在?蒲松龄直言不讳地写道,是由于官府盘剥、地主掠夺、狗腿逼命,还有高利贷:“当铺里强人,倒好似剥皮厅的鬼判!”直接地、详尽地描述穷苦农民可怕的生活真实,并揭示造成人民苦难生活的根源——阶级对立。这类作品与《聊斋志异》名篇相比,亦不逊色。蒲松龄是个穷学究,对穷苦农民的茹苦含辛境况有切身体会,《穷汉词》正是反映了作家同人民的血肉关系。

此外,《姑妇曲》通过珊瑚的悲惨遭遇,揭露了封建礼教对妇女的重压;《慈悲曲》歌颂了张诚兄弟笃于友爱的可贵品质;《俊夜叉》叙述劳动妇女张三姐泼辣能干、教夫成人的故事,都活现了中下层人民的家庭生活场景,从不同角度反映了封建社会的现实。

三

文学是借语言做雕型描写的艺术。俚曲的思想艺术成就和蒲松龄高度的语言艺术分不开。与文言体《聊斋志异》清新典雅的语言特点不同,以白话创作的俚曲,广泛运用山东淄川人民口语,大量撷取俗谚、俚语,借助于人民口头生动、形象、准确、明朗而富于表现力的语言,极其确切地雕刻出人们活生生的姿态,创造出鲜明的社会风俗画。

---

① 〔清〕蒲松龄著,路大荒整理:《蒲松龄集》,上海古籍出版社 1986 年版,第 856~857 页。
② 〔清〕蒲松龄著,路大荒整理:《蒲松龄集》,上海古籍出版社 1986 年版,第 858 页。

广泛汲取方言土语。特别是高尔基说的“用一种特别富于教训性的完整形式,把人民大众的思想表现出来的”“俗谚俚语”,鲁迅之谓“炼话”——是蒲松龄俚曲的突出语言特色。《墙头记》中,王银匠救下被儿子送上墙头的张老时说:

合他大家过不成,大石头往他那锅里撺。不说你铺囊不济,怎怨的黄口成精?

不说“扔”石头,却说“撺”;不说“懦弱无能”,却说“铺囊不济”,不说“儿子犯上”,却说“黄口成精”,这是多么生动流利的淄川口语,又多么准确地表现了银匠的朴素和侠义性格。

《慈悲曲》中,悍妇李氏听说张讷到姑母赵氏家去时,对丈夫说:“您小达达往您养汉头姐姐家里去了。”把“儿子”称作“达达”(淄川口语:爹爹),在“姐姐”前边加上一个“养汉头”,一句话写尽李氏厌恶张讷、憎恨赵氏、挟制丈夫的复杂心情,泼妇口吻惟妙惟肖。同一剧中,李氏问赵氏,是否张讷来姑母家诉苦了?赵氏不正面否认,却说:“该小讷子那腿事么?……就是犸虎(淄川口语:狼)咬着老羊,——就吃下他下半截,他也是不做声的。”一个俗谚便活脱脱写出了软弱无助的张讷受恶狼般后母虐待的处境。

俚曲语言的第二个特色是生动形象,简洁活泼。《翻魇殃》中写仇家遭火焚后的凄凉:“好一似千年古庙,住着些瞎道痴僧。”写仇家御盗境况:“箭如飞蝗,枪似炒豆。”笔墨经济,比喻确切,景象却如画笔勾出。《寒森曲》中,商二相公在阴间遇见父亲、妹妹,三人抱头大哭,解子说:“急自(淄川土语:本来就)一个唓唓哼哼的,一个扭扭捏捏的,又添你哭哭啼啼的……”“唓唓哼哼”“扭扭捏捏”八个字,便情态逼真地画出了懦弱老迈的商员外、深闺少女商三官的神情。《翻魇殃》写纨绔子弟范公子在考场坐蜡:“出下题没奈何,急的两眼清瞪着……”用了“清瞪”一词,增加了语言的形象性,比说他束手无策或十分着急都生动得多。由于用准确、明朗的语言写人状物,蒲松龄的俚曲做到了“写情则沁人心脾,写景则在人耳目,述事则如其口出”(王国维《宋元戏曲史》)。

俚曲语言的第三个特色是个性化。词汇丰富,句式多变,有时典雅工丽,如张鸿渐的语言;有时幽默风趣,如王很匠的语言;有时辛辣活泼,如张三姐的语言;有时豪气充溢,如三山大王任义的语言。出言吐语,都恰合剧中人的身份、性格,鲜明生动,摇曳多姿,使读者如闻其声,如见其人。

同是受尽压榨、欺凌的下层人民,写穷苦农民是“粮也欠,米也欠,粮食粜的没一石,衣裳当的没一件。狗腿常来给俺没体面……”务农身份和受地主盘剥的处境一目了然。写厨子是“上了工细端相,主人家试试怎么样?一碗不香使巴棍就降……”“刀板慌忙,恨不能把老婆孩子剁了用葱姜!”受压迫的景况和心理,有十分鲜明的厨师职业特点。

他写欺压人民的恶人时,也有各自独特的个性。《翻魇殃》中高利贷者赵阎罗要霸占仇福老婆时说:“睁睁眼认认我休要想赖,休说是仇福子你这奴才,就是您达来我也要揭他的盖!”话语不多,而横行乡里的地方恶少跃然纸上。《富贵神仙》中公差押解张鸿渐途中,“不住的口里粘:你作弄一番又一番。既然有本领要告官,觉着不好一溜烟。今日杀了人囉不颠?”活画出助桀为虐、小人得志的恶差嘴脸。

再如方娘子闺中教子的那段〔皂罗袍〕,“三恨你心儿全放。光玩耍懒进书房,离了师傅蜂无王,上山爬岭尽你撞,之乎丢去,者也全忘。骂声狗子,我合你清清帐!”不仅合乎秀才娘子的身份,而且十分确切地表达了她迫切望子成龙的思想。俚曲中这种语言屡见不鲜,有助于蒲松龄现实主义思想的表达,正如莱蒙托夫所说:“语言(是)与有力的思想主旨连成一气的。”

俄罗斯天才作家普希金推崇过“莫斯科卖饼妇”的语言,并说他的语言是从他奶妈亚里娜·洛蒂洛夫娜那儿学来的。蒲松龄长期乡居,才能广泛从人民口头摭取生动活泼的口语,铸炼成俚曲中自然明快的语言。这种生动洗炼的语言也更利于浮雕出鲜明的艺术形象,使鲁迅之谓“人情味、详尽、平常、和易可亲”的特点更为突出。

蒲松龄在文学史上的贡献,固然因为脍炙人口的《聊斋志异》,但他诗词古文,尤其俚曲的成就也是十分突出的。他的创作形式、风格是多样化的,对文学发展的贡献也是多方面的。

试论"聊斋俚曲"的思想和艺术

薛祥生

"聊斋俚曲"是清代著名文学家蒲松龄用地方戏曲形式写的一组通俗文学作品。据张元《柳泉蒲先生墓表》说有十四种,它们是:

《墙头记》《姑妇曲》《慈悲曲》《翻魇殃》《寒森曲》《琴瑟乐》《蓬莱宴》《俊夜叉》《穷汉词》《丑俊巴》《快曲》《禳妒咒》《富贵神仙后变磨难曲》《增补幸云曲》。

这些俚曲,有的取材于现实生活,有的取材于古代作品,也有的取材于《聊斋志异》。这些俚曲,形式新颖,语言通俗活泼,"街衢里巷之中,见者歌,而闻者亦泣",具有一定教育意义,深受我国广大听众欢迎。研究它们,对于更加全面深刻地了解蒲松龄及其创作成就具有重要作用。这里,简要地谈谈我对"聊斋俚曲"思想和艺术的一些粗浅认识。

一

和《聊斋志异》一样,"聊斋俚曲"的内容是丰富的,思想是深刻的。它暴露了封建官府的黑暗、神权的反动和封建地主阶级的道德败坏,比较深入地反映了人民的苦难生活和斗争,表现了作者初步的民主主义思想,获得了不朽的生命力。

封建官僚制度是腐朽的。在作者笔下,这些大大小小、上上下下的封建官僚,他们大都是贪赃枉法的蠹贼,吃人的野兽。他们骑在人民头上,作威作福,任意敲诈勒索。"三梆响罢面朝南……板上皆生银子钱",这是他们做官的秘诀。正由于做官是为了发财,而发财又是建筑在人民的血泪之上的,所以叫他们关心民瘼,那简直是比抽他们的筋还难的事。卢龙知县老马在全县受灾以后,不仅瞒灾不报,反而变本加厉地逼缴钱粮,为的是"赦文"一到,好将全部上缴的钱粮装入自己的腰包。他说:

闻听说有赦文，钱粮只封六七分，不肯折蹬那粮食囤。我就狠狠的只顾打，他没有粮食也卖人。想是我打的还没甚，完了粮赦文才到，我只说拖欠在民。(《磨难曲》)

就是为了这样一个不可告人的罪恶目的，他葬送了四百名欠户的性命。请看，这个双手沾满老百姓的鲜血的家伙，哪里还有“一分人气”！“天下乌鸦一般黑”，卢龙马知县如此，新泰王知县如此，莱芜某知县也如此。他们问官司不论是非曲直，只讲银钱多少，有时他们也对坏人发点脾气，但“也不是安心执法，不过是银子嫌轻”；只要能多给钱，杀了人也有理。真是：

做官的贪似贼，见了钱魂也飞，世间那有抵偿罪？因着人命事重大，三批三检照旧规，不过空把纸笔费。那里从公审断，怎论那是是非非。(《寒森曲》)

作者认为，在这种社会里，即使有本事上告，也不顶事，因为那些高一级的官吏，像那知府、臬司、军门以至尚书、总兵之类，也是给多少钱办多少事，不行贿不办事的。比如说，军门臧品就曾毫不隐瞒地供称：

我想人生在世，冷桌热凳，钻东蓦西，巴不能做个大大官儿。若是像那古人，要赤心报国，爱养百姓，这就是从苦上去求苦，岂不是个呆瓜？到底是挣些银子，盖些楼阁亭台，买些舞女歌儿，落得终身快活。(《磨难曲》)

正是为着“挣些银子”“落得终身快活”，他才不论是非，不顾王法，公开向被告马知县要钱财，还说什么六千银子只能问个“两家无事”，要想“倒了原告”，非一万两银子不办事！因为得了一万两银子，贪酷的马知县在他眼里一转眼就成了“好官”，受害的秀才们被诬为“结党害民，把持官衙”的歹徒，“为首的该杀，纵党的该绞，别的充军”。“无有钱是仇家，有了钱像亲达，戏台上嘴脸难描画”，整个官场是多么丑恶不堪啊！

“贪官府上下无公道”，这是作者对封建官府的科学概括，也是对封建吏治的血泪控诉和愤怒抗议。

“在阳间无正人，到阴间无正神”，作者在批判封建吏治的同时，对神权也作出了尖锐的批判。这种批判集中地体现在《寒森曲》里。

《寒森曲》是写商三官兄妹为父报仇的故事的。商三官的父亲商员外，无缘无故地被赵恶虎打死了。由于赵恶虎有钱有势，商氏兄弟告遍了上下官府而冤莫能伸。大胆机智的商三官，女扮男装，卖身为“倡”，杀死了赵恶虎，报了杀父之仇，然后自缢而死。商氏父女本来是无罪的，死后理应得到昭雪、褒奖。可是，由于城隍受了赵恶虎的贿赂，却被捉去受苦。为了伸张正义，报仇雪耻，商三官的哥哥商礼毅然死去，到阴间去打官司。他向阎王控诉说：

> 赵恶虎知县王，第三个是城隍，贪赃司院一般样。如今成了钱世界，上下都受枉法赃，杀了好人全没帐。一家人冤死在地，望阎王作个主张。

在商氏兄妹看来，阎王应该是主持正义的，是能给受害者伸冤做主的。出乎人的意料的是，城隍“合赵恶虎送了大刀鬼王五百银子，求他的情面，过付了黄金一万两”。阎王受了城隍的贿赂，一方面伙同判官伪造了善恶簿，把赵恶虎的罪恶一笔勾销；一方面对商礼软硬兼施，要商礼接受他的无理判决，并答应不再上诉。这种描写，使人清楚地认识到“在阳间无正人，到阴间无正神”，鬼总是为有钱人“推磨”的真理。这种描写，对神权无疑是一种大胆的挑战，对腐朽的封建社会无疑也是一个沉重打击！

揭露与批判封建社会尤其是封建地主阶级的道德败坏。作者在批判封建吏治和神权的同时，对封建社会人与人的关系，对封建地主阶级的道德败坏，也作了广泛而深入的揭露和批判。其中，有婆母对儿媳的虐待，也有儿媳对婆母的奴役；有做后娘的对前窝儿子的迫害，也有兄弟之间的勾心斗角；有父女之间的不和，也有妻子对丈夫的凌辱；有朋友之间的坑骗，也有儿子图谋老子财产的阴谋活动。“如今成了钱世界”，封建伦理关系对人已经失去了约束力量，封建地主阶级道德败坏极其严重，俚曲《墙头记》就是反映封建道德虚伪腐败的一个极其典型的例子。

《墙头记》中的小财主张老汉，像是一头为儿子推了一辈子磨的“老驴”，到了不能再为他们推磨的时候，便被两个儿子一脚踢开了。为了摆脱那种难堪的命运，他使用过各种办法，比如留养老地自己经营，指地收粮，轮流吃饭等等，但没有一个办法能帮他摆脱那种狗也不如的命运，反而愈陷愈深。他的两个儿子衣锦食肉，而他却铺块席头片子、枕块半头砖睡觉，吃两碗冰凉的糊突充饥。大儿家来了客人不仅不让他陪，甚至把剩下的菜汤喂了狗也不给他一点吃。赶上“小尽”，大儿子赶快把他送走，二儿子又不肯收留，大儿子便让老头子翻墙进去。老头子扒在墙上，下又下不来，过又过不去，简直吓得要死。骑墙难下，进退维谷，这是张老汉年老时艰窘处境的真实写照，也是封建社会老人生活的一面镜子。诚然，在张老汉去世前的几年，他确实也过着“早晨肉面，晌午鸡汤”的生活，可这并不是儿子赡养父母照顾老人，而是听说他手里还有银子。为了把银子弄到手，当他只剩下一口气的时候，他的小儿子二怪便不顾他的死活，一定要把他抬到自己家里去。他一咽气，因没弄到银子，两个儿子谁也不管了。作者借王银匠的口指出，“他原是敬财神，不是为孝父亲”。王银匠的话，是对张老汉的两个儿子虐待老人犯罪行为的一针见血的批判，也是对封建地主阶级道德败坏的有力鞭笞！

在暴露封建统治的种种罪恶的同时，作者还以极大的热情描写了人民的生活和斗争，给俚曲开拓出一个崭新的领域。从《聊斋志异》来看，作者是不赞成甚至是反对农民起义的，但在俚曲中，他对人民的斗争却基本上是肯定的，对人民群众的不幸遭遇是同情的。他在《穷汉词》和《富贵神仙后变磨难曲》等俚曲中，比较广泛地反映了人民群众的生活愿望和他们的苦难遭遇。他在《磨难曲》第一回《百姓逃亡》中描叙人民的苦难说：

> 六月半头下大雨，晚谷种的甚相当；长来长去极茂盛，眼看就有尺多高。实指望秋禾接接口，谁想天爷不在行！遮天影日蚂蜡过，朝朝每日唬飞蝗，把谷吃了个罄溜净，庄稼何曾上上场！大家没法干瞪眼，饿的口干牙又黄。一窝孩子吱吱叫，老婆子拖菜插粗糠；老头子不济瘟着了，出不下恭来绝气亡。大家告灾到了县，知县不肯报灾伤；众人又望上司告，差下盐正道老黄。知县怕他实落报，送上厚礼哀哀央；他轿里底头麻瞪眼，合县报了几个庄。百姓跟着号啕痛，摇呋怒喝脸郎当；一溜飞颠扬长去，骂声空在耳边厢。军门照着起了本，按庄赦了三分粮；哭的哭来笑的笑，人人祝赞那公道娘。路上行人多凄凉，暂时不知死合亡；乡里人民都散尽，城里大板大比粮。近日相传有大赦，越发狠打苦难当！一限抬出好几个，庄庄疃疃出新丧。与其临死臀稀烂，不如囫囵死道傍。……

这是作者引用的逃亡百姓唱的一段莲花落词。这段词相当完整地反映了在灾荒与官府双重折磨下的人民群众的苦难生活：接二连三的特大天灾，上下官府的瞒灾不报，知县用大板毒打逼缴钱粮，使得无数善良的老百姓背井离乡，横尸道旁。作者在《救荒急策上布政司》里说："山左之奇荒，千年仅见，而淄尤甚。……民之饿死者十之三，而逃亡又倍之；其商贾有素业与安土重迁之民，仅存无几。"可证作者在俚曲中所写的并非虚构，而是现实。

人民被逼得走投无路就要铤而走险。作者在"百姓逃亡"和"贪官比较"之后，接下去写农民起义，这绝非偶然。"原非心爱据山头，官刑逼迫不自由"，三山大王任义这两句自白，正说明了这种内在联系。在作者的笔下，这些被"逼上梁山"的人们，是人民利益的维护者，是真正的英雄好汉：

俺只爱雄兵百万，遍天下寻杀贪官，开刀先诛了严世蕃。一匹马扫清那金銮殿，奸臣杀尽，解甲归山。若能够如此，方遂人心愿。(《磨难曲》)

杀尽天下奸佞贪官，扫清金銮宝殿，这虽然是起义农民有限的愿望和目的，却是不易实现的。他们知道，即使这样也会遭到封建统治者的残酷镇压，因此不把一切可以团结的人团结起来，就无法铲除奸佞，人民也就很难过"太平"日子。

怕朝廷不肯体谅，不信俺但杀贪赃。指不的出马一条枪，百万兵才敢往前闯。八十万存孝，二十万张良，天下人民才有个太平望。(《磨难曲》)

由于起义者保护人民的利益，所以在他们的势力范围内，官吏不敢贪赃枉法，北兵不敢犯境，人民安居乐业，因而获得了人民群众的衷心拥护。作者借周秀才的口称赞任义说：

他智勇双全，远近百姓都委服他。有冤枉事不去告官，到去告他，他就能兴利除害。(《磨难曲》)

在他远征永平，杀败北兵，行将入朝的时候，作者又从群众反映方面作了这样的描写：

多亏了三大王，给俺百姓除灾殃。大主若还从此去，俺尽死在山沟喂虎狼！俺要成群告御状，还留爷爷震东方。若是朝廷不肯许，你若行时俺断马缰。（《磨难曲》）

这是人民群众对农民起义军的态度，也是作者对起义农民的态度。在这里，作者大胆地歌颂了封建社会的叛逆者，表现了他初步的民主主义思想。这种描写，在俚曲中虽属凤毛麟角，在《磨难曲》中也非主要情节，但他这些描写在《聊斋志异》中是没有的，很可以和施耐庵在《水浒》中的某些描写相媲美。

除此而外，作者在《富贵神仙》和《蓬莱宴》等篇中还写了青年男女的爱情生活，也是写得相当成功的。尤其是在《蓬莱宴》中，写仙女吴彩鸾一见文箫便“动了凡心”，尔后便下凡和他结婚。文箫家贫，她便抄书卖钱维持全家生活。她热爱人间生活，不慕功名富贵，不怕娘娘的惩罚。她的品质是高尚的，他们的爱情是纯洁的。这类内容，也很值得我们重视。

但也应当指出：作者不管是对社会黑暗的揭露还是对人民斗争的赞美，都是有限度的。他反对的是贪官污吏而不是一切封建官僚，更不反对皇帝；他肯定人民群众的反抗和斗争，但同时又赋予他们以“受招安”的结局；他歌颂青年男女的爱情，但有时又夹杂一些色情描写。除此而外，俚曲还宣扬了愚忠愚孝、因果报应和人生如梦的思想等等。这些都是消极落后的东西，而这些东西有时又比《聊斋志异》表现得更加明显，因而必须着重指出并加以批判。

二

“词句曾经推敲，编书亦费钻研”，由于作者严肃认真，刻苦努力，“聊斋俚曲”在艺术上也取得了很大的成绩。

善于运用多种艺术手段塑造人物形象，这是“聊斋俚曲”突出的艺术特点之一。

在“聊斋俚曲”里，作者为我们塑造了一系列个性鲜明的艺术形象：有农民起义的领袖，也有反迫害的战士；有幸福生活和美满爱情的追求者，也有封建礼教的殉难者；还有荒淫的帝王，贪赃枉法的官吏，横行不法的恶霸豪绅，以至赌徒、媒婆等等；三教九流，无所不有。他们之中有一些在舞台上一闪即过，但给人的印象却极深刻，这是和作者善于把人物放在尖锐的矛盾斗争中，通过人物的语言行动来刻画分不开的。比如在《磨难曲》中刻画张鸿渐的妻子方氏的斗争性格时，作者作了这样的描写："老马便问：'你就是张逵的妻么？'答：'是。'老马把惊堂木一拍，反脸大怒，喝了一声：'好奴才！怎么这样无礼，见了本县，竟不下跪？'"接着便写了方氏的两段回话：

> 方娘子说：我是秀才的女儿，秀才的姊妹，秀才的妻室，平生不会跪人。况且那呈子做与不做，是没有凭据的，于我有何罪？
>
> …………
>
> 我上边跪朝廷，下边跪父母，犯了罪跪问官。我今日犯的甚么罪？我跪你是敬你的贪那，可是敬你的赃呢？若是有敕封的剑，就拿出来早早把头割去。我是万不能哀告你，待跪你怎的！……

寥寥数语，就把方氏坚强不屈、凛然难犯的性格，有声有色地表现出来了。

一位伟大的艺术家总是善于用多种方式刻画人物的。作者不但善于运用人物的语言行动刻画人物，还善于运用委婉曲折的描写刻画人物。比如张鸿渐和狐仙施舜华见面一段描写，就是一个很好的例子。张鸿渐于日暮途穷之时到了一个小村求宿。在大门底下刚住下，施舜华就出场了。她一见门下有铺，就大骂老婆子不该擅自留人；可是当她知道求宿的是个读书君子时，就"反嗔作喜"，连忙请到客厅内酒饭相待。这时，老婆子又主动向张介绍，合家无男子，只有姊妹仨，"大姑的小名是舜华，方才见的就是她。我的天哟，出嫁无，可还无出嫁"。这个情节，很像《西厢记》里的张生自报年庚。接着，施舜华又毛遂自荐式地坐在张鸿渐的床旁，"告诉他的孤苦处"。然后，又写她的求爱活动："小娘子含情在笑也么间，似有个话儿到口边，好难言，一朵桃花上玉颜。忍了好几忍，才把心事传，未开口先把娇容变。官人风雅又少年，既到寒舍定有缘。我的天哟，心愿遂，好不遂心愿！"张鸿渐答应之后，她却起身离去，"说待明日请个媒人来"，好定婚姻；经张鸿渐挽留，二人就同桌对饮起来；饮到了"老婆子收拾家伙，舜华起来就待回宅去。官人一把拉住说：'你待那里去？'舜华无言"。留下了。这段文字委婉曲折、生动细致地描写出狐仙施舜华半推半就的娇羞神态，既有少女的多情，又有狐仙的大胆，乐而不淫，恰到好处，可谓传神之笔。

作者在刻画人物时，还经常采用衬托的方式。仙女吴彩鸾热爱人间生活，大胆地不顾一切地追求幸福美满爱情的性格，就是通过光怪陆离的神仙宴会衬托出来的：

且说众仙饮酒，那一班嫦娥玉女，唱的唱，舞的舞，斟酒的斟酒，下菜的下菜；独有彩鸾，倚着那白玉栏杆，手托香腮，全无情绪。

无情无绪闷恹恹，手托香腮倚玉栏，书生呀，就是那满殿喧哗也听不见。低垂红袖亸香肩，左金莲压右金莲，老天呀，就是那同伴人来，也懒把身儿欠。对镜时时照玉颜，纵然俊美有谁怜？书生呀，天官虽然好，只是心里淡；嫁个风流美少年，试试人间夫妇欢。那时节方才足了心头愿。

彩鸾正坐，娘娘回头看见，早知其意，便叫一声“彩鸾！”彩鸾正在那里出阳神，竟无听见。有董双成跑去说：“娘娘叫你哩。”彩鸾才忙跑来。(《蓬莱宴》)

她在喧嚣的华筵之上，威严的娘娘面前，众多的仙女之中，自己供役之时，为了一个俊俏风流的书生，竟然忘情到视而不见、听而不闻的地步，她对爱情的追求是如何的大胆、炽烈！

结构灵活多变，完整统一，这是“聊斋俚曲”在艺术方面的第二个特点。

“聊斋俚曲”的形式是多种多样的。有的是长篇巨著，也有的是短篇单章，但不论哪一种，大都写得层次分明，有条不紊，前后勾联，左右照应，组成一个和谐的有机的整体。有的作品单线发展，也有的作品双线并行。比如《富贵神仙》在开场之后，便沿着两个方面向前发展。一方面写张鸿渐逃难、遇仙、思乡、杀恶、重逃、讹传，一方面写他的夫人方氏被捕、坐监、出狱、教子，中间又以杀恶、认父相联结，把两条线索有机地结合在一起，然后以锦归、庆寿作结，犹如长江大河，随势高下，或分或合，无不自然，足见作者结构作品的匠心和驾驭材料的高超能力。而那些单线发展的篇章，脉络相同，而形式各异。有的作品如大江东去，源远流长，一浪高过一浪，而最后又归到一处，比如《翻魇殃》，除开头和结尾外，就是由一连串的陷害故事组成的。故事开头，先写仇牧之被掳，既交代了故事发生的背景，又埋下了一条伏线。接下去写魏名对仇牧之一家的陷害活动：诽谤、诱赌、赚禄、勾引、逃人、栽赃、放火、引盗，一计不成复施一计，一计比一计毒辣，一步比一步惊险，而又计计勾联。于仇禄被害充军之后，仇牧之在边庭出现，借主人之势，消"东人"之祸①，化险为夷，父子团圆，在结构上富有传奇色彩。还有些作品虽也是单线发展，却犹如初放的鲜花，每一片花瓣都紧紧围绕中心。《千古快》就是这样的。这篇俚曲是写曹操兵败华容的，共分四联。首联写孔明布兵，是捉曹的准备；次联写华容道伏击，是捉曹的正面描写；三联写"射头"，是将军庆功；末联写"烧耳"，是士兵贺胜。场面有四，而中心则一。从布兵到捉曹，再到庆功，都是围绕捉曹这一中心。从上述情况可以看出，作者不论用什么方式构思作品，都能做到有条不紊，灵活多变，完整统一。

"聊斋俚曲"的第三个艺术特点，是大量运用俗语（包括方言土语），增强了俚曲语言的通俗性和表现力。

《聊斋志异》是一部具有卓越艺术成就的作品，它的语言"绮丽典雅，明朗生动"，而俚曲就不同了，它完全是用白话写成的，通俗自然，诙谐锋利，"老妪可解"。如果说《聊斋志异》表现了作者使用文言的卓越才华，"聊斋俚曲"则显示了他驾驭白话的高超能力。

俚曲的语言是丰富的。他运用俗语数量之多和用词之准确，都是惊人的。他对同一个人物的同一动作，有时可以用几个不同的动词来表达。比如写一个泼妇，他说：

> 外边厢吵邻骂街，家中撕翁骂婆，欺妯娌，降丈夫，这是人人可恨的。（《俊夜叉》）

对邻居是"吵骂"，对公婆是"撕骂"；对妯娌是欺负，而对丈夫则是降伏，用字颇有分寸。用字不同，动作的性质也就有了差异，颇为切合。俚曲所用的俗语，可以说俯拾皆是，这里随便举几个例子。如"坐在那轿里麻瞪着两眼""不肯折蹬那粮食囤""遇着这铺囊物件""还是你忒也囊包""吊了一口游游气""说不出句利亮话"等等。这几句话中的动词"麻瞪""折蹬"，名词"囊包""铺囊物件"（也叫铺囊货），形容词"游游""利亮"，不仅形象生动，富有表现力，而且直到今天还活在山

① 清兵入关之初，所掳人口甚多，清政府并把他们分给王公为奴。定都北京后，多因不堪虐待而逃亡。清政府下令追索逃亡的人，株连甚多，时称"东人之祸"。

东人民的口里。

俚曲的语言不但丰富,而且具有鲜明的个性。每一个不同身份的人都有他们自己所习用的语言和语气,人们能够根据他所写的人物的语言判定这个人或那个人是怎样的。比如《慈悲曲》里有这样一段对话:

张炳之说:“不必呀,我雇一个小厮给你支使不的么?”李氏说:“我定是待要小讷子呢,怎么就光向那养汉头(指张炳之的姐姐——引者注)呢?”张炳之说:“我也不是向他,只是他那性子不大好,你的性子又不好,到那里弄把起来了。”李氏说:“狗屄哩!弄就弄,瞎牛蠓飞在眉毛上,——怕他咬着我这眼么?脓包货,自家的孩子找不了来,还嗔人去哩!”

一个唯唯诺诺,大话不敢说一句,一个骄横鄙俗,嘴里不干不净;一个“降丈夫”,一个怕老婆,从他们这几句对话里,人物的性格是可以看得很清楚的。

在俚曲里,作者还运用了不少的歇后语,这有助于俚曲语言的生动活泼,使故事显得诙谐而富有情趣。不过使用多,失之油滑,也是不好的。特别是土语的大量运用,虽易于为当地群众所接受,但对广大读者说来却未必适宜。不过,就全部俚曲的语言来说,这只是白璧微瑕而已。

总之,不论是思想还是艺术,“聊斋俚曲”的成就都是很高的,是一笔宝贵的文学遗产,值得我们很好地研究和重视。

聊斋俚曲与下层社会的道德教化

车振华

一

伦理道德在古代中国是维系统治秩序的主要力量，它的巩固与否直接关系着统治秩序的稳固，即如龚自珍《平均篇》所说："人心者，世俗之本也；世俗者，王运之本也。人心亡，则世俗坏；世俗坏，则王运中易。王者欲自为计，盍为人心世俗计矣。"①中国传统社会以儒家思想为国家的主流意识形态，以"忠""孝""悌"等为代表的道德原则在维系国家的正常运转和保障社会的安定繁荣中起到了重要的作用。因此，统治阶层一直非常重视对下层的民众进行道德劝善教育，"对如何将主导国家社会运作的意识形态转化成一般人民人伦日用中的常识，以建立一个'文化霸权'一点，一直有着强烈的关注"②。

从宋、元开始，统治阶级就非常关注"孝道"的具体实践，通俗性的劝孝诗文、乡规民约等广为流传。明洪武二十七年(1394)，朱元璋设立"里老人"制；洪武三十一年(1398)，颁布《教民榜文》，对民间进行教化。明世宗嘉靖八年(1529)正式建立"乡约"制度，对民众进行直接的道德宣教。清政府沿用了明代的"乡约"制度，顺治九年(1652)颁行《六谕圣碑文》，顺治十六年(1659)建立乡约。顺治帝还曾亲自注过《孝经》。清圣祖于康熙九年颁布十六条《康熙圣谕》，取代《六谕圣碑文》。他还在全国范围内广泛提倡孝道，认为"孝为万事之纲，五常百行皆本诸此"(《清圣祖圣训》卷一)。说孝道"则顺而祥；以之教人，则乐而易从；以之化民成俗，则德施溥而不匮。帝王奉此以宰世御物，躬行为天下先"(《御制文选》第二集

① 龚自珍：《龚自珍全集》，上海人民出版社1975年版，第78页。

② 李孝悌：《清末的下层社会启蒙运动：1901—1911》，河北教育出版社2001年版，第330页。

卷三十一)。雍正二年(1724),雍正皇帝亲自撰写《圣谕广训》,用以阐释康熙的《康熙圣谕》十六条。

"乡约"等道德宣教形式,由于形式过于简单,内容粗糙枯燥,难以引起人们的兴趣,因此,统治阶层又借鉴了说唱文学等通俗的文艺形式作为道德宣教的辅助工具。说唱文学等通俗的文艺形式因其语言的通俗和人物形象的生动,能将儒家典籍予以通俗化和普及化,弥补了它作为高文典册的不足,有利于道德教义向普通民众的传输。

说唱文学从它的早期形式——说话——开始就自觉承担了政治赋予它的使命,强调通俗的形式要为表达劝化的内容服务,认为只有这样,说唱文学才能感染人,保有其存在的价值。如《冯玉梅团圆》就说:"话须通俗方传远,语必关风始动人。"相对于劝孝诗文"人畜之别以明其理;讲恩言难以动其情;孝感果报以强其意;教孝辨孝以导其行"①的特点,说唱文学还有着"生动可感以悦其心"的优势,因为它更受当政者的青睐。明万历年间山西巡抚吕坤曾发布政令说:

> 时调新曲,百姓喜听。但邪语淫声,甚坏民俗。如有老师宿儒,词人诗客,能将近日时兴腔调,翻成劝世良言,每一曲赏谷一斗。能将古人好事,如杀狗劝夫、埋儿孝母、管鲍分金、宋郊渡蚁一切有关风化者,作为鼓板平话、弹唱说书,半说半唱,极浅极俗,不用一字文言,妇人童子都省,又亲切痛快,感动民心,使人点头赞叹,流泪悲伤者,每书三十段以上,一本有司抄录送院,选中赏谷五石。肯亲自教习二十人以上,成熟者赏谷十石,仍另行优奖。②

与朝廷的号召相适应,也有一些官员亲自动手进行伦理宣讲,甚至亲自将伦理规范编写成说唱形式,以利于道德规范的普及和教化范围的扩展。乾隆年间的山西巡抚苏尔德就编有《太平鼓词》一卷以配合朝廷的教化政策。《太平鼓词》又名《抚晋劝民歌》,共分"祭祀祖先""孝养父母""友爱兄弟""尊敬长上"等劝谕俚歌二十四段,以及"忤逆父母""侮慢尊长""轻生害命""结党逞凶"等戒饬俗歌二十四段。该书卷首"自序"云:"……今年春,使者奉天子命,来抚三晋,素敦实务。

① 肖群忠:《孝与中国文化》,人民出版社 2001 年版,第 300 页。
② 吕坤:《实政录》卷一《布令 · 存恤茕独》,山东省图书馆藏清道光丁亥年开封府署本。

欲率属以理政计，惟有仍新吾之故辙。勉辑鄙俚歌谣，或瞽蒙，或无告，或乡约，或耆老，亦令其户诵家弦，俾锢蔽俗习之编氓，晓然于大义之不可忽视，惕然于法网之不可轻罹。庶几夫返伊耆之遗俗，而载效击壤之鼓歌也已。”①苏尔德要效法的“新吾”就是明代的山西巡抚吕坤。

地方官员虽有维系“乡约”、执行教化的责任，但他们主要的责任是维持地方治安和运转司法体制，而且催征钱粮等要务比起监督伦理教化也要重要得多，何况对庶民的教化又没有一定的标准，其成效也是难以立竿见影，因此，此项工作主要就由乡间的知识分子来承担了。就如李孝悌所说：

> 但若纯就教化的效果而言，与一般乡村民众有直接接触的人，可能扮演了更重要的角色。透过和尚、道士、民间艺人以及各种宗教“专家”的影响，固然使得民间信仰与民间文化发展出许多与上层文化不同，甚至正是上层文化要加以反对、压制的质素；但另一方面，在僧道直截了当的解说下，因果报应、转生轮回、天堂地狱的观念，常常化为单简的日常用语，如“善有善报，恶有恶报”“积阴德、行好事”“这么做要天打雷霹，下十八层地狱”等，对民众产生最直接的影响。而透过引人入胜的故事情节、民众熟悉喜爱的声腔曲调、演员华丽的戏服和卖力的演出，或是说讲者舌粲莲花的言辞技巧，忠孝节义的观念也往往不自觉地流入民众的心中。下层读书人和村落的庄头、里长、耆宿也常常在排难解纷中，间接地灌输了一些儒家的道德观念。②

相对于统治阶层自上而下的道德教化，那些贴近广大民众的人士给他们带来的潜移默化的影响，有助于广大的下层民众形成一种“集体无意识”，那就是对不守道德所之后果的恐惧，以及由此而形成的道德自觉。“所以广大乡村社会的僧道、艺人、下层读书人、村落的领袖和民众自身，才是对儒家道德价值体系的深入人心，作出最大贡献的人。”③尤其是下层的读书人，因为自幼受到儒家文化的熏

① 转引自《续修四库全书总目提要(稿本)》第3册，齐鲁书社1996年版，第450页。

② 李孝悌:《清末的下层社会启蒙运动:1901—1911》，河北教育出版社2001年版，第353页。

③ 李孝悌:《清末的下层社会启蒙运动:1901—1911》，河北教育出版社2001年版，第354页。

陶，“它要负修身、齐家、治国、平天下一番大责任，它要讲忠孝、仁义、廉耻、节操一番大道理”①。而他们的地位又注定了要与下层民众朝夕相处，所以，他们的言行自然会对民众形成重要的影响。

二

毫无疑问，蒲松龄就是这种“与一般乡村民众有直接接触的人”，也是一个标准的“下层读书人”。他出身于书香门第，幼读经书，深受儒家文化的熏陶，同中国古代大多数读书人一样有着“修、齐、治、平”的理想。但他却科场蹭蹬，自十九岁中秀才后，到有应试记录的六十三岁，屡试不中，理想一次次被无情地击碎。他的一生除了短暂南下为孙蕙做幕僚和数次赴济南应试之外，一直在淄川乡间为农，为塾师。他对民众的深刻了解和他入世救民的迫切愿望，使他成为担当起这一对统治阶层和下层民众都有着重要意义的角色。

在乡间，蒲松龄先后完成了几部体现其自身价值的书。《日用俗字》《农桑书》《药祟书》是他向农民普及简单文化知识、生产知识和卫生知识的著作。但蒲松龄并不满足于向民众普及实用知识，而是立志为民众的精神与道德生活的净化和升华作出自己的贡献。作于康熙二十三年（1684）的《省身语录》、作于康熙三十五年（1696）的《怀刑录》都表达了他的这种愿望。在蒲松龄抒发“生平之侘傺失志，濩落郁塞，俯仰时事，悲愤感慨”（张元撰《柳泉蒲先生墓表》）的《聊斋志异》中，“警发薄俗而扶树道教”的作品不在少数。论夫妻关系的有《林氏》《恒娘》《马介甫》等；论父子和婆媳关系的有《水灾》《小翠》《珊瑚》《陈云栖》等；论兄弟和妯娌关系的有《仇大娘》《张诚》《伍秋月》《二商》《堪舆》等。这些作品都寄寓了蒲松龄道德教化的愿望。

在《聊斋志异》初具规模后，蒲松龄就对其开始了通俗化的改编，蒲箬《清故显考岁进士、候选儒学训导柳泉公行述》说：“如《志异》八卷，渔搜闻见，抒写襟怀，积数年而成，总以为学士大夫之针砭；而犹恨不如晨钟暮鼓，可参破村庸之迷，而大醒市媪之梦也，又演为通俗杂曲，使街衢里巷之中，见者歌，而闻者亦泣，其救世婆心，直将使男之雅者、俗者，女之悍者、妒者，尽举而匋于一编之中。呜呼！意良苦矣！”

可见，俚曲的创作目的和针对的对象与《聊斋志异》是不同的，《聊斋志异》的

① 钱穆：《中国文化史导论》（修订本），商务印书馆1994年版，第250页。

写作目的是“抒写襟怀”，更多的是抒发个人的感慨，寄寓自己的喜怒哀乐，面向的对象是“学士大夫”，所以他采用极雅致的文言。俚曲的创作则更多是出于道德目的，意图整肃纲纪、挽救人心，它针对的对象是“村庸”，是“市媪”，是“男之雅者、俗者，女之悍者、妒者”，所以蒲松龄借用了当时民间流行的小曲，采用了极其俚俗却为乡亲们所熟知的方言俗语，达到了“使街衢里巷之中，见者歌，而闻者亦泣”的艺术效果。① 在蒲松龄看来，身居穷乡僻壤之中，作劝化的俚曲是他实现自己理想的最好的途径。如果俚曲能家传户诵，民风为之改观，这与他中举做官为民造福也没有什么区别了。蒲松龄俚曲的创作与一些文人（例如李渔和袁枚）常有的商业化写作不同，他并没有任何经济利益可得，完全是出于强烈的责任感和使命感。

其实，蒲松龄也自觉充当起儒家通俗伦理教义宣传员的角色，正如他在《聊斋志异》的《周顺亭》中所说：“司风教者，重务良多，无暇彰表，则阐幽明微，赖兹刍荛。”②蒲松龄作聊斋俚曲一方面即如《蒲箬等祭父文》所言，是为了补《聊斋志异》之不足，同时，它又有着很强的现实针对性。在《日用俗字》中，他攻击僧道：“撮猴挑影唱淫戏，傀儡场挤热腾熏。”而《请禁巫风呈》则更加细致地陈述了他对时事的担心。全文如下：

> 为祈禁巫风，以挽颓俗事：窃惟因风致愆，垂诸圣训；反浇为朴，望在循良。淄邑民风，旧号淳良，二十年来，习俗披靡，村村巫戏。商农废业，竭赀而为会场；丁户欠粮，典衣而作戏价。沸心聒耳，王武子之所乐闻；乱吠齐喧，介葛卢之所能喻。乃妇女喜其易解，粉白黛绿者成群；而撞匠乐于溷淆，鼠目獐头者作队。赌争酒醉，遂呈刀杖之凶；作盗诲淫，更成鼠雀之狱。可笑浮靡之众，不计安全；非申告诫之文，乌知教化？恳祈老父母片言晓示，严行禁止，庶几浇风顿革，荡子可以归农；恶少离群，公堂因而少讼。③

所谓“巫戏”，即《悲喜十三谣》的《端工（巫师）喜》谣所说：“雅化行来旧染清，巫风

① 聊斋俚曲中也有为祝寿而作者，如《姑妇曲》第一回回前诗就声明作此曲是为祝寿：“二十余年老友人，买来蒙婢乐萱亲；惟编姑妇一般曲，借尔弦歌劝内宾。”但是，在聊斋俚曲十五篇中，明确提到为祝寿而作的俚曲却仅此一篇，而且《姑妇曲》全篇也是道德教化的内容。

② 盛伟：《蒲松龄全集》，学林出版社 1998 年版，第 529 页。

③ 盛伟：《蒲松龄全集》，学林出版社 1998 年版，第 1250 页。

久不到山城。昨朝又摘颔髭尽,打点胭脂上戏棚"[①]之"巫风"。[②] "巫风"的存在,使人们不去实践现实生活中的伦理道德,而往往追求那些虚幻的拯救。蒲松龄用乐闻驴鸣的王武子和通兽语的介葛庐来痛斥"巫戏",可见其维护"民风淳正"的决心。而为了挽回民心,他又不得不采取与"巫戏"相类似的手段,即用通俗的艺术手段——俚曲——来进行道德教化。

三

研究者已经证实,张元所撰《柳泉蒲先生墓表》碑阴的"通俗俚曲十四种"的排列顺序并非是按照写作时间的早晚。我们发现在俚曲中排在前五位的《墙头记》《姑妇曲》《慈悲曲》《翻魇殃》《寒森曲》都是有关伦理教化的作品,除了这五部作品外,《快曲》《俊夜叉》《禳妒咒》等也都鲜明地表现出儒家的伦理规范,可见有关伦理教化的作品是蒲松龄最为重视也创作最多的作品。

蒲松龄聊斋俚曲的大部分听众是农民,他们被牢牢束缚在土地上,已经失去了"治""平"的机会和能力,但他们还有"修""齐"的义务和要求,如果仅从伦理层面上说,这两个方面能和谐,那么农村社会就基本和谐了。蒲松龄突出表现的就是如何正确处理儒家伦理道德中的伦常关系,如《慈悲曲》讲后母与前房子女及异母兄弟的关系;《墙头记》提倡赡养老人;《禳妒咒》和《俊夜叉》讲悍妇。表现了他对儒家伦常如"孝""悌"等的强调。

(1)孝、悌

儒家思想对家庭伦理的"孝""悌"极为重视,《论语·学而篇第一》云:"有子曰:'其为人也孝弟,而好犯上者,鲜矣;不好犯上,而好作乱者,未之有也。君子务本,本立而道生。孝弟也者,其为仁之本与!'"[③]孟子也说:"人有恒言,皆曰'天下国家'。天下之本在国,国之本在家,家之本在身"[④],"孩提之童,无不知爱其亲

---

① 盛伟:《蒲松龄全集》,学林出版社 1998 年版,第 1729 页。

② 巩武威根据《日用俗字·僧道章》所述,认为"蒲松龄所指的巫戏是娱神为目的的百戏活动(自然也包括道情、宝卷的演唱)"。(巩武威《蒲松龄"巫戏"考》,《戏曲研究》第二十九辑,文化艺术出版社 1989 年版,第 190~199 页。)车锡伦则认为"巫戏"是"山东姑娘腔"一类的地方歌舞小戏。(车锡伦《蒲松龄"巫戏"和"山东姑娘腔"》,《戏曲研究》第五十九辑,中国戏剧出版社 2002 年版。)

③ 杨伯峻:《论语译注》,中华书局 1980 年版,第 2 页。

④ 杨伯峻:《孟子译注》,中华书局 1960 年版,第 167 页。

者，及其长也，无不知敬其兄也。亲亲，仁也；敬长，义也。无他，达之天下也”[①]。“家”是社会生活的细胞，在儒家文化中，“家”与“国”是密切统一的，它是构成“国”的单位，即“小国”，也是人们生活的基础。在儒家传统观念看来，在“小国”即“家”中能“孝”的人，在“国”中也能对统治者和国君尽“孝”，即效忠。从这种意义上说，中国“国家的特性便是客观的‘家庭孝敬’”[②]。

蒲松龄事母至孝（蒲箬《清故显考岁进士、候选儒学训导柳泉公行述》），自然想把这种“孝”的伦理规范推广开来。因此，当他看到乡间有“不孝”的现象时，他就要通过文学创作予以批评。蒲松龄的诗歌《老翁行》就是对不孝之子的斥责。《老翁行》不可谓不深刻，但大众却读不懂，即使明白了大意，也总觉得离自己很遥远，感受不深，于是蒲松龄创作了语言通俗、生动可感的俚曲《墙头记》。

《墙头记》写张大怪、张二怪兄弟极不孝顺，在寒冬腊月将父亲置于墙头，闭门不纳。后来听王银匠说父亲有存银，二人争相孝顺，在受到官府的惩戒后虔心向善。蒲松龄的目的在于宣扬“孝道”，但它又是一出喜剧，在作者的笔下，连老主人公被儿子放在墙头，饥寒交迫的场面都显得轻松，全篇也没有出现大道理的说教。但无论是通过结尾处张大怪、张二怪夫妇受到的严厉惩罚，还是两个逆子近乎荒唐的对待父亲的态度，听众都可以引以为戒，不需要作者言明，而知何者为对，何者为错。

在家庭中，“孝”除了子女对父母和祖父母的“孝”，还包括媳妇对公婆的“孝”。在中国传统社会，婆媳关系恐怕是家庭生活中最难处理的关系，在农村尤其如此。主要原因在于，虽然媳妇长时间生活在婆家，但她对婆婆的感情并非血缘之亲，只是基于丈夫的应有之亲，有礼法上的责任和义务，在感情上却始终有隔阂。对于婆婆而言，很难做到像对女儿那样疼爱媳妇，而必要的支使又是少不了的，所以，婆媳之间自然很容易产生矛盾。

蒲松龄提出了婆媳相处的准则，那就是媳妇要孝敬婆婆，婆婆也要疼爱媳妇。珊瑚是作者描写的正面典型，面对婆婆的无理挑衅，她始终逆来顺受：“女孩家，女孩家，孝顺贤良谁似他？分明是心灵通，只装着不懂话。责备自家，责备自家，照

---

① 杨伯峻：《孟子译注》，中华书局 1960 年版，第 307 页。

② ［德］黑格尔著，王造时译：《历史哲学》，生活·读书·新知三联书店 1956 年版，第 165 页。

旧全无半点差。我尽了我的心，尽你怎么骂。”（第一回《孝子出妻》）即使被休弃，闻知婆婆生病，仍然回去照顾，最终得到好报。而臧姑虐姑不孝，最终受到天警。“孝”是蒲松龄对媳妇提出的要求，而婆婆也应该理解媳妇的处境，勤加体恤：“媳妇从来孝顺难，婆婆休当等闲看；自此若有豺狼出，方识从前大妇贤。”（第一回《孝子出妻》）正如蒲松龄借沈大姨之口所说：“这福只在人享。那媳妇子怎能件件都合着心呢？只是有一半点不是，我也不计较。”（第二回《孝妇重还》）

与“孝”紧密联系在一起的是“悌”，“孝是时间性的‘人道之直通’，悌是空间性的‘人道之横通’。孝悌之心便是人道之‘核心’”①。《慈悲曲》就是将“孝”与“悌”结合在一起加以表现的作品，它描写了一个类似晋代王祥与王览兄弟友善，感天动地的故事。文章写张讷被后母虐待，其父将他藏于姑家。张讷成人后，其姑病亡，乃返家，其后母之子张诚与其极友善。面对后母的虐待，张讷毫无怨言，张诚也极力爱护其兄。后张诚替兄打柴时被虎衔走，张讷乃孤身外出寻找，历时三年零九个月，终于找到了张讷及被达子掳走的嫡母王氏和兄长，一家复得团圆。

《慈悲曲》第一回就开宗明义：“我今说一件兄弟贤孝的故事，给那世间的兄弟做个样子。”（第一回《是后娘气》）结尾之〔西江月〕词也说：“因贤孝弟，好心肠感动青天。不是神鬼共撮攒，那得父子相见？谁似他一门贤孝，说起来个个悲酸。人家兄弟有多般，这一个样子请看。”（第六回《是悲中喜》）蒲松龄认为，为人子者，孝顺乃是本分，不管父母多么不慈，子女都不应有怨言：“虽然那蒺藜是后娘的罪孽，孝顺是为儿的本等。”（第一回《是后娘气》）张讷就是“天生的贤，天生的贤，苦甜只在他心间，就是背地里，他也不曾怨”（第三回《是小痛》）。而为人后母的也要尽心爱护子女，常加慈爱。李氏“做后娘，没仁心，好不好剥皮抽了筋；打了还要骂一阵，这样苦楚好不难禁！五更支使到日昏，饱饭何曾经一顿？”（第三回《是小痛》）自然没有好报。

（2）悍妇、妒妇

蒲松龄在《聊斋志异》中生动刻画了大量悍妇和妒妇的形象，而他对悍妇、妒妇的关注当来源于他的人生经历，因为这类人物在农村是大量存在的，他也曾在《述刘氏行实》中披露其大嫂之悍。在聊斋俚曲中，蒲松龄延续了关注悍妇和妒妇的兴趣。相对于上流社会和知识阶层，在乡间，已婚女子受到的礼法约束要相对

---

① 钱穆：《中国文化史导论》（修订本），商务印书馆 1994 年版，第 51 页。

少一些。她们也要相夫教子，但因为丈夫往往不能读书习礼而误入歧途，所以妻子的这种“相”在很大程度上也有管束的意思。如果管束得太厉害，让丈夫尊严扫地，这就是“泼”了。

蒲松龄认为，女子过于温柔贤惠，在民间恐怕未必适用。而对于丈夫的不务正业，妻子拥有管束的权利，因此可以容许甚至鼓励她们“泼”一点。他说：“诗曰：泼妇名头甚不香，有时用他管儿郎；管的败子回头日，感谢家中孩子娘。这四句诗，原有个讲说，是说的那做妇人的，但犯了这个泼字，外边厢吵邻骂街，家中撕翁骂婆，欺妯娌，降丈夫，这是人人可恨的。虽是这等说法，这个泼字，若用的当了，就是合那疼汉子的孟姜、敬丈夫的孟光，一样相传。”《俊夜叉》中张三姐面对宗亓人的好赌和粗暴，毫不退缩。终于管得浪子回头。最后，“丝绸裤，蓝绫袄，上酒鱼肉吃不了。当时是个宗亓人，如今成了宗三宝。钱不少，人不老，如今才说三姐好；说道三姐委是好，当初亏了那一吵”。蒲松龄断定：“不成人可也是前生造就，就是他老子娘也管不回头；造化低又摊着娘子忠厚，顺从着不言不语，嗄家当尽他去丢。这样人不饿煞那里走？”

在丈夫不成人的情况下，妻子的“忠厚”和“顺从着不言不语”，不但不是一种美德，反而等于把丈夫往悬崖下推。在妻子强势的管束面前，丈夫的服从自然就是弱势的表现，但只有这种弱势，丈夫才能走向正轨，家庭才能得以维持和振兴，因此，所谓“怕老婆”的弱势并不是什么可耻的事情。但蒲松龄又认为妇人之“泼”还应该有个限度。《俊夜叉》中张三姐之泼是针对宗亓人的赌博败家，而《禳妒咒》中江城之泼却是“妍皮裹妒骨”。蒲松龄虽然并不回避江城之泼有些时候是因为丈夫的不成器和不检点的作风，对江城施诸高蕃的暴力多少带有些欣赏的成分，但蒲松龄如此描写的主要目的是为乡间妇女之鉴，而不像有些研究者所说，江城的行为是反对纳妾制度和提倡男女平等。如果真是这样的话，结尾处江城的急剧转化就无法解释了。[①]

四

聊斋俚曲改编自《聊斋志异》的有《姑妇曲》《翻魇殃》《慈悲曲》《禳妒咒》《富

---

① 第二十七回，江城自述：“俺如今懊悔从前，到如今一回想一身汗。做的那事儿，自己口里也难言，就是万剐凌迟，也尽不的罪愆！望爹娘把奴宽，从新做人，只当是另脱生了一番，未曾来踌躇难见爹娘面。”她帮高蕃收妾买妓，公婆评价“近来媳妇异常的孝”（第三十回《馆选》），丈夫赞扬：“夫人这样贤，买佳人奉我欢，越发叫我心感念。”（第三十一回《锦归》）

贵神仙》《磨难曲》《寒森曲》七篇。《姑妇曲》改编自《珊瑚》,《翻魇殃》改编自《仇大娘》,《慈悲曲》改编自《张诚》,《禳妒咒》改编自《江城》,《富贵神仙》《磨难曲》改编自《张鸿渐》,《寒森曲》改编自《商三官》与《席方平》。

聊斋俚曲对《聊斋志异》的改编是出于道德教化的目的,而蒲松龄以俚曲劝善的前提是他相信人心本善,认为"礼非降自天也,非出自地也,乃生于心者也"①。在他看来,人心中是存在着道德观念的,只是一些人的这种"善"暂时受到了蒙蔽而已,通过教育,是可以恢复的。所以他充分运用善恶因果报应来作为自己说教的凭借。相对于《聊斋志异》的"异史氏曰"在总结全文时经常要重提报应之不爽,以为警语,聊斋俚曲在这方面更加细致了,善人的结局必然集天下之富贵于一身(多是官至翰林、尚书)。在蒲松龄的时代,富贵的前提最有可能的就是科举中试,这也正是他梦寐以求的事情。于是,孝悌的代表张讷中进士、张诚中举人,孝子的代表商臣中进士,商礼登甲榜。

对于那些不孝的代表,蒲松龄也极尽恐吓之能事。《姑妇曲》中,"后来珊瑚两个儿都中了举。臧姑生十胎都不存;到了五十上,才生了一子,进了学。臧姑活到八十才死了,还受了儿的孝顺。若是他终于不回头,着他公公说该促寿,该没儿,该早死了,还有甚么儿哩?"(第三回《悍妇回头》)在这里,蒲松龄不但强调现世报,以享年的短促、财富的缺失和子嗣的夭亡等作为恐吓不守道德之人的工具,他还放开了民众改恶从善之路,指出了虔心改过的好处:"仔顾踢蹬,天就把我找,若是回头,天也就不恼。老天容易饶,只要回心早,不用念佛,休骂也休吵,孝顺公婆敬哥又敬嫂。恶似臧姑天下少,天还不计较;若是他早回头,还有荣华报。你可看陈珊瑚,他好不好?"(第三回《悍妇回头》)

作为颇具实用性的作品,聊斋俚曲有意识地淡化宗教色彩,而突出作品的现实意义和对民众的启示功能。《禳妒咒》加入了江城自幼争强好胜,父母又不肯及时纠正她的错误,反而娇惯放纵的情节,揭示出江城的"泼"与她小时候所受的教育有很大关系。《墙头记》的结尾也安排了一个父亲给儿子做了坏榜样的细节,来警示民众在教育问题上不能掉以轻心,这些都标明了蒲松龄作为一位乡村教育家和道德劝说家所具有的眼光。

正如蒲松龄在《慈悲曲》的开篇〔西江月〕词中所说:"别书劝人孝弟,俱是义

---

① 盛伟:《蒲松龄全集》,学林出版社 1998 年版,第 1044 页。

正词严，良药苦口吃着难，说来徒取人厌；惟有这本孝贤，唱着解闷闲玩，情真词切韵缠绵，恶煞的人也伤情动念。”这种通俗为美、寓教于乐的文艺观可以看作他俚曲创作的指导思想和艺术总纲。与清末民初中国曾经兴起的改编戏剧、小说以期改良社会风气的热潮相比，蒲松龄的这项文艺影响政治的实验整整提前了两百多年。

从《磨难曲》的创作过程看蒲松龄创作思想的变化

刘玉湘

《磨难曲》是蒲松龄十四篇聊斋俚曲中的典范作品，无论从思想性还是艺术性上讲，它都代表了蒲松龄俚曲创作的最高成就。《磨难曲》本取材于《聊斋志异》中的一篇故事《张鸿渐》，这个故事是说永平书生张鸿渐因替屈死的范生鸣冤而遭卢龙县令迫害，妻离子散，远逃他乡，路遇狐仙相助，最后科甲高中，荣归故里。后蒲松龄又将这个故事演为通俗俚曲《富贵神仙曲》；约康熙四十三年以后，蒲松龄进一步丰富内容，改演为洋洋大观、蕴藏着极丰富社会内容和思想内容的《磨难曲》。从《张鸿渐》到《富贵神仙》后变《磨难曲》的创作过程，较真切地反映了蒲松龄随着接触社会现实的不断深入所带来的创作思想的变化。

（一）“立意在孤愤”的《聊斋志异》是蒲松龄终生坎坷、穷困潦倒的产物。长期的社会下层的生活条件和境遇，使他比较广泛地接触到黑暗的社会现实，他怨愤、感慨、不平，形之于内而欲发之于外，托物言志，“以为异类有情，或者尚堪晤对；鬼谋虽远，庶其警彼贪淫”（见《聊斋志异》三会本“各本序跋题辞”），遂成“孤愤之书”。众多的花妖鬼狐等异类精灵形象，寄托了作者对社会现实的批判态度和对未来的无限美好的理想。《张鸿渐》便反映了作者进步的情爱观和对当时黑暗社会现实的抨击。永平书生张鸿渐因替屈死的范生草状鸣冤，遭到了卢龙县马县令的残酷迫害。在逃难途中，结识了美丽的狐仙施舜华，并产生了真挚的爱情。在她的帮助下，张鸿渐得以返回故乡与妻子团聚，恰遇村中恶少调戏妻子，张怒杀之，遂披枷戴锁，被发配他乡，路上又被施舜华智救。张从此逃难在外，后来科甲高中，荣归故里，全家团圆。这个故事写得一波三折，曲折离奇，生动感人。作者既揭露了那个社会是非颠倒、恶人横行、好人不容于世的现实，更以满腔热情讴歌了张鸿渐与狐仙施舜华的爱情。这是作者浓墨重彩、着重反映的主题。施舜华是一个美丽端庄、忠于感情、有智有谋、乐于助人的狐仙形象，她爱张鸿渐，但得知张一直眷恋自己的妻子后，又义无反顾，送张回家；张虽离开了她，但一旦张有难，她又挺身而出，将他救下。没有狐仙的帮助，张鸿渐早已抛尸野外，更不会有后来的富贵荣华。这个爱情故事写得变幻离奇，曲折有致，不愧是《聊斋志异》中同类作品的佳构。

俚曲《富贵神仙曲》则是《张鸿渐》故事的通俗化和具体化。至于蒲松龄演俚曲的目的，其长子蒲箬介绍道："渔搜闻见，抒写襟怀，积数年而成，总以为学士大夫之针砭；而犹恨不如晨钟暮鼓，可参破村庸之迷，而大醒市媪之梦也，又演为通俗杂曲，使街衢里巷之中，见者歌，而闻者亦泣。"（蒲箬《柳泉公行述》）蒲松龄将《张鸿渐》的故事演为通俗俚曲，可见他比较重视这个题材。但俚曲《富贵神仙曲》与《聊斋志异·张鸿渐》一篇相比，立意和主题都发生了明显变化。《富贵神仙》更多的是借张鸿渐先遭磨难、后受荣华的坎坷经历，反映作者自己的人生理想。在"楔子"中有一大段写道："歌儿舞女美似玉，金银财宝积如山；一捧儿孙皆富贵，美妾成群妻又贤；万顷田园无薄土，千层楼阁接青天……夫妇才到七十外，又见曾孙中状元……一件衣服值百两，一碗东西值万钱。朝朝歌舞朝朝乐，夜夜元宵夜夜年……自家的官诰四五次，儿孙的封赠十数番。"集中描述了蒲松龄作为封建时代一知识分子人生的最高理想境地。《聊斋志异·张鸿渐》故事中所反映的深刻社会内容倒被淡化、淹没了。蒲松龄作为封建时代的知识分子，受科举制度影响，实际上是十分热衷功名的。"洞房花烛夜，金榜题名时"式的人生理想对他有根深蒂固的影响。他有非凡的才能，远大的抱负，但在那个时代，只有科举才是读书人的唯一出路，才是读书人谋取荣华富贵、光宗耀祖的捷径。加以蒲松龄少年得志，初出茅庐即以县、府、道三第一考中秀才，这无疑大大刺激了他博取功的欲望和决心，后来的屡试不第，尽管给了他严酷的打击，使他终生穷困潦倒，但也在一定程度上使他认清了科举制度的危害，但他不可能超越他那个时代作为一个封建文人思想上的局限性。幻想功成名就，光宗耀祖，一直如梦魇一般伴随着蒲松龄度过一生，以致他晚年还在感慨："尔貌则寝，尔躯则修。行年七十有四，此两万五千余日所成何事？而忽已白头。奕世对尔子孙，亦孔之羞。"（蒲松龄画像自跋）因此，《富贵神仙曲》的创作就找到了蒲松龄的思想基础了。其次，从创作方法上讲，《富贵神仙曲》基本上是《张鸿渐》故事情节展开后的具体化，没有脱离原故事的内容窠臼。所反映的也还是张鸿渐个人的遭遇，对社会现实的反映还是有限的，从思想性、艺术性上讲，都远逊于后来的《磨难曲》。

（二）康熙四十三年在蒲松龄一生中是一个重要年头。这一年他六十五岁，他的故乡淄川发生了“千年仅见”的自然灾害。《蒲松龄年谱》载：“是年，淄川县谷贵民饥。六月初八得雨，苗旺；七月蚌蝣生，遍地如蚁，继之以蝗，岁歉。”乾隆《淄川县志》载：“康熙甲申间，岁大饥，民鬻子女，人相食。”当时的地方官不仅匿灾不报，反而严刑追比钱粮，造成农民大逃亡。蒲松龄当时曾勇于为民请命，作《救荒急策上布政司》及《记灾前、后篇》，并写了大量反映灾况和人民疾苦的诗。“大旱已经年，田无寸草青。大风折枯蓬，垄头黄埃生。………壮者尽逃亡，老者尚咿嘤。大村烟火稀，小村绝鸡鸣。流民满道路，荷篚或抱婴。腹枵菜色黯，风来吹欲倾。饥尸横道周，狼藉客骖惊”，这便是当时淄川受灾后惨况的真实写照。在这次自然灾害中表现出来的封建官吏的惨无人道和劳动人民的悲惨处境给蒲松龄以极大震动，使他进一步看清了封建统治阶级的真正面目和黑暗的社会现实。创作于此时或稍后一些的《磨难曲》，便真切地反映了此时蒲松龄创作思想所发生的巨大变化。《磨难曲》脱胎于《富贵神仙曲》，但已不再单纯讴歌爱情或寄托自己的人生理想，而是把更广阔的社会现实作为自己描绘反映的对象，在揭露社会现实的深度和广度上产生了一个新的飞跃，从而使《磨难曲》以其伟大的现实主义力量，成为那个时代的真实缩影。

首先，《磨难曲》突破了《张鸿渐》和《富贵神仙曲》单纯描写张鸿渐个人遭遇的狭小天地，而把作品的触须伸向了更广的社会现实和多方面的社会矛盾。蒲松龄以其伟大的现实主义创作方法，全面深刻地活画出了那个时代恶吏横行、民不聊生、天良丧尽、暗无天日的状况，表达了作者对丑恶现实的无情批判。卢龙县因受天灾，粮食绝产，“旱下去二尺干……蚂蜡吃了地平川”“老婆孩一齐捱饿，瞪着眼乱叫皇天”，县令马某不仅匿灾不报，为了中饱私囊，反而严刑拷打，追比钱粮，不到一个月就打死了一百人。连有功名的范秀才也被活活毙于马县令杖下，多么无情的封建吏治！老百姓妻离子散，逃亡在外，发出了“俭了年已难禁，又给个官索煞人”“家家都交死绝运”的哀叹！天良丧尽，只认银钱的马知县，上下勾结，贪赃枉法，鱼肉人民，“打贼使小板”“捶粮大板棱”，为了六百钱，就将原告活活打死。传说朝廷要大赦时，马知县首先想到的是“若不速比钱粮，数日之间设或赦到，那银子能有多少?”正如按台骂的：“你有十万枉法赃，库里又欠三万账，加二加三收大粮……读书人尽把良心丧!”而马知县的那个顶头上司北直军门虽“官至二品，位至八抬”，终日想的却是:“若是像那古人，要赤心报国，爱养百姓，这就是从苦上去求苦，岂不是个呆瓜？到底是挣些银子，盖些楼阁亭台，买些舞女歌儿，落得终身快活。”当马知县向他行贿时，他大喜，“白刺猬来拱大门”，收下万两白银，便将告马知县的秀才们杀的杀，流徒的流徒。更兼那班衙役狗腿，横行霸道，“堂上有坐着的知县，堂下有站着的知县，还有走着的知县”，上至朝廷权奸严世蕃，下至县官、衙役，无不是如狼似虎，钱欲熏心，敲骨吸髓，盘剥百姓。这是一幅多么惊心的社会黑网图。

《磨难曲》对科举制度的危害有了新的认识。科举不仅成了读书人的唯一出路，更成了读书人在那个黑暗时代的护命符。只有科举高中，才有可能高官得做，与此而来的不仅是荣华富贵，更重要的是生命财产有了保障。与此相联系，便是科举对知识分子的毒害，那些见钱眼开，为了几个小钱，便出卖良心，提供伪证保马知县的读书人，是多么令人可恨可怜！科举制度下腐败堕落的知识分子形象，呼之欲出，这表明蒲松龄对科举制度实质有了进一步的认识。

其次，《磨难曲》与《张鸿渐》《富贵神仙曲》相比，另一不同凡响之处，也是标志着蒲松龄创作思想发生重要变化之处就是蒲松龄在作品中以满腔热情正面塑造了农民义军首领三山大王任义的形象。这位大王有精兵十万，割据一方，“专杀赃吏与贪官”并立志“一匹马扫清那金銮殿”。他路遇不平，拔刀相助，救下了被流徒的秀才;北直军门受贿枉法，犯了死罪，用十万白银行贿朝廷，被免死流放，途中被三山大王逮住，大王怒斥其罪行，将其钝刀凌迟。朝廷两次发大兵进剿，都被他用智谋打得落花流水，北兵进犯，烧杀抢掠，官兵不敢动弹，他却进行了英勇的抵抗，将北兵击退。这是一个正直无私、嫉恶如仇、大智大勇、义无反顾的英雄形象。与他相比，那些官兵显得懦弱无能、卑鄙无耻。这充分表明了蒲松龄长期生活在社会底层，使他更彻底地看清了封建统治者的面目，更多地了解了广大劳动人民的优秀品质。政治的黑暗，吏治的腐败，人民的疾苦使他对统治者感到绝望，而把满腔希望和美好理想寄托到了代表新生力量的农民义军首领任义身上，这可算是蒲松龄一生中世界观的巨大变化。

总之，从《张鸿渐》到《磨戏曲》的创作过程尽管很长，但透过作品的主题仍可窥见作者创作思想所发生的某些变化，这对于研究蒲松龄的生平和思想，我想是不无裨益的。

聊斋俚曲艺术研究

从聊斋俚曲看蒲松龄的艺术创新精神

陈玉琛

蒲松龄的《聊斋俚曲》是一部惩恶扬善、醒世救世的通俗演唱之奇书。三百余年来，或传抄于民间，或传唱于市井，深得人民大众之喜爱。它不仅在针砭朝政、鞭挞贪官虐吏、抨击科举弊端、批判封建礼教等方面承袭于《聊斋志异》，更在庶民百姓所关心的日常生活、伦理道德方面有所侧重。除了其故事生动、幻想奇特、语言通俗易懂、诙谐幽默等艺术特点外，在艺术形式上，它又取老百姓喜闻乐见之趣味，融诸种艺术品种之特点，活用传统，大胆创新，为后人留下了宝贵的经验。

综观十五部俚曲及其在艺术方面的成就，可以看到，蒲松龄不仅通晓前代的各种艺术形式，而且有着卓绝宝贵的创新精神。从变文、宝卷、宣卷、唐宋诗词、鼓子词、唱赚、诸宫调、元杂剧到各种俗曲，他无所不通；从骈散歌赋，到说唱、戏剧，他无所不能。没有哪一种艺术形式能束缚住他的艺术翅膀，没有哪一种艺术形式不可为他所用。在学习继承前代艺术形式上，他既善于融会贯通，又善于发挥自己的创造精神，从而使俚曲成为不拘一格而又自成一体，别于他家而又独具特色的一个艺术品种。下面让我们从蒲松龄对前代艺术形式框架模式的继承与突破，对套数的发展与创造，以及在音乐上的创造与贡献三个方面，探讨一下他的创作思想及其创新精神。

一、蒲松龄对前代艺术形式框架模式的继承与突破

俚曲继承了元剧四折结构的特点，使部分篇目按此原则及其形式构成。如《墙头记》有四回，《快曲》有四联，《磨难曲》有四卷，却偏偏不叫四“折”，可见此为有意区别于杂剧；即使是最接近戏剧体的《禳妒咒》也不称多少“折”，而是“三十三回”；分为四卷的《磨难曲》也有三十六回。其他如《姑妇曲》分三段，《蓬莱宴》

分七回等。俚曲不仅在结构名称上，而且在实际上，其大部分篇目均已突破了四折加楔子的固定框架模式。如果再从它们的标题来看，有些几乎与章回小说无异。如《翻魇殃》第一回“仇尚廉贿卖侄妇，土条蛇造言诬良”，《寒森曲》第一回“商员外归途遇害，大相公告状鸣冤”。在文体形式上，俚曲既承袭了变文、鼓子词有说有唱、散韵交织的讲唱特点，又不同于它们的简陋与单调，而是分别加上了头尾（如《俊夜叉》还特加了“开场”），使其结构更加完整。有的篇目虽是说唱或戏剧体裁，如《磨难曲》《禳妒咒》，却也有如章回小说的形式。以上几点都告诉我们，俚曲在结构形式上既吸取多种文体的特点，将其融为一体，又突破了某一种艺术形式之限制，杂取诸家，自立门户，成为具有多种文体特点的综合体。

二、蒲松龄对套数的创造与发展

套数是俚曲中曲牌演唱的主要形式之一。“所谓套数，是指由若干单体乐曲依一定的逻辑关系联接起来，前有引子、后有尾声的一个整套而言。”①蒲松龄继承了诸宫调、南北曲将若干曲调联用成套的做法，在半数的俚曲中将俗曲联成新颖独特的套数。但每套曲牌的安排是自由的，它不像南北曲那样有固定的次序，它的套首、结尾也没有那种惯用的模式，更没有根据套首曲名确定套数名称。它也不是像诸宫调那样的多宫联章，更没有受一个套数中的歌词一韵到底的限制。而是根据俗曲无严格宫调要求的特点，根据故事情节发展的需要，本着套式活用的原则，自由灵活地运用与借鉴以往的艺术形式与手法，既吸取有用的方面，又不墨守成规，从而形成了变化多端的各种自由联章，创造性地推出了“主联套”“十样锦”“连环套”等富有特点的曲牌联套。

“十样锦”本为南曲〔仙吕宫〕的一个牌调，系犯调集句，以十个有“锦”字的牌名，各集二三句不等，共成一曲。如《九宫大成南词宫谱》中的一例“十样锦”，有〔叠字锦〕〔地锦〕〔锦法经〕〔锦衣香〕〔句昼锦〕〔字字锦〕〔锦上花〕〔一机锦〕〔摊破地锦花〕〔锦腰儿〕。这本是一种从名字上有“锦”字着眼的杂凑集曲方法，但蒲松龄所编的“十样锦”却与上述情况完全不一样，它取十样锦的名堂，似是集曲形式，却不是片言只句的杂凑，它是将精选的十个曲牌联成套数反复使用，它是在保持每个曲牌的完整性上的规模宏大的曲牌联套。《姑妇曲》与《慈悲曲》均是采用了“十样锦”的联套方法。

---

① 杨荫浏：《中国古代音乐史稿》下册，人民音乐出版社 1981 年版，第 553 页。

例如《慈悲曲》除了用〔西江月〕做引子和结尾外，中间六段每段均用十个曲牌联为一套（第一段中为了加强引子，还多用〔一剪梅〕），这十个曲牌按相同的顺序共反复六遍，它们是〔耍孩儿〕〔呀呀油〕〔倒扳桨〕〔银纽丝〕〔怀乡韵〕〔跌落金钱〕〔罗江怨〕〔叠断桥〕〔劈破玉〕〔清江引〕。这显然与那种集曲式的"十样锦"有着本质上的差别。

"主联套"的名称以前虽不曾见，但在元杂剧里这种方法却已有应用。如马致远的《黄粱梦》第三折中，曾将〔归塞北〕，着重运用五次，但没有像俚曲《翻魇殃》中〔耍孩儿〕的运用那样突出，那样有规律。这种在杂剧套数中初露端倪的手法，在俚曲中已经发展到相当完美的程度。现将其曲牌联套情况抄列于下：

第一回:〔西江月〕(头)
〔耍孩儿〕
第二回:〔耍孩儿〕〔劈破玉〕〔呀呀儿油〕〔耍孩儿〕
第三回:〔耍孩儿〕〔西调〕〔还乡韵〕〔耍孩儿〕
第四回:〔耍孩儿〕〔劈破玉〕〔叠断桥〕〔耍孩儿〕
第五回:〔耍孩儿〕〔银纽丝〕〔跌落金钱〕〔耍孩儿〕
第六回:〔耍孩儿〕〔呀呀油〕〔叠断桥〕〔耍孩儿〕
第七回:〔耍孩儿〕〔劈破玉〕〔叠断桥〕〔耍孩儿〕
第八回:〔耍孩儿〕〔跌落金钱〕〔西调〕〔呀呀油〕〔憨头郎〕〔耍孩儿〕
第九回:〔耍孩儿〕〔叠断桥〕〔银纽丝〕〔耍孩儿〕
第十回:〔耍孩儿〕〔憨头郎〕〔还乡韵〕〔耍孩儿〕
第十一回:〔耍孩儿〕
第十二回:〔耍孩儿〕
〔清江引〕尾

从上述两例可知，蒲松龄在运用以往的艺术形式上，并没有单纯地从形式上着眼，也不是死搬硬套，而是根据自己的需要，活用套数，将自己的艺术奇才融于其中。这既是对旧形式僵死部分的摒弃，是对旧形式的突破，也是对新形式的一种创造。

三、蒲松龄在音乐上的创造与贡献

我国自古以来就存在着“倚声填词”和“因词制乐”两种创作方式。俚曲则主要是用“倚声填词”的方式来完成的。若说蒲松龄在音乐上的创造与贡献，首先要从填词推动了音乐的发展说起。我们知道，当用已有的曲牌填词表现新内容时，必然会有适应与不适应的问题，要使旧有的曲牌适应新的内容的需要，就要对那些不适应的部分做些变更，这便会引起字句格式上的变化，于是产生了变体。当根据新填制的歌词再来演唱时，又会由于内容表现的需要，根据新的歌词语言的四声及抑扬顿挫，对原有曲调做些改造，于是又产生了同名异曲的变体。正如杨荫浏先生所说：“根据已有曲牌填写新的歌词，根据新的歌词，改编旧的曲调，这是一种再创造。”①十五种俚曲共选用了53个曲牌，填写了2971段唱词，除了按原曲牌的基本词格填写外，还有相当一部分唱段是按变格处理的，如果这许多唱词都付诸演唱，肯定会在曲调方面引起再创造的更大变化。

俚曲中创造变体的手法也是多种多样的，如曲不定句、句不定字、曲间加说白、曲间加帮腔、曲间加滚唱等。这些手法的运用，大大丰富了唱腔的表现力，推动了音乐的发展。尤其“滚唱”的运用，不但起到了丰富、补充、引申和自由发挥的作用，也为板式的变化创造了条件，这对于联曲体的俚曲来说，显得尤为重要，作用也尤为显著。因为曲牌体的特点在于擅长抒情，而拙于表现戏剧性的情节。滚唱的加入，引起了不同节拍节奏的出现，使板式变化成为可能。因此也可以说，俚曲是包含有板腔体的曲牌体。请看下面这段〔劈破玉〕：

> 好一个俊媳妇风流不过，穿上件粗布衣就似蝉娥；又孝顺又知礼，一点儿不错。不说他为人好，方且是活路多：爬灰扫地，洗碗刷锅，大裁小铰，扫碾打罗；喂鸡喂狗，喂鸭喂鹅，冬里牐猪五口，夏里养蚕十箔；黑夜纺棉织布，白日刺绣绫罗；五更梳头净面，早早伺候婆婆。亲戚朋友听着，邻舍百家看着，都说道这么个媳妇，就是那扬州的琼花，真正是找遍天下无二朵！（《姑妇曲》）

像这样丰富的内容，是原词格所远远容纳不了的，插用排比句做滚唱，便顺利地解决了这一矛盾，也较好地表现了珊瑚勤劳贤惠的品德。类似这种情况的例

① 杨荫浏：《中国古代音乐史稿》下册，人民音乐出版社1981年版，第627~628页。

子，俚曲中还有很多。它为民歌小曲向曲艺、戏曲音乐发展，以及由曲牌体向板腔体的过渡，都提供了一些有益的艺术经验。

聊斋俚曲突破了用南北曲作剧的传统而改用俗曲，也是为一般人所不敢想不能为的。清初北方一带流行的是弋阳腔，或由此衍变而来的其他声腔；昆曲也以临川、吴江两派为代表风行剧坛。社会上层的学士文人只知道有昆剧，只知道用南北曲作剧，而蒲松龄却撇开南北曲改用俗曲。这不仅是因为俗曲风靡于民间，蒲松龄又深知平民大众的喜好，还“应当看作他是有意识地要打破以往只知用南北曲作剧的陈套，而于戏剧的撰作上另辟一条蹊径”①。这另辟蹊径的气魄，是那些怕丢掉名气的文人不敢为之的，这另辟蹊径的能力也非大手笔莫能为之，也非那通晓古今而富有创造性的异才不能胜任。周贻白曾在《蒲松龄的聊斋俚曲》中这样高度评价说：“蒲氏能以莫大的勇气，去采取这种不为人所注意的体制，居然撰成多篇洋洋洒洒的大文。即此一点，也是够使那些自命圣人之徒，望而却步。即令这体制不是蒲氏所创明，仍将不失其伟大的。”②

如果我们把俚曲视为一个独立的艺术品种的话，也是不算过分的。因为俚曲有着自己的声腔系统，即以俗曲为主的多种声腔的集合体。把声腔与剧种结合在一起，这是我国戏曲所走过来的道路，两者虽然不完全等同，却也有着密切的联系，声腔的不同也正是不同演唱艺术种类的特点或分界线。清初的四大声腔“南昆、北弋、东柳、西梆”本是各具特色自成一家的，俚曲在声腔上也与它们有着一定的联系。若从民间俗曲为主要声腔这点上看，俚曲与柳子戏同出一源。柳子戏在民间俗曲的基础上又吸收弋阳腔、青阳腔，再加上板式的变化，从而成为称雄一方的大剧种，而俚曲却仍然保持了民间俗曲的淳朴风貌。它在俗曲曲牌使用率占95%以上的基础上，又吸收了南北曲的曲牌及南北合套的套数，也吸收了“西梆”中的〔梆子腔〕，还有远戍西边之人所唱的〔边关调〕等。因此，从音乐体制上说，俚曲又创造了以俗曲为主要声腔的多种声腔的集合体。虽然它没有发展成为一个独立的剧种，但它已经具备了自己独特的声腔系统。

蒲松龄长期和平民大众生活在一起，对被剥削被压迫者的生活有着较深刻的了解和同情，对于黑暗腐朽的封建吏治和贪官虐吏有着切齿的憎恨。正是由于对

① 转引自《蒲松龄研究集刊》第三辑，齐鲁书社 1982 年版，第 168 页。

② 沈燮元：《周贻白小说戏曲论集》，齐鲁书社 1986 年版，第 650 页。

生活有着新鲜独到的见解,所以他才努力寻求一种独特的艺术形式去表达这种认识。他一方面虚心学习人民群众的语言,了解与掌握人民大众喜闻乐见的艺术形式;另一方面,又在通晓前代多种艺术形式的基础上,将其融会贯通,得心应手地使其为自己的艺术创新服务,创作出了空前绝后的聊斋俚曲,使之成为我国说唱艺术之集大成者。蒲松龄通过自己的作品告诉我们:不但要善于学习,还要勇于创新,要从内容出发,从表现的需要出发,活用前人的经验,要敢于标新立异,要敢于独树一帜,不要墨守成规,不要受旧的形式的束缚,一切都要为“我”的需要服务,为“我”的创新服务,这样才能有所创造,有所突破。传统也便在创新中得以发展,创新又赋予传统以新的生命活力。聊斋俚曲便是在这种艺术的辩证关系之中,对民族传统艺术作出了创造性的继承和发展。在社会主义文艺蓬勃发展的今天,蒲松龄在俚曲中所表现出的艺术创新精神,对于我们仍然有着积极的现实意义,这或许也正是他留给人们的艺术财富中最有价值的一部分吧!

谈聊斋俚曲语言的艺术特色

宋金龙

蒲松龄一生的文学活动,除写于各个时期的诗、词、杂著外,可以说主要在《聊斋志异》和通俗文学两个方面。《聊斋志异》三百多年来“流播海内,几于家有其书”(陆以湉《冷庐杂识》),是久已为人所知的了。蒲松龄的通俗文学,过去没有受到研究者的重视。这些作品据张元撰《柳泉蒲先生墓表》碑阴著作表所载,为“戏”三出和“通俗俚曲”十四种。据日本《庆应义塾大学所藏聊斋关系资料目录》来看,则除了碑阴所载的“戏”和“俚曲”外,尚有称为“小令鼓词”的俗曲存世,其式样和数量亦不在少数。① 今天我们所能见到的,却只有今本《蒲松龄集》所辑集的三出“戏”和十三种“俚曲”(名目皆如碑阴所载。俚曲少《琴瑟乐》一种,今存日本)以及少数几种其他作品了。

本文即据今本《蒲松龄集》所载的可确知为蒲松龄作品的戏三出、俚曲十三种以及附录的四篇作品(《草木传》除外),就其语言艺术和风格特色,谈谈自己的初步看法。

聊斋俚曲的语言是纯净、流利的白话,是作者家乡山东淄川一带人民群众活生生的口头语言。这是俚曲语言的显著特色。蒲松龄以他驾驭语言的卓越才能,使聊斋俚曲发散着浓烈的乡土气息,又给人以美的感受。作者创造的独具一格的俚曲语言艺术风格,是聊斋俚曲艺术上的一个突出成就。

俚曲语言艺术的第一个特色,是它的幽默、诙谐性。

《闹馆》《穷汉词》《墙头记》《除日祭穷神文》《穷神答文》等,整篇都充满了幽默、诙谐的色彩。《闹馆》中的塾师和为贵先生,因逃荒流落到洛川。忍饥挨饿,备

① 参阅徐恭时《蒲松龄著作新探》(《文史哲》1964 年第 2 期),关德栋《曲艺论集》。

受艰难。他一边用仿圈敲动手板,沿街叫卖“教书”,一边自唱道:

陈仲子三咽李螬食过半,孔圣人在陈国绝粮七天;君子穷不必那小人穷斯滥,莫不是,天丧予,就在洛川?

雇主礼之用在和他协商成馆条件的过程中,和先生开口闭口必引经据典,大“转”其“文”。如礼之用要先生在雨天时背他的孩子上、下学,和先生满口应承,说什么“先生背学生易如反掌,非挟泰山以超北海之类也”。这些可笑的语言出自一个受科举毒害颇深的教书先生之口,既合乎人物身份,又传神,活画出了一个迂腐而又落魄的书呆子形象。《墙头记》中的张老对着儿子送给他当饭吃的“糊突”,有一段精彩的唱词:

你大号红粘粥,你名突,你姓胡,原来你是高粱做。热了烫人嘴巴子,薄了照出行乐图。老来相处你这桩物。摸了摸,呀,老盟兄你几时死了,一点儿温气全无!

生动而又形象地反映了张老晚年凄惨的生活情景。表面上是诙谐风趣,骨子里是血泪的哭诉。这对表现张老无可如何的怨恨心情,刻画他软弱无能的性格是十分恰当的。

在其他俚曲中,蒲松龄也不时加上幽默的一笔。《寒森曲》中恶贯满盈的新泰县知县老王死后,不说人人拍手称快,而说“合县里猪头买缺,每一个卖钱千文”。知县死了,全县人争着买猪头下酒庆贺,猪头竟为之涨价。王知县生前的罪恶不说自明,同时又把百姓们难以形容的欢快心情表现得多么别致和酣畅!《姑妇曲》中写安大成去沈家庄叫他姨娘,想不到他休弃的妻子珊瑚突然出现在眼前。作者写道:“大成羞极了,就待扯腿。珊瑚两手叉住门。大成窘了,从他媳妇那夹肢窝里钻出去颠了。”这里没有对话,但在这对夫妇无言的举动中,却满含着他们各自复杂的感情交流:珊瑚的愤恨和责备,安大成的羞愧和内疚。又如《翻魇殃》中,土豪赵阎罗被知县老郑拘审,老郑命衙役扯了他的衣裳打板子,“堂上喝了一声裂,嗤嗤一阵响连天,条条都是八丝缎,合衙门偷着抢去,都缝个荷包装烟”。闲闲一笔,贪婪愚昧、庸俗不堪的衙役形象立现。《磨难曲》中卢龙知县老马被按院“锁拿”,他的官宅里发出许多银子来买人情为他作“保”。百姓代表李大想好了一套“作保”的言语:“我保他钱粮轻,加二五大戥称;我保他要钱很打腚;我保他打贼使小板;我保他捶粮大板棱;我保他科派众百姓;我保他满堂饿鬼,下乡来两眼圆睁!”通篇故作反语,讽刺意味十分明显。其实这哪里是“保”,分明是在开列贪酷知县的罪状。

准确、洗炼、生动、形象,这是聊斋俚曲语言艺术的第二个特色。

《墙头记》中张老在王银匠巧施妙计后,得到两个儿子的殷勤奉养,生活骤然好起来。张老却感到这是“每日在闪电影里存身,半虚空中度日”。“闪电影里”“半虚空中”,这洗炼的语言,把张老提心吊胆的心情刻画得多么准确生动!《磨难曲》中瞎子王丙悲叹他的不幸遭遇说:“这几年弄的人水净鹅飞的,如何是好!”用“水净鹅飞”形容家破人亡、一贫如洗的生活,也相当形象、生动。《寒森曲》中一群衙役去抬商三官的灵床,因为神灵作怪,灵床抬不起来,衙役们却险被压折了腰。接着说他们:“踽踽凉凉都乱动,好似夹了一群贼,又像当的锅腰子会。人都说黄河干了,爬出来一群乌龟。”以种种丑陋的形象作比,感情色彩鲜明。《禳妒咒》中描写高蕃和江城婚娶的场面是“听那喇叭嘻嘻哈哈,那唢呐嘀嘀答答,一片人声吱吱呀呀,门前花炮乒乒乓乓,十对家丁批溜扑喇,一行人马唰溜喇嗝,锣儿噔噔,鼓儿帕帕”。用一连串象声词渲染出了一种热热闹闹的欢乐气氛。

作者特别善于运用人物的语言来刻画形象。如《寒森曲》中知县老王派解差去捉赵恶虎,赵装病逃避,送出银子来打点。解差嫌少不收,嘴上却说什么“这银子俺不敢使,不是小官司,请赵爷合俺走走罢”。等到又添出银子来,并设酒饭款待,这时“差人吃的醉饱,拿起银子笑说:‘没礼。就真果拿着罢,再不拿,又敢说是嫌少哩。但只是告说过的了,若是官府不依,可也不干俺事’”。这里正是通过人物语言的变化,将解差前后不同的神情语调、心理活动,刻画得惟妙惟肖,穷形尽相。

聊斋俚曲中叙述性的语言多模仿日常生活用语。如《慈悲曲》第一段:“你说四五岁的乜孩子,谁知道穿衣裳来?他娘只是打着他穿,打了几清晨,袄也找着袖了,裤也伸上腿了,指头似的个人,五更里起来,映嗤映嗤的穿把上。”这几乎纯粹是口语,似絮絮叨叨的家常话,生活气息十分浓厚。

大量地使用谚语,是聊斋俚曲语言艺术的第三个特色。

蒲松龄在聊斋俚曲中使用的谚语,约有八九十条之多。这些谚语或出现在人物的对话中，或出现在叙述中，对思想内容的表达，对人物性格的刻画，对形成聊斋俚曲幽默的艺术风格，都起了很好的作用。如"'天家驳(播)麸子'，——不消半夜又净了"(《翻魇殃》)，用来形容赌博很快输光了钱，比喻贴切，形象生动。"买了肝肺来不上碗——用心"(《禳妒咒》)，话出自一个厨子之口，用以形容他因来吃饭的客人身份尊贵，饭菜做得格外当心的心理。谚语的选择符合说话者的身份，又增强了幽默感。

蒲松龄善于状写农村妇女的吵架斗嘴——这种场合往往是语言的一种竞赛和展览。如《姑妇曲》中何大娘指桑骂槐地斥责珊瑚的婆婆："耶耶好奇呀！驼垛子的老驴上山，——你挨霎着，又济着喘嗄粗气哩。"《慈悲曲》中赵大姑骂张讷的后娘："耶耶！谁赖您那孩子来么？面盆里加引子，——你这不发起来了么？""您看这是怎么说！贩捎瓜的，爬到屋檐上，——上门来寻人便宜。乜科子！"刻画封建时代的农村妇女吵架时的神态如此鲜明生动，使人真有如闻其声、如见其人之感。

又同篇中张讷因受不了后娘的虐待，偷跑到姑母赵氏家躲避。后娘李氏跟寻而来，责问赵氏张讷是否在背后说她的坏话，赵氏回答说："该小讷子那腿事么？南庄北院的说的少哩么？就是犸虎咬着老羊，——就吃下他下半截，他也是不做声的。"赵氏针对李氏的问话，她要否认张讷的背后弄舌，但因为巧妙地使用了一个语意双关的谚语，正揭露了李氏恶狼般对待张讷的事实。真是歪打正着，令人回味无穷。

上述俚曲语言艺术的几点特色，仅仅就其显著者而言，实不能概括其全部，这些特色往往交融在一起，形成一种言浅意深、摇曳多姿、优美动人的语言风格，给人以美的感受。恰如近人的评述，是所谓"神韵盎然，有一股吸引人的力量"①了。

---

① 中国社会科学院文学研究所：《中国文学史》，人民文学出版社1962年版，第898页。

论聊斋俚曲语言风格的俚俗之美

翟 燕

蒲松龄（1640—1715），山东淄川人，字留仙，一字剑臣，别号柳泉居士，清代著名的文学家。除在诗、词、赋、文言小说等方面有卓越成就外，蒲松龄还擅长通俗文学的写作，他利用当地流行的时调俗曲，以曲牌连缀的形式，采用白话口语和淄川方言创作了很多俚曲，突出表现了其擅长用贴近民众生活的语言来表现民众生活的优点，以及他对通俗文学的重视，为通俗文学的长足发展做出了巨大贡献。据《柳泉蒲先生墓表》碑阴记载，蒲松龄共写作俚曲十五种，分别是：《墙头记》《姑妇曲》《慈悲曲》《翻魇殃》《寒森曲》《琴瑟乐》《蓬莱宴》《俊夜叉》《穷汉词》《丑俊巴》《快曲》《禳妒咒》《富贵神仙》《磨难曲》《增补幸云曲》。这些俚曲皆因鲜活的人物形象塑造、活泼生动的人物对白及脍炙人口的唱词引起民众的喜爱，从清代至今，这些俚曲一直流传在蒲松龄的家乡淄川一带，并活跃在各种舞台上。同时，这些具有乡土气息的作品也受到了国内外学者的青睐，成为文学、语言、艺术等各个领域研究的重要蓝本。其中，尤其值得称道的是蒲松龄驾驭俗语言的功力及其语言所折射出的俚俗之美，下面就从方言土语的淄川味、口语化成分的鲜活味、时调俗曲的通俗味三个方面解读聊斋俚曲语言所特有的俚俗美。①

一、方言土语的淄川味

《聊斋俚曲》是一部通俗戏曲集，为适应民间演唱的需要，蒲松龄采用淄川方言写作而成，语言俚俗直白，口语性极强。蒲松龄的生活经历也决定了他受其他方言的影响较小，这在很大程度上保证了淄川方言的原汁原味。今天读来，依然

① 聊斋俚曲据上海古籍出版社 1986 年版《蒲松龄集》，文章在引用文中例句时，用简称“聊”表示，并注明回数、页码，以便检核。

具有置身于淄川的田间地头、市井街坊、庄户人家的感受。从根本上看，这一感受直接来源于蒲松龄对淄川方言语音、词汇、语法成分的娴熟运用。

1. 语音方面

明代官话的声母已有了平翘舌音的区分，但淄川方言依然保持着平翘不分的特点，这一点可从聊斋俚曲中的很多用例看出来，如：

[1]珊瑚搽着泪，和他两姨嫂子拜了两拜，才一五一十的细说。（聊·姑·2·870）

[2]争奈光阴已有限，若许从新改过，再着我侍奉十年。（聊·姑·3·890）

[3]强人呀，仔说我不好，仔说我不贤。（聊·禳·15·1205）

例[1]中的"搽"当为"擦"，例[2]中的"从新"当为"重新"，例[3]中的"仔"当为"只"。"搽"记作"擦"，"重"记作"从"，"只"记作"仔"，皆是因为平翘不分的缘故，今天淄川方言中的声母依然具有这样的特点。再比如聊斋俚曲中的一些异文形式表现出了清代淄川方言中较为普遍的轻声用法：

[4]大成合二成商议："你黑呀合您媳妇做伴，又不能来。我今夜寻思了一个法儿，你在家守着咱娘，我往沈家庄搬咱姨来看看。"（聊·姑·2·876）

[5]拾了根绳子扎着腿，上下一堆破铺衬，你扎裹的老婆好不俊！（聊·俊·1114）

[6]二姐被万岁泚了几句，就羞的低了头说："姐夫好乔性儿！每哩既犯相与，就不问问么？"（聊·增·13·1608）

例[4]中的"黑呀"当为"黑夜"，例[5]中的"扎裹"当为"扎挂"，例[6]中的"每哩"当为"没地"，这些双音节词的后一音节之所以都采用了异写形式，就是因为当时的淄川方言中轻声已是一种比较普遍的语音现象，特别是例[4]中"黑呀"与"今夜"对举，更好地体现了"夜"轻声化后伴随的记音字的变化问题。另外，聊斋俚曲还运用了淄川方言中的很多合音现象：

[7]你慌嗄,你可是上门来怪哩么?(聊·慈·3·903)

[8]张诚说:"你看俺哥哥,你从多咱就起来了?"(聊·慈·4·914)

[9]咱俩吃这闷酒,不如找一个唱的来,大家乐上一乐。(聊·富·5·1304)

例[7]中的"嗄"为"什么"的合音形式;例[8]中的"咱"为"早晚"的合音,"多咱"表示"什么时候";例[9]中的"俩"是"两个"的合音,这些合音形式至今依然活跃在淄川方言的口语中。

2. 词汇方面

聊斋俚曲中方俗词语到处可见,使作品具备了更鲜明、更强烈的地域特色。如:

[10]家里财神不供养,把他简慢又蹬开,这是嘲呀可是怪?(聊·墙·2·842)

[11]道上行人笑老张,把乜孩子来交给了个鬼王,瘦的着人看不上。他心里一般的愁肠,又不能做个主义,而不冷腾的,是个甚么像!(聊·慈·1·896)

[12]把叉了一年来,弄的是净打光的。(聊·穷·1120)

[13]戚老爷丢了刀,一波落盖跪下,捏起那嗓根头子来,哏哏了一声说:"我杀乜鸡你吃。"(聊·禳·1·1149)

[14]太母笑云:"你看春香出产的越发有福气了!好好!您都坐下罢。"(聊·禳·33·1274)

例[10]中的"嘲"又作"潮",意指"傻、笨",今淄川方言中还有以"嘲(潮)"为词根语素构成的合成词"嘲巴、嘲巴蛋",一般用来指称又傻又笨的人;例[11]中的"而不冷腾"一般用来形容"做事笨拙、不用脑子",有时也用来形容人的长相蠢笨;例[12]中的"把叉"意为"操劳、辛苦劳作";例[13]中的"波落盖"意为"膝盖";例[14]中的"出产"则指的"出落",多用于赞美女孩子容貌、体态的变化。可以说,这些地道的淄川方言词汇的运用,形成了聊斋俚曲独有的风格特点和味道,使平民百姓听来十分亲切,也取得了生动感人的艺术效果。

3. 语法方面

聊斋俚曲的口语性极强，语法材料非常丰富，不仅在一定程度上体现了汉语北方方言语法在当时的发展演变情况，也反映出清代淄川方言一些独特的语法特点。如：

[15]他急自极好害饥困，何况等了半日多，此时不知怎么饿。（聊·墙·1·833~834）

[16]乜丫头居然是代把夫人做，他给了俺儿圆下房，如今又产麟儿落了肚。（聊·禳·31·1260~1261）

[17]儿登科，儿登科，就是他爹待怎么？虽不如中一双，还强其没一个。（聊·磨·26·1501）

例[15]中的副词“急自”意为“本来”，强调事态的已然性；例[16]中的指示代词“乜”表远指，其复合形式“乜个”“乜样”“乜么样”等在聊斋俚曲中也大量出现。以上这些词语都是典型的带有方言色彩的语法词。例[17]中出现的是具有典型淄川方言色彩的差比句，其格式为“(A)形+其+B”，格式中出现的均为表示程度高、形状大之类的形容词，而出现在“其”后的比较项B则要弱势得多，与此格式相近的差比句还有“(A)形+的/及/起/如/似+B”等。

以上这些例子仅是聊斋俚曲中方言土语成分运用的冰山一角，这些语言成分的存在使得俚曲语言亲切自然、通俗易懂，不仅能够准确形象地状物拟人，也能够绘声绘色地表情达意，犹如一幅幅社会风俗的画面，展现在乡亲父老面前。

二、口语化成分的鲜活味

聊斋俚曲的通俗性除表现为大量使用方言土语外，还表现为大量使用口语化的语言成分，比如语气词、叹词、衬词等，不太注重句法结构的严整及表达的精炼含蓄，我口唱我心，娓娓道来，率性自然。

1. 语气词的运用

从语气词的角度看，唱词部分出现了像“呀”“哟”“哪”“嘹”“哉”“来”“咳”“罢”等语气词以及连用的语气词“来咳”“罢么”等，如：

[18]〔跌落金钱〕珊瑚两眼泪撒撒,说娘方才怒气加,亲娘呀,我还不知是为嗄。娘道不是该这么,我就回房换了他,亲娘呀,谁敢在你身上诈?这身衣服不堪夸,穿着做饭纺棉花,亲娘呀,不是因着那句话,刚才算计一时差。我的不是说什么,亲娘呀,望你宽洪担待罢。(聊·姑·1·862)

[19]〔鸳鸯锦〕五更敲罢不曾眠,没个空儿钻钻,现放着美人却在半天。我也闲,他也闲,两下孤单。若还跳墙见他,未必不喜欢。怕的是恼了那性儿,果子甜吃酸。思一番,想一番,你回了心罢么,我就许下朝山。(聊·禳·14·1200)

语气词在突出聊斋俚曲的通俗性方面起到了极其重要的作用,突出了淄川方言的语势特色,增强了讲唱故事的叙述感,不仅补足了语气,而且使得唱词更加口语化。比如上例唱词中出现的语气词,不但满足了演唱者生理上换气的需要,使演唱者演唱起来更加亲切自然,更易于演唱者抒发情感;同时在增强语言的通俗性、生动性、活泼性方面也起到了功不可没的作用,使得整个唱词部分显得更加具有表现力,更富有生活化色彩。

2. 叹词的运用

叹词是一个独立性很强的词类,既可以作感叹语,又可以独立成句。叹词的出现是为了抒发说话者浓厚的感情色彩,通常是感情表达在前,语意表达在后,正如吕叔湘先生所说:"感叹词就是独立的语气词,我们感情激动时,感叹之声先脱口而出,以后才继以说明的语句。"①聊斋俚曲中出现了大量的叹词如"哎、哎哟、咳、呀、嗯"等,如:

[20]哎!我也曾挣过银子,早知道真么中用,怎么不藏下几两?(聊·墙·4·850)

[21]何大娘说:"哎哟!裤裆里钻出个丑鬼来,——你唬着我这腚垂子哩。"(聊·姑·1·868)

[22]嗯嗯,他若是拿个帖来,就做个人情,把方氏放去,后日也好相见。(聊·磨·9·1409)

① 吕叔湘:《中国文法要略》,商务印书馆1982年版,第316页。

这些叹词的运用,大大增强了所在语境的惊讶、感叹、应诺等感情色彩,使得俚曲的口语化程度大大提高。

3. 衬词的运用

衬词是俚曲中常见的一种特殊表达手段,是在曲调规定的字数之外,临时增加在句中的字、词或短语。俚曲按照定型化的固定格式进行填写,当无拘无束、灵活自如的口语形式与固定的曲调出现冲突时,可用衬词解决这一矛盾。聊斋俚曲中使用了大量的衬词,常见的有"也么、也么咳、咧溜子喇、呀呀儿油、亲娘呀、哥哥呀、我的天呀"等,如:

[23]〔呀呀儿油〕问奴家,问奴家,现住广寒王母家;因奴动了思凡心,才摘了我的云头驾。哩么呀呀儿油,哩么呀呀儿油。有缘法,有缘法,就做夫妻也不差;已是惹得娘娘嗔,到了如今还说嘎,到了如今还说嘎!(聊·蓬·3·1086)

[24]〔银纽丝〕想来今生最不也么堪,这附骨的疔疮在心间。苦难言,叫不应的老苍天,梦也无灵验,神也不见怜。南无佛空叫爹娘念,我是前生有冤孽,可与春香嘎相干?我的天呀!遭难同,和我同遭难!(聊·禳·26·1243)

衬词的使用不仅可以加强唱词的节奏,加强语气,使唱词更通俗化口语化,还可以增强唱词的表现力和感染力,使感情更为深沉、强烈、浓厚,演唱起来也更加悦耳动听。在聊斋俚曲的唱词中,还可以看到作者在通俗化创作方面的极致表现,就是在短短数语间同时运用语气词、叹词、衬词这些口语化的成分。如:

[25]〔憨头郎〕咧溜子喇,喇咧子溜,从天降下祸临头。祸临头,泪交流,自你去后把家投。临别夫妻没见面,还写离书把我休。我的哥哥哟!咳咳!我的皇天哥哥哟!我在家,昼夜愁,待来看你说根由。你就摔手佯常去,一句情肠话不留。我的哥哥哟!咳咳!我的皇天哥哥哟!我白黑,把心安,还守咱娘过几年。老母死了我也死,骨头葬在地头边。我的哥哥哟!咳咳!我的皇天哥哥哟!(聊·翻·10·995)

[26]〔鸳鸯锦〕既然是论日不论夜,有甚么话说,有甚么话说?你和他从

今后就快活。我老实,心似铁,并不随邪。您厮下棋,我点着替找却,我点着替找却。天若黑了,一拱而别,我冰清,他玉洁,若有甚么事儿,敢当面证折。哎哟!若有甚么话说,听合他发牒。也么咳!咳咳也么哟!(聊·禳·31·1262)

如例[25]“憨头郎”这一曲牌下的唱词中同时运用了叹词“咳”,衬词“喇溜子喇”,语气词“咳”“哟”;例[26]“鸳鸯锦”这一曲牌下的唱词中则同时运用了叹词“哎哟”,衬词“也么咳”,语气词“哟”。三类口语性极强的词语并存,使得唱段更加活泼生动、易于演绎。

三、时调俗曲的通俗味

明、清时期是俗曲发展的一个巅峰时期,俚曲的创作、演唱、欣赏成了一种社会风尚。沈德符在《万历野获编》中记载说:“则不问南北,不问男女,不问老幼良贱,人人习之,亦人人喜听之,以至刊布成帙,举世传诵,沁入心腑。”入清以后,这些小曲仍很流行。蒲松龄充分利用明清时期流行的时调俗曲,共使用了不包括土腔杂调在内的近60支曲牌,填词联套,写就了聊斋俚曲。像〔耍孩儿〕〔叠断桥〕〔银纽丝〕〔玉娥郎〕〔呀呀油〕〔房四娘〕〔憨头郎〕〔黄莺儿〕〔跌落金钱〕〔哭皇天〕等都是聊斋俚曲中使用频率较高的曲牌。如:

[27]〔银纽丝〕三更出门月明也么乌,萧条行李一鞭孤。奔长途,高低乱窜眼模糊,那辨南合北,东西只任驴,昏惨惨摸不着正经路。驴呀呀呀休迷胡,你迎着增福躲着掠夫。我的天哟,何处投,不知投何处?(聊·富·3·1284)

《银纽丝》是明清时期喜闻乐见的民歌小曲,至迟应在16世纪初叶开始流行。《万历野获编》中记载道:“自宣正至成弘后,中原又行〔锁南枝〕〔傍妆台〕〔山坡羊〕之属……自兹以后,又有〔耍孩儿〕〔驻云飞〕〔醉太平〕诸曲,然不如三曲之盛。嘉隆间,乃兴〔闹五更〕〔寄生草〕〔罗江怨〕〔哭皇天〕〔干荷叶〕〔粉红莲〕〔桐城歌〕〔银纽丝〕之属,自两淮以至江南,渐与词曲相远。”①明代卓珂月也曾这样评价:“我明诗让唐,词让宋,曲又让元,庶几〔吴歌〕〔挂枝儿〕〔罗江怨〕〔打枣杆〕〔银

① 〔明〕沈德符:《万历野获编》,中华书局1959年版,第647页。

绞丝]①之类,为我明一绝耳。"②且《银纽丝》这一小曲也主要流传于北方地区,"至北之滥流而为[粉红莲][银纽丝][打枣竿],南之滥流而为吴之[山歌]、越之[采茶]诸小曲,不啻郑声,然各有其致"③。《银纽丝》一调在聊斋俚曲中常常被用来表现主人公细腻的情感,基本格式与明代大体一致,常见的为第一、二、三乐句均为七字句,第四、五乐句均为五字句,第六、七、八乐句为七字句,结尾两句通常为意思相同、字数相同而排列不同的句式(如"描画难,难描画"),即顶针。像例中"驴呀呀呀休迷胡"这句话中"呀"重叠三次,就是为了补足音节凑足字数,以适应演唱的需要,使得语言的表现力、感染力大大增强。

[28][刮地风]彼此相爱都有情,口虽不语两心明。欲待不留难割舍,住下还愁祸不轻,人哪哎哟祸不轻!起来坐下又沉吟,左右想来难杀人。只为佳人一个字,魂儿已不在当身,人哪哎哟在当身!(聊·禳·20·1223)

"刮地风"也是一首流传较为广泛的曲牌,凌蒙初在《谭曲杂札》中曾提到"刮地风"是当时的"时行曲"之一:"今之时行曲,求一语如唱本[山坡羊][刮地风][打枣竿][吴歌]等中一妙句,所必无也。"④作为曲牌,[刮地风]的词格有七句、九句、十句、十二句等多种形式。"刮地风"在各地辗转流传的过程中,分别形成了各具地域特色的曲风。聊斋俚曲中"刮地风"共出现四次,分别用于《禳妒咒》《富贵神仙》两套俚曲中,唱词样式均为七言五句,第五句中套用"人哪哎哟"固定格式,其他三个字则重复第四句的末尾三个字。聊斋俚曲的写作总体倾向是通俗,其中一个重要表现是大量运用俗语和口语,包括"哎哟""来哟""咳呀""呀"之类的语气词、叹词,在"刮地风"中名词"人"后出现语气词"哪"和叹词"哎哟"的连用就是一个重要的实践手法。

从例[27][28]两个曲牌的填写可以看出,蒲松龄很好地践行了戏曲创作通俗

---

① [银纽丝]又名[银柳丝][银绞丝][探亲家][四季相思]等。

② [明]陈宏绪:《寒夜录》,《丛书集成初编》,商务印书馆1939年版,第6页。

③ [明]王骥德:《曲律》,中国戏曲研究院编《中国古典戏曲论著集成》(四),中国戏剧出版社1959年版,第56页。

④ [明]凌蒙初:《谭曲杂札》,中国戏曲研究院编《中国古典戏曲论著集成》(四),中国戏剧出版社1959年版,第255页。

化的理论,在选择和编排这些曲牌时,均根据“依字行腔”的原则,服从于叙事情节和人物表现的需要,将曲调与淄川方言特色密切结合,呈现出浓郁的地方色彩,不仅贴近民众生活,而且易于传唱。

以上三个方面是对聊斋俚曲语言俚俗之美的分析。从分析中我们可以看出,聊斋俚曲充满着浓厚的地域特色,处处散发着迷人的乡土气息,洋溢着平易近人的俚俗之美。这些独到的特色使得聊斋俚曲与《聊斋志异》相映生辉,共同成就了蒲松龄文学成就的两座丰碑,这两部作品一白一文,一俗一雅,最终奠定了蒲松龄在中国古典文学及世界文学中的大师地位。

闲情闲意　亦庄亦谐

——论聊斋俚曲的喜剧风格

刘富伟

聊斋俚曲是蒲松龄利用当时民间流传的时调俗曲，采取淄川当地的方言土语，填词创作而成的叙事文学，共有十五种，即《墙头记》《姑妇曲》《慈悲曲》《翻魇殃》《寒森曲》《琴瑟乐》《蓬莱宴》《俊夜叉》《穷汉词》《丑俊巴》《快曲》《禳妒咒》《富贵神仙》《磨难曲》《增补幸云曲》。从叙述体制上看，俚曲大致可划作两类，《禳妒咒》《磨难曲》《墙头记》为戏剧体，其余十二种为讲唱体。

由于聊斋俚曲是作者文化视角下移、面向村农市媪的产物，为了能使其"慰藉农人"的思想和"救世婆心"的主旨得到充分贯彻，蒲松龄采取了寓教于乐、寓庄于谐的创作方式。在《慈悲曲》的开头〔西江月〕中，他曾对俚曲的创作意图与旨趣有着明确的表白：

> 别书劝人孝弟，俱是义正词严，良药苦口吃着难，说来徒取人厌；惟有这本孝贤，唱着解闷闲玩，情真词切韵缠绵，恶煞的人也伤情动念。若是看了说好，大家助毛攒毡，拿着当是《感应篇》，刻来广把人劝……词句曾经推敲，编书亦费钻研，闲情闲意须留传，儿孙后日好看。

蒲松龄把别的作家郑重其事的直白说教比喻为"良药苦口"，认为他们如此行事只会带来"说来徒取人厌"的恶果，反而冲淡了劝人做忠做孝的教育效果，作者对这种做法是不以为然的。他更注重在文本的"闲情闲意"中注入"情真词切"的艺术感染力，力图将"解闷闲玩"的消遣功能和"劝人孝弟"的终极理念完美地结合起来，从而达到使"恶煞的人也伤情动念"的目的。这正如贺拉斯所言："寓教于乐，既劝谕读者，又使他喜爱，才能符合众望。”①的确如此，聊斋俚曲既用“为善”的内容给村农市媪以潜移默化的影响，使他们情感净化，道德升华；又用“游戏”的形式给庶民百姓以审美的愉悦，让他们获得精神的慰藉、艺术的享受。由此见出蒲松龄为使聊斋俚曲更加贴近大众、走向大众，确实是费尽心思、不惜工本。也正是在这种创作旨趣的支配下，俚曲形成了亦庄亦谐、妙趣横生的喜剧风格。

聊斋俚曲的喜剧风格首先表现在“丑角”的插科打诨上。我们不妨先从《禳妒咒》中的“丑角”说起。该篇在情节与情节的转换、故事和故事的缝隙之处，往往以丑角的插科打诨来贯联映带，使全篇充满了浓郁的喜剧色彩。如第一回开场，以“丑笑上”念〔西江月〕作引子，并用〔字字双〕作内场问答，然后以〔调寄山坡羊〕及〔皂罗袍〕等略叙“怕老婆”的一般情形，且引入笑话一则及“戚继光惧内”事，仿佛宋元话本的“入话”。这种以“丑角”开场的情形，打破了明清传奇一律都是“副末开场”（亦称“家门大意”）的固定格式，在古代戏剧史上是一种革新。而其特别之处，还在于它为全文演述高藩惧内故事奠定了喜剧的格调。我们不妨从中抽出一个片断：

家家房中有个人，一堆（按：一起生活）；戴着鬏髻穿着裙，祸根；仰起巴掌照着脸，瓜得（按：掌打脸上的声音）；内问云：是你打他么？哭云：那里，是他打我。作介：我只雄赳赳的闯进门，扑嗵。内问云：这是怎么？笑云：扑嗵一声，我就跪下了。内问云：你就这么怕老婆么？丑云：列位休笑，天下那一个不是怕老婆的呢？你说先父是怎么死了来？敝庄南里有个八家店。这八家子被老婆降极了，大家约了一道怕老婆会。都不敢做会头。有一个人就提着先父的名字说：“北庄里王喘气，听说他极大胆，何不去请他做会头？”都说：“极好，极好！”大家一齐到门，把先父请去，说了来意。先父当年还是条汉子，慨然做了会头。这一日吃着那血酒，说下若一个有难，大家一齐上前。谁想那众娘子们，已是都知道了，都各人拿了棒槌，来合和了家母一齐跑去。这里大家正吃着血酒，看见女兵到了慌极，都爬墙蹦了；独有先父坐在上席，稳然不动。内云：好哇！还是令尊是条汉子！丑哭云：好么！到了近前看了看，那王喘气已是不喘气了！内云：咳！令尊是这么死的来么？丑云：你道是咱着来

① 贺拉斯著，杨周翰译：《诗艺》，《诗学・诗艺》，人民文学出版社1962年版，第155页。

呀？我昨日在街上听见人唱一个〔山坡羊〕，甚是伤感。我唱唱与大爷们听听，普天地下甚么人是条汉子？

〔调寄山坡羊〕不怕天不怕地，单单怕那秋胡戏。性子发了要杀人，进来屋里没了气。尽他作精尽他治，放不出个狗臭屁。休笑汉子全不济，这里使不的钱合势。

叙述者在文中把惧内之症视为社会的通病，下自八家店的八个男人，上至铁骨铮铮的英雄戚将军，都难逃“气管炎（妻管严）”的厄运，演出了一幕幕怕老婆的活剧。这里作者显然是汲取了民间诙谐文化的基因，如引文中所讲述的笑话，即在民间流传甚广。冯梦龙编撰的《笑府》中《正夫纲》一则云：“众怕婆者相聚，欲议一不怕之法以正夫纲。或恐之曰：‘列位尊嫂闻之，已相约即刻一齐打至矣。’众骇然奔散，唯一人坐定。疑此人独不怕者也，察之，则已惊死矣。”①蒲松龄应是在此基础上进行了重新演绎，丑角与内场一唱一和的相互应答，不仅和后世相声的逗哏、捧哏表演十分相近（只是“内”不出面），而且在结构技法上也与相声有异曲同工之妙。它亦是先平稳铺垫，提出“天下那一个不是怕老婆的”的问题（相声术语叫“垫话”），然后由“王喘气是怎么死的”这一过渡性的包袱（相声术语叫“瓢把儿”），逐渐进入正文主题（相声术语叫“正活儿”），在正文中作者开始是故弄玄虚，制造出王喘气极为大胆、是条汉子的假象，逐步把矛盾推向高潮，最后把包袱抖开炸响（相声术语叫“底”）：王喘气被老婆吓得不喘气，这一出乎意外的结局使人不能不开怀大笑。可以说，这样的结构设置比起《正夫纲》更具悬念性，也更能见出诙谐性。再如此回中讲述的戚继光被夫人“降的至极至极”之事，亦非空穴来风。冯梦龙《情史类略》卷一《情贞类》之《戚大将军妾》，就曾提及戚继光“祖跣跪迎夫人”②。众所周知，民间文学在流传中往往会发生变异，戚将军惧内的同一母题在冯梦龙、蒲松龄笔下自然也面目不同，冯氏强调的是戚夫人“能夫其夫，竟克子其子”的节义、戚将军“为妾受杖”的忍辱负重以及戚妾甘愿守节的忠贞不渝，于是，戚将军的惧内相应地被处理为文本必不可少的背景。而蒲氏则是把其作为“蛾眉一竖，胆战魂消，阁老尚书也要上他的道”的佐证与笑料，故对戚继光怕老婆

---

① 〔明〕冯梦龙原纂，竹君校注：《笑府选》，海峡文艺出版社 1987 年版，第 15 页。

② 参见冯梦龙撰《情史类略》，岳麓书社 1984 年版，第 25~26 页。

的可笑情态进行了淋漓尽致的刻画："戚将军忽然反叛，一声声叫杀连天。进去家门气不全，到房中不觉声音变。莺声一出，跪倒床前。"它突出的是这一"典故"所蕴含的诙谐风趣。可以说，经过这种民间化、戏谑化的改造和加工，作者就为《禳妒咒》创造出一种喜剧性的情景和氛围，同时开场、结尾又以"丑"的口吻说道："说起来你不信，如今就现有一个哩。你看那不是怕老婆的他达（按：即爹）来也？（下）"与正文的衔接也是十分自然、流畅。

《禳妒咒》第十三回《挞公》的"丑扮王婆上"，是在作品情节转换的关捩处出现，既对之前的故事情节作了一个小结，又预示着高蕃与江城二人的关系由"复合"（第十二回回目）时的情意绵绵变为如今的重新出现裂缝，在全文的情节发展中具有不可替代的功能。王婆本是服侍高家多年的家人，在高蕃与高公分家另过时，又接着服侍高蕃小夫妻，故对小夫妻关系的来龙去脉掌握得一清二楚，由这个"局外人"对此作一回顾与点评，可谓再恰当不过。就此而言，王婆扮演的角色有点类似于"演说荣国府"的冷子兴，只不过一是插入正文中间，起着绾结的作用；一是出现在正文开头，承担着预叙的功能。尤为值得注意的是，王婆在交代故事人物、情节时，不像冷子兴那样采用一本正经的长篇"演说"姿态，而是以极为生活化、幽默化的语言形式——歇后语，娓娓道来，处处充溢着"戏说"的味道，令人忍俊不禁。引文中王婆句句话带坎子，一连用了十个歇后语，而且基本上每句歇后语都关联着以前故事情节的进展。如王婆所说的："十月里柿子不漤（按：漤，即使柿子去掉涩味，变为黄熟的方法），就烘上来了"，这是写高蕃与江城再次重逢，一见钟情，与第六回回目"邂逅"暗合。接着她评价江城是："渔妈妈的皮狐子，变了个江米人"，显然王婆是站在高家的立场对江城指手画脚，认为江城勾引了高蕃，而使高蕃"情人眼里出西施"，非她莫娶，"一相思几乎害杀"，这就概括了第六回及第七回开头高蕃害相思病的情节。王婆又言："小哥哥可是那卖馓子的折了本，也就炸挣不的了"，是讲江城婚后打骂高蕃，高忍气吞声的情形，与第九回《闺戏》内容相合。再比如王婆所说："小哥哥那魂灵儿就像腌坏了的那螃蟹，久不吃了，脐子都沙了"，这是写高蕃休了江城之后又禁不住她的诱惑，和第十一回《私会》情节相同。而王婆所言："要把戏的开了箱，只怕还弄出故事来"，则是写小夫妻二人复合团聚后，江城依然本性难移，昭示着一场更大的暴风雨即将到来，果然下面的情节急转直下，开始了江城凌虐丈夫的表演。

我们还可看出，王婆身上相当典型地体现了中国民间诙谐文化的质地，滑稽、可笑，又不乏幽默、机智，在其世俗化乃至近乎粗鄙化的语言逻辑结构中，亦蕴含着朴素的人生哲理和生活智慧。作者让她来扮演插科打诨的“丑角”，并辅之以歇后语先天所具有的游戏性、调笑性①，这就大大增强了文本的世俗风味和诙谐情调。除了上述两个例子，《禳妒咒》中还有很多回目都穿插了“丑角”的表演，如第五回《择偶》有“丑扮媒婆”，第八回《花烛》有“丑破巾服扮（撤帐）先生”，第十四回《招妓》有“丑扮李婆”，第十五回《装妓》李婆继续出场，第二十四回《挞厨》有“丑扮厨子”等，这些“丑角”都是类似于开场丑角及王婆的民间喜剧人物，他们的插科打诨也都起着串联情节、活跃气氛的作用。李渔曾不无精辟地评析说：“插科打诨，填词之末技也。然欲雅、俗同欢，智、愚共赏，则当全在此处留神。”②《禳妒咒》对此也是极为重视，不仅做到了不同丑角有不同丑角之科诨，而且做到了“生、旦有生、旦之科诨，外、末有外、末之科诨”，从而使全篇“活处寓板，即于板处证活”，看来蒲松龄在科诨营造上亦可称得上行家里手。李渔还指出：“我本无心说笑话，谁知笑话逼人来，斯为科诨之妙境耳。”③以此来衡量的话，俚曲中的有些科诨则明显带有人为预设、勉强造之的痕迹，并未达到“水到渠成，天机自露”的最高境界，这也许和作者有意取欢于村农市媪有关。

二

聊斋俚曲的喜剧风格也体现在嬉笑怒骂的讽喻内容上。就俚曲文本来看，蒲松龄敢于也善于将现实社会中的症结、要害以及大大小小的矛盾，通过喜剧的方式痛快淋漓地揭露出来，以讽刺的火光去烛照人物心灵深处的污点，用幽默的笔尖去刺破生活的脓疮赘疣。诸如对官场丑态的戏谑、科场流弊的讥讽以及社会顽疾的针砭，在俚曲中皆不乏其例。比如《磨难曲》第十四回写知县老马被北直按院锁拿，老马家就发出银子，给每个秀才五两、每个百姓二两，求他们去递状保老马。这些秀才虽明知老马贪酷无比，待秀才亦不成体面，却认为“如今不过是银钱世

---

① 如茅盾先生就认为：“歇后语之产生，乃是为了调笑，即为了语言游戏。歇后语的衍变的结果，虽然已使它突破了原来的只用于调笑的范围，但也终于不能蜕变为不是语言的游戏。”见茅盾《关于“歇后语”》，《茅盾评论文集》（上），人民文学出版社 1978 年版，第 39 页。

② 〔清〕李渔：《闲情偶寄》，《中国古典戏曲论著集成》（七），中国戏剧出版社 1959 年版，第 61 页。

③ 〔清〕李渔：《闲情偶寄》，《中国古典戏曲论著集成》（七），中国戏剧出版社 1959 年版，第 64 页。

界,甚么是公道良心”,为了五两银子,就轻易出卖了自己的灵魂,活画出他们的贪利食义、言肥行鄙。颇有意味的是,当众人商议“看官府问话是该怎么答应”时,头儿李大将马知县的“德政”一一摆出:“我保他钱粮轻,加二五大戥称;我保他要钱很打腚;我保他打贼使小板;我保他捶粮大板棱;我保他科派众百姓;我保他满堂饿鬼,下乡来两眼圆睁!”李大采取的是反话正说的形式,名为“保”老马,实际上却把他见不得人的勾当暴露在阳光下,是对他斑斑劣迹的控诉,从而使这段文字呈现出明显的反讽意味。再如同回写“翻过地揭过天,被你屠没卢龙县”的马知县,本以为没有人能奈何自己,没想到却被按院判了秋后处决,此时他方痛哭流涕:“咳!我只说天下就没有大的卢龙知县的,谁想到了这等!”由原先的不可一世,沦为如今的可怜兮兮,真可谓“天作孽,犹可违;自作孽,不可活”。下面老马的表现更为可笑:“大哭说:‘不知几时霜降?’禁子说:‘还待一月多。’又哭说:‘不知买口快刀得多少钱?’禁子说:‘马老爷不必忧虑,请管比别人少使二两银子。’”此处作者以调侃之笔,辛辣地嘲讽了老马的贪婪本性和无耻嘴脸,其讥刺之切,或逾锋刃。上述描写感情或流于外露,言辞亦不无夸大,读者在其讽刺的锋芒中不难体味出蒲氏的愤愤之情,也可感受到某种民心民气。

《禳妒咒》第四回《入泮》则对“人说宗师太不通,不爱文章只爱铜”的科举弊端进行了戏谑和嘲弄。在《聊斋志异》中,作者即一再批判科举运行机制中出现的偏差和失误,他认为造成“黜佳士而进凡庸”的结果,应主要归咎于那些执管衡文取士大权的考官,并给他们一个总的定评:“乐正师旷,司库和峤。”可以说,《禳妒咒》对科举流弊的批判与小说基本一致,也同样给人一种骨鲠在喉不得不吐的感觉。作者把那些取士者称为“瞎学道”,认为他们目中无文,不辨优劣:“学棚里原是傀儡也么场,撮猴子全然在后堂。最可伤,瞎子也钻研着看文章。”亦指出宗师只爱钱财,不求真才:“点着名学道笑也么开,喜的原不是求真才。心暗猜,必定是大包封进来。只求成色正,不嫌文字歪,把天理丢靠九霄外。”但在对某些问题的认识上也初步涉及科举问题的真相与实质:“怨不的宗师大称也么称,他下的本钱也不轻。好营生,至少也弄个本利平。既然做生意,只望交易成,下上本谁不望利钱重?”这就在一定程度上揭露出科考机制中所存在的功名与钱财相交易的恶性循环:宗师们依靠钱财的“投资”获取科举功名,上任后又要连本钱带重利一块收回,受伤害最深的只能是那些有一定才华却又无钱贿赂的考生以及科举制度本身。清初统治者同样意识到了这一点，对科场舞弊案件也是严惩不贷①，这亦从反面证明了蒲松龄的讥讽并非完全是夸张或偏激之辞，而是有其现实依据的。与此同时，《禳妒咒》还深刻认识到八股取士在某种意义上不过是那些庸碌之辈获取功名的“敲门砖”：“使银钱也把好缺也么挑，当日的文章未必高。甚操淖，敲门砖把进士唠。再做十年官，满眼尽蓬蒿，破题儿也忘了怎么造。酒色养的那脾胃娇，那厌气时文也不待瞧。”在当时的历史条件下，能达到如此高度，确实十分难得。总之，《禳妒咒》中对科举制度的讥讽虽偏离了面向村农市媪的主旨，却可以从蒲松龄个人的科场经历中寻求到答案，正是他挥之不去的科考情结，使他按捺不住心头的郁愤，用了整整一回的篇幅对科举流弊冷嘲热讽，这充分显示出文人意识对俚曲的侵入与渗透。

鲁迅先生曾说：“喜剧将那无价值的撕破给人看。讥讽又不过是喜剧的变简的一支流。”可以说，聊斋俚曲喜剧性的讽刺所要否定与批判的不仅是讽刺对象的丑恶和丑陋，而且是讽刺对象的荒谬可笑，是讽刺对象的内容与形式之间的不协调，因此其大多数讽刺就不会流为无聊、油滑与浅薄，而是恰如李渔所言“于嬉笑诙谐之处，包含绝大文章”②，让大家在笑声中获得精神升华和审美愉悦的双重满足。

三

聊斋俚曲的喜剧风格在悲欢相间的情节设置上也有所反映。蒲松龄不仅善于发掘和提炼现实生活中的喜剧性因素，而且善于调剂情节与情节之间的悲喜相间、冷热均衡，因而亦形成了俚曲亦庄亦谐的风格特征。最典型的例子是《翻魇殃》，该篇人物较多，内容丰富，作者将土条蛇魏名作为“紧要大串头”，勾连起全部内容，他的魅影几乎无处不在，时时设置圈套来陷害仇家，但在上天的护佑下，仇家又总是逢凶化吉、遇难呈祥，读者亦随着故事情节的层波叠浪，时起时伏，而忽忧忽喜，同悲同乐。该文第一个主要情节是写仇牧之被贼掳去，其叔仇尚廉图谋产业，欲贿卖侄媳徐氏，却因魏名造谣诬蔑徐氏作风不正，诡计不能得逞。第二个

---

① 参见商衍鎏著《清代科举考试述录及有关著作》第八章《科场案件与轶闻》，百花文艺出版社2004年版，第296～317页。

② 〔清〕李渔：《闲情偶寄》，《中国古典戏曲论著集成》（七），中国戏剧出版社1959年版，第63页。

主要情节写魏名引诱仇福赌博嫖娼,使其家产荡尽并将妻子姜氏卖给赵阎罗,然后魏又告诉姜家,欲挑起姜、仇两家的争端,结果姜家告状讨回女儿,赵阎罗亦被知县杖毙公堂。第三个大的情节写魏名传信把仇大姐叫回娘家,好让她趁火打劫,仇大姐却挺身而出,状告赌徒,追回田产。第四个大的情节写魏名哄骗仇禄到范乡绅之后园游玩,以使仇禄惹祸上身,却不料应了范公子之梦,仇禄竟被招赘为婿。第五个情节写魏名勾结旗下"逃人"诬陷仇禄为窝主,仇禄被充军关外,他在充军途中却意外地碰到沦为乞丐的仇福,又于戍所巧遇失散多年的父亲,并在满洲将军的帮助下得以平反昭雪。第六个情节主要写魏名趁仇家邻居失火之际,给仇家点了几把火,把仇家烧为白屋,不想仇家却在废墟中掘得"银池",不仅营造了新居,而且从关外赎回了父亲。最后一个情节写魏名引来桃花山上贼人打劫仇家,仇牧之调度有方,指挥若定,炮轰贼寇,魏名亦是咎由自取,尸横当街,全文即在"仇牧之合家团圆,土条蛇满门诛戮"的喜庆氛围中收场。从以上描述可以看出,全篇每一大的情节段落都是起源于魏名的肇祸,而归结于仇家的得福,其间作者广泛运用了意外性、偶然性、巧合、突变、翻转或逆转等一系列喜剧手法,使关目情节出其不意,随时更迭,把故事一步步推向高潮;同时"魔殃"与"翻魔殃"的轮番斗法,又使故事情节在大悲大喜之间不断游移、交替相续。

《磨难曲》洋洋洒洒十余万字,场景较之《翻魔殃》更为宏大,如果用同一笔调叙事抒情的话,很容易引起读者的审美疲劳,因而蒲松龄也十分重视文本情节的悲喜调配,这不仅体现在作品由悲转喜的总体架构设计上,也体现在前半部分的悲情戏中时时插入喜剧性的场面。像第一至四回,描写百姓逃亡、贪官比较、阖学公愤及军门枉法,都带有强烈的悲剧色彩,无不催人泪下,到第五回《大王打围》任义出场,惩治解差,方使郁积在读者心头的恶气得到痛快淋漓的宣泄;紧接着第六回《方氏骂官》,亦是大快人心之举;第七回写张鸿渐逃难途中的悲惨经历,令人心酸,至第八回《旷野逢仙》又峰回路转,写张鸿渐与施舜华的结合,是一出洋溢着甜蜜风情的轻喜剧。再像第二十二回《凶信讹传》写方氏听信了鸿渐已死的传言,整日以泪洗面,作者还由此安排了极具抒情色彩的〔憨头郎〕(从一月唱到十二月)的唱曲,抒发了方氏无尽的悲伤和深深的哀怨,下一回随即穿插了"二瞽作笑",写张得聚特意找来卖唱艺人王丙、李二,为母亲方氏排郁闷、解烦忧,两位盲艺人所讲的笑话占据了此回的主体,这些笑话基本上都是在民间广为流传的,带有浓郁的诙谐意味。

有时在同一回目中亦形成了庄谐杂出、悲喜并作的审美特色。《磨难曲》第一回先写卢龙县遭遇严重天灾，县令老马又贪酷无比，老百姓只能背井离乡，逃荒要饭，此时作者插入了他们的一段对话：

> 一个说道：咱的苦楚一时也说不尽，就说煞那朝廷也听不见。咱还商议，这饭是该怎么讨法？一个说道：我可教的给你。你把喉咙打扫打扫，大叫道："爷爷呀，奶奶呀，舍俺一碗饭哩。"一个说：不好，不好！这样打砖了。众人说：依你怎么样？这个说：依着我是两手扳肩，到了门上，先吆喝一声，才叫："爷爷呀，舍个钱，生个儿来中状元。奶奶呀，舍碗饭，家积余粮千万石。爷爷奶奶给个饱，积下万个大元宝。"一个说：不好，不好！这也像叨贫话的，不大雅致。……

流民们在议论讨饭之讨法时，还要讲究是否"雅致"，不禁令人哑然失笑。但在这一喜剧场景中却蕴含着深厚的悲剧况味，实则是"含泪的喜剧"；同时它又迫使人们在笑声中去思索造成这场悲喜剧的内在原因，作者据此提出的社会批判就格外具有深刻的现实意义。因此，作者这种沉痛处以诙谐出之的写法，就收到了"以乐景写哀，以哀景写乐，一倍增其哀乐"的艺术效果。其他如《姑妇曲》《慈悲曲》《寒森曲》等篇，作者也都充分照应到了场面气氛的调度，悲喜错综相间，风格亦庄亦谐。

四

聊斋俚曲的喜剧风格还体现在作品中屡见不鲜的大团圆收场上。众所周知，明清鼎革之际，文学思潮的一个表征就是感伤主义盛行，所谓"唱不尽兴亡梦幻，弹不尽悲伤感叹"（《长生殿·弹词》）是也，这在《聊斋志异》中亦有所表现。突出者如悲凉之雾、遍被华林的《公孙九娘》，它以"碧血满地，白骨撑天"起，以"迷目榛荒，鬼火狐鸣"结，莱阳生与赍恨重泉的公孙九娘的爱情亦充溢着悲剧的情调，二人既因"人鬼路殊"，无奈分手，复因莱阳生忘记墓表，无法迁葬，致使九娘心生怨怼而举袖自障，故事完全沉浸在一片悲剧气氛中。《林四娘》中的林四娘本为明末衡王府宫人，在改朝换代的血雨腥风中遭难而死，文中亦渲染出一种黍离之悲、板荡之痛。其他如《婴宁》写婴宁从爱花爱笑到最终"竟不复笑"，《葛巾》写葛巾和常大用本来美满的爱情因常的猜疑而导致分手等等,结尾都带有感伤的情调,给人一种淡淡的怅惘感和失落感。

在聊斋俚曲中,则以乐观的精神取代了原著或浓或淡的感伤情调,它虽不乏对贪官劣绅及浇薄世情的辛辣批判,也不乏对主人公历经磨难的详尽描写,但结局毫无例外是清一色的大团圆。而且与原文相比,主人公也都获得了更为可观的超值回报。比如小说《商三官》中三官假扮优伶刺杀豪邑后,自经而死,到了《寒森曲》,死后的三官就升为仙班,玉皇大帝封她为孝义夫人,主管十帝阎罗,兼管总督水陆神祇,可谓“天曹地府皆归顺”。小说《席方平》写席方平魂入地府为父伸冤,最终取得胜利,父子二人返回阳世,结局是“自此,家日益丰;三年间,良沃遍野”,席廉亦被赐阳寿三纪,“九十余岁而卒”,由此改编的《寒森曲》,商礼(即原作的席方平)返回人间后中了进士,升了尚书,儿子也中了进士,选了翰林;商员外(即原作的席廉)不仅“富贵三十年”,活到九十三岁,而且“临终彩云到”,被女儿接到天界,“后来老夫人也是这等”,真正是“这等结果天下少”。再比如小说《张鸿渐》的结尾只是写到鸿渐之子考中举人,父子同归,狐仙施舜华则不再出场。而在《富贵神仙》中,张鸿渐父子不仅同榜考中进士,而且鸿渐还点了探花,儿子亦选入翰林;“太老爷在朝三十年,做到兵部、吏部二部尚书。少老爷从侍读学士起,做到吏部天官”;张鸿渐告老还乡后,施舜华还约齐八洞神仙、福寿二星,为他庆寿。其他作品虽不如《富贵神仙》写得那样招摇、显摆,但比起原文还是要理想得多、美满得多。

从俚曲大团圆的喜剧性收场中,我们可以发现作者关注的主题主要集中在以下几个方面:一是官禄,比如作者一再写到“到了后来,仇家老爷官做到尚书,儿殿了翰林;仇福的儿也会了进士,做到御史”(《翻魇殃》),“后来张老爷供给着他两个读书,大的会了进士,小的中了举”(《慈悲曲》),“后来珊瑚两个儿都中了举”(《姑妇曲》)。这实际上显示出普通百姓发自内心的权力崇拜情结和传统社会根深蒂固的官本位心态,因为一个家庭、一个家族有了官位权势作为坚强后盾,才能保证财源滚滚,也才能保证不受人欺压。二是长寿,俚曲对此也特别热心,如写张鸿渐夫妇“寿到一百单五岁”(《富贵神仙》),商员外是活到九十三岁才无疾而终(《寒森曲》),张炳之亦是八十岁还健在(《慈悲曲》)。这象征着农民的生命崇拜意识,只有健康地生存下去,才能享受这些来之不易的成果。三是子嗣,比如《珊瑚》篇臧姑因以前的悍泼而受到恶报,“十胎皆不育,遂以兄子为子”,到了《姑妇曲》作者本着回头是岸的宽容精神,特意减轻了她的罪孽,“臧姑生十胎都不存;到了五十上,才生了一子,进了学”。其他作品中更是大肆宣扬主人公的后代如何了得:“这三十年里,太老爷又生三子,中了一个进士,中了二个举人。少爷生了五个,两个中了进士,两个点了翰林。别人都是好秀才。大曾孙进的案首,到了十八上,连中三元”(《富贵神仙》),“七子上玉堂,八孙朝金殿”(《磨难曲》),“儿戴着乌纱,孙插了宫花”(《禳妒咒》)。可见,作者已不满足于主人公个人价值的实现,还要“千秋万辈做高官”,在血缘的传承、家族的延续中获得永恒的不朽。四是财富,《姑妇曲》《寒森曲》都写到安大成、商臣在无意中挖到窖藏金银的事情,为其发家打下了基础。这显然是借鉴了民间广泛流传的掘宝主题①,它不仅反映出农民对积敛财富的渴求与向往,而且还要寻到一条迅速发财的终南捷径。可以说,禄、寿、富、子嗣以及由此综合而成的福构成了俚曲大团圆模式的核心关键词,同时我们还可看到,作者往往把上述多种因素一起“捆绑销售”,让那些“攸好德”者得到“福寿荣华万万年”“福禄绵绵无绝期”的馈报。凡属下层民众朝思暮想、梦寐以求的一切,乃至他们不敢奢望不曾奢望的一切,作者统统地大度地赐予文本中的正面人物。从本质上讲,这不过是处于沉重生活压力下的物质极为匮乏的农民大众的一次精神大释放,是建立在“好人必有好报”基础上的自娱自慰,当他们徜徉在这充满诱惑力的“白日梦”之中,可暂时忘却生活的种种不如意,获得精神的极度快感。从这个意义上看,俚曲的大团圆模式表现的正是包括农民在内的下层民众的世俗梦想和作者慰藉农人的理念。

综上所述,《聊斋志异》和聊斋俚曲虽然都汲取了民间诙谐文化的因子,也程度不同地表现出亦庄亦谐的审美特色,自有其相通的一面,但两者的相异之处也是我们不能忽视的。就诙谐的总体风格而言,《聊斋志异》是以隽永含蓄、婉曲蕴藉见长;聊斋俚曲则以爽快尖新、粗豪袒露取胜。前者更多地体现出文人式的机智、幽默,雅中带俗,谑不近虐,带给读者的是一种会心的微笑;后者则更具有民间诙谐文化的底色,以俗变雅,俏皮泼辣,人们获得的是开怀大笑的享受。刘勰《文心雕龙·谐讔》曾云:“谐之言皆也。辞浅会俗,皆悦笑也”,“会义适时,颇益讽诫。空戏滑稽,德音大坏”。聊斋俚曲就典型地表现出“辞浅会俗”“颇益讽诫”的艺术特色,它比《聊斋志异》的诙谐更接近大众的生活,更贴近大众的心理,也更能“悦笑”民众。可以说,两者的不同仍然是由蒲松龄文化视角的下移与创作思维的转变所决定的。

---

① 参见程蔷著《骊龙之珠的诱惑——民间叙事宝物主题探索》,学苑出版社2003年版。

聊斋俚曲人物研究

论聊斋俚曲《禳妒咒》中江城形象的塑造

靳海涛

《禳妒咒》根据《聊斋志异·江城》改编而来，其大体故事框架及基本情节和《江城》相关，个别情节如第二十回《男装》之“西屋锁夫”和第二十三回《秋捷》之“水涨船高”则以《聊斋志异·马介甫》篇末附之李孝廉和耿进士的故事为蓝本。除艺术形式——体裁、体制、语言等——的差别造成的内容繁简，表达庄谐的不同之外，《禳妒咒》在主题思想、人物性格等诸方面亦较《江城》有所深化拓展，而最集中的差别则体现在江城形象的塑造上。

小说《江城》中的江城是不折不扣的悍妇形象，她不仅百般折磨其丈夫高蕃，而且殴姐毒友，不孝公婆，所以蒲松龄形容她是“附骨之疽，其毒尤惨”。蒲松龄在塑造这一形象时，侧重于静态地展现其现时之“悍”——种种恶言恶行，不良行径，而将其“悍”之成因归结为前世之宿业，认为“人生业果，饮啄必报”，显然这是与其《聊斋志异》道德劝诫的创作目的相适应的。但人的性格绝非前世注定，而是有其特定的形成过程，俚曲《禳妒咒》在揭示江城悍妇性格的原因方面较小说有了长足的发展。

为此，《禳妒咒》增加了几个不见于小说的情节。首先在第二回《双戏》中增添了江城幼时和高蕃赌赛翻跤（翻跟头）的情节，江城翻错了交输给高蕃却并不认罚，既争强好胜又殊不论理，必须别人容让自己。她的这一天性其实正是她日后“悍妇性格”形成的先天条件。但毕竟孩童时期性格尚未定型，适当的管教可纠正孩子性格的不良倾向，而江城的父亲樊子正和母亲徐夫人不仅没能纠正反而助长了这一倾向的发展，这在第三回《迁居》中增添的一个情节得以明白的表现：八九岁的江城在搬家的路上要赖弄鬼，哭哭啼啼就是不走，“丫头还把小孩装”，先是要父亲“将将”(背)着,后来干脆要站在父亲的肩膀上,樊公疼小女心切,不免一一顺从,而这实际上正助长了江城任性近于无赖的天性。

如果说以上先天性情、后天教养两方面的原因使江城日后之“悍”具备了前提的话,蒲松龄又深切地揭示出门不当户不对的不平等婚姻是江城“悍”态毕张的根本原因。高家为官宦之家,“家中有万金产业”,而樊家则居无定所,“无片瓦与根椽”,所以当高蕃、江城二人邂逅,两情相悦,互相向父母吐露心声的时候,不仅仅高父、高母殊觉可笑,“家家你都把头摇,只待向叫化子,去把爹爹叫”(高父语),连江城之母徐夫人也大觉不妥,“你家楼舍垛成堆,俺家扎地也无锥。自家估量着配不上,地下那敢望天飞……莫要笑话俺穷似贼”。双方父母对这桩婚事首先就有这样的反应,也就难怪街坊邻里的闲言碎语了。第八回《花烛》写道在高蕃的一意孤行之下婚事终于成就,高家以颇为排场的阵势迎亲的时候,“邻近知道说是樊家,一个听的撇嘴呲牙,一口屋没有,到处为家,教书为业,过的揭巴,这些人去,怎么打发?不用说那赏钱,馍馍也是难拿”。江城就是在这样的舆论之下嫁进高家,她的心中不可能没有阴影,而这也正是江城日后最忌别人称她“小家子”的根源。

再具体分析这桩亲事,一贫如洗之家和高门大院结亲,抛开道德观念不说,首先就意味着经济上的完全依附,而经济上的依附又势必使这一方的人身人格完全处于被支配地位。江城的母亲当初不同意这门亲事除了怕人讥笑攀附高门之外,更重要的恐怕还是担心女儿在高家没有地位,委屈受气,而这种状况无形中又在江城心中树立了一个“假想敌”,她把自己置于高家的对立面,时时处于异常敏感的状态,以偏激乃至极端的手段争取自身的独立,进而压倒对方反客为主。比如第九回《闺戏》本身是新婚的小两口嬉戏取乐,高蕃轻轻打了一下江城的胳膊,江城“假想敌”的排斥心理条件反射般表现了出来:“贼强人太揸煞,俺今日到您家,难说济你揉搓罢?……你打我我也还你,我主意不受你掐把!”我们可以看出,正是那个先入为主的“假想敌”把小夫妻甜蜜的闺戏搅成了反目的闹剧。

其实,通观全篇,高家父子待人其实颇厚道,江城心中的高家人定要“掐把”自己的想法只是一种误解,那么这种误解就没有消除的可能吗?这个时候我们再回头看蒲松龄在篇首设定的江城性格发展的那两个前提,就不得不佩服他的匠心之高妙了。

蒲松龄不但没有消除这一误解,反而以一系列新的情节坐实误解。高蕃向父母诉苦,江城在一旁偷听,“假想敌”又浮现出来,怎么听都是要合伙整治她,于是跳出来破口大骂:“我说你满家心儿就不平,挑唆儿家夫妇去相争。老头儿在这里说,俺在那听,又待将奴宰烹,又待将奴怎生,揭开眼罩咱就踢蹬。老头子你在房里咕咕哝哝,怎么着江城?一家大小拧成绳,惟独这外户子没人疼。老婆儿你在这里骂,俺在这听。奴家就敢应承,奴家就敢招承,把头揪吊,赶去脱生!老婆子你在屋门里咯咯囔囔,破上我江城!满家老少俱是瞎子丁,看不见终日气的我肚子疼。长命儿(高蕃小名)你在里边听,我在外边听,你待自家怎生?要把奴怎生?有的是我,逃了不成!合家儿都在一堆儿嘁嘁插插,看看我江城!”江城的这通对公婆、丈夫的痛骂,表面上酣畅淋漓,痛快之至,仔细体会骨子里却是难言心事被证实的辛酸和破罐破摔的无可奈何。至此,江城的“悍妇性格”已大体告成,紧接着的被休回家更夯实了其根基,再难动摇。

由此上分析可见,在蒲松龄的认识中,江城之悍已不再是《聊斋志异·江城》中的前世注定,先天使然,而具有其特定的自然、家庭和社会的原因。对这一原因的思索和探究也正体现了蒲松龄晚年对“悍妇”这一特定的家庭问题态度的转变——由单纯的切齿痛恨大加鞭挞转而具体分析试图理解——这一转变在情节的继续发展中明确地体现出来。

继第二十回《男装》“西屋锁夫”之后,第二十三回《秋捷》叙高蕃秋试中举十三名,捷报到门,高父喜出望外,“金榜上把名标,我儿平步上青霄,乱烘烘报马门前闹。常时文章还平等,今日才学分外高,也亏娘子那无情教。若任他东西放荡,怎能够长进分毫?……虽然误了讲书,费了白银三十两,我也不怨那媳妇子了”,高母也言亏了媳妇江城。这里高家老夫妇的不怨和对江城管教丈夫的肯定虽然是高蕃中举这一特定场合下的喜极之言,但毕竟表示了对媳妇江城“悍”的部分认同。

但我们还不敢断言这一定就是蒲松龄观念的体现,因为这也可能仅仅是情节自身发展的需要。然而在蒲松龄晚年的另一部俚曲《俊夜叉》中,我们可以找到明白的佐证。

《俊夜叉》记悍妇张三姐强制丈夫改恶从善戒除赌博恶习重振家业的故事,全文开篇以一首诗标明全篇主旨:“泼妇名头甚不香,有时用他管儿郎;管的败子回头日,感谢家中孩子娘。”继而议论道:“那做妇人的,但犯了这个泼字,外边厢吵邻骂街,家中撕翁骂婆,欺妯娌,降丈夫,这是人人可恨的。虽是这等说法,这个泼字,若用的当了,这是合那疼汉子的孟姜,敬丈夫的孟光,一样相传。譬如巴豆、信石,用在那好人身上,就是毒药;若是用之得当,那人参、黄芪也没有那样效验。”在这一段颇具辩证色彩的议论中,我们可以明白地体会到前文说的蒲松龄对悍妇认识的转变——有因方有果,而且并非一无是处。

如前所述,阶级社会妇女在经济上对男子的依附决定了其在家庭中的被支配地位。诚如《马介甫》一篇所言“男儿志在四方,尤须内助”,女性仅是男性的辅助和依附。一旦女性反过来压倒男性占据了主导地位,就会被视为家庭的怪胎“悍妇”。

蒲松龄在《聊斋志异》诸篇中对“悍妇”颇为夸张的批判其实正是这一婚姻家庭观念的具体体现。而且从他不究原由,认为谁家摊上个厉害媳妇就是前世少修善业,可见他的这一观念的顽固。晚年俚曲《禳妒咒》《俊夜叉》诸篇对悍妇的试图理解略显宽容,除生活阅历渐愈丰富,对家庭和睦更加重视之外,不能不说是其正统婚姻家庭观念发生游移的结果。但蒲松龄并没有也不可能真正抛弃这一观念,毕竟他生活的时代传统的婚姻家庭制度依然如故,所以《禳妒咒》中蒲松龄开出的治妒良方也只能停留在《聊斋志异·江城》篇用过的静业和尚的清水一盂上。

蒲松龄俚曲中《俊夜叉》张三姐女性形象

孙其香

自古以来,女人在人们的印象中就是上帝柔弱的造物。女性作为和男性一样的独立个体,她们无论在文学作品中还是在男性的意识中,都是男人世界的一个附件,一直处于被忽略和误解的地位。而女性应该是温顺、软弱、恬静、秀美的形象,还要做到"循规蹈矩、压抑自我,每时每刻都要生活在别人的阴影里"。"几千年来,人们(包括女人)已经习惯了在对象化的基础上对女人的观念(认识)和观照(审美),将为奴的顺从和美的感受融为一体,积淀成一种顽固的审美意识,反作用于女人自身,进一步强化了女性群体的客体性质,成为稳定父权社会和美化生活的基本要素。"这段话深刻揭示了传统女性的生存状态。在这种生存状态下,"女性形象被男权文化赋予了种种意义和价值,女性的自我之声却被抹煞和压制了"。于是,女性的缺失成为文学中的必然,实际上,缺少女性就是一种缺陷。蒲松龄在《俊夜叉》中塑造了一位女强人的形象,一改男权文化对女性存在的无视,将女性从从属的压抑的历史状态中解放出来,赋予她女强人的内涵,让她喊出了自己的女性之声,唱响了女性自主的新篇章,同时也不乏女性温柔慈爱的性格特征。

一、张三姐的女性男性化的表现

从世俗观点来看,张三姐是一个泼辣的女性。面对赌徒丈夫,她不像其他的女性一样完全"屈从认命",而是敢于与丈夫对打对骂,逼得丈夫递了降表。这样的女性,多数人恐怕持有否定的态度。蒲松龄则把她作为主要形象来塑造,让她取代男性成为舞台的主角,而且巧妙赋予她异于一般女性的男性化女性的内涵:她有自己的主体性,勇敢捍卫自己庄严的人格,不依附于男人,她主宰了自己的命运,也主宰了这个家庭的命运,使其发生了天翻地覆的变化,实现了独立女性的价值。对一般的传统女性而言,做妻子的即使面对的是一个赌徒丈夫,也只能是一味顺从，这是当时社会对妻子和女性的要求，也是女性自己的不自觉的要求。“面对人，女人反而是弱化了自身作为人的主体意识。”而张三姐身上却丝毫没有这种集体无意识的影响，她偏偏要出格，要把一个赌徒变为一个正经人，一个靠劳动致富的人。与其说这是张三姐的反抗精神的闪现，还不如说这是作者加在这位女性身上的闪光点，也正是这一点，让张三姐最终成为一个俊夜叉，彰显出女性男性化的一面，成为一个能够主宰自己和家庭命运的有功之臣。

张三姐用自己的女性男性化的言语、行为争取到了和男性一样的平等的家庭地位，她的独立自主、刚强、泼辣、敢作敢为让男性重新审视自己的所想、所言、所作所为，从丈夫—妻子的角度重新思考彼此在家庭中的位置和责任，并且真正思考女性的言语。这也就彻底使得男性的绝对家庭主权地位轰然而塌，也预示着女性社会地位的拥有也会出现在不远的未来。

首先，张三姐以“诉者和怨者”的身份出现，对自己的处境进行了如实的描述，让宗亓人产生一种巨大的负疚感。一方面是如此勤劳：“俺一日挣了一升糊突面，白日里给人家纳鞋底，夜晚纺到三更天，百般苦楚都尝遍。逐日里白黑挣命，你还要花边柳边。”另一方面是衣不蔽体，食不果腹：“你看我到如今，袄没袖鞋没底，饱饭何曾吃一顿？拾了根绳子扎着腿，上下一堆破铺衬，你扎裹的老婆好不俊！不看我千补百衲，俩腮腮出来见人！……腊月里穿着‘雁过愁’，这还说是我不好。”造成这一切的原因就是你宗亓人的好赌，由此赌博给一个家庭带来的恶果，通过张三姐对自己的描述就可以清楚地展现出来，这对宗亓人的触动是非常大的。

其次张三姐立场坚定、气势凌人，站在“无错方”的立场上，理直气壮地表达了毫不妥协的态度，使得宗亓人畏难而退。看到丈夫回家来，不禁痛骂，为的是让丈夫能够意识到自己的错误；丈夫的痛骂与大怒，并未使她胆怯，张三姐依然不停数落：“骂强人贼囚徒，一星活路全不做。……你说你是个什么物？看南庄北院，那有你这样丈夫？”把宗亓人的过错逐一列举，这样子也激怒了宗亓人，“骂一声泼老婆，活活的气煞我！……我给你休书一张，嫁汉子另去快活。”对于男性来说，一纸休书是最后的绝命刀，不管是什么样的女性，只要丈夫给了休书，那实际上就等于判了“死刑”。于是我们看到了无数的刘兰芝们只能默默离去，而张三姐却没有妥协，“这等汉子恋不过，虽然嫁不着好丈夫，不少这样破喇货。……我还嫌辱没祖宗，待要休即时就休！”这真是一声震动天地的呐喊，它把女性千百年来想都不能想的内心所想口无遮拦地大声喊了出来，显示了张三姐对于男性地位的反抗和她的主体意识的觉醒。

在男性话语和男性统治里面，男性话语和话语方式都对女性充满着极强的破坏性和强制性，女性作为一个主体，是没有任何话语权力、话语主体地位和话语实践的。更何况像张三姐这样的胆敢反抗家庭权威的话语，因而张三姐的这句话就不再仅仅是一句话，它成为一句女性的独立宣言，显示了强人的不依附男性的独立人格意识和精神力量。

最后，为了让宗亓人彻底知错，张三姐使出杀手锏："咱就到历城堂上，也就说个闭口无言"，"我说罢呀，不理你，你就诈的没了拐。咱就同上历城县，只怕你爬到地下没了本"。张三姐这一态度鲜明的立场、行为，使得宗亓人不得不刮目相看，不得不去重视妻子——女性，重新审视妻子——女性的言语。张三姐善于抓住宗亓人的思想波动的特点，对丈夫细数赌博的危害与其中的陷阱，终于使得这位原来的铁杆赌徒幡然省悟："宗亓人句句听，猛抬头把眼睁，忽然大醒南柯梦。""南柯梦醒"形象地说明了张三姐的语言力量。从此宗亓人彻底与赌友们断绝了关系，丢弃了赌徒的痴心梦想，实实在在变成了一个生意人。即使有往日的赌友胡朋百般诱导，宗亓人也意志坚定，丝毫没有动摇。最终成为人人羡慕的宗三宝。

张三姐身上那种决绝、果敢、独立的男性化的表现，使得她从自觉地"靠男人"到敢于"反抗男人"，再到"依靠自己去拯救男人"，真正改写了女性在封建家庭中的从属地位，是女强人的典型表现。

二、女强人的柔情表现

"无论是在现实中，还是在古今中外的文学作品中，温柔、美丽、善良、纯洁等等是理想和完满的女性形象普遍具备的特征，作为其对立面的则是野蛮的悍妇、可怖的巫婆和淫秽的荡妇等等。……这种传统的女性性别角色特征一方面来自现实生活中男权中心社会对女人的期望和控制，是传统男权的女性价值尺度在文学中的折射；另一方面它又作为一种文化现象长存于人类的历史之中，使之成为人类的常规文化心理。"于是在文学作品中，很自然地就出现了两类截然不同的女性形象。蒲松龄具有一种艺术个性的自觉性和自尊心，在塑造张三姐这位女性的时候，突破了传统的男权文化观念对女性形象的塑造限制，没有刻画其外在的形象，而是重点刻画了其女强人的性格，同时也注重刻画了她女性柔情的一面。

张三姐用自己的自尊、自重、自强、自立征服了宗亓人，竖起了一座女性的丰碑。张三姐虽然外在的突出表现是一副女强人的形象，但作者并非完全抹杀了她的性别特征。作为一名女强人，张三姐也表现出她作为女性、妻子、母亲温柔、体贴的一面。只不过是她男性化的一面遮掩了其柔情的一面，故世俗之人易忽略她女性的一面，而过分夸大其男性化的一面，因而把张三姐纯粹看作是泼妇。实际上张三姐也有柔情的一面，她敬爱丈夫，充满母爱。其实最能够体现张三姐鲜明个性的恰恰是她男性化的一面，也是作者极力赞颂的一面。作者正是用她这一性格的亮点展现出他对女性的注目。

张三姐作为女性，虽然给人外在的突出感觉是女强人的形象，但是细细分析，不难看出：对于丈夫，她的憎恨多于爱意，故而是哀而有怨，爱而有憎，而且批判、憎恨的浓雾遮盖了爱的光芒，所以我们习惯了把她看作是非传统的女性。对于赌博成性的丈夫，一般的女性或许只能是服从，而且是绝对的服从，尽管她们内心有着怎样的不情愿与自己的各种想法，但她们外在的突出表现是“忍哀认命”。张三姐与一般女性不同的是缺少了一些温柔的情调，但多了些清冷的理智，她不仅具有强烈的主权意识，而且真正外化了自己的想法，并且实现了其理想——把赌徒丈夫改造成为一名真正的生意人。对于张三姐来说，与丈夫的冲突其实也是一种感情和理智的冲突。对于他的恶行，她从理性出发，与其展开了针锋相对的对打对骂，貌似泼辣，不符合传统女性的情性，实际上面对这样的丈夫，也只有这样的争斗，才取得了最终的胜利：吵骂得宗亓人递了降表，痛改前非，实实在在做起了生意。

当一个女性只能拘泥于家庭的时候，孩子、丈夫才是女性的全部意义的所在。“世界在她是狭窄的，家庭在她却是最宽广的了。”作为女性，为妻为母，家务缠身。作为母亲，辛勤抚育孩子。作品中虽然没有刻画张三姐对孩子的抚育，但我们依然从字里行间看到了她的艰辛和深深母爱：“我不去却也不是恋的你，怕的是两个孩子成了鬼。”抚爱之情动人。作为妻子，她尽心帮助赌徒丈夫，使其迷途知返，虽然被丈夫斥责为泼妇，也不能忘记履行妻子的职责。张三姐对赌徒丈夫的行为虽然是深恶痛绝，但看到丈夫沉湎于赌博不能自已，她很心痛，才会想尽一切办法：或怒、或骂、或诉、或怨、或泣、或分析、或威胁、或说理、或类比，终于使其认识到了自己的错误，并最终使其幡然醒悟。但张三姐的内心依然惦记着丈夫，担心他因为赌博导致自己将来会是如此一幅景象：“你也输的没了魂，脸上常似滴下水；一顶帽子开了花，一双鞋儿没了底；手里净光无的弄，行里步里光打盹。”把这位妻子的心尽情展示了出来。字里行间无不涌动着深深的、浓浓的关爱之情。不仅深深地打动了我们,也触动了宗亓人。面对妻子的怜、爱、责怪、体贴,实际上他心中并非没有愧疚,只是碍于大丈夫的所谓的面子不承认自己的错误而已,现在他终于低下了“高贵”的头,以平等的丈夫的身份细细思量妻子的忠言。从中也透露出一种平等的夫妻关系,很好地说明了张三姐在家庭中是平等的妻子——独立的女性地位。可以说,正是她对家庭、对丈夫怀有强烈的关爱和责任意识,也是由于她的不“忍哀认命”的女性独立意识的张扬,她才会据理力争,帮助丈夫“改恶从善”。由此我们也明确了一件事:女性要想真正改变自己的命运,变成自己和家庭命运的主宰者,和男性享有平等的权利,必须像张三姐这样具有自己的主权意识和从不妥协的行为。

冰心在她的《关于女人》后记中说:“世界上若没有女人,这世界至少要失去十分之五的‘真’,十分之六的‘善’,十分之七的‘美’。”蒲松龄塑造的张三姐,是一个性格鲜明的魅力四射的人物形象。她身上无不体现出女性的柔情与男性的独立、刚强,虽然作者没有就其女性的形象特点展开描述,实际上并未有损人物形象的坚实和丰满。张三姐的女强人的性格和柔情的表现,既书写了新的女性形象,弥补了女性形象在文学史上的缺失。也使人们对传统的男权中心文化和文学观念下的文学主题和人物形象类型进行了重新审视。

蒲松龄俚曲中泼性妇女的“麻辣三昧”

邵吉志

随着“蒲学”研究的深入，蒲松龄运用方言土语创作的洋溢着俗韵之美的“俚曲”，必然引起研究者的注意。蒲松龄俚曲塑造了众多的女性形象，绝大多数不同程度地表现出“泼性”，神彩动人。本文试对其中部分女性形象作一下浅析，揭示其中的“麻辣三昧”，从中体会作者寄予人物形象之中的人生哲思。

一

谈到女性身上的“泼性”，就会立刻联想到“泼妇”，但二者不是一回事。用辩证观来看，泼妇必然有泼性，但具有泼性的女性并不都是泼妇。从蒲松龄俚曲塑造的泼性妇女形象来看，作品批判的是“泼妇”，而不是“泼性”。如果一个人由于“泼性”极度膨胀成了“泼妇”甚至“悍妇”就要受到批判，比如臧姑、江城、满城、大怪的媳妇李氏、李鸭子的妈等。但是“泼性”使得恰当，也是“针砭病否的药石”，比如张三姐、赵大姑、何大娘等。即便是名副其实的“泼妇”，比如臧姑、江城，其泼性也有“益处”。下面先谈作品偏向于批判的泼性妇女。

《姑妇曲》中臧姑性子极泼，其泼性首先表现在虐待丈夫上，动则打骂。比如婆婆于氏见臧姑什么也不干，为了惩治臧姑决定不做饭和她熬。臧姑看透了于氏的意图，支使二成拿斧换馍馍吃。二成被母亲于氏阻止后，臧姑便骂叫二成：“贼杀的！你不来呀？”[1]二成就颠颠地跟了去，接着就是一阵儿“腥荤”暴打，二成被打得直呼叫娘。其次表现在臧姑身为儿媳对婆婆于氏不尽孝道上。于氏看不下臧姑暴打二成，就骂臧姑“小科子”，臧姑毫不示弱回敬道“老科子”。更有甚者，臧姑竟支使于氏给她端洗脸水、倒洗脚水，还要指桑骂槐大斥于氏。于氏只有忍气

① 蒲先明整理，邹宗良校注：《聊斋俚曲集》，国际文化出版公司 1999 年版，第 73 页。

吞声,病倒在床,一卧不起。再者表现在臧姑为人过于霸道上。臧姑无故讥讽被众人看好的珊瑚,逼死买来的丫头。臧姑的所作所为不会有好结果,她先是受到了贪官的重责,后又受到子折女夭的惩罚,作者对她的批判可谓深矣。

但是作品让她作为于氏的克星出现,她“以恶制恶”,在一定程度上充当了“针砭”于氏的“药石”。在山东方言里“臧”是伤损、受到伤损的意思,“姑”指婆婆,“臧姑”取谐音而成,意指伤害婆婆的人。珊瑚是于氏的大媳妇,勤劳持家,性情温和,孝顺婆婆,面对婆婆于氏的呼来喝去而无怨色。但是于氏对待珊瑚蛮横无理,不通人情,逼走了珊瑚。臧姑的“泼性”使恶婆于氏受到了应有的惩罚,客观上给珊瑚出了冤气,大快人心,迫使于氏认识到以前的过错。这在很大程度上抵消了对臧姑泼性的批判。

《禳妒咒》中江城性格较臧姑复杂,她那反常的甚至有些扭曲的泼性,可以找到个性的和社会的原因。对此已有多人论述过,本文作以下简析,意在体会其中的麻辣三昧。

从社会根源看,贫富悬殊的婚姻给她造成了巨大的心理压力,她那极端的行为也是对封建礼教的抗争。江城是清贫塾师的女儿,父亲樊子正“无片瓦与根椽”,领着一家人过着居无定所的飘泊生活。当长命表示要与江城订婚时,父母的第一反应就是觉得好笑:“若说出来,你才笑倒了哩!”“真是个仯畜生,真是个仯畜生,拣来拣去都不成,谁想心里待要那樊子正,女儿江城,女儿江城,衣裳好似邋遢僧”。这是“门当户对”的婚姻观念在作怪。但是由于长命的“痴情”,高母被迫去相江城,是江城出众的容貌打动母亲,并不论贤与不贤,即刻订下了这桩婚姻。长命娶亲时送与樊家的礼物,令樊子正夫妇眼花缭乱,樊子正夫妇想想自己并无一点嫁妆便浑身冒汗。

这在无形之中给江城造成了心理压力,因此当长命说输了棋耍赖的江城“好小家子”的时候,尽管长命本意也许是指责江城不够大方,却触动了江城出身低微的敏感心理,恼得她破口大骂:“小杂种太欺心,开开口就销撇人,有两钱就撑他娘那棍!岂不知俺是小家子,怎么合俺做了亲?我只待掘他娘一阵!既嫌俺班配不上,退了婚我就起身!”

在封建社会,礼教要求女子遵守妇德,男子可以三妻四妾,女子不仅要从一而终,也不能争风吃醋。江城的行为客观上是对这些不公正道德律令的抗拒。当江城发现长命悄悄地在家招妓后异常愤怒,吓得长命战战兢兢;为了避免长命在外厮混，她将长命锁在屋里，以致耽误了长命赶考；当她以为长命和丫头春香在打牌过程中眉来眼去时，竟将二人奶头剪掉安在对方身上。这些极端的行为，折射出江城要独占长命的心理。

但是作品重在揭示江城泼性的个性因素。作品有意在小说《江城》的基础上，增加描写了江城幼小时就表现出争强好胜甚至有些无赖的性格和父母对她的娇惯。小时候，她与长命玩“打交”的游戏，输了就要赖；随父亲迁居，一路上撒娇不行，父亲只好背着她走，她却要在父亲的肩上站着，父亲也就依着她。这样写意在突出江城的天性因素。长命与江城虽然是贫富悬殊的婚姻，但作品没有描写高家以富欺人的气势，尽管高父、高母也会训斥长命过分惧内“不成汉子”，但也都是江城的作为在先。作品在描写江城大发“泼性”时，让她的个性成为导火线，并且让她自己引发过激的行为。

比如长命见她拿着绣鞋睡着了，一时兴起悄悄地“偷”了绣鞋拿在手里也睡着了。江城醒后夺过绣鞋劈头就打了长命两下子，嘴里还叫着：“偷鞋贼，官家来拿你哩！”这次虽然笑着下手，可也不轻，被打的长命还想讨个公道，提起他们小时候江城输了“瓜子”还没打。江城没好气地伸过胳膊，长命轻轻地碰了一下，而江城劈脸就是一掌。长命好言相劝，才平息了江城的怒气。寻找“闺趣”的长命又想起与江城下棋赢钱，江城输了要赖，引起了上文所谈的长命说她“好小家子”，一场泼性随即爆发。

作品在着意暗示了江城的个性因素后，描写了江城发狠时拿着棍子追打长命，将躲在公公身后的长命抓住一阵痛打，竟把公公错打了一下。江城虐待长命，“寻常是骂”，“恼了脸也顾不的什么是嗄，若是迭不的攮拳，劈脸就是耳巴；或者是脸上抓，身上掐，腿上扭，腚上砸，棒槌槌，巴棍打。打开了哪管是什么，浑身上下批丢朴搭”。作品将江城的这些行为主要归因于她的个性因素，批判的倾向性很明显。

《墙头记》中大怪的媳妇李氏和《磨难曲》中李鸭子的妈是完全受到批判的泼性妇女。李氏训斥大怪，大怪只能笑脸相迎。大怪想把残汤剩饭拾一些给父亲吃，把给父亲吃的冰凉的高粱糊突热一下，都被李氏高声骂回：“那腥汤如今坏了么？且是那狗这二日不吃食，留着拌点糠喂他喂。今早晨剩的那糊突，给他不的么？”“狗脂！冷不冷，館下去了”。李氏泯灭了大怪仅存的一点“孝心”。“破军”李鸭子想调戏方娘子，被方娘子丈夫张鸿渐杀死。李鸭子的妈不反思自己儿子无赖的劣行,反而拿了刀板到方氏门前,一边用力击板以助声势,一边用污言秽语“有序”地大骂方氏:一骂张鸿渐杀人,二骂张鸿渐杀人后又走脱,三骂方氏窝藏杀人犯,四骂方氏品行不端与儿有染,五骂方氏无情无义,六骂方氏仗势欺人。且看第四、五骂:“骂只骂你不成才,俺那儿也曾收着你红绣鞋。忽然见你汉子到,对着汉子卖你那乖! 你那乖,休要歪,定要骂的你出头来! 骂只骂你太欺心,俺那儿也曾合你亲。今日虽然变了脸,生个儿来是我的孙。我的孙,莫心昏,我叫你从今难见人!”作品生动地刻画了一个无赖泼妇的形象,作品借张鸿渐堂兄张春的手让她得到了应有的惩罚。

二

如果说上面的女性因为“泼”而可恨可恶,那么下面的这些女性因为“泼”而可爱可敬。

《俊夜叉》中的张三姐虽然很“泼”,却有一个美名“俊”夜叉,原因是她使出泼性,“教导”赌徒丈夫宗亓人痛改前非,重新做人。宗亓人赌博输掉了卖地买米的钱,被张三姐骂了几句就耍起横来:“放你娘的狗臭屁! 也无钱,也无势,俺达挣下几亩地,我要撩个净打净,看你嗄法把我治!”[1]但张三姐没有被宗亓人的无赖吓倒,先是数落他赌钱没边儿,后又用蔑视的口吻说:“说说你还跳油锅,你的廉耻没一点!”当宗亓人一气之下竟说出要休了张三姐的话,张三姐却表现出“甚合己意”的态度:“三姐说道也不错,这宗日子恋不过,虽然嫁不着好汉子,不少这样破喇货。尿里赌,屎里卧,你和忘八一处坐,鼻咀黑乌不成人,说甚羞煞鬼一个。”[2]并且煽风点火地说:“谁还拿你当个人,你还打你那花花哨。”宗亓人一听更是火起,发话要把张三姐打死,说着从地上拿起一块石头,张三姐也毫不示弱,拿起一个秤锤。面对张三姐如此之“泼”,宗亓人的气焰顿时矮了一大截,无奈地说:“我仔说了够一把,你就抉了一大捬。”接下来便只有张三姐数骂、宗亓人听教的份儿。尽管宗亓人面对张三姐大声吆喝,暴跳如雷,却如同蚍蜉撼大树,奈何不了张三姐;张三姐安如磐石,四两拨千斤,稳中取胜,最终唤醒了赌徒宗亓人。

《俊夜叉》的立意很明显,就是要把张三姐塑造成“针砭病否的药石”。作品开篇说,做妇人犯上“泼”字人人可恨,但是这个“泼”字若用得当了也会人人敬重。

① 盛伟:《蒲松龄全集》,学林出版社 1998 年版,第 2727 页。
② 盛伟:《蒲松龄全集》,学林出版社 1998 年版,第 2728 页。

作品的末尾说:“不成人可也是前生造就,就是他老子娘也管不回头;造化低又摊着娘子忠厚,顺从着不言不语,嘎家当尽他去丢。这样人不饿煞那里走?”张三姐的“泼”就是用当了的巴豆、硇子,她因为“泼”而可爱可敬。

《慈悲曲》中受到后娘李氏无情折磨的小讷子,在父亲的暗示下逃难到赵大姑家,李氏得知后定要把小讷子讨回来供自己支使,“扎扎腰去一回,蓦金莲去如飞,一心去问那收留的罪。他若是两手来送献,不用枪刀就解了围,一点唇舌全不费;他若是牙崩不字,管叫他弃甲丢盔!”气势咄咄逼人,大有不达目的不收兵的阵势。然而赵大姑也不是“善茬”,也有与李氏理论的意思,为她的侄子出出恶气,李氏找上门来,“机会”不容错过,由于碍着亲戚的脸面,面对来势汹汹的李氏,赵大姑先是指桑骂槐,后来挑明直骂,最后使得李氏狼狈而走。且看赵大姑给李氏讲了一类似小讷子遭遇的故事后的大骂:“有人说,就该骂那科子(按:指故事中的后娘);有人说,不止骂,就该打那科子;有人说,不光打,就该杀那科子。依我说,不光杀,还该油锅里煎那科子,刀山上扎那科子,吊在树上凹那科子,一刀一块刮那科子!”只骂得李氏脸上红一阵白一阵,坐立不安,心如油煎,却又不好自己承当,只得说“我去罢”。

《翻魇殃》中的仇大姐是蒲松龄俚曲重点刻画的两个女性人物之一(另一个是江城),有着丰富的性格特点。为了突出仇大姐的形象,在小说《仇大娘》的基础上主要详写了三件事:一是仇大姐只身上公堂讨回仇福被骗的土地,使恶人受到惩罚;二是为弟仇禄纳媳;三是教导仇福并使之与姜娘子重娶。这里只以第一件事为中心谈谈仇大姐的泼性性格。

仇大姐从小就“乖戾泼恶”,屡违父亲,为了不值个破瓢的小事就和父亲闹腾,惹得父亲不高兴。父亲担心她做人媳妇不孝顺,十六岁那年就把她远嫁到他乡,眼不见心不烦。仇大姐虽然泼,但不是不孝之人,这一点可以从后来她孝敬后娘中看出;相反正是她的泼性拯救了仇家。“土条蛇”魏名出于嫉妒别人比自己好的变态心理,一心想害垮仇家。他在引诱仇大姐异母兄弟仇福赌博输掉田产和妻子远逃他乡之后,托人给仇大姐捎信,意在让泼恶的仇大姐回来瓜分仇家财产。但是他想错了,仇大姐回来后第一件事就是告状。在那个时代女子抛头露面上公堂是不体面的事,但是急切之下的仇大姐顾不了这么多,她说“俩孩子被人唠,老婆不是纸窝里包,这也避不的旁人笑。纵然地土官不断,赌博局骗也难饶,明日这状我必告”。她后娘以只怕告不过相劝,但她决心胜不胜都要告,且是“出出这肚里生烟”。魏名一伙有些害怕了,送给仇大姐十两银子想平息此事。仇大姐收了十两银子做盘费,依然要告,使魏名一伙受到了杖责。但由于没有追回土地,仇大姐又上府告。此时仇禄科考被知府取作第三名,知府看在仇禄的份上准了仇大姐的状子。仇大姐的泼性第一次挫败了魏名的阴谋,挽救了仇家。

在蒲松龄俚曲中,最温柔的“泼性”妇女是《磨难曲》中的方娘子。方娘子是“秀才的女儿,秀才的姊妹,秀才的妻室”,与张三姐、赵大姑、何大娘、仇大姐等相比有“教养”多了,讲话也“文明”得多。在长达三十六回的《磨难曲》中主要是当方娘子面对贪官马知县才表现出她的“泼性”来。贪官马知县要捉拿作“状子”的方娘子的丈夫张鸿渐,方娘子设计让张鸿渐远逃山西,马知县便把方娘子抓到县衙。面对马知县的淫威,方娘子拒绝下跪,并且义正词严地骂道:“我上边跪朝廷,下边跪父母,犯了罪跪问官。我今日犯的甚么罪?我跪你是敬你的贪哪,可是敬你的赃呢?若是有敕封的剑,就拿出来早早把头割去。我是万不能哀告你,待跪你怎的!”马知县气急败坏,吩咐将方娘子收监。方娘子毫无惧色,接着骂道:“我把你奸佞官,拿人容易放人难!做贼也要真赃犯。影响事情无照对,就把妻子送在监,你也不是人来变!譬如你砍头问罪,也把您老婆牵连?”方娘子不仅貌美,而且她温文尔雅的气质中流露出“泼性”,展现了她不向恶势力低头的可贵品质。

三

事实上,蒲松龄对泼性妇女这一社会现象颇为关注。不仅在俚曲中给予了充分表现,而且在《聊斋志异》中也有几次描写,甚至还作了《〈妙音经〉续言》和《〈怕婆经〉疏》,对此种社会现象进行解剖。

俚曲中泼性妇女形象的特征在《聊斋志异》中已有所表现,比如江城、满城、臧姑、仇大姐等是在《聊斋志异》基础上再塑造而成。张三姐与宗亓人的故事类似《云萝公主》中侯女与可弃的故事,但不知孰先孰后。与俚曲相比,《聊斋志异》和《〈妙音经〉续言》与《〈怕婆经〉疏》突出了“阳纲不竞”“阴寇相尤”是导致妇女泼性极端发展的重要原因。

《聊斋志异·马介甫》是个典型的例子。杨万石的妻子尹氏是位泼性极度夸张的悍妇,杨万石稍有忤逆辄被鞭挞,辱骂更是常事。杨万石的朋友狐仙马介甫授给他灵丹妙药“丈夫再造散”,杨万石服下后,顿觉忿气填胸,以暴制暴对待尹氏,惶恐之余的尹氏改作良人状。但药力散后杨万石又恢复了昔日的懦弱,不久尹氏也恢复了昔日的悍态。通过前后对比,作品“振兴阳纲”的意图非常突出。其他如小说和俚曲中高蕃之于江城、葛天民之于满城、二成之于臧姑,也都有杨万石之于尹氏的影子。

《〈妙音经〉续言》中说:“阴教之旗帜日立,遂乾纲之体统无存。”①《〈怕婆经〉疏》中说:“始以情而生爱,后缘爱而成畏。或惜面目而莫敢言,或赖家室而不敢怒。因笑语之失,答肤惟嘻;试毒厉之端,置亲亦忍。致使长舌,日益骄横;极而唾痕、指痕遍乎身,夜鲜全面;兼之怒气、威气盈于室,昼无辍声。顺承则婢膝奴颜,禀令则雷惊电震。视父母如奴隶,觑媵妾胜寇仇。”②在《〈妙音经〉续言》和《〈怕婆经〉疏》中,大有将“阳纲不竞”“阴寇相尤”作为女性“泼性”重要根源的意思。以此认识女性的泼性是不妥的,其中的原因是复杂的,绝非三言两语就能讲清。

相比之下,俚曲对这个问题的认识要客观得多,在客观上已将“泼性”与“泼妇”区别对待,“体现了蒲松龄体察社会人生的辩证观点”。最后还需要指明的是,从总体上看,蒲松龄俚曲中的女性形象与《聊斋志异》中的女性形象已经有了“质”的不同,反映了作者创作视野与创作观的转变。

---

① 盛伟:《蒲松龄全集》,学林出版社 1998 年版,第 1391 页。

② 盛伟:《蒲松龄全集》,学林出版社 1998 年版,第 1394 页。

聊斋俚曲音乐研究

谈蒲松龄的俚曲

吴 钊

蒲松龄(1640—1715)是清初著名文学家,《聊斋志异》的作者。他出身于一个家道中落的"书香门第",十九岁时参加童子试,深得主考——文学家兼琴家施愚山的赏识。不过自此以后却一直屡试不售,到他临死前四年,以七十一岁的高龄,才得到一个最起码的贡生。他的一生,除到外县做过一年多幕宾外,前后几十年的漫长岁月,都是在家乡淄川私塾先生的冷板凳上度过的。"终岁不知肉味""十年贫病出无驴"的塾师生涯和对下层人民苦乐有深刻的了解与体会,使他写下了不少脍炙人口的俚曲作品。

蒲松龄写俚曲与他对音乐的认识是密切相关的。《聊斋诗集》有他在康熙四十七年(1708)写的《听张道士弹琴》诗两首。诗中有"偶过道院闻清泛,洗却胸中万斛尘"之句,说明他对琴曲是颇为赞赏的。同时,他也看到当地乡村人民普遍喜爱民歌小曲,为了使"老妪能解,最足感人"(清王培荀《乡园忆旧录》),才把《聊斋志异》中的部分故事,用当地方言,写成有说有唱、通俗易懂的说唱文学——俚曲,让群众传唱。

据蒲松龄墓碑文记载,他的俚曲作品有《富贵神仙曲》(后改成《磨难曲》)、《寒森曲》、《墙头记》等,共十四部。其中最为杰出的则是晚年根据《富贵神仙曲》改写而成的《磨难曲》。

俚曲的"俚",即通俗之意。因此,它又称"通俗之曲"或"通俗杂曲"。清人王培荀则称它为"小曲"。小曲是元明之际适应"市井小民"需要而兴起的一种民歌,它进一步发展,加入说白,演唱一个完整的故事,就成为说唱音乐。明嘉靖、万历年间(1522—1620),在社会上曾风靡一时。明清之交,已在各地形成多种具有不同风格特色的小曲曲种，如北京单弦牌子曲、河南鼓子曲、扬州清曲、苏南小曲、山东淄川小曲等等。蒲松龄俚曲就是流传在淄川满井庄、莪庄一带的淄川小曲。

淄川满井庄，现名蒲家庄，是蒲松龄的故乡。过去这一带农民在不下田劳动时，常常合在一起，由一人说唱几段俚曲，或者大家随便唱几个牌子和其他的民歌、小调。一些不会唱俚曲的人就在旁边听，有人因此也学会了。每年正月十五元宵节，村里要玩龙灯、杂耍、打家伙（锣鼓）、唱周鼓子戏（五音戏），也有唱俚曲的。过去各村还有一些蒲姓的塾师或秀才，也会唱一些俚曲，不过更多的人只会背诵歌词。他们在教学童念歌词时，也教几首他们会唱的曲牌。

过去淄川一带还有一种以算命和弹唱小曲为生的盲艺人。蒲松龄《磨难曲》第二十三回《二瞽作笑》就说："'着你找逞退（即盲艺人），怎么不到？'众人说：'近处没有好的。那胡突着刻刻八字，巴几句瞎话，唱个〔打枣杆儿〕，怎么伏侍下太太来！'"他们由于职业的关系，也说唱俚曲，常常整本地说唱。随着他们的足迹，俚曲被带到淄川城里和其他村镇。

很多艺术遗产，由于人民群众惊人的保存得以久传不衰，不过由于种种原因，也会部分遭遇失传的厄运；或者出现后人新作的情况。

在传世的曲牌中，〔耍孩儿〕最早见于元代。明正德年间（1506—1521）曾盛行于中原地区（明沈德符《万历野获编》）。

从现存唱本来看，蒲松龄十四部俚曲所用的五十三个不同曲牌，主要来自元明以来的小曲，如〔耍孩儿〕〔玉娥郎〕〔劈破玉〕〔叠断桥〕等；也有少数来自明清的戏曲（如〔园林好〕〔皂罗袍〕〔收江南〕〔幸幸令〕〔梆子腔〕等）、船歌、山歌（如〔棹歌〕〔采茶儿〕）或少数民族乐曲（如〔满调〕）。

每部作品的唱段，则由这些曲牌联缀而成。曲牌的多寡，没有定规。最多的一个作品用到三十四五个，最少的只用一个贯串始终。曲牌的连接和使用，虽然不像戏曲那样有严格的规定，但为了适应不同作品、不同内容的需要，也有了以下几种相对固定的形式：(1)最简单的如《墙头记》《幸云曲》，均用一个〔耍孩儿〕不断反复，在每次反复之间夹用一段数白或说白，其形式与宋代鼓子词相类似。又如《俊夜叉》，以〔耍孩儿〕一调不断反复，末尾加上〔劈破玉〕〔西江月〕煞尾作结。又如《寒森曲》，也以〔耍孩儿〕不断反复组成，不过开头用〔西江月〕作引子，末尾用〔清江引〕作尾声，似可视为上述形式的变化形式。(2)如《慈悲曲》，开头以〔一剪梅〕作总的引子，接着以〔耍孩儿〕〔呀呀油〕等九个不同曲牌加上尾声〔清江引〕

组成缠令的形式,反复五次,末以〔西江月〕为总的尾声。每一曲牌间均夹有说白。(3)如《翻魇殃》,以〔西江月〕为总引子,以〔清江引〕为总尾声,中间各个套曲都为“〔耍孩儿〕—若干不同曲牌—〔耍孩儿〕”的形式。各个曲牌间也夹有说白。(4)如《磨难曲》,则是上述几类形式的综合运用。

前面说过俚曲曲牌主要来自称为“小曲”的民歌,因此曲调的歌唱性较强。相对来说,曲调的戏剧化程度要差一些。它在反映生活时,一面采用一曲多用的办法——同一曲牌通过力度、速度或局部变奏等手法稍加变化,用来表现不同的内容情节。另一方面则有目的地选用一些符合情节需要的具有鲜明个性的不同曲牌,用以反映一些特定的内容。前者可以〔耍孩儿〕为代表,后者可以〔玉娥郎〕为例。

从现存为数不多的曲牌来看,俚曲音乐在艺术上有一个共同特点:大都没有太复杂的变化,而是在简单、质朴之中见其独特的美。

拖腔的运用是形成俚曲音乐特有风格的一个重要方面。一般每句末一字的终止音——大都是调式主音(有时每句末一字也行),可随演唱者情感发挥的需要使旋律适当扩展延伸。

装饰音与滑音的运用也很有特色,俚曲主要是用淄川方言填词写作的,唱词的声调韵律,要求旋律的某些音适当装饰或使用特定的滑音。如〔玉娥郎〕的“人”“呀是”“走”等字与〔耍孩儿〕的“雨”字等。其中,特别是用滑音造成的变音 Ti,不仅改变了原来五声宫调式的性格,使调式色彩更富于变化,而且使唱词要求的思想感情,也得到更加细致的表达,且有浓郁的乡土气息和强烈的艺术感染力。

俚曲在农民中间主要是清唱,有时随便拿几件乐器伴奏一下,唱、念全用本地方言,并没有一套很讲究的演唱要求。尤其在乡村秀才、塾师中间,几乎主要把它当成一种吟诵调来唱。在盲艺人中间,虽则因半职业关系较多地注意到演唱与伴奏，但也没有形成一套固定的演唱与伴奏形式。

俚曲音乐与当地民间音乐在风格、乐汇及联缀形式上均有不少相似之处。曲调上，当地小曲《小四季》《四大景》与俚曲〔玉娥郎〕、《张古董借妻》里的〔银纽丝〕与俚曲〔银纽丝〕，均相类似。联缀形式上，当地小曲《鸳鸯嫁老雕》与俚曲《墙头记》《幸云曲》相同。当地小曲《张古董借妻》用〔银纽丝〕与〔清江引〕作总的引子与尾声，中间用俚曲里常用的一个曲调的反复与用一个曲调为头尾中间夹入不同曲牌的形式联成。

俚曲是说唱，所以只有一个演员表白或说白，而没有不同演员的说白与舞台上的化妆表演。

由此可见，俚曲与当地小曲、戏曲的关系，不仅说明它作为民间艺术之所以久传不衰的真正原因，而且明显地揭示了“民歌—艺术化的民歌—说唱—戏曲”这样一条发展线索。

聊斋俚曲音乐浅谈

牟仁钧

聊斋俚曲，是我国十七世纪伟大的文学家蒲松龄的作品。它是以方言为主写成的有人物，有故事情节，有矛盾冲突，有说有唱，通俗易懂，生动活泼的说唱文学。

据张元先生一七二五年撰写的《柳泉蒲先生墓表》记载，聊斋俚曲共有:《墙头记》、《姑妇曲》、《慈悲曲》、《翻魇殃》、《寒森曲》、《琴瑟乐》、《蓬莱宴》、《俊夜叉》、《穷汉词》、《丑俊巴》、《快曲》、《禳妒咒》、《富贵神仙》后变《磨难曲》、《增补幸云曲》十四种（现已收集起十三种）。它们所反映的内容丰富多样，有爱情神话方面的，有农民家庭生活方面的，还有讽刺揭露贪官污吏方面的，表现了作者对残暴丑恶势力的憎恨，对幸福自由生活的追求与向往。

聊斋俚曲音乐是指聊斋俚曲中所用的曲牌音乐而言。其曲牌，据已收集到的聊斋俚曲统计，共有〔耍孩儿〕〔西江月〕〔劈破玉〕〔倒扳桨〕〔跌落金钱〕〔银纽丝〕〔叠断桥〕〔罗江怨〕〔房四娘〕〔对玉环〕〔迓迓油〕〔罗江怨带清江引〕〔一剪梅〕〔怀乡韵〕〔西调〕〔憨头郎〕〔黄莺儿〕〔采茶儿〕〔皂罗袍〕〔哭皇天〕〔黄泥调〕〔梆子腔〕〔山坡羊〕〔香柳娘〕〔闹五更〕〔棹歌〕〔鸳鸯锦〕〔刮地皮〕〔虾蟆曲〕〔玉娥郎〕〔满词〕〔哭笑山坡羊〕〔桂枝香〕〔虾蟆歌〕〔满调〕〔浪淘沙〕〔北黄莺〕〔四朝元〕〔鹧鸪天〕〔西平歌〕〔楚江秋〕〔侥侥令〕〔收江南〕〔园林好〕〔莲花落〕〔皂罗衫〕〔金纽丝〕〔太平年〕〔边关调〕〔鹰儿落〕〔沽美酒带太平令〕〔前腔〕等五十余个（其中有四对曲牌名目相差一字，词的格式完全相同，一对曲牌名目仅差一字，词的格式差不多）。现已收集到的有《耍孩儿》《银纽丝》《玉娥郎》《迓迓油》《黄莺儿》《叠断桥》《跌落金钱》《房四娘》《哭皇天》《憨头郎》等十二个。从群众介绍的情况和所收集到的聊斋俚曲曲牌音乐资料看，聊斋俚曲不是蒲松龄专为哪一首民间歌曲或曲牌填的词，也不是聊斋俚曲写成后，群众用民间歌曲曲调演唱的，而是蒲松龄运用当时群众所熟悉的民间曲调（亦称时调）和曲牌填词写作的。

聊斋俚曲写成后就在当地群众中流传和演唱，一是在他本庄及其后代中流传，他们把聊斋俚曲当成祖上留给他们的文化遗产加以继承，欣赏它的艺术，领略它的主旨和精神，教育子孙后代成人；一是在周围艺人中流传，他们奔走四乡唱曲卖艺，用以维持生活。近三百年来，聊斋俚曲的演唱活动继续了十余代，七七事变前蒲家庄附近有个盲艺人叫刘盾子的能唱大部分，而且嗓子好，唱得好听，在周围四五十里之内有名。七七事变后由于日寇入侵中国、兵荒马乱，人民生活不得安宁，聊斋俚曲的演唱活动逐渐减少，许多曲牌没有人会唱，失传了。中华人民共和国成立后能收集到的曲牌已寥寥无几，现在收集到的聊斋俚曲音乐资料还是十分宝贵的。

聊斋俚曲所用的曲牌名目有一些和明清时调以至现今戏曲、曲艺、民间歌曲的名目相同，但并不见得就是同一曲调。这一方面要看词的格式是否一样，更重要的是要用所收集到的曲牌音乐资料加以对照进行分析研究。可能有一些名目相同的曲牌是同一曲调，也可能有一些曲牌名目相同，而曲调根本不一样。例如我们收集到的聊斋俚曲曲牌〔叠断桥〕，和淄博五音戏中的曲牌〔叠断桥〕，以及淄博民间歌曲《鸳鸯嫁老雕》所用的曲牌〔叠断桥〕，就不是同一曲调。

聊斋俚曲曲牌〔叠断桥〕的曲调是：

6 - | 6 - | 6·i 56 | i · 6 |
春 日 天 长

23 23 | 2 5 7 | 6 7 | 6 - | ……

五音戏中的曲牌〔叠断桥〕的曲调是：

2 23 | 5 i | 21 6 | 6 6i |
一 更 鼓 儿 敲 呀 哎嗨

2· 3 | 2 - | 5 65 | 4· 2 |
呦 嗨 呦 哎 哎嗨 呦

1·2 45 | 21 65 | 1 - 2 | 1 - | ……
一 更 鼓 儿 敲

淄博民间歌曲《鸳鸯嫁老雕》所用的曲牌〔叠断桥〕的曲调是：

2 23 | 21 61 | 2· 3 | 2 - |
鸳 鸯 泪 纷 纷，
5 65 | 4 · 2 | 12 35 | 21 65 |
哎 呦 鸳 鸯 泪 纷
1 · 2 | 1 - | …… | …… |
纷

现今各种戏曲曲牌名相同曲调并不一样的例子那就更多了。所以，聊斋俚曲曲牌和明清时调曲牌名目相同，是否就是同一曲调以及它们是从何发展而来等问题，不仅需要考证文献资料，而且需要收集曲谱占有音乐资料，然后才能在分析研究的基础上，给予正确的回答。当然，也有曲调相同或基本相同，而曲牌名目不同的情况，它产生的原因可能更复杂一些，这里不准备去详细探讨。

聊斋俚曲曲牌在每种聊斋俚曲里的使用，从数量上讲并无定数，有的多，有的少，最多的竟达三十四五个，最少的少到一个曲牌到底；从每个曲牌在一种作品里出现的次数来看，凡出现者也无定数，少者一两次，多者十数次到数十次。聊斋俚曲曲牌在一种俚曲作品里的排列，不像某些大型演唱音乐的套曲有一定次序，它无固定次序，但是聊斋俚曲中的大部分作品开头曲牌往往是〔西江月〕，结尾曲牌则是〔清江引〕。为什么蒲松龄在聊斋俚曲里这样使用曲牌，还有待于进一步研究。

从我们已经收集到的聊斋俚曲曲牌音乐资料看，其曲调的风格是多种多样的：一种是一般淄博民间歌曲风味的，例如〔迓迓油〕〔房四娘〕〔哭皇天〕〔憨头郎〕等；一种是说唱风味的，例如〔耍孩儿〕，这一曲牌很多盲艺人都会唱，用坠琴、三弦伴奏，所以群众干脆叫它瞎子调；再一种是古曲风味的，例如〔玉娥郎〕〔叠断桥〕等就是。综观聊斋俚曲音乐，有的长于抒情，有的长于叙事，有些则两者兼能。这些曲牌又像戏曲、曲艺的唱腔一样，同一曲调在不同的作品、不同的场合和情节中可以表现不同的内容，唱出不同的感情，只要在曲调的速度、力度、演唱方法等方面加以适当的处理就可收到预期的艺术效果。如同一个曲牌〔耍孩儿〕的曲调，在《俊夜叉》和《磨难曲》第一回《百姓逃亡》中，所表现的内容和感情则迥然不同。前者用稍快的速度、轻重相间的力度演唱，以幽默诙谐的情调，讽刺嘲笑了赌博鬼；后者用稍慢的速度和适当的力度演唱，以悲愤的感情表现了灾荒年景百姓的痛苦与哀怨。再如用一个曲牌〔银纽丝〕的同一个曲调，在《蓬莱宴》第二回《两地相思》中，表现的是仙女吴彩鸾来到华山，见到人间自然景物和美貌少年时的兴奋欢快心情；而在《磨难曲》第十二回《闻唱思家》中，表现的却是少妇因丈夫外出多年不归，独守空房的离情别绪和悲凉凄苦的情感。尽管二者的感情迥然不同，但都收到了应有的艺术效果。

聊斋俚曲音乐刻画人物、抒发感情比较细腻、生动，这是它的一个特点。蒲松龄先生是文学家，不是音乐家，但是他并非对音乐一窍不通。他在曲牌的选择和运用上是下过一番功夫的。

关于蒲松龄著作聊斋俚曲，在淄博有一个“脚打楼板跑煞狗”的传说。说的是他在西铺毕际有家著作聊斋俚曲时每写一段唱词就用脚打着楼板低声吟唱，东主毕家喂养的一条狗听到脚打楼板的声音以为是主人要给它东西吃了，于是很快跑了进来，可是蒲松龄哪是给它东西吃呢？于是狗被赶了出去。等一会蒲松龄又写了一段词，又低声吟唱，狗又跑了进来，还是没有东西吃，又被赶了出去。就这样每逢蒲松龄写作聊斋俚曲时，毕家的狗就一次又一次地空跑。这个传说，一方面可以说明蒲松龄对待创作严肃认真、精益求精的态度，另一方面，可以看出他对曲牌的选择使用很精心，尽量使他填的词能够充分发挥曲牌的特点和性能，把他所塑造的人物表现好。

前面已经讲过，不同的内容情节可以用同一曲牌的同一曲调来演唱，而且可以表现得很好。这说明聊斋俚曲音乐的潜在表现力很强。这种能力在刻画人物、抒发人物的思想感情和揭示人物的内心世界方面尤为突出。蒲松龄著作的聊斋俚曲中的各种人物的悲、欢、离、合、喜、怒、哀、乐、酸、甜、苦、辣等丰富的思想感情，这些曲牌的曲调都能较好地予以表现。例如《蓬莱宴》第三回《喜成佳偶》，仙女吴彩鸾奉王母娘娘旨意到南康府进贤县栖贤山桃花村借书，会见曾在华山碰过面的秀才文箫，二人倾诉衷肠，结为百年之好，这一古代青年男女谈恋爱订终身的情节中所唱的曲牌〔迓迓油〕是多么优美、抒情呀：

1·3 3765|6163 553|1·3 3765|6 1 5· |

问 奴 家， 问 双 家，

3 2 1 2|3 5 3532|16 3 7 6|16 5 0 61|

现 住 广 寒 王 母 家，

3523 5 |5 6 1 3|23 7 615|6165 3 |

因奴 哎 动 了 思 凡 心，

5·6 13| 7 7 6 5 0|1612 6552|5232 1|……

摘 了 奴的吧嗨 祥 云 驾。

委婉、悠扬，恰当地表现了少女初恋时那种激动而又羞涩的心情。特别是“思凡心”两小节旋律阶梯连环式的下降和“奴的吧嗨”一小节装饰音、滑音与衬词紧密结合的运用，对吴彩鸾的心情的表现真是恰到好处。再如《磨难曲》第十二回《闻唱思家》中，表现外出逃难多年的张鸿渐心情的〔玉娥郎〕又是多么恰如其分、深切动人啊：

3- - -|5- - -|6- - -|36 53 1·23|

正 月 里 梅 花 娇，

1-76 56| 1·2 3 1-|5·656 12 16|5165 3·5 3|

春 雪 飘， 又 见 春 光

2-35 32|1·23 1-|70 20 76 56|1·2 3 1-|

上 柳 条， 家 家 闹 元 宵，

20 30 76 56|1·2 3 1-|32 52 3 30 |5 6·15 70|

走 冰 又 过 桥； 他 乡 人 也跟 着 呀是

6 60 63 26|1 561 5 -|6 1 5 6 60 |5 6 5 7 0 |

走 一 遭 他 乡 人 也 跟 着 呀是

6 60 63 26|1 561 5 -| …… |

走 一 遭 。

通过这段曲子的描绘，我们仿佛看到一个舍妻离子远游他乡的知识分子，独立异土，满怀愁思和郁闷，痛苦地想念家乡和亲人的形象，听到他从胸中发出的悲凉的哀鸣，叩击着人们的心弦。当然，在聊斋俚曲里也有许多写情写景的唱段，也要用聊斋俚曲曲牌来演唱。然而，这些写情写景的唱段的曲牌音乐，也离不开表现人物这一中心。这些演唱情景的曲牌同样为表现人物服务，间接地刻画着人物。这一点同样说明了聊斋俚曲曲牌音乐刻画人物、抒发感情的生动、细腻所在，也和蒲松龄对曲牌的选择使用不无关系。

乡土气息浓，饱含着当地人民的思想感情和生活习俗，这是聊斋俚曲音乐的又一特点。这一点首先表现在唱词的语言上，同时，也体现在曲调的旋律、节奏和风格上。俚曲是通俗的民间小曲和时调。聊斋俚曲是蒲松龄以淄川的方言为主，运用群众所熟悉的民间歌曲的曲调和曲牌填词写作的，为当地群众所熟悉所乐于接受的曲词。它的唱词通俗易懂，生动朴实，有的则很幽默风趣，使人感到特别亲切，它的曲调流畅、朴实、自然，虽然没有什么复杂的变化，但具有浓厚的生活气息，散发出迷人的乡土芬芳，使人感到朴素、优美、动听。如《蓬莱宴》第一回《神仙大会》中，表现宴会盛况的曲牌〔黄莺儿〕：

3·3 23 | 1 · 2 | 33 23 | 1 - |
宾 客 密如 麻， 东哎 俩 俩，

35 23 | 1 - | 1 1 2 | 35 32 |
西哎 仨 仨 八 百 席 一霎 霎

16 32 | 1 - | 12 76 | 5 · 6 |
安 排 下， 玉桌 椅雕 牙，

12 76 | 5 - | 1 1 · | 37 65 |
锦裙 如绣 花 娘 娘 真 正

65 16 | 5 - | 65 16 | 5 - |
人 家 大， 朝 庭 家

63 3 | 65 11 | 3 5 | 6 6 | 5 - |
开 御 宴 没有 这 样 侈 华。

八句唱词概括、简炼、生动地描绘了一场王母娘娘举办的蓬莱宴会的景象。曲调简单、流畅，没有复杂的曲体结构和千变万化的旋律，只用了几个欢快、跳跃音型的反复，较好地表现了蓬莱宴会欢欢乐乐、喜气洋洋的热烈气氛，收到了真实、朴素动人的艺术效果。再如《蓬莱宴》第二回《两地相思》中，仙女吴彩鸾被王母娘娘派到华山取藕，观赏华山的自然风光，描绘华山景致的一个曲牌〔银纽丝〕：

61 12 |3·5 32| 12 32 | 1 0 |

华 山的景 致 尽堪 也么 夸，

1 12 |53 53| 16 32 | 1 0 |

左 是 玉 女 右 莲 花，

37 35 | 27656| 5 o | …… |

高 槎 枒

1 12 | 35 32 | 1·232 | 1 0 |

斧 劈 皴 来 石 头 佳，

33 23 | 23 25 | 32 1·2| 1 0 |

山根 就象 大批 麻来 我的天呀 嗨，

6161 37|76 56| 13 56|3·2 1| …… |

描画 难 真正是 难 描 画。

唱词写得逼真、生动而又形象鲜明。衬词“也么”和“我的天呀嗨”直到今天淄博群众还常常使用，蒲松龄在聊斋俚曲里使用这种语言，使人感到特别亲切，有一种特殊的效果。这个曲牌的曲调乍听好像很简单，细品却情趣横生，耐人寻味，特别是滑音和装饰音的使用，不仅为表达感情所需，而且和淄博群众语言结合得非常密切，是在唱，又好像是在说。这一点和五音戏的唱腔有某些类似之处，真是别具一格。

聊斋俚曲曲牌音乐有好多和其他淄博民间歌曲的风味一致，甚至有的曲牌整个曲调和其他淄博民间歌曲曲调相似。这是聊斋俚曲音乐的又一个特点。从这些风味一致和曲调相似中，我们可以看到它们之间的相互影响和血肉相连的密切关系。这一点与地方戏曲音乐和当地民间歌曲曲调的关系、曲艺音乐和当地民间歌曲曲调的关系一样，说明聊斋俚曲音乐的产生、发展、演变并不是孤立的、偶然的，它是当时音乐艺术中的一枝花，是整个音乐艺术长河中的一脉不可忽视的支流。搞清它们之间的关系和聊斋俚曲音乐的发展变化，对于我们掌握祖国音乐艺术的发展规律不无好处。

聊斋俚曲曲牌的曲调和其他淄博民间歌曲风味一致甚至曲调类似的情况较

多,在已收集到的音乐资料中占很大的数量。如聊斋俚曲曲牌〔迓迓油〕的曲调很像其他淄博民间歌曲中的《粉红帘子调》和《拉麻线》,聊斋俚曲曲牌〔跌落金钱〕的曲调很像淄博民间歌曲《九九图》,其他那些虽然曲调并不相似,但曲子的风味也很一致。由此不难看出聊斋俚曲音乐和其他淄博民间歌曲的姊妹关系。

对于聊斋俚曲音乐,这仅仅是一个初步的探索。由于目前所收集的资料所限,有许多问题还不能作全面的细致的分析,需要进一步做工作。对于聊斋俚曲音乐资料的收集研究工作,不仅对继承我国优秀民族音乐遗产,发展社会主义音乐文化,使其为我国实现社会主义四个现代化服务,是非常必要的。而且,对于研究蒲松龄的生平和著作,都有一定的作用。希望同志们继续收集资料进行研究。由于自己水平所限,本文的缺点错误在所难免,恳请音乐界的老前辈和蒲松龄研究专家们指正。

聊斋俚曲曲牌的来源

车锡伦

一、前言

聊斋俚曲的曲牌是用清代初年淄博地区民间流行的小曲。这些小曲曲调的来源，除了部分来自当时的民歌外，大部分见于明代流行的小曲，在南北曲中也多可找到同名的曲牌。本文选择几支聊斋俚曲常用的小曲曲牌，探讨它们同南北曲、明代小曲和明清教派宝卷中的小曲的关系，并对追寻聊斋俚曲音乐的遗响，提出建议。

本文所用聊斋俚曲作品，据路大荒编《聊斋俚曲集》(《蒲松龄集》，上海古籍出版社 1986 年版。按，原书断句凡不合曲律处，均重新断句标点)。用以同聊斋俚曲做比较的资料，都是明代或清初至康熙年间的作品。所用资料主要来自以下几个方面：

(一)南北曲曲谱

1. 明朱权《太和正音谱》,《中国古典戏曲论著集成》(三)收点校本，中国戏剧出版社 1959 年版。

2. 清初沈自晋编《广辑词隐先生增订南九宫谱》，简称《南词新谱》(本文中用简称，下同)，据王秋桂编《善本戏曲丛刊》第三辑收影印本，台北学生书局 1984 年版。

3. 近代吴梅《南北词简谱》，写刻油印线装本。

(二)以下明代戏曲选集中的小曲

1.《新刻耀目冠场擢奇风月锦囊正杂两科全集》，简称《风月锦囊》，明嘉靖癸丑(1553)詹氏进贤堂重刊本，据《善本戏曲丛刊》第四辑收影印本。

2.《鼎雕昆池新调乐府八能奏锦》，简称《八能奏锦》，明黄文华编，题“皇明万历新岁(元年,1573)爱日堂蔡正河梓行”,据《善本戏曲丛刊》第一辑收影印本。

3.《新刻京板青阳时调词林一枝》,简称《词林一枝》,明黄文华编,题“万历新岁(元年,1573)孟冬叶志元绣梓”,据《善本戏曲丛刊》第一辑收影印本。

4.《鼎刻时兴滚调歌令玉谷新簧》,简称《玉谷新簧》,题“吉州景居士”编,明万历三十八年(1610)书林刘次泉刊本,据《善本戏曲丛刊》第一辑收影印本。

5.《新锓天下时尚南北徽池雅调》,简称《徽池雅调》,明熊稔寰编,题“燕石居主人刊梓”,据《善本戏曲丛刊》第一辑收影印本。

6.《精锲汇编杂乐府新声雅调大明天下春》,简称《大明天下春》,存残本,编者不详,明万历前期刊本,据(俄)李福清、(中)李平编《海外孤本晚明戏剧选集三种》收影印本,上海古籍出版社 1993 年版。

(三)以下明代及清初教派宝卷中的小曲

1.《清源妙道忠孝二郎开山宝卷》,简称《二郎开山宝卷》,编者不详,明黄天教宝卷,题“嘉靖岁次壬戌三十四年(?)”刊本。

2.《普明如来无为了义宝卷》,简称《普明宝卷》,明李普明编,黄天教宝卷,万历二十七年(1599)刊本。

3.《护国佑民伏魔宝卷》,简称《伏魔宝卷》,明悟空编,黄天教宝卷,万历四十五年(1617)刊本。

4.《灵应泰山娘娘宝卷》,简称《泰山娘娘宝卷》,明悟空编,黄天教宝卷,约编刊于《伏魔宝卷》后一两年内。

5.《销释印空实际宝卷》,简称《印空实际宝卷》,明明空编,无为教宝卷,明末刊本。

6.《销释南无一承宗弥陀授记归家宝卷》,简称《授记归家宝卷》,明末宝卷,编者、教派不详,今人过录本。

7.《销释孟姜忠烈贞节贤良宝卷》,简称《孟姜忠烈宝卷》,明末宝卷,编者、教派不详,明末刊清初递修本。

8.《销释接续莲宗宝卷》,简称《接续莲宗宝卷》,明末清初弓长编,大乘圆敦教宝卷,今人过录本。

9.《销释木人开山宝卷》,简称《木人宝卷》,明末清初弓长编,大乘圆敦教宝卷,清抄本。

10.《福国镇宅灵应灶王宝卷》,简称《灵应灶王宝卷》,清郭祥瑞编,教派不详,康熙年间刻本。

11.《太上伭宗科仪》，编者不详，清伭宗教宝卷，康熙二十三年（1684）刊本。

二、〔耍孩儿〕

〔耍孩儿〕是聊斋俚曲中使用最多的一支曲调，也是一支渊源甚古的曲调。其最初的来源有两种可能：一是由宋代市井中叫卖“摩喝乐”（一种小儿形玩具）的“叫卖声”发展而来。“磨喝乐”是梵语 mahoraga 音译，即佛教天龙八部众神之一摩睺逻迦。唐宋时期，民间借其名的音译（或作“摩合罗”）为玩具名，并纳入“七夕”乞巧的民俗。[①] 南宋灌园耐得翁《都城纪盛》载，宋代瓦子中的歌曲有“叫声”一项，即“因市井诸色歌吟卖物之声，采合宫调而成也”[②]。元周德清《中原音韵》载北曲曲牌〔般涉调·耍孩儿〕，注云“即魔合罗”[③]，可知此调或即由模仿磨喝乐的叫卖声而来。

另一种可能是来自宋代瓦子中的歌唱技艺“唱耍令”“唱耍曲儿”。这两种歌唱技艺实为一种，《都城纪胜》“瓦舍技艺”：“嘌唱，谓上鼓面唱令曲小词，驱驾虚声，纵弄宫调，与叫果子、唱耍曲儿为一体。本只街市，今宅院往往有之。”[④]宋吴自牧《梦粱录》卷二十“妓乐”：“但唱令曲小词，须是声音软美，与叫果子、唱耍令不犯腔一同也。”[⑤]宋末元初周密《武林旧事》卷六“诸色技艺人”载“唱耍令”艺人十五人，其中“叶道”名下注“道情”二字[⑥]，而后世之唱道情多用〔耍孩儿〕曲。

〔耍孩儿〕曲最早见于金董解元《西厢记诸宫调》，卷一唱词有〔般涉调·耍孩儿〕两首（举其一）：

> 萧萧败叶辞芳树，切切寒蝉会絮。淅零零疏雨滴梧桐，听哑哑雁归南浦。澄澄水印千江月，淅淅风筛一岸蒲。穷秋尽，千林如削，万木皆枯。[⑦]

---

① 〔宋〕孟元老：《东京梦华录》卷八“七夕”，《东京梦华录》（外四种），中华书局 1962 年版，第 48~49 页。

② 《东京梦华录》（外四种），中华书局 1962 年版，第 96~97 页。

③ 《中国古典戏曲论著集成》（一），中国戏剧出版社 1959 年版，第 196 页。

④ 《东京梦华录》（外四种），中华书局 1962 年版，第 96 页。

⑤ 《东京梦华录》（外四种），中华书局 1962 年版，第 309 页。

⑥ 《东京梦华录》（外四种），中华书局 1962 年版，第 459 页。

⑦ 凌景埏校注：《董解元西厢记》，人民文学出版社 1962 年版，第 2 页。

它们所属的宫调和句式词格与元代北曲〔耍孩儿〕相同,如《太和正音谱》所载〔耍孩儿〕曲例,它们的词格是"七(韵)、六(韵)、七、六(韵)、七、七(韵)、三(韵)、四、四(韵)",共九句。此调在北曲中较常用,可做小令,或用在〔正宫〕或〔中吕〕套曲内。另外,南曲中亦有〔耍孩儿〕,据《南北词简谱》,一属〔中吕宫〕过曲,词格为"七(韵)、五、七(韵)、二、七(韵)、七(韵)、六(韵)",七句;一为〔般涉调〕过曲,词格为"五(韵)、三(韵)、四、四(韵)、七(韵)、五、九(三六,韵)",七句,不常用。

以上南北曲三种〔耍孩儿〕,宫调、词格都不一样,说明这一曲牌在元明之际的南北曲中已有不同的曲调。

〔耍孩儿〕在明代是民间广泛流行的小曲。沈德符《万历野获编》卷二十五"时尚小令"[①]中,已把它作为嘉靖以前(1522 年前)的"时尚小令",故嘉靖、万历间的戏曲选集中多选载此调的流行作品,如《玉谷新簧》卷一中层载"时兴各处讥妓〔耍孩儿〕歌";《大明天下春》卷七中层载"新增协韵[耍儿]"三十八首。这些"时兴"的〔耍孩儿〕〔耍儿〕与南北曲的曲调、词格又不同。如《大明天下春》所收〔耍儿〕(第一首):

临清姐儿赛莺莺,十分窈窕十分清。若还见了张君瑞,搂抱深深不做声。好轻轻,喜不胜,手段从来多惯经。

《玉谷新簧》载"各处讥妓〔耍孩儿〕歌"与《大明天下春》载作品相同,词格均为"七(韵)、七(韵)、七、七(韵)、三(韵)、三(韵)、七(韵)",七句。

在明清教派宝卷中〔耍孩儿〕也是最常用曲调之一,《二郎开山宝卷》第十一品〔耍孩儿〕(举其一):

二郎爷笑盈盈,见大众甚虔诚,宣扬宝卷齐声诵。西来大意奉念好,善男信女尽成功,消灾延寿添吉庆。但愿众全忠全孝,风雨调大地春生(重)。

词格为"六(韵)、六(韵)、七(韵)、七、七(韵)、七(韵)、七、七(韵)",八句,其中一、二句都是"三三"句式,也可改为七字句;末句结尾可重复;"一二三""四五六"

① 〔明〕沈德符:《万历野获编》,中华书局 1959 年版,第 647 页。

“七八”各句构成三个唱段。这是明清教派宝卷中〔耍孩儿〕调的常格。它有两种变体:一是在第二段后再重复一次,成为四个唱段。如《二郎开山卷》第十三品所唱〔耍孩儿〕(举其一):

二郎爷非等闲,为甚么俺才传?二郎救母少宝卷。不是二郎常显化,西来大意不敢传,七珍八宝常对面。空王殿里二郎坐,细乐笙琴闹喧喧,金光围绕从空现。好一个无为妙法,二郎爷心中喜欢。

《泰山娘娘宝卷》“结经”部分的〔连环耍孩儿〕曲,在第二段的后面重复歌唱了十几遍,形成所谓“连环”。另一种变体在第三段:在第六句后插入一个三字句,重复第六段末句三字(顶真格),如《伏魔宝卷》第五品唱〔耍孩儿〕(其一):

圣贤爷慧眼瞧,见大众把好学,人心举意天知道。未展真经先净手,炉中才把好香烧,吃穿只问龙天要。龙天要,命有时天佛加护,自然的自在逍遥。

综观明代民间流行的小曲〔耍孩儿〕,词格与南北曲不同;聊斋俚曲的〔耍孩儿〕与明代流行小曲〔耍孩儿〕词格也有不同,而与教派宝卷中〔耍孩儿〕(常格)相同,基本上都是三段式的结构,可知它们同为北方民间流行的〔耍孩儿〕小曲。如《墙头记》第一回第一首〔耍孩儿〕:

一个母一个公,不怕雨不避风,为儿为女死活的挣。给他治下宅子地,还愁后日过的穷,挣钱来自己何曾用?到老来无人奉养,就合那牛马相同。

三、〔罗江怨〕

〔罗江怨〕在《南词新谱》中是〔南吕〕集曲,集〔香罗带〕〔一江风〕两曲,又名〔罗带风〕。所举曲例是一首散曲:

〔香罗带〕恹恹病渐浓,谁来和哄?春思夏感秋又冬,满怀心事诉与天公(也)。〔一江风〕天有何私,不把我恩情送?恩多也是空,情多也是空,都做了南柯梦。

第四句末加“也”是定格。谱中另收明初朱有燉《诚斋乐府》曲例，并更名为〔楚江情〕，为“又一体”，所集曲牌相同，唯〔香罗带〕曲又加“思量薄幸，全无志诚，今朝那搭花径行”三句。

据沈德符《万历野获编》“时尚小令”载，〔罗江怨〕在嘉靖、隆庆间（1522—1572），已是流传南北的时尚小曲。“万历新岁”的《词林一枝》所收“时尚楚歌”〔罗江怨〕如下（选一）：

纱窗外月正圆，洗手焚香祷告天，对天发下洪誓愿（重）：一不为自己身单，二不为少吃无穿，三来不为家不办；为只为妙人儿我的心肝，阻隔在万水千山，万水千山难得见。告苍天早赐一阵神风便，把冤家吹到跟前，那时方显神明现。

《八能奏锦》载“〔罗江怨〕歌”、《摘锦奇音》载“时尚浙腔〔罗江怨〕歌”，与《词林一枝》所载作品相同，唯第三句末未注重复。

教派宝卷中的〔罗江怨〕曲有多种形式。其常格与上述戏曲选集所载〔罗江怨〕基本相同，如明末《孟姜忠烈宝卷》第十分所唱：

同行到家阑，同去拜尊年，同在佛前发弘愿。同修结良缘，同去上法舡，同来同去同想见。同开九叶莲，同去过玄关，同缘一会同方便。同将意马拴，同修下结果缘，同心共胆无间断（重）。

词格是“五（韵）、五（韵）、七（韵），五（韵）、五（韵）、七（韵），五（韵）、五（韵）、七（韵），五（韵）、五（韵）、七（韵，重）”。它是由“一二三”句重复唱三次，组成四个相同的唱段，末段末句重唱；每段一二句可押可不押韵；可加衬字，每段一二句或作“三三”的六字句。这种格式在许多教派宝卷中使用，它们之间也有不同之处：每曲中重复的段数不一，或将曲名改作〔红罗怨〕（“怨”字又作“院”）。如《普明宝卷》第三十二品、《泰山娘娘宝卷》第十四品所唱曲〔罗江怨〕是三段式；《印空实际宝卷》第四品、《灵应灶王宝卷》第二品改名为〔红罗怨〕，所唱是三段式；《授记归家宝卷》第十九品所唱〔红罗怨〕是两段式。

《孟姜忠烈宝卷》第二十四分唱〔罗江怨〕是另体：

满眼儿泪泠泠，对庙神诉离情，如何不了生死病？青天可表见分明(也)。佛。身虽在外，牵挂双亲，盼丈夫常把真经诵。奉圣去修因，无有贪嗔心，要相逢除是来托梦(重)。

《印空实际宝卷》第十六品所唱〔罗江怨〕五曲，词格与此同；第四句末“佛”，可能是合唱佛号。这一体式的〔罗江怨〕同〔南吕·罗江怨〕有相似之处，特别是前面四句(即〔香罗带〕曲词)。

聊斋俚曲《姑妇曲》《慈悲曲》《禳妒咒》《富贵神仙》《磨难曲》中均用〔罗江怨〕，词格一致。看不出它们同〔南吕〕集曲〔罗江怨〕有什么关系，而同《孟姜忠烈宝卷》等宝卷中三段或四段式、又称作〔红罗怨〕的〔罗江怨〕词格相同，只是聊斋俚曲加了不少衬字，句式句法都较灵活，每段的一二句基本不用五字句。如《慈悲曲》第一段《是后娘气》所唱：

见张讷人人痛伤，都说他家有后娘，孩折掇的不像样。道上行人笑老张，把乜孩子来交给了个鬼王，瘦的着人看不上。他心里一般的愁肠，又不能做个主义，而不冷腾的，是个甚么像！

这是三段式的。大多数作品中用的是四段式的，如《磨难曲》第二十一回唱〔罗江怨〕：

正独坐在房中，忽看见报条红，只当又是糊突梦。我那儿小小玩童，怎么能折桂蟾宫？还疑错把报条送。他二舅说他也通，只怕他还得三冬，今日谁敢望他中？看了看府县皆同，这个信却非空，不觉叫人心酸痛！

四、〔叠落金钱〕

〔叠落金钱〕是明清广泛流传的小曲之一，又作〔跌落金钱〕等。这支曲子最早是宗教歌曲。其命名有两种可能：一是同道教传说刘海蟾(名操，五代人)“叠落金钱”的故事有关。传说有一道人向刘海蟾要了十枚金钱、十只鸡蛋，将鸡蛋叠起放在金钱上。刘海蟾大惊说：“危险！”道人说：“人居于富贵利禄之中，比这还要危险。”说罢，将金钱劈破而去，刘海蟾从此悟道出家。一是明代前期佛教宝卷《悉达太子宝卷》（今存清光绪杭州慧空经房刊本）中的说法，忍辱仙人（释迦牟尼的前身）“采花七朵，金盘盛献，随即奉上佛前，礼佛三拜。燃灯佛祖将花扭碎，在于金盘，撒去，片片飞扬，即今世上唤作‘夜落金钱’”。“夜”“叠”音转。

此曲明代一般文献中未见记载，但在教派宝卷中却是比较常用的曲调，如《二郎开山宝卷》《泰山东岳十王宝卷》《东岳天齐仁圣大帝宝卷》《伏魔宝卷》《泰山娘娘宝卷》《销释白衣观音宝卷》《普静钥匙宝卷》《先天原始土地宝卷》等宝卷中都用过这支曲子。这些宝卷大部分是外佛内道的黄天教的宝卷。这个教派产生和流行于河北地区，因此，这支曲子最初也产生于这一地区。大致在嘉靖年间已经盛行，《二郎开山宝卷》第十五品重头联唱〔叠落金钱〕四曲（其一）：

妙法实难量，二郎爷放金光，辉辉晃晃常发亮。西方景在目前（重），如意珠满天香。我佛！妙法常在目前见。

《泰山娘娘宝卷》第十七品重头联唱〔叠落金钱〕四曲（第一曲）：

圣母娘娘显神通，普劝诸众生，改恶行善把真经诵。万事行公平（重），佛祖作证明。佛！超了凡来入了圣。

清康熙间的《太上仫宗科仪》第二十三品唱重头联唱〔叠落金钱〕四曲（其一）：

真空理最真，法界本唯心，随心变化无穷尽。一切一切真（重），如同器器金，佛！人人都有神仙份。

以上各种宝卷中所唱此曲都是四曲联唱，每曲歌词的词格是“五（韵）、五（韵）、七（韵）、五（韵，重）、五（韵）、七（韵）”，六句，可加衬字，第五句重唱，第六句前加呼叫语“佛！”或“我的佛！”（定格）。百余年间，它的唱词词格不变，说明作为宗教歌曲,它具有保守性。

〔叠落金钱〕在聊斋俚曲中也是一支常用的曲子。《姑妇曲》《慈悲曲》《翻魇殃》《蓬莱宴》《禳妒咒》《富贵神仙》《磨难曲》都用这支小曲。以下是俚曲《翻魇殃》第五回中的〔叠落金钱〕:

> 大姐喜地又欢天,又欢天,说我初来到此间。兄弟呀,往前撞心里也没成算不成算。你是个学生不足言,不足言,但只我离家这几年,不过找你看一看。你虽不得去见官,去见官,对你述述心里冤,兄弟呀,那里料你有体面。亏了你师傅用机关,用机关,把事做的甚周全,兄弟呀,有脸去回扶风县。

这支小曲分四段,每段三句,第一句末三字重唱,第三句前加呼叫语(定格,个别地方也可改为三字句)。但是在大多数俚曲抄本中,每段第一句末的重唱抄落了。如《慈悲曲》第一段唱的〔跌落金钱〕:

> 没娘孩子好可怜,棘针几时把脚签?我儿呀,成了脓来还没人见。又叫一声苦心肝,脚上的鞋底少半边,我儿呀,你爹怎么就看不见?你娘养你四年正,哄着还怕你叫唤,我儿呀,今日死了谁怜念!您娘当日那样贤,撇下了个孩儿交给了天,我儿呀,一搐搐了勾一半。

聊斋俚曲此曲与宝卷中的〔叠落金钱〕比较,虽变化较大,但也可看出演变的痕迹:宝卷中四曲联唱演化为一曲的四段;每段前面的三句省略了,第四句变为第一句;重唱和呼叫语保留,但句型都变成七字句。四段反复歌唱,形成"叠落"的效果。

康熙后,〔叠落金钱〕流传南北,曲调并有南、北之分。乾隆间天津三和堂曲师颜自德辑曲、王廷绍编订的俗曲总集《霓裳续谱》"杂曲"收〔叠落金钱〕六首,便分"南、北",卷四载〔南叠落〕(金风飒飒),词格与聊斋俚曲基本相同,唯末句变为"五三"(可加衬字)结构的顶针续麻句:

> 金风飒飒送新凉(重),梧桐叶落柳将黄。秋来呀,园林到处凄、凄凉况。
>
> 庭院无人月满窗(重),夜深闭户,宝篆细焚香。空帏内,影儿与我相、相依傍。

香闺寂寞漏偏长(重),托腮无语对银缸。重叠叠,情丝儿只在我的心、心头上。

斜依绣枕忆萧郎(重),去后音书无半行。谁怜你,萧条客馆无限悲、悲秋状!①

乾隆末年李斗《扬州画舫录》卷十一谈及扬州小唱艺人黎殿臣时说:黎所创"新声"〔黎调〕,又名〔跌落金钱〕②。按,应是根据〔叠落金钱〕旧曲改编,而非新编曲。

今人所唱〔跌落金钱〕曲③,与传抄本唱词④的演唱形式相比有变化:一曲四段的结构,变为重头两曲;原第一段第三句前的呼叫语,移到原第二段第一句前。上述变化,说明曲调也发生了变化。这也提醒研究者,今人所唱聊斋俚曲的曲调,不可能是三百多年前聊斋俚曲的"原汁原味"。像流行小曲这类民间歌曲,数百年间发生了变化,是很正常的现象;如果没有变化,反倒是特殊现象。

五、〔劈破玉〕

〔劈破玉〕是明清流传极广的小曲之一。此曲沈德符《万历野获编》"时尚小令"不载,但明万历间的戏曲选集,如《八能奏锦》《乐府玉树英》《大明天下春》《徽池雅调》等,多选录此曲,可能是隆庆、万历间"时尚"起来的。以下举《八能奏锦》卷五"新调时尚〔劈破玉〕歌"(选一):

到春来梅蕊传春信,孟浩然处处寻,寻来诗句添半韵。俄然逢驿使,寄与陇头人。嘱咐我的冤家,乖!好耐冰霜冷。

词格是"八(韵)、六(韵)、七(韵)、五、五(韵)、四(韵)、五(韵)",七句,第七句前

---

① 《明清民歌时调集》下,上海古籍出版社1987年版,第157页。

② 〔清〕李斗著,周光培点校:《扬州画舫录》,江苏广陵古籍刻印社1984年版,第245页。按,杨荫浏著《中国古代音乐史稿》(人民音乐出版社1981年版,第758页)称〔叠落金钱〕亦称"黎调",即据《扬州画舫录》误载;又称〔叠落金钱〕出于〔劈破玉〕,则不知所据。据本文所考,两曲词格差别甚明。

③ 《聊斋俚曲曲谱》,载《蒲松龄研究》1997年第4期。

④ 〔清〕蒲松龄著,路大荒整理:《蒲松龄集》,上海古籍出版社1986年版,第1083页。

加呼叫语(定格)。这是这支曲子的常格。在《乐府玉树英》收“新增〔劈破玉〕”第六句多为重复句;《摘锦奇音》所载“〔劈破玉〕歌”和“时尚古人名〔劈破玉〕歌”,第六、七句基本上都重复。这支曲子的特点是句式和整体结构都比较灵活,加衬字、衬句形成许多变体。加衬字后,第一、二、三句可改为十个字(或更多);衬句一般加在第五句之后,如以下两首:

秦雪梅生得多标致,商秀才见了他就害相思,少年郎不幸短命死。爱玉去填房,生下遗腹子。秦雪梅断机,教他读书史。连中三元,连中三元,儿!荣归拜宗祖。(《乐府玉树英》卷一〔劈破玉〕《三元记》)

帐钩儿挂在牙床上,一个东一个西枉自同床,许多时挂的都是悬空帐。只为你多牵挂,吊起我心肠。何时得与你勾帐?也!免得两下空思想,想着心中闷得紧,一到手轻清勾着你。(《徽池雅调》卷一)

明代宝卷中没有用〔劈破玉〕调,明清之际的《接续莲宗宝卷》《木人宝卷》中的〔劈破玉〕,词格相同:“十(韵)、十(韵)、十(韵)、五、五(韵)、四(重)、五(重,韵)”,七句,六、七句重复,第七句前加呼叫语“老佛”(定格)。它们与明代小曲常格相同,但一、二、三句变为“三三四”的十字句,成为定格。康熙年间的《灵应灶王宝卷》第12品唱〔劈破玉〕词格同,但六、七句的重复和两句间的呼叫语省略了:

幸在的这口气旺走旺跳,这口气要不来身卧荒郊,请君子早准备生死来到。走也无处走,逃也不能逃。多念弥陀,临危好送老。

聊斋俚曲《姑妇曲》《慈悲曲》《富贵神仙》《磨难曲》《翻魇殃》《禳妒咒》中都用〔劈破玉〕曲,其常格与康熙间的《灵应灶王宝卷》相同(可加衬字),可见这一格式是清初河北和山东地区的普通唱法。如:

珊瑚说在这里隔着太近,明知道何大娘一片好心,着您溯犯争差于理不顺。那里生气你又恼,都是为我一个人。纵然是没甚么差池,何大娘,我这心里也不忍。(《姑妇曲》第二段《孝妇重还》。按,原抄件失落曲牌名。)

第六句后的呼叫语，聊斋俚曲各篇〔劈破玉〕曲基本上都省略了，这并不说明演唱中也把它省略。康熙以后，这支小曲曾风行一时，歌唱的特点是大量衬句、垛句的加入，如乾隆年间小曲总集《霓裳续谱》卷七所选此曲。这种情况，在聊斋俚曲中已经出现。如：

好一个俊媳妇风流不过，穿上件粗布衣就似蝉娥；又孝顺又知礼，一点儿不错。不说他为人好，方且是活路多：爬灰扫地，洗碗刷锅，大裁小铰，扫碾打罗；喂鸡喂狗，喂鸭喂鹅；冬里餵猪五口，夏里养蚕十箔；黑夜纺棉织布，白日刺绣绫罗；五更梳头净面，早早伺候婆婆。亲戚朋友听着，邻居百家看着，都说道这么个媳妇，就是那扬州的琼花，真正是找遍天下无二朵！（《姑妇曲》第一段《孝子出妻》）

〔劈破玉〕曲在近现代逐渐消失了，在山西左权县却发现一种曲艺形式“大腔”（又称“喊大腔”），它的演唱结构，一般以〔蒜疙瘩〕作序曲，以〔打岔〕作尾声，主体部分全唱〔劈破玉〕。[①]

六、〔银纽丝〕

〔银纽丝〕是明清时期流传甚广，颇受民众喜爱的小曲之一。据沈德符《万历野获编》“时尚小令”记载，这支小曲早在明嘉靖（1522—1566）、隆庆（1567—1572）年间就已经盛行了。它产生于北方，故王骥德《曲律》卷一“论曲源”说：“至北之滥流而为〔粉红莲〕〔银纽丝〕〔打枣竿〕，南之滥流而为吴之〔山歌〕、越之〔采茶〕诸小曲，不啻郑声，而各有其致。”[②]到明末此曲已盛行江南。

此曲明代作品仅存散曲家赵南星（1550—1627，直隶高邑人）仿作数首，收入所著散曲集《芳茹园乐府》，今举其《元旦》：

腊月三十闹攘攘，富家儿女好风光。斗衣裳，时兴宽领袖儿长。金壶盛酒浆，盘中百味香。呀！黄昏里直乱到鸡儿唱，贫家要忙也没得忙，原来也撇

① 《中国民间歌曲集成·山西卷》，人民音乐出版社 1990 年版，第 468 页。

② 《曲律》成书于万历三十八年（1610）。《中国古典戏曲论著集成》（四），中国戏剧出版社 1959 年版，第 56 页。

不在年那厢。我的天儿噪！一样春，春一样。①

此曲定格为“七（韵）、七（韵）、三（韵）、七（韵）、五、五（韵）、七（韵）、七（韵）、七（韵）、三、三（韵）、三（韵）”，共十二句：第五句可韵可不韵，第七句前加感叹词“呀”（定格），第十句为呼叫语，第十一、十二句用顶真式倒反语。

明代教派宝卷中未用这支曲调，大概因为它适合于表现“郎情女意”，而宝卷是宗教文学的缘故。直到清康熙年间的《灵应灶王宝卷》和民间宝卷《佛说慈云宝卷》（存清初抄本）中才用了这支曲调。如《灵应灶王宝卷》第五品唱〔银纽丝〕二曲（举其一）：

既得人身莫轻浮，劝君善事不可无。早修福，印经造像天加护。炎天施茶水，寒天舍饭粥。呀！或是放生造义渡，或是爱老惜寡孤，或盖庙宇助工夫。天！或是你塑金身，把金身塑（重）。

此曲词格与赵南星所作相同，末句注为重复（此类重复句，一般文本中多不注明）。聊斋俚曲《姑妇曲》《慈悲曲》《翻魇殃》《蓬莱宴》《磨难曲》等都用了这支曲子，词格也与赵曲相同。以下是俚曲《蓬莱宴》第二回《两地相思》〔银纽丝〕：

华山的景致尽堪也么夸，左是玉女右莲花，高槎丫，头隔着星辰勾一揸。摸着南天门，邻着玉皇家。在山顶越发觉天大，斧劈皴来石头佳，山根又像大披麻。我的天，描画难，真正难描画。

第七句前插入的感叹语“呀”（定格），不是唱的，聊斋俚曲中均未注出。

〔银纽丝〕在明代万历后传入江南，改名〔银绞丝〕，如冯梦龙（1574—1646）《夹竹桃顶针千家诗山歌》“前叙”：“三句山歌一句诗，中间四句是新词。偷今换古，都出巧思；郎情女意，叠成锦玑。编成一本风流谱，赛过新兴〔银绞丝〕。”又，冯编《山歌》卷二《唱》：“姐儿唱只〔银绞丝〕，情哥郎也唱只〔挂枝儿〕。”②明末松江

① 谢伯阳：《全明散曲》（三），齐鲁书社 1994 年版，第 3209 页。

② 《明清民歌时调集》上，上海古籍出版社 1987 年版，第 455、311 页。

人范濂《云间据目抄》卷二:“歌谣词曲,自古有之,惟吾松近年特甚。……里中恶少燕闲,必群唱〔银绞丝〕〔干荷叶〕〔打枣竿〕,竟不知此风从何而起也。”[①]明末清初艾衲居士《豆棚闲话》第十则“虎丘山贾清客联盟”,写苏州虎丘帮闲的“老白赏”祝三星介绍妓女许老一会唱曲子,说:“他的〔哭皇天〕〔山坡羊〕〔银绞丝〕〔玉河郎〕,是此间第一无赛的了。”[②]清代又名〔雪藕丝〕,今人或以为〔银绞丝〕是〔银纽丝〕的异名。其实,江南属吴方言区,〔银纽丝〕传入后,曲调必定有变化,曲名随之改动。明代江南〔银绞丝〕曲词不存,清初江浙地区长生教《大圣弥勒化度宝卷》(存清光绪刊本)第十品唱〔银绞丝〕两首(曲文晦涩难读,不录),其词格同赵南星和聊斋俚曲的〔银纽丝〕差别很大,可为佐证。

七、〔采茶儿〕〔楚江秋〕

〔采茶儿〕〔楚江秋〕是聊斋俚曲用过的两支曲牌,其中〔楚江秋〕在北曲和明代小曲中也有同名曲牌。

传世明代小曲有〔双叠翠〕,作品仅存明嘉靖间散曲家刘效祖(1522—1589)的拟作。刘效祖是山东滨州(今惠民)人,他的散曲集《词脔》中有〔双叠翠〕二十首,今举其第一首:

> 怕逢春,怕逢春,到的春来病转深。捱不过困人天,懒看这红成阵。行也难禁,坐也难禁,越说不想越在心。似这等枉添愁,可不辜负了春花信。[③]

此曲曲词每首分为两段,分别以重叠句领起,这是曲名为“双叠”的原因。这支小曲嘉靖间应在山东流传,故刘仿作。聊斋俚曲中没有用这一曲牌,但《蓬莱宴》第五回〔采茶儿〕重头五曲,词格与此曲相近,以下是第一曲:

> 风儿是难捱,风儿是难捱,打户敲窗又入怀。铁马儿响成堆,帘钩儿响成块。好似恶人来,好似恶人来,锦被蒙头眼不开;就是苦相思,也不教奴安稳害。

---

① 《笔记小说大观》第十三册,江苏广陵古籍刻印社 1983 年版,第 113 页。
② 〔清〕艾衲居士:《豆棚闲话》,上海古籍出版社 1983 年版,第 115 页。
③ 谢伯阳:《全明散曲》(二),齐鲁书社 1994 年版,第 2310 页。

与刘作比较,除了衬词外,完全相同。张仲樵先生认为聊斋俚曲〔采茶儿〕即明代小曲〔双叠翠〕,可信。

由〔采茶儿〕而联想到北曲〔采茶歌〕,因〔采茶儿〕亦名〔楚江秋〕,因而推论〔楚江秋〕亦即〔双叠翠〕,则难成立。因为,聊斋俚曲的〔采茶儿〕不同于北曲的〔采茶歌〕;北曲〔楚江秋〕也不同于小曲和聊斋俚曲的〔楚江秋〕。

北曲中名为〔楚江秋〕的曲牌有两种:一是〔北南吕·采茶歌〕,《太和正音谱》〔北南吕·采茶歌〕下注"即〔楚江秋〕",词例是曾瑞卿散曲;另一种是〔北双调·汉江秋〕,《太和正音谱》注云"即〔荆襄怨〕",词例为康进之《黑旋风负荆》第四折曲①,明清曲家所定北曲谱中所选曲例仍旧,不过将曲名〔汉江秋〕又改为〔楚江秋〕。查《全明散曲》,〔北南吕·采茶歌〕作为小令,只出现在题为"永乐御制"的《诸佛名歌》中;曲家所作只用在〔北南吕·一枝花〕套曲中;曲家所作〔北双调·楚江秋〕,仅收李开先(1502—1568,山东章丘人)四首、丁彩(约1573—1637后,山东诸城人)一首。《南北词简谱》卷三〔北南吕宫·采茶歌〕,词格"三(韵)、三(韵)、七(韵)、七(韵)、七(韵)";卷三〔北双调·汉江秋〕,按语说:"此即〔荆襄怨〕,《广正谱》作〔楚江秋〕,诸谱皆收此一曲,别无他曲可证。余意是扇面对,两句五字,为一扇,恰好上下相对。"词格"五、五(韵)、四(韵)、五、五(韵)、四(韵)"。将它们同刘效祖的〔双叠翠〕和聊斋俚曲中的〔采茶儿〕〔楚江秋〕比较,都无共同之处。

明代另有小曲〔楚江秋〕,在民间广为流传。《风月锦囊》收〔楚江秋〕("南京时曲")和〔楚江秋带清江引〕;《大明天下春》收"〔楚江秋〕曲"。以下各举其一:

相思病渐浓,谯楼夜撞钟,猛然惊醒团圆梦。好教人难挨难起恨匆匆,好事成空,无言独把寒衾拥。窗棂忽透风,灯花忽爆红,朱帘不卷金钩控。(《风月锦囊》《思情五首》之一)

昨宵一梦间,骑鲸上广寒,姮娥接我在清虚殿。殷勤笑指桂花攀,插戴儒冠,临行更把金杯劝。仙风两袖翩,天香万斛传,这回儿遂了男儿愿。(《大明天下春》〔楚江秋〕曲第一首)

---

① 《中国古典戏曲论著集成》(三),中国戏剧出版社1959年版,第132、147页。按,《李逵负荆》剧今存;《元曲选》和《酹江集》本,均不见此曲。

它们的词格同北曲〔采茶歌〕或〔楚江秋〕(〔汉江秋〕)都不同。

康熙间《灵应灶王宝卷》第十八品唱〔楚江秋〕(选一):

> 既做富豪家,少贪苦虚花,趁着有水泥合下。或是你济贫爱老,结缘法,印经造像功德大。或舍饭或舍茶,或修寺或建塔,善名传遍满天下。

聊斋俚曲中的〔楚江秋〕见《磨难曲》,第十九回是"五更"组曲,第二十七回用重头四曲。分别举例如下:

> 一更里苦难言,日落怕孤单,他那里手托香腮儿盼。拳着那金莲,斜在牙床绣枕边。四点也未眠,五点也未眠,也未眠,还合那孤灯伴。
>
> 父子锦归还,路上怕留连。世时人也敬新乡宦,那里日日长宴,司道军门州县官,今日是这边,明日是那边,那边还得二日半。

《磨难曲》另本《富贵神仙》第九回用五更〔楚江秋〕,与上同,仅第七句不重复,可能是抄落。

比较以上各曲,教派宝卷和聊斋俚曲中的〔楚江秋〕与《风月锦囊》《大明天下春》中的小曲〔楚江秋〕词格基本相同;不同处是第五句省略。聊斋俚曲与教派宝卷的不同之处是第八句用顶针句。它们同北曲的两种〔楚江秋〕则相去甚远。

八、余论:追寻聊斋俚曲音乐的遗响

通过上述对曲牌的渊源和发展的探讨,可以看出:

(一)聊斋俚曲的某些曲牌,虽在南北曲中可见同名曲牌,但这些曲牌在历史发展中的渊源关系,从词格上看,与同名明代小曲接近。

(二)明代小曲也有地区性的差异,聊斋俚曲曲牌与产生于河北及其周边地区教派宝卷中的小曲,更多相同。

明代河北、山东地区的小曲和教派宝卷中的小曲都没有留下曲谱资料,它们的音乐是否已成绝响?

笔者在《宝卷中的俗曲及其与聊斋俚曲的比较》①一文中已指出:“明清时期的民间教派活动空间极大,但其创教和活动中心是河北、山东及河南东北部、山西中南部。教派宝卷基本上都是各教派创教祖师或骨干教徒所编。宝卷使用的俗曲应是上述地区民间流行和民众乐于接受的曲调。”教派宝卷中的小曲即上述地区民间流行的小曲,它就不会绝响。

二十世纪八十年代中国的音乐家发现了河北冀中平原(包括天津市)各地乡村中世代传承的民间“音乐会”,做了广泛的田野调查。据薛艺兵《从冀中“音乐会”的佛道教门派看民间宗教文化的特点》②一文介绍,这些民间音乐会均自称“善会”,有“佛门会”和“道门会”的门派,演出的音乐曲目包括“唐宋词牌曲名、明清曲牌”。据笔者的考察,这些民间“善会”的渊源很古,它的音乐保留宋元遗制,又同明清时期这一地区的民间教派活动有关,比如易县北流井村“音乐会”(佛门会)祭奉“后土皇地祁氏”,念《后土卷》。这本《后土卷》即明末清初活动于这一地区的真常教(或称“后土教”)的宝卷,全称《承天效法后土皇帝道源度生宝卷》。这些民间音乐会(“善会”)的发现,可以解释明代华北地区为什么会不断出现“时尚小令”,也可揭开明正德以后教派宝卷唱腔吸收小曲的音乐源头。③

据张军、郭学东《山东曲艺史》介绍,每年农历三月三、九月九,青州云门山上都要聚集许多“道友”,参拜泰山老母后,在庙前、林间“念佛”唱曲,他们唱的曲牌有〔叠断桥〕〔耍孩儿〕〔打枣杆〕〔放风筝〕等。④ 从他们演唱的经卷看,是某个民间教派活动的遗留。上述具有信仰特色的民间文艺演唱活动中,必然会保留教派宝卷音乐的遗响。

在探讨和追寻聊斋俚曲音乐的时候,首先要清楚聊斋俚曲音乐(曲调)是当时民间流行的小曲,不是蒲松龄的创作;其次,几百年后,现在所能追寻到的,只能是接近聊斋俚曲的遗响,不会是“原汁原味”的音乐,即如上文指出的,蒲氏后人传唱的聊斋俚曲〔叠落金钱〕也发生了变异。在此,不妨扩大寻找的范围,从山东及周

① 车锡伦:《宝卷中的俗曲及其与聊斋俚曲的比较》,载《蒲松龄研究》2000 年第 3、4 期合刊。

② 薛艺兵:《从冀中“音乐会”的佛道教门派看民间宗教文化的特点》,载《音乐研究》1993 年第 4 期。

③ 笔者另文《明清教派宝卷中的小曲》,对此有较多的论述,该文发表于《汉学研究》2000 年第 1 期。

④ 张军、郭学东:《山东曲艺史》,山东文艺出版社 1997 年版,第 40~41 页。

边地区古老的民间演唱文艺中，通过认真地比较研究，或可追寻到更多接近于聊斋俚曲音乐的遗响。河北农村“音乐会”、山东青州云门山的“念佛”、山西左权县的“大腔”，都可能保留可供比较研究的音乐资料。笔者十分赞同陈玉琛先生对〔呀呀油〕曲的探讨[①]。经过研究者的努力，可以将聊斋俚曲的大部分曲调恢复；经过整理的聊斋俚曲作品，也可能搬上舞台，按原曲调演唱。

---

① 《走近〔呀呀油〕》，载《蒲松龄研究》1997 年第 4 期。

从俚曲中的“姑娘”说到“姑娘腔”

李万鹏

在蒲松龄先生的聊斋俚曲里，出现过几处非同寻常的“姑娘”之称，可能关乎着由巫歌、巫舞而来的“姑娘腔”。或可以此来探讨俚曲音乐的来源，也未可知。

其一，见于《姑妇曲》第三段《悍妇回头》的一句唱词：“一个巴掌拍不响，姑娘自家退了神。”说的是臧姑无事生非，找寻珊瑚吵骂，珊瑚一再忍让，不予理睬，使得臧姑的胡搅蛮缠自讨没趣，只得像“姑娘自家退了神”一样自生自灭。这里所谓的“姑娘”，并不是用于臧姑的称呼，而是使了个比喻，指跳大神的巫觋而言；或者是双关，既指巫觋又指臧姑。巫者行术时，号称有神附体，以神的身份出现在事主面前，口吻、声调、举动等都不同于常态，谓之“下神”“降神”。行术告一段落，恢复常态，即谓之“退了神”。

其二，见于《寒森曲》第六回《森罗殿鬼神齐拿问　安乐宫父子小团圆》中，说二相公商礼没喝阴间的迷魂汤，被迫托生了个小孩后，一心仍想回阴间告状救父，便昼夜啼哭，乳食不下。“他娘说孩子有风，叫姑娘白黑弄把。”结果“那家子叫了个姑娘来，掐了半宿，就呜呼哀哉了”。这里两处“姑娘”，也指的是巫觋之流。巫的职司本来就有治病一项，故孔子引谚有“人而无恒，不可以作巫医”之说。巫医治病的方法多种多样，常见的有降神驱邪和降神施药。从曲词中的“弄把”“掐了半宿”等情况来看，这里的行术应该属于前者。

山东及北方各省多有请巫觋驱鬼治病者，《聊斋志异·跳神》一篇即记有“济俗，民间有病者，闺中以神卜。倩老巫击铁环单面鼓，婆娑作态，名曰跳神。而此俗都中尤盛。良家少妇时自为之”。这种行为俗称“跳大神”“下神”，而行此术者却习惯被叫作“姑娘”。山东流行着这样一条谚语：“跟着好人学好人，跟着姑娘会下神。”可见巫觋称“姑娘”的影响。巫觋称“姑娘”的历史无考，目前所见多出现在明清两代。明刊残本《庄农杂字·丹青描画章》有句“姑娘神案供三官”云云，记述的便是巫觋跳神的风俗画。此书为北京坊间刻本，曾在山东地区广为流行。明万历年间的抄本《钵中莲》传奇的曲调中，有“山东姑娘腔”一曲，说明至晚在明代中叶“姑娘”已经被许多地方广泛应用了。山东民间一向有称巫为“姑娘”的口头传承，而乡邦文献有关的记载却较晚而又较少，见于康熙年间的只有《郯城县志》和聊斋俚曲，更晚一些的同治十三年《临邑县志·方言》载：“巫婆为姑娘。”还有，1997年版《临清市志·方言》中，“姑娘”的第一个义项也是“女巫”。

其实，不仅女巫可称“姑娘”，男觋也可称“姑娘”，凡跳大神的男女都是“姑娘”。康熙十二年《郯城县志》卷三载：“凡人有病，不求药饵，辄请师巫……虽祈禳请祷在昔有之，然未有号称姑娘，捏鬼言神，男女混杂，呼群伙党，蔓延乡曲，如郯邑流弊之甚者也。”巫觋女称早见于元末陶宗仪《辍耕录》“妇女曰娘”条，其中虽未及“姑娘”，而所谓“都下及江南谓男觋亦曰师娘”，却是男巫女称的先例。清初《兖州府志》亦记载说：“鲁俗固以巫为贱也。然伟然男子，竟为巾帼之妆，摆尾摇头，欲冀鬼神之悦，寡廉鲜耻，殊难为训也。”这种男扮女装的情形，在近现代南四湖的巫事活动中仍然可见。至于巫觋何以统称“姑娘”则不得而知，大约取未嫁妇女是圣女的意思吧。齐地古有长女不嫁，称为巫儿之风，似可作为“姑娘”的可溯之源。

“姑娘”既是巫觋的一种称呼，那么世称“姑娘腔”和“拉魂腔”的曲调和曲种形式，便极有可能是巫歌、巫戏的流变。

明清间“山东姑娘腔”即被戏曲采用，见于《钵中莲》《麒麟阁》《虹霓关》《情中幻》《梁上眼》等剧目，说明它已在省内外广为流传。清乾隆间李声振《百戏竹枝词·唱姑娘》一首自注说：“齐剧也，亦名姑娘腔，以唢呐节之，曲终必绕场宛转，以尽其致。”这是目前所见最早介绍姑娘腔作场的资料。李声振写的是清初北京的百戏演出，明确地记载着姑娘腔来自山东，是“齐剧也”。至于“姑娘腔”与“姑娘”的关系，见于1981年临沂行署文化局油印本《山东柳琴戏》中的调查材料：

> “肘鼓子”，又写作“周姑子”，它不是一种文艺形式。一九五四年，《华东区戏剧观摩演出纪念刊》上有这样一段话：“那时，山东南部流行着一种敲着狗皮鼓替农村中有灾害疾病的农民开锁还愿的迷信职业，称为周姑子。”这种说法是正确的。临沂柳琴戏老艺人冯士选、李忠志等人谈到，他们的师祖辈

艺人中,许多人在演唱拉魂腔的同时,也兼做这种职业。李忠志至今仍会唱肘鼓子调(姑娘腔)。这种迷信活动在山东也叫跳大神。这种职业者在替农民开锁、还愿、驱邪、安神主时,手里敲着单面狗皮九环鼓(鼓下一柄,上套九个铁环,一边敲,一边晃动),又唱又扭,所唱的曲调即“肘鼓子”调,又叫“姑娘腔”。这和清初文学家蒲松龄所描述的“跳神”极为相似。

柳琴戏原叫“拉魂腔”,1953年华东戏曲会演时,以其主要伴奏乐器为柳叶琴而定为今名。上述这段文字,是为辨析“肘鼓子与拉魂腔有亲缘关系,但二者毕竟不是一种形式”而写的。二者到底是否一种形式,尚可进一步探讨;但是其中肯定了跳大神者所唱的巫歌肘鼓子调就是“姑娘腔”,而且在20世纪七八十年代还有人会唱,却是有一定道理的,值得引起研究者的关注。巫觋在下神时确实“又唱又扭”,如同康熙《郯城县志》所说:“彼其舞蹈假乎禹步,词曲尽属不经,巫鼓彻于终宵,挟邪淫而网利。”东北三省跳神极盛,记述也多而详。民国二十年《安东(今丹东)县志》载:“‘烧香’之人为一种男巫,即古之司祝,俗名单鼓子,一名神将,又名‘姑娘’。着彩帽如菩萨状,束发,腰铃,花裙,跳舞击单面鼓,口唱歌词,不入赋流。”现从鲁中南艺人口述的姑娘腔《迎神调》中摘录几句唱词,以见其“尽属不经”之一斑:“向西南发罢三张迎(哎)神纸(哎),俺请那西南上五道将军(哎)!”“九郎观罢回来路,早请亡(哎)灵,来谢花园(哎)令”。

由巫歌、巫舞演变为“姑娘腔”和“周姑子”声腔系统地方戏曲,是经过许多代民间艺人不断努力创造发展的结果。临沂、淄博的沂蒙山区,或者说鲁中南地区,很可能便是这创造发展的中心地带,其产生年代大约不晚于16世纪末到17世纪初。据柳琴戏老艺人回忆,拉魂腔的创始人,无论金门还是邱门,都不得是临沂地区的,早期较有影响的艺人中,郯城人特别多,较大的班社也多出自郯城,清末民初沙墩村张秀荣等组织的班社达20多人,大大地超出了一般“七忙八不忙,九人看戏房”的组班情况。上一辈老艺人多会姑娘腔,同时兼事给人家开锁子、还愿、开财门等迷信职业。在这一带形成“姑娘腔”,除上述的巫风盛行等文化传统外,还有其重要的社会经济原因。清乾隆二十五年《沂州府志》卷四载:“邑本水乡,村外之田辄目曰湖,十岁九灾,所由来也;而游食四方,浸以成俗。初犹迫于饥寒,久而习为故事。携孥担橐,邀侣偕出,目曰逃荒,恬不为怪。故兰(兰山,今临沂)、郯(郯城)之民几与凤阳游民同视,所宜劝禁,以挽颓风。”此所谓“兰、郯之民几与凤阳游民同视”云云，说明他们都是“游食四方”以民间歌舞为谋生手段的。凤阳游民一向是和凤阳花鼓联系在一起的，鲁南游民演唱的则应该是姑娘腔及其发展形式柳琴戏之类歌舞小戏，通称作拉魂腔或周姑子。

从油印本《山东柳琴戏》提供的资料来看，最初这些游食四方的兰、郯之民，状类乞丐，以穿街走巷排门乞讨为生。每走一家，便先在门前唱上一段或数段家乡俗曲，谓之“唱门”；所唱的歌曲后来称作“篇子”，即“姑娘腔”及随后吸收的时调小曲。如今柳琴戏还保存着若干“压场篇子”，即正式演出前安定观众的歌舞，依然可见当年唱姑娘时“绕场宛转，以尽其致”的风采。压场篇子一般开头都有一句“喊弦”，只一句唱词：“安坐场来嗯！”音乐类似自由的散板形式，“安”字的拖腔长而花哨，好像唱门乞讨时的第一声喊叫。接着才是慢板、慢二行板，唱词较短，有无故事情节皆可。后来篇子说唱被不断丰富发展为小旦小生对子戏，或一人多角的抹帽子戏，在街头广场撂地演出，叫作跑坡。据《山东柳琴戏》中记谱比较，这时的唱腔仍明显带有姑娘腔的成分，许多地方的旋律线和节奏型完全相同。

跳神的巫歌今已发展为一大声腔系统，除柳琴戏外，柳腔、茂腔、五音戏、泗州戏、淮海戏等都是。一般都称作周姑子系统，但是我更重视“拉魂腔”的称呼，它应该是“姑娘腔”含义的直接传承。今人释其含义“是说这种戏曲对观众吸引力很强，能将观众的魂拉去”。这种解释，殊为牵强。其唱腔优美自不必说，但也并非能让听众魂不守舍。其实拉魂腔之名是源于“捏言鬼神”的巫术，像姑娘腔一样，带有巫歌解释性的特点。周姑子，多写作肘鼓子，说因跳神的单鼓而得名。在我看来，是后人出于政治因素的附会，倒不如仍作周姑子，以合姑娘腔的传承。此外，拉魂腔又有“拴老婆橛子”之称，也可为其名称的巫歌性质作一旁证，因为妇女们信仰巫术的远比男性多，她们熟悉巫歌的腔调，更容易被巫戏类地方戏曲所吸引。

近些年来，有些学者已注意到巫歌、巫戏之类对蒲松龄先生俚曲创作的影响，拓宽了对俚曲的认识和研究领域。关德栋教授早在《聊斋俚曲选·前言》中指出：“道情、宝卷这类俗文学的说唱形式，在明清之际流行地区比较广泛。……这里所谓‘巫戏’，实际就是说唱‘道情’‘宝卷’的活动。蒲松龄既已注意到这一活动情况，不难设想，这对他创兴通俗俚曲，是有一定的影响。”车锡伦教授在《宝卷中的俗曲及其与聊斋俚曲的比较》中，对二者作了详细的统计和分析工作。袁明先生

《蒲松龄俚曲初探》一文则具体到“姑娘腔”，说“为了进一步探求蒲氏俚曲的遗音所在，以及俚曲〔耍孩儿〕这一曲牌的衍变，很有必要对姑娘腔进行一番较为详尽的研究”。我这里摘录的几则有关“姑娘”和“姑娘腔”的史料，或许可供俚曲研究参考。

聊斋俚曲语言研究

蒲松龄《聊斋俚曲集》用韵研究

张树铮

零、引言

清代著名文学家蒲松龄(1640—1715,山东淄川人)不仅是文言小说的圣手,还是通俗文学的创作大家。《聊斋俚曲集》收有他编写的俚曲共14种,除《俊夜叉》《穷汉词》《丑俊巴》三种为一人说唱的形式外,其余都是篇幅长、人物多、情节复杂的戏曲。适应民间演唱的需要,各曲的语言基本采用方言,其对白部分的词汇和语法特点与今淄川一带方言十分吻合,而大量唱词的押韵情况则为研究当时方言的韵母提供了重要依据。这是研究清初鲁中地区方言最重要的资料。本文分析聊斋俚曲的用韵,并与今淄川方言进行比较,由此可见清初鲁中方言韵母的概况。所据《聊斋俚曲集》为中华书局1962年版《蒲松龄集》(路大荒整理)所收。今淄川方言属冀鲁官话区,其语音系统可参孟庆泰、罗福腾《淄川方言志》(语文出版社1994年版)。

一、聊斋俚曲用韵分部

据我们的统计,《聊斋俚曲集》共有韵段3191个,入韵字1969个(不计异读)。根据韵字的系联可以归纳成若干韵部。不过,有些韵部之间存在通押现象,这些通押有些属于音近而通,有些则由于字有异读而通。对于音近而通者,我们根据该字押韵的一般情况及参考现代方言将其归入某一韵部。关于异读造成的通押,又有两种情况:第一种是由多音多义字而造成的,如“觉”字意为“晓也”时《广韵》古岳切,意为“睡觉”时《广韵》古孝切,自然会押入不同韵部。这种通押应当分别字的不同意义而分归不同韵部。第二种是由于一字同义的异读而造成的,如“学”字,意义无别,或押入歌戈、或押入萧豪,正如今北京音中此字读 ɕye 又读 ɕiau。这种通押反映的是字的异读，不能因为这些异读字而将两部相合。其中，又可分两小类：一类是两个韵部间字数较多的异读，反映出一种规律性的现象，下文再讨论；一类是个别字的异读，如“做”字，31 见，7 次与尤侯韵字押，24 次与鱼模韵押。考今淄川方言“做”字读 u 韵，但山东不少方言（如济南）读 ou 韵，可证俚曲中此字有异读。“大”字，凡 62 见，4 次与皆来韵字押，其余 58 次与家麻韵押，可见“大”字当时一般读 ɑ 韵母，但还有 ɑi 韵母的异读。这些异读字都应当分别归入不同韵部。此外，还有由于儿化韵引起的通押。如《墙头记》第四回以“人”与“亏费白罪非”押韵，此处的“人”应读儿化，当然不能因此而将“人”归入微灰韵。具体的通押情况及其分析见下文，本节先对各韵部情况作一大致说明。

1. 东钟韵

本韵来自中古的通、梗、曾摄阳声各韵，相当于《中原音韵》的东钟韵和庚青韵。为省篇幅，此不列韵谱及韵字。今淄川方言读 əŋ、iŋ、uŋ、yŋ。

2. 江阳韵

本韵来自中古的江、宕二摄阳声各韵，相当于《中原音韵》的江阳韵。此不列韵字。今淄川方言读 ɑŋ、iɑŋ、uɑŋ。

3. 支齐韵

本韵来自中古止摄、蟹摄开口细音，以及一些入声韵（入声韵情况详见下文，下同），相当于《中原音韵》支思韵和齐微韵的开口字。今淄川方言读 i、ï。下面只列出入韵的古入声字（括号内为《广韵》韵部）：

逸日蜜密疾实侄（质）虱（栉）石癖益亦席（昔）逆（陌）吃戚的籴敌（锡）媳极棘食直值（职）十拾汁揖习入及立急级集（缉）

本韵与微灰韵多有通押，与鱼模韵也有通押的现象。

4. 微灰韵

本韵来自中古止、蟹摄合口，以及一些入声韵，相当于《中原音韵》齐微韵的合口字。今淄川方言读 ei、uei。下面只列入韵的古入声字：

白宅嚇（陌）脉（麦）北德得勒贼（德）

本韵除与支齐韵有通押现象外，与皆来韵也有通押。

5. 鱼模韵

本韵来自中古遇摄及部分入声韵，另有少数来自中古流摄，相当于《中原音韵》的鱼模韵。今淄川方言读 u、y。下面只列入韵的非遇摄字：

浮谋（尤）负妇（有）富（宥）读伏服碌木肉熟屋粥逐（屋）督酷（沃）局褥赎蜀俗足（烛）出（术）物（物）卒没突（没）

6. 皆来韵

木韵来自中古蟹摄，确实来自入声的只有一个字："白"（陌），不过该字另押入微灰韵，相当于《中原音韵》皆来韵中的非入声字。今淄川读 ε、iε、uε。此不列韵字。

注意，"鞋谐秸阶戒界"等字不与车遮韵或歌戈韵通押。

7. 真文韵

本韵来自中古臻摄和深摄，相当于《中原音韵》的真文和侵寻两韵，即已经没有单独的闭口韵母。今淄川方言读 ə̄、iə̄、uə̄、yə̄。此不列韵字。

8. 寒谈韵

本韵来自中古山摄和咸摄。相当于《中原音韵》的寒山、桓欢、先天、监咸、廉纤五韵。今淄川方言读 ā、iā、uā、yā。

9. 萧豪韵

本韵来自中古效摄，部分字来自入声韵，相当于《中原音韵》萧豪韵。入声字往往另押入歌戈韵。今淄川方言来自效摄的读 ɔ、iɔ，来自古入声的字不读 ɔ、iɔ。下面只列来自入声的入韵字：

嚼虐药着（药）乐[音~]学觉（觉）

本韵部分入声字与歌戈韵有通押现象。

10. 歌戈韵

本韵来自中古果摄及部分入声韵，相当于《中原音韵》的歌戈韵。今淄川方言读 uə、yə，唇音后读 ə。下面只列来自入声的入韵字：

剥学桌（觉）佛（物）喝[吆~]（曷）夺活抹泼脱（末）刮（辖）缚弱药灼着（药）箔薄错乐[快~]落摸索作（铎）合盒（合）

本韵与车遮韵只有"活"字通押。

11. 车遮韵

本韵来自中古假摄及部分入声韵，少数几个来自中古果摄，相当于《中原音韵》的车遮韵。今淄川方言读 iə、yə，舌尖后音声母后读 ə。入韵字是：

靴（歌）些爹邪爷赊遮车（麻）祸（果）姐扯也（马）夜卸赦谢借（祃）月歇（月）活（末）铁洁诀切撇捏（屑）别折说拙鳖灭孽蜇绝（薛）却（药）妾（叶）牒贴（帖）这

12. 家麻韵

本韵来自中古假摄及入声韵，相当于《中原音韵》的家麻韵。今淄川方言读 ɑ、iɑ、uɑ。入韵的古入声字有：

剥觉（觉）发髪伐袜（月）擦达撒萨砸捺（曷）压（狎）八扒滑抹杀煞扎（黠）刮刷瞎辖（鎋）搭答蛤拉纳踏杂咂（合）蜡塌塔遢榻褡（盍）插夹掐狭霎（洽）乏法（乏）

13. 尤侯韵

本韵来自中古流摄，没有来自古入声韵的，相当于《中原音韵》尤侯韵中的非入声韵字。今淄川方言读 əu、iəu。

二、不同韵部间通押问题

（一）关于支齐与微灰的通押

支齐韵与微灰韵通押共有 18 例。如《姑妇曲》第一回“十知气低谁堆你气西捶罪”，《慈悲曲》第四回“弟机碎思饥气”，《禳妒咒》第十九回“姨槌治之气师”。与支齐韵通押的微灰韵字有“贼德亏费堆睡谁背灰捶罪槌非垂威悲碎雷味眉锥”。这些字今淄川方言读 ei、uei，更经常地与其他微灰韵字相押，它们与支齐韵通押只能认为是韵母相近而致。按，支齐韵读 i、ï，与 ei、uei 都是较高较前的元音，音色比较接近，故而在民歌或词曲中常常通押。时代相近的同是反映山东方言的《金瓶梅》中也有不少支齐韵与微灰韵通押的例子，如第八回：“红曙卷窗纱，睡起半拖罗袂。何似等闲睡起，到日高还未。催花阵阵玉楼风，楼上人难睡。有了人儿一个，在眼前心里。”

（二）关于支齐与鱼模的通押

鱼模韵与支齐韵通押共有 14 例，如《磨难曲》第十三回“去知事师死”，《增补幸云曲》第十六回“嘻欺趣的弟愚”。鱼模韵与支齐韵通押的字有“去诸趣除惧于愚躇局出主住车（~马炮）”。鱼模的主要元音应当是 u、y，与支齐韵通押的都是细音合口字即读 y 韵母的字，y 与支齐韵的 i、ï 均为前高元音，因而可以押韵。《金瓶梅》中也有不少此类例子，如第二回：“芙蓉面，冰雪肌，生来娉婷年已笄，袅袅倚门余。梅花半含蕊，似开还闭。初见帘边，羞涩还留住；再过楼头，款接多欢喜。行也宜，立也宜，坐也宜，偎傍更相宜。”

需要注意的是，与支齐韵通押的鱼模韵字中也有来自古知庄章组声母即读 ʈʂ、

$tʂ^h$、ʂ的字（诸除躇出主住），因而这些字的韵母当仍读细音。

（三）关于微灰与皆来的通押

微灰韵与皆来韵通押的字有“杯堆雷（灰）退（队）”。如“杯”字共12次入韵，7次押入皆来，5次押入微灰。如《磨难曲》第十九回“在开外杯鞋载捱债”为韵，第二十七回“醉堆对杯微催随坠”押韵。中古蟹摄一等字在今北方话中一般变为ɑi、ei两类韵母，上述字在微灰和皆来两韵间的自由押韵，表明它们的韵母当时有ɑi、ei的异读。今淄川方言均读同微灰韵。

（四）关于歌戈和车遮的分立与通押

俚曲中歌戈与车遮分用十分明显，这与《中原音韵》基本一致，与今淄川方言不同：今淄川方言中，歌戈韵和车遮韵的主要元音都是ə，因而可以合为一个韵部。比较一下上述支齐韵与微灰韵、支齐韵与鱼模韵因元音相近而发生的大量通押，我们可以说在蒲松龄的时代，歌戈与车遮两韵的韵母差别还是比较大的。可以将它们的主要元音分别拟为o和ə。这两部通押还牵涉到入声字的演变问题，下文再详细讨论。至于“活”字兼押歌戈、车遮两部，可能是因为处于韵末的o的圆唇动作有些减弱，因而与ə相近而通押。今淄川等鲁中地区方言该字韵母一般读uə。

歌戈韵与萧豪韵的入声字也有一些通押的现象，这与入声字的演变有关，下节一并讨论。由于儿化形成的通押见第四节。

三、入声字的押韵问题

（一）俚曲中古入声字韵母的性质

在聊斋俚曲中，古入声字同阴声韵字通押，没什么区别。如《寒森曲》第八回“着多过佛错活”为韵，其中“着佛活”为古入声字；《禳妒咒》第十六回“骂法嗄巴抓掐砸打么搭俩”为韵，其中“法掐砸搭”为古入声字；《慈悲曲》第四回“气知立拾低饥皮日”，其中“立拾日”为古入声字；此类不胜枚举。因此，上文把古入声字与阴声韵字归为一部，不作区别。

不过，如同对《中原音韵》中的入声字是否已经完全消失有不同看法一样，入声字同阴声韵通押并不一定说明入声字已经完全混同于阴声韵，因为两者的通押可能是由于押韵的宽松（有喉塞尾与无喉塞尾通押）或不同声调通押（入声字虽无塞音尾但独立为一调）等原因造成的，而押韵比较宽松和不同声调通押在聊斋俚曲中都是很普遍的现象。所以,还有必要结合现代方言作进一步的观察。

现代淄川方言中,古入声已经消失,分别归入阴平(古清入)、阳平(古全浊入。淄川方言阳平与上声单字同调,但在轻声前的连读变调中能够区分阳平和上声)、去声(古次浊入)。但是,有两种现象使我们不敢轻易地断定三百年前淄川方言中入声已经完全消失了:一、淄川以北相邻的淄博市张店区、桓台县等地,就是还保存入声的地区。这些地方的古全浊入和次浊入已经消失,但大部分古清入声字仍独立为一个调类,韵母没有喉塞尾,也不短促,一般读中平调 33 或半高平 44,调型与上声 55 相近。二、淄川方言古清入字尽管已经与来自古清声母平声的字在单字调中相同(214),但在轻声前的连读变调中,古清入字与清平字变化不同,清入字一般不变,而清平字一般变读 31,因此在轻声前可以分辨出古清入声字来。这说明,淄川方言古入声全部消失(特别是清入声消失)的时间不会太久远,而全浊入和次浊入声字有可能消失得较早。

在聊斋俚曲中,有迹象表明入声已经分化,而且分化的规律与今淄川方言完全一致。这在《禳妒咒》的某些韵例中表现得比较明显。《禳妒咒》中一些唱段韵字的声调完全相同,特别是用"儿"标记出儿化的韵母都是同声调相押,其中有三段用到了入声字,恰好分别有清入、次浊入和全浊入三种类型。请看它们的表现(都在第二十四回):

1. 素儿、布儿、裤儿、褥儿、物儿、户儿、傅儿、妇儿、数儿

2. 抓儿、洼儿、掐儿、仨儿、花儿、渣儿、法儿

3. 胡儿、脯儿、雏儿、伏儿、壶儿、驴儿

第 1 段都押去声调,其中的古入声字有褥(中古日母)、物(微母),都是次浊入声字;第 2 段都押阴平调,其中的古入声字有掐(溪母)、法(非母),都是清入声字;第 3 段都押阳平调,其中的古入声字有伏(奉母),是全浊入声字。这种全清入归阴平、全浊入归阳平、次浊入归去声的现象正与今淄川方言一致,与其他冀鲁官话也一致(如以西的济南和以东的寿光、潍坊),因此,这并非偶然现象。据此,我们可以推断三百年前淄川方言中古入声已经分化,其分化规律与今淄川方言一致。而这与上面提到的今张店、桓台等地仍保留的入声情况是不一致的,因为张店等地的清入声字调型与上声相近,而不是与阴平相近。再者,由于上述韵段的各个韵字都是同调的,因此我们没有理由不承认其中的入声字与其他字调值不同。由上述情况看来,我们倾向于认为,聊斋俚曲中的入声已经完全消失,其变化规律与

今淄川方言及冀鲁官话大部分地区一致，而与其北邻的张店、桓台等地不同。

（二）入声字韵母的演变规律

淄川方言与北京话一样同属北方方言，古入声字的演变规律大致相同而略有差异。为简便说明聊斋俚曲中古入声字的演变规律，这里以北京音作为一个参照系。从上文所列入韵的入声字归类情况可以看出，聊斋俚曲中的入声字韵母与今北京音有同有异，而与今淄川方言基本一致。其主要规律及与今北京音的差异是：

1. 来自古臻摄、梗摄、曾摄、深摄入声的细音开口字读支齐韵 i、ï，洪音读微灰韵 ei、uei，同今淄川方言。今北京音细音字同俚曲及淄川音，但洪音字有的读 ei，有的读 e、ɑi，如"白（陌）脉（麦）北德得勒贼（德）"与此不同。注意"人"字（缉韵）只一见，押入支齐韵，不入鱼模，可见当时还读同"日"音（或有"日"音的异读），而今淄川方言读同"褥"字。另外，"白"字共 4 见，两次与微灰韵押，两次与皆来韵押，可见此字当时有 ei、ɑi 的异读。

2. 来自古通摄、臻摄入声合口字读鱼模韵 u、y，同今北京音及淄川方言。注意"肉"字俚曲中凡 24 见，只有两次与鱼模韵押，其余均与尤侯押。可见当时"肉"的韵母一般已读 ou，但还有 u 的异读。

3. 来自宕摄药韵和江摄觉韵的部分字读萧豪韵，它们是"嚼乐虐药着（药）学（觉）"。这些字今淄川方言读 yə 或 uə，同歌戈韵、车遮韵的入声字韵母相同。在聊斋俚曲中，"乐药着学"又与歌戈韵字通押。因为萧豪韵的韵母是 ɑo，歌戈韵的韵母是 ə，一般不能通押，所以这些字与歌戈韵的通押只能说明它们具有歌戈韵的异读。今北京音中，这些字读 ɑo、iɑo 或有 ɑo、iɑo 的异读。聊斋俚曲与北京音相同，而与今淄川方言不同。

4. 来自古江摄、山摄、宕摄、咸摄入声的洪音及臻摄物韵唇音字读歌戈韵，同今淄川方言。今北京音上述字读 e、uo、ye，有些字读 ɑo 或有 ɑo 的异读，如"药落学"。

5. 来自古山摄月末屑薛韵、咸摄入声细音和宕摄药韵的入声读车遮韵。今北京音上述孕读 ɤ、uo、ye。今淄川方言上述三类的韵母混同，均为 ə、iə、uə、yə，如佛 fə，灭 miə，说 ʂuə，学 ɕyə。

6. 来自古山摄月韵曷韵黠韵辖韵及咸摄合韵盍韵洽韵狎韵乏韵的入声，以及江摄觉韵的部分字读家麻韵。这些字的表现与今北京音及淄川方言基本一致，只有来自中古觉韵的“剥觉”二字值得注意。关于中古觉韵字后代读入家麻韵,此前未见讨论。从今淄川方言来看,“剥”字今淄川白读 pɑ(如:~皮),与俚曲同;文读 pə(如~削),俚曲也有歌戈韵的异读;“觉”字今淄川方言不分文白读,音 tʂyə,与俚曲不同。我们还注意到,虽然今淄川方言中来自古觉韵的字一般的是与北京音一样读 uo(uə)、ye(yə)的,但是除“剥”字外还有两个字今也读 ɑ、iɑ:“雹”字音 pɑ,如“雹子”;“角”字白读音 tɕiɑ,如“牛角”。可惜的是,聊斋俚曲中未见“雹”“角”二字入韵。但由“剥雹角”今淄川仍读 ɑ、iɑ 韵母来看,三百年前古觉韵的一些字确实是音 ɑ、iɑ 韵母的。其中,“剥”字白读至今仍保留原来的读法,而“觉”字后来则发生变化失去了 ɑ 韵母的读法。至于淄川方言中古觉韵字的演变机理及过程容另文讨论。

四、“儿”与儿化韵

(一)“儿”字的读音

今淄川方言与周围地区类似,“儿”字声母为舌尖后边音,韵母为较高的央元音,与舌尖元音近似而不同,此按我们的记法标为 lɨ(请参张树铮《山东方言“日”母字研究》)。聊斋俚曲中“儿”字共 8 次入韵,押入支齐韵。下面是其全部用例:

皮儿势依气欺(磨难曲 17)/妻儿继垂悲碎(磨难曲 19)/十儿皮(禳妒咒 27)/的离知实儿机棋衣誓儿(禳妒咒 29)/锥谜堆机儿势(慈悲曲 2)/雷贼睡知势儿(增补幸云曲 23)/妻离聚儿肥睡(富贵神仙 9)/妻儿继垂悲碎(富贵神仙 9)

很明显,如果“儿”音 ər 的话,是不大可能与支齐韵的字押韵的。参考今淄川方言、鲁中地区方言及《等韵简明指掌图》的情况,我们可以认为三百年前淄川方言中“儿”字的韵母已经与现在相同。

(二)儿化韵

今淄川方言中相当于普通话儿化的语音变化不是韵母元音卷舌,而是发生变韵。主要规律是:韵腹 ā,变读为 ɛ;韵腹 ə̄、i、ï,变读为 ei;其余韵母没有变化。观察聊斋俚曲中的押韵情况,我们可以得出以下两方面结论:

1. 聊斋俚曲中存在着儿化韵

最显明的一个事实是,《禳妒咒》中多次使用标有“儿”字的儿化韵脚。这些韵脚都出现在第二十四回,共 12 例。如:

①灯儿、风儿、更儿、钉儿、升儿、星儿、钉儿、声儿、宗儿

②官儿、间儿、天儿、烟儿、湾儿、班儿

③钱儿、钱儿、钱儿、钱儿、年儿、坛儿

④瓣儿、片儿、线儿、面儿、段儿、面儿、馅儿、沿儿、瓣儿、看儿

⑤块儿、块儿、带儿、卖儿、菜儿、盖儿、怪儿、袋儿

因此,可以肯定地承认聊斋俚曲中存在着儿化韵。

其次,其他未标“儿”的韵脚中也有一些肯定是押儿化韵的。如《俊夜叉》:“小三小三你睁开眼,忒也说的不成款。虽然长了二三十,从今还要做个茧。如再跌牛又拉满,变个小狗没大点。以后齐心往前过,生个儿来叫老小改。”“改”与“眼款茧满点”为韵。《禳妒咒》第一回:“我就从来没有捆,有了钱来耍弄鬼。学着赌博指着赢,输了待捞没有本,心里痒痒没处抓,跑前跑后撅着嘴。不知是谁撒了汤,恼的娘子滴下水,进来房门采住毛,拶了一百小鞋底。虽然打我我不怨,原是俺自家没有理。”“捆鬼本嘴水底理”为韵。这些韵字只有儿化后才能变得相同而通押。其他的例子如《增补幸云曲》第十七回“衣妻势子味意根”,第十八回“环传看边面快”,《磨难曲》第二十六回“嘻味眉根对”,《翻魇殃》第十回“味魂泪门音人堆谜”《穷汉词》“力子子分”“沿块面件幕[原注:幕读漫音]串伴瓣线汗筷蒜面鞯快看蛋”,《墙头记》第四回“人亏费白罪非”,《禳妒咒》第一回“堆根得哒”,《俊夜叉》“嘴腿鬼水底盹拐本”,《富贵神仙》第十三回“唬几味眉根对”,都是非儿化不能通押的。

2. 聊斋俚曲中的儿化韵当以卷舌为特征

虽然可以肯定上述没有加“儿”的字也是押儿化韵,但还不能断定这些所谓的“儿化”是否卷舌,因为在今淄川方言的变韵中,变韵后的韵类与其他方言中卷舌的儿化韵类是一样的,如“快”与“蛋”变韵后的韵都是 ɛ(比较北京都是 ɑr)、“水”和“理”变韵后的韵都是 ei(比较北京是 ər),因此不能单纯依凭“快、蛋”“水、理”的通押就说它们都是卷舌的儿化。不过,有了那些作者明确地在韵字后加上了“儿”字的韵段,情况就不同了:一、由于今淄川等地方言中的“儿化”是变韵而不是卷舌,而变韵已经与“儿”音没有任何关系,因此,加“儿”字的儿化韵,肯定不是平舌的变韵;二、又由于聊斋俚曲中大部分儿化韵不加“儿”字,因此,可以肯定儿化后的韵母也只是一个音节,而不能是两个音节如“花一儿”之类。这样,剩下来的可能就是承认当时的儿化以卷舌为语音特征,与现代山东大部分地区及北京话等的儿化相同了,今淄川方言的“儿化变韵”只不过是后来演变的结果(关于淄川等地儿化变韵的来源,请参张树铮《淄博等地方言的儿化变韵与幼儿型儿化》,收入

《方言历史探索》，内蒙古人民出版社 1999 年版）。

五、声调

如同其他民间唱词一样，聊斋俚曲中的押韵一般不太讲究声调，所以绝大多数韵段是异调相押。但也有部分韵脚是同调相押的，其中以《禳妒咒》中同声调相押的韵段最为集中；尤其是标注“儿”字的儿化韵段，每个都是同调相押，非常严整。从这些同调相押的韵段，我们可以看出当时声调调类有阴平、阳平、上声、去声四个，其与古音的对应规律大致与今冀鲁官话相同，即平分阴阳，全浊上变去，入派三声。

下面举《禳妒咒》中四个调类独立押韵的韵例：

1. 阴平独立押韵

官儿、间儿、天儿、烟儿、湾儿、班儿(24 回)/灯儿、风儿、更儿、钉儿、升儿、星儿、钉儿、声儿、宗儿(24 回)/抓儿、洼儿、掐儿、仨儿、花儿、渣儿、法儿、法儿(24 回)

2. 阳平独立押韵

钱儿、钱儿、钱儿、钱儿、年儿、坛儿(24 回)/田儿、园儿、钱儿、全儿、蛮儿、盐儿(24 回)/胡儿、脯儿、雏儿、伏儿、壶儿、驴儿(24 回)

3. 上声独立押韵

脸眼点胆闪俺茧(1 回)/纂儿、眼儿、板儿、盏儿、点儿(24 回)/老倒饱扫了(1 回)/捆鬼本嘴水底理(1 回)/水腿每鬼毁嘴(16 回)/耍马假把俩寡打(1 回)

4. 去声独立押韵

鞯儿、担儿、罐儿、簸儿、垫儿、饭儿(24 回)/官儿、扇儿、万儿、缎儿、院儿、县儿、面儿、饭儿、腕儿(24 回，首字阴平)/瓣儿、片儿、线儿、面儿、段儿、面儿、馅儿、沿儿、瓣儿、看儿(24 回)/块儿、块儿、带儿、卖儿、菜儿、盖儿、怪儿、袋儿(24 回)/素儿、布儿、裤儿、褥儿、物儿、户儿、傅儿、妇儿、数儿(24 回)

从反面来看，我们未发现较长的韵段中只有两类声调相押（如阴平与阳平、阳平与上声、阳平与去声等）的例子，这也说明上述四个调类的独立押韵并不是偶然的，而是确实反映了这四个调类的独立性。现代淄川方言只有三个单字调：阴平、上声、去声。上声中包括古浊声母平声字和全浊入声字（相当于《中原音韵》中的阳平）。不过在轻声前的连读变调可以区分出阳平和上声，因此可以推断阳平和上声的相混时间不会太久。聊斋俚曲的押韵可以说明三百年前淄川方言中阳平与上声是不混的。

谈《聊斋俚曲集》的语言学价值

董绍克

蒲松龄《聊斋俚曲集》(以下简称《俚曲集》)共收《墙头记》《姑妇曲》《慈悲曲》等14曲,全用方言俗语写成,约50万字,收入路大荒整理《蒲松龄集》下册。

汉语史的资料之所以是宝贵的,是因为它的数量太少;方言史的资料之所以更宝贵,是因为它的数量更少。蒲松龄生于明末,长于清初,所处时代正是近代汉语转变为现代汉语的过渡时代,他的俚曲不但在汉语史上有着重要的学术价值,而且在山东方言史上也占有重要地位。它的这种重要性可从语音、词汇、语法、文字四个方面表现出来。

一、语音学方面

众所周知,《中原音韵》是元周德清集北曲用韵作成的一部曲韵书,它反映了元代北方话的实际读音。《十三辙》则是清代曲艺工作者用韵的总结,反映了清代官话的实际读音。而蒲松龄所处的时代正是北方语音由《中原音韵》向《十三辙》过渡的时代,因而他的俚曲的用韵自然就会显示出由《中原音韵》向《十三辙》过渡的一些特点。如《中原音韵》"鱼模"韵的见组字、来母字和零声母字在《十三辙》里已经归入"一七"韵,而在《俚曲集》里这种变化还没出现(如《墙头记》第三回押"吁处住驴去猪"),但《中原音韵》的"支思"韵和"齐微"韵在《俚曲集》里已经通押(如《墙头记》第一回"妻西气吃地极"通押,"鸡西济席日势"通押),这一点又和《十三辙》相同了。不过,《十三辙》"一七"韵和"灰堆"不相押,而《俚曲集》这两韵却是相押的(如《慈悲曲》第四段"嘻席被弟你睡谁背灰罪"通押)。如果我们把《俚曲集》的押韵系统全面地整理出来,将它与淄川现在的韵母系统加以比较,便可以看出淄川韵母系统300年来演变的大致情况。这就是《俚曲集》在音韵学方面显示出的重要学术价值。

《俚曲集》为我们考察300年前淄川方言的语音特点还提供了其他一些重要材料。通过这些材料，我们至少可以了解到当时淄川话有如下一些特点：

1. 平卷舌声母不分

从兰茂的《早梅诗》来看，明代官话的声母就有了平卷舌的对立。而《俚曲集》的某些材料则说明当时淄川方言的声母平卷舌是不分的。如：

(1) 张讷从新给他哥们磕头。(《慈悲曲》第四段)

(2) 珊瑚搽着泪，和他两姨嫂子拜了两拜，才一五一十的细说。(《姑妇曲》第二段)

(3) 张炳之笑了笑说："多少打他几下子罢，你就打他真么一些？"(《慈悲曲》第一段)

例(1)"从新"即"重新"。例(2)"搽着"即"擦着"。例(3)"真么"即"恁么"。"恁么"之"恁"的声母在山东有两种读法：有的地方读[n]，如曹县等地；有的地方读[ts]，如阳谷等地。[n]是鼻辅音，"真"是章母字，读塞擦音，不可能读成[n]声母。[ts]是塞擦音，"真"的声母只能读成[ts]。

2. 部分音节丢失合口

舌尖声母拼合口呼的音节，有不少变成了开口呼，这在方言中是常见的现象。如山东威海方言[uən]这个韵母拼[ts]声母，[uei]这个韵母拼[l]声母，都变成了开口呼的音节。《俚曲集》的某些材料说明当时淄川方言也有这种现象。如：

(4) 蠢的蠢，夯的夯，空有臭钱不帮寸。(《穷汉词》)

(5) 诗曰：后娘折掇前窝子，异母兄弟反痛哥。(《慈悲曲》第四段)

例(4)"帮寸"即"帮衬"。由于当时平卷舌声母不分，"衬"的声母为[ts']无疑。"衬"是臻摄开口震韵字，在山东方言中仍读开口呼。《俚曲集》将"衬"写作"寸"，可知"寸"也是读开口呼的。

例(5)"痛哥"似属不词，应为"疼哥"。同曲同段之"小小学生，小小学生，怎么就知把哥疼"一句可为确证。故知"痛"为"疼"的同音字。"痛"为通摄合口东韵字，在山东不少地区丢掉了合口呼变成了开口呼的字，从而与"疼"同音。《俚曲集》的这一用法正反映了当时淄川方言的这一语音特点。

3. 日母开口呼的字读零声母

山东东部不少地区，日母开口呼的字读成了零声母。这种现象《俚曲集》也有反映。如：

(6) 银匠哈哈大笑说："二位待要银子？甚么银子？桃仁子？杏仁子？"（《墙头记》第四回）

这里王银匠用"仁子"打诨"银子"，从而捉弄大怪、二怪两人，说明"仁""银"同音，都读零声母。"仁"是日母开口呼的字，这批字在当时应是读零声母的。

这些都说明了《俚曲集》在方言学方面的重要价值。

二、词汇学方面

《俚曲集》里大量的方言俗语不但是训诂学的珍贵资料，也是词义学和词汇史的珍贵资料。

《俚曲集》有"变窑"一词。如：

谁想并不见银钱，满院里都是一些瓦合砖，（我的天，）变了窑，才把窑来变。（《姑妇曲》第三段）

"变窑"就是"变卦"，本曲本段之"好您潮达，一堆砖头拿到家。若不是倒了包，怎么就变了卦"可征。"变窑"是怎么来的呢？由"变卦"一词可以推知此词来自《周易》。《周易》的"乾卦"和"坤卦"六爻之外，都还有个"变爻"，原来是指卦象的，这里则泛指一切事物的改变。因"爻"字太生僻，蒲氏用了"窑"字。

词义是不断发展变化的。《俚曲集》里某些词的用法明显地显示了这种趋势。如"倾销"一词，现代指用低于市场价格的价格大量抛售商品，而在《俚曲集》里则指"熔化银子"，如：

令尊那二年，三十两、二十两，一年十数回，去敝铺倾销。（《墙头记》第二回）

又如“认真”一词，现代指严肃对待、不马虎，而在《俚曲集》里则是“认为”的意思。如：

却说那仇福别了秋桂来家，那嫖的一道，冷淡的许多。只是认真魏名合他相厚。（《翻魇殃》第三回）

又如“口号”一词，现代指供口头呼喊的有纲领性和鼓动作用的简短的句子，而《俚曲集》里则指表示自己同意的话语。如：

李氏见他不吐口号，就拿极红了脸。（《慈悲曲》第三段）

词汇史的研究要建立在断代词汇研究的基础之上。现代常说的“狗腿”“倒包”这样的词，在《俚曲集》里就已经出现了。如：

狗腿常来给俺没体面，嘴儿翻边又卷沿，眼儿恶钉珠儿转，把他娘的好难看！（《穷汉词》）

闪开包，都不是银子，依旧是砖头，挣极了。臧姑说：“你着他倒了包。”（《姑妇曲》第三段）

现在淄川人把水饺说成“包子”，而《俚曲集》则称作“扁食”。如：

银匠说：“是卖扁食的王二。”（《墙头记》第二回）

诸如这些材料对我们研究汉语词汇，特别是淄川方言词汇的发展变化都是很有用处的。

三、语法学方面

从近代汉语语法发展到现代汉语语法，各方面都发生了较明显的变化。其中，补语的转移和缩小就表现得非常显著。

近代汉语的补语与现代汉语比起来，内容要丰富得多。比如现代汉语的某些

表示行为的状语(如方位状语)在近代汉语中往往是作补语的。如:

(1)我只当没汉子,守寡在这里。(《金瓶梅词话》第二十回)

其中,“守寡在这里”现代汉语要说成“在这里守寡”。“在这里”由动词后的补语变成了动词前的状语。

另外,补语和宾语的分布位置,近代汉语和现代汉语也不尽相同。如:

(2)守寡了一年多,身边又没子女,止有一个小叔儿,还小,才十岁。(《金瓶梅词话》第七回)

(3)两个一齐走到轩内,慌的西门庆凑手脚不迭。(《金瓶梅词话》第二十七回)

(4)似这等合气起来,又不依个劝,却怎样儿的?(《金瓶梅词话》第七十五回)

其中,例(2)的“守寡了一年多”现代汉语说成“守了一年多寡”。“守寡”变成离合词,“一年多”虽然还是补语,但移入了这个离合词的中间。例(3)的“凑手脚不迭”,现代汉语说成“凑不迭手脚”。补语和宾语前后完全调换了位置。例(4)的“合气起来”现代汉语说成“合起气来”。“合气”变成离合词,宾语成分的“气”插入了补语“起来”的中间。

《俚曲集》产生于近代汉语的末期,近代汉语的语法特点虽然已不再完全保留,但还残留着某些痕迹。从这些痕迹中,我们正好可以看出由近代汉语语法向现代汉语语法过渡的情形。下面从《俚曲集》里举出几例:

(5)又倒了,还魂了半日,才爬起来。(《姑妇曲》第三段)

(6)着咱娘知道了,敢说是我唠着你,偷面赶饼我吃哩。(《慈悲曲》第四段)

(7)大家失色,摸弄了许多时,才还魂过来,恸哭不止。(《慈悲曲》第六段)

例(5)的“还魂了半日”现代汉语说成“还了半日魂”；例(6)的“偷面赶饼我吃”现代汉语说成“给我偷面赶饼吃”，或“偷面赶饼给我吃”；例(7)的“还魂过来”现代汉语说成“还过魂来”。

四、文字学方面

语言是不断发展变化的。新的语音、新的词语出现了，就要有新的符号记录它。唐宋以来，汉字有了进一步的发展，除了字体的演变外，数量也有了不小的增加。对这一批汉字进行整理研究，不但可以进一步发现汉字演变的规律和各个汉字产生的时代，还可以从中窥视汉语演变的某些现象。《俚曲集》的用字就颇具这方面的意义。《俚曲集》既然是用当时的实际口语写成的，它的用字便必然能反映当时的实际语音。下面举出几例：

⿰弍两

珊瑚⿰弍两眼泪撒撒，说娘方才怒气加，(亲娘呀，)我还不知是为嘎。(《姑妇曲》第一段)

这个字现在的规范写法是“俩”。“俩”本来是用于“技俩”的，音[Liaŋ²¹⁴](所记读音为普通话读音，下同)。《集韵》收此字，里养切。表“两个”义的[lia²¹⁴]这个词产生以后，有关部门没有再给它另造新字，就借用“俩”来表示了，让“俩”这个字身兼二职，既表示“技俩”之俩，又表示“两个”义的“俩”。但蒲氏没这样做，他干脆为表示“两个”义的[lia²¹⁴]这个词另造一字“⿰弍两”。他这样做有个好处，就是我们既可以通过这个字来判断[lia²¹⁴]这个词出现的下限至少是明末清初，又可以从文字上看出“⿰弍两”是[lia²¹⁴]这个词最早的书写形式。

⿰参弎

赌场里玩，嫖场里耍，丢了⿰参弎，撂了⿰弍两，穷杀狗还该打。(《穷汉词》)

表“三个”义的[sa⁵⁵]现代的规范写法是“仨”，蒲氏写成了“⿰参弎”。

嗄

家里一个老头子，饥饱与他嗄相干？(《墙头记》第四回)

表“什么”义的[$ɑ^{51}$]现在的规范写法是“啥”，蒲氏写成了“嗄”。

这两个字与“掚”具有同样的价值。

《俚曲集》的语言学价值除以上所举之外，还表现在某些词语的特殊结构上。如称谓词中就有一种表敬的“并加称谓词”，诸如“您大娘”“您大妗子”“您大叔”之类。下面举出几例：

您大娘你休要放在心上，那时节打一顿也是应当。(《姑妇曲》第三段)

那赵大姑一眼看见，流水迎来说：“您大妗子，那阵风刮了你来了？”(《慈悲曲》第三段)

现以“您大娘”为例对这类称谓词加以分析。“您”是一般表敬称谓词：“大娘”本是一般亲属称谓词，但在这里使用的是“从幼”用法。两词分开后虽然都能独立使用，但意义有所不同，因为“您大娘”并不简单地等于“您+大娘”，所以“您大娘”还应看作一个词。这类词的一般结构是“您+从幼称谓词”。这不能不说是《俚曲集》所用方言词在结构上的一个特点。

《俚曲集》的语言学价值是多方面的，应引起我们足够的重视。我们在对它进行文艺学、民俗学等方面的研究时，更应加强对它的语言学方面的研究。

关于聊斋俚曲的格律

张鸿魁

2001年笔者对俚曲韵律做过初步研究，通过归纳曲文实际，编制出五十种曲牌的格律谱，后来摘要发表为《聊斋俚曲曲牌的格律》一文（载《语文研究》2002年第3期）。之所以摘要发表，一是刊物版面限制，二是某些曲牌还吃不准。2002年起，我又据自己归纳的俚曲格律对聊斋俚曲做过一些校勘和注释尝试，发表于《蒲松龄研究》2003年第2、3期，2004年第3、4期和2005年第1期。可以说是对格律研究的一次验证。

我一直关注着聊斋俚曲的研究，今年我欣喜地读到了董绍克先生的《〈聊斋俚曲集〉误字举例》一文（载《语言科学》2006年第4期，以下简称“董文”）。董文的校勘方法，主要是用不同版本进行比对，他搜阅有众多印本和抄本，而此前我只能见到路大荒、关德栋、盛伟和蒲先明、邹宗良这四种现代印本。我还有幸读到了董著《〈聊斋俚曲集〉俗字研究》未刊书稿（以下简称“俗”），其“附录：文本校勘”中有关曲文校勘的条目，验证、补充了我的格律归纳和据格律而作的校勘结果。这不仅增强了我对格律研究的信心，也启发我有了一些新的认识。

一、董文韵字校订和张校的比较

下面就董文中有关入韵字的条目，把相关校语列出做比较，可以看出据格律“理校”的得失。

《墙头记》二〔耍孩儿〕：“王银匠到这边，来找他要火钱，化锞儿欠下钱几吊。”张校（2003-2，P93-3）：“按：‘吊’显然是‘串’字手写形近之误。”董文（P96-3）：“蒲松龄纪念馆藏《聊斋新编墙头记》抄本作‘串’。”

《慈悲曲》四〔叠断桥〕：“骂了声狗儿，骂了声狗儿，一日两个肚儿圆。”张校（2004-3，P88-18）：“各本同，其起始两句失韵，待考。”认为两个“儿”字有误。董文(P96-18):“日照叶春穉序《慈悲曲》石印本作‘男’。”

《寒森曲》七〔耍孩儿〕:“脊受棍子腚受鞭,肉被烹煮皮缝罐。”张未校,董文(P97-18):“蒲松龄纪念馆藏《全集寒森曲》抄本作‘鞯’。”可证此韵字当作去声。

《蓬莱宴》五〔叠断桥〕:“年少英豪,年少英豪,埋着的功名只用爬。”张校(2004-3,P89-8):“……句失韵,‘爬’当为‘刨’(pɑo)字之误。‘刨’一写作‘爮’,草写与‘爬’形近致误。(参看后文‘包、色’形近致误条。)”董文(P97-23):“蒲松龄纪念馆藏《蓬莱宴》抄本作‘爮’。”

《俊夜叉》〔淄口令打叉〕:“今日你也怨不的,从今成人猜不的,再不成人劝不的。”张未校,因为蒲邹本已经改“猜”为“象”。董文(P97-27):“蒲松龄纪念馆藏《俊夜叉》抄本作‘象’。”

《穷汉词》:“或是字,或是幕,进进包,上上串,合俺做上两日伴。”张未校,因为路本已经注明“幕读漫音”。董文(P97-33):“蒲松龄纪念馆藏《穷汉词》抄本作‘漫’。”

《禳妒咒》一〔山坡羊〕:“鞭子手软不能捧,烂了棒槌折了拐,我就许下朝南海。”张认为此段不是〔山坡羊〕,而是无牌韵语,“无论从语义看,还是从押韵规律看,‘捧’字无疑是上声‘摔’字之误。……从蒲松龄聊斋俚曲看,‘甩’字虽然还没出现,但上声‘摔’的音义已经固定下来,跟现代汉语相同了。”(《‘甩’、‘摔’和‘蟀’的读音问题》,载《东岳论丛》2004 年第 1 期 P119-17)董文(P97-38):“山东大学图书馆藏《禳妒咒》抄本作‘摔’。”

《禳妒咒》十一〔叠断桥〕:“八月露寒,新月娟娟愁里生。”张校(2004-3,P89-15):“各本同,起始两句失韵,疑当作‘八月露冷’。”董文(P98-9):“山东大学图书馆藏《禳妒咒》抄本作‘零’。”董校有版本依据,而且“零”比“冷”声调更合格律要求,又与“寒”形近易致误,形音义俱当。

《富贵神仙》三〔银纽丝〕:“叹杀人,想起当初泪撒撒。”张校(2004-3,P92-17):“‘叹杀人’句失韵,当作‘人叹杀’。”董文(P98-18):“蒲松龄纪念馆藏《富贵神仙》抄本作‘咱’。”董校有版本依据,可从。聊斋俚曲中“咱”可押家麻韵,另外还有数例。

《富贵神仙》三〔银纽丝〕:“欢喜的店主笑哈也么哈,服事殷勤十倍多。”张校(2003-3,P92-19):“邹注:疑为‘加’的讹字。甚是,‘加’‘多’草写容易混淆。”董文(P98-23):“蒲松龄纪念馆藏《富贵神仙》抄本作‘加’。”

《磨难曲》六〔耍孩儿〕:“种着有顷多地,还有个大觅汉。”张校(2003-3,P113-23):“‘地’……疑当作‘田’。”董文(P99-20):“上海鸿宝斋代印本《磨难曲》作‘田’。”

《磨难曲》二十二〔还乡韵〕:“一个年头八个月,从天上吊下这么一个祸。”张未校,只是怀疑“祸”有平声读法。董文(P99-30):“上海鸿宝斋代印本《磨难曲》作‘说’。”董校可从。

《磨难曲》二十三〔耍孩儿〕:“近来心里懒学唱,旧唱忘的不在怀,不如婆子在煞有人问。”张校(2003-3,P114-28):“‘问’字失韵,疑当为‘爱’。”董文(P100-2):“上海鸿宝斋代印本《磨难曲》作‘爱’。”

《磨难曲》二十四〔耍孩儿〕:“起一卦笑欢欢,他说是今年春,太爷才交临官运。”张校(2003-3,P115-1):“今按,‘欢’字失韵,‘欢欢’当是‘欣欣’之误。聊斋俚曲中‘欢’‘欣’互误不止这一例。”董文(P100-5):“上海鸿宝斋代印本《磨难曲》所‘吟’……‘欢’字不押韵,违律。而‘吟’字用在这里则有两妥……”,董校有版本依据,较张校有力。

《磨难曲》二十五〔叠断桥〕:“卷子展开色,磨墨声闻百步遥。”张校(2004-3,P90-4):“蒲邹本于二叠起首两句改作‘卷子展开包’,甚是。‘展开色’于义不通,于律不合,‘色’显然为‘包’字草写形近之误。”董文(P100-11):“上海鸿宝斋代印本《磨难曲》作‘包’。”

《增补幸云曲》九〔耍孩儿〕:“睁龙眼仔细瞧,进来个老妈妈。”张未校,因为蒲邹本已经改“瞧”为“瞰”。董文(P100-32):“蒲松龄纪念馆藏《幸云曲》作‘瞰’。”

《增补幸云曲》十〔耍孩儿〕:“今晚若有客来到,就是叫化也留下嫖,无钱难说干欢乐。”张未校,以为俚曲中‘乐’可有 lao 一读。董文(P100-37):“蒲松龄纪念馆藏《幸云曲》作‘笑’。”董校有版本依据,可从。

十七条校勘中,幕(漫)、猜(象)、瞧(瞰)三条,已分别由路大荒、蒲先明做过校勘。

其余十四条中,两种校法结果完全相同的有七条:吊(串)、爬(爮)、捧(摔)、多(加)、地(田)、色(包)、问(爱)。这其中,除了“问(爱)”一条外,六条都是字形相似而误。基本可以认定是传抄过程中产生的,而不是蒲松龄自己的失误。这一点很重要,因为校勘的目的是恢复原作面貌,不是替作者修改文章。

如果没有版本的证据,运用形、音、义三点重合为依据应该是科学可靠的校勘方法。其中“音”指符合格律用韵，“义”指文意贯通无碍，“形”指讹错路径清晰可以循察。而“问(爱)”一条则只有音义根据，如果不是董文补充了版本依据，校勘结论就只能停留在“疑为×”上。

“寒(零)”张校为“冷”，恰恰也是忽略了字形相近这一条件。“欢(吟)”张校为“欣”，现在仍然觉得蒲翁原作未必不是“笑欣欣”。《金瓶梅词话》多次用到“笑欣欣”(如五十回1上3、五十七回4下9)。“吟”字是如何错成“欢”的，路径待查。从校勘的规矩看，我们必须尊重版本依据，而且“吟”跟“欣”同样是于音于义皆通。

“祸(说)”“乐(笑)”“罐(鞯)”三条，则是音义勉强可通，所以张未校，董校为胜。其中“鞯”误作“罐”，可能由于“鞯”字已不是常用字，字形又与“罐”相近。“儿(男)”“人(咱)”则仅凭格律就难索其解了。其中“咱”字可能有口语中已无 zɑ 音的原因。

总起来说，民间传抄者多不谙格律，而现代的整理者也忽视韵文格律，才导致了错误的产生和延续。

二、句段的异文和脱文、衍文

对于异文和脱文、衍文，依据格律作校勘只能发现一些蛛丝马迹，做些推测。版本比对也能起到验证作用。

以下“董校”出自董著《俗字研究》的附录“文本校勘”部分，页码和行列据文稿。例如“俗 P196-4”，即指见董稿第一百九十六页第四行。

《墙头记》四〔耍孩儿〕：“他却又千般哄诱着，着俺去里头把钱赚。”张校(2003-3，P93-15)：“四本同，依律应作两句均是‘3+4’节奏，后句末字押平声韵。疑后‘着’属误衍字，原句应作‘他却又千般哄诱，着俺去里头转钱。’另‘转’字当出注‘是赚的早期写法’。”董校(俗 P181-6)：“‘着俺去里头转钱。’‘转钱’路、盛、蒲三本均作‘把钱转’。”依照董校例，是指蒲松龄纪念馆藏《墙头记》抄本正作“转钱”，两句与张校结果相同。

《慈悲曲》二〔跌落金钱〕：“孩子没娘托他姑，跟着他爹泪汪汪。”张校(2004-4，P115-13)：“第一句‘托他姑’失韵，各本同，疑当作‘托姑娘’。”董校(俗 P184-25)：“路、盛、蒲三本皆脱第二个娘‘字’。”依照董稿的校例，当指日照叶春穉序《慈悲曲》石印本作“托他姑娘”。这样，就与张校基本相同，只是多一衬字“他”。

《寒森曲》二〔耍孩儿〕：“莱芜县奉上司，骑着马来相尸，又完了人命官司。”张未校，怀疑‘官司’中‘司’读轻声类似去声。董校（俗 P192-29）：“‘莱芜县奉上司，骑着马来相尸，来相尸就完了人命事。’第二句路、盛、蒲三本均作‘又完了人命官司’。”依照董稿的校例，是指蒲松龄纪念馆藏《全集寒森曲》抄本作“来相尸就完了人命事”，与路、盛、蒲三本异文。

《寒森曲》二〔耍孩儿〕：“两个商量且不葬，还要西行告一回，一个说不如上刑部。”张校（2003-2，P98-6）：“中间一句‘回’字失韵，各本同，疑当为‘忽’字之误。”董校（俗 P193-25）：“‘两个商量且不葬，还要西行告总督。’‘总督’路、盛、蒲三本均作‘一回’。按：此句按律入韵。抄本此句收‘督’字，……符合要求。”这也是重要异文。张校发现了问题，但推定有误。

《寒森曲》四〔耍孩儿〕：“我去物色材去罢！一日买着一日来，你可全把心放开，至多不过十日外。”张校（2003-2，P98-14）：“此处衍一句，各本同。依律按之，当是涉上宾白‘一日买着一日来，十日买着十日来’衍出‘一日买着一日来’七字。”董校（俗 P195-4）：“‘我去物色好材木，你可全把心放开。’按：此曲共八句，从韵律与句式看，抄本完全符合要求，路、盛、蒲三本均衍‘一日买着一日来’句。”董、张殊途同归，大可定论。

《寒森曲》八〔耍孩儿〕：“忙叫丫环流水去，内边请出母亲来，娘俩揭开材盖看。忽一阵蒙蒙细雨，洒面目流下唇腮。”张校（2003-2，P99-9）：“各本同，‘看’字失韵。今按‘材盖看’当作‘棺材盖’，下面叙述文字正作‘才揭起那盖来，只见一阵蒙蒙细雨落在头上，流入唇中’。”董校（俗 P199-9）：“‘娘俩揭开材儿盖……’第一句路、盛、蒲三本均作‘盖看’。按：此句按律入韵。抄本此句收‘盖’字，……符合要求。”董、张基本相同。

《蓬莱宴》五〔叠断桥〕：“你说如何，你说如何，莫若仍旧去读书。”张校（2004-3，P89-4）：“第二叠头两句‘如何’失韵，疑是‘何如’误抄颠倒。聊斋俚曲‘如何’‘何如’均常见，意义相同。《慈悲曲》第三段〔呀呀油〕为适应韵脚就改‘如何’为‘何如’，可作旁证。”董校（俗 P204-28）：“‘你说何如？莫若仍旧去读书。’‘何如’路、盛、蒲三本皆作‘如何’。”依照董稿的校例，当指馆藏《蓬莱宴》抄本正是“你说何如”。

《禳妒咒》五〔呀呀油〕：“李知府，李知府……有个闺女，有个闺女，模样手脚一件无差。要合咱家结门亲，就给相公做媳妇。”张校（2004-3，P90-22）：“‘一件无差’一句费解，且失韵。各本同。疑当作‘一件无’，是诙谐语。或是‘世间无’

的误记。”董校（俗 P211-17）：“‘有个闺女，有个闺女，模样手足远近没。’‘远近没’路、盛、蒲三本作‘远近无差’。”依照董稿的校例，当指“山东省图书馆藏抄本”《禳妒咒》作“远近没”，显然路、盛、蒲三本有误。

《禳妒咒》七〔倒扳桨〕：“轿马直到大街前，转过一湾又一湾，不久看见玄帝庙，门前士女闹如山。闹如山，卷起帘，下轿登门瞻圣颜。”董校（俗 P212-5）：“路、盛、蒲三本脱‘又一湾’，‘庙’后不断，‘前’后断，第二个‘闹’字前衍‘士女’，‘帘’后不断，‘轿’后断。按：此曲格律是‘7 平，7 平，7（仄），7 平。‖ 3 重，3 平，7 平’。抄本与之正合。”张校（2004-4，P113-5）：“《禳妒咒》七回有 13 支〔倒扳桨〕相连，多属变式……其中有一支‘轿马直到大门前，转过一湾，不久看见玄帝庙门前。士女闹如山，士女闹如山，卷起帘下轿，登门瞻圣颜’不合律，各本同。当是抄本有脱漏，导致误点。依律当作‘轿马直到大门前，□□□转过一湾，不久看见玄帝庙，门前士女闹如山，（门前）士女闹如山，卷起帘，下轿登门瞻圣颜’。”因为属于变式，重叠部分有长短不同，董校有版本依据，更为可信。相对于省图藏抄本，路、盛、蒲三本有脱文，也有衍文。

《禳妒咒》二十六〔耍孩儿〕：“从此没有下三等，顺口谈文尽着俺烹，见人说嘴又墩腔。”张校（2003-4，P112-28）：“各本同。‘腔’字失韵，‘又墩腔’疑当作‘把腔墩’，待考。”董校（俗 P216-4）：“‘……见人说嘴又墩腚。’‘腚’路、盛、蒲三本作‘腔’。‘墩腚’是个方言词，常与‘栽脸’连用，表示丢脸的意思，俗云‘疥蛤蟆过门坎儿，又墩腚又栽脸儿’就是说的这个意思。改作‘腔’字，一则意思不明，二则也不押韵。”

《禳妒咒》三十一〔劈破玉〕：“我合你已将近七十之数，到如今那孙子一个还无……若能再见孩儿的成人，贤妻呀，我合你准有好日过。”张校（2004-3，P94-12）：“各本同。末句‘过’失韵，声调也不合律。‘过’或是‘估’字之误，山东方言多读上声。待考。”董校（俗 P218-10）：“‘咱若要见他成人，夫人呀，都得活到八十五。’路、盛、蒲三本皆作‘若能再见孩儿的成人，贤妻呀，我合你准有好日过’。”显然是抄本为善。

《禳妒咒》三十一〔桂枝香〕：“一年没见容颜，想是那心内无愁，便叫人春风满面。”张未校。董校（俗 P218-13）：“‘一年没见，越发娇艳。’路、盛、蒲三本皆作‘一年没见容颜’。按律一、二两句皆为四字，而且是押去声韵。”此指省图藏抄本“越发娇艳”与路、盛、蒲三本“容颜”异文。

《禳妒咒》三十二〔耍孩儿〕:“只待凌霄殿上对玉帝,诉诉这奇冤。”张校(2003-3,P112-30):“各本句读同。今依律按之,知此曲末为‘3+4’节奏,应点断为‘只待〔到〕凌霄殿上,对玉帝诉诉这奇冤。’〔到〕字夺,‘这’为衬字或衍字。”董校(俗P219-8):“‘只待到凌霄殿上,对玉帝诉诉这奇冤。’路、盛、蒲三本皆脱‘到’,‘上’后不断,‘帝’后断。”省图藏抄本验证了张校对脱字的推断。

《禳妒咒》三十二〔皂罗袍〕:“公子同我四十三,也还康强做的翰院。”张校(2004-4,P114-19):“路本、盛本同。蒲邹本‘翰’后补‘林’字。节奏较切。”董校(俗P249-22):“‘公郎十六,我四十三,也还康强做的翰林院。’路盛蒲三本皆作‘公子同四十三,也还康强做的翰林院。’按:按律此曲末四句的格式是‘四仄,四平,四平,五去’,三本断成两句,音义皆失。”

《禳妒咒》三十三〔耍孩儿〕:“给我母亲当总管,用心去做,赏你件梭布衣裳。”张校(2003-3,P113-4):“各本同,与同回上下几支〔耍孩儿〕相比,‘管’后‘用’前脱十七字。如用符号补出,当是‘给我母亲当总管,□□□□□□□□(平),□□□□□□□□(去)。□□□用心去做,赏你件梭布衣裳’。”董校(俗P219-30):“‘闲了还把我夫人帮,五十两买他那一样,这总管你用心去做,赏你件梭布衣裳。’‘用’字前的文字路、盛、蒲三本皆脱。”省图藏抄本验证了张校对脱漏字数和韵字声调的推断。

《禳妒咒》三十三〔桂枝香〕:“才到楼陈设才罢,只见是耀眼争光,也不知摆的嗄……”张校(2005-1,P99-17):“各本同。依律疑抄本脱字,今试补齐如下:‘才到楼〔下〕,陈设才罢,……’第一句补一‘下’字,点为两句,方能合律。韵脚脱漏,以致失韵,节奏也不切,一句中‘才’字两出,有碍语义。今补‘下’字为去声韵脚,或称允当。”董校(俗P220-14):“‘才到楼下,陈设才罢。’路、盛、蒲三本皆脱‘下’字,且中间不断。”省图藏抄本验证了张校对脱字的推断。

《禳妒咒》三十三〔黄莺儿〕:“一齐上家室团圆百事佳,从此官到一人下……”张校(2004-4,P117-6):“各本点断同,依律缺一韵句,当于‘家’字后点断,作‘一齐上家,室团圆百事佳’,方能足韵。但是总觉此处语义欠通,疑有脱文,待考。”董校(俗P221-14):“‘一齐上京华,团圆百事佳。’‘京华’路、盛、蒲三本皆作‘家室’。”今再按:综合数本看,若作“一齐上京华,家室团圆百事佳”于音于义更完美,省图藏抄本似乎也有脱文。

《富贵神仙》二〔耍孩儿〕:“终果定不就凶合吉,破上我就去替他,低着头就把主意拿。”张未校。董校(俗 P223-1):“‘低着头细把画儿画。’路、盛、蒲三本均作‘就把主意拿’。按:此句应押‘家麻’韵的去声韵,‘画’读去声,合律。而‘拿’读平声,违律。《磨难曲》与抄本同。”依照董校例,此处指山东大学图书馆藏抄本与路、盛、蒲三本异文。

《富贵神仙》十一〔跌落金钱〕:“儿到门前即刻传……一自归来下雕鞍,入门笑说在娘前,母亲呀,不必常把儿挂牵,你怎么不大欢喜呢?并不曾觉着容颜变。”张校(2004-4,P115-22):“最后一叠,各本均多出‘不必常把儿挂牵,你怎么不大欢喜呢?’十五字,系涉上文衍出。”董校(俗 P230-8):“‘入门说笑在娘前,母亲呀,并不曾觉着容颜变。’路、盛、蒲三本借字‘入门说笑在娘前,母亲呀,不必常将儿挂牵。你怎么不大欢喜呢?并不曾觉着容颜变。’……路、盛、蒲三本均衍‘不必常将儿挂牵。你怎么不大欢喜呢?’这部分也正是与上文重复的部分。”张校指出的“衍文”也就有了版本依据。

《富贵神仙》十一〔哭皇天〕:“十月里,好伤怀,人人祭扫哭哀哀,又想又愁又是恨,又逢长夜苦难捱……”“十一月里夜正长,滴水成冰在他乡。魂儿虽在天涯外,望向南柯梦里来……”张校(2005-1,P103-9):“路本、蒲邹本同。盛本将前支曲子的末两句跟后支曲子的末两句互相调换。但各本均有失韵。无论是路本、蒲邹本的‘来’,还是盛本的‘捱’,都与‘长、乡’不叶。与《磨难曲》二十二回〔憨头郎〕对校,可知‘十一月’一曲的末两句当为‘又想又愁又是恨,又逢长夜苦难当’。因此,可以认为盛本是基本正确的,惟‘难当’错为‘难捱’。”董校(俗 P230-14):“‘又想又愁又是恨,又逢长夜苦难当。’路、蒲二本作‘魂儿虽在天涯外,望向南柯梦里来’。路、盛二本将末了三字‘苦难当’改作‘难苦捱’。按:从前押‘阳唐’韵,按律第四句押韵,分别与该曲‘长乡’相押。‘当’字能够押韵,合律;而‘来’字与‘捱’字皆不能押韵,违律。《磨难曲》与抄本同。”三本严重脱文。

《富贵神仙》十二〔叠断桥〕(实际是〔平西歌〕):“合庵才得闻,出号慌忙立起身。”张未校。董校(俗 P230-9):“‘闻’路盛蒲三本皆作‘问’。按:此曲押‘真文’韵,按律首句押平声韵。‘闻’读平声,合律;而‘问’读去声,违律。《磨难曲》亦作‘闻’。”

《富贵神仙》十二〔平西歌〕:“把墨研稠,把墨研稠,行行写去不抬头,第五篇又是一笔就。脱稿再搜求,六篇才完把笔投。伸伸腰再把七篇做。”张未校。董校(俗 P230-25):“路、盛、蒲三本皆脱此段。按:此段在‘公子钻出号来’之前。从叙述的顺序来看,这一段唱词应该存在。……如果没有这段唱词,其上下两段唱词在内容上就缺乏连贯性。《磨难曲》与抄本同。"

《富贵神仙》十二〔平西歌〕:"太公对完,太公对完,收拾丁头并竹帘。公子在外头,替爹爹绑笔砚。毡条布帘,毡条布帘,大带捆来上了肩。说保儿莫粗心,再回去看一看。"张未校。董校(俗 P231-6):"路、盛、蒲三本皆脱此段。按:此段在'公子说,不用看,没吊了嗄'之前。这段唱词的最后一句正接公子的一句话:'公子说,不用看,没吊了嗄。'如果没有这段唱,公子的这句话便无着落。"

上述三条,是山大图书馆藏抄本比路、盛、蒲三本多出的。依照董校的分析看,应该是三本所据的底本有严重脱漏。

《磨难曲》五〔皂罗袍〕:"一马当先,营寨城池,蹀一个稀糊烂。"张校(2004-4,P114-32):"各本同。'一马当先'前脱一个四字句。待考。"董校(俗 P234-18):"牙崩不字,一马当先,营寨城池,蹀一个稀糊烂。"依照董校例,是指上海鸿宝斋代印本有"牙崩不字"四字,路盛蒲三本皆脱。

《磨难曲》十二〔银纽丝〕:"五更里合眼到阳也么台,明窗红日上三竿。闷恹恹,手脚沉困懒动弹……"张校(2004-3,P93-2):"'台'字失韵,各本同。'阳台'或当是'阳间'之讹,待考。"断句(俗 P236-11):"'五更里合眼到阳也么台,忽见情人半夜来,笑盈腮,进门迭不的诉衷怀,叫奴卸红妆,催奴换绣鞋,多情人把我浑身爱,忽被鸡鸣惊散开,卧到天明头懒抬。我的天哟,害相思,越把相思害。''天明了头沉身子也么酸,明窗红日上三竿。'路、盛、蒲三本把第一句和末了一句接排,中间部分全脱……《富贵神仙》不脱,可证。"路、盛、蒲三本严重脱漏。

《磨难曲》二十四〔跌落金钱〕:"乱秋秋,并不知是因何故,独行危坐一身孤,相识朋友半个无。闷攸攸,不知是应向何人诉。"董校(俗 P242-18):"路、盛、蒲三本皆作'乱秋秋,不知是应向何人诉',中间部分皆脱。按:惨凄以四叠为常,鸿本足四叠。'三本'脱中间一叠,只剩三叠,违律。"

《磨难曲》二十八〔跌落金钱〕:"家人难得一尊同,我儿呀,杯酒与我勤勤送。想我流落在西东,想你愁闷在家中。"董校(俗 P245-9):"'同'字后面的部分,路、盛、蒲三本皆脱。按:从文意看,所说前两句均叙饮酒之事,与上文文意相符;从曲律看,此曲每曲四句,四叠为常,共十六句,三本脱此段文字则只有三叠,不合常理。"比照鸿宝斋本,三本所据底本此处也属于严重脱漏。

这些句段脱文和衍文的校订,涉及的曲牌有〔耍孩儿〕〔叠断桥〕〔倒扳桨〕〔呀呀油〕〔劈破玉〕〔跌落金钱〕〔皂罗袍〕〔桂枝香〕〔黄莺儿〕〔哭皇天〕〔平西歌〕〔银纽丝〕,充分验证了笔者对该曲牌格律的归纳,包括节段、句数、字数、韵字的位置和声调,乃至重叠节段的常规(如〔跌落金钱〕四叠为常)。极大限度地排除了例外,证明了聊斋俚曲中曲牌格律的严整性和蒲翁创作中贯彻始终的严谨态度。

例如〔桂枝香〕在聊斋俚曲中使用了四十八次,仅有两支起首不是尾字押去声韵两个四字句,均出现在《禳妒咒》中,省图藏抄本却显示格律严整,路、盛、蒲三本的"例外"是有脱文所致。又如〔劈破玉〕使用了一百二十三次之多,最末一个韵字不押上声的仅有四例,其中《禳妒咒》的一例,省图藏抄本也为我们排除了。这又促使我们核对另一例"例外"——《姑妇曲》二"无言答"。孟庆泰《淄川方言志》十二页显示,在淄川话中"回答"的"答"正是读上声。再如〔皂罗袍〕使用了八十三次,下节起首两句不是四字一逗的"例外"仅有两次,也完全被省图藏抄本《禳妒咒》和鸿宝斋本《磨难曲》排除。

这也启示我们,那些剩余的不规则曲段,有可能都是传抄过程中造成的错讹,而不是蒲翁原作的率性失误。

三、有碍节奏的脱字、衍字和点断

有些脱字并不影响语义,但是对曲中句子的节奏有影响。从董校来看,路、盛、蒲三本有许多脱字和衍字,不如石印本和抄本更接近蒲翁的原作。

这样的情况更多,只能举例言之。

馆藏抄本《墙头记》一〔耍孩儿〕:"寻常连茶叶没有,待笑话那里捞着?"董校(俗 P178-4):"'叶'字路、盛、蒲三本脱。"

馆藏日照叶春穉序石印本《慈悲曲》三〔银纽丝〕:"我的天来咳,挨骂难来,可又难挨骂。"董校(俗 P185-4):"路、盛、蒲三本皆脱第二个'难'字。"

《慈悲曲》三〔还乡韵〕:"纵不念书也无妨,就是家去见阎王。"董校(俗 P185-11):"'去'路、盛、蒲三本皆作'去去'。"

《慈悲曲》四〔跌落金钱〕:"老婆说是狗屁圈,不如留着做觅汉。"董校(俗 P185-20):"路本、盛本脱'是'字,'圈'后不断;蒲本脱'是'字。……脱'是'字则成六字,违律。"

《慈悲曲》五〔银纽丝〕:"没个真实信,随即又回还,可不辜负了死一遍。"董校(俗 P186-13):"路、盛、蒲三本于'死'后衍'这'字。"

馆藏抄本《寒森曲》一〔耍孩儿〕:“打扑的仓粮净尽,一庄人俱得存活。”董校(俗 P190-15):“‘打扑的仓粮净尽’路、盛、蒲三本均作‘打扫打扫的粮净尽。’”

《寒森曲》一〔耍孩儿〕:“满总里几亩好地,给了他何以为生。”董校(俗 P197-25):“第一句:‘满总几亩好地’。”

《寒森曲》二〔耍孩儿〕:“我把他家人着实打,他原不该肆猖狂。”董校(俗 P192-4):“第二句路、盛、蒲三本均作‘原不该肆猖狂’。”

《寒森曲》二〔耍孩儿〕:“赵恶虎凭着钱,东一千西二千,上下都买的蜜溜转。”董校(俗 P192-7):“末句路、盛、蒲三本均脱‘上’‘下’两字。”

《寒森曲》二〔耍孩儿〕:“那一日打他记的,我不是不敢承当。”董校(俗 P193-40):“第一句路本如字,路、盛、蒲三本均作‘那一日打他时明明白白的’。”

《寒森曲》二〔耍孩儿〕:“那里有从公审断,怎论那是是非非?”董校(俗 P193-8):“第一句路、盛、蒲三本均作‘那里从公审断’。”

《寒森曲》二〔耍孩儿〕:“三日上一声传,今日要审这一案。”董校(俗 P193-12):“第二句路、盛、蒲三本均作‘今日要审这案’。”

《寒森曲》三〔耍孩儿〕:“弟兄俩听这话相,想是他猜了几分。”董校(俗 P194-16):“第二句路、盛、蒲三本均作‘也是猜了八分’。”

《寒森曲》七〔耍孩儿〕:“快把他衣服剥去,上了磨慢慢细研。”董校(俗 P199-7):“第一句路、盛、蒲三本均作‘快把衣服剥去’。”

馆藏抄本《琴瑟乐》一〔耍孩儿〕:“常言道海无边,有朝一日自家干。”董校(俗 P202-17):“路、盛、蒲三本于‘道’字后衍‘河无头’。按:按律此句是六字‘3+3’式。衍‘河无头’则变成九字句。”

《蓬莱宴》一〔西江月〕:“王母驾临蓬岛,满座都是神仙。”董校(俗 P202-24)“‘蓬岛’路本、蒲本如字,盛本作‘蓬莱岛’。”

馆藏抄本《蓬莱宴》六〔叠断桥〕:“不亏你殷勤劝省,着天上神仙全无。”董校(俗 P205-15):“路、盛、蒲三本‘着’皆断前,且脱‘劝’字。”

《蓬莱宴》七〔耍孩儿〕:“眼前间瀛洲十岛,教人把名利全忘。”董校(俗 P206-1):“路、盛、蒲三本皆脱‘间’字。”

馆藏抄本《俊夜叉》〔耍孩儿〕:“你看乜南庄北院,那有你这样丈夫?”董校(俗 P206-11):“前句路本、蒲本均作‘南庄北院’……路本、蒲本为四字句,不能构成‘3-4’式,违律。”

《俊夜叉》〔耍孩儿〕:"看着你没什么仗势,倒不如死了干净。"董校(俗 P206-25):"后句路、盛、蒲三本均作'不如死了干净'。"

《俊夜叉》〔耍孩儿〕:"若是他执迷不悟,到如今两手攀肩。"董校(俗 P207-25):"'他'字路、盛、蒲三本皆脱。"

馆藏抄本《禳妒咒》十三〔耍孩儿〕:"今日看来真畜类,知道那羞耻是什么?这样东西要他咋?"董校(俗 P214-19):"'今日'路、盛、蒲三本皆脱。'咋'作'煞'。"今再按:路本、蒲本缺四曲。(三曲〔房四娘〕和下一曲〔耍孩儿〕,盛本据关德栋本补。)

《禳妒咒》十三〔耍孩儿〕:"这就该碎尸万段,还着那狼拖狗刨。"董校(俗 P214-23):"盛本作'碎尸万段还着那狼卸尾巴'……抄本合律。盛本的改动不但违律,连意思也不通了。"

《禳妒咒》二十〔罗江怨〕:"心上痒何处抓闷,没操守就入了迷魂阵。"董校(俗 P215):"'守'字路、盛、蒲三本皆脱。"

《禳妒咒》二十一〔还乡韵〕:"羞杀人嗄脸还把亲朋见。"董校(俗 P215):"'脸'路、盛、蒲三本皆脱。"

《禳妒咒》二十八〔耍孩儿〕:"只望人再休提起,把前情一笔全勾。"董校(俗 P217-7):"'人'字路、盛、蒲三本皆脱。"

《禳妒咒》二十九〔耍孩儿〕:"买老婆要大钱,只怕他叨的无边岸。"董校(俗 P217-10):"'岸'字路、盛、蒲三本皆作'没沿'。"

《禳妒咒》二十九〔耍孩儿〕:"待霎儿他若来到,我看他怎么安排?"董校(俗 P217-23):"第二个'他'字路、盛、蒲三本皆脱。"

《禳妒咒》二十九〔耍孩儿〕:"望着我亲亲热热,我合他前世有因。"董校(俗 P217-30):"第一个'我'字路、盛、蒲三本皆脱。"

《禳妒咒》三十〔耍孩儿〕:"我儿既然望他好,我也爱他不张狂。"董校(俗 P218-3):"第二个'我'字路、盛、蒲三本皆脱。"

《禳妒咒》三十二〔耍孩儿〕:"你看他天生造化,把悍妇变成了贤妻。"董校(俗 P219-6):"'他'字路、盛、蒲三本皆脱。"

《禳妒咒》三十三〔耍孩儿〕:"那一天又拨麦豆,(才请咱三叔来看着。)"董校(俗 P220-10):"路、盛、蒲三本皆作'那一天又拨'……作五字则违律。"

山东大学图书馆藏抄本《富贵神仙》五〔房四娘〕:"方娘子甚凄惶,你从何处返故乡?”董校(俗P226-17):“‘何处’路、盛、蒲三本均作‘那(哪)’。”

《富贵神仙》六〔劈破玉〕:“方坐下端上了佳肴美味。”董校(俗P227-4):“路、盛、蒲三本均脱‘了’字。”

《富贵神仙》十四〔桂枝香〕:“一时来三位神仙,一个个宽袍大袖。”董校(俗P232-4):“‘一个个’路、盛、蒲三本均作‘一个’。”

上海鸿宝斋代印本《磨难曲》二〔耍孩儿〕:“这一限若还不死,只得要远走高飞。”董校(俗P233-18):“‘要’字路、盛、蒲三本皆脱。”

《磨难曲》二〔耍孩儿〕:“你若是放我回去,我只是磕头作揖。”董校(俗P233-21):“第一个‘是’字路、盛、蒲三本皆脱。”

《磨难曲》五〔耍孩儿〕:“只加上三千两吊,把黑白翻将过来。”董校(俗P234-28):“‘两’字盛本、路本作‘贰’,‘上’字路、盛、蒲三本皆脱。”

《磨难曲》六〔耍孩儿〕:“不如你从此撒脚,只说是游学山西。”董校(俗P235-8):“‘你’字路、盛、蒲三本皆脱。”

《磨难曲》十一〔耍孩儿〕:“谁不知冤仇莫结,惜乎他晚了三秋。”董校(俗P236-2):“路、盛、蒲三本皆脱‘不’字。”

《磨难曲》十四〔耍孩儿〕:“贼奴才,忒也差,挑杂差倾人家,怎么又把老婆霸?”董校(俗P236-12):“‘又’字路、盛、蒲三本皆脱。”

《磨难曲》十四〔耍孩儿〕:“知县真真合你厚,不嗔你来还打他。”董校(俗P237-21):“‘来’字路、盛、蒲三本皆脱。”

馆藏抄本《增补幸云曲》三〔耍孩儿〕:“浑身战走了三魂,号灵山点卯一遭。”董校(俗P246-1):“‘战’字路、盛、蒲三本皆脱,‘号’字路本、盛本断前。”

《增补幸云曲》三〔耍孩儿〕:“醒坐时快忙救主,免的你项上一刀。”董校(俗P246-5):“‘坐时’路、盛、蒲三本作‘来’。”

这些脱字、衍字的校订证明,〔耍孩儿〕最后一节的节奏“3+4,3+4(平)”,已经可以“定论”。另外,对〔还乡韵〕〔罗江怨〕有关句子的节奏,也是有力的验证。

仅从上述校勘条目看,馆藏日照叶春穉序石印本《慈悲曲》,馆藏抄本《墙头记》《琴瑟乐》《寒森曲》《蓬莱宴》《俊夜叉》《禳妒咒》,山东大学图书馆藏《富贵神仙》《增补幸云曲》,上海鸿宝斋代印本《磨难曲》,似更为精良。当然,如果仔细对校,也有可能在某些方面路、盛、蒲三本有胜过上述版本之处。

但是无论如何,认真搜求版本并应用于校勘总是文献整理者的职责。上述脱字、衍字之所以没有被路、盛、蒲三本校出勘正,有可能是整理者没有见到有关版本,更大的可能则是校订者不具备相关韵律知识。版本对校的习惯是对于异文(包括脱文和衍文)"择善而从",但是何者为"善"却有校勘者主观因素在内,校勘者知识素养某方面的不足,可能导致错误的选择。

四、关于俚曲格律的再思考

以上从三个方面谈了董绍克先生的版本比勘工作对俚曲格律研究的补充验证。

至此,我们深信,聊斋俚曲的格律是严整的,我们的格律研究工作是科学有效的,研究结论是基本可靠的。我们也进一步认识到格律研究工作对俚曲整理的重要意义。

《聊斋俚曲集》作为一部著作,有一定的特殊性:1. 作者生前并没有纂辑出版的打算,从选目到定名都是儿孙后辈所为。因此不存在文献学意义上的"清稿本"和"抄稿本"。2. 作者本人没有进行过全面细致的校订工作,其中有的作品甚至可能是未完稿(《丑俊巴》),大概只有《磨难曲》进行过多次校订。3. 作者去世后二百余年间只有手抄流传,抄本多是单行本,流传脉络不清晰。

就路、盛、蒲三本来看,有许多相同的脱衍错讹,很可能出于同一系统的抄本,因此他们之间相互比对不会有多大的意义。

《聊斋俚曲集》的校勘工作虽然极为艰巨复杂,但是也自有它的特殊有利条件。笔者认为,作为文人创作的"俚曲",其有牌曲文应该具有相当的格律统一性,这是鉴定曲文真伪讹错的有效途径。

有牌曲子和无牌韵语,是十四种聊斋俚曲的主体(像《琴瑟乐》《俊夜叉》这类说唱体俚曲,就根本没有宾白)。只要我们能勘定曲文,又用类似方法勘定无牌韵语,就距离蒲翁原作面貌不远了。

就曲文本身说,虽然传抄过程中每支曲子都可能产生字句的错讹,但是内在的格律要求决定了同牌曲子之间不太可能产生同一位置上的错误。因此,只要有相当数量的同牌曲子,我们就能找出这个曲牌的规律性要求——格律,从而确定具体曲段的讹错所在。再辅之以语义、字形等方面的辨析,曲文原貌就"虽不中,亦不远矣"。

也就是说,格律研究对版本的依赖性很小,它有独特的语言学方法——客观归纳法。曲牌格律相对独立于曲文内容之外,有自己的客观规定性。虽然不排除作者有临时的变通,但那只能是极个别的,不碍大局。像蒲翁这样的语言大师,既熟悉民间俗语俗曲,又有传统诗词格律的修养(从他跟王渔洋这样的诗坛领袖能诗文往来,就可想见其文字音韵功底),不太可能自损声誉,出现太多的文字声韵失误。

反过来说,格律研究却对版本研究很有帮助。对于文献校勘来说,版本的鉴定与选择是至关重要的。格律研究也可以是提供判定现存版本优劣善否的一种有价值的标准。董著附录的"文本校勘"中对科介宾白的校勘条目很少,主要是曲文校订,他就充分利用了格律研究的现有成果。笔者本人并没有目验众多版本的全貌,仅据董著的有关条目观察,几种单行本(石印本《慈悲曲》,蒲松龄纪念馆藏抄本《寒森曲》,山东大学藏抄本《禳妒咒》和《富贵神仙》,鸿宝斋本《磨难曲》)解决了路、盛、蒲三本存在的很多脱文、衍文问题,很值得重视。

《聊斋俚曲集》的研究历史,严格说来,也就是二十年左右。其间也有零星对曲牌源流的考察和某些"词格"分析,笔者《聊斋俚曲曲牌的格律》则是较为专门的格律研究。它不仅对五十种曲牌逐一排比考察,而且对旧有"词格"一语做了深化和细化,即除了句数、字数、韵脚位置要求以外,又明确了句中节奏和韵脚字的声调要求,并在此基础上创制了各种曲牌的格律谱。

经过近来的检验和思考,笔者也发现了一些不足,许多问题需要进一步研究,恳切希望有关专家切磋指正。

1. 格律研究仍然在一定程度上受到版本的困扰。笔者原来只阅过路、盛、蒲三本和关德栋本的有关曲目,有些四本共同的讹误,就无法得到满意的解答。

2. 各种来源的抄本或印本都可能存有讹误。传抄者可能更多注意故事情节,对曲文的形式方面不够重视,不同程度地存有漏标误标曲牌、省略叠句或和声的现象。特别是省略现象,以前分析论证不足。

3.〔梆子腔〕应该不是曲牌,板腔体应该有不同于曲牌体的格律要求。

4. 某些"曲牌"使用较少,缺乏共同的格式,是否另有结构规律,像〔莲花落〕〔山坡羊〕是否能算曲牌,还有待研究。

5. 某些曲牌变式太多,如〔叠断桥〕〔倒扳桨〕〔房四娘〕〔跌落金钱〕〔平西歌〕〔西调〕,笔者各归纳有两种格式;而〔香柳娘〕〔呀呀油(呀呀儿油)〕则各归纳有三种格式。格式太多,其曲牌的独立性、规定性就要打折扣。是蒲翁改造俚曲的过程中格式不稳定，还是原作抄本于和声叠句有省并，抑或还有其他原因，也待研究。

6. 两种曲牌标名，韵律格式相同或相近，如〔太平年〕与〔房四娘〕（第二式），究竟是同牌异名还是曲牌误冠；是作者自定，还是抄者手误，仅据现见版本作归纳尚不易解决。

笔者期盼着，有更多的人参与俚曲格律的研究，以推动聊斋俚曲乃至整个聊斋学的深入发展。

聊斋俚曲中的山东方言词语和歇后语

严薇青

《聊斋志异》是我国文言短篇小说中的珍品,情节曲折丰富,描写真实细腻,在中国和世界文学中都有着崇高的地位。它之所以能达到这样高度的艺术成就,语言的创造性运用,是主要的因素之一。作者蒲松龄不仅继承了我国古典文学作品中对语言运用的优良传统,而且吸收了当时富有乡土生活气息的山东方言、俗语,诸如“打絮巴”(拍花,见《造畜》)、“闲磕牙”(闲聊天,见《凤阳士人》)、“少所见而多所怪”(见《娇娜》)、“丑妇终须见姑嫜”(见《连城》)、“偷生鬼子常畏人”(见《绿衣女》)、“一日夫妻,百日恩义”(见《张鸿渐》)、“水涨则船亦高”(见《云萝公主》)、“混帐行子”(见《司札吏》)等等都是。作者在文言结构中,又吸收、融化了不少的群众口语,这就使故事情节和人物形象更为真实和生动。作者这种语言艺术的运用,在他的俚曲中也毫不例外。在十四篇俚曲中,以聊斋故事为底本而加以演义、铺陈的共有七篇:《姑妇曲》演《珊瑚》的故事;《慈悲曲》演《张诚》的故事;《翻魇殃》演《仇大娘》的故事;《寒森曲》演《商三官》的故事,而又增加了一部分《席方平》的故事;《禳妒咒》演《江城》的故事;《富贵神仙》和《磨难曲》都是演《张鸿渐》的故事,而详略不同。在语言方面,不论是否演述聊斋故事,它们都沿袭了《聊斋志异》的语言艺术的光辉传统,并做了进一步的发展,取得了辉煌的艺术成就。

一

聊斋俚曲中使用的山东方言词语,大体可分三类:一、沿袭使用的金、元以来的北方方言词语;二、当时常用的作者家乡的方言词语;三、山东某些地区也都使用,而不仅限于作者家乡使用的方言词语。

在第一类中,有些方言词语,作者也不经常使用,在作品中出现的次数较少,

甚至只有一次;有些现在社会上还在使用。例如:

(一)“踏狗尾”(敲诈):

《富贵神仙》第六回:“妙哉! 我也跳过墙去,踏个狗尾,有何不可?”

也作“蹀(踩)狗尾”:

《磨难曲》第十三回:“俺也蹀个狗尾儿。”

这在元曲中早已使用:

《后庭花》第一折:“若有那拿粗挟细踏狗尾的但风闻,这东西一半儿停将一半儿分。”

又作“啜狗尾”:

《杀狗劝夫》第三折:“是一个啜狗尾的乔男女,是一个拖狗皮的贼丑生。”

(二)“仰不踏”(仰面跌倒):

《增补幸云曲》第二十八回:“跌了个仰不踏:起不来,就地爬,王龙此时才不乍。”

过去也作“仰剌(là)叉”或“仰八叉”:

元曲《魔合罗》第二折:“靠着时呀的门开了,滴留扑仰剌叉吃一交。”

《儒林外史》第四十一回:“两个差人……被他一个四门斗里,打了一个仰八叉。”

(三)挣揣(挣扎;又释作“挣取”“博取”,与此处“挣扎”义无关):

《快曲》第二联:“早早下马,休要挣揣。”

《董西厢》卷六:“这君瑞有心挣揣,向卧榻上撒些(惊觉的样子)觉来。”

元人《七国春秋平话》后集卷下:“乐毅急走,被绊马索绊倒在地上。元(袁)达曰:‘休挣揣!’”

又作“挣挫”“挣阘”:

元曲《倩女离魂》第三折:“孩儿,你挣挫些儿!”

(贯华堂本)《水浒传》第十三回:“那汉却待要挣挫,被二十个士兵一齐向前,把那汉一条索绑了。”

《警世通言》第二十一卷:“一个汉子被马踢倒在地,见有人来,务能(竭力)的挣阘起来就跑。”

(四)摆划(摆布、处置):

《墙头记》第二回:“难说济着他摆划?”

《磨难曲》第七回："摆划难，教人难摆划"。

元曲《西厢记》第四本第一折："相思无摆划，谢芳卿不见责。"

又作"刌(bǎi)划"：

《玉壶春》第三折："赤紧的十谒朱门九不开，可着我怎刌划？"

又作"擘划"：

《董西厢》卷六："忒孤穷，要一文钱物，也擘划不动。"

《李逵负荆》第四折："怎擘划，但得个完全尸首，便是十分采。"

又作"支划"：

《黄粱梦》第二折："不是中间老汉厮支划。"

（五）"掯勒"（刁难、勒逼）：

《寒森曲》："要银钱就把人掯勒，咽到那阎王殿上，可合你辨个是非。"

元曲《铁拐李》第二折："旧官行掯勒些东西，新官行过度些钱。"

又作"勒掯"：

元曲《鲁斋郎》第一折："休想肯与人方便，衠一片害人心，勒掯了些养家缘。"

《西游记》第五十三回："已（以）后再有取水者，切不可勒掯他。"

又作"累掯"：

《红楼梦》第十回："我说，你不许累掯他，不许招他生气。"

（六）"风风势势"（疯疯癫癫）：

《增补幸云曲》第十六回："二姐听罢心忙乱，看长官风风势势，谁想有这样丝弦。"

又作"风张风势"：

同上回："这长官说话风张风势的，他的东西倒有些古怪，花花厘厘的，这是什么？"

过去也作"风风势"：

《张天师》第二折："我越劝着越装出风风势。"

《牡丹亭》第十八出："念念呢呢作的风风势。"

（七）"笃笃磨磨"（徘徊、磨蹭时间）：

《姑妇曲》第二段："二成笃笃又磨磨，低着头儿无奈何。"

金、元人作"笃広""独磨""突磨"或"打独磨"：

《董西厢》卷三："坐不定，一地里笃広。"

《对玉梳》第二折:“村势煞(势煞:模样)捻着,则管独磨。”

《冻苏秦》第二折:“去不去三两次自猜疑,我,我,我,突磨到多半晌走到他跟底。”

《燕青博鱼》第四折:“可怎生打独磨,觅不着官道。”

(八)“谄”“㑇”(犟,古怪,顽固):

《墙头记》第二回:“㑚(俩)畜生这样谄,前生合我有冤仇。”

《姑妇曲》第三段:“阎王不怕你性子㑇。”

金元人作“㤘”:

《董西厢》卷四:“老夫人情性㤘。”

也作“搊搜”“谄吒”:

《董西厢》卷四:“奈何慈母性搊搜,应难欢偶!”

《红梨花》第一折:“直恁般性格儿谄吒。”

(九)“不长俊”(不长进,没出息):

《俊夜叉》:“进的门来就是吵,口口声声不长俊。”

元曲《西厢记》第四章第二折:“罢!罢!罢!谁似俺养女的不长俊。”

《后庭花》第一折:“你这厮贪酒溺脚跟,一世儿不得长俊。”

(十)“铺衬”(布片,布块):

《墙头记》第二回:“上下一堆破铺衬,西北风好难禁。”

元曲作“铺持”“铺迟”:

《诈妮子》第二折:“剪了靴檐,染了鞋面做铺持。”

《杀狗劝夫》第二折:“将一领破布衫,攞做了铺迟。”

此外还有很多,例如:

“情受”(承受,继承),见《墙头记》;

“蹊跷”(奇怪,稀奇),见《墙头记》;

“棈(褙)”(衣裉,台肩),见《墙头记》;

“端相”(细看,考查),见《禳妒咒》;

“合气”(吵嘴,斗气),见《禳妒咒》《姑妇曲》;

“弄款”(摆架子,装腔作势),见《墙头记》《禳妒咒》;

“踢弄”(败坏,折磨),见《姑妇曲》《磨难曲》;

“磨陀”(拖延时间),见《墙头记》《磨难曲》《禳妒咒》;

"剪绺(小偷)",见《磨难曲》;

"头钱"(旧时赌博用的铜钱),见《增补幸云曲》。

在第二类中,记录了不少当地和附近地区的方言词语,比如:

(一)唠(哄骗):

《墙头记》第二回:"我有个法了,把这两个禽兽唠一唠。"

《快曲》第二联:"把火烧,把火烧,虚张声势把人唠。"

(二)嘲、嘲呆、嘲巴、仯、仯巴(傻):

《墙头记》第二回:"家里财神不供养,把他简慢又蹬开,这是嘲呀可是怪(来)?"

《增补幸云曲》第十五回:"他既嫌我,我总里(索性)装一个嘲呆,辱没他辱没。"

《快曲》第一联:"反教知道兵马在,就是个嘲巴也不来。"

《穷汉词》:"俺如今又不仯,又不傻,又不聋,又不哑,穷的像个耸打瓦。"

《禳妒咒》第八回:"那高家公母也不是仯巴,听说江城一貌如花……若不然,除了这个图他嗄?"

(三)等噪子、待盼子(等了一会):

《姑妇曲》第一段:"到了门外,于氏不曾起来,等噪子,二成才开了门。"

《慈悲曲》第一段:"叫他在床前站着,待盼子中了饭,都吃停当了,才着他刮那冷眵块(冷粥块)吃。"

(三)将傍(照料、照顾):

《慈悲曲》第一段:"他不叫娘,还望我把孩子来将傍。"

《翻魇殃》第一回:"欺孤灭寡行不良,没娘的孩子自有天将傍。"

(五)程程(渐渐):

《慈悲曲》第一段:"不觉的光阴似箭,日月如梭,就是一年有零,张讷程程瘦了。"

(六)刷刮(搜刮,拼凑):

《翻魇殃》第三回:"刷刮了盘费,打发二郎上了府。"

《增补幸云曲》第二十五回:"点点头说:'也罢,也罢,且从容济着找刷刮。'"

(七)汉仗(老气、男子气概):

《禳妒咒》第十二回:"小畜生他自己没有汉仗,把不是都掀在别人身上。"

（八）嗓（吃）：

《禳妒咒》第十二回："借重你做一个明证，从今后各支锅子把饭嗓。"

（九）没打撒（没意思）：

《增补幸云曲》第六回："万岁爷没打撒，待问他做什么，好好惹了一场骂。"

（十）故事（戏弄，耍笑）：

《增补幸云曲》第十八回："他就故事万岁说道：'二姐夫酒到了。'"

同前回："你分明待给大姐夫，可怎么故事二姐夫？"

（十一）忖（磨软了）：

《增补幸云曲》第二十三回："近来不是在江湖上把性子忖了，先打你一个扁包，送到官府……还着你有死无活！"

（十二）猜不方（猜不着）：

《增补幸云曲》第二十四回："我行一个令儿，要破一个迷，猜不方的罚。"

又，"这个我可猜方了"。

像这样的方言词，还有很多。试以《翻魇殃》《富贵神仙》两篇为例，《翻魇殃》中有：

第一回：数喇（数说） 铺囊（窝囊，无用） 赃掐（糟践） 館（吃；贬义）

第二回：缺嗤嗤（形容吃力的样子）

第三回：直山直卯（直截了当，干脆） 缉头夜猫（鬼鬼祟祟）

第四回：出阳神（出神）

第七回：铜蛤（gǎ）（铜钱） 哈（gā）喇（招惹）

第九回：原融（说合）

第十一回：哨（逗弄，戏耍）

《富贵神仙》中有：

第二回：揎（打） 诈（又作"乍"）或"诈毛"（放肆、狂）

第六回：冷打慢吹（不热情） 颠枪（跑） 噦（呕吐）

第七回：不识起倒（不知好歹，不识时务）

第九回：侮（砸） 讨噐（讨愧，害羞）

第十一回：暹逻（旧时算卦卖唱的瞎子）

第三类中，有很多作者当时使用的方言词语，济南和其他一些地区也都使用，例如：

“停拨”(安放尸体):

《墙头记》第四回:“俺𠄙(俩)叫人停拨上,现如今占着口屋,该商议怎么出丧。”

“还魂”“还醒”(苏醒):

《姑妇曲》第三段:“还魂了半日,才爬起来。”

《寒森曲》第三回:“赵歪子还魂了半日,才醒了,说:‘叫商臣好打!’”

“虚棚”(顶棚):

《翻魔殃》第七回:“泥墙再把上灰除,扎上个新虚棚,就教人进的去。”

“顾揣(zhuài)”(动弹):

《蓬莱宴》第三回:“这梦儿我再好生(好好)做做,休要待霎(待一会)顾揣醒。”

“前前搐搐”(踌躇,畏缩不前):

《快曲》第二联:“我有刀来你有枪,前前搐搐不成像。”

《磨难曲》第六回:“方相公见他前前搐搐,便把邓天军一把拉住说:‘请进,请进,我就奉陪。’”

“将将着”(让人骑在肩上):

《禳妒咒》第三回:“江城笑说:‘将将着吧。’子正说:‘就依着你。’”

“缕楚”(用手抓的伤痕):

《禳妒咒》第十三回:“从夜来(昨天)见他袄领解开,那脖子上有两道缕楚,我也没敢问他。”

“窝抠”(下陷):

《富贵神仙》第六回:“张官人既(及)至到了天明,就窝抠了眼。”

“胡弄穷”(凑付事,胡乱来):

《增补幸云曲》第十八回:“写拜柬是王龙,举霜笔胡弄穷,这遭送了残生命。”

“窝钻”(团在一起):

《增补幸云曲》第二十一回:“万岁……就连青布衫一齐脱下,窝钻了窝钻,递于二姐。”

除上举各例以外,还有很多,略举如下:

“待霎子”(待一会),见《墙头记》第一回;

“虚喝(读 huó)”(夸大),见《墙头记》第二回;

"火晕"(因热而发晕),见《墙头记》第三回;

"俭年"(荒年,歉收),见《寒森曲》第一回;

"打个迟局"(推迟一下),见《丑俊巴·枉死城金莲成双对》;

"牌官"(首事,管事人),见《禳妒咒》第二十一回;

"投向"(①职业;②奔头),分别见《磨难曲》第一回,《增补幸云曲》第十一回;

"咯(读 gē)噪(读 zāng)"(吵嚷),见《磨难曲》第十八回;

"水煎火烧"(一种用油煎的发面包子),见《增补幸云曲》第七回;

"谝谝"(夸耀),见《增补幸云曲》第十六回。

二

聊斋俚曲中,除记录、使用了许多北方和山东方言词语之外,还使用了大量歇后语。据初步统计,全部俚曲中共使用歇后语 94 条,其中:

《姑妇曲》	9 条
《慈悲曲》	16 条
《俊夜叉》	3 条
《禳妒咒》	25 条
《富贵神仙》	13 条
《磨难曲》	9 条
《增补幸云曲》	19 条

内重复出现的 3 条("八十的老头转磨磨——几乎晕杀了",分别见于《慈悲曲》和《富贵神仙》;"十月里的柿子——烘上来了",分别见于《禳妒咒》和《富贵神仙》;"大风里刮了下颏——难赶",分别见于《富贵神仙》和《磨难曲》)。内容庸俗、不健康的 11 条(分别见于《姑妇曲》《慈悲曲》《禳妒咒》《富贵神仙》《增补幸云曲》)。下余还有 80 条之多。

歇后语,古代统统归入俗语或谚语中,唐宋人就已开始注意收集(见唐李商隐《义山杂纂》,宋王君玉、苏轼各自续纂的《杂纂》),但当时并不以"歇后语"命名。至于明确定名为歇后语,则始见于宋严有翼《艺苑雌黄》:

> 昔人文章中多以"兄弟"为"友于",以"日月"为"居诸",以"黎民"为"周余",以"子孙"为"贻厥",以"新婚"为"燕尔",类皆不成文理,虽杜子美、韩退

之亦有此病。此歇后语也。[1]

到了元人杂剧和明清小说中,才开始使用像我们今天这种形式的歇后语,即前面一部分是极为形象的比喻,后面一部分则是对前面部分的解释和说明,经常是画龙点睛地指明本意。譬如:

"脂油点灯"——布捻(步辇,步行);

《王粲登楼》第一折:"蔡相云:'你看他乘什么鞍马?'祗候云:'脂油点灯。'蔡相云:'这怎么说?'祗候云:'布捻。'"

"狼吃幞头"——吞又吞不下,吐又吐不出。

《对玉梳》第一折:"不勾二年,银两使尽,刬地赶他出去。他则索狼吃幞头,心儿里自忍。"

"哑子做梦"——说不的。

《后庭花》第四折:"真个是哑子做梦,说不的。"

"筛子喂驴"——漏豆(透)了(穷极了)。

《东堂老》第一折:"我如今不比往日,把那家缘过活,都做筛子喂驴,漏豆了。"

"马蹄刀木杓里切菜"——水泄不漏。

《水浒传》第二十四回:"郓哥道:'你正是马蹄刀木杓里切菜——水泄不漏,半点儿也没得落地。'"

"吃了磨刀水"——锈(秀)气在内。

《西游记》第六十七回:"我小自小,结实,都是'吃了磨刀水的——秀气在内'哩!"

"老鼠尾巴上害疖子"——出脓也不多。

《儒林外史》第十四回:"这样看来,你好像'老鼠尾巴上害疖子,出脓也不多'。"

"泥菩萨落水"——自身难保。

《警世通言》第四十卷:"我想江西不沉却好,若沉了时节,正是'泥菩萨落水,自身难保',还保得别人?"

"黄柏木作了磬槌子"——外头体面里头苦。

---

① 转引自马国凡、高歌东著《歇后语》,内蒙古人民出版社 1979 年版,第 3 页。

《红楼梦》第五十三回："所以他们庄客老实人，'外明不知里暗的事'，'黄柏木作了磬槌子，——外头体面里头苦'！"

"六指儿抓痒痒儿"——敷余着一个。

《儿女英雄传》第四十回："你只管干你的去，就留你在家里，也是六指儿抓痒痒儿——敷余着一个。"

《聊斋志异》里也偶然使用，《聊斋志异》(三会本)卷八《钱卜巫》条：

"(夏商，河间人，其父东陵)暮年，家綦贫，日不给餐；两肱瘦，垂革如囊，人又呼'募庄僧'，——谓其挂袋也。"

而在俚曲中，作者就更大量使用了。例如：

庄家老得罪着老龙王——只怕怪下来，不上俺那地里下雨。(《姑妇曲》)

老母猪衔着象牙筷子——装煞也是杀才。(同上)

面盆里加引子——发起来了。(《慈悲曲》)

萝卜窨子被了盗——掘(嚼，骂)开了。(《禳妒咒》)

老虎窝里种南瓜——守着个吃人的东西，还作大叶(孽)。(同上)

关着屋门烧湿柴火——有意存烟(焉)。(《富贵神仙》)

纸糊的桌子请客——抹抹就抹去一块。(《磨难曲》)

鞋里加楔子——好楦(玄，好险)。(同上)

胸膛上长起草来——荒(慌)了心。(《增补幸云曲》)

从以上这些歇后语在聊斋俚曲里的使用，可以看出作者在语言艺术上和《聊斋志异》一样，继承和发展中国古典文学优良传统所取得的巨大成就。

三

聊斋俚曲中对于山东方言词语和歇后语的大量使用，充分说明了作者对于语言艺术的重视；而这种重视，和他跟农民群众一致的思想感情及严肃认真的创作态度是分不开的。

作者由于科举失意，一生潦倒，没能够飞黄腾达进入统治阶级上层的行列。除去短期在外地做幕僚之外，绝大部分时间是在农村度过的。他虽然不断在当时的"缙绅之家"教读，但家仍在农村，始终和农村保持密切的联系。因而他热爱农村，接近农民，熟悉农民的生活和语言。他现存的杂著《日用俗字》和《农桑经》，显然都是以农村生活为背景，为农民群众的"家常应用"(见《〈日用俗字〉自序》)和使"人人皆知稼穑"(见《〈农桑经〉序》)而着笔的。同样,他在俚曲中使用的山东方言词语,特是歇后语,其中绝大部分是反映农村下层人民的现实生活的。在上文所举的十条歇后语中,讲到庄家人、萝卜窖,南瓜、和面、烧柴、草荒的,就占半数以上。这些语言都是来自群众口头,为农民所熟悉和喜闻乐见的。以作者的才华和语言修养,他完全可以熟练地运用当时流行于上层社会的"雅言"来表现俚曲中的人物和故事情节,但是他没有这样做,而是根据自己的深刻观察,采用了以农村生活为基础,从农民群众生活实践中创造出的活的语言,从而形成了他的生动、形象、通俗、诙谐,而又十分精练、深刻的语言风格。这就说明,作者热爱农村,广泛联系群众的生活作风和与农民群众密切无间的思想感情。

我们知道《聊斋志异》在刻画人物方面是严肃认真的。作者成功地塑造了各种类型而又各具鲜明个性的人物形象,每个人物都是活泼、生动,各自具有独特的身份和性格特征。作者之所以取得"描写委曲,叙次井然"(见鲁迅《中国小说史略》第二十二篇)、"细致曲折,摹绘如生"(见盛时彦《阅微草堂笔记·姑妄听之·跋》)的优异成就,除去不同凡响的艺术构思之外,主要是由于使用了大批精练、生动,特别适合于表现各种人物的创性的语言,并使语言成为人物自己表现自己的手段。因而使人物性格鲜明、突出,形神兼似,给人以真实、细腻的感觉。作者在俚曲中,使用大量富有乡土气息的方言词语和歇后语,显然同样是为了更好地刻画人物,增强作品的艺术效果。

比如《姑妇曲》第一段:写珊瑚的婆婆于氏为了同村何大娘收留珊瑚,特地跑去责问。何大娘以"我留的是陈家的闺女,留的不是安家的媳妇"为理由,理直气壮地把强迫儿子休掉珊瑚的于氏骂了一顿,最后:

> 于氏又气又羞,待(要)往外走。何大娘说:"你去罢。秕芝麻上不的锅炒——歇了还无了油水。"于氏一行走着发恨:"我定是着他试试,你慌嗄(啥)哩!"何大娘说:"哎哟!裤裆里钻出个丑鬼来——你唬着我这腚垂子(屁股)哩。"于氏说:"咱待不见哩么?"何大娘说:"铁鬼脸满地拌(义同'扔')——看丢出那丑来了。打杀人,我等着就是了!"于氏才去了。

这里写何大娘连用三句歇后语,活生生刻画出在农村生活环境中,一个性格刚强的老大娘和人吵嘴,丝毫不肯让人的声口。只有这样,才能更好地展示何大娘这一人物性格和起到对色厉内荏的于氏的嘲讽作用。这和作者在《聊斋志异》中写翩翩与花城(《翩翩》)、贾媪与邵妻(《邵女》)的对话,有异曲同工之妙。

再如《禳妒咒》第二十四回,写江城毒打厨子吴恒一段,先写吴恒和秦厨对话,介绍了他自己做厨子的谄、懒、尖、奸、贪的五字"理论"和"经验",为了刻画吴恒这一典型人物,作者连用了以下歇后语,来突出吴恒这一贪婪、庸俗的人物性格,使他更加神似。

十八的大姐绞(剪)了头(发)——不待(打算)嫁(价)呢。

镑地镑出来了个砨骨碌——锄着咱这死眼子了。

买了肝、肺来不上碗——用心。

小腊梅的裹脚——有块块就是了。

同样,在《增补幸云曲》中,作者以较多的篇幅,写了民间传说中明朝皇帝正德嫖院的故事。明武宗朱厚照要私行到山西大同游玩,特意乔装改扮成一个普通的"军汉",这时他当然不能够称"孤"道"寡",或开口称"朕",只能以一个军士的身份行事。所以作者在第六回里,写他初到大同碰到张、王二舍,王舍要打他的时候说:

你待(要)打谁?只怕石头钻(錾,zàn)的鼓子——不中打;粜的二升秕芝麻——打了没油水(意思是没有好结果)。

作者在这里使用了这种通俗、形象的歇后语,才能恰如其分地表现出正德所化装的"军汉"身份和他作为皇帝唯我独尊的性格特征。

从以上引例,可见作者大量使用歇后语,正是为了刻画人物的不同身份和性格;而且也确实起到了应起的作用,给读者留下了极其深刻的印象。

过去传说作者搜集聊斋故事的素材时,曾在村头、路口预备烟、茶,招待过路的行人,并要求他们讲些各地的民间传闻和神怪故事(见邹弢《三借庐笔谈》),然后进行艺术加工,写成极为动人的短篇纪事和小说。这种说法虽未必可信,但《聊斋志异·自志》中明明说是自己喜欢"搜神""谈鬼",闲时则命笔成篇,后来"四方同人又以邮筒相寄,因而物以好聚,所积益夥"。可见故事来源是有广泛的群众基础的。不管大家口头上提供的民间传说也好，各地寄来的书面材料也好，恐怕不单纯是故事梗概的介绍，可能还有原始的语言叙述和重点的描绘，即除故事情节之外，可能还有介绍故事内容的生动、形象而又丰富的群众语言。作者在他们的启发下，结合自己热爱农村、熟悉农民生活习俗、和农民群众血肉相连的思想感情，以及严肃认真塑造人物形象的主观要求和经验，选择、使用活在群众口头上的方言、俗语和歇后语等，成功地编写出群众喜闻乐见的俚曲，这是完全可能的。因此我们可以说，这是作者一条主要的创作俚曲的经验，同时也是我们今天纪念蒲松龄需要学习和继承的一项主要精神和内容。

聊斋俚曲校勘与注释研究

从曲律看《聊斋俚曲集》的校勘

李 焱

《聊斋俚曲集》是伟大文学家蒲松龄除《聊斋志异》之外另一不朽之作。现存俚曲共十五支:《墙头记》《姑妇曲》《慈悲曲》《翻魔殃》《寒森曲》《琴瑟乐》《蓬莱宴》《俊夜叉》《穷汉词》《丑俊巴》《快曲》《禳妒咒》《富贵神仙》《磨难曲》《增补幸云曲》。

《聊斋俚曲集》所涉及的曲牌共有五十余种,从其使用情况看,有两个特点:一为时新性,蒲松龄善于利用当时流行的曲子来进行创作,《增补幸云曲》第一回第一支中说:"世事儿若循环,如今人不似前,新曲一年一遭换。〔银纽丝儿〕才丢下,后来兴起〔打枣杆〕,〔锁南枝〕半插〔罗江怨〕,又兴起《正德嫖院》,〔耍孩儿〕异样的新鲜。"从中可以看出,他对时兴曲调是多么感兴趣。二为地方性。据周贻白先生和杨荫浏先生研究,《聊斋俚曲集》所用的五十余种曲调除〔银纽丝〕〔罗江怨〕〔叠断桥〕〔西调〕等九种外,其余的"或为限于一地的俗唱"。通俗的曲调与曲折的情节加上晓畅的语言,使蒲松龄创作的这些俚曲,在民间广为传唱,"使街衢里巷之中,见者歌,而闻者亦泣"。解放前,在蒲松龄家乡淄川一带卖唱的盲艺人多数都会说唱俚曲,今淄川一带聊斋俚曲余音仍绕梁不绝。

然而如上所述,聊斋俚曲曲律具有时新性和地方性的特点,所以其曲牌曲谱少有记载,这使得聊斋俚曲的断句与韵脚的确定成为一件难度很大的事。现存两个较为重要的版本如路大荒先生辑《蒲松龄集》之《聊斋俚曲集》(共收俚曲十四支,《琴瑟乐》未收)与盛伟先生辑《蒲松龄全集》之《聊斋俚曲集》(共收俚曲十五支)在断句等方面往往有百密一疏之处。然而据曲谱对俚曲进行断句与确定韵脚也并非不可能之事,方法有二:一曰外证法,其曲牌曲谱见于曲谱专书的自可据其作为参考；二曰内证法，曲谱皆是利用同一曲牌的曲子放在一起加以比较而得出的，如果把《聊斋俚曲集》中同一曲牌的曲子放在一起比较，自会得出其自身曲谱。

今据此方法得出《聊斋俚曲集》之曲谱或曲律对现存版本（主要是路大荒编，上海古籍出版社版《聊斋俚曲集》，以下称“路本”；盛伟编，学林出版社版《聊斋俚曲集》，以下称“盛本”）断句不当或韵脚错讹之处加以修订，为了论证方便，先略述某一曲牌之曲律，并引用典型曲子作为例证，然后据此进行校勘。

一、耍孩儿：共八句，第一、二、三、五、六、八句押韵

例：路本 847，盛本 2462“我费钱二大千，敬做来给爹穿，表里都是细合绢。儿妇虽然端相着做，可还不知窄合宽，穿上可教旁人看。虽不是蟒龙缎子，也比那粗布光鲜。”

（按：847、2462 为此曲所出页码，以下同。另：路本为繁体，而盛本为简体，为简便起见，只在必要处保留路本写法，其余皆用简体。）

错 1：路本 844，盛本 2458“王银匠到这边，来找他要火钱，化锞儿欠下钱几吊……”

校：“化锞儿欠下钱几吊”为第三句，应入韵，而“吊”失韵，可知“吊”实为“串”之误。

错 2：路本 847“我昨日那身把你，别要穿坏，我今日来问你要。给你遮寒原是好，怎么着人把俺诮……”

盛本 2462“我昨日那身袍，别要穿坏了，我今日来问你要。给你遮寒原是好，怎么着人把俺诮……”

校：路本“我昨日那身把你”不通。其前面背景是张老睡倒之后，忽做一梦，梦见其大儿来要他身上穿的袍子。由此可见，应如盛本改作“我昨日那身袍”，“袍”入韵。“你”应归后与“别要穿坏”为第二句，然而失韵。据盛本可知脱一“了”字。由此可知第二句应为“你别要穿坏了”。另，盛本“别要穿坏了”据路本可知少一“你”字，另外从曲律上看“耍孩儿”第二句多为六字句，而“别要穿坏了”为五字，据此亦可知少一字。

错 3：路本 889“自是我不成了，怨爷娘甚不该，一言把我终身坏……”

校：“自是我不成了”为第一句，应入韵，盛本 2502 作“自是我不成才”，从曲律看，当以盛本为是。

错4:路本1034,盛本2643"这样事是何如,不是仇人是甚么?这机关叫人参不破……"

校:"这样事是何如"为第一句,应入韵,而"如"失韵。由此可知,实为"这样事是如何"之误,"何"入韵。

错5:路本1395,盛本3004"种着有顷多地,还有个大觅汉,托他大爷常常看……"

校:"种着有顷多地"为第一句,应入韵,而"地"失韵。由此可知,实为"种着有顷多田"之误,"田"入韵。

错6:路本1406,盛本3015"他原来是施家大姑,名叫舜华,十七八岁还没出嫁……"

校:"他原来是施家大姑,名叫舜华"是按文意断开,但这样第一句失韵,按曲韵应断句如下:"他原来是施家,大姑名叫舜华。"这从一、二句的字数也可以看出。〔耍孩儿〕第一句一般为六字,第二句一般为六字,依曲律断开正与此相合。

错7:路本1603"武宗爷笑颜生,你强他一丁丁,坑合席差一迷迷缝。赤淌脸儿半栏脚,若在山沟顶席栅,你的生意比他兴……"

盛本3204第五句作"若在山沟顶席栅"。

校:第五句应入韵,然路本之"栅"与盛本之"栅"皆不入韵,据此可知,实乃"棚"之误。"席棚"为屋内用纸扎的顶棚。

错8:路1607"小二姐面飞红,没奈何斟上盃(杯),无精无彩把酒送……"

校:路本"没奈何斟上盃"为第二句,应入韵。"盃"为"盅"之误,应改作"没奈何斟上盅"。"盅"入韵。盛本3208作"没奈何斟上杯","杯"即"盃"。据此知盛本之"杯"乃"盅"与"盃"形似而进一步造成的讹字。

二、呀呀油:共十句,一、二、三、五、六、七、八、十句入韵

例:路本1501,盛本3103"儿登科,儿登科,就是他爹待怎么?虽不如中一双,还强其没一个。儿登科,儿登科,就是仇家奈俺何!得殿个翰林来,方可才安稳坐。"

错9:路本1500,盛本3103"报到门前,报到门前,忽听一派闹喧喧,传进来闺门内,要喜钱一百串。太太喜欣,太太喜欣,带着泪痕开笑颜……"

校:"太太喜欣,太太喜欣"为第六、七句,应入韵,但"欣"失韵,据此可知"欣"为"欢"之误。此曲出自《磨难曲》,而《磨难曲》是在《富贵神仙》的基础上改编而来的。所以很多曲子基本雷同,可作为校勘的参照。此句《富贵神仙》路本1360、

盛本 2968 作“太太喜欢,太太喜欢,带泪痕开笑颜”,“欢”入韵,可作证明。

三、叠断桥:共十句,一、二、三、五、六、七、八、十句入韵

例:路本 1093,盛本 2710“说的不差,说的不差,那时坚持不听他;谁想到今日,由了他那话。恨死回家,恨死回家,回家依然抱娃娃;但只是进门去,见了他可说嗄?”

错 10:路本 1093,盛本 2709“做个丈夫,做个丈夫,凭着娘子去抄书;孩子叫呱呱,两头不能顾。你说如何,你说如何?……”

校:“你说如何,你说如何”为第六、七句,然而“何”失韵,应为“你说何如,你说何如”之误。

错 11:路本 1495,盛本 3098“一更鼓儿敲,一更鼓儿敲,场里行人静悄悄,处处挂青帘,都把银灯照。卷子展开色,卷子展开色……”

校:“卷子展开色,卷子展开色”于意不通,于韵不合,“色”应为“包”之误。此曲选自《磨难曲》,有《富贵神仙》与之参照。《富贵神仙》作“卷子开包,卷子开包”,“包”入韵,可知“色”确为“包”之讹字。

错 12:盛本 2684“喜地欢天,喜地欢天,可可的今年是大利年,听说好日子,查在四月半。置办奁妆,置办奁妆,做了衣裳打头面,一点不遂心,倒磨着从头换。”

校:此选自《琴瑟乐》,路本未收。此曲曲牌盛本未标,然考其曲律,与“叠断桥”同,故收到“叠断桥”下。“置办奁妆,置办奁妆”为第六、七句,应入韵,由此可知实为“置办妆奁,置办妆奁”之误。妆奁本妇女梳妆用具,后泛指嫁妆。《醒世恒言》第七卷:“高赞得意了女婿,况且妆奁久已完备,并不推阻。”《初刻拍案惊奇》第十二卷:“治酒大会亲族,重教蒋震卿夫妇拜天成礼,厚赠妆奁,送他还家,夫妻偕老。”

四、银纽丝:共十一句,一、二、三、四、六、七、八、九、十一句入韵,其中第三句为三字句

例:路本 863,盛 2479“没人处寻思双泪也么涟,不晴不雨的奈何天。好可怜,翻贴门神左右难:丑了怕你恼,俊了你又嫌,就是这模样难更变。满肚冤屈对谁言?心里的苦水变成酸,(我的天,)叹见人,好叫人叹见。”

错 13:路本 863,盛本 2478“于夫人此时运正也么高,尽着你歪揣济着你叨;若遇着妇不贤良儿又浑,要再不孝顺,一溜子把气啕……”

校:“若遇着妇不贤良儿又浑”句应在“若遇着”后断开,“若遇着”为第三句,“着”入韵。“浑”应为“潮”之误,“妇不贤良儿又潮”为第四句,“潮”入韵。按:

"潮"为山东方言,表示人傻,不聪明。如《姑妇曲》第一段:"又不傻,又不潮,好媳妇你休去了,指出件不是还可笑。"

错14:路本899,盛本2514"骂了声张纳忘八也么羔,怎么去找那老獾叨?死囚牢徒白着两根老贼毛,挤眉移挨眼,要把孩子唠……"

校:"死囚牢徒白着两根老贼毛"应在"死囚牢"后断开,"死囚牢"为第三句。"牢"入韵,"徒白着两根老贼毛"为第四句。

错15:路本959,盛本2574"父亲未知存与也么亡,老母恹恹病在床,从书房叫出哥哥守病娘。被些光棍们,唠去赌博场……"

校:"从书房叫出哥哥守病娘"应在"从书房"后断开,"从书房"为第三句,"房"入韵,"叫出哥哥守病娘"为第四句。

错16:路本1133,盛本2756"我想那曹操老贼也么奸,雄兵百万下江南。老曹瞒猛将还有数十员:张郃也骁勇,许褚敢当先……"

校:"老曹瞒猛将还有数十员"应在"老曹瞒"后断开,"老曹瞒"为第三句,"瞒"入韵,"猛将还有数十员"为第四句。

错17:路本1181,盛本2801"可怜天生命苦也么哥,娶了个夜叉做老婆,没奈何终朝每日吵呵呵。提心又吊胆,还要得罪着……"

校:"没奈何终朝每日吵呵呵"应在"没奈何"后断开,"没奈何"做第三句,"何"入韵。"终朝每日吵呵呵"为第四句。

错18:路本1182,盛本2801"跺跺脚说小子生来命运也么乖,怎么娶了个祸根来?女裙钗走来好似画图开,模样既然好,性儿再不歪……"

校:"女裙钗走来好似画图开"应在"女裙钗"后断开,"女裙钗"为第三句,"钗"入韵。"走来好似画图开"为第四句。

错19:路本1196,盛本2815"死活娶了个泼奴也么才,闺房终日闹该该,我方才冤仇割断两分开。人给你推出去,你自家拉进来……"

校:"我方才冤仇割断两分开"应在"我方才"后断开,"我方才"为第三句,"才"入韵,"冤仇割断两分开"为第四句。

错20:路本1290,盛本2906"张官人从头说原也么因:小生原是历府里人来探亲。少年不曾出远门,走的错了路,晚来到贵门……"

校:"小生原是历府里人来探亲"应在"小生原是历府里人"后断开,为第二句,"人"入韵,"来探亲"为第三句。

五、跌落金钱：共十二句，句句押韵

例：路本862，盛本2478“珊瑚𤥜眼泪撒撒，说娘方才怒气加，（亲娘呀，）我不知是为嗄。娘道不是该这么，我就回房换了他，（亲娘呀，）谁敢在你身上诈？这身衣服不堪夸，穿着做饭纺棉花，（亲娘呀，）不是因着那句话，则才算计一时差。我的不是说甚么，（亲娘呀，）望你宽洪担待罢。”

错21：路本863，盛本2478“大成说他一二十，一点人性全不知，（亲娘呀，）终朝惹的长生气。为人全不识高低，你可看了是合谁？（贱人呀，）怎么要说你自家？……”

校：“怎么要说你自家”，“家”失韵，应为“己”之误，全句应为“怎么要说你自己”。

错22：路本896，盛本2510“没娘孩子好可怜，棘针几时把脚签？（我儿呀，）成了脓来还没人见。又叫一声苦心肝，脚上的鞋底少半边，（我儿呀，）您爹怎么就看不见？您娘养你四年正，哄着还怕你叫唤……”

校：“您娘养你四年正”，“正”失韵，似应为“正四年”之误，全句应为“您娘养你正四年”，“年”入韵。

六、罗江怨：共十句，句句押韵

例：路本1476，盛本3079“伤叹的真正不差，你爹爹岁岁天涯，没有老长了这么大。我的儿还当愤发，这举人压不住仇家，仅能不着人家骂。你若能插上宫花，你若能带上乌纱，那时才压的仇人下！您爹您爹的样发达，他自然就来归家。我儿不用你心牵挂。”

错23：路本914“兄弟去，再休来沾了衣裳塌拉了鞋，你虽殷勤我不爱……”

盛本2528：“兄弟去，再休来，沾了衣裳塌拉了鞋，你虽殷勤我不爱……”

校：路本“再休来沾了衣裳塌拉了鞋”为一句，而盛本在“再休来”后断开。从曲例上看，当以盛本为是。“来”为韵脚。

错24：路本1362，盛本2970“众乡亲摆列两边，那管家跪禀轿前，老爷下轿来相见。小人们磕头问安，亲戚们叙叙寒温，老爷从头问一遍……”

校：“亲戚们叙叙寒温”一句失韵。此曲选自《富贵神仙》，有《磨难曲》相似之处可供参考。《磨难曲》路本1504、盛本3106作“亲友们叙叙寒暄”。由此可知，“寒温”实为“寒暄”之误，全句应为“亲戚们叙叙寒暄”。

错25：路本1476，盛本3080“不由人下泪恓恓，这个事儿也蹊跷。父子不知道名合字,儿的名爹又不晓,爹的讳儿又不知,中状元也不知谁及第……”

校:“这个事儿也蹊跷”“儿的名爹又不晓”二句失韵。此曲出自《磨难曲》,有《富贵神仙》可供参照。《富贵神仙》路本1344、盛本2955作“这个事儿也跷蹊”“儿的名爹不知,爹的名儿又不晓”。由此可知“蹊跷”实为“跷蹊”之误,“又不晓”后脱一“的”字。全文应作“这个事儿也跷蹊”“儿的名爹又不晓的”。

错26:路本877,盛本2491“于夫人泪恓恓,叫一声你大姨,造化也是因前世。你出来还送东西,又愁你在这忍饿,在家不消说是极如意……”

校:“又愁你在这忍饿”句“饿”失韵,应作“饥”,“饥”入韵。全句应作“又愁你在这忍饥”。(按:路本此曲未标曲牌,盛本标曲牌“罗江怨”,考其曲律,确与“罗江怨”同,故归入此。)

错27:路本923,盛本2536“大官人泪纷纷……我若是欺哄亲娘……”

校:“我若是欺哄亲娘”失韵,应用“我若是欺哄娘亲”,“亲”入韵。“娘亲”,即母亲。如盛本2684《琴瑟乐》:“打头面,买裙袄,治的娘亲到处找。”

七、桂枝香:共十句,一、二、四、五、六、八、十句押韵

例:路本1549,盛本3146“拱手一笑,大家脱套。久不见何仙姑面,前日蒙折柬相招,说舜华相邀,不敢不登堂领教。主人盛意,道侣情高。我先拔剑为君舞,愿君寿数比蟠桃!”

错28:路本1367,盛本2974“虔诚坐侍,焚香斋戒。净洒扫紧闭厅门,都着那俗人靠外……”

校:“虔诚坐侍”句“侍”失韵。此曲出自《富贵神仙》,有《磨难曲》可参照。《磨难曲》路本1547、盛本3145作“虔诚坐待,焚香斋戒”,“待”入韵,由此可见“侍”实为“待”之误。

错29:路本1548,盛本3146“仙姑微笑,稽首称道:蒙妹妹嘱咐叮咛,已约下群仙俱到。八洞烦劳我,先来登堂相告……”

校:“八洞烦劳我”句失韵。此曲出自《磨难曲》,有《富贵神仙》可参考。《富贵神仙》作“八洞烦劳,我先来登堂相告”,“劳”入韵。由此可知,此实为断句之误。“我”应归后,作“八洞烦劳,我先来登堂相告”。

八、黄莺儿:共九句,一、二、三、四、五、六、七、九句押韵;首句为五字句,第七句为三字句,第八句为四字句,第九句为五字句

例:路本1080,盛本2697“娘娘下天宫,今来到东海东,小神无物可相奉。大

海的小龙,见娘娘玉容,浑身鳞甲皆生动。喜重重,八千余岁,又得一相逢。”

错30:路本1080,盛本2696“金炉发异香,起彩云结楼房,看来百里一般样。黄金塔尽长,舍利子放光,人人都把眼睛晃。与娘娘广寒宫里,早晚照梳妆。”

校:“与娘娘广寒宫里”应在“与娘娘”后断开,做两句,为“与娘娘,广寒宫里”。“与娘娘”为第七句,“娘”入韵,“广寒宫里”为第八句。

另有路本1080、盛本2697“朝廷家大开御宴”应断为“朝廷家,大开御宴”,“家”入韵;路本1080、盛本2697“一回头人间天上”应断为“一回头,人间天上”,“头”入韵;路本1123、盛本2747“这一番盔甲满载”,应断为“这一番,盔甲满载”,“番”入韵;路本1234、盛本2852“若主家砸头敲腚”应断为“若主家,砸头敲腚”,“家”入韵;路本1264、盛本2879“若下官见新忘旧”应断为“若下官,见新忘旧”,“官”入韵;路本1264、盛本2879“怎能如恩爱夫妻”应断为“怎能如,恩爱夫妻”,“如”入韵;路本1441、盛本3048“到官衙任凭击鼓”应断为“到官衙,任凭击鼓”,“衙”入韵;路本1446、盛本3052“跳起身枪刀直入”应断为“跳起身,枪刀直入”,“身”入韵;路本1446、盛本3052“趁今朝见大王一面”应断为“趁今朝,见大王一面”,“朝”入韵;路本1544、盛本3142“须罢休暂时忍耐”应断为“须罢休,暂时忍耐”,“休”入韵;路本1544、盛本3142“他都言再待两日”应断为“他都言,再待两日”,“言”入韵;路本1545、盛本3143“在关西数城无恙”应断为“在关西,数城无恙”,“西”入韵。以上诸处断句原因皆与“与娘娘广寒宫里”应断为二句相同,故不赘述。

错31:路本1263,盛本2879“整岁隔山河,好夫妻恩爱多,全然不想第二个。这天还暖和,这檐前是旧窝,不开门只在檐边坐。蒙撮合,奈俺心里不爱却如何!”

校:此曲应九句,而此处为八句。“奈俺心里不爱却如何”应断为二,“奈俺心里”为第八句,“不爱却如何”为第九句,方与曲律相合。另有路本1422、盛本3031“我不管你还乡不还乡”也应仿此断为二“我不管你,还乡不还乡”;路本1423、盛本3032“贪官拿问衙役二十名”也应断为二“贪官拿问,衙役二十名”;路本1423、盛本3032“求他作法送我自云间”也应断为“求他作法,送我自云间”。

错32:路本1274“一齐上家室团圆百事佳,从此官到一人下……”

盛本2888“一齐上家室,团圆百事佳,从此官到一人下……”

校:路本“一齐上家室团圆百事佳”应断开,因为首句多为五字句。且首句应入韵,据此知“家室”应为“室家”之误。全句为“一齐上室家,团圆百事佳”。

九、劈破玉：每曲七句，一、二、三、五、七句押韵

例：路本1425，盛本3034“我合你做夫妻四年零半，不想你心里另有个橛儿把奴拴，为甚么还痴心把你恋？你自有结发的恩合爱，这露水夫妻煞相干？趁如今就合你别了罢，省的你后日要把奴来闪。”

错33：路本1428，盛本3037“跪下说这几年游学去远，大案里牵连着全然不知……”

校：“跪下说这几年游学去远”句失韵，实因“远去”误作“去远”之误，“去”与“知”属曲韵十三辙之衣期辙，故可相押。此曲选自《磨难曲》，有《富贵神仙》可供参照。《富贵神仙》路本1315、盛本2929作“这几年张鸿渐游学远去，大案里牵连我一字不知……”

十、平西调：共六句，句句押韵；第四句为五字句

例：路本1541，盛本3139“将军有官衔，杀贼声名到处传，见都督他也给体面。不过道途间，他若是谦来你也谦，无统属又是初相见。”

错34：路本1541，盛本3139“众大王当先斩将提头奏凯还，到京师才把功劳献。”

校：此句“众大王当先斩将提头奏凯还”应在“当先”后断开，分作两句，“众大王当先”为第四句，“先”入韵。“斩将提头奏凯还”为第五句。

错35：路本1541，盛本3140“唬三山大王毛贼，那敢不投降！张侍郎也要把俺让。”

校：“唬三山大王毛贼”原为第四句，应入韵，且本应为五字句，此处却为七字句，据此可知，为断句之误，依曲律应为“唬三山大王，毛贼那敢不投降”，“王”入韵。

十一、金纽丝：共九句，二、三、四、五、六、七、八、九押韵

例：路本1420，盛本3030“春来到，花径生尘，风飘万点正愁人。家乡万里无音信，想你泪纷纷。他那里殷殷勤勤，杏花插乌云，可有谁看着俊？谁望着亲？”

错36：路本1305，盛本2921“夏来到，荷叶如钱，一榻清风万树蝉。终朝只把乡盼想，想你好心酸……”

校：“终朝只把乡盼想”，此句失韵。此曲选自《富贵神仙》，有《磨难曲》可供参考。《磨难曲》路本1420、盛本3030作“终朝只把家乡盼”，“盼”入韵，与曲律合。由此可见，“终朝只把乡盼想”实为“终朝只把家乡盼”之误。

《聊斋俚曲集》形似致误例分析

张　泰

清代著名小说家蒲松龄的文言小说集《聊斋志异》自成书以来就蜚声海外，另一部白话作品《聊斋俚曲集》却没有引起重视，近年来专家学者对《聊斋俚曲集》投入了极大的热情，并取得了一系列重要的研究成果，特别是冯春田的《〈聊斋俚曲〉语法研究》、张泰的《〈聊斋俚曲集〉方言俗语汇释》专著的出现，实现了语法、词汇研究的新突破。但是，由于年代久远，加之书写、排版等方面的原因，《聊斋俚曲集》在文字、词语、断句等方面依然存在诸多问题，由于技术的原因，加上当时作者、整理者个人因素导致形似而误的现象尤为突出，对这些问题进行研究、比对、校勘，对读者和研究者都有一定的借鉴意义。本文主要对形似致误的例句进行分析，所依据的版本是 1986 年上海古籍出版社出版的《蒲松龄集》，所列页码为该集中的页码。

1.《墙头记》第二回 840 页："生着一炉火炭，手拿一把铁钳，热糟长放在炉边。"

今按："糟"当为"槽"，二字读音不同，系形近而误。张泰《〈聊斋俚曲集〉方言俗语汇释》将"热糟"释为"热槽。制作首饰的模具。'糟'为'槽'之误"，是。

2.《墙头记》第一回 835 页："我要地，只怕不肯，也是有的。每哩不要罢，性命要紧，斗斗胆就要一要。一个儿家十五天，十一月初一在那边，十六才把主来换。那里常在刀山上，这里又来上磨研，受罪几时满了限？待要他不敢开口，不要他冻饿难堪。"

今按："他"当为"地"。根据上下文来看，"待要他"显然是"待要地"之误。

3.《墙头记》第四回 851 页："你看又晕起来了！（正说着，倒在地下。）（张大大叫）瓦瓿子，快来！（李氏出床忙问）怎么来？"

今按:“床”当为“来”。“出床”不辞。

4.《墙头记》第四回852页:“张二说咱也不必瞎哭。我如今想了一个计策,这也是望空打彩,可也来必不中用。”

今按:“来”当为“未”。“来必”不辞,应是“未必”。

5.《墙头记》第四回854页:“这几年我听的说,令尊也没钱,只怕要去便了。(张大说)并不曾。(银匠说)只是如今要不的账。”

今按:“便”当为“使”。“使”有“用”的意思,口语中花钱通常说成使钱。俚曲中用例颇多。《翻魇殃》第三回:“请师傅费钱财,纵然就做秀才,两考还得十千外。你若用着使几个,去禀令堂口难开。”又第四回:“仇大郎你好偏,没钱使难住人,难住了不是真光棍。”

6.《墙头记》第四回858页:“官说你起出,与你无干。给我把两个不孝的奴才,每人打三十六板。”

今按:“六”当为“大”。古代杖刑没有三十六板之说。北魏开始实行杖刑,以后各朝代沿袭魏制。北齐杖刑分三等:三十、二十、十;北周杖刑分五等:十、二十、三十、四十、五十。隋代杖刑分五等:六十、七十、八十、九十、一百。唐律规定:“杖长短粗细,不依令者笞三十。”清代杖刑沿袭明制,亦没有三十六板一说。“六”实为“大”之误。

7.《姑妇曲》第三段886页:“有刀枪,有刀枪,你使的发了才遭殃,不止说瞎了钱,还着你捱来榜。”

今按:“来”当为“夹”。“来榜”就是“夹棒”,“榜”当是“棒”的借音字。“夹棒”在俚曲中多用,《翻魇殃》第四回:“赌钱卖老婆,未必不捱夹棒。”

8.《姑妇曲》第三段888页:“二娘子太挨争,全凭吵骂过平生。旺跳的胜儿一旦死,指望女儿来送终。”

今按:“胜”当为“娇”。“胜”的任何义项都无法修饰“儿”,“娇”与“儿”为正常搭配,在俚曲中也有许多用例。《慈悲曲》第二段:“那里不知道怎么娇儿肝心的调唆他哩。”又第五段:“哭一声我的娇,骂一声死囚牢,哄着我娇儿上你的套。”《翻魇殃》第三回:“秋桂越发作弄着笑,娇儿心肝不住口,把乜孩子吃了大敲。”

9.《姑妇曲》第三段889页:“自是我不成了,怨爷娘甚不该,一言把我终身坏,他说婆婆不宜量好,我就听着胡揣歪,谁想惹的神灵怪。”

今按:“了”当为“才”。“不成了”应是“不成才”。

10.《慈悲曲》第一段 893 页："孝子王祥自古传，后娘待他甚难堪：夏天跑在毒日里，隆冬差着下深湾。"

今按："跑"当为"跪"。"夏天跑在毒日里"于理不通，王祥由于经常受后母虐待，被罚跪在毒日里在情理之中。

11.《慈悲曲》第四段 913 页："到了晚上，张诚来家问他娘：'俺哥哥呢？'他娘说：'甚么也好哥哩！谁知道他那里死的了！'"

今按："也"当为"乜"。口语中"乜"有指代作用，相当于"那"。张泰《〈聊斋俚曲集〉方言俗语汇释》："乜，那。"可资为证。"乜"在俚曲中用例极多，可见是非常活跃的一个词。《翻魇殃》第二回："秋桂越发作弄着笑，娇儿心肝不住口，把乜孩子吃了大敲。"又第三回："使乜钱由不的心里，待分了家来去在你，寻思起那样的自在？"《寒森曲》第四回："可怜咱爷老实的很，动动就是骨朵揎，乜女人可又难争辨。"

《翻魇殃》第九回 988 页："既是回心，既是回心，就该寻思做也人。"并误。

12.《慈悲曲》第六段 927 页："那猛虎将人衔，遥遥经过万重山，鞋袜全脱衣裳烂；又不曾邱个牙尖，跑了程途也够一千，丢在道旁没人见。"

今按："邱"当为"印"。"不曾印个牙尖"是说身上没有牙咬的痕迹，即伤势不重。"邱个牙尖"则语意不通。

13.《翻魇殃》第二回 937 页："仇相公磨拳擦掌，一声里叫六喝么。"

今按："么"当为"吆"。"喝么"不辞。"喝吆"即"吆喝"，为求押韵而倒序使用。

14.《翻魇殃》第四回 950 页："赌了一日一宿，禁子的三个人哄了一个人，二十两又净了，赵烈打头就得了七八两。"

今按："子"当为"不"。根据上下文，"禁子的三个人哄了一个人"是说一个人受不了三个人的哄骗，所以下文说"又净了"。"禁子的"该是"禁不的"。

15.《翻魇殃》第九回 985 页："着魏名唆拨着告上状，把刘悦打了二十板，地上宅子都净了。"

今按："上"应为"土"。"地上宅子"之说实为多此一举，房子本来就在地上，"地上宅子都净了"是说地土房子都输光了，这里的"都"说明前面所指不止一物。"地土"就是"土地"，俚曲中多用。《寒森曲》第八回："地土未增新产业，厅堂通是旧家门，清高更比常时甚。"《俊夜叉》："衣服首饰都会飞，地土宅子都会跑，腚上裤，身上袄，转眼花花不见了。”《磨难曲》第二十三回：“怕的是秋耕了的地土，合那当道的场园。”

《翻魇殃》第十回 996 页：“你先从容待二年，咱有了地上，寻上个老婆子，叫他搭手去忙就是了。”并误。

16.《寒森曲》第五回 1049 页：“要银钱就把人掯勒，咽到那阎王殿上，可合你辨个是非。”

今按：“咽”应为“咱”。“咽到那阎王殿上”无法理解。

17.《蓬莱宴》第五回 1093 页：“叫声娇娇，叫声娇娇，挟在怀中接抱着；任人怎么哄，只把亲娘叫。”

今按：“接”当为“搂”。因为已经“挟在怀中”了，所以不是“接抱”，根据句意应该是“搂抱”。《金瓶梅》第三十一回有“接抱”用例：“月娘教奶子如意儿，用红绫小被儿裹的紧紧的，送到卷棚角门首，玳安儿接抱到卷棚内。”显然“接抱”是接过来抱着，“挟在怀中接抱着”则不具有“接过来”的语境。

18.《蓬莱宴》第七回 1106 页：“半路里夫妻相遇，又惊又喜。文箫说：‘你已先回来了。亏了我没回家，若要回家，岂不被你闪煞人也！’文箫一见吴彩鸾，一行惊怪又喜欢，谁想先到蓬莱殿。亏了纯阳渡脱我，不曾回家再留恋，留恋闪的肝肠断。吴彩鸾门口微微笑，不好说呆想三年。”

今按：“门”当为“开”。他们还没有到家，所以不会在门口。由于原文是繁体排版，繁体的“门”（門）与繁体的“开”（開）形体近似，因此出现了失误。

19.《快曲》第二联 1128 页：“赵子龙用火攻，何不早早往下倾？这雨单留着打掇俺，大骂龙王太不通。”

今按：“打”当为“折”。“打掇”不辞，“折掇”为一常用词，俚曲中多用。《慈悲曲》第一段：“思量折掇别人子，就是折掇亲生男，从此少把心肠改，王祥以后得安然。”《禳妒咒》第二十三回：“您太爷也该不怨我折掇他那儿子了。”

20.《快曲》第四联 1140 页：“只有泰奸肉佞狗张辽，不知他挤眼弄鼻说些嗄，一霎老贼来告饶。”

今按：“泰”当为“秦”。史书记载：“三秦王为秦将，将秦子弟数岁矣，所杀亡不可胜计，又欺其众降诸侯，至新安，项王诈阬秦降卒二十余万，唯独邯、欣、翳得脱，秦父兄怨此三人，痛入骨髓。”后世认为秦将章邯的投降导致了秦国的灭亡，因而章邯背上了“秦奸”的骂名。“泰奸”不辞。

21.《俊夜叉》1112 页："借身白袍把丧吊，你就送在那千字号，本主待穿捞不着，上门打户逐日要。"

今按："千"当为"天"。古人习惯于"天一地一人"的先后排序，因此"天"就成了最大，那么汉语中"天字号"自然成了第一的意思。"千字号"则不辞。

22.《禳妒咒》第一回 1145 页："令尊是这么死的来么？丑云你道是咱着来呀？"

今按："咱"当为"咋"。"你道是咋着来呀"意思是你以为怎么着啊，"咱着"则无法理解。

23.《禳妒咒》第三回 1155 页："看梁柱庭阶，看梁柱庭阶，坑沿锅台，住你三年外。"

今按："坑"当为"炕"。古文献中"炕沿"与"锅台"时常连用，指吃的住的，而"坑沿"与文意不符。

24.《禳妒咒》第十一回 1185 页："拿拳头把门敲，举手又把吊儿摇，高高声就把书童叫……王子雅上，叫鱼童。答应有。你看看甚么人叫门。"

今按："鱼"当为"书"。由上文可知，"鱼"乃"书"之误。

25.《富贵神仙》第四回 1293 页："笑口难收，笑口难收，想这去处不久留，收拾起破仃装，但等着他二舅。"

今按："仃"当为"行"。"仃"发音 dīng，与"伶"一起组成单纯词"伶仃"，不单独使用。所以"仃装"当为"行装"之误。

26.《富贵神仙》第四回 1296 页："众医生瞧了瞧，只吓的拸捘战！"

今按："拸捘"当为"哆嗦"。"拸捘"与"哆嗦"无论是读音还是意义都毫无联系，应该是形似致误。俚曲中多有用例。《姑妇曲》第二段："老蠢才，真是呆，自家拸捘着没自在。"又"于氏气的战拸捘，咱今娶了个老婆婆，我儿呀，这日子往后怎么过！"《慈悲曲》第二段："见了人休要作揖，原只该拸捘着拜。"又第三段："李氏听说，气的战拸捘的，那脸都焦黄了。"张泰《〈聊斋俚曲集〉方言俗语汇释》："拸捘，哆嗦。"是。

27.《富贵神仙》第七回 1320 页："正愁着没处卖饭吃，忽见从里边出来一位老者，便问：'客是那里来的？'"

今按："卖"当为"买"。

聊斋俚曲文化研究

聊斋俚曲与“倒喇”

刘水云　车锡伦

一

今之研究者指出，聊斋俚曲《琴瑟乐》《俊夜叉》等作品的说唱形式与“倒喇”有关。[①] 但明清文献所见“倒喇”的演唱形式有许多种，为了说明聊斋俚曲作品同倒喇的关系，须先弄清楚有哪几种形式的“倒喇”。

《汉语大词典》释“倒喇”云：“金元时的一种杂戏。大抵由一位演员吹弹多种乐器，并有歌唱和杂耍表演，如顶瓯、舞盘、翻筋斗之类。”[②]这样的解释，是根据清代某些作者的记述，这些作者有的见过某种“倒喇”表演；有的只是据前人记载做推论，如该词典释文中所引清徐釚《南州草堂词话》卷下：“倒喇，金元戏剧名也，似俗而雅。”清樊彬《燕都杂咏・历代旧闻》：“元有倒喇之戏，谓歌也；琵琶、胡琴、筝，俱一人弹之，又顶瓯起舞。”它们失于考订，语焉不详。

“倒喇”，文献中或作“搗喇”“倒剌”“啰喇”，是蒙语译音，原意是“唱歌”，见明火源洁编《华夷译语》：“倒剌，唱。”按，此见明经厂刻本《华夷译语》“人事门”，今存明抄本《华夷译语》未载此条。汉语文献中用“倒喇”原义（即“唱歌”）者，只见于明代文献，如明初朱有燉《美姻缘风月桃源景》杂剧第四折〔倘秀才〕曲；万历年间，汤显祖《牡丹亭》传奇第四十七出《围释》中的科诨。剧中人夹杂蒙语（音译）的对话，和所唱“蒙汉兼”歌曲中的蒙语谐音，都是插科打诨。今蒙语中仍有“倒喇”一词，与《华夷译语》所载义同，没有其他含义。但汉语借词中的“倒喇”，在明清两代文献中所指的表演技艺，起码有三种：

---

① 李万鹏：《聊斋俚曲中的“十样锦”》，载《蒲松龄研究》1997 年第 4 期。

② 罗竹风：《汉语大词典》（缩印本），汉语大词典出版社 1997 年版，第 623 页。

一是“倒喇小厮”“倒喇班”表演的杂耍、杂技。如明沈德符《万历野获编》卷二十五“俗乐有所本”载：“都下贵珰家作剧，所用童子名‘倒剌小厮’者，先有‘敲水盏’一戏，甚为无谓。然唐李琬已造此，但用九瓯盛水击之，合五声四清之音，谓之‘水盏’。与今稍不同耳。”①这种“敲水盏”之戏，在元代宫廷宴会上就有演出。大概同时还唱蒙语歌，所以被称作“倒喇”。清康熙年间，刘廷玑《在园杂志》卷三记载民间有“哰喇班”，云：“今有哰喇班，用小童以箸顶碗而转，升高复下。送葬之家，亦有于前导作此戏者。”②“以箸顶碗而转”即以竹竿顶盘子的杂技，至今仍有演出。

二是清代康熙年间曾盛行的一种称作“倒喇”的歌舞。如朱彝尊《曝书亭集》卷十四《给事弟云宅席上观倒喇四首》其三、四云：“杯盘畅舞踏红绡，高下冰瓷烛一条。不是羊家张静婉，如何贴地转纤腰。琵琶铁拨自西凉，十四筝弦三足床。街鼓咚咚催不去，更翻一曲玉娥郎。”③康熙后期，朱樟《谁家子曲》（有小序）诗，记述在成都宴集上看到的“打碟子”，也是此类歌舞，序云：“锦城宴集，有贵客携家伶作‘倒剌’，唱〔西曲〕。最后出二童子，甚都丽，头戴磁碟，碟缀以花，口衔铜匙，出之宛展应节，满场席卷，名曰‘打碟子’……”诗云：“青丝覆额谁家子？玉面妖娆十三四。古好美女今美男，肩压香云著半臂。口中簪叶头戴花，齿叩冰瓷作儿戏。紫氍毹上卖风流，红药栏前争绮丽。就中小部皆伶官，急管哀弦杂繁吹。唱尽边关西调声，琵琶马上葡萄醉。……”④这种歌舞是男扮女装的双人舞，其形式与蒙古族盅碗舞相似，伴唱则用当时流行的小曲〔玉娥郎〕或〔西曲〕。

以上两种“倒喇”，都在康熙年间流行，但同蒲松龄的俚曲创作没有关系。与蒲松龄俚曲创作有关的是一种民间艺人撂地说唱的“倒喇”。

二

明末刘侗、于奕正《帝京景物略》卷五“高梁桥”，记述清明时节北京城的民众到高梁桥“踏青”：“都人踏青高梁桥，舆者则褰，骑者则驰……至则棚席幕青，毡地藉草，骄妓勤优，和剧争巧。厥有扒竿、筋斗、哰喇、筒子、马弹解数、烟火水嬉”等

① 〔明〕沈德符：《万历野获编》，中华书局1959年版，第650页。

② 《续修四库全书》第1137册，影印清康熙五十四年刊本。

③ 《四库全书》第1317册，影印康熙刊本。

④ 《观树堂诗集·问绢集》，《四库全书存目丛书》“集部”第258册，影印清乾隆刊本。

民间艺人赶场演出。文中将“啰喇”同“扒竿”“筋斗”“筒子”等并列，并分别做介绍，其中“啰喇者，掐拨数唱，谐杂以诨焉，鸣哀如诉也”。[①] 据此可知，这种“啰喇”是一种以弹拨乐器伴奏的撂地说唱。

明末清初丁耀亢（1599—1671，山东诸城人）《续金瓶梅》对这种说唱倒喇有具体的描述。该书第四十五回，写西门庆的帮闲应伯爵，老来失明沦落为乞丐，“平日学了一套走街的《四不应·山坡羊》弦子，遂把一生事儿，编成《捣喇·张秋调》，好劝世人，休学我应花子没有后程”。应伯爵“把弦子背在肩上，走长街，募小巷，一边走，一边唱。”[②]书中写他先唱一首〔西江月〕作引子，加一段“白”（以上是“开场”）；正文全唱小曲〔山坡羊〕（分“前”“后”），中间插一段七言唱词，题名“倒喇”。以下是第一段（有删节）：

〔山坡羊前〕（唱）清河县出了一个好汉姓西门来名庆，他是个破落户出身，好管闲事，包揽衙门。开了个生药铺在县前，十分的好胜。他喜的撞巢窝、寻表子、钻狗洞、结帮闲，拜交的狐朋狗友。……有一日走到了紫石街茶坊里，勾搭上武大郎的妻子。他生得五短身材、白净面皮、杏核子眼儿、柳叶眉儿，三寸金莲把名儿叫定。

“倒喇”：

金莲本是野狐精，嫌他丈夫三寸丁。
搽胭抹粉门前站，叫他男儿卖烧饼。
看见西门门下过，故意把帘儿落了撑。
打落了纱巾忙拾起，门庆抬头吃一惊。
那里有这位天仙女，打下头来我也不做声。
对门有个王婆店，专会传情惯私通。
王婆借名把衣剪，先骗西门一匹绫。
安下巢窠定下计，十样磨光把事成。

---

① 〔明〕刘侗、于奕正：《帝京景物略》，北京古籍出版社 1980 年版，第 191 页。
② 《续金瓶梅》，《金瓶梅续书三种》，齐鲁书社 1988 年版，第 434～440 页。

白日通奸不足意，毒药丧了武大生。
烧了骨殖用了贿，花红酒礼把亲迎。
武松回家告人命，使钱用贿问典刑。
刺配孟州上了路，妻妾才赏芙蓉亭。……
〔山坡羊后〕(唱)他两个似蜜调油，如胶裹漆……

书中说，“(应)伯爵弹着弦子，说了唱，唱了又说，引了一街人”。以上可见这种“倒喇·张秋调”是一人沿街(即“走街”)撂地演唱，伴奏乐器是“弦子”(三弦或琵琶)，用特殊的定弦法；[①]小曲〔山坡羊〕中间插入的“倒喇”，虽是韵文，却是“说”的。“张秋”是一地名，在今山东阳谷县。《续金瓶梅》中的上述描写说明，在明清之际，北京地区民间艺人撂地说唱的“倒喇”已经在山东地区流行。它的基本形式是在重头联唱民间流行的小曲之间，插上用口语(方言语音)数唱(“说”)的“顺口溜”。

以上是现在所能见到的关于这种说唱倒喇的文献记载。它名作“倒喇”，可能同蒙古族的说唱有关，但在蒙古族文献和传统说唱中，并没有相似的说唱形式。它定名作“倒喇”的原因，尚须探讨。

三

蒲松龄(1640—1715)创作的《琴瑟乐》《俊夜叉》等俚曲作品，便是在唱小曲中间插“说”淄川方言顺口溜的说唱形式，他称作“淄口令·打叉”(或简称“淄口令”“打叉”)。“打叉”是方言，指在他人说话或唱歌时插入打搅。其演唱形式，与上述“倒喇·张秋调”相同。

据马振方《聊斋遗文七种》所载《琴瑟乐》曲文[②]，是以〔西江月〕两曲作“开场”，〔对玉环带清江引〕作“尾”，中间重头联唱〔陕西调〕(抄本中未在每支曲文上注明曲牌，校补)，每〔陕西调〕间插一首七言八句的“淄口令·打叉”。如：

---

① 书中所说“四不应〔山坡羊〕”之“四不应”，是琵琶的一种调弦法，即将琵琶的第一弦(子弦)不动，第二、三和第四弦(母弦)各降低一个全音，因致四条弦均不互应，故称“四不应”。应伯爵唱〔山坡羊〕用这种调弦法，将声调调低，以诉“悲情”。

② 马振方：《聊斋遗文七种》，北京大学出版社1998年版，第194~206页。

〔陕西调〕好个艳阳天，好个艳阳天，桃红似火柳如烟。早向画梁间，对对舞春燕。女儿泪涟涟，女儿泪涟涟，奴今十八正妙年。空对好光阴，谁与奴作伴？

"淄口令·打叉"

对对蝴蝶飞帘下，惹得大姐心里骂：

急仔这回不耐烦，现世的东西你来咱？

伤心埋怨老爹娘，仔管留着俺做啥？

如今年头没小人，时行的闺女等不大。

[陕西调]两眼泪如梭，两眼泪如梭……

《琴瑟乐》又题作《闺艳琴声》。据关德栋先生考证，它同清初流行的小曲《闺女思嫁》(收入清乾隆初北京永魁斋刊小曲集《万花小曲》)有因袭关系：两者不仅题材相同，形式也相似——都是用重头联章小曲体，且曲词相似；《琴瑟乐》所用的〔陕西调〕，即传唱已久的《闺女思嫁》用的〔两头忙(蛮)〕的变异。[①] 两者比较，也看出蒲松龄在小曲演唱形式上的突破：他模仿倒喇的形式，在重头联唱的小曲之间加上了方言顺口溜"淄口令"打叉。这种说唱形式，突出了作品戏谑笑乐的特色。

路大荒《聊斋俚曲集》所载《俊夜叉》[②]，除"开场"用〔西江月〕、尾声用〔劈破玉〕〔西江月煞尾〕外，中间的曲文全用"时兴的〔耍孩儿〕调"。每支〔耍孩儿〕曲后接一首七言的唱词，据盛伟先生介绍，三畏堂本《聊斋遗集》收《赌博词》即《俊夜叉》曲，其中这类唱词上标有"打叉""淄口令打叉""淄口令"。[③] 其形式灵活：句式不单是七言加衬，也有"三、三"成句的；一段唱词定格是八句、下句押韵，也可加七言衬句，或者扩充到十六句；押韵形式灵活，可以换韵，也可押"一字韵"。如：

三姐说：每日来到那么晚，说你做个什么茧？家里等你去卖地，既至回家没也板。虽是人家也赌钱，谁像你乜没腚眼？吊了帽子看见鬏，缕缡搭撒什么款？说说你还跳油锅，你的廉耻没一点！咳，俺一日吃了一碗菜汁子，拾了一

① 关德栋：《读"聊斋俚曲"札记》，载《蒲松龄研究》1997年第4期。

② 〔清〕蒲松龄著，路大荒整理：《蒲松龄集》，上海古籍出版社1986年版，第1109～1118页。

③ 盛伟：《蒲氏碑阴俚曲十四种顺序考》，载《蒲松龄研究》1997年第4期。

把烂棘子,着咱家里小妮子,借把盐来炒虱子,章丘的话头好日(原注:日读“二”音)子。

《丑俊巴》曲留存抄件残[1]第一段《净坛府八戒害相思》以〔清江引〕开场(从此曲的结构看,应是本曲的“开场”引子)。接唱一首〔山坡羊〕,下面接唱的七言唱词(多加衬)多达 140 余句;第二段《枉死城金莲成双对》以唱一支以〔山坡羊〕始,下接七言唱词(残存三句)。从它的整体结构看,也是用“淄口令·打叉”的形式。

《增补幸云曲》与《俊夜叉》一样,主唱〔耍孩儿〕曲。曲间说白一般都较长,有说、有表;其中也有插唱五、七言的“顺口溜”。如第七回〔耍孩儿〕第三曲后插“唱”(诵)的一段:

一见皇帝面,和颜悦色添,向前拢着马,话儿比蜜甜,老客咱家住,三生结下缘。不是小饭店,东西尽皆全:肉包蘸着蒜,碗哪大食团,雪白稻米饭,火烧是水煎,鸡汁水花面,只要八个钱。若要候朋友,摆酒不费难……六哥拴下马,向前问事端,扫地只一躬:“长官是那边?”皇爷说:“你是问的我,北京蓝旗官,家乡也不远,居住在顺天。自小油滑无能干,江都督手下做差官。今日路过大同府,专到宁夏去查边。”[2]

这些“打叉”是用淄川方言说的,故称“淄口令”,其与“张秋调”的“倒喇”形式相同。“淄口令”可能是蒲松龄的定名。从上述“淄口令”唱词看,它就是韵诵的“顺口溜”,不是歌唱。

像“倒喇”之类的民间说唱形式,在流传过程中一般没有固定的名称:《帝京景物略》称之为“倒喇”,与它的来源有关;《续金瓶梅》中称“倒喇·张秋调”,说明了它的地方特色;蒲松龄称之为“淄口令·打叉”,除了说明它的地方特点外,也突出了这类顺口溜在演唱中穿插的特点。从作品的内容来看,《续金瓶梅》中的“倒喇·张秋调”,属于《帝京景物略》中所述倒喇说唱“呜哀如诉”类的作品;蒲松龄

---

① 路大荒先生于曲末注云:“全稿至此完,似是未成稿。”今人即认为这是蒲松龄的“未完成稿”。按,此曲载入蒲氏碑阴的著作目录,不可能未完成。

② 〔清〕蒲松龄著,路大荒整理:《蒲松龄集》,上海古籍出版社 1986 年版,第 1580~1581 页。

的几篇俚曲,则具有“谐杂以诨”的风格。

据今人研究,《琴瑟乐》《俊夜叉》《丑俊巴》均系蒲松龄前期的作品。它们说明,蒲氏最初进行俚曲创作时,即关注和模仿民间流行的“倒喇”这种说唱形式。《琴瑟乐》写作在前,所作“淄口令”还有些拘谨;继之写《俊夜叉》《丑俊巴》,则完全放开,形式灵活。而《俊夜叉》和《增补幸云曲》主唱〔耍孩儿〕曲,形似道情,它们是道情和倒喇形式结合的产物。同《续金瓶梅》所述的“倒喇·张秋调”相比,蒲松龄的俚曲创作发展了说唱倒喇的形式。

上文介绍,作为民间说唱形式的倒喇,至迟在明末清初已经传入山东地区。蒲松龄将这种说唱形式用之于他的俚曲创作,丰富了聊斋俚曲的演唱形式,此后,这种民间说唱形式可能融入其他民间曲艺中,不见踪迹了。

聊斋俚曲中的骨牌博戏探析

李登桥

用方言土语写成的聊斋俚曲①，非常贴近百姓生活，曲中多次写到了博戏活动，生动地记录了当时的赌博场面，为我们研究明清之际山东一带甚至整个北方的赌博风俗提供了很有价值的参考。其中的博戏描写主要集中在《翻魇殃》、《禳妒咒》、《俊夜叉》、《增补幸云曲》和《蓬莱宴》等曲目当中，涉及的博戏种类有五木之戏、围棋、双陆、打马、掷骰子、骨牌、叶子戏、马吊、跌成、蹴鞠和投壶等多种，其中对打骨牌的描写最为细致，运用了大量的博戏用语。随着时代的发展，当今的人们已无法很好地理解这些博戏用语，以至于在阅读聊斋俚曲的过程中出现了不少语言障碍。为解决以上问题，我们对俚曲中的骨牌博戏作些探讨。

一、聊斋俚曲中的骨牌博戏

聊斋俚曲《禳妒咒》第二十六回中对打骨牌的情景有大段的描写，记录了多种骨牌博戏的牌名：

江城云："你那不在家霎，我闷了就和春香抹牌，觉着和他不如你呢。"公子云："你是赢什么来呢？"江城说："我输了一柱一个钱，他输了一柱一个瓜子。咱今日还和春香抹，咱俩赢瓜子，还给春香钱。"公子说："咱都一柱一个钱罢，看瓜子有争竞。"江城说："谁没见过俩钱呢？你从头里这个那个的！我只赌瓜子，我输了该着，你输了我可打你。"公子笑云："就是这么。咱分一桩儿，六到底，该春香。"

〔满调〕揭起牌来个桩，马儿不在柱子上。却是春香，却是春香，你运气强

---

① 本文所援引的聊斋俚曲语句皆出自蒲先明整理、邹宗良校注的《聊斋俚曲集》，国际文化出版公司1999年版。

不强？若是强，赢几钱来买梳妆。

春香摇头云："嗄呀！俺老爷先戏把人。"江城打起牌来云："七在手。"春香云："俺不用看了，我是孤红。"公子云："这妮子运气好，该我桩哩。"春香云："我打九到底。"江城唱——

打个临老入花丛，又见霞天一只鸿。柳绿桃红，柳绿桃红，你看我这秃爪龙不同，还是巫山十二峰。春香唱——

你看打个锦屏风，打个楚汉大争锋。眨眼乌龙，眨眼乌龙，纷纷落花满地红。昼夜停，又是劈破老莲蓬。公子唱——

你看五岳去朝天，一心打个八珠环。二士入桃园，二士入桃园，苏秦背着七星剑。火炼丹，打个人牌也不难。

其中的"孤红""临老入花丛""火炼丹""人牌"等等都是牌名。因为骨牌这种博戏现在已经基本消失，所以当今的人们对这些打骨牌的术语非常陌生，读到这段文字时往往是一头雾水，如果考察骨牌的来源与流变，这些疑惑将会涣然冰释。

二、骨牌的源流与打法

骨牌，早期以象牙制成，故称牙牌，后改为用牛骨或竹木制作，才有现名。骨牌的形制为长方体小块，与当今麻将牌相似，但长而较薄。每张牌称为一扇，牌的正面刻有圆点，每扇牌的牌面都由骰子的两个面上下排列拼合而成，很明显骨牌是从骰子演化而来。清人汪师韩《谈书录》载："骨牌之戏，乃骰子之变，故《宣和牌谱》以三牌为率，三牌乃六面也。"①正是说的骨牌与骰子的渊源关系。关于骨牌之戏的起源，明代张自烈在《正字通》巳集中"牌"字下说："牙牌，今戏具。俗传宋宣和二年，臣某疏请设牙牌三十二扇，计点一百二十有七，以按星宿布列之。……高宗时诏如式颁行天下，今谓之骨牌，然皆博塞格五之类，非必自宣和始也。"②可见，张氏对骨牌"自宣和始"持怀疑态度，他认为在宋代宣和年间以前就已有骨牌，具体起源时代无从考证，但从中我们可以看出，宣和时骨牌之戏已经流行确为事实，因此又将骨牌称为宣和牌。这种博戏曾于明清时期大为流行。十几年前笔者还

① 〔清〕汪师韩：《谈书录》卷二十一《骨牌》，《昭代丛书已集》，编修励守谦家藏本。

② 〔明〕张自烈撰，〔清〕廖文英续：《正字通》，《续修四库全书》第235册，上海古籍出版社1996年版。

在鲁西一带见过有人打骨牌,近年来骨牌之戏似乎已不易见到。

骨牌牌名繁多,还得依牌色计筹,故而玩法比较复杂。明人谢肇淛记载了当时骨牌的打法:“对者十二为正牌,不对者八为杂牌,三色成牌,两牌成而后出色以相赛。”①明人余象斗的《新刻天下四民便览三台万用正宗》记载更为详细:“凡牙牌三人同铺,每人以八片为率,信手派牌已定,即先过庄各出一牌,余二牌要取色牌出,若论点数,亦要取极多者为胜,其牌势取三色者为定,若合凑杂色,要十四点以上至于十八点方可成牌,如十三点以下,则八不搭五,十不搭三,谓之亡牌。或遇半分及后三纲五常以下正牌,势不在点数取也。”②从中可知,其玩法大体如下:三人共博,每人随机分牌八扇,正牌对子两扇牌可配成一副,其余各种均由每三扇组成一副牌,每副牌都有如“火炼丹”之类的特定牌名,杂色牌要配十四点至十八点才能成牌,十三点以下的称为亡牌。铺好牌后,从庄家开始,三家依次各打出一张未配成副的牌,其余两家可吃牌,以与自己手中的牌组合成副,最后按成副的牌配上不成副的杂色牌来计赏。具体计赏规则是:天不同、地不同、八黑不红等牌色赏十筹;孤红、断么、绝六、孤么、八不就等赏五筹;天、地、人、和四牌赏四筹。其下赏筹依次减少。可见“孤红”属于赏筹比较多的牌,所以春香的牌成了“孤红”,就基本上稳操胜券了。另外,从以上所引《禳妒咒》的内容来看,骨牌博戏中的庄家是以随机翻牌数点来定的,故有“咱分一桩儿,六到底,该春香”“揭起牌来个桩,马儿不在柱子上”“七在手”“九到底”等说法。说明此时的骨牌博戏中已不见了骰子的影子。

三、骨牌之戏中的牌名解析

俚曲中共记载了“孤红”“临老入花丛”“霞天一只鸿”“桃红柳绿”“秃爪龙”“巫山十二峰”“锦屏风”“楚汉争锋”“乌龙眨眼”“落花满地红”“昼夜停”“劈破莲蓬”“五岳朝天”“八珠环”“二士入桃园”“苏秦背剑”“火炼丹”“人牌”等十八个牌名,虽然只是骨牌牌名的一少部分,但足以让我们眼花缭乱。为便于理解,现将这些牌名的谱式依类排列如下(实心点代表黑色,空心点代表红色)③:

① 〔明〕谢肇淛:《五杂组》卷之六《人部二》,上海书店出版社 2001 年版,第 120 页。

② 〔明〕余象斗:《新刻天下四民便览三台万用正宗》卷十《五谱门 · 铺牌体格》,明万历双峰堂刊本。

③ 这组图片全部采自余象斗《新刻天下四民便览三台万用正宗》卷十《五谱门 · 铺牌体格》,明万历双峰堂刊本。

1. 正牌对子牌名:

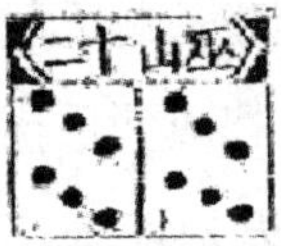

巫山十二峰

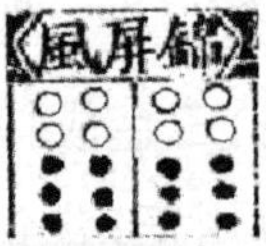

锦屏风

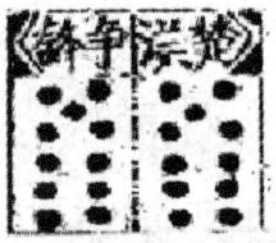

楚汉争锋

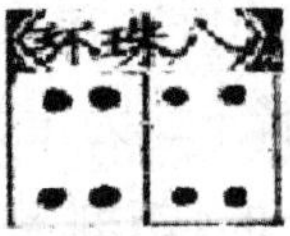

八珠环

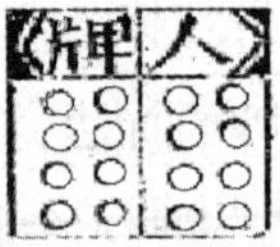

人牌

2. 三扇组合牌牌名:

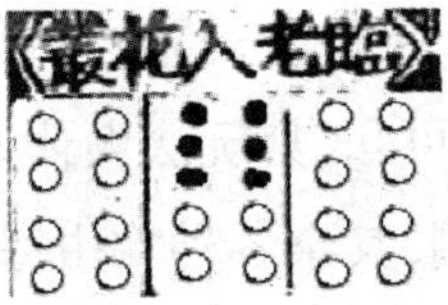

临老入花丛

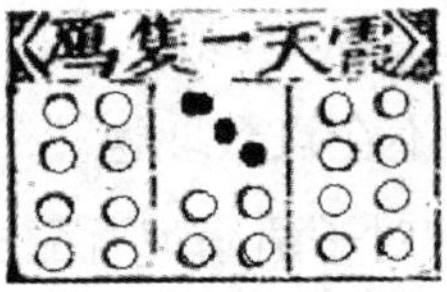

霞天一只雁

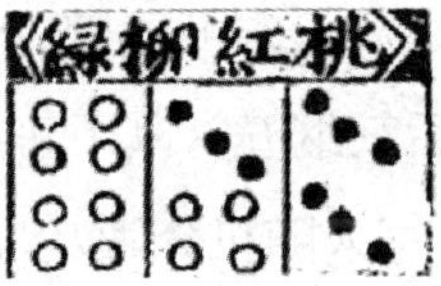

桃红柳绿

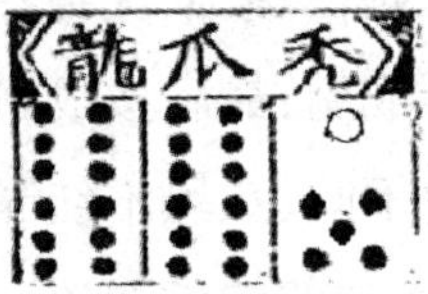

秃爪龙

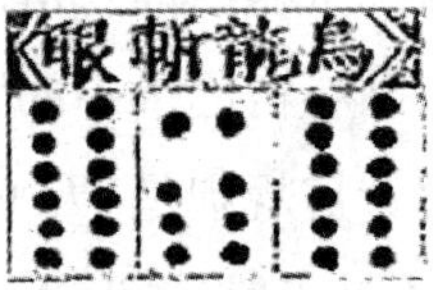

乌龙斩眼

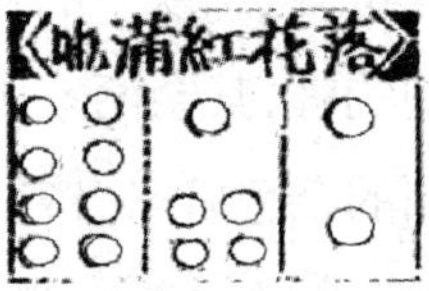

落花红满地

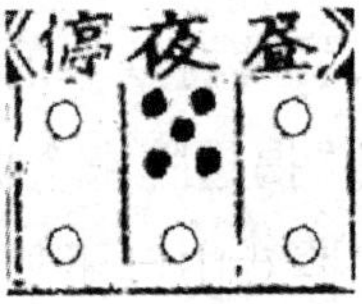

昼夜停

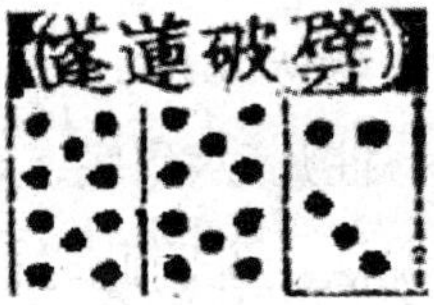

劈破莲蓬

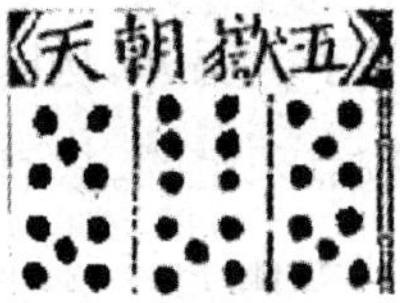

五岳朝天

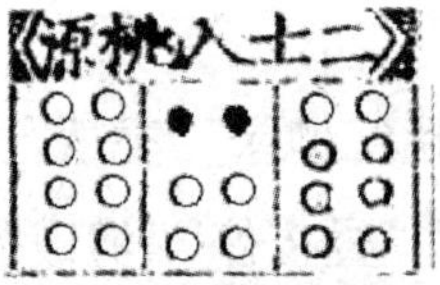

二士入桃源

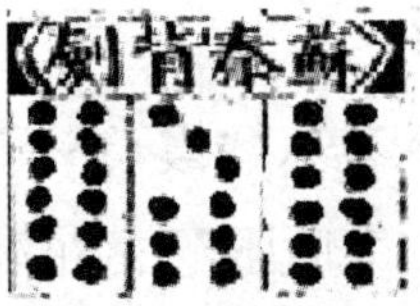

苏秦背剑

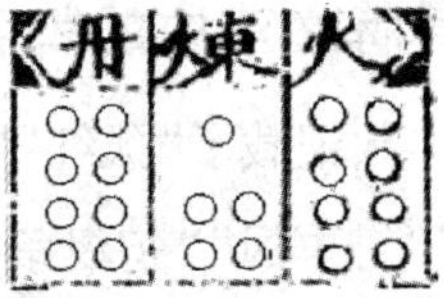

火炼丹

3. 成套牌牌名(由四副牌组成,共八扇):

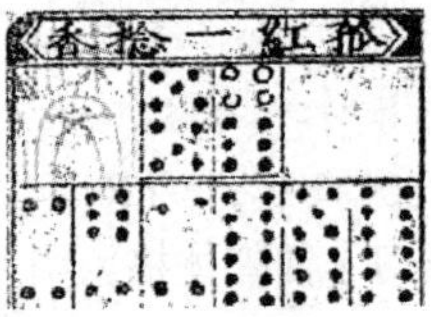

孤红一捻香

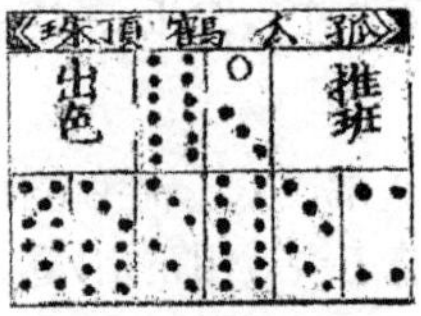

孤么鹤顶珠

从以上各牌图式我们可以看出,骨牌牌名的命名,主要有四种方式:

A. 从象形的角度命名。如"锦屏风"由一对四六组成,形状正像竖立的屏风;"楚汉争锋"由一对五六组成,像楚汉双方势均力敌的对阵;"乌龙斩眼"中间一扇牌的两点像两只眼睛。类似的还有"劈破莲蓬""苏秦背剑""秃爪龙"等。

B. 依据点的数量命名。"五岳朝天"包括五个五点和一个六点,六点最大,故称天;"巫山十二峰"由一对三三组成,正有十二点;"八珠环"由一对幺幺组成,共计八点。

C. 依据点的颜色命名。如"临老入花丛"三扇牌中六点由五个红四包围,像落入红色花丛,六为大数,故说老。这一类的还有"霞天一只雁""桃红柳绿""落花红满地""昼夜停""二士入桃源""火炼丹""孤红一捻香"。

D. 以天、地、人、和等道法名称命名。如"人牌"十六点,"象夫仁义礼智、人性之刚,发而为恻隐羞恶、辞让是非"①。

需要特别说明的是"孤红一捻香",这个牌名多被简称为"孤红",在《金瓶梅词话》第六十回中也有用例:"天上飞来一仙鹤,落在园中吃鲜桃。却被孤红拿住了,将去献与一提学。"②其命名理据是整套八扇牌中只出现一个红四点,其余点数都是黑色。而《金瓶梅词典》却将"孤红"解释为"指骨牌点数中的一点,红色"③,实为不妥。骨牌牌名中有"孤幺鹤顶珠",指整套牌中只一点为红色,其余数点全黑。虽然一点和四点同为红色,但"孤幺"跟"孤红"实属两式,二者之间存在很大差别,不能混为一谈。

四、俚曲中骨牌之戏的功用

《禳妒咒》中描写的打骨牌是家主夫妇和丫鬟之间的游戏,其赌注为"瓜子"或是"一柱一个钱",玩耍的目的不是赢钱,而是为了消磨时光,属于闺阁休闲游戏,并非真正意义上的赌博。而在《增补幸云曲》第六回中,骨牌又被用作博徒赌钱的工具,如:"咱上那十字街前,打扫干净,摆下桌酒,或抹骨牌,或打双陆,引的好要的子弟上了咱的当,哄他几两银子,咱好花费花费,好不好?"又"有王龙恼心怀,一心里抹骨牌。空中像有鬼神在,天地人和偏向主,青黄杂牌推过来,王龙输了没的

---

① 〔明〕余象斗:《新刻天下四民便览三台万用正宗》卷十《五谱门 · 牙牌适兴》,明万历双峰堂刊本。

② 〔明〕兰陵笑笑生:《金瓶梅词话》,人民文学出版社 2000 年版,第 832 页。

③ 白维国:《金瓶梅词典》,中华书局 1991 年版,第 185 页。

赖。王蛮子抹了又抹,邪骨牌有些怪哉!”在俚曲以外的文献中,还有用骨牌当作酒令的例子,如在《红楼梦》第四十回“金鸳鸯三宣牙牌令”中用骨牌行酒令的情景就描写得特别详细。由此看来,明清之际骨牌的游戏功能已呈现出多样化的特点。

聊斋俚曲传播与接受研究

论聊斋俚曲的演唱艺术风格

刘秀荣

蒲松龄的聊斋俚曲被誉为明清俗曲的“活化石”，自清代至今已传唱了三百多年。2005 年成为“山东省首批省级非物质文化遗产”，2006 年又被收入“文化部首批国家非物质文化遗产名录”，聊斋俚曲这一民族音乐瑰宝的地位和艺术价值，已经被越来越多的专家、学者发现和认可，它已成为人们普遍关注的热点问题。但就目前情况来看，无论是演唱方法的研究方面，还是演唱的传承和发展方面，都存在着许多问题，集中表现在三个方面：一是演唱者只追求“韵味”不讲究科学的用声方法；二是过去会唱俚曲的艺人已渐衰老；三是演唱方面的研究者寥若晨星。鉴于以上原因，很少有人真正研究聊斋俚曲的演唱方法和演唱风格，有关部门也很少将聊斋俚曲的演唱方法和演唱风格等问题纳入长远的研究规划，导致现代聊斋俚曲演唱的层次偏低，缺乏时代感及艺术美感。虽说聊斋俚曲演唱活动能在特定的节日里或以其他形式向人们展现，但在轰动一时之后没能真正挖掘和探索出聊斋俚曲演唱方面的内涵和价值，目前的事实是阻碍和制约了聊斋俚曲的发展。因此，积极开展聊斋俚曲演唱方法和演唱风格的研究，探寻其理论指导依据，是培养俚曲演唱人才和保护文化遗产的重要行动，不但非常必要，而且势在必行。

笔者二十年前大学刚毕业就有幸参加了《磨难曲 · 旷野逢仙》（付冠明、王川昆、侯宇爽先生编创）的排练和演出工作，并获得跟老一辈专业文艺工作者一起学习、研究聊斋俚曲的机会。那时，侯宇爽先生既是导演、又是演员，我俩同台演出。他不但在聊斋俚曲的音乐研究方面很有建树，而且在演唱方面有很高的造诣。先生良好的音乐感觉、准确的咬字吐字、细腻的行腔韵味、纯朴无华的情感表达……至今还历历在目，先生的言传身教更是让我终生难忘。该作品第一次以曲艺——

说唱音乐的形式,将聊斋俚曲搬上舞台,不但受到了专家、学者及观众们的好评,而且曾获省、市、国家级多项奖励,尤为荣幸的是,该作品的唱段作为我国曲艺音乐宝库中的一个乐种被选入《中国曲艺音乐集成·山东卷》,并载入“艺术科学国家重点研究项目文艺集成志书”这一史册。

下面笔者以聊斋俚曲重要的音乐风格特征为依据,从声乐演唱的角度对聊斋俚曲的演唱方法及演唱风格等方面进行探讨和研究,试图解决目前演唱中存在的问题,力求达到丰富、完善聊斋俚曲的声乐演唱体系,提高演唱者的素质及继承弘扬民族音乐文化的目的。

一、严格的节奏观念和节拍意识

聊斋俚曲音乐旋律的真实体现是建立在演唱者准确的音准和节奏的基础上的。演唱者只有把握好音准和节奏,才能真实地表现出聊斋俚曲音乐旋律的基本形态和风格,因此,良好的音高感和节奏感是演唱好聊斋俚曲的最低要求,同时也是最高要求。蒲松龄的聊斋俚曲词曲吻合、朗朗上口,具有节奏明确、节拍严格的艺术特征。两则关于蒲松龄创作的轶事佳话能给后人以启迪,一则是:传说他在进行创作时,常常一边唱着曲子,一边用脚踏节奏,东家的狗(指他在王村西铺村毕家教书时)听到“乒乓”的响声,以为是蒲松龄唤它吃东西,便急忙跑来,看看不是又跑回,闻声又跑来;结果那狗跑来跑去不知多少趟,累得要死,由此便产生了“脚踏楼板累死狗”的故事。另一则传说是:他到王村地区西邻的张古村玉皇阁去看地方小戏,吃不起酒饭,便要了一壶清茶,一边喝一边看戏。蓦然,台上的艺人唱乱了板眼,顿时气得他摔了茶碗。茶棚的小伙计吓坏了,以为招待不周或是茶水不好或是茶具不洁净,忙上前恭敬地施礼道歉,蒲松龄根本没有注意到茶童的惊恐,竟认真地指着戏台上说:“你没听着戏台上唱乱了板眼吗?”便引出了“乱了板眼摔了茶壶”的故事。这些在民间广为传诵的轶事佳话,不仅印证了蒲松龄对戏曲音乐的内行与熟悉,而且反映出他对节奏节拍的敏锐性,更重要的是启迪演唱者在演唱聊斋俚曲时要树立严格的节奏观念和节拍意识。笔者认为在演唱中不但要表现出聊斋俚曲谱例中已有的节奏节拍的准确性,而且要赋予其“活”的生命力,即摒弃呆板和沉闷,在音乐正常运动中自然地表现出节奏的伸缩变化,刻画细致的音乐情感。

二、白话口语加方言土语的咬字吐字方法

聊斋俚曲是音乐与语言的结合体,正确的咬字吐字是表现音乐内容、突出地

方风格特色的前提条件。众所周知,蒲松龄的《聊斋志异》是用古代通行的“文言”“古文”写成的高雅艺术作品;而他的俚曲则是用白话方言土语构筑的通俗艺术作品。蒲松龄为了使俚曲语言通俗易懂,不但有意识地运用白话口语,而且将方言土语错杂点缀其中。白话口语加方言土语是聊斋俚曲咬字吐字方法的特征。聊斋俚曲中的方言乃是指以山东方言为基础的淄博方言,主要指淄川地区的方言。这些方言是山东省许多地区都有的、各阶层人民耳熟能详的语言。淄川方言与普通话相比,虽然也有四种声调,即阴平、阳平、上声、去声,但调值①和调性②却有很大差别。淄川方言中阴平、阳平、去声字多,上声字少,例如:《磨难曲》第十二回〔玉娥郎〕词中的最后一句“可怜俺望家乡(呀是)万里遥”。其中的普通话“可怜俺 kě Lián ǎn”,应唱成淄川方言“kuō Liàn nie_ān③”等。所以由方言产生的聊斋俚曲的旋律音调多为上下行迂回;演唱似说似唱、有说有唱、说唱兼备。淄川方言土语,例如:《琴瑟乐》“谁知郁屈了这些年”中的郁屈——委屈,《姑妇曲》“大成巴数了一阵”中的巴数——批评,《磨难曲》“谁想方兴真果中了举”中的真果——真的,“到了卢龙地方,住下打尖”中的打尖——吃饭,等等。这些白话方言土语形象生动、自然简明,是“活”在人民口头上的语言。蒲松龄用白话方言土语创作的俚曲使“村农喜闻、妇孺能解”。笔者认为在演唱时不但要反复揣摩其中的韵味,而且要分析研究聊斋俚曲中方言土语的内涵,使人一听便知是淄川地区的民间音乐曲调。

三、聊斋俚曲常用曲牌的音乐特征及演唱方法

曲牌,又叫作牌名、牌子。乔建中教授说:“简言之,曲牌者,程式性、可塑性、复用性、标题性乐曲之称谓也。”聊斋俚曲中使用的曲牌是蒲松龄搜集、整理、研究和利用的流传于当时社会的通俗民歌及时调俗曲。蒲松龄在俚曲的创作中采用了五十多个曲牌,这些曲牌都是他从音乐内容、情感出发精选出来的。他运用中国传统“倚声填词”的创作手法,对旧的已有的曲调进行了新的创造,并赋予它们恒久的生命力。这些曲牌形式多样、风格各异,常用的曲牌有〔玉娥郎〕〔耍孩

① 调值:这里指字音的长短。
② 调性:这里指字音的高低。
③ “nie_ān”:普通话“俺 ǎn”字的淄川方言,但汉语拼音中无法表示,只能如此。

儿〕①〔呀呀油〕〔银钮丝〕〔憨头郎〕〔哭皇天〕〔房四娘〕等，由于篇幅的限制，笔者对其中三个曲牌的音乐特征及演唱方法进行分析和研究：

1.〔玉娥郎〕

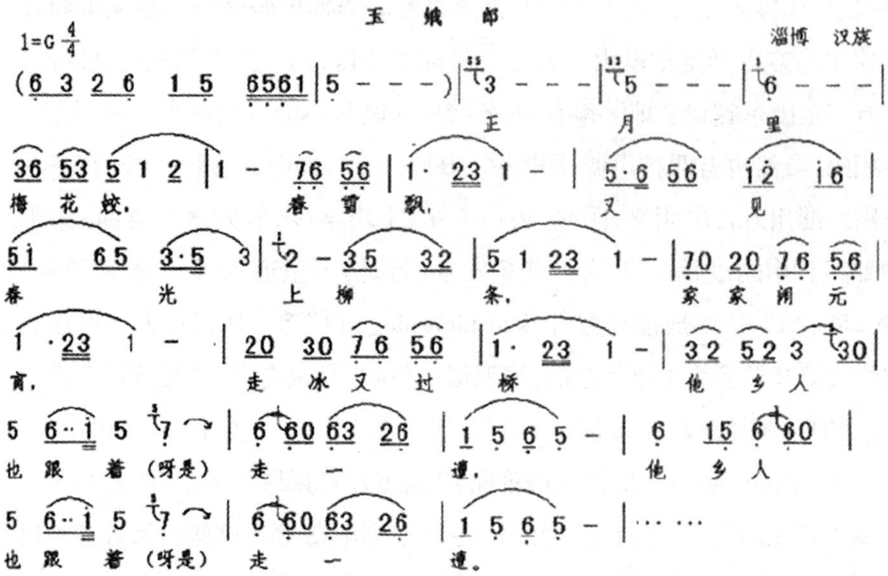

〔玉娥郎〕采用复二部曲式，宫调与徵调交替进行，曲调具有典雅古朴的音乐风格，该曲描述了主人公“百回千转、一步三回头”的音乐形象。当伴奏开始时，演唱者就要投入到创造的意境中去。中国传统声乐中提出：“通首之调，皆此字领之；通首之势，皆此字蓄之；通首之神，皆此字贯之；通首之喉，皆此字开之。”指出了第一个字的重要性，其包含了全曲的精神，一开口将该曲的情绪带进来，能达到引人入胜的艺术效果。其他曲牌的开始也应该是这样的。〔玉娥郎〕的起唱“正——月——里”具有散板自由的性质，同时又强调离家伤感的寓意。歌词“梅花娇”开始上板，即节奏、节拍都要严谨。“家家闹元宵”用断、连的演唱方法和轻、重的演唱语气来做细致的表现；“走冰又过桥”做同样处理。“跟着（呀是）”复附点音符既要表现出节奏意义，还要唱出似上滑音和后倚音的装饰性效果，即将声音“甩”上去，衬词既要唱出谱面记谱意义，又要精细地唱出其地方方言的语气特色。

2.〔耍孩儿〕

---

① 〔耍孩儿〕：在聊斋俚曲中共计有1388段，占曲牌总段数的46.02%。

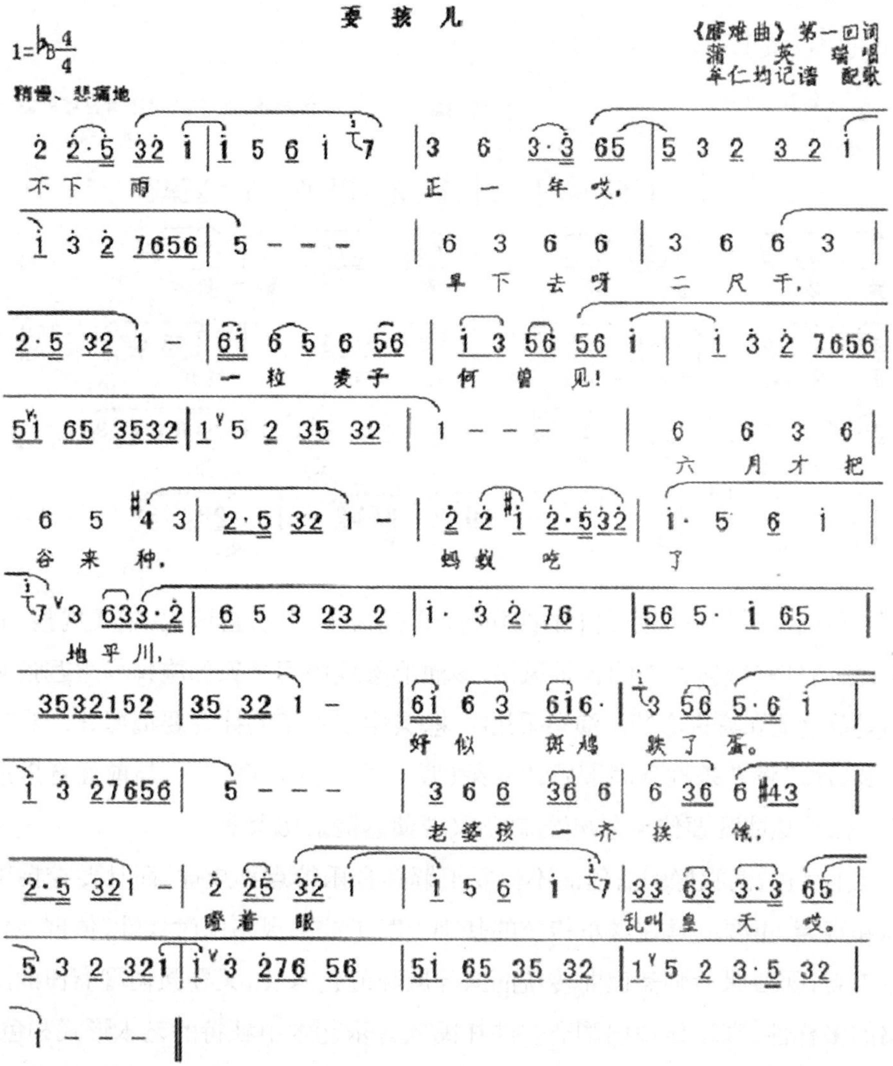

〔耍孩儿〕采用复三部曲式，宫调式，主导乐句由叙述性和咏叹性两种动机结合构成，曲调凄楚委婉，具有一唱三叹的音乐风格，它是俚曲中用得最多的一个曲牌。该曲形象地描绘了干旱年闹饥荒时百姓们“叫天天不应，叫地地不灵”的凄惨景象。该曲开门见山并悲愤痛苦地唱出“不下雨”，其中的同音进行、四度音程上下行大跳、切分音、装饰音等，要唱得连贯些，既要保持声音的高位置，又要保证声音的收放自如及灵活性。尤其是拖腔，既要唱出韵味，又要“大气”地唱出内在的感慨；既要表现出对百姓的怜悯，又要表现出对当时社会的不满和憎恨。强调“正一年”“一粒麦子”，“何 Hé”字要唱“何 Huò”，“挨饿 aíè”一词要唱成“挨饿

YáiWò”等地方方言。

3.〔呀呀油〕

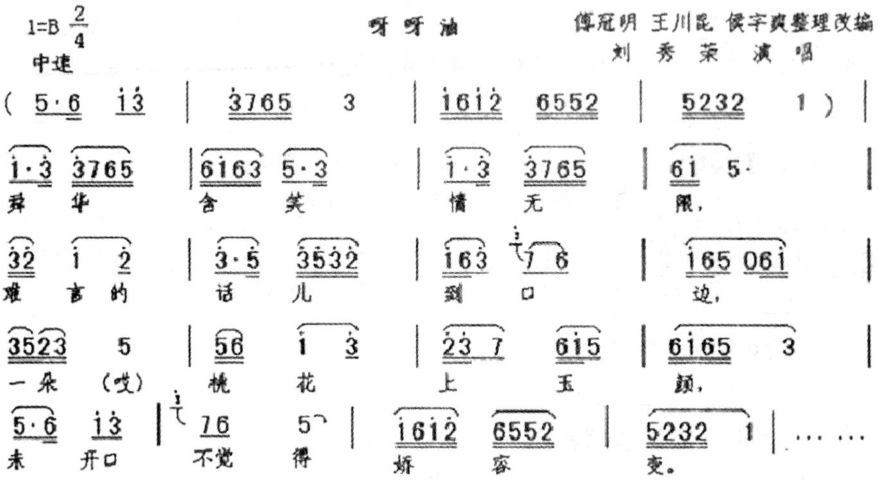

〔呀呀油〕采用一部曲式中的四句体（起、承、转、合），宫调式，句式规整、节奏明快，曲调具有婉转柔美的音乐风格，该曲形象地描写了狐仙施舜华邂逅张鸿渐时的爱慕之情和喜悦心情。演唱采用中速，其中二拍子的律动要把握好，“难言的话儿到口边”将音乐推到高潮后，“一朵（哎）”内在的轻声弱唱，与前面音乐形成对比。演唱该曲既要使声音婉转流畅，又要使感情亲切含蓄。

综上所述，演唱好聊斋俚曲不但要了解其音乐特点和规律，而且要挖掘出其内涵和真谛，重要的是在继承传统的基础上赋予演唱风格以时代性，依据现代人的审美观，既要保持聊斋俚曲传统的原汁原味的艺术性，又要强调聊斋俚曲演唱风格的多样性，真正体现出聊斋俚曲在民族音乐艺术中独特的艺术形式和色彩。在继承传统、发展聊斋俚曲演唱事业中，学习演唱俚曲的方法和途径很重要，建议演唱者在掌握科学发声方法的基础上，向现今已为数不多的俚曲艺人学习，请他们“口传心授”，或借助他们演唱的音像资料认真学习，反复揣摩。因为当今的记谱法不能也不可能完全“以谱传声”，在俚曲的演唱中只可意会不可言传的东西还有很多，所以“口传心授、师徒相承”——中国民族民间音乐的传承方式——是演唱者深入理解和体验聊斋俚曲演唱神韵的有效途径。它对目前聊斋俚曲的演唱现状有着重要的实用价值，对聊斋俚曲演唱艺术事业的发展有着积极的推动作用，对国家非物质文化遗产的保护有着极其重要的艺术价值。

艺苑馨香有佳音

——记侯宇爽与聊斋俚曲的演唱

侯宇爽 口述 李汉举 整理

聊斋俚曲是蒲松龄采用淄博地方方言土语，利用民间流行的俗曲曲牌编制而成的文学、语言、音乐和表演相结合的艺术形式。同邑后学张元所撰之《柳泉蒲先生墓表》，其碑阴所附之著作目录中，载“通俗俚曲十四种”，它们是《墙头记》《姑妇曲》《慈悲曲》《翻魇殃》《寒森曲》《琴瑟乐》《蓬莱宴》《俊夜叉》《穷汉词》《丑俊巴》《快曲》各一册，《禳妒咒》、《富贵神仙》后变《磨难曲》、《增补幸云曲》各二册。它们保存和记载了许多曲牌联套体的结构形式和清初五十多个小曲曲牌的名称，如〔耍孩儿〕〔银纽丝〕〔玉娥郎〕〔叠断桥〕〔跌落金钱〕〔呀呀油〕〔房四娘〕〔憨头郎〕〔黄莺儿〕〔劈破玉〕〔倒扳桨〕〔皂罗袍〕〔桂枝香〕〔陕西调〕〔西调〕等，并提供了这些小曲的词格、特点及应用等多方面的信息，以说唱或戏剧的方式演说故事，表现了普通百姓的喜怒哀乐、思想意识和审美情趣。因此，它问世之后，就深受百姓欢迎，逐渐在淄川、周村、博山一带传演开来。其中，有十余支曲调流传至今，成为少有的早期明清小曲之遗音，被誉为“中国明清俗曲的活化石”。

2006年5月，在全国第一个文化遗产日到来之际，聊斋俚曲被国务院批准文化部确定为第一批国家级非物质文化遗产，再一次吸引了国内外人士的目光，拉开了新一轮聊斋俚曲研究热潮的序幕。借此契机，2007年10月，笔者带着探究聊斋俚曲演唱和传承的目的，有幸拜访了著名的聊斋俚曲传承者侯宇爽先生。

侯先生七十余岁，身体硬朗，精神矍铄，平日里读书、习字，心态平和自然，言谈举止中透露着儒雅谦和、从容淡定的气度。虽然他已离开工作岗位多年，但仍然时刻关注着聊斋俚曲的发展，痴心聊斋俚曲演唱艺术的追求，这种对艺术精益求精的永不停止的探索精神，使我产生了由衷的敬佩之情。谈起自己与聊斋俚曲结下的这份毕生难以割舍的情缘，他的语气中充满了浓浓的感情，仿佛一切仍然历历在目。

1952年，侯先生考入淄博联立师范，毕业后从事职工文化教育工作。侯先生很早就表现出对文艺的浓厚兴趣，在工作中，经常参加各种文艺演出，参演过话剧、相声、戏曲等多种艺术形式。1957年，山东省群众艺术馆开办了全省民歌学习班，培养民歌人才。侯先生作为淄博市优秀文艺人才之一，被选派参加了这次学习。这种经历和锻炼，为其之后走上俚曲演唱之路做了多方面的艺术准备。

继民歌学习班之后，1963年山东省又举办了全省民歌演唱会，由各地市选送的代表参加。在淄博市各区县的文艺人才选拔中，侯先生再次脱颖而出，与其他几位歌手共同代表淄博市参加了这次全省民歌会演。侯先生演唱的作品，正是淄博最具地域特色的曲艺——聊斋俚曲。

为了迎接这次演出，更为了能把聊斋俚曲完美地演绎出来，侯先生做了大量的准备工作。他认真阅读了蒲氏聊斋俚曲作品，仔细体会其思想内涵、人物情感和艺术特色；同时，为了再现聊斋俚曲传统的演唱风格和韵味，他先后多次赶赴蒲氏故里——蒲家庄，虚心向民间的老艺人们请教，搜集、整理第一手资料；向他们学习俚曲唱法，反复揣摩老艺人的演唱技巧和唱腔特点，品味俚曲的艺术特质，演唱水平不断得到提高。功夫不负有心人。侯先生带着聊斋俚曲曲目〔耍孩儿〕〔玉娥郎〕参加了这次山东省民歌会演。这次表演获得了极大的成功，他演唱的〔耍孩儿〕〔玉娥郎〕以及阎乃英演唱的〔憨头郎〕〔呀呀油〕引起强烈的反响，获得一致好评，并被中国民族音乐研究所邀请做了录音。这次演出是聊斋俚曲第一次正式登上耀眼的艺术舞台，也是全省观众第一次在舞台上认识了它。乘着歌声的翅膀，这一古老的曲艺迎来了发展的春天。

侯先生一直在文化单位工作，不是音乐科班出身，演唱俚曲也不是其主业，但自和俚曲结下这不解之缘，他对俚曲的关注和热爱与日俱增，对俚曲演唱的探索从来没有停止过。他的演唱充分借鉴了老艺人们的演唱经验和技巧，吸收了传统唱法的神韵和精髓，保持了俚曲演唱的传统风格和特色，具有鲜明的民间乡土气息，这也正是聊斋俚曲的本质所在。同时，他结合时代精神和社会发展，深入挖掘俚曲的思想内涵，体会人物的复杂情感，精确把握发声、吐字的抑扬顿挫和节奏的轻重缓急，追求唱腔和情感的完美结合。他的演唱唱腔细腻，感情丰富，舒缓有致，婉转动人，百转千回，韵味悠长，使俚曲演唱达到了一个新的艺术境界，形成了自己的风格。因而，侯先生逐渐成为俚曲演唱的代表人物之一，声名远播，不仅求教者众多，还多次被电台、电视台邀请录音：为山东大学录制《蒲松龄与聊斋》教学片录音；与霍俊萍合作演唱的〔叠断桥〕，由中央电视台摄制播出；在淄博市举办的第一届柳泉艺术节上，侯先生和刘秀荣演唱的《旷野逢仙》俚曲唱段（侯先生与王川昆、付冠明合作改编）荣获创作改编奖、演员奖和演出奖三个奖项。

从20世纪60年代起，侯先生演唱聊斋俚曲已四十余年了。在这四十多年的实践和探索中，他对聊斋俚曲演唱有了自己独到而深刻的理解。他认为，要演唱好聊斋俚曲，必须在三个方面下功夫：首先要深刻理解聊斋俚曲曲词。聊斋俚曲之所以有其独特风格和艺术感染力，是和俚曲曲词的独特表现力分不开的。这些曲词不论是写人、写景还是抒情，都能曲尽其妙，而且其曲牌和曲词搭配得天衣无缝，能充分发掘曲牌的表现潜力，从而使一些听起来平淡无奇的曲调，一经蒲松龄填词之后，便别开生面，产生了很强的感染力。因此，只有对俚曲曲词有深刻的理解和体会，才能准确把握曲词所表现的思想和情感，从而通过演唱把它表现出来。其次要潜心学习和仔细揣摩民间艺人们的演唱风格和特色。对民间艺人们传下来的曲牌唱腔、唱法、吐字、行腔等要细心琢磨，反复揣摩，这些都是一代代民间艺人们在长期艺术实践中不断丰富、不断完善而形成的，必须要认真继承，以保持聊斋俚曲的传统风味。最后，演员要具备艺术创新精神。继承传统不是因循守旧，不知变通，而是要在充分吸取传统精髓的基础上，加入个人的艺术感悟，把俚曲演唱不断推向新的艺术境界。

听着侯先生的讲述，聊斋俚曲演唱艺术这个专业性的课题似乎显得不再那么深奥难懂了，枯燥的知识和抽象的乐理讲得深入浅出，引人入胜，并伴以〔玉娥郎〕〔叠断桥〕〔银纽丝〕等俚曲吟唱，讲解演唱技巧、发声节奏和韵律，阐释其中的道理和妙处，使我这样一个不通音律的外行也能体味到其中三昧了。

窗外阳光和煦，室内香茗袅袅，倾听着侯先生话语如丝，娓娓道来，我不觉陶醉其中了。

伴随着聊斋文化的广泛传播，聊斋俚曲为越来越多的人所了解，他们也都被其艺术魅力所倾倒，学者日众。作为著名的聊斋俚曲传承者，侯先生声誉日隆，为越来越多的人所熟知。从20世纪70年代开始，就不断有慕名者前来就教学习：郝恩波、王朴琴、刘秀荣等，现都已成为淄博卓有成绩的俚曲演唱者；著名电影音乐作曲家雷振邦和雷蕾父女来淄博采访；原济南军区前卫歌舞团团长、一级演员刘子林先生和二级演员杨晓燕女士，于 2001 年在新加坡维多利亚音乐厅举办了聊斋俚曲音乐会，二人担任主唱；山东大学艺术学院副院长、音乐学博士刘晓静请教俚曲音乐问题；中国实验话剧团、中央民族歌舞团、上海市艺术馆等团体也先后来人来访学习……

对于每一位来访者，侯先生都热情接待，不辞劳苦、不厌其烦地耐心讲解，悉心教授。这种既没有师徒名分也不计酬劳的辛苦事务，他看得很淡然。在他看来，聊斋俚曲作为淄博最具魅力的曲艺品种，是淄博地域文化和民间文化的代表，是蒲松龄留给后人的珍贵文化遗产。作为一名俚曲演唱者，有责任把它传承下去，使之发扬光大，让更多的人了解它。而今，令他欣慰的是，这个美好的心愿逐渐变成了现实。俚曲不再是美玉藏在深山人未识，它已经登上了艺术的舞台。这里面承载着侯先生多年的殷切期盼，熔铸着他无私的辛勤付出。侯先生之于俚曲传承和传播有功矣！

较之过去，目前的聊斋俚曲演唱有了更多人的关注，也得到了一定的发展，但在这看似繁荣的喧闹中，实隐含着严重的生存危机。对此，侯先生有着清醒的认识。他认为聊斋俚曲的发展前景不容乐观。他说，现在聊斋俚曲演唱者非常少，现有演唱者的水平也参差不齐；而且随着时代的发展，受到影视和各种流行文化等的强势冲击，最容易受到冷遇漠视、受到轻忽。所有这些都已严重制约着它的进一步发展，甚至威胁到了它的生存。

谈到聊斋俚曲演唱未来的发展之路，侯先生认为，聊斋俚曲要想有更好的发展，应该从四个方面着手：一是政府加大政策和资金支持。聊斋俚曲的发展只靠民间的力量是不够的，政府部门应给予充分的重视，加大投资力度，给以充分的政策和资金支持。二是做好聊斋俚曲录音工作。到目前为止，淄博市也还没有录制出较好的聊斋俚曲演唱的音像资料，这极大地影响了它的传播；还应把老一辈俚曲工作者们召集在一起，集思广益，共同探讨和整理出一套完善的聊斋俚曲文献和录音资料。三是将聊斋俚曲引入教育。当地决策部门应该有这样的勇气和胆识，编写相关教材，使聊斋俚曲进入课堂，让更多的人认识它。四是建立聊斋俚曲学习班。针对聊斋俚曲演唱人才短缺和水平不一的现实，应该设立聊斋俚曲演唱学习班，选拔优秀文艺人才，聘请俚曲研究和演唱的专家任教，实现聊斋俚曲人才资源的良性循环。这些良好的建议，表现了侯先生对聊斋俚曲发展现状的担忧，也饱含着他殷切期盼聊斋俚曲繁荣的愿望。侯先生表示，虽然他个人之力有限，但在有生之年,他将倾其所能为之奉献不止。他还希望社会上有更多的人,共同关注聊斋俚曲,支持聊斋俚曲,用实际行动来保护祖先留给我们的这笔珍贵文化遗产。

结束了对侯先生的短暂拜访,我的心境却不能平静下来,由此想到了他几十年来一以贯之的行为之于文化传承与创新的重要性。首先是对于弘扬聊斋文化的意义。作为蒲松龄著述的重要组成部分,聊斋俚曲具有鲜明的地域文化色彩和浓郁的乡土气息,需要越来越多的文艺界精英把它发扬光大,这也是继承和创新蒲松龄文化遗产的需要,因此侯先生的工作便显得尤为重要。其次是对于弘扬民间文化的意义。与《聊斋志异》一样,同样倾注了蒲松龄一腔心血的聊斋俚曲,明显带有向民间通俗文化靠拢的鲜明趋向,成为民间文化的重要艺术样本,有着丰厚的民间底蕴和独特的民间格调,传承和发扬这种独具意味的艺术形式,对丰富当前日益活跃的民间文化艺术,推动民间文化的繁荣发展具有重要意义,但这种继承与普及工作做得还远远不够,侯先生的大力推行无疑显得弥足珍贵。最后是对于弘扬民族文化的意义。民族文化是彰显民族个性的重要体现,是一个民族自立于世界民族之林的重要资本,是一个民族充满生机和活力的重要源泉。作为一个具有悠久历史和文化的民族,中华民族传统文化是博大精深的,传承和发扬其每一个重要的子系统文化,都对推动整个民族文化的发展繁荣具有不可替代的作用,这需要众多的文化界精英不懈奋斗,去伪存真,继承创新。从这个意义上说,侯先生的努力是非常可取的,值得我们钦佩。

在浮华的现代社会生活中,还有这样一位老人,有这样一颗执着而纯净的心灵,能让我们的内心充满久违的感动。那慈祥亲切的笑容,那执着如一的精神,那平静淡泊的灵魂,那墨香飘溢的书房,那悠扬婉转的音韵,都在讲述和描绘着这样一位老人的故事。俚曲悠悠三百年兮,孝水汤汤多知音。慨叹“知我者,其在青林黑塞间乎”的柳泉先生,可有慰矣。

非物质文化遗产语境下
聊斋俚曲的演唱与传承发展

李　群

蒲松龄是我国清代著名的文学家、俚曲艺术家，山东淄川县（今山东省淄博市淄川区）人。蒲松龄的俚曲作品是他用方言白话构筑的通俗艺术力作。它采用群众喜闻乐见唱白交替的演唱形式，“以明清俗曲为主要声腔，又集南北腔、融南北曲与时调为一体”①，说唱、戏剧于一书。故事引人入胜，语言鲜活生动，曲调通俗易懂，形成其独特的艺术风格。三百年来在其家乡淄川一带有口皆碑，久唱不衰，被誉为明清俗曲的“活化石”。在《柳泉蒲先生墓表》中，称其为“通俗俚曲”；其子蒲箬所作的《柳泉公行述》中称为“通俗杂曲”；当地民间则称为“小曲”“小曲子”；2006年以“聊斋俚曲”之名成为国家首批非物质文化遗产，列入民间音乐类。

一、聊斋俚曲演唱的艺术特色

（一）演唱形式与伴奏

聊斋俚曲是在民间广为传唱的说唱音乐，它“活”在演唱者的歌喉中，靠口传心授留存到三百年后的今天。据笔者调查，过去演唱俚曲的是蒲姓秀才或塾师、流浪艺人和当地村民，现在又有地方民歌手的加入，他们的演唱水平参差不齐，风格各异，这就增加了对聊斋俚曲演唱研究的难度。聊斋俚曲属明清小曲的曲牌体系统，是综合音乐、文学及表演艺术为一体的艺术形式，其演唱形态有说唱和戏剧两大类。独唱是俚曲的主要演唱形式，另外还有对唱，如〔呀呀油〕（《蓬莱宴·喜成佳偶》）是文箫和彩鸾的男女对唱；〔房四娘〕（《磨难曲·闻唱思家》）是张鸿渐与施舜华的男女对唱；独唱与合唱，如《禳妒咒》第五回结尾：“高公：妍媸皆是命里

① 陈玉琛：《聊斋俚曲》，山东文艺出版社2004年版，第61页。

该,高母:推不能去挽不来;长命:暗里赤绳早系定,合云:空劳人力费安排。”聊斋俚曲生于民间,口口相传,既未形成一定规模的演出团体和相对稳定的演员队伍,也无固定的唱腔标准。原因有二:其一,用白话和淄川方言讲唱故事是聊斋俚曲最突出的语言特色,也成为影响其传播范围的主要限制因素,不懂淄川方言的人很难完全领略其中的艺术魅力;其二,十五种俚曲中,只有三种《墙头记》《禳妒咒》《磨难曲》初具戏剧的形态,因此俚曲仍是以说唱形式为主,“只有一个演员表白或说白,而没有不同演员的说白与舞台上的化妆表演”①,这种表演形态不易形成有一定规模的演员团队。

聊斋俚曲演出时以什么乐器伴奏呢?据《齐鲁特色文化丛书·戏曲》介绍:“伴奏乐器多数以三弦为主,配合扬琴、竹笛、琵琶、四胡,比较注重乐感,也有一人自弹三弦演唱的。”②俚曲演出以演唱者自持乐器、自我伴奏形式居多。演唱者执三弦、二胡、笙、笛等乐器,一人从头至尾演唱整部作品,是说唱艺术常用的演唱形式。据蒲家庄的老人介绍,过去每天下午收工后,村民自发地聚集在空地或场院中,听老艺人唱俚曲讲故事。在《富贵神仙》和《增补幸云曲》中,每一回结束时都有“且听下回分解”,也印证了民间的这种传播形式。俚曲民间演出还有以小乐队形式,用笙、竹笛、二胡、三弦、扬琴、琵琶、四胡等乐器伴奏,分角色演唱的。

(二)演唱风格的把握

聊斋俚曲是一书兼二体、说唱并戏剧的综合艺术形式。它运用白话口语和方言土语,采用唱、白交替的形式来讲唱故事,教化民众,因此,对于俚曲的演唱,首先要根据内容的需要来确定演唱的风格。蒲松龄创作俚曲时从音乐内容、情感表现出发精选出五十个曲牌,运用中国传统的“倚声填词”创作手法,对旧曲调进行新创造,赋予了它们新的生命力。常用的曲牌有〔耍孩儿〕〔玉娥郎〕〔叠断桥〕〔银纽丝〕等。这些曲牌有的长于叙说,有的长于咏叹,有的活泼欢快,有的凄苦悲凉,唱词有的典雅细致,有的朴实无华,内容丰富,风格各异。在演唱时首先要把握曲牌的基本风格,然后结合唱词表现的具体内容和情感进行二度创作。如最具时代性的〔耍孩儿〕,在全部俚曲中出现多达上千段,《磨难曲》第一回的〔耍孩儿〕表现的是贫苦百姓在大旱灾荒绝产之年,生活濒临绝境的悲惨之情,其曲调的基本风

---

① 吴钊:《谈蒲松龄的俚曲》,载《中国音乐》1983年第1期。

② 王晓家:《齐鲁特色文化丛书·戏曲》,山东友谊出版社2004年版,第71页。

格应是“悲”和“叹”。《磨难曲》第八回《旷野逢仙》的〔要孩儿〕表现的是张鸿渐哀叹自己流落在外，无处安身，向老婆婆求宿一夜的无奈和无助之情，其曲调的基本风格应是“哀”和“求”。《俊夜叉》中的〔要孩儿〕（赌博词）讽刺揭露了一个赌徒的丑恶行径，曲调诙谐有趣，其曲调的基本风格是“讽”和“笑”。

最后，为了突出聊斋俚曲的地方色彩和风格，唱词中的方言要用地方音读，注意方言的字、词入声要准确。关于淄川方言的吐字咬字问题，笔者将在下文中阐述。

（三）演唱的发声处理

1. 咬字吐字

从歌唱的角度看，语言是声乐艺术的造型基础和创造艺术形象的核心。世界上任何一个声乐学派都是建立在其本民族的语言基础之上，并且带上了本民族语言的浓厚特点，根据本国和本民族的语言规律来进行咬字吐字和表达感情的。为了使聊斋俚曲易于被当地百姓接受，达到教化民众的目的，蒲松龄有意识地运用大量白话口语和方言土语，这些方言遍布山东各地，但也有些为淄川地区所独有。聊斋俚曲是淄博方言词语之集大成者，包括名词、动词、形容词、副词等约计1110条。它常常准确而又形象地状物拟人，绘声绘色地表情达意，十分丰富生动。如：

《姑妇曲》：“大成巴数了一阵。”（批评）

《琴瑟乐》：“谁知郁屈了这几年，今日才……”（委屈、难为）

《寒森曲》：“他只照头就一砖，生铬支打掉了耳一片。”（硬硬地）

《慈悲曲》：“就是一年有零，张讷程程瘦了。”（迅速、很快）

《磨难曲》：“谁想方兴真果中了举，这可怎么处？”（果真，真的）

俚曲演唱风格特色的形式与淄川话的发音和吐字咬字有着密切的关系。淄川方言属北方官话区，其基本发音与普通话大致相似，其不同表现在以下几个方面：

（1）声母方面

①淄川话比普通话多出的［V］声母，其发音与 f 基本相同，发音时要震颤声带；在普通话中则是合口呼的零声母 u，发音时双唇拢圆，留一小孔，舌头往后缩，颤动声带发音。如〔叠断桥〕第二段的“燕子为谁忙”中的“为”；〔呀呀油〕喜成佳

偶中“问奴家”。

②淄川话比普通话多出的第二个声母是[ɩ],其发音与 l 差不多,但是舌头卷得要靠后一些,发音时本音拉长,临停时舌头突然离开上腭,带出轻微的 e。如“日”“人”“二”等字。在普通话中除“日”读 ri 外,其余用卷舌韵母 er 直接表示。

③淄川话多出的第三个声母是[ŋ],它既是声母又作韵尾。发音时与 g、k、h 的发音部位一样,即舌根隆起与软腭形成阻碍,让气流从鼻腔流出,同时颤动声带。在普通话中是开口呼的零声母,只做韵尾,写作 ng,如 ang、ueng,不作声母使用,只读韵母的音。如“俺”“爱”“安”等字。

④淄川话中一部分平舌音读成了翘舌音,主要字有:zi—zhi 淄,zou—zhou 邹,cen—chen 岑,sa—sha 洒,suo—shuo 所,sen—shen 森,cai—chai 踩,zan—zhan 暂。

(2)韵母方面

①发 a 时双唇较圆,舌位靠后,音色较闷,因而显得说话发“艮”(生硬),这是整个淄博和山东大部分地区发 a 的主要特色。

②ai、ao 发成[ɛ][ɔ]。普通话发 ai 时,先张口发 a,逐渐口变小并展开嘴角,舌头前伸形成 i,且二者的轻重也有不同。淄川人发音缺少这个动程,张口无变化或变化很小,发成了一个近似单纯的音[ɛ]。如〔银纽丝〕(《蓬莱宴·两地相思》)中的第二段都是 ai 韵,“谁家的少年好不乖,几乎和奴家撞满怀”。类似的还有 ao 发成了[ɔ]。如〔玉娥郎〕(《旷野逢仙》《闻唱思家》)中的第一段都是 ao 韵,“梅花娇,白雪飘”。ou、iu 的发音部位则有点靠前,不够圆唇,动程也不明显。

③鼻韵母 an。普通话中先发 a,口逐渐变小,同时舌尖顶到上齿龈,堵住口腔的通路,让气流从鼻腔流出,形成鼻音。判断这类发音正确与否的方法就是捏住鼻子。若捏住鼻子后语音变得不全则发音正确,反之则错误。淄川人发这类音时,没有顶舌的动作,舌头一直平伸着,始终从口、鼻同时出气,音发得含混,捏住鼻子后依然可以发全音(但不准确)。这一类的韵母共有八个:an、ian、uan、üan、en、in、uen ün。在俚曲中有大量此类的字,是俚曲演唱的语言特色之一。如【耍孩儿】中的“不下雨整一年”,演唱中若按此法归韵,其腔淄川味十足。

④变为 ei 的韵母

有一部分 o 韵母的字读为 ei,如伯 bo—bei,迫 po—pei,默 mo—mei。

有一部分 e 韵母的字读成 ei,如 ze ce se 和 ge ke de 的部分字:择(zhei)、策

(chei)、色(shei)、格(gei)、刻(kei)、德(dei)等。

有一部分 ai、uai 韵母的字读为 ei、uei，如白(bei)、拍(pei)、麦(mei)、拆(chei)、摔(shuei)、拽(zhuei)等。

少数 i 韵母的字读成 ei，如披(pei)、麦(mei)等。

⑤e 韵母的变音。有一部分 e 韵母的读音的字读为 uo 或者 a，如哥(guo)、渴(kuo)、河(huo)、乐(luo)、割(ga)、喝(ha)等。如《增补幸云曲》第十回“战战兢兢旁边站，花言巧语似蜜多，百样奉承他不乐(luo)。老贱人眉头不展，唬煞了二八娇娥(wo)”，按淄川话读，句尾变得押韵。

⑥读音相近的韵母。有些韵母的读音与普通话不同，但声音却相似，如 ie 读为[iai]，如街(jiai)、鞋(xiai)等。部分开口呼的字 lei 读为合口呼的 lui，如泪(lui)等。

每个人自牙牙学语起，他的发音器官逐渐适应了各自民族或地方语言的发音规律，各发音部位也形成了习惯性的条件反射活动。民间艺人在演唱俚曲时，基本是按照我们以上所说的淄川方言发音的特点来吐字、咬字的，富有浓郁的地方特色和乡土气息，具有以下特点：(1)生活化的吐字咬字，有“出声”(字头)和“归韵”(字尾)中表现尤为明显。(2)声音结实明亮，俚曲的说唱性和旋律的音域窄音区低使演唱真声多、喉音重，演唱质朴，感情真挚，山东人耿直、爽朗的性格呼之欲出。(3)根据方言的语音语调润腔。在已经出版的俚曲曲谱中，我们可以看到同一唱词和音调的曲牌，由于不同的艺人演唱，在节奏和润腔上也有细微的差别，这里边有记谱的原因，更多的还是艺人根据个人对俚曲的理解和语言习惯对曲调进行的刻意或无意的润饰。

聊斋俚曲的这种演唱特色是它在浩如烟海的民间音乐中一枝独秀的标志，也是它存在的最大价值。从保存特色的角度出发，俚曲的演唱应保持这些原生态的特点。从进一步发展俚曲和扩大其影响范围的角度来看，则需要在演唱中融入当代声乐审美观念和科学的发声方法。笔者以为，演唱时可以在保持方言读音不变的情况下，改变发音动作，将每个字在字音收韵时的气息和口腔的着力部位，严格按照普通话的发音动作进行，以形成新的发音规律，既保留地方特色，又做到字正腔圆。

2. 装饰音

使用装饰音是我国民歌创作和演唱中常用的润腔手法。所谓“腔随词生”“依词行腔”，说明唱腔常是根据歌词所隐含的语调和节律特点进行设计的。蒲松龄在俚曲的编创中也继承了这一传统。为了突出说唱音乐的特点和白话方言中所蕴含的独特韵味,他在俚曲中使用了许多装饰音,使旋律和唱词的结合更加贴切,同时增强了音乐的亲切感和美感。从目前搜集整理的曲谱来看,蒲松龄使用的装饰音主要是前倚音、后倚音、滑音和波音。倚音有时使字调更准确,有时使情调更缠绵,有时使韵味更浓郁。如〔叠断桥〕(《磨难曲》旷野逢仙、愤杀恶徒):

后倚音的运用突出了说唱音乐中唱中有说的特点,准确地刻画了主人公病中的慵懒之态。

上例前倚音的运用使散起的乐汇变得形散而神不散,韵味十足,“里”字下行七度的大跳,似一声沉重的叹息,道出了远游人的思乡之苦。

上例则运用了波音、后倚音和前倚音多种修饰手法,加强了“音头”和“音尾”的力感,使感情的表达更加细腻。

这些装饰音的运用,对旋律起到很强的修饰、润色的作用,在语气和语调上突出了方言的韵味和说唱音乐的特点,使词曲有机结合,同时也增强了音乐的亲切感和美感,形成了独特的风格和韵味。演唱时要结合说唱音乐的特点,根据歌词表现的具体内容和口语的音调特点来确定装饰音的时值,不可喧宾夺主;俚曲大多数曲牌旋律质朴,装饰音也不要唱得过于华丽。

3. 衬词

衬词的使用是我国传统民歌的重要特征之一。所谓衬词,是指在曲词定格的字数之外增加的字、词或短语。它多以虚词为主,是歌词中音乐表现意义重于文字表现意义的一种特殊成分,它具有一定的表现功能、结构功能和强烈的艺术感染力。俚曲中的衬词分为两种:一是在词格中已固定成型的,如〔银纽丝〕第一句中的"也么"和第八句中的"我的天呀嗨";〔呀呀油〕中的"哩么呀呀儿油",〔哭皇天〕中的"我的皇天哥哥呦"等。二是为了解决倚声填词过程中,由于词格的限制而导致的词曲结构的矛盾,以求得结构上的和谐与平衡,这类衬词从词性上看多为语气衬词,如〔呀呀油〕(《蓬莱宴·喜成佳偶》):"因奴(哎)动了思凡心,才摘了我的(吧嗨)云头驾。"〔叠断桥〕(《磨难曲·旷野逢仙》):"带病(的那)恹恹懒下床。奴这里(呀)正心焦(啊),极嗔那桃(哎)花放。"

衬词可用来补足语气,使唱词更加口语化,演唱起来更加亲切顺耳;或者用来增强唱词的表现力和生动性,深化感情内涵。俚曲中的固定衬词是依附于乐句来抒发感情的,因此在演唱时必须弄清它在曲牌中的作用和特定表情意义,赋予它相应的语气色彩和感情内涵。语气衬词还起到"垫字"的作用,与前面的字音衔接紧密,不仅丰富了语气色彩,也带来节奏和旋律的变化。俚曲中衬词一般不占强拍,也极少用于句末或停顿处,因此在演唱时不宜过分强调,咬字应轻柔,以免影响主要歌词的表达。

4. 拖腔

曲调中句后或腔节后的无词加腔,一般称之为"拖腔",常用来加强唱腔中唱词所要表达的思想情绪的不足。聊斋俚曲以说唱为主,其曲调长于叙述性,因此,俚曲中曲折委婉的抒情唱段较少。但是也有不少曲牌是通过没有唱词的拖腔来表达抒情内容的,这些拖腔长短不等,在曲牌中起的作用也不同。有的是为了增强乐曲抒情性的短拖腔,如〔玉娥郎〕,几乎每一乐句的句尾都是一个短拖腔,使曲调的表现力更加丰富细腻。类似的还有〔房四娘〕〔呀呀油〕。有的拖腔起结构上应答的作用;有的拖腔在曲调中多次出现,统一协调曲牌的风格,如〔叠断桥〕;也有综合性的拖腔,以上作用兼而有之,如〔耍孩儿〕的拖腔长短交替富有规律:短长,短长,短短长,短短短长,这种安排不仅对曲调进行结构上的扩充或补充,而且突出了曲调的抒情性和歌唱性,感情表现丰富细腻,一唱三叹。

演唱时要认证分析拖腔的结构特点和音乐上的丰富内涵,短拖腔的时值不可拖得太满,以免影响换气和曲调的节奏感;演唱长拖腔时,要感情饱满连贯,一气呵成,口型保持基本不变,以达到字正腔圆的效果。

综上所述,我们可以对俚曲的演唱作如下总结。(1)声音的运用:以真声为主的混合声。俚曲的音域窄、音区低，演唱时语气要亲切自然，说中有唱，唱中有说，使之既符合俚曲说唱音乐的特点，又兼顾当代大众对演唱的审美需求。(2)咬字吐字：在保持方言读音的基础上，力求按照普通话的吐字咬字来发音，既要突出地方特色，又要行腔圆润。(3)演唱唱词不同的同一曲牌时，要根据唱词表现的具体内容进行相应的艺术处理。

二、聊斋俚曲演唱的历史传承与发展现状

(一)聊斋俚曲的传承与发展

聊斋俚曲被誉为明清俗曲的“活化石”，自清代至今已传唱了三百多年。虽然至今未见到有关俚曲的曲谱资料，但是据《柳泉公行述》记载“又演为通俗杂曲，使街衢里巷之中，见者歌，而闻者亦泣”，可见聊斋俚曲曾经有过舞台搬演。中华人民共和国成立前，会演唱俚曲的人主要是蒲姓塾师、盲艺人和村民；中华人民共和国成立后，又有民歌手和文化干部参与其中。二十世纪五六十年代，音乐工作者对俚曲进行挖掘和抢救，搜集整理了仍在民间传唱的十首俚曲曲牌。跟过去蒲家庄一带人人会唱俚曲的盛况相比，目前俚曲的演唱和传承则冷落了很多。这是社会音乐生活大环境的改变带来的生存危机，也是俚曲演唱本身“落伍”所致。在经济全球化的大背景下，各种文化互相交汇、融合，音乐艺术也呈多元化发展态势。在西方音乐和流行音乐的左右夹击下，很多古老的音乐艺术，因为不能及时“换血”而“水土不服”，走向衰败甚至被无情淘汰，逐渐淡出音乐舞台，俚曲也正处于“养在深闺人未识”的尴尬境地。虽然成为非物质文化遗产保护项目，为俚曲的生存提供了有利条件，但是如果不进行改革创新，不能创作出符合当代人民审美需求的新作品，俚曲也难逃谢幕的结局。三百年来，聊斋俚曲在以蒲家庄为中心的淄川一带的狭小区域传播，据笔者多次到淄川的调查访问得知，即使在蒲家庄，会唱俚曲的老人也越来越少，年轻人感兴趣者、学习者甚寡。笔者聆听当地演唱者演唱时吐字咬字方言“味道”浓厚，多使用“大本嗓”，虽然质朴淳厚，却离当代大众的欣赏口味较远。从学术研究方面来看，由于曲谱资料的匮乏，对音乐本体和演唱的研究远远滞后于文本的研究，有关机构也很少将聊斋俚曲的演唱纳入长远的研究规划，导致目前聊斋俚曲演唱的整体水平偏低，缺乏时代美感。

“民族民间音乐传统的发掘和保护除了具有博物馆意义和文化遗产的意义，

更重要的是将成为新世纪中国音乐文化可以寄托的发展基石。”[①]从这个意义上讲，对聊斋俚曲的保护和传承任重道远。

聊斋俚曲要想重新焕发生机，必须一手抓传承保护，一手抓创作创新。“继承是一切文化艺术发展的基础，没有继承就谈不上融合，更谈不上创新，这是亘古不变的真理。”[②]博物馆式保护是必要的手段，除此之外，还要培养新人把俚曲的演唱原汁原味地传承下去。聊斋俚曲作为封建社会农耕文化的产物，在今天早已失去了滋养它的土壤，在传承基础上的创新是延续其血脉的必要手段。笔者认为创新主要体现在两个方面：一是内容的创新，即继承曲牌联套的艺术形式，打破其思想和内容的局限性，吸收俚曲中具有积极现实意义的内容，如惩恶扬善、弘扬正气、倡导孝悌等，密切结合生活实际，创作具有时代特色的俚曲新作品；二是俚曲音乐的创新。蒲松龄创作俚曲时“汇明清俗曲之精华作唱腔”[③]，他在《增补幸云曲》第一回开篇中描述道：

> 世事儿若循环，如今人不似前，新曲一年一遭换。〔银纽丝儿〕才丢下，后来兴起〔打枣杆〕，〔锁南枝〕半插〔罗江怨〕，又兴起《正德嫖院》，〔耍孩儿〕异样的新鲜。[④]

首先，我们要在深入研究这些曲牌的基础上，以《聊斋俚曲集》文本为依据，尝试创造性“复原”俚曲。这项工作，淄博的俚曲研究专家陈玉琛已经走在了前面，他在十几年俚曲研究、考证的基础上，为 42 个曲牌编曲配歌 59 首，为创造性“复原”聊斋俚曲做出了可贵的探索与尝试。其次，利用俚曲元素进行再创作。在保留特色音乐和语言风格的基础上，大胆革新演出形式，把俚曲元素融入当代音乐语汇中，创作出全新的作品，赋予俚曲新的艺术魅力。最后，我们还可以对现有的传唱较多、艺术性较强的单曲进行多种形式的改编，如器乐曲、重唱、合唱等，甚至

---

① 金兆钧：《中国音乐面向世界的姿态和语言》，载《中外文化交流》2003 年第 1 期。

② 王祖皆（作曲）：《野火春风斗古城》代自序，上海音乐出版社 2009 年版。

③ 张桂林：《齐鲁非物质文化遗产丛书 · 传统音乐》，山东友谊出版社 2008 年版，第 348 页。

④ 〔清〕蒲松龄著，蒲先明整理，邹宗良校注：《聊斋俚曲集》，国际文化出版公司 1999 年版，第 901 页。

加入流行音乐的元素，使之焕发新的生机，更具时代特色，更加通俗化，符合当代大众的审美需求。

(二)聊斋俚曲的现状

相对于三百年前蒲家庄人人会唱几首聊斋俚曲的盛况，聊斋俚曲和大多数古老的民间音乐的命运一样，走到了濒危的边缘。但是，自我国开始实行非物质性文化遗产保护政策以来，俚曲岌岌可危的命运也随之好转。2006 年聊斋俚曲被收入“文化部首批国家非物质文化遗产名录”，蒲章俊先生被定为俚曲传承人，当地政府也开始有意识地投入资金扶持俚曲的演唱、研究和创新，聊斋俚曲作为淄博地区重要的文化品牌，得到了有效的宣传和推广。蒲家庄成立了聊斋茶社，定期举办俚曲演出和学唱活动；淄川当地定期举办聊斋艺术节和俚曲演唱比赛；民间歌手邹锜举行了俚曲曲牌演唱会并出版了俚曲演唱音像制品；2008 年 7 月，淄川俚曲剧团在当地政府的大力支持下隆重挂牌成立，以音乐、戏曲爱好者为主要成员的群众性业余剧团致力于挖掘、整理、传唱聊斋俚曲，成功举办了聊斋俚曲研讨会、聊斋俚曲艺术节、聊斋俚曲少儿培训班。剧团每周排练，上演了新创作的聊斋俚曲戏，其中既有富有聊斋色彩的《求骂》《狐狸精闹书房》《渔翁和城隍》《学究自嘲》《钟妹拜寿》，又有现代题材的《带着奶奶做新娘》《丫头大主任》等。《带着奶奶做新娘》是当地老一辈俚曲研究者在继承现有曲牌的基础上，融入当代音乐的语汇创作而成，为聊斋俚曲注入了新鲜血液。他们在农村、学校、企事业单位上演百余场，受到基层群众的欢迎。2009 年 5 月经山东省戏剧家协会认定，“聊斋俚曲戏”正式成为我国新剧种，淄川俚曲剧团成为目前国内唯一的聊斋俚曲承载团体。据《聊斋志异》中《骂鸭》改编的俚曲戏《求骂》参加了第三届“中国戏剧奖·小戏小品奖”评选、中国(博兴)第六届小戏艺术节等，获得最佳推荐剧目奖。获奖一小步，创新一大步，从仅存的十余首曲牌到新剧种“聊斋俚曲戏”，虽然步履艰难困难重重，虽然还存在很多问题需要进一步探讨，但是俚曲剧团毕竟在创新发展的路上做出了可贵的探索。

笔者多次观摩俚曲剧团的排练和演出，与主创人员、艺术指导和演员们探讨俚曲，田野调查的所见所闻使笔者意识到，聊斋俚曲在三百年的“活态”传承过程中，既有对前人原汁原味的继承，也有传唱者的二度加工、创作。只有进一步挖掘和探索俚曲演唱的内涵和价值，深入开展聊斋俚曲演唱方法和演唱风格的研究，保护“老人”，培养“新人”，努力保护，合理创新，才能使聊斋俚曲承担起文化遗产的重要使命。

闲话聊斋俚曲的传播

蒲　泽

蒲松龄一生呕心沥血，留下了大量的著作，除《聊斋志异》之外，最富救世婆心的要数聊斋俚曲了。在其生前《聊斋志异》就不胫而走，250 年前就有刻本问世，现在几乎家喻户晓。可是相对而言，聊斋俚曲的传播就显得时运不济了。

据张元撰《柳泉蒲先生墓表》碑阴所附著作目录，蒲松龄有“通俗俚曲十四种”，分别为《墙头记》《姑妇曲》《慈悲曲》《翻魇殃》《寒森曲》《琴瑟乐》《蓬莱宴》《俊夜叉》《穷汉词》《丑俊巴》《快曲》《禳妒咒》《富贵神仙（后演变为〈磨难曲〉）》《增补幸云曲》等。现在通常把《富贵神仙》和《磨难曲》作为两种，于是就变成了十五种。

关于聊斋俚曲的创作年代，见诸文字记载的不多。许多专家推测，“聊斋俚曲中的大多数作于蒲松龄六十岁以后”。这无疑是可信的，但也不无例外。清人高珩为《琴瑟乐》写的跋，落款为“时康熙岁次乙亥清明中浣”。“康熙岁次乙亥清明中浣”即康熙三十四年（1695）三月中旬。这年，蒲松龄 55 岁。也有的观点说《琴瑟乐》作于清康熙十三年，那年蒲松龄 34 岁。还有没有比这篇写作更早的俚曲呢？笔者没有文献证据，不敢妄作臆测。但单凭这篇跋的落款就足以证明，最迟在清康熙三十四年初，《琴瑟乐》就在淄川民间和士绅间传播了。这应该算是问世最早的一篇俚曲。

高珩为《琴瑟乐》题跋时已是八十四岁高龄，两年之后，这位年高德劭的乡前辈就与世长辞了。高珩不仅学贯二氏，并且皈依汉传佛教净土宗。但是，这位虔诚的佛教徒，对就连现代人都觉得有点黄色的《琴瑟乐》，却推崇备至。他在《琴瑟乐》跋中写道：“文字论神理，不论皮毛。即如此卷《琴瑟乐》曲，固皆家人儿女常设。若论其结构之法，有步骤，有起伏，有照应关锁。慧思绮语，时时点注；渲染补衬，处处勾连。时而冷闲传神，时而妍热含态。波委云屡，穿经度纬，一气宕折，中章法精，色浓味永，骨秀韵圆。此是松龄作赋之才，小试于香奁一脉，必传何疑？”高珩的预见现在还真应验了。

高珩在跋中还说：“今人不善读书，每将奇文忽略，看过此篇，必有以小词忽之者。不知文无大小，看相结构如何耳！篇中起伏顿挫，呼应关锁，绝似《水浒传》；摹景写情，杂用方言，绝似《金瓶梅》；至其镂心刻骨，秀雅绝伦，则兼《西厢》《牡丹亭》之长，而能自出机杼，不肯抄袭一笔。食古而化，乃有斯文。”

当年，高珩在淄川既是领袖群伦的人物，也是衡文的权威，诗文一经他品评首肯，如登龙门，声誉十倍。他能给予《琴瑟乐》“兼《西厢》《牡丹亭》之长，而能自出机杼，不肯抄袭一笔”的高度评价，能不为《琴瑟乐》的传播推波助澜吗？况且“此篇中鄙俚处见大雅，琐屑处具精神”，亵狎描摹，“娇态如见”，原本就为下里巴人所喜闻乐道，这就会更加速此曲的传播。

或许此曲的一炮打响，极大地刺激了蒲松龄继续创作的热情。于是，《墙头记》《俊夜叉》《慈悲曲》《姑妇曲》等一系列聊斋俚曲就陆续诞生了。也或许是因为当时有广阔的“市场”需求，构思新的故事又不容易，于是，他“就自作《志异》中择《珊瑚》《张诚》《江城》编为小曲，演为传奇”。如果从康熙三十四年算起，到蒲松龄逝世，不过 20 年的时间。蒲松龄能在桑榆晚景，先后创作了十四种俚曲，可谓成就卓著。

同样是蒲松龄的著作，《聊斋志异》在乾隆三十一年（1766）就有了刻本问世并且风行天下，但聊斋俚曲就没有那么幸运了。在蒲松龄逝世后 200 年间，别说刻本，就连一个十四种俚曲汇编一起的抄本也没有发现。流传于世的只是些相互传抄的单篇抄本；流传的地域也小得可怜，基本上是以蒲家庄为中心的周边村庄；能唱俚曲的人更是少之又少，多半是居于社会底层的盲人和负贩之辈；藏有抄本的文化人，大多数是在读俚曲，而不会唱俚曲。

淄川乡前辈路大荒是个有心人，在他的授业恩师、蒲松龄的六世孙蒲国政的影响下，接触和喜爱上了蒲松龄的著作，并从二十世纪三十年代初，开始了对除《聊斋志异》之外的蒲松龄遗著的搜集整理工作。1935 年，日本东京文求堂曾出版过他注释的《聊斋俚曲·磨难曲》。翌年，上海世界书局出版赵苕狂主编《聊斋全集》时，收录了路大荒整理的《聊斋诗集》《聊斋词集》《聊斋俚曲集》《聊斋鼓词集》《蒲松龄年谱》。那时，《聊斋俚曲集》只收录到了十一种，分别是《幸云曲》《禳妒咒》《磨难曲》《翻魇殃》《富贵神仙》《姑妇曲》《墙头记》《慈悲曲》《寒森曲》《俊夜叉》《蓬莱宴》。

路大荒在这次出版的《聊斋俚曲集》的序中说：

我们淄川聊斋主人蒲柳泉先生他的作品，早已普遍的流传在社会上。志异那部书，几乎人手一编。现在一般的学者，也都承认他是十七世纪的一个很伟大的新旧文学作家。

至于他的历史，现在我另编了一小本子年谱发表了。这几年来除了聊斋志异一书到处翻印以外，也有印他的杂著和通俗的俚曲，不过是短篇的几种罢了，其他的大部分的遗著仍然是埋藏着。

我在小学的时候就爱好搜集古人的遗著，在近数年的中间，竟成了一种嗜好。所以，我对于蒲柳泉老先生的遗著更下了个最大的决心，凡是先生钓弋游宴的地方，都去下过功夫。他的故乡蒲家庄曾去过数次，也连住了几宵。还有自一些古董贩子的手里不惜重价得来的几种。总算起来，比较先生墓碑上所列的著作目录也超过了半数。经我的挚友王献唐先生介绍给世界书局刊印，弁请栾调甫先生作了一篇序，增加这部遗著的声色真不少。

想老先生的埋没了二百多年的著作，一旦流传出去，炫耀在社会上，使一般讲学者得到阅览和研究，这都是献唐的力量。还有鲁君子文、邹君西峰、宋君绍夷，都热心的帮助我抄录；刘君熙庭、王君华冈、孟君俊生和刘君冠三，也助我搜求和校正。在刊印的时候，的确是应当声谢声谢。

将来老先生的作品尚存人间的，我搜集了来和我所藏的一二种手稿子及那部聊斋文集，应当先行刊布，使老先生的遗著早日流传出去，才满了我的心愿和我的志同道合朋友们的心愿。

路大荒家住淄川城西北隅的菜园村，离蒲家庄不足5公里。他致力于搜求蒲松龄遗著，应该在1930年前后。那时，他担任淄川县立体育场场长，后改任县民众教育馆体育部主任。年龄在35岁左右。无论天时还是地利，对于路大荒来说，搜求蒲松龄遗著都具有得天独厚的优势。可是，他花费了若干年的努力，只找到了11种俚曲，结集出版时，依然有遗珠之憾。

1936年，离蒲松龄去世已经足足过去了221年。在这漫长的岁月中，别说聊斋俚曲的稿本,就是抄本都难以找齐了。上海世界书局对聊斋俚曲的刊行,才使聊斋俚曲从作者的故乡走向了全国,从民间的收藏之家走进了文人、学者的书斋。胡适就是在这前后才知道蒲松龄能写通俗作品的。让聊斋俚曲走出省门的,是路大荒。如果说高珩是聊斋俚曲的第一知己的话,那么,路大荒就是促进聊斋俚曲传播的巨擘。

抗日战争爆发之后,民不聊生,国人已经很少有闲心关注那不登大雅之堂的聊斋俚曲了。但这期间有位在洪山鲁大公司就职的日本医生却对搜集聊斋遗著颇为上心,这个人就是平井雅尾。平井雅尾所在的医院,离蒲家庄不过 1 公里。平井雅尾带回日本的与蒲松龄有关的文献,主要来自蒲氏后裔家中所藏,其次是路大荒转让。据老人们说,在蒲氏家族中卖给平井雅尾东西最多的是蒲英潭的家族。蒲英潭是蒲松龄的次子蒲篪的后人。他的祖父蒲国珍、父亲蒲人镐都是国学生,也都是弃文经商而发财致富的。蒲文镐生活在晚清民国年间,他曾跟淄川杨复基父子学过骑射,也算是个文武兼修之人。因仕途无望,遂弃文武而经商,他在淄川创办的合盛烟房很有名。世谱称:他"专开合盛烟房,不数年即能致家道丰隆。田数百亩,花园一所。置薪木,购书斋,延师教读,以课子孙为书香计",他的族兄蒲人鸿从宣统元年起在他家坐馆达 12 年之久。这在蒲家庄是首屈一指的富翁。蒲家庄北门里路东那些古老的青砖瓦房就是他家的祖产。遗憾的是,他 58 岁就去世了。他有两个儿子,长子就是蒲英潭。家业传到蒲英潭手里时就已经败落了,迨至抗战期间,蒲英潭就指望卖家中收藏过日子了。他家收藏的许多蒲松龄著作的抄本,就是这时候一点一点流失出去的。值得庆幸的是那幅价值连城的蒲松龄画像,他没舍得卖掉。解放后,他将这幅画像捐献给了蒲松龄故居。日人平井雅尾,从淄博搜集的那些古籍文献,后来保存在日本庆应大学图书馆。"文革"前,笔者就见过赵怀珍抄录给蒲玉水的庆应大学的馆藏蒲松龄文献目录。几十年前,在淄川人眼里,平井雅尾是侵华的文化特务。路大荒因与平井雅尾交往甚密,也就沾上了"汉奸"之嫌。

解放前夕,在洪山一带俚曲唱得最好的要数洪山镇十里庄的盲人算命先生刘囤子了。他走村串乡,靠唱俚曲小段招揽生意。有一次,他不小心掉进了满井(即柳泉),被捞出来之后,人们问他说:"刘先生,你会算卦,咋还掉到井里了?"他笑呵呵地回答说:"算着不窎,就不窎,扑通进了满井窑。"此人言辞风趣,颇为乡人喜欢。

真正使聊斋俚曲得到广泛传播的还是新中国建立以后。在省文管会副主任王献唐以及路大荒的积极呼吁下,1955 年,蒲松龄故居得到了保护。1957 年下半年,经市政府批准,抽调时任淄川区西河、坡地、昆仑三镇小学总校长的蒲玉水到蒲松龄故居工作,担任蒲松龄故居管理委员会主任,负责蒲松龄故居纪念馆的筹建和文物征集工作,行政上归市文化局直接领导。

1948 年,淄川解放之后,蒲玉水由部队转到地方工作,曾在淄川创办过好几所农村小学,并且是我们党派出接管由日本人创办的鲁大小学(后改名为淄博矿务局第一职工子弟小学)的第一任校长。他在淄川有着深厚的群众基础,这为他征集有关蒲松龄的文物,提供了方便。翌年,百废俱兴。他很快就把路大荒花了几十年时间没有找到的《瑟瑟乐》《穷汉词》《丑俊巴》《快曲》等四种聊斋俚曲找齐了。这几个抄本主要是来自博山羊栏河村的田春圃老先生家中。田春圃去世之后,田家的收藏传到了他的儿子田庆顺的手里。田庆顺是博山白杨河电厂的职工,30 年前笔者曾去他家拜访过。上代人的交情,令我们一见如故。算起来,笔者和田世兄已 20 多年没见面了,不知这位老朋友还在不在人间。

1958 年,为了展出的需要,在市文化局的支持下,蒲玉水组织了一批善写小楷的人士,对 14 种聊斋俚曲按旧线装书模式进行了重抄。半个多世纪过去了,这部分抄本依然放在蒲松龄故居的展橱里展出。同时抄写的除《蚕桑经》《聊斋杂著五种》之外,还有一些疑似蒲松龄的著作,如《脱空传》《东郭外传》等。应该说,是蒲玉水第一次让蒲松龄的 14 种聊斋俚曲在蒲松龄故居的展室里同时面世。这在聊斋俚曲的传播史上也是破天荒的。

蒲玉水到蒲松龄故居工作之初,蒲家庄没有党员,组织上让他兼任蒲家庄大队党支部书记。在此期间,他利用麦秋两季参加抢收抢种的机会,在田间休息时间经常教社员们学唱俚曲唱段,曾一度在蒲家庄的年轻人中形成了一阵俚曲热。

聊斋俚曲是种说唱艺术,版本固然重要,曲谱也弥足珍贵。俗话说:“无谱不成曲。”俚曲一直是口碑相传,从来没有成文的曲谱,甚至同一个曲牌,不同的人,唱法也不尽相同;再说,到六十年代初,蒲家庄中能唱几句俚曲的人已经不太多了,俚曲濒临“绝唱”的危险。为了抢救这一优秀的文化遗产,时在文化局做群众文化工作的牟仁钧,为此呕心沥血,付出了辛勤的劳动。在蒲玉水的协助下,牟仁钧深入蒲氏故里,搜故抄,询黄发,通过听取民间艺人的相互传唱,整理、记录下了一批曲谱。如今流传下来的像〔哭皇天〕〔玉娥郎〕〔叠断桥〕〔呀呀油〕〔银纽丝〕

等十几种俚曲曲谱多数是由牟仁钧整理的。此外,王川昆也记录了一些。我记得,那时俚曲唱得比较好的族人中首推蒲文勇。他是一位扛着凳子、走村串户磨剪子的工匠,有一副好嗓门,唱得有滋有味。此外,蒲人润、蒲文圣、蒲文琪也都唱得各有所长。他们的演唱,为牟仁钧的整理、记谱提供了基础。

1961 年,蒲松龄著作编辑委员会在济南成立。会后,时任山东省副省长的余修率领编辑委员会的专家们来到蒲松龄故居参观,蒲玉水组织蒲秀玲、蒲红斌等年轻的蒲氏后裔为专家们演唱了聊斋俚曲。听后,余修诗兴大发,当即挥毫,写下了"风雨重阳乍晴时,再过柳泉访故居。绿窗芭蕉听俚曲,子孙学唱银纽丝"的优美诗句。

会议之后,在众多专家的帮助下,路大荒对《蒲松龄集》进行了修订和增补,于 1962 年交由上海中华书局出版发行。这个版本增补的《穷汉词》《丑俊巴》《快曲》等 3 种俚曲,就是由蒲玉水抄录提供的。因《琴瑟乐》又名《闺艳琴声》,且其中亵语偏多,路大荒感到"内容黄色",而弃置不收,殊为憾事。这在路大荒为《蒲松龄集》写的后记中有明确记述。其实,《闺艳琴声》就是《琴瑟乐》。网上有的文章说路大荒没见过《琴瑟乐》,实乃以讹传讹。

由于路大荒对新抄本《琴瑟乐》不予认可,蒲玉水只好将其从蒲松龄故居的展橱中撤出。1981 年,蒲玉水因病去世之后,他的书刊书信等资料,由笔者保管,其中就有新抄本《琴瑟乐》。1982 年,笔者在市文化局参加《淄博市文物志》的编纂工作时,偶尔与文物科杨占娥科长谈起了这段往事,杨科长建议我把这篇俚曲交给蒲松龄纪念馆收藏,必要时重新展出。当时,我亲手交给了杨科长,由他转交给蒲松龄纪念馆馆长鲁童。几年之后,收有《琴瑟乐》的《聊斋佚文辑注》出版了,这篇《琴瑟乐》抄本现藏蒲松龄纪念馆。

1963 年 2 月,中央音乐学院中国音乐研究所的吴钊从北京到蒲氏故里采风。蒲玉水热情地接待了他,并请蒲人润、蒲文勇、蒲文圣等蒲氏后裔一道为他演唱了俚曲。吴钊欣然录音而去。从此,这充满淄川泥土芬芳的俚曲就传到了我国音乐的最高殿堂,也从而受到了音乐界专家们的普遍关注。这些录音至今还完整地保存在吴钊的手里。当时,吴钊曾为蒲玉水及为他传唱俚曲的三位老人合拍了一张照片。照片现由笔者保存,睹物思人,不胜感慨之至。

1964 年,捷克斯洛伐克的一位研究中国俗文学的女士来到了济南,她非常喜欢聊斋俚曲,并想录音带回国去进行研究和传播。应省文化厅的邀请,蒲玉水、蒲文勇、蒲秀华等3人专程赶赴济南，为她进行演唱并录音。从此，俚曲便穿越国界，传到了欧洲。

1983年，中央音乐学院在北京的外交部礼堂举办了一场独具特色的“寻古演唱会”，特邀牟仁钧前往观摩。当时，牟仁钧正卧病在床，难以成行，只好委托淄博师专的唐道庄教授替他前往。寻古演唱会上，青年歌唱家彭丽媛演唱了由牟仁钧整理的俚曲《叠断桥》。唐教授从北京返回之后，亲临医院向牟仁钧汇报了演唱会的盛况。

1961年9月，笔者曾随先父蒲玉水到济南路大荒的府中小住过。那时，省文管会特意安排让路老陪同我们父子游览了济南的名胜。省博物馆的纪刚还为我们三人在大明湖的历下亭前和千佛山齐烟九点牌坊旁拍照合影。1967年夏，先父蒲玉水与牟仁钧同住一间“牛棚”接受审查批判，笔者是去探望先父时初识牟仁钧的。没想到16年之后的1983年，笔者同牟仁钧竟同时被邀请参加了在泉城召开的山东省蒲松龄著作研讨会。从那之后，蒲学研究这一纽带使笔者与牟仁钧成了忘年交好友。1972年，路大荒因病去世；1981年，蒲玉水病故；1984年牟仁钧也被病魔夺走了生命。这些在不同的时期，利用不同的形式，不为名利，无私奉献，为聊斋俚曲的传播做出过巨大贡献的人，一个个都走了。物换星移，人去楼空，回首往事，不胜沧桑。此文在向世人介绍聊斋俚曲传播的梗概时，也权作是对几位先哲的怀念。历史不会忘记他们，历史也不能忘记他们。因为他们才是传播聊斋俚曲的真正拓荒者。

1999年，族兄蒲先明与邹宗良整理出版了《聊斋俚曲集》，这是聊斋俚曲问世以来出版的最全的一个版本。音乐家陈玉琛花费多年的心血，找到了大量的聊斋俚曲曲谱，这为演唱整本俚曲奠定了基础。这一切无疑都是可喜可贺的事情。

一个时代有一个时代的主题，一代人有一代人的责任。在聊斋俚曲的传唱濒临绝种的二十世纪五六十年代，牟仁钧、王川昆等音乐人能将民间演唱曲谱记录下来，实属难能可贵了。即便有的演唱者演唱的曲调与传统曲牌的唱法有所不同，甚至大相径庭，笔者觉得也无关紧要，只要他的词唱的是聊斋俚曲就行了。曲谱只是载体，一首歌词，可以谱上几种不同的曲子演唱。能流传的就是好东西。我觉得，后人应该百倍珍惜前人的劳动成果，而不要轻易去否定他们，更不要轻易给他们扣上“赝品”的罪名。如果没有他们留下那点传唱的火种，恐怕我们今天就无缘享受〔玉娥郎〕〔叠断桥〕〔哭皇天〕那优美的唱段了。苏东坡、李清照的词都写得很好,可有几个会唱的？京剧的唱腔因流派不同,形成了各领风骚的四大名旦。如果以梅派为标准,荀、程、张三派岂不都成了“赝品”？曲牌是死的,人是活的,只要能唱出地方特色,唱得让人爱听,就是好俚曲。当年演唱俚曲的那辈人,笔者都很熟悉。蒲人润是开杂货铺的,笔者从小就到他的小铺里打酱油买醋;蒲文圣是牲口经纪人,他的父亲蒲英棠有文化,曾抄过俚曲;蒲文勇是磨剪子的师傅,虽然没有文化,但嗓子很好;蒲文琪是开药铺的,专门炮制蒲氏祖传的调经丸,虽然有文化,但是嗓子不行,只能小声地哼唱。他们所唱的俚曲虽然都是老辈子传下来的,但是到了他们的嘴里,难免走调变味,甚至从别的地方移植几句过来掺和一下,于是就成了“非标”曲调。如果换一个想法,把这些“非标”曲调作为一种来自民间的原生态去看待,岂不是一件大好事？为什么非要把它说成是“赝品”而排斥它呢？黑格尔不是说过,“现实的就是合理的”。二十世纪六十年代,省戏研室孙海潮将《墙头记》改编成山东梆子,搬上了舞台和银幕,取得了很好的社会效果。《墙头记》的曲牌是〔耍孩儿〕,可戏剧《墙头记》却变成了梆子腔,能说它没有套用传统的曲牌演唱,就是“赝品”吗?

时下,无论是信息的渠道还是传播的载体,都进入了一个空前完善的时代。音乐家、剧作家们,应该充分发挥自身的聪明才智,通过多种表现形式,把聊斋俚曲这个名牌,做大做好,既可以创造条件整本谱曲演唱,也可以改编成戏剧或电视剧,不要再在唱腔的对错上斤斤计较了。唱腔不是蒲松龄的,唱词才是。无论怎么唱,把俚曲的内容唱出去才最重要。

在此,我建议在市区两级老年大学开办聊斋俚曲学习班,并同时组织老年人俚曲合唱团。全市每年组织一次聊斋俚曲合唱电视大奖赛。如此坚持下去,用不了几年,聊斋俚曲就会在淄博家喻户晓。也许有人认为这是坐而论道,但也不妨一试。

聊斋俚曲改编研究

蒲松龄著作与地方戏曲

纪根垠

一、聊斋戏文今犹存

蒲松龄先生耗尽毕生精力，为我们创造了大批珍贵的精神财富。他的不朽名著《聊斋志异》，早已脍炙人口，蜚声文坛；其他作品也丰富多彩、琳琅满目。他编写的戏文和俚曲，也在中国戏曲发展史中占有一席重要的地位。

清代雍正三年（1725），淄川人张元所撰《柳泉蒲先生墓表》的碑阴，刻录了蒲氏的部分著作名目，其中有“戏三出：《考词九转货郎儿》《钟妹庆寿》《闹馆》”。均收入《蒲松龄集》下册。

《钟妹庆寿》一剧，假借钟馗之口，道出人间不平。钟馗心中冤抑，撞死金阶。死后仍耿耿于怀，认为“世间贫贱愁苦，都是几个邪鬼作祟，若遇魑魅魍魉，定要吞他下肚”。因此，将钟妹送来的寿礼——小鬼一头，以及送礼挑担的大鬼，全都当作佳肴，佐酒吞食。《考词九转货郎儿》（《蒲松龄集》分成《闱窘》《南吕调九转货郎儿》），深刻地揭露了科举制度的腐朽与黑暗，勾画出考生们窘居考场、丑态百出的狼狈相。这两出戏文，寓意深邃，风格清新，与《聊斋志异》中的某些作品有异曲同工之妙，相互映照之趣。

《钟妹庆寿》和《闱窘》全是按照当时流行剧坛的“传奇”体例编写的，曲牌沿用“南北合套”，并以近似的体例联缀而成。

《钟妹庆寿》：北新水令—南步步娇—北折桂令—南江儿水—北雁儿落带得胜令—南侥侥令—北收江南—南园林好—北沽美酒带太平令——清江引。

《闱窘》：新水令—步步娇—折桂令—江儿水—雁儿落带得胜令—侥侥令—收江南—园林好—沽美酒—醉太平—尾声。

这种联套的体例，在当时比较流行，而且甚受欢迎。乾隆年间刊印的戏曲选集《缀白裘》，选载的尽是当时盛行在歌台舞榭上的戏曲演出本，其中如《荆钗记》（男祭）、《牡丹亭》（吊打）、《渔家乐》（羞父）、《永团圆》（堂婚）、《万里缘》（打差）等十二出，都和上述联套体例基本相似。蒲松龄正是根据观众的喜闻乐见而选用这种表现形式的。（“九转货郎儿”见《长生殿·弹词》。北京牌子曲中，也有此牌名。）

这两出戏文，当时是否曾经粉墨搬演过，尚未见到明文记载；但是，它们都未能在戏曲舞台上保存下来，却是客观事实。而《闹馆》一剧的情况却迥然不同，这个剧目不用长短句。而用十字句的上下句体例编成，类似目前许多戏曲剧种常用的板腔体格律。这出戏文，几百年来，一直成为不少剧种经常上演的传统剧目之一，或称《和先生教学》及《揽馆》。流行在山东境内的地方戏曲剧种柳子戏、山东梆子、河北梆子、山东八角鼓（属于曲艺形式，也曾化装演出过）等，都完整地保留了这个优秀剧目。曾经获得山东省第二届戏曲观摩演出大会一等演员奖的山东梆子名丑卢胜奎（1900—1972），当年就擅演此剧，颇负盛名。

六十年代初期，山东省柳子剧团演出了范季高执笔加工整理的这个剧目，由张贵银饰和为贵，张兴灿饰礼之用。与此同时，参照卢胜奎口述本整理的《闹馆》，1965年曾被山东人民出版社初步同意列入出版计划。

《闹馆》的故事情节并不复杂，写的是贫儒和为贵潦倒贫困，只好沿街叫卖揽馆，遇到礼之用为子觅师。这个肉头，十分悭吝，百般苛求，不但要以粗茶淡饭接待，还让和先生代管接送孩子，兼敲暮鼓晨钟。和为贵但求糊口，忍辱屈从。剧中人物性格鲜明，语言生动，淋漓尽致地写出了旧社会中失意文人穷途末路、赖衣求食的一副可怜相，笑中含着泪花，寄予无限同情。实际上，剧中的穷教书先生和为贵，正是蒲松龄自己坎坷遭遇的真实写照！由于他深有生活体验和切身感受，所以写得生动逼真，扣人心弦。

《蒲松龄集》中的《闹馆》，与柳子戏《和先生教学》（王福润口述本）、山东梆子《揽馆》（卢胜奎口述本），从情节结构到人物刻画，甚至绝大部分唱词科白，都大体相同，可以看得出一脉相传的明显痕迹。今举例对照如下：

1. 词句完全相同的。如和为贵上场时所念：

《蒲松龄集》本	柳子戏本	山东梆子本
君子受艰难， 斯文不值钱。 有人成书馆， 便是救命仙。	君子受艰难， 斯文不值钱。 有人来成馆， 便是救命仙。	君子受艰难， 斯文不值钱。 （当“上场对子”处理，另有四句“定场诗”。）

2. 词句基本相同的。如礼之用向和为贵提出简单的饭食供应：

《蒲松龄集》本	柳子戏本	山东梆子本
到春来苜蓿芽煎饼白饭， 到夏来马踏菜自来就酸， 到秋来蔓菁菜煮的稀烂， 到冬来萝卜片亦可入盘。	到春天苜蓿菜蒜调盐拌， 到夏天蚂蜂菜自来带酸， 到秋天蔓菁菜煮个稀烂， 到冬天辣萝卜少油无盐。	等春天苜蓿菜炸的稀烂， 到夏天蚂蜂菜自来带酸， 到秋来大蔓菁煮的稀烂， 到冬来白菜帮少油无盐。

3. 词句大致相同的。如最后，教书先生和为贵应承了礼之用提出的一切苛刻条件，甚至连背送学生也甘心情愿：

《蒲松龄集》本	柳子戏本	山东梆子本
丑（礼之用）唱： 观音堂到舍下路途颇远， 也有山也有岭坟墓转弯， 倘若是下了大雨难以行走， 小学生失了脚沾了衣衫。 外（和为贵）白： 不妨不妨。 先生背学生易如反掌， 非挟泰山以超北海之类也。	礼唱： 观音堂离寒舍路途遥远， 走大街越小巷曲溜拐弯， 阴了天下大雨泥泞不便， 又恐怕湿了那学生的衣衫。 我命你把徒弟背来背去， 问先生背徒弟担也不担？ 和白： 哦，还得背徒弟？唉！ 亦非挟泰山以超北海之类也。	礼唱： 奶奶庙离村中路途遥远。 又隔岭又隔坡还隔水湾， 等秋天下大雨泥泞较大， 小学生湿鞋袜脏了衣衫。 还得你把学生背来背去， 这件事还得你先生承担。 和白： 虽执鞭之事， 吾亦为之，谅亦非挟泰 山以超北海之类也。

尽管如此，但通过几百年来艺人们的舞台实践，不断地有所润饰雕琢，丰富充实了个别细节和唱词。这些增添的文词，依旧保持着原著的艺术风格和特色。如

柳子戏(王福润口述本)在唱完"想当初念书时错了主意,到不如耍手艺能挣吃穿"之后,感慨万千地唱道:"……独自我教书人难过荒年。粮食市他不要诗云子曰,典当铺他不要也哉乎焉。像我这读书人死而无怨,想起了妻和子实在可怜。"山东梆子(卢胜奎口述本)则从另一个角度来刻画和先生的性格,在同一段台词中增唱的是:"腹无食饿得我心慌缭乱,身无衣战兢兢如临深渊。猛想起昔颜回身居陋巷,一箪食一瓢饮自在安然。"更符合剧中人物以和为贵,安之若素的精神境界。

另外,由于这些戏曲形式的流行地区不同,有些唱词因地制宜,有所变通。例如在《蒲松龄集》里,礼之用安排的饭食是"清晨时不吃面小米干饭,到晌午高粱面包些菜团"。到了鲁西南一带,生活习惯不同,因此,柳子戏和山东梆子本便改为"到清晨小豆腐蜀黍米饭,到晌午萝卜缨高粱面团"或是"到晌午杂面汤谷糠菜团"。各有地方特色,易为观众接受。

今天,在纪念蒲松龄先生的同时,我们还应当感谢前辈的戏曲老艺人们,由于他们博闻强记,口传心授,这个剧目才能够在戏曲舞台上长期保留,广为流传,让我们时至今日还能看到蒲松龄所编戏文的本来面目。

二、民间俗曲传遗音

元、明以来,中原民间盛行俗曲小令,像〔锁南枝〕〔傍妆台〕〔山坡羊〕〔耍孩儿〕〔驻云飞〕〔醉太平〕〔闹五更〕〔罗江怨〕〔银绞(纽)丝〕〔打枣杆〕等,"不问南北,不问男女,不问老幼良贱,人人习之,亦人人喜听之"(明沈德符《万历野获编》)。山东章丘人李开先在《市井艳词》序中也曾说道:"正德初,尚〔山坡羊〕;嘉靖初,尚〔锁南枝〕。……虽儿女子初学言者,亦知歌之。……语意则直出肺肝,不加雕刻。"足见其流行之广,影响之深。李氏所述,应是山东地区当时的实况。

日前仍在山东境内流行的古老戏曲声腔之一、号称"东柳、西梆、南昆、北弋"中的柳子戏,以及它的姊妹剧种大弦子戏、罗子戏(大笛罗罗)等,同属弦索系统,都以演唱由俗曲曲牌联缀而成的剧目为主,它们经常演唱的曲牌,包括上述〔锁南枝〕〔山坡羊〕〔耍孩儿〕〔驻云飞〕〔罗江怨〕〔打枣杆〕诸曲。柳子戏等古老剧种,就是在元、明、清以来民间流行的俗曲小令的基础上逐步发展演变而成的。

蒲松龄的俚曲,也是运用民间流行的俗曲形式编写成的。《柳泉蒲先生墓表》中刻录"通俗俚曲十四种:《墙头记》《姑妇曲》《慈悲曲》《翻魇殃》《寒森曲》《琴瑟乐》《蓬莱宴》《俊夜叉》《穷汉词》《丑俊巴》快曲各一册,《禳妒咒》《富贵神仙后变磨难曲》《增补幸云曲》各二册”。

这些俚曲，共用曲牌五十个左右，都是风行一时，所谓“新鲜”“时兴”的民歌小曲。《幸云曲》第一回中唱道：

〔耍孩儿〕世事儿若循环，如今人不似前，新曲一年一遭换。〔银纽丝儿〕才丢下，后来兴起〔打枣杆〕，〔锁南枝〕半插〔罗江怨〕，又兴起《正德嫖院》，〔耍孩儿〕异样的新鲜。

在《俊夜叉》中，特别注明是用“时兴的〔耍孩儿〕调编成”。《墙头记》和《寒森曲》等，基本上也由“耍孩儿调”组成。

上述五种被称为一年一更换的“新曲”——〔银纽丝〕〔打枣杆〕〔锁南枝〕〔罗江怨〕〔耍孩儿〕，全都存见于目前山东流行的戏曲剧种柳子戏、大弦子戏之中；散见于五音戏、吕剧（前身为山东琴书）、柳琴戏、两夹弦等剧种中。就以〔耍孩儿〕（通称“娃娃”）一曲为例，许多剧种都保留着而且经常演唱这个曲牌。柳子戏中就有越调娃娃、平调娃娃、转调娃娃、正板娃娃、原板娃娃、二板娃娃、高腔娃娃、乱弹娃娃、八吹八打娃娃、拉尾巴娃娃、倒溜船娃娃、五屏梅娃娃、武娃娃等十数种唱法；流行在蒲松龄家乡淄博市的五音戏（西路肘鼓子）中，娃娃调也分为头板娃娃、二板娃娃、枣娃娃、跑娃娃、暴娃娃、扁娃娃、溜娃娃、续娃娃、平娃娃、打娃娃、奔娃娃、梆子娃娃等多种不同唱法。

过去有人认为：“如果要追溯源流的话，蒲氏的《禳妒咒》，应当就是柳子腔这一系统的最早的剧本。”（见周贻白《中国戏剧史讲座》）这种推断是不够确切的。因为：

1. 蒲松龄的俚曲《禳妒咒》等十四种，柳子戏的老艺人们从未演出，也没听说前辈艺人曾演出过。

2. 柳子戏的传统剧目《白免记》《金锁记》《抱妆盒》《游西湖》《吴天塔》等，多系来自明、清流行的戏文，与蒲氏俚曲的题材内容，有所差异。

可以肯定，在蒲松龄编写俚曲之前，山东境内已经有用民间俗曲编写戏文的先例了，很可能就是当前流行的柳子戏等弦索系统的戏曲声腔，蒲松龄采用这种土戏的声腔来写俚曲，确是独树一帜，颇有见地的。

蒲氏俚曲所用的曲牌，名称多半见于明代沈德符《万历野获编》、顾启元《客座赘语》,清代刘廷玑《在园杂志》以及乾隆年间刊印的《霓裳续谱》等曲录;同时,也见于柳子戏和吕剧、五音戏以及山东八角鼓、河南鼓子曲等地方戏曲中。今列表说明如下:

蒲氏俚曲	明《野获编》	清《霓裳续谱》	其他曲录(注)	柳子戏	吕剧	五音戏	山东八角鼓、河南鼓子曲	说明
西江月			△	△	△	△	△	
耍孩儿	△	△	△	△	△	△	△	通称娃娃
劈破玉		△	△				△	
倒扳桨		△	△				△	
跌落金钱		△	△	△			△	吕剧有小金钱
叠断桥		△			△		△	
罗江怨	△	△	△		△		△	
呀呀哟(油)		△	△		△		△	
房四娘						△		
银纽丝	△	△	△	△	△	△	△	
金纽丝			△				△	
一剪梅				△				
西调		△						
香柳娘		△		△				
四朝元				△	△			
满调							△	
黄莺儿			△	△			△	
哭皇天	△		△	△			△	
皂罗袍			△	△			△	
山坡羊	△	△	△	△	△	△	△	俚曲另有哭笑山坡羊

（续表）

蒲氏俚曲	明《野获编》	清《霓裳续谱》	其他曲录（注）	柳子戏	吕剧	五音戏	山东八角鼓、河南鼓子曲	说明
闹五更	△		△	△			△	
刮地风		△		△			△	
玉娥郎		△	△	△			△	
桂枝香		△	△	△				
浪淘沙			△	△				
楚江秋			△	△				
干荷叶	△		△				△	
清江引		△	△	△	△		△	
鹧鸪天			△					
对玉环			△					
边关调		△	△				△	
太平年		△		△	△		△	
莲花落		△			△	△	△	
梆子腔				△				
鹰儿落		△	△	△				应为雁儿落
园林好		△		△				
沽美酒		△	△	△				

（注）其他曲录包括：明代顾启元《客座赘语》、陈所闻《南宫词纪》、《词林一枝》、《玉谷调簧》、《庄子叹骷髅南北词曲》、《福国镇宅灵应灶王宝卷》……清代刘廷玑《在园杂志》、李斗《扬州画舫录》、《万花小曲》、《丝弦小曲》、《白雪遗音》……

另有〔收江南〕、〔太平令〕、〔侥侥令〕（或误作〔幸幸令〕）、〔怀（还）乡韵〕、〔平西歌（调）〕、〔陕西调〕、〔采茶儿〕、〔棹歌〕、〔憨头郎〕、〔虾蟆歌（曲）〕、〔鸳鸯锦〕、〔黄泥（沥）调〕等十余种，一部分源出南北曲，另一部分来自民歌小曲。如〔采茶儿（歌）〕，即〔楚江秋〕，见陶九成论曲：“〔采茶歌〕一作〔楚江秋〕。”而〔陕西调〕〔平西歌（调）〕都应属于〔西调〕，见《霓裳续谱》西调中引翟灏《通俗编》：“今以山、陕所唱小曲，曰西曲，与古绝殊，然亦因其方俗言之。”

特别值得提出的是，蒲松龄编写的这些俚曲，一直在民间流传演唱，“使街衢里巷之中，见者歌，而闻者亦泣”。直到嘉庆九年(1804)编选、1828年刊印的《白雪遗音》中，仍采用了蒲松龄《聊斋志异》中《凤阳士人》篇里丽人所唱的一支小曲，带有工尺谱，称为“马头调连板”。词句基本相同，略有修饰润色，今对照如下：

《聊斋志异·凤阳士人》插曲	《白雪遗音》马头调连板
黄昏卸得残妆罢，	黄昏卸得残妆罢， 窈窕可夸。
窗外西风冷透纱。	窗外西风冷透碧纱， 凄凉更加。
听蕉声，一阵一阵细雨下。	听谯声，一阵一阵细雨下， 不住滴打。
何处与人闲磕牙？	闪煞奴，一灯孤影对绣榻， 恨咬银牙。
望穿秋水，不见还家， 潸潸泪似麻。	望穿秋水，不见还家， 两泪如麻。
又是想他，又是恨他，	不知他贪恋何处花柳下， 撇了奴家。
手拿着红绣鞋儿占鬼卦。	好叫我手拿绣鞋占一卦， 盼不到他。

旧社会里，在蒲松龄的家乡淄川一带负鼓作场的盲艺人，多数都会说唱俚曲，蒲氏后裔也习唱不辍。山东省群众艺术馆保存了部分俚曲的音响资料。1978年9月，山东省革委民歌编选小组选印的《山东民间歌曲选》中，也辑录了由淄川蒲家庄蒲英瑞、蒲文琪、蒲人润、王书润等演唱的俚曲《磨难曲》中的〔耍孩儿〕〔玉娥郎〕〔银纽丝〕〔房四娘〕〔叠断桥〕〔黄莺儿〕〔呀呀油〕〔憨头郎〕等曲的完整唱词和曲谱，使蒲松龄先生的俚曲余音，至今依然绕梁不绝。

三、俚曲翻新呈异彩

蒲松龄的俚曲十四种，除《琴瑟乐》外，其余的全都收进《蒲松龄集》下册，这些俚曲作品，独具风格，颇有特色。

1. 蒲氏俚曲的题材，有一半是根据他自己所著《聊斋志异》中的篇目改编而成的。如：

《姑妇曲》（演《珊瑚》故事）

《慈悲曲》（演《张诚》故事）

《翻魇殃》（演《仇大娘》故事）

《寒森曲》（演《商三官》故事，吸收了《席方平》的部分情节）

《禳妒咒》（演《江城》故事）

《富贵神仙》及《磨难曲》（演《张鸿渐》故事）

这些作品的内容，主要是反映封建社会中家庭生活、伦理道德等方面存在的内部纠葛矛盾，从父子、兄弟、婆媳、夫妻、继母与前房子女等不同的角度，进行了真实细腻的描绘，情真意挚，动人心弦。作者显然是想运用民间喜闻乐见的艺术形式，来表现这些脱胎于《聊斋志异》、已经众所周知的动人情节，使它更易于推广流传。当然，有些俚曲作品，并没有拘泥于原著的格范，而是在原著基础上有所发挥，有所提高。例如《磨难曲》中，不但如实地反映了天灾人祸，民不聊生，"半世生长一块土，今为荒年一旦抛"的悲惨凄凉情景，并且塑造了"遍天下寻杀贪官"的农民起义英雄任义的形象，寄托无限希望，对《聊斋志异》表现内容的历史局限性，有所突破。

2. 这十几种俚曲，大部分属于代言体，近似讲唱文学。像《慈悲曲》《翻魇殃》《寒森曲》《蓬莱宴》《俊夜叉》《穷汉词》《丑俊巴》《快曲》《富贵神仙》《幸云曲》等，都属于这一类型；另一部分则属于戏剧体例，如《墙头记》《禳妒咒》《磨难曲》等篇，有故事情节，有人物上下场穿插，有唱白科介，有情感交流。今举《禳妒咒》第六回《邂逅》为例：

> 长命上。
>
> 江城领丫环上。走的近了，你看我，我看你介，背介。公子见他眉眼留情，便撇下汗巾而去。
>
> 小丫环将汗巾拾去，送去江城。江城接过藏在袖中，又将自己的汗巾拿出来。丫环送去介。公子接过来看了看……小丫环、江城下。

综观这般详尽完整的舞台提示，可以想见作者所设想的舞台搬演情景。作者不但对一般的唱、做、念、打，作了适当的安排处理，对某些舞台艺术手法的特殊处理，也详尽地加以说明。如《磨难曲》中：

“作舞（刀）介”（第十七回）

“二人唱，便向席前，排场歌舞。”（第二十四回）

“众人大喊一声，吩咐催马走动些。忽听号炮一声，两大王左右杀出，三军大乱，赶杀下去，任大王领兵杀到，与金总兵顶头相遇。”（第三十六回）

同时，在《磨难曲》中，已出现了生、旦、净、付、花粉面、丑等不同的行当：“生扮张鸿渐上”“旦扮方氏上”“付扮军门上”“净花面浓须扮军门上”“花粉面扮解子上”“丑扮瞽人背弦子上”……《禳妒咒》中还有“小生”（扮长命）、“贴旦”（扮樊江城）、“旦”（扮樊满城）、“丑”（扮媒婆、先生、厨子等）、“末”（扮陈举人）、“净”（扮张三疯），行当更为齐全。而且对必要的化装（如“花面浓须”“张太公颁白发上”）、服装（如“戎装扮大王上”“秀才衣巾”“冠带”“甲胄”）、砌末（即道具，如书箱、锁、旗帜、笔砚、拄杖、刀、棍、卦板等），都一一注明，可以想象到：蒲松龄先生编创这么多俚曲作品，绝不是单供案头阅读，而是力求能够搬上舞台演唱的。

3. 蒲氏俚曲运用他的家乡淄川一带的方言土语写成，民间语汇丰富生动，带有浓郁的乡土气息，听来朴实亲切，分外感人。如《姑妇曲》中夸奖新过门儿媳妇的一段唱词，就非常通俗近人：

〔劈破玉〕好一个俊媳妇风流不过，穿上件粗布衣就似蝉娥；又孝顺又知礼，一点儿不错。不说他为人好，方且是活路多：爬灰扫地，洗碗刷锅，大裁小铰，扫碾打罗；喂鸡喂狗，喂鸭喂鹅，冬里餚猪五口，夏里养蚕十箔；黑夜纺棉织布，白日刺绣绫罗；五更梳头净面，早早伺候婆婆。亲戚朋友听着，邻舍百家看着，都说道这么个媳妇，就是那扬州的琼花，真正是找遍天下无二朵！

由于作者长年生活在农村，熟悉他们的风俗习惯、日常起居，所以描写得真实如画，栩栩如生；在写到受苦群众的生活遭遇时，更流露出休戚相关、甘苦与共的思想感情。《磨难曲》第一回《百姓逃亡》，描绘艰年疮痍满目的惨景：“〔耍孩儿〕不下雨正一年，旱下去二尺干，一粒麦子何曾见！六月才把谷来种，蚂蜡吃了地平川，好似斑鸠跌了蛋。老婆孩一齐捱饿，瞪着眼乱叫皇天。”若无亲身感受，怎能如此真实！

蒲松龄先生既能写风格清新典雅的志怪小说，又能得心应手地写出通俗易懂的俚曲，而且笔锋所及，均系妙笔生花，神韵盎然，不愧为一代文豪，确是名不虚传。

在现存的蒲氏俚曲当中，成就最大、声誉最高的要推《墙头记》。1959年春，淄博市五音剧团的邓洪山(鲜樱桃)、赵云生、张举珍等，根据俚曲《墙头记》改编演出了《二子争父》(五音戏)，笔者曾在大昆仑协助修改，增加了《仲秋圆月》一场，后经推荐在《群众艺术》上发表。1961年，由山东省鲁剧研究院文学组(秋潮执笔)继续加工整理，恢复《墙头记》原名，删去县官断案，到扒墙为止。经山东省梆子剧团排演后，进京汇报演出，博得好评。

《墙头记》写的是张木匠的两个儿子，长子经商致富，次子招赘到财主家。过着舒适光景的两个儿子，都不肯赡养年迈的父亲，甚至撮上墙头，置之不理。后来听说父亲还有私自储存的银子时，又一反常态，争先供养。蒲松龄深刻地揭露了建立在私有财产制度基础上的剥削阶级人性，抨击了封建道德的虚伪性。但是，由于历史的制约和作者世界观的局限性，俚曲本宣扬了"百善孝为先"的封建伦理思想，过分强调"孝"的道德观念，给作品的思想光辉蒙上了一层灰垢。

经过推陈出新、去芜存菁的改编本《墙头记》，主题思想从一般地提倡孝行，变为辛辣地讽刺抨讥唯利是图、嗜财如命的剥削阶级思想。当大儿听说父亲有私房钱时，脱口而出："有钱，好，有钱就是爹！""像你这样的爹，有十个八个的我都背动了！"真是一针见血，入木三分。

改编本基本上保持了原著的风格和特色。俚曲《墙头记》的语言，带有诙谐幽默的喜剧色彩。当张老汉见到送来的饭食仍是又稀又凉的"糊突"(即粘粥)时，感慨嘘叹地唱道：

〔耍孩儿〕你大号红粘粥，你名突你姓胡，原来你是高粱做。热了烫人嘴巴子，薄了照出行乐图，老来相处你这桩物。摸了摸，呀！老盟兄你几时死了，一点儿温气全无？

改编本中，张老汉上场的一段唱词是：

冷言冷饭冷冷的天，这样的日子几时完？
这家好比阎罗殿，那家好比鬼门关。
今生未作缺德的事，为什么养下了两个仇冤！
我有心送他们忤逆不孝，打坏了亲生子我心不安。

这段唱词惟妙惟肖地表达出张木匠当时怨恨交加的矛盾心情。尽管他当时备遭冷落，但是，这位善良的老人却把悲愤强咽腹内，苟安度日，改编者适当地减弱了他自嘲的口吻，更加贴切地刻画了张老汉懦弱而又憨厚的性格。

总之，蒲松龄的俚曲《墙头记》，经过反复加工整理，以崭新的面貌出现在今日的戏曲舞台上，颇有现实意义，到处受到欢迎，已经成为许多戏曲演出团体经常上演的优秀剧目，并由山东电视台拍摄成电视片，向全国播映。

四、《志异》编戏亦传神

历年以来，根据《聊斋志异》改编成戏曲剧本、粉墨演出的，为数甚多，不胜枚举。在清代道光、咸丰年间，就有黄燮清（1805—1864）改编的《脊令原》传奇（演《曾友于》故事），刻本有道光十四年（1834）序。他还有《绛绡记》（演《西湖主》故事）、《飞虹啸》（演《庚娘》故事）等传奇作品。此外还有陈烺、陆伯和等改编的《负薪记》（《张诚》故事）、《错姻缘》（《姊妹易嫁》故事）、《如梦缘》（《连琐》故事），以及《恒娘记》《陆判记》等传奇问世。

道光二十年（1840），观剧道人采用皮黄剧形式编写了《极乐世界》（取材于《夜叉国》，旁及《罗刹海市》及《织成》），全书八卷，共八十二出。作者另署作“惰园主人”，其真实姓名，已不可知。清末李毓如曾取其中柳星星一段，改编为《龙马姻缘》，由王瑶卿主演。后来罗瘿公另取其中龙珠一段，仍用李本原名，程砚秋曾经演唱过。

道光十四年（1834）生的戏曲作家、评论家杨恩寿，改编了《姽婳封》传奇（演《林四娘》故事），标明为“咸丰十年（1860）所作”。

至于根据《胭脂》改编的剧本，几乎各主要戏曲剧种都有改本。早在清代道光二十二年（1842），就有李文瀚（讯镜词人）编写的《胭脂舄》传奇。另有许善长编的《胭脂狱》传奇。京剧著名表演艺术家梅兰芳先生，曾于 1912 年，根据《胭脂》的情节，略作改易，编成《牢狱鸳鸯》一剧，演出后博得好评。除京剧外，川剧、秦腔、河北梆子、山东梆子、平调、越剧、五音戏、郿鄠剧等地方戏曲剧种，都改编演出了这个剧目。弋阳腔的《拾钏记》、梆子腔的《真胭脂》，本事也大致相同。

另一位表演艺术家欧阳予倩，曾经自编自演过《晚霞》《嫦娥》（以上二剧曾与周信芳合演）、《青梅》《仇大娘》《章阿端》等《聊斋》剧目。蒲松龄故居中，至今还展览着欧阳予倩演出《晚霞》时的剧照。其他如“永春社”“奎德社”“荣春社”等艺术团体，先后都有改本演出。（1913 年，上海新民新剧社也曾演出过《恒娘》《马介甫》等“新剧”。)

大江南北的地方戏曲剧种,改编《聊斋志异》成戏,更是蔚为大观。知名的评剧作家成兆才,根据《王桂庵》和《寄生》故事改编成《王少安赶船》《花为媒》等剧;秦腔的李约祉编写了《庚娘传》《仇大娘》,孙仁玉编写过《青梅传》;河北梆子的杨韵谱(还阳草)改编过《珊瑚传》《庚娘传》《胡四娘》等,由刘喜奎为主的奎德社演出,她们还演出过《仇大娘》《大男》《孝友泪》《湖天幻影》(《西湖主》故事)、《张诚》《陆判》《红玉》《促织》等剧;莆仙戏的叶滋华改编了《镜听》《陈三春》《奚新烈》《贤娘》;川剧的黄吉安、阳友鹤等,改编演出的“聊斋戏”更多,目前四川省川剧艺术研究所就保存了六十种“聊斋戏”的完整资料。(见《川剧艺术》1980 年第 2 期)重庆市川剧院资料室也存有川剧聊斋戏三十八种之多。

中华人民共和国成立以来,改编演出的“聊斋戏”,不断增加。五十年代,河北梆子等剧种编演的《画皮》,风行一时。在山东省内,1959 年根据《冤狱》改编的茂腔《花灯记》,1960 年淄博市五音剧团改编演出的《胭脂》,先后进京汇报演出。1979 年,参加中华人民共和国成立三十周年献礼演出的剧目中,吕剧《姊妹易嫁》、越剧《胭脂》,均获得创作一等奖。山东省举办的国庆献礼演出中,五音戏《侠女》、柳琴戏《瑞云》,也获得了奖励。

现根据不完整的资料,将“聊斋戏”的目录,初步统计如下。(自 1922 年,上海商务印书馆活动影戏部拍摄的《孝妇羹》——《珊瑚》故事——以来,“聊斋电影”也不在少数,亦附录于后。)由于资料不足,难免挂一漏万,留待日后陆续补充订正。

一、中华人民共和国成立以前,根据《聊斋志异》改编的戏曲剧目:

剧名	别名	剧种	《聊斋志异》篇名	演出单位	说明
画中缘		川剧	画壁		
芙蓉渡		川剧	王六郎		
青凤传		京剧	青凤		
白玉楼		川剧	青凤		
画皮		京剧、河北梆子	画皮		
画皮配	收画皮	川剧、秦腔	画皮		

（续表）

剧名	别名	剧种	《聊斋志异》篇名	演出单位	说明
陆判		京剧、河北梆子、秦腔	陆判	北京奎德社曾演出过	
陆判记传奇		昆曲	陆判		无名氏撰
十王庙	如意簪、奇医传	川剧	陆判		
婴宁一笑缘	憨英娘	京剧	婴宁	金少梅演出	斗山山人李准编
冬梅配	冬梅花	川剧	婴宁		
聂小倩		京剧	聂小倩		汉剧也有改本
飞云剑		川剧、婺剧	聂小倩		
水莽草	鬼养亲	川剧	水莽草		
莲香传		京剧	莲香		
珊瑚配		川剧	莲香		
孝友泪		京剧、河北梆子	张诚	北京奎德社演出	
玉裹肚		川剧	张诚		
负薪记传奇		昆曲	张诚		清·陈烺编
巧娘		京剧	巧娘		
巧娘配	小南海	川剧	巧娘		
红玉		河北梆子 吕剧	红玉	北京奎德社演出	
姽婳封传奇	昆曲	林四娘		清·杨恩寿编对农民起义有歪曲之处	
姽婳将军	京剧	林四娘	尚小云演出		
重阳配		川剧	鲁公女		
连琐	京剧	连琐			
如梦缘传奇	昆曲	连琐		清·陆伯和编	
珍珠剑	川剧	连琐			
极乐世界		京剧	夜叉国、罗刹海市		清·观剧道人编
龙马姻缘		京剧	同上	王瑶卿演出	清·李毓如编
龙马姻缘	南安关	京剧	同上	程砚秋演出	罗瘿公重编

（续表）

剧名	别名	剧种	《聊斋志异》篇名	演出单位	说明
绣卷图	大年哭灵、阴阳界	川剧	连城		
飞虹啸传奇 庚娘传 打红台 图色恨	 肖方杀船 	昆曲 秦腔、河北梆子 川剧 川剧	庚娘 庚娘 庚娘 庚娘		清·黄燮清编 王十八作肖方，情节不尽同
宫梦弼		京剧	宫梦弼		
才子佳人 青梅传 青梅配	青梅 青梅赠金	京剧 秦腔 川剧、滇剧	青梅 青梅 青梅	欧阳予倩编演 易俗社演出	 孙仁玉编
义血酬恩		京剧	田七郎	北京永春社演出	
促织恨	促织	川剧、河北梆子	促织	北京奎德社演出	
错姻缘传奇		昆曲	姊妹易嫁		清·陈烺编
紫薇剑		川剧	辛十四娘		
九得山	拿虎	川剧	赵城虎		
醉中缘	封三娘	川剧	封三娘	阳友鹤演出	
章阿端 东院楼	 东望楼	京剧 川剧	章阿端 章阿端	欧阳予倩演出	
花姑子 双仙缘 白象山		京剧 川剧 滇剧	花姑子 花姑子 花姑子		
峰翠山		川剧	武孝廉		
绛绡记传奇 富贵神仙		昆曲 京剧	西湖主 西湖主	 荀慧生演出	清·黄燮清编 夹《织成》故事，陈墨香编
湖天幻影 洞庭配 游金河		河北梆子 滇剧 川剧	西湖主 西湖主 西湖主	北京奎德社演出	

（续表）

剧名	别名	剧种	《聊斋志异》篇名	演出单位	说明
伍秋月	秋月配	京剧、川剧	伍秋月		
莲花公主 重梦缘		京剧 川剧	莲花公主 莲花公主		
蜂蝴配	醴泉寺	川剧	绿衣女		
荷花三娘子	荷花配	京剧、川剧、滇剧	荷花三娘子		
金生色 尸复仇	循环报	京剧、川剧 滇剧	金生色 金生色		
借尸根		川剧	窦氏		
马介甫 胭脂虎		京剧 川剧	马介甫 马介甫		上海新民新剧社曾演出
大力将军		京剧	大力将军	北京永春社演出	
桂香阁	鬼学堂、天鬼论	川剧	小谢		
菱角配		川剧	菱角		
夜叉院		川剧	考弊司		
义烈奇缘 化虎		京剧 川剧	向杲 向杲		
聂政坟		川剧	聂政		
江城		京剧	江城		
梅女 夕阳楼 因果美报	金钗案	京剧 川剧 评剧	梅女 梅女 梅女		
群仙岛	群仙会	川剧	仙人岛		
镜听		莆仙戏	镜听		叶滋华编
势利眼		京剧、河北梆子	胡四娘	北京奎德社演出	杨韵谱编

（续表）

剧名	别名	剧种	《聊斋志异》篇名	演出单位	说明
甄刘缘		川剧	甄后		
琴筝缘		川剧	宦娘		
玳瑁簪		川剧	阿绣		
虞小翠 痴儿配	金鸡配、痴儿赶凤	京剧 川剧	小翠 小翠	徐碧云演出	
细柳		京剧	细柳		
嫦娥		京剧	嫦娥	欧阳予倩与周信芳合演	
双魂报	井中冤、绿蛾配	川剧	姚安		
崔猛 双义侠		京剧 华剧	崔猛 崔猛	北京荣春社演出	情节小异
凤仙传	镜中缘	川剧	凤仙		
刀笔误	投庄遇美	川剧	张鸿渐		
湘裙配		川剧	湘裙		
长亭	长亭配	京剧、川剧	长亭		
胭脂判 龚王氏 牢狱鸳鸯 夜审周子琴	胭脂配、东昌府	京剧、秦腔、川剧、河北梆子、山东梆子、平调 京剧 京剧 评剧	胭脂 胭脂 胭脂 胭脂	小翠花演出 梅兰芳演出	情节、人名小异 情节略同
一指媒		川剧	瑞云		
因祸得福 仇大娘		京剧、河北梆子 秦腔	仇大娘 仇大娘	欧阳予倩演出 易俗社演出	
孝妇羹	珊瑚传	京剧、川剧、秦腔、河北梆子	珊瑚	汪笑侬、刘喜奎均曾演出	
金霞配		川剧	五通		
窘得福 斩龟尾	申氏	京剧 川剧	申氏 申氏		

（续表）

剧名	别名	剧种	《聊斋志异》篇名	演出单位	说明
恒娘			恒娘	上海新民新剧社演出	
恒娘记传奇		昆曲	恒娘		清·无名氏编
晚霞		京剧	晚霞	欧阳予倩与周信芳合演	
洞庭配	水晶介方				
川剧	织成				
乌鸦配		川剧	竹青		
双妻鉴		京剧、河北梆子	大男	荀慧生演出 北京奎德社演出	陈墨香编
双官诰		川剧	大男		
脊令原传奇		昆曲	曾友于		清·黄燮清编
一只鞋	郎中义	川剧	毛大福		
金镯配 王少安		川剧	王桂庵		成兆才编
赶船		评剧	王桂庵		
花为媒		评剧	寄生		成兆才编
粉蝶	粉蝶配	京剧、川剧	粉蝶		
肉蒲团		川剧	未央生		

二、近年来根据《聊斋志异》改编演出的戏曲剧目：

剧名	剧种	《聊斋志异》篇名	演出单位	说明
姊妹易嫁	吕剧、五音戏	姊妹易嫁	山东省吕剧团、淄博市五音剧团	
胭脂	越剧、五音戏	胭脂	浙江省越剧团、淄博市五音剧团	
画皮	河北梆子	画皮	天津市河北梆子剧团	

（续表）

剧名	剧种	《聊斋志异》篇名	演出单位	说明
花灯记	茂腔、柳腔	冤狱	青岛市茂腔剧团、即墨县柳腔剧团	
王者	山东梆子	王者	山东省梆子剧团	
侠女	五音戏	侠女	淄博市五音剧团	
瑞云	柳琴戏	瑞云	枣庄市滕县柳琴剧团	
香玉	吕剧	香玉	崂山县吕剧团	
春江琴魂	昆曲	宦娘	北京昆曲剧院	
牡丹仙子	评剧	葛巾、红玉	中国评剧院	
孟芸娘	河北梆子	王桂庵	乐陵县河北梆子剧团	
红玉	京剧	红玉	淄博市京剧团	
生死姻缘	京剧	连城	莱阳县京剧团	

（附一）1922—1947年期间根据《聊斋志异》改编拍摄的电影：

影片名称	《聊斋志异》篇名	摄制时间	摄制单位	说明
孝妇羹	珊瑚	1922年	商务印书馆活动影戏部	汪福庆主演
清虚梦	劳山道士	1922年	商务印书馆活动影戏部	丁元一、包桂荣主演
胭脂	胭脂	1925年	香港民新影片公司	黎民伟、林楚楚主演
马介甫	马介甫	1926年	大中华百合影片公司	周瘦鹃编剧
莲花公主	莲花公主	1926年	大中国影片公司	分三集。小兰春、粉菊花、林树森等主演
田七郎	田七郎	1927年	上海明星影片公司	张慧冲主演
恒娘	恒娘	1931年	上海联华影片公司	朱石麟编剧、史东山导演。改为时装演出
马介甫	马介甫	1935年	天一香港分厂	粤语片
莫负青春	阿绣	1947年	大中华影片公司	吴祖光改编导演。周璇、吕玉坤主演

(附二)1961—1980 年期间根据《聊斋志异》改编拍摄的电影：

影片名称	《聊斋志异》篇名	摄制单位	说明
姊妹易嫁	姊妹易嫁	香港华文公司	山东吕剧团演出
花为媒	寄生	长影、香港繁华公司合摄	中国评剧院演出
胭脂	胭脂	浙江、香港合摄	浙江越剧团演出
一只鞋	毛大福	上海美术片厂	木偶片
画皮	画皮	香港凤凰公司	故事片
湖山盟	连琐	香港凤凰公司	故事片
辛十四娘	辛十四娘	西安电影制片厂	故事片
小翠	小翠	中国新闻社	故事片

此外,中央广播艺术团电视剧团拍摄了电影故事片《劳山道士》,已向全国播映。

聊斋俚曲及其改编戏曲之作

王富聪

蒲松龄的俚曲有十五种。十四种收入《蒲松龄集》，一种收入《聊斋佚文辑注》(删节较多)及《蒲松龄研究》(删节较少)。这些俚曲是蒲松龄以白话和土语与流行于当地的俗曲结合而创作的。其中七种俚曲是由《聊斋志异》改编而成的。它们是:《翻魇殃》(《仇大娘》篇);《富贵神仙》《磨难曲》(《张鸿渐》篇);《姑妇曲》(《珊瑚》篇);《慈悲曲》(《张诚》篇);《禳妒咒》(《江城》篇);《寒森曲》(《商三官》《席方平》及《续黄粱》部分内容)。

十五种俚曲，大部分属于说唱文学，少部分属于戏曲文学。本文仅就小说《仇大娘》、说唱文学《翻魇殃》与温州市瓯剧团演出的《仇大姑娘》，以及戏曲文学《墙头记》与山东梆子剧团演出的《墙头记》作一比较，谈谈或根据蒲松龄同一篇小说、俚曲，或直接根据俚曲改编成的戏曲之作，三者的同与异、得与失。意在使聊斋俚曲的艺术生命力得以张扬。

小说、说唱文学、戏曲文学，同属于叙事体。三者之间结下了难解难分之缘。然而，三者的叙事手段，又是有区别的。小说凭借文字；说唱文学凭借说和唱；戏曲艺术凭借唱、念、做、打、舞。为此，小说可以任读者看看停停，翻过来倒过去阅读，不受时间及空间限制；说唱文学虽受说唱演出时间、说唱场地空间限制，不过比起戏曲还是较自由的；戏曲则严格受一场戏演出的时间和剧场舞台空间限制。

小说、说唱文学、戏曲，无论它们的艺术构思源于哪里，在创作中都会遇到同一个问题——如何处理事件。事件有严重的，也有平常的。当作家、剧作家将大大小小的事件，做艺术处理或按时间顺序联系，并使它们形成因果关系，加以叙述，就成为故事情节。当然，即使是同一位作家，用同一个故事，在不同时期，采用不同的艺术门类创作，对事件的设置、安排也不会是完全相同的。

小说《仇大娘》写了以下事件：仇家主人仇仲“为寇俘去”→仲叔窃议卖仇仲之妻邵氏→仲叔卖邵氏事败→魏名挑拨仇福与母、弟分了家→魏名引诱仇福赌博，使其田产荡尽→仇福将妻子姜氏卖给赵阎罗→姜氏被仇福骗到赵家，拔簪自刺→姜秀才告状，赵阎罗被县令杖毙→仇大娘得魏名的传信儿回到娘家→仇大娘到县衙状告赌棍→仇大娘告状到府里，知府判令知县追回田产还仇家→魏名诱骗仇禄入范公子深宅，被范招赘为婿→魏名引旗下逃人诬仇禄寄资，仇禄被流徙口外→仇禄遇上沦为乞丐的仇福，仇福返家→仇禄寄身一位将军帐下做奴仆，遇父→父持将军给亲王的信件进京，仇禄冤案得到昭雪后归乡→仇福在仇大娘的调教下改过自新→仇大娘带弟到姜家请罪，请回姜氏→魏名借仇家西邻失火，将火引着仇禄的房子→仇禄归家，夫妻团圆→仇福、仇禄二人“掘见窖镪”→营筑新房，楼舍群起→仇福赎回其父，全家团聚→仇大娘坚决告辞要走，父将家产分三份给二子一女→仇大娘叫儿子把家搬来→魏名悔恨，表示与仇家交好→魏名老了成了乞丐，仇家以德报怨。

我国的说唱艺术，历来有改编和移植的传统，许多曲目都来自群众喜爱的文学故事。蒲松龄先写了小说《仇大娘》，后又将其改编成俚曲《翻魇殃》，这就不足为奇了。不过，俚曲《翻魇殃》尽管仍沿着“邪恶小人魏名为祸始，以受害仇家得福终”的情节故事进行创作，并且情节绝大部分相同；但是，《翻魇殃》不仅以说和唱的艺术手段付诸表演，而且在内容上丰富了许多，情节也有些许改变。当然，丰富的情节会有得有失，改动的情节也有失有得。

先讲改动的情节：俚曲《翻魇殃》中魏名对仇福施奸计，是先引诱仇福赌博，后挑拨仇福与母、弟分家。与《仇大娘》小说将同样两个事件颠倒的安排相比，我认为俚曲《翻魇殃》比小说《仇大娘》的设置更合乎情理。再有，将《仇大娘》小说中魏名借仇家西邻的火烧到仇家，改成“魏名去仇家里，也发了几把火”，二者比较看，《翻魇殃》中魏名的罪更大。还有《翻魇殃》将《仇大娘》中魏名最终沦为乞丐，改为魏名被他引来抢劫仇家的山贼杀死。这咎由自取的下场，比起《仇大娘》中仇家对魏名“以恩报怨”，更令人感到痛快。

俚曲《翻魇殃》比小说《仇大娘》在情节设置上明显地丰富了。这里再就丰富的情节及其艺术效果谈一谈。

魏名对仇福的引诱加了“嫖”；对仇禄加上金榜题名；对仇大娘到知府告状胜诉，加上了仇禄的老师施巧计的因素；对魏名增添了他引山贼抢劫仇家，而来抢劫的山贼的头目，恰是魏名过去害过的人刘悦。

对于《翻魇殃》中以上丰富的情节，我是持否定态度的。魏名对仇福的引诱不加“嫖妓”，同样可以达到魏名败仇家的目的，反之，加上嫖妓，似乎是加强了魏名不择手段、卑鄙可耻的一面；但是，另一面也将两个妓女的无情、争嫖客买卖的丑陋带了出来。至于对仇福嫖妓由“热”到“冷”过程详加描述，不仅失去了一般对下层被侮辱被损害的妓女的同情，从而冲淡了魏名的丑恶，也将仇家这个长子推得“远”了点。因此，我看加“嫖”的情节，失大于得。对仇禄加上金榜题名，其实并没给这个作品的内涵丰富什么，所以加得多余。对加上仇禄老师的作用才使仇大娘胜诉，不仅减弱了仇大娘的作用，且显情节庞杂。对魏名加上他引山贼抢劫的情节，按说是无可非议，然而，把来抢劫的贼头刘悦的事，与魏名的死拴在一起，并形成因果关系，不但减弱了对魏名的罪有应得的正义的力量，而且有搅混魏名对仇家、对刘家的是非界限之弊。因为刘悦之妻上吊自杀，其中会有隐情。魏名挑唆刘悦的岳父状告刘悦，即使死了人的责任不是刘悦该负，这官了的做法也是对的；而魏名对仇家所施的一切却全是错的、恶的、丑的。

瓯剧《仇大姑娘》，全剧共有十场戏：惊变、堕落、分家、卖妻、弭祸、遇父、买弟、训弟、试弟、团圆。主要剧情是：幼时丧母，因年小不懂父亲苦衷，触怒老父，被远嫁外郡，二十年从不回家的仇大姑娘，得知父亲被掳番邦，异母兄弟浪荡败家，当即排除宿怨，果断地返回娘家操持家业。仇大姑娘经过与坏人的斗争，又呕心沥血、任劳任怨地承担教弟、兴家的重任，终于教诲好两个异母弟弟，重整家园，赎回父亲。在交还产业之后，力排众留，毅然离娘家归自家而去。

《仇》剧中的事件，虽然大致与小说《仇大娘》、俚曲《翻魇殃》相仿，但是，除了增设了“买弟为奴”和“功成身退”之外，还明显地减去了这两篇作品中所叙仇大姑娘到知府告状，魏名引旗下逃人诬仇禄寄资，仇禄被流徙口外，仇大姑娘带仇福到姜家赔罪，魏名放火等事件。然而，事件的减少并没使《仇》剧给人以较小说、俚曲单薄的感觉，根本原因是《仇》剧中的仇大姑娘性格丰满、鲜活。

小说、俚曲、戏曲，它们的基本任务并不在于把事件叙述清楚，而在于表现人，在于揭示由人物独特的生活道路、生活命运、人物的内心世界所展现的人物的独特性格。而事件的重要作用在于，它们往往成为人物生活道路、生活命运的转折点。作家、剧作家“精心安排一个事件,也就把一把钥匙交给了观众,帮助他们进入人物心灵的大门,在这里获得艺术欣赏的享受”①。

应该讲,小说《仇大娘》和俚曲《翻魇殃》,两篇中事件与事件之间是有明确的因果关系的,事件也起到了改变人物生活道路和命运的作用。但是由于作家欲通过一个家庭被邪恶小人几经将祸降临,而每每又“祸之而益以福之”,突出表明善恶终报的主题,所以事件一个接一个。而仇大娘尽管是作家着力塑造的人物,甚至连小说的篇名也以她命名,但她只是作为善有善报方面的代表;至于对作为恶有恶报的魏名的描写,其实并不少于主要人物仇大娘。这从俚曲《翻魇殃》的结构安排中也可看出。《翻》曲共有十二回:第一回写仇牧之被贼头掳去;第二、三、四回写仇福被坏人魏名勾引去赌、去嫖;第五回写仇大娘告状;第六、七、八回写仇禄;第九回写仇大娘对仇福及其妻的情义;第十回写魏名放火;第十一回写仇福手拨银池,仇禄名题金榜;第十二回写仇牧之由仇福赎回,合家团圆,魏名满门诛戮。

《仇》剧的结构则以仇大姑娘作为全剧的主要人物。在全剧十场戏中,除一、二、六场仇大姑娘未出场,而是由他人讲述仇大姑娘外,在七场戏中,仇大姑娘都是戏剧冲突中的主要人物,并且有大量的行动,尤其是充分揭示了仇大姑娘的每一行动的心理动机。其余人物均是次要人物,即使魏名也仅是作为全剧设置的数组戏剧冲突中的几个人物之中的一个。因而,孕育于主要人物仇大姑娘的行动及其动机的这个作品的主题,也就不再是“善有善报,恶有恶报”,而是教人做无私之人。这样一来,三篇作品的教化作用,前两篇偏重于对恶人的警示,《仇》剧偏重于自身人品的提高。

这里,有必要结合《仇》剧再略详些论述一下。“没有事件就没有戏曲”,这个观点不可否认;但是不能绝对化。剧作家若过于迷恋事件的作用,结果会让接二连三的事件淹没了人物。事件并不是戏曲情节,它在剧中只能是人物行动的推动力,若让事件成为戏曲情节,剧作家必须透过事件的过程,发掘与事件有直接关联的人物的“秘密的灵魂冲动”。《仇》剧中的仇大姑娘之所以让人印象深刻,正是由于编剧透过分家、告状、买弟、训弟、试弟等一系列事件过程,将与其直接关联的仇大姑娘的内心动机揭示了出来。比如,仇大姑娘分家是在这样的情形之下:仇福被魏名诱骗整日泡在赌场,他不仅将家中现银输光,还欠下了一大笔赌债;仇福又

---

① 谭霈生:《论戏剧性》,北京大学出版社 1981 年版,第 107 页。

在魏名的调唆下吵闹分家，使继母不得安宁。尽管分家是仇大姑娘被逼无奈同意的，但是怎么个分法，仇大姑娘却是主动的。论法，仇大姑娘讲："这家财中，有我亲生母亲随嫁的田地"，"仇家财产，一分为三，一份归仇福，一份归仇禄，一份归我"。论理，仇大姑娘讲："我仇大姑娘早年出嫁，母死夫亡，子已成人，如今无牵无挂，回到娘家，吃我父亲的饭，穿我亲生母亲的衣，理也勿亏。"论情，仇大姑娘讲："仇禄年幼，由我代管，待他成年，再还给他；继母奉养，归仇禄一份支付；家人乳母，听我使唤。"但是，以上仅仅是从表面上看的。

仇大姑娘分家的真正动机是：她眼见老父下落不明，家财由着仇福狂赌挥霍，糊涂的继母无力管教两个弟弟，为了仇家的地产不让仇福荡尽，为了仇家一家人的生存，为了待父归来，一家人过上团圆的日子。而仇大姑娘这"秘密的灵魂冲动"，却是到戏的尾声父归，一家团圆，全家人竭力挽留才得以披露："我痛惜娘家受人害，兄弟浪荡家业败。咬牙挑起千斤担，愿唱红脸走上台。有人骂我良心黑，有人骂我霸家财。何苦来？何苦来？我的心事谁能猜？就为这，五间新屋大门台；就为这，描金桌椅满堂彩；就为这，好田留后代；就为这，杯中有酒盆有菜！人变好，家业成，老父归家我告退。五年收支笔笔在，未取分文落自袋。"联系这之前她那看似不通事理、不近人情的一系列行动，一个外凶内慈、深谋远虑的立体性格人物，就站立在观众面前。

再有，当姜屺瞻误认女婿仇福杀害了女儿，状告到县衙，大堂之上，姜屺瞻索要女儿尸体，仇大姑娘明明是将弟媳藏匿，并尽心为受伤的弟媳治伤，调养身体，却谎称姜女在赌棍赵阎罗家。其动机是将借银于仇福纵赌，以仇福之妻为抵押的赵阎罗先弄到公堂上，再以仇福卖妻于赵的文书、赵行凶的匕首等物证，逼赵供出他伤害姜女的实情，以利县太爷审案、断案。

还有，"买弟"仇福为奴，对他进行劳动改造，仇大姑娘的内心动机是让弟远离赌友，走以劳动为生的正路。"训弟"仇禄，严加督促他把书读好，仇大姑娘的动机就是为弟日后金榜题名，光宗耀祖。仇大姑娘"试弟"的动机是为日后让仇福携巨银，安全无误地赎回老父归家。

当观众清楚明白了仇大姑娘的"秘密的灵魂冲动"的时候，才会从事件看到编剧"赋予情节躯干以内在的灵魂"，认识这一个厉直刚毅、自重自信、机智多谋、有条不紊、外冷内热、心地纯正的仇大姑娘的审美价值。

有人将高尔基说的"情节是人物性格和人物关系的历史"作为戏曲情节，我想,这是从文学角度提出的理解。加上“包含着人物动机和因果关系的事件”,才称得上是具有戏剧性的戏曲情节。正因为如此,将原作中的情节,变为戏曲情节,那需要经过改编者的“心灵化”过程。

与说唱文学《翻魇殃》不同,俚曲《墙头记》应属于戏剧体。尽管欣赏二者的观众关注的都是人,但是两种不同艺术门类大有区别。这区别的界定突出表现为两点:第一,说唱文学可以由说唱艺人以说、唱的手段,议论人物的行动,解释人物的思想活动和动机;戏剧则必须将人物的思想活动及其动机,通过演员的唱、念、做、打等艺术手段,以生、旦、净、末、丑等行当的演员自身可直观再现的动作予以揭示。第二,戏剧体表现的人物的行动及动作,无论是过去时,还是现在时,时态都将改为“现在进行时”。这样一来,仅仅依靠演员在舞台上直观再现动作的戏剧,必然比说唱文学更受时间、空间限制。所以,按生活规律渐变的人物的遭遇、命运的全过程,必须以有限次数的激变来完成。为此,从本质上讲说唱艺术是语言艺术,戏剧则是动作艺术。这从读俚曲《墙头记》与看根据其改编的山东梆子剧团演出本《墙头记》,就前提是否是戏剧体这一点讲印象是一致的,足以可见。当然,两个本子创自不同年代,出自不同作家之手,也必然有异。在剖析两个本子的同异,比较两个本子的得失之前,还是分别看看两个本子的主要情节设置。

俚曲《墙头记》共分四回:老鳏冻馁,计赚双枭,安饱惊梦,痴儿失望。主要情节是:年老体衰的张老在生前由二子不养,到二子抢着奉养;死后由二子互推为父发丧,到争着为父办丧事,表孝心;最后二子敬的财神的面貌大现,二子一起以欺骗罪状告无私帮助张老的王银匠,结果受罚挨打的是弟兄俩和妯娌俩。可以讲,该作揭示的张老临终前后三年的遭遇,明显地不是按照生活规律的渐变;而是以有限次数的激变完成的,这是完全符合戏剧艺术要求集中的规律。

戏剧艺术要求集中,不仅要求人物的经历集中,也要求人物的集中,场景的集中,更要求揭示人物性格的情节的高度集中。而“减头绪”“立主脑”正是情节集中的基本作法。山东梆子剧团演出的剧本,又是在俚曲《墙头记》的基础上,更加集中化完成的。

梆子本《墙头记》共有九场戏,下面分场讲讲主要情节。

第一场:大乖之妻李氏为迎接娘家爹,欢天喜地忙家里。派出赶集的丈夫大乖归来时,买了肉,买了鱼。大乖对李氏刚说:“他老爷今天来,叫老头子过来……”李氏上来一番数落,最后命令丈夫:“给那个死不了的送糊涂去!”

第二场:张好善有心状告不孝的二子,又担心“打坏了亲生子”。因为不愿再在儿家受虐待,张好善向大乖提出要回他的养老地,结果是地没要回,反遭大乖夫妇一顿训斥。

第三场:满口孔孟之道的二乖与妻赵氏算计起养父的日子,一致觉得一年六个小尽全让大乖轮了去,不公。为此,赵氏想出个“闭门计”。于是夫妻二人明知老爹即将被大乖送过来,却一个关门,一个顶杠。

第四场:李氏催着丈夫送公爹,大乖急忙将父送往二乖家。二乖夫妇屋内暗听动静,大乖砸不开大门张口骂,骂还不见门开,硬是狠心将父撮上了墙头。王银匠路过此地,救下老友张好善。王银匠知情后,拉着张好善先吃饱喝足,后叮嘱张好善不到太阳平西别回去,为的是倒出这个地方,让他王银匠“唱这一台戏”。

第五场:王银匠来到大乖家,“明着把账讨”,就是假说来讨张好善化银子的工钱;“暗摆计笼牢”,就是使不善待老父的大乖、二乖争着孝顺张好善。王银匠的话一落音,大乖急忙出门去接老父。

第六场:王银匠来到二乖家,把去大乖家演的戏再演一遍。这次还加演上假装喝醉酒,气恼才将张好善那“私藏银子”防老的“老底”揭出来。二乖夫妻前脚送出王银匠,后脚紧赶到大乖家接他那“有钱”的老爹张好善。

第七场:大乖接父归了家,大乖夫妻又是为父披皮袄,又是好吃、好喝好侍奉。二乖夫妻追了来,不提他们刚才不开门,反倒埋怨老父怎么不到他家去。四人争吵时,王银匠暗里叫出张好善,一再嘱咐:“沉住气,莫露风。”王银匠见大乖等四人在偷听,故意对张好善放出话,让他别再瞒孩子。听了此话的大乖和二乖抢起了张好善。最后张好善发了话:还是半月一轮换,只是大尽、小尽要匀开。二乖夫妻这才得以接走张好善。

第八场:二乖夫妻明里敬老爹,暗里想方设法指望老爹能将暗藏银财的地方讲出来。张好善虽然依靠撒谎得饱暖,却是时时犯愁,暗自羞。大乖担心二乖从老爹身上得便宜,悄悄爬到二乖家墙头上来偷听。听着二乖夫妻怎么套弄老爹,张好善吐不出一言,直到醉过去。

第九场:张好善靠谎言过日子三年后,当自感他的寿将尽,便颤颤哆嗦躺上病床。大乖夫妻一见急得又喊爹,又叫爹交代出银子藏处。二乖来到要抬老爹走,大乖坚决阻拦。在兄弟俩、妯娌俩争吵不休中,张好善临终只说了两句话:“观看那堵墙”,“想起王银匠”。张好善闭了眼,大乖、二乖不发丧,却急着去寻王银匠。

王银匠听了老友临终两句话，心里全明白了。立即带着大乖和二乖，赶着他们先发丧，大乖和二乖争着做孝子。给死者装棺入殓完，大乖、二乖拦下王银匠。王银匠答应他们先刨墙挖出银，再为他们平分银。大乖和二乖兄弟俩，李氏和赵氏妯娌俩得银心切，刨墙不止，最后，墙倒了，四个人一起被压在了大墙下，王银匠拂袖而去。

根据俚曲《墙头记》改编的梆子剧种本《墙头记》，突出地让人感到精练。这不单是就两个文学本的文字数量比较而言，更是从人物、情节来讲。一句话：梆子本对俚曲本做了减法。首先减去了原作中出场的两个人物：大怪的岳父，大怪之子。再有，梆子本《墙头记》减去的情节，主要有以下几处：

第一，删去了原作第三回中，听二怪讲了王银匠来要化银子的钱后，张老骂："王银匠不是人，使我钱借我银，十年我并不曾问。因着合他常相处，该钱也无个账目存，这一来叫人心不愤。若不是有些话说，怎依我欠到而今"，"我近中捎过帖子去，看他有何话讲"。张老为了使王银匠的计谋得以实施，更确切地讲，为了使自己的儿子相信他这个身无分文、年老体弱的老父私存银子，竟当着自己儿子的面，大骂助他之人，这不仅从情理上让人难以接受，而且与素来老实厚道的张老的性格不符。这样不仅会造成有损张老形象的艺术效果，还将减弱观众对张老的同情，削弱对不孝子的鞭笞的力量。

第二，删去了张老的梦幻：梦见二子剥下他的身上衣。这一揭示张老内心深处的情节，比起梆子本中揭示张好善内心世界的那几句唱"软弱无能一老头，依靠撒谎欺儿流。虽然饱暖浑身好，四顾无人暗自羞。有心说了真情话，立刻变成丧家狗。有心不说真情话，骗到几时才到头。左难右难难坏我，一饮而尽醉方休"不是要明显逊色吗？比起前者张老内心的惧，后者的忧岂不让观众对张老为人忠厚诚实的敬，以及他的内心矛盾、精神痛苦，产生更大的同情?!

第三，删去了王银匠在张老死后，再次施计：谎说张老有浮财文书一大篓，以骗得大怪和二怪为父发丧，争着表现尽孝这一情节。我认为俚曲《墙头记》中的这一情节不仅多余，而且有虚假之嫌。

第四，删去了给张老发丧时，俩儿媳算计着把张老的银子追回来，如何随夫荣华富贵的情节。俚曲《墙头记》中的这一情节，尽管有讽刺妯娌俩异想天开的味道，甚至还有嘲讽封建社会官场之弊的内涵，但是它违背了"抓主线，舍其余"的戏剧原则，尤其是远离了该剧贯穿行动的主线。

“从要改编的作品思想艺术结构中，只取出其基本的和有决定性的东西，而舍弃一切次要的东西，这就是改编工作的基本原则。”（格布里罗维奇语）梆子《墙头记》剧本这样减头绪尾的结果，使其更集中、更紧凑、更精练。

当然，改编者在改编过程中，并非只用“减号”，同时也用“加号”。梆子木《墙头记》中，张老临终时，增加的那几句台词“观看那堵墙”“想起王银匠”，不仅反映了张老视王银匠为他的救命恩人，临终不忘老友的深厚情谊；而且，在情节上，也起到了承前启后的作用；王银匠听了这两句话，深受感动。它让王银匠帮过生前的张好善，再帮死后的张好善平安入土的行为更趋于合情合理。

至于梆子本中，对二乖夫妻千方百计欲从张好善口里套弄老人藏银之处等情节的丰富处理，不但有利于主题的深刻揭示，而且与该剧沿着讽刺喜剧体裁深化喜剧人物有密切关系。可以这样说，梆子《墙头记》剧本中的喜剧人物的地位比原作更突出，喜剧人物的戏也必然比原作更多些。

下面着重要谈的是梆子本《墙头记》对原作中改动最大的情节，那就是戏的结尾。原作是官判大怪、二怪弟兄俩及妯娌俩被打、被拶。梆子本改为四人被倒塌的墙压在底下。由山东人民出版社于 1961 年出版的《墙头记》剧本，在内容提要中有这样一句话：“剧本内容深刻地揭露和讽刺了封建社会中的家庭关系。”这句话出自大讲阶级斗争的年代并不奇怪。其实，即使在封建社会我们的古圣先贤也一向主张“老吾老以及人之老，幼吾幼以及人之幼”的道德准则。在我们的传统道德中，讲的是“忠孝仁爱信义和平”八德，并以孝为德之本。所谓“百行孝为先”可见。

众所周知，任何文学艺术都是社会生活的反映。蒲松龄于三百年前创作的俚曲《墙头记》，同样渗透着蒲松龄对那个社会生活的感受和认识。正如普列汉诺夫说的：“艺术开始于一个人在自己心里重新唤起他在周围现实的影响下所体验过的感情和思想，并且给予它们以一定的形象的表现，不用说，在极大多数场合下，一个人这样做，目的是在于把他反复思索和反复感觉的东西传达给别人。”（《论艺术——没有地址的信》）正因为如此，才会有俚曲《墙头记》那样的结尾处理；同样道理，梆子《墙头记》也才会有不同于原作的结尾处理。若讲个人的看法，我更喜欢俚曲《墙头记》那官判不孝不贤的四人的结尾处理。

在维持和谐的人际关系上，中国人重伦理，这是农业社会带来的；资本主义社会却是重法治。当然，实际是“徒善不足以为政，徒法不能以自行”（孟子语）。这句话的意思是:只靠道德是不能统治国家的,只有法律也不能使人们自动行善。究竟如何解决呢？怕是二者全不可缺。当前,尽管我国法律明文规定“子女对父母有赡养扶助的义务,并有继承父母遗产的权力”,但是不赡养老人的案件仍呈上升趋势,所以养老问题,不仅是全社会关注的热点,更是建设社会主义精神文明不可缺少的一项内容。这从新闻报刊三天两头从两个方面报道可见。这两个方面,一个是正面提倡有领导、有组织、有措施地确保养老问题得以实施;另一个是不赡养老人,甚至坑害老人的逆子的恶行,必受法律的制裁。因此,梆子《墙头记》的盛演不衰,是具有现实教育意义的。同时,也证实了蒲松龄的俚曲是有强大艺术生命力的。

聊斋俚曲《墙头记》的现代改编

徐雪辉

黑格尔说:“历史的东西虽然存在,却是在过去存在的,如果它们和现代生活已经没有什么关联,它们就不是属于我们的,尽管我们对它们很熟悉;我们对于过去事物之所以发生兴趣,并不只是因为它们有一度存在过”①,而是这种历史存在与当今生活的关联。也就是说,过去事物必须和我们现代的生活密切关联,它才是属于我们的,它才更有意义。基于此,我们通过对聊斋俚曲《墙头记》改编研究,重新审视古代作品现代改编的意义与价值。

一

历史上,山东一向有“书山曲海”之美称,明代李开先在《市井艳词序》中,记述济南章丘一带小曲流行情况:“正德初尚〔山坡羊〕,嘉靖初尚〔锁南枝〕……二词哗于市井,虽儿女子初学言者,亦知歌之。”清代民间文艺承明代之余绪,日益兴盛发达。代表“民间性情”的说唱表演艺术种类丰富、活泼多姿,市井艳词广泛普及于民间并蔚然成风,并且受到文人雅士推许激赏。清初俗曲小唱与民间说书并行发展,演变出许多新的艺术形态,如“鼓词”、“梨花大鼓”(山东大鼓)、渔鼓、坠子、落子快书、琴书等。在淄川、博山、周村一带,有一种被称作“俚曲”或“小曲”的曲艺,其用曲形式或以单曲反复演唱,或多种曲牌联缀演唱。演出形式“一人自弹三弦演唱。参与人员多时,可加竹笛、扬琴、琵琶、四胡等乐器,分角色演唱”。甚至可以“分角化装彩唱”②。生活在这种环境中的蒲松龄,喜爱民间艺术,熟悉民间小曲,他不但欣赏,而且参与创作俚

① [德]黑格尔著,朱光潜译:《美学》(第一卷),商务印书馆1979年版,第346页。
② 郭学东:《山东曲艺研究》,中国开明文教音像出版社2002年版,第192页。

曲十四种①,称“聊斋俚曲”。

关于“聊斋俚曲”的文体性质,专家们看法不一:关德栋在《聊斋俚曲选》的《前言》中说:“这些作品,都是采用了民间曲调,并用口语由叙事或移作代言的杂牌子曲和杂调戏曲。”②有“叙事”体有“代言”体,关先生的说法是对多种俚曲而言的,具体到每种俚曲还是有所区别的,“叙事”体的“杂牌子曲”一般为通俗说唱形式,而“移作代言”的“杂调戏曲”就接近戏曲表演了。于天池把聊斋俚曲分为说唱与戏剧两类:“俚曲在体制上并不统一,大部分是叙事的说唱文学,小部分是代言的戏剧。”③直接将“代言”作为其认定戏剧的标准。周贻白认为“聊斋俚曲”开拓了清代戏剧的另一境界,有些篇目近于戏剧:“其所撰俚曲却颇接近于戏剧的体制。比方《禳妒咒》一种……除略有表述外,其一切排场及唱白科介,都和戏剧的写法差不多,不过在字面上把‘白’写作‘云’或‘说’。至于人物上下,场次调度,则完全为戏剧的规模。”④周先生依据“排场”与“唱念科白”,认为有些俚曲接近戏剧体制。马瑞芳认为“聊斋俚曲”为戏剧与说唱二体:《禳妒咒》是完善的戏剧体裁,《墙头记》《磨难曲》也初具戏剧形式。其余各篇都有异于戏剧之处,是谓“鼓词”。⑤ 于天池、周贻白、马瑞芳都用了“戏剧”这一宽泛概念,其含义实指“戏曲”。以关德栋、于天池为代表的一派认为,那些“代言”类故事就是戏曲;以周贻白、马瑞芳为代表的一派,则谨慎地认为它们近于戏剧,初具戏剧形式。另外,藤田祐贤认为俚曲“其实是‘地方戏’性的戏剧及讲唱文艺”⑥。李昌集认为聊斋俚曲“以小曲敷演故事,乃是民间的一种‘说唱’或是‘土戏’”⑦。以上各家说法,都是对聊斋俚曲多个篇目而言,观点有差异,各有道理。

具体到俚曲《墙头记》,它的体制如何?

---

① 一说十五种,据张元《柳泉蒲先生墓表》碑阴列俚曲十四种:《墙头记》《姑妇曲》《慈悲曲》《翻魇殃》《寒森曲》《琴瑟乐》《蓬莱宴》《俊夜叉》《穷汉词》《丑俊巴》《快曲》《禳妒咒》《富贵神仙》《增补幸云曲》。其中《富贵神仙》后变《磨难曲》,有人认为应作两种看待。

② 关德栋:《聊斋俚曲选》,齐鲁书社 1980 年版,第 1 页。

③ 于天池:《蒲松龄与〈聊斋志异〉》,北京师范大学出版社 1993 年版,第 239 页。

④ 周贻白:《中国戏曲发展史纲要》,上海古籍出版社 1979 年版,第 369 页。

⑤ 马瑞芳:《蒲松龄俚曲的思想成就和语言特色》,见《蒲松龄研究集刊》第一辑,齐鲁书社 1980 年版,第 198~212 页。

⑥ 藤田祐贤:《聊斋俗曲考》,见《蒲松龄研究集刊》第四辑,齐鲁书社 1984 年版,第 288 页。

⑦ 李昌集:《中国古代散曲史》,华东师范大学出版社 1991 年版,第 446 页。

“聊斋俚曲”中的《墙头记》，以说唱为主、兼具代言表演，介于说唱曲艺与戏曲之间，我们不妨借鉴曾永义老师的说法，称之为“乡土小戏”。乡土小戏，是不同于大戏的一种艺术形式，曾先生这样论述：“装扮歌舞皆‘土服土装而踏谣’……其本事不过是极简单的乡土琐事，基本上选用即兴式表演，以传达乡土情怀；往往出以滑稽笑闹。”①俚曲《墙头记》虽不是即兴表演，但通篇体制为一段解说的散文和一段歌唱的曲调轮流相间；以回目标注，全本四回，每回散文与歌曲轮流次数不等；运用曲牌体，曲调只有〔耍孩儿〕一个。其散文讲说部分，交代人物，叙述故事；唱曲则配合故事，抒情感慨。它当众表演，有说有唱，有穿关、“上下场”指示及“代言”表演等。从文本特征上看，既不是简单的说唱曲艺，又不具备完整戏曲的所有特征。

首先，以“回”标目。用“回”标目最早是在宋元话本说唱艺术中使用，孙楷第在《中国通俗小说书目》的“分类说明”中指出“回目”源于说唱：“然书标回数，固是后来刻书人所为，而自昔说唱，中间即有休歇（间歇处伎艺人谓之务头）。讲史固非多次莫办，小说亦不能限于一场，如宋明旧本虽只是一篇，施之说唱，则非一时所能尽也。”②陈美林等在《章回小说史》中也认为“回”源于说唱：“宋元说话为章回小说这一文体的最主要的源头，是孕育章回体的直接土壤，章回小说之用以命名其文体类型的关键词语‘章回’，即源于说话的分回讲说，这也说明了章回体与说话艺术的特殊关系。”③可见，“回目”本源自说唱艺术，后来引入话本小说、章回小说等通俗类小说，用于戏曲则极为少见。因此，俚曲《墙头记》以“回”标目，体现了说唱艺术的重要特征。

其次，有说唱文学的叙述方式，说书人的影子时时存在。请看第一回的几段：

老婆出来说自家李氏，张大的妻是也。这里正忙，他叫的甚么？张大说还没停当么？李氏说也就好了。指望你买的那东西么？

三斤肉一只鸡，就是您家那好东西，好厨子做煞也不济。咱达常在江湖上走，赴了多少大酒席，您家何曾见天日？不说那鸱头执腚，看您达那些势势。

① 曾永义：《戏曲小戏的质性》，见《戏曲学》（一），三民书局2016年版，第2页。

② 孙楷第：《中国通俗小说书目》，作家出版社1957年版，第3页。

③ 陈美林、冯保善、李忠明：《章回小说史》，浙江古籍出版社1998年版，第36页。

张大说诮什么！俺达好不好，谁着他合你令堂并骨哩么？李氏说呸！放屁！俺庄里多少好汉子，那里找着您达并骨。张大笑说出上您拣的那好的并去。他老爷待好来了，你去伺候罢。

我这话实不通，俺达我也相不中，等一个好达再相敬。咱那东西虽不济，他也知道咱家穷，全凭你把心来用。快去把衣裳找找，梳梳头好见尊公。

“老婆出来说”“张大说”“李氏说”等都是说书的介绍性语言，后面的内容，应该是说书人模仿相应人物口吻，绘声绘色地说或唱。全本体例如此，不一一列举。

第三，也有代言表演，有上下场、说白等舞台提示语。如，第一出开头“张老拄杖破衣上”，“拄杖破衣”，是其装扮，一人装扮成一位贫穷、受苦的老年人，上场念四句定场诗，然后自报家门。“俺且去一边等着，下”提示张老下场，“李老上，白”提示李老上场，初具代言体戏剧表演特征。

第四，虽然有代言表演，但通篇来看，时有说书人“跳进跳出”穿插其中。请看这一段：

李老上，白：一日能动转，百里作生涯；寻常几个月，不到女儿家。女婿张大郎，久不相见，不免望他一望。来此已到门前，待俺竟进。

“李老上”提示有演员扮演李老上场，“白”演员代言李老说话，接下来的四句便相当于出场的定场诗，然后场上活动，交代来到女儿家门前就要进门。这一段明显有演员在场上表演，说书人隐身。

李氏说张大呀，咱爹来了！慌忙按帽迎进，作揖磕头，让了坐阿爹好么？李老都答应好。娘好么？又答好。李氏也问爹好，娘好，哥哥、嫂嫂都好么？李老都答应好。张大说你去罢，看老王弄不好。李氏去了。张大才叙话……

这一段用叙述体，而没有采用对话体，明显是说书人出面，叙述交代李老来到，女儿女婿殷勤接待，嘘寒相见。接下来小瓦瓯送上酒，翁婿喝酒拉家常，李氏殷勤照应劝饭、请茶，送走李老，张大夫妻转脸又把张老嫌弃。可见说书人时隐时现、“跳进跳出”的特点。

以上四点，显示出俚曲《墙头记》介于曲艺与戏曲之间的文体特点，其表演过程中可能会采用勾脸“彩唱”的形式，与戏曲极为接近，也极容易发展为地方戏曲。

二

中华人民共和国成立后，为了契合时代要求，俚曲《墙头记》被改编。体制上从“乡土小戏”被改编为特色鲜明的戏曲地方戏，1961 年五音戏上演改编本《墙头记》（又名《二子争父》），后又有山东省鲁剧研究院艺术室集体讨论，孙秋潮执笔完成改编本《墙头记》，这个剧本被山东梆子、吕剧、枣梆、大弦子等多个剧种移植演出；影响越来越大，以至于京剧、秦腔、评剧、吕剧、豫剧、曲剧等也纷纷移植演出，影响波及全国，改编取得成功。

为了适应新时代要求，改编本在故事主题上做了相应的调整；为了适应戏曲体制的要求，改编本在艺术上，包括布局结构、语言、音乐等方面都做了戏剧化改造。

俚曲《墙头记》题材取于乡土故事，能传达乡土情怀，故事反映的社会现象，与每个人的生活息息相关，广受关注，传演经久不衰。俚曲《墙头记》是关于“孝”的故事，张老汉八十多岁，老伴去世，有两个儿子：“大怪”“二怪”，两个儿子都已成家，分掉张老汉的家产，两家轮流养老，每家半月，初一、十六轮班。十一月初一，大怪送父亲去二怪家，二怪闭门不开，大怪便将父亲撮到墙头上，被路过的王银匠看到，王银匠设计：假说张老汉前几年经常到他那里去化银子，如今来要化银钱。大怪、二怪听说父亲有钱，态度发生一百八十度转变，争相奉养、讨好父亲，直到父亲去世，办理完丧事。后来，知道父亲没钱，王银匠欺骗了他们。大怪、二怪状告王银匠欺骗，官府“先打了汉子，后拶了老婆”，惩治不孝。大怪让儿子小瓦瓻帮他擦擦血，儿子嫌脏，并说是向父亲学的。结尾处，作者写道：“望上看有双亲，往下看有儿孙，我不好后代越发甚。”以“将心比心”“有样学样”的传统社会共识，来劝诫不孝的人，以免将来自已也落得同样下场。

改编本《墙头记》，尊重原著题材，基本故事情节未变：大乖妻李氏开场，一方面为迎接娘家爹准备了丰盛的菜肴，一方面嫌弃公公无用。张木匠见两个儿子不孝，提出要回自己的地单过，遭到大乖夫妇训斥。二乖也不是好货，轮到他家养老就故意闭门不开，大乖将张老撮上墙头。王银匠路过，救下张老并暗摆计笼牢，使大乖、二乖争着养老。二子果然中计，争着讨好老父亲，伺机套弄父亲的财宝所在。张老靠谎言过了三年好日子,临终说了两句话:“观看那堵墙”“想起王银匠”。张老死后,大乖、二乖寻王银匠,王银匠让他们刨墙找银子,墙倒把大乖、二乖夫妇四人压在墙下。改编本人物的名字稍有变化,如把原讽刺意味浓重的“大怪”“二怪”,改为“大乖”“二乖”,突出张木匠“四十多岁抱娃娃,冬里枣,夏里瓜,秋里葡萄,春麻花”,娇生惯养出的两个儿子,不肯养老,正应了民间“棒槌头上出孝子”的谚语,一味地溺爱,教不出好孩子。结尾以“四人被压在墙下”,惩罚不孝贪婪之子。

艺术上,改编本运用系列戏剧化手法,增强了戏剧效果。

(一)布局结构的改编

俚曲本共四回:第一回《老鳏冻馁》,第二回《计赚双枭》,第三回《安饱惊梦》,第四回《痴儿失望》,形式上以“回”标目,结构上起因—冲突—高潮—结局,故事围绕张老汉年老被儿子嫌弃的遭遇展开,采用的是小说式的讲故事模式。

改编本分场,共九场戏,戏剧冲突尖锐。

开场设计戏剧性强。第一场李氏开场,她自报家门,“我,张门李氏,外号‘将够本儿’,许配张大乖为妻。自从过得门来倒也福气,先死了小姑,后死了婆婆。……老公公八十多了还不死”,小姑、婆婆的死成了她的福气,老公公爬不动了,就骂他还不死,一个典型的自私刻薄的恶妇,如此一个儿媳妇,老公公的日子可想而知。与俚曲本比较,把李氏提到开场,使之成为整个故事的主要人物,其他人、事依次呈现。大乖对李氏“是听说听道”;二乖学习大哥大嫂,斤斤计较,变着法地不肯养老;两个儿子在不孝这个问题上,各显其能,张木匠只是事件展开的道具,退居次要地位。李氏带戏上场,自报家门后,就是一个小波澜,她娘家爹“发财还乡”,来看闺女,两个爹放在一起,对比中展现李氏的自私个性。开场戏情节的延续性,在爹爹养老问题上,牵出老二,交代张木匠有两个儿子,老大不孝,读书知礼的老二怎么样呢?老二说“长兄在前,弟在后”“后浪跟着前浪游”,也不是什么好东西,两个儿子都不孝,后面就有戏了。所以,这个开场的改编,具备了三个条件:主要人物率先登场,主要人物带戏上场,开场情节延续,正是一部好戏的开始。

结局改编与时俱新,戏剧效果强。张木匠入殓后,大乖、二乖找王银匠问要父亲的财产,王银匠无奈只好“听凭天断”。张木匠临终说:“抬头观见那堵墙”“难忘好友王银匠”,王银匠让大乖、二乖夫妻去刨墙,最后墙倒,四人被压在墙下。不孝的事情,在每个朝代都有发生,古代对于“忤逆”“不孝”的事情,官府可以杖责,新中国提倡子女尽孝赡养,主要采用舆论监督,取消了杖责惩罚。现时演出,如果硬搬原作的结局,恐怕不能起到警示效果,不能引起共鸣。改编本则巧妙地改为天谴,以"往后当爹的就不用再上墙头啦",一语双关,讽刺意味浓厚,写出了大乖、二乖的应有报应。

整体布局场次分明,九场戏九个情节段落:迎爹,要地,外送,闭门,叫门,撮墙,定计,争孝,压墙。结构主次分明,人物形象突出,故事连贯完整,戏剧冲突集中。

(二)戏剧表现手法的运用

1. 语言变俚俗为通俗

俚曲《墙头记》使用了大量方言土语,比较俚俗。如:

我那两个儿子便说:"你如今老了,封粮纳漕都得操心,耕种锄刨也费事,不如把地分给俺,你情(不用操心而坐享)八石粮食罢。"

他说我年太高,不宜量(不适合)把心操。

头一年还算强(好)。

我急自(本来)要不出粮食来。

一堆(一起,一块儿)吃饭。

他有达(父亲)妈人两个,我有俺达一个人。

你看俗爹吃了多大点子(没多少),若是您达,从来没见东西,不知待(馇)(xuān,塞进去,情绪强烈)多少哩。

您达达无正经,捞着(逮着)饼饭尽着撑(吃,侮辱性语言),给他碗腥汤就舍了命。

跺跺脚叫声天,这样苦对谁言?冷冻冻(冰凌)搀上这泪珠咽。

才捱(勉强咽下)了一碗,战战(打哆嗦)起来,说噤了心(心凉难受)了,不吃罢。

(第一回)

咱就不开门,推(假装)不在家。

我这个行子(货色,家伙)真是呆,多亏了娘子你还乖(乖觉,精明),指望不的我张二怪。

张大说是乜(niè,那么,反问)冷么?你忒也虚喝(夸张,不符合事实)。

了吊儿(门环)乱瓜打(门环叩击声),拾石头把门砸,全不听的人说话。

上下一堆(一身)破铺衬(破布),西北风好难禁,牙巴骨(牙床嘴巴)打的浑身困。

我把这墙上撮(向上推过去)过你去罢。

张大轮打(摔摔打打没好气地)着说好恨人!使(累)的我喘吁吁的,他倒嗜嗤(抽泣)起来。啕杀(费劲,心烦)我了!

卖扁食(水饺)的王二

(第二回)

张二说咱去罢,多拘远(距离,指很近没多少距离)哩。

你看我扎挂(打扮)的你一崭新。

老人家衣服要会做,棉的极厚要弶(jiàng)皮(贴身),揹(衣服接缝处)里宽快些才如意。

我待着爹爹眠,盖盖被把灯端,溺鳖儿(夜壶)拿来我可散。

我定然剥来撴(扔掉)了。

这原是为你,你还向(偏袒)他。你宜量(懂得,知道)甚么好。

夜来(昨天)时做饭忙,到晚来趁(借)灯光,才把棉裤裁停当。

张二说老头子这般欢喜,等我套弄(引诱别人说出事情)他套弄。

(第三回)

清晨肉晌午鸡,每日像贼吃食,丝毫何曾得他济(得子女孝敬供养)?

张大说俺也不潮(傻)。

(第四回)

语言上大量使用方言土语,这种语言风格独特,是当地百姓熟悉的日常生活用语,特别能反映当地百姓的风情,在方言区内,这种语言通俗易懂,贴近生活,适应普通民众的欣赏习惯;顺口可歌,富于节奏感,为大众所喜闻乐见;生动形象,幽默风趣,充盈着生活气息;地域特色明显,曲折精妙,别开生面,易于心领神会。这种来自生活的语言,特别有感染力与亲和力,特别能引起兴趣与共鸣。蒲箬在《柳泉公行述》中表达了蒲松龄创作俚曲的良苦用心:

> 如《志异》八卷，渔搜闻见，抒写襟怀，积数年而成，总以为学士大夫之针砭；而犹恨不如晨钟暮鼓，可参破村庸之迷，而大醒市媪之梦也，又演为通俗杂曲，使街衢里巷之中，见者歌，而闻者亦泣，其救世婆心，直将使男之雅者、俗者，女之悍者、妒者，尽举而匋于一编之中。①

蒲松龄有浓烈的救世情怀，其作品揭露批判也好、讽刺寄寓也罢，都是为了劝善并建立文明世风。《聊斋志异》虽可为“学士大夫之针砭”，却无助于破“村庸之迷”，醒“市媪之梦”。而这种源于民间的俚曲，从语言上拉近了与百姓的关系，特别易于在平民百姓中传播，实现了蒲松龄立意为俗、面向大众的理想。

虽然如此，对于非方言区域来说，若非注释，即使是读本，也很难理解，因此，俚曲的语言又深刻影响了它的向外传播。

改编本《墙头记》，变俚俗为通俗，比如“达”通改称“爹”、“扁食”改为“馄饨”等，去掉了那些难懂的方言，换成通俗易懂南北通行的熟语。如此，一旦上演，便广泛传播，加大了传播力度，事实上，改编的《墙头记》曾被多个剧种移植，梆子、吕剧、豫剧、秦腔、二人转等纷纷上演，流布地几乎遍及全国，后来又拍成戏曲电影，影响很大。

2. 音乐变土腔土调为板腔演唱

俚曲本《墙头记》，以民间俗曲〔耍孩儿〕为主曲，中间夹说白，一曲反复使用演唱。其唱词为六六七、七七六、七七，八句式，可增字。如：

> 一家人闹呵呵，端菜碗找家伙，席完已是日头错。他急自极好害饥困，何况等了半日多，此时不知怎么饿。你把那残汤剩饭，拾上些给他如何？（第一回）

此曲基本合谱，第四、第六两句分别增加一个字。〔耍孩儿〕是当时的时兴调儿，俚曲《俊夜叉》开头写道：“这个曲儿，是用时兴的〔耍孩儿〕调儿编成，能开君子的笑口，也能发俗人的志气。”②在《增补幸云曲》中又说：“〔耍孩儿〕异样的新鲜。”俚曲中的〔耍孩儿〕为民间小曲，用方言演唱，与南曲中的〔耍孩儿〕不同，演

---

① 〔清〕蒲箬：《清故显考岁进士、候选儒学训导柳泉公行述》，见〔清〕蒲松龄著、路大荒整理《蒲松龄集》附录，上海古籍出版社 1986 年版，第 1818 页。

② 〔清〕蒲松龄：《俊夜叉》，见盛伟编《蒲松龄全集》，学林出版社 1998 年版，第 2726 页。

唱时喉音较重,语速较缓,一板三眼。根据侯玉爽演唱的《旷野逢仙》中的〔要孩儿〕曲分析,八句腔的落音分别是“5、1、1、1、1、5、1、1”。①

至于〔要孩儿〕的来源,车锡伦老师认为有两种可能:一是由宋代市井中叫卖“摩喝乐”(一种小儿形玩具)的“叫卖声”发展而来;另一种可能是来自宋代瓦子中的歌唱技艺“唱耍令”“唱耍曲儿”。② 总之,〔要孩儿〕是源于市井民间的一种腔调,很受欢迎。沈德符《万历野获编》卷二十五“时尚小令”条列有〔锁南枝〕〔傍妆台〕〔山坡羊〕〔泥捏人〕〔鞋打卦〕〔耍孩儿〕〔驻云飞〕〔闹五更〕〔寄生草〕〔罗江怨〕〔银纽丝〕〔打枣竿〕〔挂枝儿〕等曲子。③ 〔要孩儿〕等“时尚小令”,在明清时期十分盛行。

有研究者认为,“〔要孩儿〕本身就具有明显的板腔体变奏特点”④。改编本《墙头记》音乐改用板腔体演唱。如:

张木匠(唱)
老来难来老来难,
老来无能讨人嫌。
想当初,我待儿子如珍宝,
到如今,儿子待我猪犬一般。
两个儿子不养老,
一对媳妇更不贤。
我吃不饱来穿不暖,
一家半月乱倒换。
早晨等到天将晌,
饿得我头昏眼花心似油煎。

(第二场)

此段七字韵,用了京剧十三辙里的“言前辙”,加下划线的字为合辙字,韵母有 an、ian、uan。

① 郭学东:《山东曲艺研究·音乐篇》,中国开明文教音像出版社 2002 年版,第 153 页。
② 车锡伦:《聊斋俚曲曲牌的来源(之一)》,载《蒲松龄研究》2002 年第 2 期。
③ 〔明〕沈德符:《万历野获编》,中华书局 1959 年版,第 647 页。
④ 郑刚、郑晓莹:《聊斋俚曲曲牌〔要孩儿〕音乐分析》,载《齐鲁艺苑》2017 年第 1 期。

门吊儿,乱呱哒,
叫不开门来用石头砸。
明明恁夫妻在家里,
不声不响恁装的什么傻,
砸不开门来我把恁骂,
我骂恁全家都死绝啦!

此段用“发花辙”,韵母为 a。其他唱段也都依辙行韵,用板腔体演唱。

3. 心理活动改为直接呈现

俚曲本中有两大段以梦的形式呈现的心理活动。一处是第三回“安饱惊梦”中,张老汉的两个儿子突然转变态度,争相孝顺老爹,张老汉心里不踏实,做了一梦:

见张大进来,便问来做甚么?张大说我那袍子,就许你常穿么?

…………

张二把老头推到,剥着(衣服)去了,张老倚着大喝叫冻杀我了,冻杀我了!

这个梦在俚曲里是说书人叙述的,张老那种不安、惊恐的心理,通过说书人的口可以绘声绘色地渲染出来。

改编本则改为了舞台表演,将张老的担心直接呈现于舞台上。第九场张木匠在儿子儿媳四个人的争拉中昏厥过去,儿子儿媳立马变脸:

大乖　快抬,快抬走!抬走吧!抬走吧……
李氏　请抬,请抬!棺材、寿衣、发丧都是恁的!
…………
赵氏　俺就是不发丧!
李氏　就叫恁发丧!
赵氏　就是不发丧!

刚才还在争爹，什么“爹是咱大伙的爹”“尽孝不能你一个人尽了”，转眼老爹闭了眼，眼见到手的银子泡汤，两家立刻翻脸，连老爹的丧事都不管。这里，将原作中的心理活动，直接外化为舞台形象。将两个儿子儿媳龌龊的心理，通过舞台形象活活脱脱地表现出来。

另一处是第四回“痴儿失望”里的梦，张老死后，为了让他的两个儿子好好发送，王银匠不得不再谎称张老“浮财也还多，当日文书一大箩”。张大张二开始盘算：

近来白黑常打算，我要盖个合套房，捐上一个监生好游荡。你识字买个秀才，隔住板好上公堂。

然后就被“叫爷”“叫奶奶”，可以“雇上人打伞还抬轿”。又进一步幻想：

叫老爷是尊称，添上个大字便中听，何年曾奉朝廷命。新中的进士称了老，撇下个爷字与监生，他说哪咱就往前蹭。待几年州同越大，把阁老挨做了孤穷。

这是一个白日梦，也是一大段心理活动，表现张大、张二夫妇殷勤发丧，就是想早早办完丧事，好去收账，然后买官升迁当老爷，说书人用说的方式表现，绘声绘色。改编的戏曲中，删掉此情节，处理欠妥。

俚曲本中，两梦对举并存，一真一幻，心理刻画细腻：张老靠谎话度日，心里惶惶不安，日有所思夜有所梦，梦中被狰狞的儿子剥去袍子，依然挨冻；为了安葬张老，王银匠再次用计，两个儿子幻想安葬父亲后自己就可以得到大笔银子，就可以买官称老爷。知子莫若父，父亲忐忑不安；鬼迷心窍的儿子心怀鬼胎算计父亲。父子之间不是血浓于水的亲情，只剩下金钱至上的交易。笔触细腻，入木三分。改编本少了一梦，削弱了作品的讽刺力度。

曲艺是戏曲的母体，长期传演中很容易转换成某种地方戏，如山东花鼓就发展出两夹弦、四平调、一勾勾、山东柳琴等地方剧种。介于讲唱曲艺与戏曲之间的俚曲《墙头记》，本身带有戏剧色彩，比较容易转为戏曲。改编本《墙头记》经过戏曲化改编，故事叙述更具有当代意义；通过调整结构布局、改换现代通俗语言、转换板腔体音乐、心理活动外化等一系列戏曲手法，使其更适应舞台表演，从而吸引了广大群众，扩大了受众范围，进一步扩大影响、广泛传播。

聊斋俚曲分篇研究

《闺艳秦声》与“易性文学”
——兼辨《琴瑟乐》非蒲松龄所作

黄 霖

若打开谷歌,搜索“闺艳秦声”的话,许多网站都将此书列为古代“香艳”作品中的“上中”品,亦即九品中的第二等,而《金瓶梅》被列为“上下”品,《西厢记》《红楼梦》则被列为“中上”品。此说实出于姚灵犀《思无邪小记》所引的《香艳摭谈》。这种品评是否合理,这里姑且不论,但至少它提示我们:对《闺艳秦声》这部作品不可等闲视之。事实上,它是一部文学性很强的俗曲;其评点,也十分精彩。可惜的是,从20世纪三四十年代传开以来,被好事之徒篡改其名为《琴瑟乐》及《闺艳琴声》①,并将它归之于蒲松龄的名下,转相售抄,蒙蔽了几乎所有的蒲松龄研究者。1967年,日本藤田祐贤作《聊斋俗曲考》一文②,曾正式将《琴瑟乐》作为蒲松龄的作品加以论述。之后,特别是在80年代以来的中国大陆,出了不少的有关《琴瑟乐》的论文及校本,实为蒲松龄研究中一个不大不小的热点,但可惜的是,似乎没有一个完全搞清楚了所谓《琴瑟乐》的真实面貌及来龙去脉,故笔者不揣愚鲁,想就《闺艳秦声》的一些基本问题谈一些看法。

一、《闺艳秦声》与《琴瑟乐》的真假问题

1994年,吉林文史出版社正式出版的《中国艳歌大观》,曾从483页至496页

---

① 《琴瑟乐》主要有三个抄本:一、蒲松龄纪念馆藏《聊斋俚曲》丛抄本《琴瑟乐》;二、《志异外书·闺艳琴声》,又名《琴瑟乐》,题“淄川蒲松龄著作”“博山田庆顺藏”;三、日本庆应大学藏本,名为《琴瑟乐》,题“蒲松龄遗作”。下钤篆印“天山阁藏”,左下角题“在淄川城内文化街天山阁家藏,依命平井院长,王丰之手抄”。20世纪80年代后所出多种校本,盖多从此三本出。

② 载日本《艺文研究》第十八号。伊藤直哉的译文,见《蒲松龄研究集刊》第四辑,齐鲁书社1984年版。

全文登载过《闺艳琴声》，在此曲前有编者按语云：“清代初期，坊间还流传着另外一种刻本，名《闺艳秦声》，署名‘古高阳西山樵子谱，齐长城外饼伧氏批’。”但同一按语又说：“蒲松龄所撰《闺艳琴声》向无刊本。”编校者郭长海先生在2001年3月发表的《〈琴瑟乐〉作者与源流考证》[①]一文中谈到他当时整理《闺艳琴声》时，也没有提到清初的坊刻本，而只说用的是《大公报》本。于是我不胜疑惑：究竟有没有《闺艳秦声》的清初刻本？带着这个问题，我通过电话请教了郭先生。郭先生的回答是：他也没有见过清刊的《闺艳秦声》；他说的清初流传的刻本，实指与《闺艳秦声》有关的《时尚南北雅调万花小曲》之类。这样，问题清楚了：目前所知《闺艳秦声》最初的印本乃见诸1923年的天津《大公报》[②]。但是，天津《大公报》的《闺艳秦声》并非是完整的本子。它的最大缺失是刊落了大量的批语。署名处明写着“齐长城外饼伧氏批”，可是《大公报》本只用括号在5处遗下了批语之外，其余都付阙如。据我所知，《闺艳秦声》最完整的本子是见于1936年1月由姚灵犀校印的《未刻珍品丛传》，此本共有眉批21处，旁批86处，夹批10处。

《未刻珍品丛传》系排印本，不厚，共收作品三篇：《闺艳秦声》《塔西随记》与《麝尘集》。卷首有校印者写于1935年11月的《弁言》云：

> 《未刻珍品丛传》，何为而辑也？曰志不朽也。……《闺艳秦声》盖得之于津门。著者自署为西山樵子。……皆以偶然遇之，已足奇已。……呜呼，宇宙之间，文人众矣，抑郁不自得，乃寄情于艳闻琐事，以冀其言之无罪，而闻之者好之之可传也。然而，传不传无定也。……世间类此之文字，散佚摧烧者，曷可胜数，而此三者获存，不可谓非幸事也。虽名之不彰何害乎？

这里，在编印者对作者充满着同情，对作品予以高度评价之余，使人感受到：这部珍品已在存亡之间，编者也前所未闻。同时，他明确地告诉我们：它被发现在天津。

我们知道，姚灵犀为20世纪前半叶活跃在天津的收集香艳文字的大家，其所编《采菲集》，对有关缠足的史料可谓网罗殆尽；其《思无邪小记》，记录有关性文化

---

① 郭长海：《〈琴瑟乐〉作者与源流考证》，载《长春师范学院学报》2001年第1期。

② 《大公报》（天津版）第67分册，1923年8月20日至9月13日。

的资料一时罕有其匹；其《瓶外卮言》对《金瓶梅》的词语的辨析也独一无二。1941年，他在《思无邪小记》的《弁言》中说：

> 岁在乙丑、丙寅(1925、1926)间，余侨寓燕京，得与都人士相接，因沈丈南野之介，缔交侯疑始君。时侯主编《翰海》，每晤时辄索稿于余。初以诗词笔记应之，后难为继，乃搜集古今小品，涉及香艳者，上起经史，下逮说部，选录若干则，或加笺注，投刊《翰海》……嗣因有金陵之行，稿遂中辍。及傅君芸子主编《北京画报》索稿一册去，排日刊登，有时或亦自撰，而以续记为名。闻嗜痂者众，刊此以餍所望，后又名之曰《艳海》，或易名为《髓芳髓》，曾于天津之《天风》《风月》两报中略见一斑。十五年来，续有搜辑，至今续稿盈尺，供獭祭之书籍亦千余种，秘未示人，为无益事以遣有涯之生而已。

我不厌其烦地引这段文字，无非想说明姚灵犀其人，不但热衷于香艳文字的收集，而且与京津的报界关系密切，喜欢将他收集到的文字陆续披之于报端。因此，联系到《闺艳秦声》的《大公报》本与《未刻珍品丛传》本的署名、正文与序评等都相同(只是因报纸排版的问题而删落了批语)这一点，就不能不使人感到《大公报》本的提供者与姚灵犀有着直接的关系。这种关系虽然也可强解为姚从报端得到消息后，从原藏者处觅得此本再刊刻。但从"《闺艳秦声》盖得之于津门"一言而看，较大的可能当为姚灵犀在天津时觅得此书后即付天津《大公报》先予发表，后再与其他两书合在一起刊成《未刻珍品丛传》。总之，我们可以说，《闺艳秦声》的发现者、刊印者就是姚灵犀。

现在，有两本书放在面前：一本是署名"古高阳西山樵子谱，齐长城外饼伧氏评"的《闺艳秦声》；另一本是署"蒲松龄遗著"的《琴瑟乐》。两本书的正文内容基本相同，究竟是谁在先，谁在后？谁是真，谁是假？

一、从时间看，《闺艳秦声》在1923年、1936年分别在《大公报》与《未刻珍品丛传》中发表，当时未见有蒲松龄《琴瑟乐》的正文面世。今所知《琴瑟乐》的庆应大学藏本，乃抗战期间所抄。另于80年代成立的"蒲松龄纪念馆"所藏的两个抄本中，其《聊斋俚曲》丛抄本，不知得于何时何地。另一"博山田庆顺藏"本，从所附王统照信得知，乃于1956年10月30日时任山东省文联主席的王统照在《人民日报》上发表《有关蒲松龄的几则琐谈》之后，于11月19日田庆顺主动写信"以家藏蒲氏所作俚曲抄本见告”的。假如现在能拿出1923年前已存在有蒲松龄《琴瑟乐》确切文字内容的证据来，那另当别论，否则的话，只能认为《琴瑟乐》是将《闺艳秦声》改头换面而来。

二、从作伪的动机来看，假如一篇署有大名鼎鼎的蒲松龄名字的作品，去改头换面成一个名不见经传的作者的作品，实在是不可思议的。只有相反，才能给作伪者带来利益。

三、从文本内容来看，所谓蒲氏《琴瑟乐》的马脚甚多：

1. 庆大本开端有《老夫少妻不合阴阳感慨诗》《山中乐》及“久旱逢甘雨”三首诗，殊不伦不类。后一诗为流传很早的《四喜诗》①，被抄引至此。而前两诗，马振方先生在《琴瑟乐校注》中说：“既非全曲序引，与作品内容也不和谐，不似原作所有，系蒲诗羼入者。”②然是否是真正的“蒲诗”或其他“聊斋小曲”，也颇令人怀疑。曲后李希梅的《诗跋》，乃是抄录了《金瓶梅》的两首诗，更是明显的“只是在应付平井雅尾，投其所好”的表现。③ 至于曲中多处抄入《金瓶梅》的问题，也与所谓高念东跋言“不肯抄袭一笔”之论相背。所有这些，也为蒲松龄研究者的通识。但遗憾的是，蒲松龄研究者普遍胸中先有一种成见，即如巩武威先生所言：“蒲松龄写过《琴瑟乐》这支俚曲是毫无疑问的。张元在柳泉先生墓表碑阴面撰文有通俗俚曲十四种《琴瑟乐》一册，这当是绝对可靠的。”④因此，他们可以怀疑庆大本的局部问题，而不能进一步去否定《琴瑟乐》的可靠性。殊不知，作伪者正是利用了善良的人们确认有一种蒲松龄的《琴瑟乐》的存在，才去下手脚将《闺艳秦声》改头换面的。像《琴瑟乐》扉页上写着“本稿我传之元抄，小心留意写之”云云，这不正是“此地无银三百两”吗？一般的抄本哪有这样的废话！⑤

2. 高念东跋的问题。1936年刊《闺艳秦声》的卷首有《原序》《自序》和《原评》三文，后有“坚誓狮子座下人”《闺艳秦声卷尾》一篇。其《原评》是全曲的总评，如金圣叹的《读法》然。1923年在《大公报》上发表时，先连载了正文，再将序、评及卷尾附于后。《琴瑟乐》则将《原评》的个别段落稍作调整后变为一篇《高念

---

① 洪迈《容斋四笔》卷八《得意失意诗》已载“旧传”有此诗，唯“题名”作“挂名”。
② 马振方：《聊斋遗文七种》，北京大学出版社1998年版，第207页。
③ 巩武威：《〈琴瑟乐〉辨》，载《蒲松龄研究》1993年第1、2期合刊。
④ 巩武威：《〈琴瑟乐〉辨》，载《蒲松龄研究》1993年第1、2期合刊。
⑤ 案：《大公报》上发表时标名《评》，与《未刻珍本丛传》本内容相同。

东跋》。实际上,此段文字是十分标准的一段一段的、金圣叹所创的“读法体”,而完全不类“跋语”的文体。《琴瑟乐》的作伪者自以为拉了一个蒲松龄的朋友高念东来可以装得更像,殊不知这种偷巧的做法也恰恰露了马脚。

3.《闺艳秦声》开头有《西江月》两首,原文如下:

谁使红颜命薄,偏教才子途穷。几多恨事满胸中,难问苍天如梦。且向花前月下,闲弹赵瑟秦筝。狂歌一曲酒千盅,好把闲心断送。

无可奈何时候,偶然谱就新词。非关闲处费心思,就里别藏深意。借嬉笑为怒骂,化朽腐作神奇。男儿心事几人知,且自逢场作戏。

此词意韵联贯,字数与格律也均合〔西江月〕调。然《琴瑟乐》庆大本为迎合蒲氏俚曲多用〔清江引〕起首,就将“西江月”妄改成“清江引”,使内容与曲名牛头不对马嘴。又把“胸”改成“怀”,把“难”改成“谁”,把“闲心”改成“英雄”,把“怒骂”改成“恐骂”,把“几”改成“凡”,诸如此类,完全破坏了原词的意韵。至于田氏本及基本相同的蒲馆本,用马振方先生的话来说:“田氏本上阕,不仅韵与下阕不合(〔西江月〕大都一韵到底,换韵者极少,且另为一体),第二、三句间也很难区划——‘穷途多’不合格律,也不成话;倘如另一种校本,在‘多’前加一‘几’字,划为下句,第二句作‘偏教才子穷途’,字数虽合,‘途’字却不押韵。由此不难看出,它有较多讹误,令点校者左右支绌。”①因此,这两首《西江月》也清楚地告诉了人们孰为真,孰为假。

4.《闺艳秦声》的《未刻珍本丛传》本的正文是分段的,自两首《西江月》以下,即分别标有《幽恨》《媒议》《得情》《遇欢》《行聘》《亲迎》《于归》《交欢》《归宁》《还家》十名,后附《对玉环带清江引》,全曲层次井然。此曲既名“秦声”,即指用的是陕西一带的方言,但作者在题名下有小字注云:“方言俗语有有音无字者,今俱借用正字,读者当以意会之。”换言之,全曲已用“正字”来表达了。改篡者为了制造蒲松龄作的假象,就故意把其段名全部删除,田氏本与蒲馆本不时加进了“陕西调”的名目,而庆大本更插进了什么“淄口令打叉”,而这两种调的规矩全无,实

① 马振方:《庆应大学藏本聊斋俚曲〈琴瑟乐〉文本考议》,载《北京大学学报》(哲学社会科学版)1999 年第 1 期。

际上无非是故弄玄虚而已，而把《闺艳秦声》的原来面貌却搞模糊了。

5. 若将曲文文字对校，更可说明问题。这里需要说明的是，《琴瑟乐》三个抄本，实可分两个系统，即蒲馆本与田氏本基本相同，只是个别地方小有差异，这是由于抄录时的笔误或稍作修改所成，故可视为同类。今据盛伟《〈琴瑟乐〉国内藏本与日本藏本校释》①的文字，与《未刻珍品丛传》本《闺艳秦声》相校，有三种情况：第一类是庆大本与《闺艳秦声》相异之处，而蒲馆本、田氏本与《闺艳秦声》恰恰是相同的；第二类是蒲馆本、田氏本与《闺艳秦声》相异的地方，而庆大本与《闺艳秦声》恰恰是相同的；第三类是庆大本、蒲馆本、田氏本均与《闺艳秦声》相异。前两类，实际上即可说明：它们都来自《闺艳秦声》。因为它们假如真的来自一种《琴瑟乐》的话，若与《闺艳秦声》相异，则三本基本上都会相异；若相同，则三本基本上都相同。反之，只有它们各自抄自《闺艳秦声》，并又各自稍作修改的情况下，才会出现各与《闺艳秦声》有同有异的现象。再看第三类《琴瑟乐》三本与《闺艳秦声》均异的情况，据粗略统计，约有117处，今择以下19例，略作说明（各本用一字简称）：

（1）闺：奴今十八正青年。

庆：奴今十八正妙年。

蒲：奴家十八正青春。

田：奴家十八正青春。

案：庆本与蒲、田二本分别将闺本的“青年”改易了一字，成“妙年”或“青春”，自以为更有文采，然正暴露了从“青年”而来的痕迹，而改成“青春”失了韵，将“今”改成“家”，也削弱了时间感。

（2）闺：仔巴到黑天。

庆：仔把到黑天。

蒲：仔盼到黑天。

田：仔盼到黑天。

案：“仔”，这里是“只”的意思；“巴”，即巴望、盼望，“仔巴”存俚曲朴质之味。蒲、田二本将“巴”均改成了“盼”，失却了原味；而庆本改成了“把”，更不知何意。

（3）闺：养到十八不招亲。

---

① 盛伟：《〈琴瑟乐〉国内藏本与日本藏本校释》，载《蒲松龄研究》1989年第1期。

庆:养着十八不招亲。

蒲:养着俺十八不抬亲。

田:看了俺十八不招亲。

案:将"养到"改成"养着"就不通,蒲本加了个"俺"字,却把"招"字误成了"抬",田本"看了俺"虽通,却也不如"养到"简洁明了。

(4)闺:喜的我仔没是处。

庆:喜的我只管没处。

蒲:喜的我仔没了法。

田:喜的我仔没了法。

案:"没是处",即不知如何是好。此句上文是:"搭上嫂子合俺顽,说他生的全不丑。"当女孩子知道未婚夫"生的全不丑"时,就高兴得不知如何是好。今《琴瑟乐》改窜得全然不通。

(5)闺:看不上那执张势。

庆:看不上那下贱势。

蒲:看不上那种浪张势。

田:看不上那种浪张势。

案:"执张"一词在此曲中不止出现一次,如下言"骂声执张小奴才",庆本也没有改,而这里却改成了"下贱",此与蒲、田二本改成"浪张"一样,都不切。

(6)闺:宝钗(《大公报》本"钗"作"钏")金花。

庆:宝铜金花。

蒲:宝镜金花。

田:宝镜金花。

案:行聘之礼,"宝钗金花",均为饰物,《琴瑟乐》三本改得不伦不类。

(7)闺:改眉绞脸用功夫。

庆:改头绞脸用功夫。

蒲:改头绞眉用功夫。

田:改头绞脸用功夫。

案:改画眉毛,用线绞去脸上汗毛,乃是化妆美容。"改头""绞眉",意均不明。

(8)闺:今晚是他亲手除。

庆:今晚是我亲手去除。

蒲:今夜是我亲手除。

田:今夜是我亲手除。

案:《琴瑟乐》三本将“他”改成“我”,皆错。此句上下文是:“少戴钗梳,今晚是他亲手除,怕他心里忙,手儿里全不顾。”很清楚,晚上将为她摘去钗梳的是她新婚的丈夫,而不是她自己。她怕他心慌意乱,就少戴一些钗梳。

(9)闺:想起这事来,有些真淘气。

庆:想起这来,有些真淘气。

蒲:想是事来,有些真讨气。

田:想是这事来,有些真讨气。

案:《琴瑟乐》三本,或漏抄,或误抄,故皆不通。

(10)闺:吃了交杯酒一盏。

庆:吃了交心杯一盏。

蒲:吃了交心酒一盏。

田:吃了交心酒一盏。

案:婚礼时,“共坐罗帏,安排热酒递交杯。……那人合我脸对脸,吃了交杯酒一盏”。这“交杯酒”是很明确的,改成“交心杯”或“交心酒”,莫名其妙。

(11)闺:就是喂不饱的个馋痨狗。

庆:就如那喂不饱的馋老狗。

蒲:就是喂不饱的个馋牢狗。

田:就是喂不饱的个馋牢狗。

案:“馋痨”,本是一个词,形容馋得像有难治的痨病一样。今改成“馋老”或“馋牢”,均不确。

(12)闺:央及他歇歇再不肯(《大公报》本“肯”作“依”)。

庆:央告他歇歇再不依。

蒲:央给他歇歇再不肯。

田:央给他歇歇再不肯。

案:“央及他”,即恳求他。“央告”“央给”,意均不明。

(13)闺:荡心鸡蛋补心虚。

庆:汤心下的鸡蛋补心虚。

蒲:汤心鸡心补心虚。

田:汤心鸡心补心虚。

案:“荡”,一般用同音字“溏”,“溏心鸡蛋”,也称“溏黄鸡蛋”,即蛋黄还呈流动状,并未被烧得完全凝固者。据此意,用具有流动之意的“荡”字也可。今《琴瑟乐》三本改窜得全然不通。

(14)闰:他说你姑娘。

庆:他说您姑娘。

蒲:他说你恁姑。

田:他说你恁姑娘。

案:嫂子对自己姑娘当然称“你”而不会称“您”。下文“低低叫你姑娘”,三本也都改成了“您姑娘”,均不确。至于“你恁姑”“你恁姑娘”,也很费解。

(15)闰:谁像(《大公报》本“像”作“照”)你生的像个狐狸。

庆:谁照你生的像个狐狸。

蒲:谁照你生的像个小狐狸。

田:谁照你生的像个小狐狸。

案:闰本连用两个“像”字或许不美,但是通的;而《琴瑟乐》三本均从排错的《大公报》本而来,就不通了。

(16)闰:没精打采的强扎挣。

庆:没精答来的强扎挣。

蒲:没精答采的强扎挣。

田:没精答采的强扎挣。

案:“没精打采”变成“没精答来”或“没精答采”,其误显然。

(17)闰:那人见了欢喜煞。

庆:那人见了险些欢喜煞。

蒲:那人见了险些喜欢煞。

田:那人见了险些喜欢煞。

案:《琴瑟乐》三本加“险些”二字,纯属蛇足。

(18)闰:都是些精明(《大公报》本“明”作“胡”)话。

庆:都是些精胡话。

蒲:都精是些胡话。

田:都精是些胡话。

案:庆本“精胡话”从《大公报》本而来,与本曲开头所言“信口胡诌”相呼应,当不错,姚灵犀觉得费解而在《未刻珍本丛传》中校成“精明话”。蒲、田二本从《大公报》本而来,也觉得“精胡话”费解,就妄改成“精是些胡话”。但“精是些”之“精”当为“尽”,之所以用了“精”字,明显是受了闺本原文的影响。

(19)闺:聊且解愁怀。

庆:且即解愁怀。

蒲:即且解愁怀。

田:即愁解且怀。

案:《琴瑟乐》三本之误,一望即知。

根据以上例证,不难得出这样的结论:目前所见的所谓蒲松龄的《琴瑟乐》,乃是改篡西山樵子《闺艳秦声》而成的伪品。

二、《闺艳秦声》的作者及创作时间

《大公报》本与《未刻珍品丛传》本的《闺艳秦声》均署“古高阳西山樵子谱”“齐长城外饼伧氏评”。这两人的生平情况,在姚灵犀《未刻珍品丛传》的《弁言》中已说“作者姓氏里居皆不著,几于湮没而无闻”,今当更难考证。然《闺艳秦声》原序有云:“闲居无聊,常思借题抒怀,苦无好手,阿蒙兴之所触,偶为秦声,以诙谐之词,写幽艳之意。”明确提到了作者为“阿蒙”。又有“坚誓狮子座下人”作的《闺艳秦声卷尾》说:“老僧不能绮语,是天生根器,今为单居士痛下一拶。”可知作者本姓单。其他就不得而知了。

关于此曲的创作年代,并非“康熙乙亥年”。《闺艳秦声自序》云:

> 客夏,阴雨匝旬,径绝屐齿,日抱膝败壁中,郁闷欲死,偶忆儿时所记,有艳情《两头忙》一册,遣意摛词,颇有可观,微嫌其调不谐时,句多杂凑,儿女情事,未能描写尽致,遂捉笔补成,变古意作新声,用以破除烦愁,消磨永日。计旧词止廿余阕,补者十之五,插白则皆新增者。

这段话,交代了他创作此曲的动机及过程。“客夏”,乃是去年夏天。然《大公报》在排印时可能是工人不解其意,或一时疏忽,将“客”字误排成了“亥”字。“亥”又恰是干支中的一字,于是就给人以一个充分想象的余地,认为前面必定漏了一字。如郭长海先生在《〈琴瑟乐〉作者与源流考证》中全文引录此序时，就在“亥”字前自加了一个空格号。接着就说：

> 值得注意的是，《自序》中，“□亥夏”所缺的一字，按之庆应大学本与《大公报》最为相近的关系，庆应大学本后有“康熙乙亥抄”的字样，那么，这个缺字，也就是“乙”字，“乙亥夏”，即康熙三十四年，公元一六九五年。

其实，郭先生的思维正好与庆大本作伪者的思维是一样的，即读了《大公报》本的《自序》后，没有想到这个“亥”字是错字，而只想到仅一个“亥”字不通，前面必有漏字。于是联系到蒲松龄的生平情况，必认为前加一个“乙”字最为合适，这样就有了一个“康熙乙亥年”的说法，庆大本的作伪者也就据此在所谓高念东的跋上署下了“时康熙岁次乙亥清明中浣”，蒙蔽了世人。

那么，为什么一定是《大公报》本有错，而不是《未刻珍品丛传》本有误呢？这因为《大公报》急于应付每日版面，错误较多，如其《原序》第二句“而频看同伴着嫁衣裳”中的“频看”排成了“频着”；后“真世间难为情事”句多了一个“为”字，成“真为世间难为情事”；“而复谈朱幘说郊”句少了“朱幘”两字，且将“郊”误成“部”，“《周南》王化之首”又少了“王化”两字；“尼山”排成“尼父”；诸如此类，短短一篇序中，错误竟有如此之多，可见此本的可靠程度较差。而相反，明署经姚灵犀“编校印行”“翻印虽远必究”的《未刻珍品丛传》本较为严肃，同一序言，不但以上的错误均不见存在，而且在缺字前明确用“□”标出，如“□我以求”句即如此，在“而复谈朱□说郊”句的“说”字下加了小字注：“原本疑有讹夺。”可见《未刻珍品丛传》本是经姚氏精校过的，当然比较可信。再则，不论是《大公报》本的“亥”字前，还是《未刻珍品丛传》本的“客”字前，均未排有空格号，说明本没有脱字，加“乙”完全是后人的想当然。既然《大公报》本不可靠，“亥”字是“客”之误，那么，“乙亥”之说也是子虚乌有，更谈不上此曲出于康熙的“乙亥”年了。

去掉了“乙亥”年的障碍，我们再从《闺艳秦声自序》提到的《两头忙》谈起，来考论《闺艳秦声》的创作年代。

《两头忙》曲目前可见于《时尚南北雅调万花小曲》。在《万花小曲》的目录中题为《两头忙·恨媒人》，而在正文中则题为《两头忙·闺女思嫁》。检其内容也是写女子思春、结婚的全过程，与《闺艳秦声》略同，有些句子也相同或相近。如开头

一段,《两头忙》是:

> 艳阳天,艳阳天,桃花似锦柳如烟。见画梁双双燕。　女孩儿泪涟,女孩儿泪涟,奴家十八正青年,恨爹娘不与奴成姻眷。

《闺艳秦声》则改为:

> 艳阳天,艳阳天,桃花似火柳如烟。又早画梁间,对对飞春燕。　女儿泪涟,女孩泪涟,奴今十八正青年,空对好春光,谁与奴作伴?

全曲除开头一首《西江月》,最后一曲《清江引》之外,《两头忙》共26阕,正合《闺艳秦声自序》所说的“计旧词止廿余阕”。假如再“补者十之五,插白则皆新增”,也就与《闺艳秦声》的规模相合。又,郑振铎先生曾言,他“曾得到单刊本的《艳阳天》,为陕西所刊”,其内容与《两头忙》“完全相同”①,所以《两头忙》当为陕西调,也即《闺艳秦声》所称的“秦声”。因此,我们对照《两头忙》《闺艳秦声》两种文本及《闺艳秦声自序》所言,完全可以确认:《闺艳秦声》正是在这陕西调《两头忙》的基础上创作的。因此,搞清了《两头忙》的产生年代,也就能大致搞清《闺艳秦声》的创作年代了。

在这里,我们不能不服郑振铎先生早在《中国俗文学史》中就对《万花小曲》一集的产生年代有过正确的判断了,可惜一些研究者因为未见《未刻珍品丛传》本的《闺艳秦声》,又将一个错误的“康熙乙亥年”横在胸中,于是将郑氏的正确结论忽略或误解了。郑先生认为:

> 今所知的最早的民歌集,乃是乾隆九年(公元一七四四)“京都永魁斋”所梓行的《时尚南北雅调万花小曲》,永魁斋只题着梓行的年月:“岁在甲子冬月”,但马隅卿先生所藏的一本(我的藏本即从此出),封面前有维宽氏的“乾隆三十九年吉立”字样,由其版式看来可知此“甲子”,必是乾隆九年。如果是再前六十年的刊本,则便是康熙二十三年(公元一六八四年)的“甲子”了。但

① 郑振铎《中国俗文学史》第十四章《清代的民歌》,商务印书馆1938年版。

其版本却全然不是康熙时代的,更不是明代的。故可断定其刊行年代必为乾隆九年。①

笔者未能目验这两种《万花小曲》的原本,但看到过1987年台湾学生书局影印的一个"岁在丙申秋月金陵奎壁斋梓"的本子,收入王秋桂主编的《善本戏曲丛刊》第79册。正如郑振铎所言,这个本子的版式也绝非康熙以前所印行。它当为乾隆四十一年(1776)的产品。这样我们可以知道,《两头忙》及《万花小曲》之类的作品在乾隆年间十分流行。固然,《两头忙》(或《艳阳天》)从陕西流传到京都稍有时日,但一般也用不了多少时间的。且此曲是《闺艳秦声》的作者在"儿时"所记,到他写《闺艳秦声》时,恐怕出版《两头忙》之类的热潮已退。据此,大致可推定《闺艳秦声》创作于乾隆后期,甚至是嘉庆年间。

三、"易性文学"中"最有情趣的一篇"

1962年,路大荒先生编集《蒲松龄集》时,没有将见到过的《闺艳秦声》编进去,一是考虑到"难以考定是否蒲氏作品",这是他的谨慎之处;二则认为"内容黄色"②,这就牵涉到对于这部作品的评价了。实际上,早在30年代,郑振铎先生就在《中国俗文学史》中称《闺艳秦声》的前身《两头忙》为"全集(《时尚南北雅调万花小曲》)里最有情趣的一篇",其写闺女思春超过了《牡丹亭》等。80年代以后,人们在论所谓蒲松龄的《琴瑟乐》时,更认为"它不仅有很高的美学价值,亦具有重要的文献资料价值"③,即使是写"新婚夫妇床笫之乐",也是"摹写爱的需要,合乎道德的新婚夫妇的初欢,有其纯洁、新喜、庄严的内涵,从中给人以人类繁衍、传宗接代的神秘感、责任感,特别是从新娘的羞怯、新郎的体贴诸种描绘中更能体验出主人公两情相洽的美感享受。文字本身虽无说教气味,却能引导读者从健康心理玩味这段文字"④。当然,这些论析都是据所谓《琴瑟乐》的本子,与蒲松龄的生平情况结合起来加以考虑的,现在我们有必要将它作为《闺艳秦声》这一独立的作品来论衡它的文学价值。

---

① 郑振铎《中国俗文学史》第十四章《清代的民歌》。

② 〔清〕蒲松龄著,路大荒整理:《蒲松龄集》,中华书局1962年版。

③ 刘宣整理《琴瑟乐》按语,载《蒲松龄研究》1989年第1期。

④ 汪玢玲:《〈琴瑟乐〉论析》,见张永政、盛伟主编《聊斋学研究论集》,中国文联出社2001年版。

《闺艳秦声》的作者在《自序》的开头即说：“昔袁石公于吴中诗文，一概抹煞，而独喜里巷所唱小词，以为必传。岂非以村童巷女之呕吟，情真而味永乎!”整篇序言，就是说明了他所追求的境界是“情真而有味”，或者说是有“真趣”。当然，此曲之所以有“趣”有“味”，其基础即“情真”，特别是将一个天真烂漫、珍惜青春、追求幸福的女主人公写得“声情态度如画”(《闺艳秦声》批语，以下引批语不再注明)。她使人体悟到生命的活力、人生的价值，得到了一种美的享受。

此曲虽分十题，但实际上“通只写两大段：前是望嫁之急，后是燕乐之深”。一个十八岁的女青年，对着“桃花似火柳如烟”的“艳阳天”，看着对对双双的春燕、蝴蝶飞来飞去，听看嫂嫂哥哥“两口子说话情意儿多”，又想着“同行姊妹都嫁了人家”，就很自然地怀春思嫁，不想“把俺青春耽搁了”。这应该是每一个正常人的人生愿望。作者在写思春、结婚的过程中，始终紧贴着一个少女的“身份”，把她的心理活动写得细致入微，丝丝入扣。如当媒人讨了帖去后一时不见回音，不免焦躁、猜疑、恼恨、烦闷：

恼恨媒人，恼恨媒人，讨了庚帖没了回音。亲事成不成，教我可将谁来问？昏昏沉沉，昏昏沉沉，辜负了多少好光阴，不好对人说，仔是心里闷。

当媒人来了，娇羞的她又“故意装羞倒躲开。待去听一听，又怕爹娘怪，惹的疑猜，惹的疑猜”。真是“俱写儿女娇憨入髓”。后来有机会看到了未婚夫，“他也偷瞧，我也偷瞧”，看见他“模样俊雅好丰标”，就“心里得意说不的，忍不住的自家笑”。上轿前，梳妆打扮戴钗梳，细心的她考虑到“今晚是他亲手除，怕他心里忙，手儿里全不顾”，就特意“少戴铰梳，少戴铰梳”。轿到夫家，“来到门前，来到门前，黄道鞋儿软似绵。乍下轿子来，全然走不惯?”又把她的“娇怯”心态写得活灵活现。诸如此类，把一个少女的感情世界和心理活动确实是写得如在目前，一点儿不“隔”。

作者在塑造这个少女形象时，全篇用的是第一人称，“无数说话，都以女郎串去”，即篇中所有的人物与情节，都从她的视角出发，用自述与代言相结合的手法来一一加以表述。如写她的夫婿，当“那人合我脸对脸，吃了交杯酒一盏，大家知趣都抽身”后，“他就忙把房门掩，轻轻给我摘了头，伸手就来扯把俺。本等心里待不依,他央及的急了我又心肠软”。批语曰:“轻轻二字,有体贴。”把丈夫的体贴与情急都通过她的感受写出来。婚后一月,她不得不归宁还娘家,小别数日再回来,写她的丈夫道:

来到他家,来到他家,那人见了欢喜煞,走到人背后,把我捻一下。痒痒刷刷,痒痒刷刷,心里的滋味不知待怎么?笑着瞅一眼,忙把头低下。

走进中堂,走进中堂,拜过婆婆进绣房。喜的俏冤家,嘴儿合不上。左右端相,左右端相,手里摸索口儿里忙。我全看不的,那个急模样。

在“来到他家”旁,有批语曰:“本当曰俺家,而反曰他家。”其实,用“他家”正是表明了这篇俚曲的叙述角度就是以她为中心的,是女儿的身份、女儿的声口。在这里,通过几个小动作,把其夫对她的情爱与相思,表现得惟妙惟肖。在整篇俚曲中,特别是穿插了“一梅香,一嫂子,从旁冷敲斜插,生出无数妙文”;“若无此二人,通篇便板煞,更无转动处矣”。如写其嫂子,每一次关键时刻都很关心她,且写得很逗趣。行聘时,“嫂子笑嘻嘻,嫂子笑嘻嘻,叫声你姑便宜你:都说他姑夫,生的极标致”,第一个告诉她夫婿长得俊,“喜得我仔没是处。呸,笑着把她吐一口”。当婆婆来相她时,“故意装羞懒动身,怎么着出去把头磕?嫂子说道你休害羞。咳,我心里欢喜你不觉!”把嫂子的关心与她的乖觉,写得很透脱。特别是嫂子作为过来人,告诉她结婚的妙处:

嫂子合俺顽,嫂子合俺顽,见了他姑夫你馋不馋?有桩妙事儿,你还没经惯。不是虚言,不是虚言,委实那桩滋味儿甜。你若尝一遭,准要忘了饭。

后来,她归宁还家,“嫂子笑着把俺瞅,未曾说话先裂口”:“那桩滋味精不精?不说实话是个狗!”她回答嫂子也十分巧妙:“你仔想想你当初,蛇钻的窟窿蛇知道!”这一问一答,真是“妙人妙语”“诙谐得真”,写得“小儿女情事声色都出”,富有生活气息,并使整篇曲子产生跳动感。

作为一篇俗曲,都是用俗事、俗语来写活这些俗人的真情的。但这篇曲子俗而不鄙,正如原书的评语所说的,在她急于待嫁“浃洽定情之后,虽恣意沉酣,而娇憨仍在,写情窦日开之女郎,都有身份。若是下手为之,早已是娼妓伎俩,其丑态岂复可言。金粪之别,于此立判”。即使是“写到交欢之际,难得如此饱满,又难得如此雅驯,最是高处”。有人认为,只要写性爱生活,乃至写男女爱情,就是“黄色”,就是“不健康”。其实,这类事本是人的本能,无所谓下流或高尚。作者可以把它写成污秽,也可以把它写成健康;可以把它写成丑,也可以把它写成美;可以借此来鼓吹“天理”,也可以借此来张扬人性。原评者有这样一段话,说得颇有道理:

> 有怪此词剥尽女儿面皮者,此弗思之甚也。天下上样事,只见人说,不见人做。天下极下等事,人都肯做,坚不肯说。伊虽不说,谁其不知?不如肯做肯说之人,还是天真烂漫。况女大须嫁。夫妇之间,人之大欲。纵复急于结缡,亦自无伤风化。此非终不可告人者也。请问词中情事,那个女郎能尽摆脱?第不许人说耳。

此词就是能写得天真烂漫,又显得蕴藉风流;写得俗,又显得雅。它不是引人走向粗鄙,走向淫邪,而是引人去追求美满的婚姻和人生的愉悦,因而从本质上看,它“不俗”,它是美的。

这是一篇用女性口气来写女性生活、女性心理的作品,真是“处处看他是女儿身份”。假如以“女性的立场和视角来对待女性的问题”[①]作为女性文学的“核心的特征”,或者更细一点,称“女性文学是……以女性的眼光,女性的切身体验,女性的表现方式,专注于女性形象的塑造和妇女命运的思索,寻求妇女彻底解放的道路”[②]的话,只要去掉《闺艳秦声》游离部分的头和尾,那么这部作品也就可以看成是“女性文学”了。但它恰恰是“一男子代吐其肝膈”,是男性所创作,这种实由男性创作而宛如女性文学的作品,我今姑且称之为“易性文学”。这种“易性文学”的本质特征即创作主体与文本第一人称主角的性别易位。从女性主义的呐喊到性别文学的研究,人们的兴奋点似乎只是在关注女性本身及其创作的独立和自主,而对这类“易性文学”似乎并未重视。有的学者所提到的“文人的女性化趣味”“才女的‘文人化’”及所谓“妾妇自拟”的表

---

① 刘雪峰:《女性文学文本特征的基本范畴界说》,载《东北师大学报》2001年第6期。

② 吴宗蕙:《当代女作家笔下的女性世界》,载《学习与探索》1994年第5期。

现方式等[1],应该说是接触到了这个问题,但并未充分展开;且一篇作品中局部的“女性化”与“文士化”的笔墨或“妾妇自拟”的手法,与整篇作品以女性口气来描写女性问题的“易性文学”还是有所不同的。而事实上,创作主体在模拟异性的状态下写诗作文在我国古代是源远流长的。《诗经》及后世的乐府诗、民歌中大量的以女性口气所写的作品,我们已难以辨清其究竟是真正由女性所作的“女性文学”,还是由男性所作的“易性文学”了。但在一些总集和别集中还是可以看得一清二楚的。例如伪称司马相如为陈皇后所作的以陈皇后口气抒写其哀怨的《长门赋》,就是较早而有名的一例。在魏晋六朝,这类作品已不少,如曹丕的《燕歌行》、繁钦的《定情诗》、傅玄的《豫章行苦相篇》等即是。在唐诗中,这类作品也屡屡可见,如李白的《夜坐吟》《长干行》,杜甫的《新婚别》,白居易的《井底引银瓶》,李商隐的《无题》(八岁偷照镜)等。特别是在宋代以后婉约派的词集及“拟乐府”的诗作中更是屡屡可见,清代田同之就很好地概括过这类作品为“男子作闺音”[2]。这类“男子作闺音”的文学现象之所以产生,从现代心理学的角度来看,认为人类的先天就是“阴阳同体”或者是“双性两可”“男女双性”,无论是男性还是女性,都具有雄性的一面,又具有雌性的一面。“男性中必有潜在的女性的种子,女性中必有潜在的男性的种子。”因而会产生一种“性美的掉换现象”,不但在服饰上,在一般兴趣上,在动作的姿态与方式上,而且“在情绪的趋舍上”,也会产生“男的多少自以为是女的,而女的自以为是男的”[3]。但实际上,两性之所以有“同体”的现象,恐怕主要还是由后天的社会生活中男女两性的相互交往、了解、熏陶和渗透所造成的。在任何一个社会中的正常、成熟的男性,一般都会对女性有程度不同的认识;反之,女性对男性亦然。他们(她们)完全可以设身处地地模拟异性来进行创作。毛先舒在《诗辩坻》卷四中论“男子多作闺人语”时,就指出有“孙夫人,妇人耳,《烛影摇红》词乃更作男相思词,亦一创也。其词亦甚精刻凄婉,虽慧男子所不

① 参见[美]孙康宜《走向“男女双性”的理想——女性诗人在明清文人中的地位》,见叶舒宪主编《性别诗学》,社会科学文献出版社 1999 年版;吴存存著《明清社会性爱风气》,人民文学出版社 2000 年版。

② 〔清〕田同之:《西圃词说 · 诗词之辨》,见唐圭璋编《词话丛编》第二册,中华书局 1986 年版。

③ 蔼理士原著,潘光旦译注:《性心理学》,生活 · 读书 · 新知三联书店 1987 年版,第 308 页。

及”。在理论上,金圣叹曾提出“动心”说,就认为施耐庵“非淫妇”,但他在创作时完全可以在平时“格物致知”的基础上,将自己的思想与感情都融化到角色中去,好像身临其境,即如其人“亲动心而为淫妇”①。这用张竹坡的话来说,即在作者与描写对象“一心所通”之后,“真个现身一番”②。所以,小说所描写的对象不论是同性的还是异性的,都可以写得“合情理”。这应该是“易性文学”产生的基础。至于中国古代之所以形成写“易性文学”的传统,特多“男子作闺音”的现象,尽管不能夸大为中国美感心态的基本特色是“女性情结”的,但确有一类作家具有一种“女性情结”,崇尚女性美。但更重要的是,恐怕与《离骚》所开创的以“香草美人”等“依诗取兴,引类譬喻”的比兴手法有关。当然,《离骚》还谈不上是一种“易性文学”,但它促使后人在这基础上进一步以女性自拟,用女性的美貌、追求或哀怨来寄寓作者的理想或不平。朱彝尊论词即曰:“盖有诗所难言者,委曲倚之于声,其辞愈微,而其旨益远。善言词者,假闺房儿女子之言,通之于《离骚》、变雅之义,此尤不得志于时者所宜寄情焉耳。”③《闺艳秦声》的作者也正是据此理念创作的:“无可奈何时候,偶然谱就新词。非关闲处费心思,就里别藏深意。”④无非想借此说明:“男儿不遇时,就像闺女没出嫁;时运不来,谁人不笑他;时运来了,谁人不羡他。”⑤因此,这种“易性”创作与中国传统的“香草美人”类的比兴手法关系密切。换句话说,中国传统的比兴手法促进了这类“易性文学”的特别发达。而《闺艳秦声》当是这类“易性文学”中一篇饶有情趣的佳作。

---

① 金圣叹:《第五才子书施耐庵水浒传》第五十五回总批,中华书局1975年版。

② 张竹坡:《批评第一奇书金瓶梅读法》,康熙年间本衙藏板本《批评第一奇书金瓶梅》卷首。

③ 四部丛刊本《曝书亭集》卷四十《陈纬云红盐词序》。

④ 《闺艳秦声·西江月》。

⑤ 《闺艳秦声·对玉环带清江引》。

《穷汉词》片札

王光福

除《聊斋志异》外，蒲松龄最大的文学成就，就是十五种聊斋俚曲。《穷汉词》是写作年代较早、篇幅较短的一篇。对它的一些重点文字进行分析，有助于我们更近地了解蒲松龄青壮年时期的“惧贫情结”，更好地欣赏蒲松龄早期的通俗语言艺术。

《穷汉词》以一首〔西江月〕词开篇。这是蒲松龄喜欢的俚曲开篇方式。比如《俊夜叉》以〔西江月〕“不成人赌博第一”开篇；《丑俊巴》以〔西江月〕“一个说金莲最妙”开篇；《姑妇曲》紧接“诗曰：二十余年老友人……”之后，就是〔西江月〕“家中诸人好做”；《慈悲曲》更是好“月”成癖，一开头，将一首〔西江月〕词牌，重复了五遍。其实，不光蒲松龄喜欢〔西江月〕这一词牌，明清时的白话小说家几乎都喜欢它。冯梦龙《喻世明言》第一卷《蒋兴哥重会珍珠衫》开篇就是一曲〔西江月〕“仕至千钟非贵”，凌濛初《拍案惊奇》卷之一《转运汉巧遇洞庭红　波斯胡指破鼍龙壳》开篇也是一曲〔西江月〕“日日深杯酒满”，冯梦龙、蔡元放《东周列国志》第一回《周宣王闻谣轻杀　杜大夫化厉鸣冤》开篇还是一曲〔西江月〕“道德三皇五帝”。这是以〔西江月〕开篇的。兰陵笑笑生《金瓶梅词话》第一回《景阳冈武松打虎　潘金莲嫌夫卖风情》：“按下武松，单表武大……古人有几句格言说的好：柔软立身之本，刚强惹祸之胎……”这“柔软”“刚强”等等，就是一曲〔西江月〕；陆人龙《型世言》第一回《烈士不背君　贞女不辱父》：“此时他姊妹正在那边做针指，见一个先蓦进来：玄纻巾垂玉结，白纱袜衬红鞋……侧边陪着一个：矮巾笼头八寸，短袍离地尺三……”这“玄纻”“矮巾”等等，也是两曲〔西江月〕；曹雪芹《红楼梦》第三回《托内兄如海荐西宾　接外孙贾母惜孤女》宝玉出场之后，紧接着就是两首〔西江月〕“无故寻愁觅恨，有时似傻如狂”“富贵不知乐业，贫穷难耐凄凉”。这是在行文之中运用〔西江月〕的。看到随便举出的这几个例子，我们就会感到〔西江月〕这一词牌，对通俗白话文学家确实有着极大的魅力。〔西江月〕为何魅力如此之大，引得文人乐此不疲呢？

李白《苏台览古》诗云："旧苑荒台杨柳新，菱歌清唱不胜春。只今惟有西江月，曾照吴王宫里人。"据说，〔西江月〕这一词牌，就因李白此诗的后两句而得名。唐人多称长江中下游为西江，李白所写的姑苏台在苏州。苏州在长江边上，故李白诗中的"西江月"，也就是"长江月"。我们知道，词最初是没有题目的，最初的词牌，就是词的题目，所以看到词牌，就知道词作的大致内容。例如被称为"百代词曲之祖"的李白的〔忆秦娥〕"箫声咽，秦娥梦断秦楼月"，写的就是秦娥的事。再如白居易的〔忆江南〕"江南好，风景旧曾谙"，写的就是江南的事。因此，我们虽然不知道最早的〔西江月〕词的具体内容，但大概和李白的《苏台览古》诗相去不远，总离不了世事流转、人生沧桑之感。我们仔细揣摩上引小说家小说中的〔西江月〕词，也大体不离此等慨叹。这可能就是文人喜用〔西江月〕词牌的第一个原因：便于抒发世情苍凉之感。当然，也不是后世所有的文人用〔西江月〕词牌写词，都有慷慨沧桑的表达，和其他词牌一样，〔西江月〕也只起限制字数和平仄的作用，但不管离得多远，传统的读书人总能通过它的影子看到它的实体，正如同我们人类，不管怎样进化，总不能完全走出猿人的血胤。〔西江月〕词，双调五十字，上、下片各四句。每片第一、二、四句皆为六字，第三句七字。这可能就是文人喜欢〔西江月〕的第二个原因：字数多少适中；韵律既有词的自由，又有诗的严谨；意境既有词的飘灵，又有诗的凝重。

《穷汉词》之〔西江月〕云：

> 孩子绝不採业，老婆更不通情。攮他娘的养汉精，狗腿常来逼命。止有一身破衲，夜间盖盖苍生。绰号名为大起灵，一起满床光腚。

穷汉的"一肚皮不合时宜"是从自己的孩子老婆说起的。"採业"，《汉语大词典》："方言。听话。清蒲松龄《穷叹（应为汉，因字形相近而误）词》：'孩子绝不採业，老婆更不通情。'"孩子不知好歹，老婆不通情理。为什么会这样？因为穷。大年初一，孩子没有饭吃，就会闹；老婆没有衣穿，也会哭。这不是不听话与不通情理，是真实感情的流露。在这里，说孩子不听话，老婆不通情，是正话反说。这样一来，就加强了抒情主人公的烦躁、无奈与自责。

接着，就用农村里最常用的骂女人的话来骂狗腿子的母亲——"养汉精"——跟自己的丈夫以外的男人发生性关系的女人。这样的人又称"养汉老婆"，如《磨难曲》第二十三回《二瞽作笑》："你这个瞎狗啃的，养汉老婆不脱裤——人不找你，你又找人；人来找你，你又做势。"又称"养汉头"，如《慈悲曲》第二段《逃命计》："李氏说：'我定是待要小讷子呢，怎么就光向那养汉头呢？'"钱锺书先生说："西洋文学里牧歌的传统老是形容草多么又绿又软，羊多么既肥且驯，天真快乐的牧童牧女怎样在尘世的干净土里谈情说爱；有人读得腻了，就说这种诗里漏掉了一件东西——狼。我们看中国传统的田园诗，也常常觉得遗漏了一件东西——狗，地保公差这一类统治阶级的走狗以及他们所代表的剥削和压迫农民的制度。"①在中国传统的田园诗里，地保、公差这类"狗腿子"不多见，是因为那些写田园诗的人不必担心狗腿子的催租逼债。蒲松龄终其一生没有离开农村，各式各样的狗腿子他都见过，这在《聊斋志异》和《聊斋诗集》中都有所反映。但《志异》和《诗集》毕竟是典雅的古文和古诗，其审美要求容不得对狗腿子破口大骂；俚曲则不然，它的美就在于它的粗率自然。所以，孩子、老婆毕竟是自己的，再怎么不听话、不通情，也值得疼惜，无奈之余，只能把一腔怨愤发向狗腿子，于是就骂出了最下流最恶毒的话。

催租逼债是狗腿子的职责所在，还不上债是穷汉的现实处境。全家人只有一身补丁摞补丁的百衲衣，就是把命拿去也还不上债。"止有一身破衲，夜间盖盖苍生"这一句，是一句"黑色幽默"。苍生，指百姓。"一身破衲"如何"盖盖苍生"？这用的是修辞中的"降用"修辞手法。所谓"降用"，指的是词语的降级使用。是一种根据表达需要，偶然把一些分量"重"的、"大"的词语降为一般词语使用的修辞手法。它既包括大词小用，又包括庄严词语的诙谐用法。其作用是为了获取幽默讽刺、引发联想、凸显事物的表达效果，以增加语言的生动性。如"'你们喝酒吧，饺子就得。'李太太也很喜欢，看着她创造的那群白饺子，好像一群吃圆了肚子的小白猫"（老舍《离婚》）。在这句话中，"创造"一词的降级使用，把李太太欣喜若狂的神情刻画得活灵活现，假如换上"包"或"捏"一类常规性词语，就显得逊色了。再如"陆子潇这人刻意修饰，头发又油又光，深恐为帽子埋没，与之不共戴天，深冬

① 钱锺书：《宋诗选注》，人民文学出版社 1958 年版，第 194 页。

也光着顶。鼻子短而阔,仿佛原有笔直下来的趋势”(钱锺书《围城》)。作者把降用与拟人相结合,将人物“刻意修饰”的性格描写得活灵活现。“埋没”(不说“遮住”)、“不共戴天”(不说“相互对立”)、“趋势”(不说“样子”)等词语,以大写小,化庄为谐的用法,不仅含有夸张的情趣,而且比夸张更动人。① 在《穷汉词》中,穷汉把自己的老婆孩子称为“苍生”,就是用分量大的词来写分量小的人,用庄严的词来写诙谐的事。联系下边的“大起灵”“一床光腚”等,这种诙谐和幽默就更加生动逼人了。但有一点需要明白,这种修辞手法,在作者蒲松龄,那是有意为之;而在穷汉之类普通百姓嘴里,却不知道这是运用修辞手法。如《墙头记》第一回《老鳏冻馁》一开头:“养儿养女苦经营,乱叫爷娘似有情;老后衰残难挣养,无人复念老苍生。”不但把“苍生”大词小用,就是“经营”,在我们看来,也是降低了语义重量。像这样的语言,今天农村里的人也还在说着。《周易》云:“百姓日用而不知。”惟其不知,才用得自然;惟其自然,才更加可怜。所以我说这是一种“黑色幽默”。

《穷汉词》云:

> 大年初一,烧炷名香,三盏清茶,磕了一万个响头,就把财神爷爷来祝赞祝赞。

这“磕了一万个响头”,用的是夸张的修辞手法。法国作家拉伯雷《巨人传》第一部第四章写道:

> 嘉格美尔的屁股就开花了,那是在二月三日下午,她大吃了一顿莱牛脏子之后。所谓莱牛是一种大肥牛,关在牛栏里或在一年只刈两次草的牧场里养大的肥牛。那一次他们总共宰了三十六万七千零十四头这样的大牛,在封斋前,用盐一腌,春初便有大量的咸牛肉吃。
>
> 那天的牛脏子烧的非常多,你不难猜想,而且味道十分鲜美,吃得人人舐嘴唇、吮指头。……嘉格美尔……放量吃,直吃了四千六百零八斤,两大桶又

① 杨春霖、刘帆:《汉语修辞艺术大辞典》,陕西人民出版社 1995 年版,第 152、153、157 页。

六小罐。啊,那一天她肚子里的臭料发胀起来该是多么可观啊!①

正像艾珉所说:“倘若撇开十六世纪的法国文艺复兴运动,撇开法兰西民族的特性,拉伯雷的《巨人传》这部世所罕见的奇书,便可能被视为一串荒诞不经、粗鄙俚俗的市井笑料。然而作者正是通过这些貌似荒诞的说笑,阐释和传播了意义深远的人文主义思想……”“三十六万七千零十四头这样的大牛”“直吃了四千六百零八斤,两大桶又六小罐”,这类荒诞不经的带有神奇美学效果的数字,正是拉伯雷传播人文主义思想的有力工具。像这样的修辞手法,鲁迅先生用得也非常熟练:

但他(无常)一出台就须打一百零八个嚏,同时也放一百零八个屁,这才自述他的履历。②

大约过了烙好一百零三四张大饼的工夫,现状并无变化,看客也渐渐的走散。③

鲁迅先生所用的这些数字,也都荒诞中透着真实、夸张中显出合理,增强了文章的审美效果。至于蒲松龄《穷汉词》中的“磕了一万个响头”,虽然没有拉伯雷、鲁迅的例子那样有名,却也显示了中国文化在数字运用方面的一个特色。刘师培《古籍多虚数说》云:“古人于数之繁者,约之以百,如百工、百物、百货、百谷是。《虞书·尧典篇》:平章百姓。《荀子·正论篇》:古者天子千官,诸侯百官。不必泥千百之数也。百不能尽,则推至千百亿兆。”④“磕了一万个响头”,正是古人这种数之观念的民间表述。照我们的看法,即使对财神爷爷万分虔诚,也绝对磕不上一万个响头,因为首先我们的头皮就承受不了。说“一万个”只是极言其多,和说“一亿个”“一兆个”没有什么区别。刘师培又云:“古人于浩繁之数,不能确指其目,则所举之数,或曰三十六,或曰七十二。”三十六加七十二等于一百零八。鲁迅

---

① [法]拉伯雷著,鲍文蔚译:《巨人传》,人民文学出版社 1983 年版,第 20~21 页。

② 鲁迅:《朝花夕拾·无常》,《鲁迅全集》第 2 卷,人民文学出版社 1981 年版,第 271 页。

③ 鲁迅:《故事新编·采薇》,《鲁迅全集》第 2 卷,人民文学出版社 1981 年版,第 398 页。

④ 刘师培:《古籍多虚数说》,见张舜徽选编《文献学论著辑要》,陕西人民出版社 1985 年版,第 143 页。

写无常"打一百零八个嚏,同时也放一百零八个屁",这和中国古籍对数字的用法一脉相承。鲁迅写"大约过了烙好一百零三四张大饼的工夫"这一句,大概是受了西洋文学的影响。这种用法的好处是,数字很大却不像中国古代那样笼而统之用千百万虚指,而往往不管数字多么大都弄得很精确,事实上是越精确可信度越差。这是作者的高明之处,这样运用数字,其夸张幽默的效果更加令人忍俊不禁。《穷汉词》中的"磕了一万个响头",由于出自穷汉之口,也把粗率朴厚并有些不满的性格特点表现得极有力度。

《穷汉词》云:

> 爷爷,爷爷!你是个甚么意思?我亟待扬誉扬誉你,怎么再不肯和我见面?
>
> 掂量着你沉沉的,端相着你俊俊的,捞着你着亲亲的,捞不着你窘窘的,望着你影儿殷殷的,想杀我了晕晕的,盼杀我了昏昏的。好俺哥哥狠狠的,穷杀我了可是真真的。

这一段诉说的对象是财神爷爷,所以,所有的"你"字,都指财神爷爷。但是,穷汉从没见过财神爷爷的庐山真面目,虽然嘴上说的是财神爷爷,心里想的却是财神爷爷的化身——元宝。"掂量着你沉沉的,端相着你俊俊的……"这都是对元宝说的话。穷汉给财神爷"磕了一万个响头",叫了无数声"爷爷",也不能讨到一两银钱,于是就有些不满,但又不敢发作,只能给财神爷爷降级,降成平起平坐的"哥哥"。"好俺哥哥狠狠的"一句,路大荒先生整理之《蒲松龄集》中,作"好,俺哥哥狠狠的";盛伟先生编之《蒲松龄全集》,也作"好,俺哥哥狠狠的";蒲先明先生整理、邹宗良先生校注之《聊斋俚曲集》,作"好俺哥哥狠狠的"。我感觉蒲、邹二先生的理解比路、盛二先生的理解更胜一筹。在《穷汉词》的后文,穷汉径直称呼"元宝哥",也可证这里"好俺哥哥狠狠的",意思就是"好一个元宝哥哥,你也忒狠连"。此句在"好"后点逗,没有必要。

"捞着你着亲亲的,捞不着你窘窘的"一句,路本、盛本、蒲邹本,都是如此。蒲邹本注释"捞着你着"说:"山东方言,等于说得到你的时候。"这话是有道理的。但是,不说"掂量着你着沉沉的,端相着你着俊俊的……捞不着你着窘窘的",偏说"捞着你着亲亲的",这句话中的第二个"着"字恐怕是这段文字“着”字太多而产生的衍文,只是不知是为蒲松龄所衍,还是为后来的传抄者所衍。

《穷汉词》云:

> 快生火,烧冻冻;快扫雪,填枯井。只说窟窿天那大,还有大其天的大窟窿。昨夜晚,做一梦,拾一锭,喜个怔,老婆孩子呱哷腚,醒来还是净打净。

大年初一的早晨,该是一年中最隆重的时刻,即使再穷,也要吃顿饱饭。可是穷汉家里竟不能。“冻冻”,是淄川方言,指冰锥儿和冰块儿。如《墙头记》第一回《老鳏冻馁》:“跺跺脚叫声天,这样苦对谁言?冷冻冻搀上这泪珠咽。”家里不但没粮做饭,就是烧锅的煤炭、柴草也没有,若想生火,只能以冰锥、冰块做柴草。“枯井”,就是干涸没有水的井。井中有水,雪入井融化,提高水位;井中无水,扫雪也无济于事。在这里,“枯井”似用比喻义,指烧饭锅。尽管是“绰号名为大起灵,一起满床光腚”,光腚不要紧,一时半刻死不了人;可空肚子就非常可怕了,一顿不吃就饿得要命。所以,人的肚子是填不满的大窟窿。这种比喻用法,现在的老百姓还在用。小时候见老人们多吃粗粮、少吃细粮,就问,老人们说,吃饭就是填坑,填坑用不着好土。人的肚子虽然比较具体,但吃到肚子里的东西看不见,还是有些抽象。人吃的东西都得经过饭锅,饭锅是最为具体的东西。所以,饭锅就成了肚子的象征物,就好比元宝是财神爷的象征物。用“冻冻”做煤柴,用“雪”填肚子,这都是不可能和有悖常理的事,正是在这种悖论当中,语言的张力发挥出来,给人一种道理说不十分清楚却印象十分深刻鲜明的感觉。

《水浒传》第二十四回《王婆贪贿说风情　郓哥不忿闹茶肆》:

> 西门庆也笑了一回,问道:“干娘,间壁卖甚么?”王婆道:“他家卖拖蒸河漏子热烫温和大辣酥。”

钱锺书先生分析王婆的话说:“这是一句玩笑话,也就是西洋修辞学上所谓的oxymoron(安排两种词意截然相反的词语,放在一起,借以造成突兀但是相辅相成的怔忡效果),像是新古董 novel antiques 便是。像河漏子(一种点心小食)既经蒸过,就不必再拖;大辣酥(另一种点心小食)也不可能同时具有热烫温和两种特质。

据此可以断定是王婆的一句风言风语，用来挑逗西门庆，同时也间接刻画出潘金莲在《水浒》中正反两种突兀的双重性格。”①穷汉所说的“快生火，烧冻冻；快扫雪，填枯井”，也是一句自我解嘲与自我安慰的玩笑话，把“火”和“冻冻”、“雪”和“枯井”两种不相宜的东西放在一起，与王婆那句话不相同但相通，同样也造成了“突兀但是相辅相成的怔忡效果”。如果联系《穷汉词》结尾〔清江引〕中“孩子热了穿上袄，腚冷了戴上帽，饥困了喝凉水，撑的吱吱的叫”和《墙头记》第一回“六月还穿破绵袄，腊月还是旧布衫”等进行比较，这种“怔忡效果”就更加明显。

张岱《陶庵梦忆》云：“昔有西陵脚夫为人担酒，失足破其瓮，念无所偿，痴坐伫想曰：‘得是梦便好！’一寒士乡试中式，方赴鹿鸣宴，恍然犹意非真，自啮其臂曰：‘莫是梦否？’一梦耳，惟恐其非梦，又惟恐其是梦，其为痴人则一也。”《穷汉词》中的穷汉虽然还算不上“痴人”，却有着非常狂热的“金钱崇拜症”。在整套的《穷汉词》咏叹调中，穷汉对财神爷是千呼万唤，又喜又恼，一会儿爷爷，一会儿哥哥；对元宝是千描万摹，既熟悉又陌生，一会儿形容出来是元宝模样，一会儿形容出来却是铜钱的相貌：

> 元宝哥，黄边沿，象象帕，颠颠块，看看底，认认面，是几两，是几件，或是字，或是幕，进进包，上上串，合俺做上两日伴。

一开始，“黄边沿”等等，说的还是金元宝，可是毕竟平生只是远远地见过甚或只是听别人描述过它的模样，并没有切身的感受，所以说着说着就说到了铜钱上。“或是字，或是幕，进进包，上上串”，这说的就是铜钱。宋赵彦卫《云麓漫钞》卷五：“今人目钱有文处为字，背为漫。”“幕”就是“漫”，就是铜钱的背面。再说也只有铜钱才中有孔，能“上上串”。穷人，见识短浅的人，往往闹这样的笑话，但仔细想想，确实包含着无限的辛酸。

有了元宝，或者说有了铜钱之后干什么呢？

> 红缨帽子胭脂瓣，满洲袜子扣丝线，纱罗穿上混身凉，皮袄穿上一身汗；

---

① 水晶：《侍钱“抛书”杂记——两晤钱钟书先生》，见罗思编《写在钱钟书边上》，文汇出版社1996年版，第17页。

狮子碗，象牙筷，脂油饼，蘸辣蒜，大米干饭鸡黄面；黑叫驴，红鞍韂，打一鞭，风霜快。邻舍百家看一看，也是俺阳世三间为场人，熬没儿马骟了蛋。

从“红缨帽子”到“一身汗”这是“穿”，也就是解决了“止有一身破衲，夜间盖盖苍生。绰号名为大起灵，一起满床光腚”，亦即“衣裳当的没一件”所带来的问题。从“狮子碗”到“鸡黄面”这是“吃”，也就是解决了“快生火，烧冻冻；快扫雪，填枯井”，亦即“粮也欠，米也欠，粮食粜的没一石”所带来的问题。从“黑叫驴”到“骟了蛋”这是说如果吃穿问题都解决了，自己就可以到庄里乡亲面前风光风光，也不枉为人一场，从血气方刚的青年苦熬到儿女成群、逆来顺受的中年。“熬没儿马骟了蛋”一句，路本、蒲邹本“骟”都作“蹯”。蒲邹本注曰：“蹯(音 fán)，生养。蹯了蛋，即生了马驹。这句话的意思是，上面所说的银钱和奢侈的吃穿对穷人来说是不可能的，只有等儿马生了马驹才能得到。”这样讲也通，但“也是俺阳世三间为场人，熬没儿马蹯了蛋”两句话放在一起，逻辑关系非常别扭。盛本此句作“也是俺阳世三间为场人，熬没儿马骟了蛋”，意思就非常通畅易解了。“儿马骟蛋”，就是给年轻的公马割除睾丸，从此，公马就性情温和、任人摆布了。

穷汉既迫切地希望得到金钱，通过自己大半生的经验，又知道这种希望是不现实的。所以，他盼望着财神爷爷的到来：

我那亲亲的爷爷！你到几时合伙你那些众兄弟们，一当踏凶，二来散闷，光降光降来舍下走走？

却终于对财神爷爷不来充满了冤屈：

你也试试俺的心肠，志志俺的性情，看俺望着你珍重不珍重，希罕不希罕？苍天！俺若是亵渎了你，辱没了你，你就该下个绝交的帖子，再休理俺。

并最终对财神爷爷产生了怀疑：

可怜俺浑家大小，祖祖辈辈，子子孙孙，就没有个有财命的、有担福的？怎么的弄的少油没盐，少柴无米，少袛无系，少吃无烧？

这一段咏叹调，已经从拟想中的财神爷爷转向了“以万物为刍狗”的“苍天”。如果说一辈穷、两辈穷，都可以理解，但是，为什么我们祖祖辈辈都受穷？

这种越缺钱越盼钱的“金钱崇拜”心理，是千百年来广大穷苦百姓的共同心理，也是蒲松龄“惧贫情结”的无意识流露。除在《穷汉词》中将穷汉的心理刻画得入木三分之外，在《戏三出·闹馆》中，也将穷塾师的穷窘描写得感同身受。

> 想当初念书时错了主意，到不如要手艺还挣吃穿。……手艺人吃的是肉肥卤面，可惜俺念书人饿的可怜。
>
> 清晨时不吃面小米干饭，到晌午高粱面包些菜团，到晚来不动火客从主便，每一日两顿饭就算一天。

蒲箬《清故显考岁进士、候选儒学训导柳泉公行述》云：

> （先祖）暮年食指烦，家渐落，不能延师，唯躬自教子。……（先父）薄产不足自给，故岁岁游学，无暇治举子业。

蒲松龄的父亲没有为其留下可观的财产，蒲松龄只得常年外出教学以养家糊口，以至于耽误了“举子业”。这样贫穷的生活，凝聚成蒲松龄青壮年时期解不开的“惧贫情结”，弥漫成蒲松龄一生都抹不去的心理阴影。

论聊斋俚曲《快曲》

巩武威

蒲松龄所著聊斋俚曲十四种中,《快曲》是极富有特色的。在这篇有说有唱有表演提示的讲唱文学作品中,蒲松龄表现出强烈的农民意识,在其反映的内容、表现的风格上,具有农民所特有的审美观和憎爱情绪,把英雄观蕴藏在农民喜好的情趣中,浓烈地反映了中国农民对历史人物的理念,从崭新的角度,以独特的方式,阐述了农民理想中的英雄形象与英雄行为,层次清楚而又淋漓尽致地展现出不同状态的快意,鲜明而形象,成为民间曲艺作品中的精品。

《快曲》讲述的是我国家喻户晓的"火烧赤壁"曹操败走华容道的三国人物故事,整篇作品分为四联:第一联《遣将》。表现孔明运筹帷幄、知人善用的足智多谋,他调遣了大将赵云,又调遣糜竺、糜芳兄弟,都交代清楚他惯用的火攻计策,这是继江上火烧战船后,岸上火烧曹军,连续的火攻为《快曲》的快意打好了伏笔。使人们强烈感到:《快曲》之快首先是火烧曹操烧得痛快。"……那一番燎毛,这一番皮焦。奸似贼,不出我胸中料,纵然能逃,连头带腰,也起个大燎泡!"祭东风,烧战船,江上大火未熄,孔明料定曹操率部登岸,于是让赵云在乌林烧第一把火,让糜竺、糜芳于葫芦峪烧第二把火,又令张飞守在双陵头大道,明确让其到北夷陵道燃起烟火,仍在北夷陵道设伏,刘备大惑不解,反衬了孔明的料事如神。这一虚火却是实兵,"论兵法无正规,那敌人看是谁来。从来戏法人人会。粗人就合他行粗法;争奈曹操奸似贼,他既奸,就合他把奸对"。孔明是根据曹操疑人的性格来设计的,叫作"因人用计",反映出孔明兵法运用的灵活性。之后,关云长按捺不住,上前请战。于是,孔明将守华容道的关键任务交与他,并定下了军令状。第二联《快境》。写曹操连连中计,华容道感化云长躲过大难后,不料正中张飞埋伏,被张飞一矛刺中,割了首级。到此,我们似乎明白了《快曲》的真正用意。是写快人张飞杀了奸雄曹操的快活心境，然而，故事并没有结束。第三联《庆功》。在孔明与刘备论功行赏的军营里，张飞挑着曹操的人头进帐，救下了关羽。之后，张飞叙述了杀曹操的经过，孔明令将曹操首级高挂于百尺高杆，大家以此射箭。除去糜芳一箭穿落曹的一个耳朵，其他英雄均射中曹头。尤其是关云长，神箭射中左眼。说到刘备起身也要射时，竟然已醉，才待开弓，就醉歪倒了。这一庆功比箭的快活写得活龙活现，惟妙惟肖。最后刘备醉倒的情节，比起其他人来更显得快活无比，此时《快曲》已入佳境。最后第四联《烧耳》。这是更加奇妙的一段情节，写道三军中最普通的兵士，比赛骂曹定胜负。要求骂得都成溜，骂得火气上来，于是争先恐后烧制糜芳射下的曹操耳朵，加上花椒、茴香，大吃大嚼连喝大盅酒。说起了痛杀曹军的情景，大家特别快活，以普通士兵的视觉角度，评价了关羽放走曹操软弱性情的不快，以及张飞一矛刺杀曹操的壮举。“老爷(指张飞)尽有痛快事，今遭痛快不寻常！后日英雄听到此，必然满饮一大觞。”士兵们听到这里，都拍手说：“快哉，快哉！这样快事，俺偏捞不着，便宜你！过日捞着司马懿，俺也这样。”那么，兵士们评头论足大发感慨就是《快曲》的最终快意吗？不是，作品在最后结束的一曲〔清江引〕中道出了此曲真正快活的主旨：“天下事不必定是有，好事在人做。杀了司马懿，灭了曹操后，虽然捞不着，咱且快活口。”原来，真正彻底的快意快曲是一种理想，一种情绪的尽情宣泄。

我们首先来分析一下《快曲》之所以产生的根源。

对于关羽在华容道上放走曹操，不论什么缘故，每个接受传统文化影响的农民群众都深感不快。曹操在农民心目中是罪大恶极的坏人，对曹操如不一枪刺死，是很憋气的一件事。无数说书唱戏演曲的民间艺人都在想如何能让曹操之命与华容道前后的情节合理，来满足广大农民群众的愿望，蒲松龄一直生活在农民中间，他深刻感受到农民这一心理需求，以他特有的才能，编写出以张飞杀死曹操为主要情节的俗曲，改弦更张，别开生面，破天荒地完成了一件快事。“华容一事千秋闷，未斩奸臣老贼头；不是一矛快今古，万年犹恨寿亭侯。”一段《快曲》了结了千百年来痛恨曹操的广大农民的心愿。

《快曲》在情节结构上，特别适合农民群众，使他们容易接受。通篇故事紧凑，略去了火烧赤壁的大规模战争场面，孔明的智谋与曹操的败北形成对比，突出刻画了孔明的聪智、曹操的自负、张飞的爽快、关羽的心理矛盾，人物发展合情合理，看到张飞割下曹操头颅并以此做靶射箭，知其荒诞，但又感自然，整个作品一气呵成，给人荡气回肠之感。在士兵比赛骂曹时，在各自夸耀带头将军的英雄行为上，直接表达了农民质朴的情感色彩，从下至上地又对张飞的勇猛和关羽的柔弱进行了形象的描述："……那人起来，伸了伸腰，长吁了一口气，说：'也是跟着二老爷（指关羽），也曾得意来；惟有今遭，甚不出气。我正待对着列位诉诉哩。'空着手，弥量着，说起来了。〔梆子腔〕……不知他挤眼弄鼻说些嗄，一霎老贼来告饶。老爷起初主意正，任他咋说把头摇。若还此时就下手，不过只用十六刀，可叹一声人头落，千古大恨一时消。老爷低头不下手，燥的俺只待溺一泡。老爷又不知寻思嗄，只等他扯腿开了交。放着死蛇不会打，你说这事是乖可是潮！还合那曹操讲义气，如今闷得口难学。人人来家都耍嘴，独俺不敢把嘴啕。这个时节还错过，那得再有第二遭！都摆手说：'你休说罢，闷死人。关二老爷平生爽快，这件事着人不服。得三爷的人说那砍头的妙景，解解这闷气。'那个人立起，哈哈大笑：'待俺说来。'"……

《快曲》的语言除具有聊斋俚曲共有的形象、通俗之外，在农民特有的感情色彩上表现得格外突出。比如，当张飞把曹操的头割下拴在矛上，"抗起来大笑：'快哉，快哉！都像这一矛，不三两矛，"天下大事定矣"了。'"再比如，赵云从埋伏处猛然站起，朝着曹操唱了一曲〔皂罗袍〕"叫曹操留下脑袋，做夜壶不费安排，抠眼弹刮了毛腮；上镶铜几年不能坏。早早下马，休要挣揣。枪刀没眼，怕坏了天灵盖"。真是妙绝。另外，像曹操最直接的仇人刘备，也想射曹头几箭解恨时，竟然醉得连弓都拿不住了，这番情调情趣不是来自农民特有的狡黠和幽默吗？

最后，我们来探讨一下《快曲》的表演形式。首先，让我们感兴趣的是这支俗曲是以"联"为单位分开的，这里的"联"绝不是上下对仗的对联之"联"，也不是蒲松龄独出心裁、异想天开地找到的一个新的分段方式，而是此"联"应与表演紧紧相关，是一幅形象的画面，有些像现今的连环画，更确切地说，是拉洋片的片子。这不单可以从每一"联"的字里行间感受到那幅相当集中的画面。比如：第一联就是诸葛孔明帐中点将，与关云长签订军令状的场面；第二联则是张飞矛挑曹操头颅的画面等。另外，也可以从其他俚曲大多用"回"为单位来进一步推证《快曲》的表演是要有四"联"图画加以配合的，是一种图文并茂的演唱方式。由此，我们判断这首俚曲应是在挂起的一联图画前，由一名民间说唱艺人表演的独角戏，即一个演员表演的说唱形式。为什么呢？因为一旦由两个以上演员扮演角色，也就没有必要再挂一联又一联图画了。故俚曲中的诸如"把脚一跺"的表演提示是指的艺人,而不是情节中的角色。

《快曲》在演唱上所采用的曲牌很丰富,第一联用了〔黄莺儿〕〔耍孩儿〕;第二联用了〔耍孩儿〕〔倒扳桨〕〔皂罗袍〕〔哭黄天〕〔呀呀油〕;尤其采用〔哭黄天〕和〔呀呀油〕唱曹操败走华容道的狼狈情景极其恰当,今日读来也能清楚地感到曲调的韵律和情感。第三联用了〔银纽丝〕〔耍孩儿〕〔倒扳桨〕〔清江引〕;最引人注目的是第四联,采用〔黄泥调〕开场,紧接着四次运用〔梆子腔〕,然后〔清江引〕煞尾。〔梆子腔〕以七字句为基本句型,可长可短,便于叙事与述说情节,从中看出当时〔梆子腔〕已被说唱艺人熟练地运用,在曲艺说唱中已经完全具备了梆子戏的雏形与胎芽,曲牌体的说唱中也已渐渐出现了板腔体的声腔,正是这么个声腔混杂、高度自由发展变化的时期,正是具有这么丰厚的声腔条件,也正是由于像蒲松龄这种熟悉农民感情需求的文人参与创作,才有了清代中期花部民间戏曲的兴起,也才能有徽汉晋京创造了国宝京剧。因此,蒲松龄的聊斋俚曲《快曲》不仅以记载下农民群众的真实情感为珍贵,还以客观地反映出独角曲艺到角色戏曲的过渡,曲牌到板腔的声腔发展,〔梆子腔〕的运用、普及与成熟,由看图说话式的画面到戏曲场面的变化等方方面面留下的资料而宝贵。

论《增补幸云曲》

刘瑞明

蒲松龄以众多著名的作品把古代文言短篇小说推到高峰，这是人所共知的。蒲松龄在文学创作的另一领域的贡献，是写了用民间俚曲演唱的戏曲作品十五种，总称《聊斋俚曲集》，它们对民间戏曲的活跃和发展，起了积极的推助作用，知道的人却不多。一个主要原因是研究、宣传得很不够，出版的《聊斋俚曲集》太迟，而且数量极少。《蒲松龄研究》对俚曲作品和小说同样重视，是难能可贵的。

中国社会科学院文学研究所中国文学史编写组编写的《中国文学史》中有《蒲松龄的“俚曲”》一节，对《磨难曲》《墙头记》两种俚曲详作介绍并评价很高，对《增补幸云曲》仅提了名字。笔者孤陋寡闻，仅见蒲先明整理、邹宗良校注《聊斋俚曲集·前言》中对此篇的研究评说。主要是：

> 《增补幸云曲》重在揭露封建皇帝的荒淫无耻，同时也在一定程度上否定了封建社会“真龙天子”统治天下的神权观念。……《增补幸云曲》中塑造的正德皇帝，是一个把封建国家视为自己家天下的专制君王。……把全国的土地都看作自己的“庄子”，把十三省的各级官吏都视为自己“十三处庄子”上的奴仆“小厮”，这实际上是把全国的地土钱粮都当成了自己的私有财产。

这个认识当然是对的，但是，仍然一般化，未曾扣紧作品的独特之处，今再试作抛砖引玉之言。

《增补幸云曲》是很有特色而且水平很高的佳作。

特色在于从历史人物明武宗的实际生活取材，不但塑造了一个一心玩乐嫖赌的花花皇帝的形象，同时塑造了一个虽沦落妓院，却不甘堕落，敢于立志发誓要接皇帝而终于如愿的奇特妓女形象。神圣至尊的皇帝与卑贱至极的妓女有了共性，相反相成。喜剧的格调中反衬了几千年皇帝制度不可避免的可笑的弊端。《增补幸云曲》对今日回头认识封建制度是一个特殊的角度，也有很强的艺术性和可读性。

一

明武宗朱厚照是明代第十一位皇帝，在位十六年，他没有可垂史册的政绩，倒也很出名。使他出名而遗臭万年的，一是亲信重用阴险恶毒的宦官刘瑾，使许多良臣蒙冤丧命；一是多次外出奸掠民女臣妻，蒲松龄称他是“光棍皇帝”。

历代皇帝荒淫的不乏其人，明武宗是空前绝后第一名。明清两代史籍多有记载。《明史·佞幸·江彬传》的记载，录如下：

> （江彬）因数言宣府乐工多美妇人，且可观边衅，瞬息驰千里，何郁郁居大内。为廷臣所制。帝然之。十二年八月，急装微服出幸昌平，至居庸关，为御史张钦所遮，乃还。数日，复夜出。先令太监谷大用代钦，止廷臣追谏者。因度居庸，幸宣府。彬为建镇国府第，悉辇豹房珍玩、女御实其中。彬从帝，数夜入人家，索妇女。帝大乐之，忘归，称曰“家里”。……
>
> 十三年正月还京，数念宣府。彬复导帝往，因幸大同。闻太皇太后崩，乃还京发丧。将葬，如昌平，祭告诸陵，遂幸黄花、密云。彬等掠良家女数十车，日载以随，有死者。……
>
> 彬又导帝由大同渡黄河，次榆林，至绥德，幸总兵戴钦第，纳其女。还，由西安历偏头关，抵太原，大征女乐，纳晋府乐工杨腾妻刘氏以归。彬与诸近幸皆母事之，称曰刘娘娘。初，延绥总兵官马昂罢免，有女弟善歌，能骑射，解外国语，嫁指挥毕春，有娠矣。昂因彬夺归，进于帝，召入豹房，大宠。传升昂右都督，弟炅、昶并赐蟒衣，大珰皆呼为舅。赐第太平仓。给事、御史谏，不应。尝幸昂第，召其妾。……昂喜过望，又进美女四人谢恩。……
>
> （十四年）十二月至扬州，即民居为都督府，遍刷处女、寡妇，导帝渔猎。

明沈德符《万历野获编》卷二十一《主上外嬖》：

> 今宣府镇城，为武宗临幸地。既厌豹房，遂呼为“家里”。至今二三妓家，尚朱其户。虽枢已脱，尚可辨认。盖微行所历也。……其他征高丽女、色目人女、西域舞女，至扬州刷处女、寡妇，仪真选妓女，又不可胜数也。……武宗时，又有霸州人王智女名王满堂。曾预选入内廷，不得留，罢归。自恚绝色，偃蹇不肯嫁。且云频梦有赵万兴者方是其夫，时妖道士段鈇者诇知之，乃改姓名入赘。鈇聚众反于山东之峄县，至僭大号，改元“大顺”。平定，以满堂为后，后败俘入京。同党俱伏诛，惟满堂以中旨贷命，入浣衣局。寻得幸于豹房。及上升遐，始再出。此事尤奇怪。今详载《实录》中。

《明武宗实录》载：正德十四年，武宗要到扬州玩，先挑选百姓住宅改为都督府，又选处女、寡妇美貌者。“民间汹汹，有女者，一夕皆适人，乘夜争门逃匿，不可禁。”扬州知府向主管太监吴经请求停止选女，反被骂道：你小小的官，想叫砍头吗？“密觇知寡妇及娼者家，夜半，忽遣骑卒数人开城门，传呼驾至，令通衢燃炬，光如白日，经遍入其家，捽诸妇以出。有匿者，破垣毁屋，必得乃已。无一脱者，哭声震远近。寻以诸妇分送尼寺寄住。有二人愤恚不食死……自是诸妇家皆以金赎，乃得归。贫者悉收入总督府云。”

关于明武宗的玩乐、饮酒，可引录两条记载：

> 上嗜饮，常以杯杓自随。左右欲乘其昏醉，以市权乱政；又常预备瓶罂，当其既醉而醒也，又每以进。或未温，亦辄冷饮之，终日酣酗。其颠倒迷乱，实以此故。(《明武宗实录》正德十四年二月条)
>
> 瑾每奏事，必侦帝为戏弄时。帝厌之，亟麾去曰：“吾用若何事？乃溷我！”自此遂专决，不复白。(《明史·刘瑾传》)

这就是《增补幸云曲》中明武宗的历史原型。

二

《增补幸云曲》的故事情节是：武宗厌烦朝廷政事，想游山玩水，到民间去“吃野食”。听说山西大同的妓女天下闻名，在江彬的怂恿下，便打扮成军人独身前往。一路上受尽许多辛苦、挫折和羞辱，到大同后听到果然有个艺名叫“佛动心”

的妓女美貌无比。出人意料的是，她发誓专等皇帝来嫖他，一切客人概不接待，已经等了三年。武宗用重金买通鸨儿，因受不了鸨儿的毒打，佛动心不得不与这个“当兵的”周旋。本想用酒灌醉他，再暗中让丫鬟顶替自己。不料事与愿违：她贪于欣赏他的手帕、扇子等希奇之物，聆听他弹琵琶的高技，他又海量。未曾灌醉，夜已深沉，未能实现移花接木之计。佛动心对此感慨万分，自认命薄，等不来皇帝，却等来个当兵的，也就甘愿嫁给这个虽破了她的坚誓，却有才艺的他，过平凡的一夫一妻生活。但聪明的她，又从他的各种不同凡俗中领略出他竟然就是皇帝，也就终于当了妃子。在这个主要情节中又穿插了许多热闹的节目。

作家借助这一奇特荒唐的故事，艺术地塑造了一个花花皇帝的滑稽形象，深刻地表现了下层广大群众对皇帝两种相反相成的认识。皇帝既是神圣尊严的，又可以是凡俗堕落的；封建制度铸成他的至高无上，又培育了他的荒淫无耻。

即令从秦始皇算起，到蒲松龄时代，皇帝以个人意志和特权君临天下，已经两千年。君权神授，天人合一。作品用许多细节表现这种普遍的根深蒂固的迷信观念。

首先是皇帝就如此。第二回，张皇后劝谏：弃朝政而暗地出外游玩，会有许多危险。武宗说：“御妻多虑了。真天子百灵相助，朕洪福齐天，邪不侵正，怕他怎的？”作品用迷信的情节表现了真是“百灵相助”的奇异，从而使他处处为所欲为，化险为夷。

他路上热渴难当，便有“红气冲天”，使玉皇大帝知道他有苦难。玉皇大帝自然知道他为君不正，以及此行是寻花问柳，却说：“他也是辈人王帝主，须周济他才是。”派了仙女给他送水。他被群众当作强盗捉拿，便有城隍、土地神托梦给官员去解围。他与两个地皮光棍耍赌，与同是嫖客的王龙以掷色子、双陆等各种方式赌钱，都有小鬼暗中拨转赌具，使他大赢。他投宿不被答应，天忽大雨，只好留下他。

他是天子，不能向人施礼，是合事理的。但别人不知他是天子，看他是当兵的，对他怠慢无理，便有鬼使暗中强迫他们对他叩头。第六回，鸨母初见他，“看见万岁爷穿的平常，就淡了半截心。走到近前，多梭（哆嗦）了两多梭（哆嗦），叫声：‘姐夫，我这里拜哩。’那些护驾的大小鬼见他无礼，一个扯腿，一个按头，那虔婆‘哎哟’了一声，扑咚跪在地下，磕头无数”。第十八回，王龙对他不磕头，只作揖。“鬼使走上去，按着头的，拧着腿的，轮了个跟头，如鸡啄碎米，点了个无其代数。王龙晕了一阵，自家也不知是什么意思。”他磕完了头，“拉过椅子来，才待坐下，那鬼使锥子往上一扎。王龙说：‘不好了！有了毒虫了！’大姐说：‘你失张答怪，甚么毒虫？你起来我坐。’这大姐轻举粉臀，尖伸妙腚，略坐了一坐，果然刺疼难忍。两个就不敢坐的了”。直到“皇爷说王龙坐下罢，真天子放了大赦，那小鬼才不扎他”。

群众中流传着诸如此类的说法，夸人而神奇地表现皇帝至高无上的尊严，无意冒犯也不行。这与其说是皇帝的尊严，倒不如说是群众对天命的迷信，或者是夸大。

蒲松龄还巧妙地利用“君无戏言”来创造奇特情节，以表现皇帝的玩笑、歧解之言也是金科玉律。

《史记·晋世家》载，年幼的周成王与小弟叔虞玩耍，用一片桐叶剪成玉圭给弟弟，开玩笑说：“我用此叶圭封你为王。”史官便请求择日举行封王大典，成王说：“我是说着玩的呀！”史官说：“天子无戏言。言则史书之，礼成之，乐歌之。”于是只好封小弟为王。“君无戏言”本来只是就政治性大事说的。

《增补幸云曲》中按武宗命令把王龙剥皮楦草后，“抬到楼前，立站不倒，面不改色。万岁说：‘王官，你死了也称(逞)财神。’忽的声面前阴风一阵，左转三遭，右转三遭。谢恩已罢归天不提”。王龙在一点也不知的情况下冒犯了皇帝，死得如此悲惨，魂有冤屈，立站不跪。皇帝开玩笑说：你死了还逞你有钱的神气吗？王龙错误地理解为“封称”他是财神，死而无怨了。作家借此寓含语文巧智性的趣说，传示皇帝“一言九鼎”的权威，促成作品的喜剧风格。

皇帝与妓女本是相差十万八千里的两类人。皇帝外出专嫖妓女，妓女专等皇帝。这种极远的断层偶合是皇帝的堕落，妓女的荣升。独一无二、绝对尊贵的皇帝，显出凡俗的一面；无数绝对卑贱的妓女，却代表性地显出难得的高贵。佛动心从众多的嫖客中看出了假君子在高贵阶层中的普遍性。她虽沦落妓院，却不愿送旧迎新，要保持她的洁白、自由，便以梦中知道有幸逢皇帝的天命为高明策略，以专等皇帝为挡箭牌。从退后计，免于羞辱，保持洁白；向前顾想，生逢花花皇帝时代，住在武宗把大同妓院视为“家里”的地方，好梦成真的侥幸未必不可能。她不是癞蛤蟆吃到了天鹅肉，倒是荒唐无行的皇帝成全了她的异想天开。各自实现了美与丑既可内隐，又可外显的规律。蒲松龄借助这种滑稽少有的巧合对皇帝的堕落进行嘲笑、戏辱。

俗话说，“宁为凤尾，不做鸡头”。武宗毫无治国济民的想法，却要与地痞少爷比赌，与行尸走肉的王龙赛赌、比耍、斗富。就像身材高大而智力低下的大孩子，总爱同小得多的孩子挤在一起，以欺负他们为能事。《增补幸云曲》中许多内容就是这个寓意。

两个地痞少爷对武宗出言不恭。他问去妓院的路,被他们恶作剧地引到孤老院。武宗后来把他们充军流放,满门家眷逐出为丐。王龙与赛观音同归于死。周元淳朴,杀鸡待客,情意感人。皇帝只给他指配了官家小姐为妻。小六哥对他热情服务,乃是做生意赚钱,皇帝却收他为殿下。众妓女不知他是皇帝,他又装痴卖傻,引得她们嘲笑。他要一律杀死她们,佛动心请求赦免,他说:"可没有撒谎的皇帝。"仍是持"君无戏言",以让她们逃出,烧了一所空妓院来作为应言。胡百万帮嫖凑趣有功,便封他"钦差巡视两京各院等处地方、都理嫖务、兼管天下帮闲都篾片"。褒奖惩罚,生死予夺,只在于他玩乐的喜怒。他对朝政的处理也就可想而知了。

《增补幸云曲》中的武宗,虽只知玩乐,却处处逢凶化吉,事事如愿得意。这也让人曲折而深刻地反思,家天下的封建制度成为历史的沉重枷锁。正德嫖院的故事在民间广为流传,街谈巷议,粉墨敷演,不仅是对他个人的轻蔑嘲笑,实际也是对产生这种坏皇帝制度的一种批判认识。

三

蒲松龄的小说取材于民间的虽也不少,但绝大多数是他独出心裁地广用鬼神狐怪的虚构。然而《聊斋俚曲集》各篇的主题和题材,却都是直接取材于现实生活和民间故事,艺术手法也多属直接吸收或间接借鉴民间文学。充分体现了蒲松龄推崇民间文学、向它学习,使作品通俗化,更接近广大人民群众的认识和实践。《增补幸云曲》在这方面比较突出。

题目中特言"增补",交代出是在前人基础上作繁衍提高。"开场"中说:"风流话柄万人传,名为《正德嫖院》。"指明是对已流传的《正德嫖院》作"增补"。蒲松龄研究专家关德栋先生在所编《聊斋俚曲选》的《前言》中设有一注:

> 《增补幸云曲》是根据明杂调传奇《嫖院记》即《正德记》改编。《嫖院记》未见诸家曲目著录,原作已佚;现存明刻本《新刊徽板合象滚调乐府官腔摘锦奇音》卷五下栏,选录了其中两出:"出游投宿萧庄"和"周元曹府成亲",情节相当于《增补幸云曲》第五回。

可惜笔者无从读到这两曲,无法比较蒲松龄的增补情况。从两出的题目看,仅知把原来的"萧庄"改为"周家庄",而周元的姓名和"曹府"仍然相同。

1993年，上海古籍出版社出版了（俄）李福清、（中）李平编的《海外孤本晚明戏剧选集三种》（影印）。其中有明黄文华选辑《新锲精选古今乐府滚调新词玉树英》一种（原本存藏丹麦哥本哈根皇家图书馆）。书中《序》撰于“万历己亥”，即万历二十七年（1599）。该书卷一中层〔新增劈破玉〕辑曲中的《正德嫖院》名下，有如下一段文字：

赛观音、佛动心，生得如花貌，王公子闻知道要去嫖，朱皇帝闻说亲来到。君臣来斗宝，半步不相饶。倒运的王龙，倒运王龙，剥皮去献（楦）草。

估计这是开场介绍情节的一支曲子。四个人物及相关的情节，与《增补幸云曲》全同。可惜却仅仅选了这一曲。

以上两种在前，与《增补幸云曲》是同一系统。

按，蒲先明整理、邹宗良校注《聊斋俚曲集·增补幸云曲》的题解中说：“关德栋教授曾指出，刊行于明万历年间的《新刊徽板合象滚调乐府官腔摘锦奇音》（简称《摘锦奇音》）和《晃（按，应是‘鼎’字）锲徽池雅调南北官腔乐府点板曲响大明春》（简称《大明春》）都选了一首〔劈破玉〕曲，曲中提及赛观音、佛动心、王龙诸事，前书云选自《嫖院记》，后书云选自《正德记》。《摘锦奇音》还选了戏文二出——《出游投宿萧庄》和《周元曹府成亲》，约相当于《增补幸云曲》第五回的内容。”

但上述关德栋教授文中并未说到《鼎锲徽池雅调南北官腔乐府点板曲响大明春》。关先生说到《新刊徽板合象滚调乐府官腔摘锦奇音》，但也没有说到具体曲子及曲文。而现在出版的《海外孤本晚明戏剧选集三种》中的《鼎锲徽池雅调南北官腔乐府点板曲响大明春》中，并没有叫《正德记》的作品，也没有与《正德嫖院》相关的剧作或曲文。上述文字至少未把情况交代清楚。

乾隆甲午即三十九年（1774）辑成而作《序》的《缀白裘》第十一集中有梆子腔《戏凤》一个折子戏。内容是明武宗游玩到梅龙镇投宿，调戏店家女李凤姐，经过一番周折，她被封为妃子。与今日地方戏所演的《龙戏凤》大致全同。此折子戏的主要内容是李凤姐从与假扮的军汉周旋中约略猜出他实是皇帝。这与《增补幸云曲》的内容基本相同。看来，《正德嫖院》在流传过程中，最热闹的部分游离出来成为独立的短戏。大致可以想见，其中也受了《增补幸云曲》对这一内容大加铺陈的影响。因为在上述两种明代剧本选段中没有这一内容，似乎说明那两种剧本并未在这方面着力，因而并不精彩。

清初剧作家李渔有《玉搔头》传奇剧。大致内容是：武宗改名私游大同，结识妓女刘倩倩，临别定婚，她以玉搔头为赠。后来玉搔头被长得与刘倩倩极像的范淑芳所得，持以入宫。刘倩倩得知与自己定婚的是武宗，这时也赶来相认。二人都被封为妃子。

另一清初剧作家周廉有《元宝媒》剧。剧情是：太原病女刘淑珠被继母抛在路边，无名乞丐助给路费投亲，又被人骗卖到大同妓院。武宗来嫖妓，刘淑珠获宠。乞丐也流落到大同，得遇淑珠，结为兄妹，武宗赐给他一枚元宝。后来乞丐行乞到大名府，有少女陶湘珠卖身归还父债，他又用元宝赎出她。却有人诬告那元宝是他偷盗的官银而入狱。这时淑珠已入宫为妃，他被赦罪，武宗钦命他与刘淑珠成婚。

此两剧的写作年代不知，但两位作家的生卒年代与蒲松龄互为前后。《增补幸云曲》的创作年代也不知。三种作品间没有传承关系是明显的。《玉搔头》和《元宝媒》显然是受《正德嫖院》的影响，但它们仅仅是利用明武宗和刘姓妓女两位人物角色，却另起炉灶，以求与原作分庭抗礼，然而完全重复了一般男女私情、悲欢离合的公式化窠臼，完全失去了民间文学原有的特色。

比较起来，《增补幸云曲》则充分挖掘了历史原型和《正德嫖院》特有的内涵，而且以此为中心，多方铺垫渲染，凸显它的揭露性和批判性。对此还可以对比传统越剧《玉簪恨》。

《玉簪恨》是就李渔《玉搔头》改编的。最大的变动是刘倩倩和范淑芳同时得知明武宗与她们二人同样的关系后，都感到受骗和侮辱，于是两人都斥责皇帝荒淫无耻，又都含恨自杀。这对比出了李渔原作思想性的贫乏。

但是，如把《玉簪恨》与《增补幸云曲》对比的话，则前者仍显得表层而简单。蒲松龄此作，微服隐名的皇帝仍然是现实的皇帝，他的主宰意志和实效不变，永远是为所欲为，所想必成。全剧多数人物都皆大欢喜，因皇帝之喜而荣升进位，是欢乐热闹的喜剧。喜剧的表象下是历史和社会制度注定的滑稽的悲剧。

《增补幸云曲》中也有对明武宗的谴责和批评。他调戏送水的仙女，仙女心里骂他："吃了水胡思乱想，你是个混帐朝廷！"为他游玩而修路的民工骂他："北京城里浪荡皇，听说他要出来撞。三宫六院娇娥女，陪着自在何等强。这个朝廷精混帐，只管他闲游闲耍，那知道百姓遭殃！"但这只是附及的，意到而已，因为这是谁也知道的浅显道理。

从封建文人的富贵神仙歌
到悲喜交加的磨难曲

——改编自《聊斋志异·张鸿渐》的两种俚曲

郑秀琴

在蒲松龄的俚曲中,成就最高的当数《磨难曲》。《富贵神仙》和《磨难曲》都是根据《聊斋志异·张鸿渐》改编的。蒲松龄对这个题材特别钟爱,先把它写成说唱形式的《富贵神仙》,再加以扩充改编成戏曲形式的《磨难曲》。这个先悲后喜的故事颇富传奇性,对现实的反映也极为丰富和深刻。小说《张鸿渐》主要写永平名士张鸿渐因为代笔创词控告卢龙县令赵某贪暴获罪,不得已别妻弃子,逃亡在外,历尽艰辛,路遇狐仙施舜华,结为夫妇。三年后,因思家心切,在狐仙帮助下与妻儿团聚,没想到又措手杀死觊觎妻子方氏美色的无赖。为了不连累妻子,张鸿渐投案自首。在被押往京师的路上,被经过的舜华解救,在太原设馆教书十年,再次归家。儿子参加科举考试,考中后来人报喜,张鸿渐误以为是官差来抓自己,落荒而逃,又在异地与儿子巧遇并相认。前后历经十余年,全家才终于团圆。故事是以张鸿渐十几年的逃亡生活为线索结构而成的,与狐仙施舜华的邂逅只是其中一段浪漫的小插曲。小说主要揭露当时社会的腐败:贪官横行、吏治黑暗、民不聊生,封建社会的知识分子,或者像范生一样被无辜杖毙却无处伸冤,或者像张鸿渐一样妻离子散、亡命天涯。这些普通知识分子的命运是作为他们其中一员的蒲松龄最为关心的,同时也是一个重要的社会问题,为此作家选择了这一题材,并进行了两次创作。①

《张鸿渐》先后被改编为两部俚曲——《富贵神仙》和《磨难曲》。《富贵神仙》

① 参见王枝忠著《蒲松龄论集》,文化艺术出版社1990年版。

把小说中并不明显的因果报应渲染到了一种极致,从题目《富贵神仙》就可以看到这种意味。

在俚曲的第一回“楔子”中,作家生动细致地描绘了“富贵神仙”的生活:

> 这人原是一个才子,他下半世的荣华尽可观。每日奔波条处里撞,一举成名四海传。歌儿舞女美似玉,金银财宝积如山;一捧儿孙皆富贵,美妾成群妻又贤;万顷田园无薄土,千层楼阁接青天;大小浑身锦绣裹,车马盈门满道看;八洞神仙来上寿,福禄二星落尘寰;天官也赐千般福,人世永成百岁欢。夫妇才到七十外,又见曾孙中状元;吃了仙酒老来少,模样只像三十前。……天爷赐了生铁券,千年万辈做高官。……①

这不光是作者的梦想,也是封建社会所有读书人的梦想——金榜题名、位高权重、子孙满堂、富可敌国、长生不老,而且这种状态会永远保持下去,真的上天做神仙的话,又怎能享受到这般俗世的快乐呢?!蒲松龄以形象的笔触书写了令人艳羡的“富贵神仙”生活,反映出他对这种理想生活的向往,同时也给了那些处于社会下层的人们以精神上的安慰,强烈地反映出作家在思想深处,认为夫妻恩爱、生活安逸、健康长寿、子孙中举做官就是富贵神仙的生活。

在故事行将结束时的第十四回《八仙庆寿》中,对张鸿渐否极泰来的人生进行了描写:张鸿渐节节高升、位极人臣;家中人丁兴旺、子孙满堂;儿孙们也都科举顺利、仕途顺畅。与他有过一段情缘的狐仙施舜华,在他的寿诞之日约下八洞神仙来为他贺寿,福寿二仙也来祝福,这一场面在作家笔下被写得喜气洋洋、流光溢彩,并得出结论“因知海上神仙窟,只在人间富贵家”,完成了富贵神仙的故事,宣扬了善有善报、恶有恶报的思想。

后来蒲松龄再次把《富贵神仙》改编为俚曲《磨难曲》。虽然改编自同一故事,但《磨难曲》在思想、艺术上与前面的《富贵神仙》相比,都取得了巨大的进步,可以看出作家的创作态度和世界观的显著变化。

在思想方面,《磨难曲》所描写的社会生活更为广阔,作家对生活的理解也更为深刻。小说中对百姓的苦难并没有直接的描写,作品始终围绕着张鸿渐亡命天

① 盛伟:《蒲松龄全集》,学林出版社 1998 年版,第 2892~2893 页。

涯的经历展开。虽然也在某种程度上揭露了封建吏治的黑暗，但反映生活的广度、深度稍显不够。从《张鸿渐》改编而来的《富贵神仙》有十四回，第二回《张生逃难》的开头详细交代了秀才们集体状告卢龙县令的缘由，在叙述过程中塑造了学识渊博、仁慈义气、救难恤患的张鸿渐形象，也揭露了马县令的贪酷本性，但仍缺乏对百姓痛苦生活的描写，主要借张鸿渐的苦难和抗争，表达了作者对富贵神仙的追求。在此基础上改编的《磨难曲》共有三十六回，在第一回《百姓逃亡》和第二回《贪官比较》中，作家没有再次阐述富贵神仙的思想，而是细致描绘了百姓逃亡和范秀才被杖毙的惨烈场面，揭露了当时贪官污吏横行、小民百姓水深火热的痛苦生活。由于作者亲历了山东从康熙四十二年到四十四年的天灾，又看到贪官酷吏带来的人祸，对挣扎在饥饿和死亡线上饱受磨难的广大人民充满了同情，因为他也是其中的一员，所以写来分外生动感人。

在对封建吏治的揭露上，作家也越来越深刻。小说只概括写了“时卢龙令赵某贪暴，人民共苦之”；到了《富贵神仙》，对县令和衙役的如狼似虎已作了具体描写，但斗争矛头仅仅指向一个基层的贪官，并没有触及官场的黑暗本质；而《磨难曲》中对下至基层小吏（县令、衙役）上到封疆大吏的贪赃枉法、草菅人命、横征暴敛和懦弱无能进行了无情的揭露与抨击，表达了对社会不公、朝廷腐败的愤懑之情，使《磨难曲》颇具战斗性。作为当地最高军事长官的臧军门明知道卢龙县令的贪暴和杖毙范秀才的真相，却收下他万两白银的贿赂，还将其他无辜的秀才充军发配；在对以任义为首领的起义军的征讨中，官军几次溃退，最后以失败告终……作家对朝廷上下、文官武将进行了全方位的描写，抨击了他们的贪酷和无能，无情地揭露了整个官场的层层黑幕。

《磨难曲》中的马县令是一个典型的贪官污吏的代表：永平遇到大灾之年，马县令为了继续贪污百姓的租税以满足一己之私，竟然贿赂查勘官，隐瞒灾情，这又给当地造成了巨大的人祸。为人老实的范秀才只因还欠三分粮，来到公堂上恳求缓期缴税，竟被活活打死。正如关汉卿在杂剧《窦娥冤》中痛骂的“衙门朝南开，有理无钱莫进来”，官场的腐败和黎民百姓的痛苦生活通过这个情节，被赤裸裸地呈现出来，形象地阐释了苛政猛于虎的黑暗统治。而军门因拿了贿银，不仅使马县令逍遥法外，而且把可怜的秀才们由原告变为被告，杀了两个秀才后，其余人也被发配辽阳。多亏他们遇到三山大王、疾恶如仇的草莽英雄任义，才得以生还，否则即使能活着到达目的地，在这种视人命如草芥的社会里，也会死无葬身之地。这些无辜者的命运何其可悲！而他们的悲剧就是像马县令、臧军门这些地方官吏制造的。他们上下其手，上级官吏受贿故意错判，下级官吏以金钱买得自由，彼此包庇利用，官僚机构已经彻底腐化堕落了。再看那些身居高位的庙堂之臣：面临北兵的进犯，都督杨蕃坐拥重兵，却按兵不动，反放纵手下祸害百姓，和北兵一样奸淫掳掠，以至百姓听说三山大王任义被招安要去京城，都恋恋不舍、痛哭失声。广大百姓生活在一个想做奴隶而不得的时代，作家对他们所受苦难的描写中流露出深挚的同情，再加上他对本应是国家中流砥柱而实际却成为整个社会的蛀虫——各级官僚的鞭挞，使作品反映的意义更加广泛、深刻。作品中还充满了无情的嘲讽，如写马县令升堂时"堂上有坐着的知县，堂下有站着的知县，还有走着的知县"，将他与各路爪牙相互勾结、胡作非为、鱼肉百姓的恶行以寓庄于谐的方式进行了绝妙的讽刺。再如面对北兵不敢应战的都督杨蕃却在打了大胜仗、被招安的义军领袖任义面前摆谱，而任义则表现得不卑不亢；回京后任义被御封为忠义侯，杨蕃成为他的下属，马上对任义变得谦恭有礼。这种对比进一步突出了任义的英雄本色，也嘲讽了像杨蕃这样上不能为皇帝分忧、下不能保家卫国的无能官僚的丑恶嘴脸，在笑声中引发人们对黑暗吏治的深思。

在艺术描写上，《磨难曲》的情节设置和人物塑造方面与小说和《富贵神仙》相比也有了长足的进步。小说是以张鸿渐的坎坷经历为线索，单线展开故事，基本没有涉及当时的社会背景，许多情况也都是通过张妻方氏之口简要叙述出来的，尽管这样好像避免了情节上的旁逸斜出，使故事比较紧凑、集中，但使整部作品显得开掘生活的力度不够。到《富贵神仙》中，张鸿渐的逃亡和方氏在家中的亲身经历及目睹的种种事件被蒲松龄同时作为两条线索来编织故事，有时互相独立，有时又有所交叉，使人物和事件都变得更加丰满和立体化。尤其是对张鸿渐妻子方氏的塑造，与小说中的人物相比，具有鲜明的个性。小说中对张鸿渐夫妻俩性格的描写都很模糊，给读者留下的印象就是一个小有名气的才子和一个含辛茹苦、教子有方的佳人形象。而在俚曲《富贵神仙》中，方氏面对贪官拒不下跪并痛斥他的罪行；面对牢狱之灾大义凛然；作为一名与丈夫长期天各一方的单身母亲，独自支撑着这个家，在种种艰难中抚育儿子长大成人，对他严厉管束同时又谆谆教导，还为他娶了亲，使他中了举人，最终父子、夫妻团聚。方氏是一个集美貌、智慧、坚忍、忠贞于一身的女性，作者对她进行了发自内心的赞美，她应该是蒲松龄理想中的贤妻形象。但在《磨难曲》中，作家并没有写出方氏性格的发展变化，只是对一些能反映其主要性格特征的情节进行了更为细致的描写。蒲松龄在《磨难曲》中塑造得最具光彩的人物形象非三山大王任义莫属，他以浓墨重彩塑造了农民起义军首领任义的形象。对于作家来说，任义实质上是他理想中封建官吏的化身，他以赞赏的笔调把任义写得有血有肉、呼之欲出，他的明辨是非、恩怨分明，对贪官污吏的痛恨、对小民百姓的仁爱，抗敌御侮、骁勇善战的英雄气概都和那些昏庸的封建官吏形成了鲜明对比。蒲松龄借秀才之口发出慨叹："真么个英雄，怎么不着他做阁老丞相呢！"这是作家对贤明的封建官吏的呼唤。蒲松龄通过任义的形象，热情歌颂了农民英雄，揭示了乱自上作、官逼民反的社会真相，与作家在《志异》里的《野狗》《小二》等篇目中将七和白莲教起义称为"乱"和"贼"的态度相比，实有天渊之别，《磨难曲》对农民起义的描写在蒲松龄的作品中是一枝独秀，第一次也是唯一一次正面歌颂了起义英雄，赞扬了他们杀贪官、抗外侮、体恤百姓、救助弱小的侠义行为，体现出晚年的蒲松龄对农民革命有了较为客观的认识。

从《富贵神仙》和《磨难曲》，也反映出蒲氏俚曲共同的艺术特点：

（一）聊斋俚曲最突出的特点是"俗"，不仅表现在艺术形式上，也表现在思想内容上。

在艺术形式上，聊斋俚曲全部运用白话及方言口语讲唱故事，简洁明快，生动传神，富于幽默感，极具动态之美。蒲松龄恰到好处地运用老百姓生活中的俗语和淄川方言、土语以及俗谚、歌谣、歇后语、绕口令等民间辞格形式，增强了俚曲语言的表现力，展示出准确洗炼、生动形象并富于个性化的特点，使之真正成为为广大农民创作的文艺作品。作家只用三言两语，就能调动起受众的情绪，亲和力很强，能够迅速把听到的内容转换为视觉上的形象，使人们有身临其境之感，被俚曲牢牢地吸引住，从而达到寓教于乐的目的。俚曲的语言通俗晓畅，大都是从民间汲取的口语，又经过作家的精心锤炼，颇为传神，具有一种大俗即大雅的语言风格，如前文中《富贵神仙》中的楔子部分。

蒲松龄在俚曲中所表现的内容非常生活化，大部分是描写农家百姓的日常生活和人们所关心的生活热点问题，因此它既贴近时代又切入生活，拉近了与广大人民的距离。这些作品洋溢着积极的入世精神，追求着红尘中的快乐。作家认为金榜题名、平步青云、儿孙满堂、家财万贯、平安长寿就是神仙生活，这种思想在他的《富贵神仙》中有着形象的阐释。从《聊斋志异》来看，其中的人物都能够勇敢地面对严峻甚至冷酷的生活，在人生的艰难跋涉中，他们从来不放弃哪怕是一丝一毫的希望。这也是作家自己对待人生的态度。科举的不利，使他终身被困于穷乡僻壤，一辈子都只是个教书先生，他的物质生活困乏，直至晚年才有所缓解；而他最缺少的还是精神层面的知己，他只能孤独地体验内心深沉的痛苦，正如《聊斋自志》中所写：

独是子夜荧荧，灯昏欲蕊；萧斋瑟瑟，案冷疑冰。……嗟乎！惊霜寒雀，抱树无温；吊月秋虫，偎阑自热。知我者，其在青林黑塞间乎！①

然而蒲松龄又不断超越着这种痛苦，站在高处俯视着种种折磨过自己的不幸，仍然执着地追求着现实生活，忍受着一个个挫折和痛苦，从中总结着人生的智慧和经验，并以自己的如椽大笔把它们传达出来，成为积极入世、热爱生命的一种向上的推动力。因此，在由《聊斋志异》改编的俚曲中，我们看不到自怨自艾、悲观失望，也体味不到对俗世生活的厌倦；它们是现实生活的赞歌，从中反映的是作家对短暂生命的珍惜、对人世的眷恋和面对惨淡人生的顽强自信精神。

这两种聊斋俚曲与同题材小说相比，我们不难看出俚曲以完满的大团圆的喜剧结局收束全篇的特点，这也体现出俚曲"俗"的特质。《富贵神仙》《磨难曲》都是以狐仙舜华率八仙庆寿、张鸿渐家人丁兴旺、科甲相继、富贵已极作结。这些完美的结局，一方面体现出作家积极的人生态度和达观的创作智慧，同时也达到了教化民众的目的。作家在他的俚曲中对农民们心目中的幸福生活景象做出了形象通俗的描绘，认为美满幸福的现实生活高于一切。

因为聊斋俚曲的接受者是乡民，他们长年生活在社会底层，受尽苦难，因此更渴望美好的未来，相信善恶终有报，相信正义最终战胜邪恶。所以他们在欣赏戏曲或说唱等文艺样式时，当场就要看到好人受苦受难后沉冤得雪、否极泰来，如果他们没有得到上天的补偿，那就是天道不公，观众的期待视野就无法得到满足，也很难达到对其进行教育的目的。聊斋俚曲的大团圆结局刚好能够以这种"俗趣"得到民众的认可，引起他们的共鸣，就在这种满足之中，也实现了蒲松龄以此作为载体劝善惩恶、教化乡民的目标。

---

① 〔清〕蒲松龄：《聊斋自志》，见朱一玄编《聊斋志异资料汇编》，南开大学出版社 2002 年版，第 276 页。

（二）聊斋俚曲还具有另一个显著的特点——风趣幽默。

古代中国人的幽默绝不是虚浮浅薄的产物，这是以他们的人生哲学和广博见识为基础的稳重的幽默感。蒲松龄把它作为创作俚曲的一种审美追求，在故事讲述的过程中自觉地展示自己的人生经验与智慧，突出这种幽默和趣味性，建构了一种令人愉悦的审美氛围。因为这种风格更容易被人接受，所以对乡民产生了事半功倍的教育作用。聊斋俚曲的幽默体现出作家的旷达和包容，与作家的劝惩教化目的相一致。蒲松龄的俚曲充满了谐趣，但这并不是用单纯的笑料堆砌而成的，而是一种深层次的美学艺术，他把那些义正词严的道德教条改变为充满趣味而又情真意切的良药，让众人在欢乐的气氛中受到传统美德的教育，共同对那些失德者进行谴责和鞭挞。这种风趣幽默表现在以下方面：

1. 整齐的句式加上和谐的韵脚使聊斋俚曲充满谐趣与幽默感。

在《富贵神仙》第一回“楔子”的几支曲子里，作者用幽默诙谐的语言对世俗中人贪婪的心态进行了嘲讽：

〔鹧鸪天〕区区小愿欲求天：近绕村居百顷田；膝下儿孙多似玉；堂中妻妾美如仙；朝朝饮酒暮烹鲜；耳目聪明牙齿坚；皓齿清歌细腰舞，糊突混过百余年。

〔山坡羊〕笑世人求仙求佛，这念头忒也谬妄。一个俗俗人儿，怎能把青天去上？就是那鹤壮如驴，他能驮我到仙府，也怕那里的神仙太多，这后来的无处安放。……

〔劈破玉〕祷告罢老天爷开口就问。那福神一路表直奏天门，说这人极清廉又极本分。天爷笑了笑，吩咐那手下人，你把用不着的玉带，丢赠他一大捆。

〔清江引〕老天爷见我这志向小，蟒袍儿往下撂。暂且捞到手，再从容问他要；还问他求一个长生不老。①

这几支曲子其实也是蒲松龄对自己郁郁不得志、一生困顿的一种自嘲，同时也表现出他的达观和睿智，反映出他的人生境界的超凡脱俗。

---

① 盛伟：《蒲松龄全集》，学林出版社 1998 年版，第 2892~2893 页。

2. 这种幽默和谐趣还表现在人物形象的塑造上，尤其是对聊斋俚曲中女性形象的描写上。因为俚曲以家庭题材为主，而女性又是家庭生活的重心，所以作家侧重对女性进行塑造，在描写过程中自然也把这种谐趣和幽默色彩涂抹到了她们身上。与《聊斋志异》相比，聊斋俚曲的女主人公走向了完全的世俗化。她们大多是生活在社会底层的普通农妇，虽然缺少了花妖鬼狐的美貌与才华，却更亲切实在，也正因为如此，蒲松龄才能深入发掘其喜剧性格。《磨难曲》中张鸿渐妻方氏是个具有种种美德的正面形象，在丈夫获罪出逃后，独自支撑家庭，抚养孩子，任劳任怨。这位温顺贤良的妇女，面对暴虐的马县令，刚烈的性格终于迸发出来，是那样的直言快语，针针见血。她非常勇敢，面对贪官马知县坚决不下跪，还怒斥他，话语铿锵有力，朗朗上口：

> 我上边跪朝廷，下边跪父母，犯了罪跪问官。我今日犯的甚么罪？我跪你是敬你的贪那，可是敬你的赃呢？若是有敕封的剑，就拿出来早早把头割去。我是万不能哀告你，待跪你怎的！①

这番话真是掷地有声，令人不禁拍手称快。她骂得县官恼羞成怒，被收监三年。等其兄方仲起高中之后，马县令又求方氏出狱，方氏坚决不干，这些情节也极具谐趣，体现出方氏的胸有城府和刚强性格，也反映出马县令的色厉内荏、趋炎附势。她能仗义执言、挺身而出，与邪恶势力针锋相对，使读者如闻其声，如见其人，也使人们心中郁结的愤懑畅快淋漓地得以倾泻。这样的女性形象具有人性中最质朴的真善美的高尚情操，作家如此安排就是为了与俚曲中的假恶丑形成鲜明对比，以此构成别具风味的幽默。

为了体现俚曲的幽默风格，作家还对原本的悲剧题材进行了喜剧性的处理：如《磨难曲》题材本身是悲剧性的，蒲松龄借助反讽的手段，为俚曲增添了一种幽默谐趣。在《贪官比较》一回中，作家对马县令的贪官嘴脸进行了白描，他一出场，就这样介绍自己的为官之道：

---

① 盛伟：《蒲松龄全集》，学林出版社 1998 年版，第 3006 页。

为甚人人望做官？三梆响罢面朝南。这班生意真真好，板上皆生银子钱。[①]

几句话就把作为国家根基的下层官吏的丑恶嘴脸暴露无遗，只要世间有老马这样的官吏，百姓就永远别想安居乐业，从而也反映出整个封建吏治的黑暗。作家还创造了一位草莽英雄——三山大王任义的形象，他与百姓之间的鱼水情深、解救众秀才于水火之中的义举、对贪官污吏的疾恶如仇、保家卫国的英雄气概，构成了对朝廷腐败、官吏贪酷这一黑暗政治的反讽式幽默。

俚曲的幽默直率而粗放，蕴含着浓厚的民间情味。它们的创作寓教于乐，是以幽默精神来观照生活和表现主题的。蒲松龄怀着救世婆心去深入现实人生，去抨击社会的不公和黑暗，同时却又能达观地参破世间的种种烦恼，以幽默谐趣的手段渲染出喜剧气氛，在《富贵神仙》和《磨难曲》中蒲松龄把当时人们渴望得到的一切如功名富贵、妻贤子孝、儿孙满堂、健康长寿一股脑儿都送给了主人公，这种结局本身在现实生活中是无法实现的，只是作家和广大人民对作品中人的美好祝愿，这种结局还让读者一起分享了善恶终有报的满足感，使人们在会心的微笑中得到心灵的净化，当然也不失为一种对现实社会的幽默。

① 盛伟：《蒲松龄全集》，学林出版社 1998 年版，第 2987 页。

后 记

蒲松龄长子蒲箬在《清故显考岁进士、候选儒学训导柳泉公行述》中说:“如《志异》八卷,渔搜闻见,抒写襟怀,积数年而成,总以为学士大夫之针砭;而犹恨不如晨钟暮鼓,可参破村庸之迷,而大醒市媪之梦也,又演为通俗杂曲,使街衢里巷之中,见者歌,而闻者亦泣,其救世婆心,直将使男之雅者、俗者,女之悍者、妒者,尽举而匋于一编之中。呜呼!意良苦矣!”

据张元撰《柳泉蒲先生墓表》碑阴所附著作目录,蒲松龄有“通俗俚曲十四种”。其篇目是:《墙头记》、《姑妇曲》、《慈悲曲》、《翻魇殃》、《寒森曲》、《琴瑟乐》、《蓬莱宴》、《俊夜叉》、《穷汉词》、《丑俊巴》、《快曲》、《禳妒咒》、《富贵神仙》(后变《磨难曲》)、《增补幸云曲》。俚曲是采用淄川方言俚语,利用民间流传的时调曲牌创作的说唱和戏曲艺术。意在针砭世道人心,其救世婆心显而易见;文笔诙谐泼辣,内容深刻生动。其与《聊斋志异》一俗一雅,交相辉映,为蒲氏著述的双璧。

蒲松龄研究的前辈学人路大荒先生说:“《聊斋俚曲集》和《聊斋志异》同是我国古典文艺园地里的奇葩,《俚曲集》的艺术手腕较之《聊斋志异》也无多逊色。”自二十世纪以来,专家学者倾注了大量的心血对聊斋俚曲进行全面研究,路大荒先生更是历尽辛苦整理出版了《聊斋俚曲集》。之后,陆续出现了更多的研究成果,尤其是在版本学、语言学、民俗学等方面都取得了不俗的成绩。

为此,蒲松龄纪念馆编辑了这本《聊斋俚曲论集》。本书是第一本系统展示聊斋俚曲研究成果的文集,相对完整地呈现出一个时期以来俚曲研究的面貌和成绩。

本书的编辑出版,得到了邹宗良教授的大力帮助并赐序;齐鲁书社昝亮社长的关心支持和编辑张超的辛勤付出,使之得以顺利出版。《蒲松龄研究》编辑部谭莹、李汉举、陈丽华、朱峰、景晓璇及杜冠博等同仁为之付出了辛勤努力,在此一并表示感谢！

由于编者能力有限，书中难免存在许多疏漏和错误，衷心期待广大专家、读者批评指正。

蒲松龄纪念馆

2020 年 12 月